U1013425

局中局

中国外企官场透视

吴云艳 著

中国青年出版社

(京)新登字 083 号

图书在版编目(CIP)数据

局中局:中国外企官场透视/吴云艳著. —北京:中国青年出版社,2008
ISBN 978-7-5006-7898-4

Ⅰ. 局...　Ⅱ. 吴...　Ⅲ. 长篇小说—中国—当代　Ⅳ. I247.5

中国版本图书馆 CIP 数据核字（2007）第 186331 号

责任编辑：冈　宁　申永霞

*

中国青年出版社出版 发行
社址:北京东四 12 条 21 号　邮政编码:100708
网址:www.cyp.com.cn
编辑部电话:（010）84015594　营销中心电话:（010）84039659
三河市君旺印装厂印刷　新华书店经销

*

700×1000　1/16　25 印张　2 插页　400 千字
2007 年 12 月北京第 1 版　2008 年 7 月河北第 3 次印刷
印数:16001—20000 册　定价:33.00 元
本图书如有印装质量问题,请凭购书发票与质检部联系调换
联系电话:（010)84047104

序　幕

美国。棕榈滩的私家宅地。

湛蓝的海边，悠然地舒展着一片约80公顷面积的高尔夫球场。球道长约7000多码，设有18洞72标准杆。绿茵茵的草地修理得齐整划一但不乏动感；草质松软柔和但不失弹性。这是棕榈滩有名的私家高尔夫球场——属于世界首富之一的“软件王子”查尔斯·威尔逊所有。在OEE公司芝加哥著名的巧克力大厦里疯狂工作一段时间以后，查尔斯喜欢带着几个爱将乘坐他的私人飞机，飞往查尔斯位于美国几个最著名的海岸风景区的高尔夫球场和海滨别墅度假。查尔斯的每个私人别墅除了有飞机场和游艇外，还设有供这个OEE帝国最核心班子成员使用的有着世界最先进通讯网络设施的办公室，以便查尔斯在寻欢作乐的同时，还能随时“临朝”操控这个帝国在全世界每一个角落的运行情况。

清晨，当海面颤颤地刚刚托起冉冉的太阳，查尔斯就穿着昂贵的高尔夫运动服，由手下拎着球杆，一摇一摆地来到了海边高尔夫球场。一开杆，他就一连串地进了几个好球，心情顿时变得很爽朗。他挥着球杆，不时地挺直腰板，眺望着正悠然地跳出大海怀抱的早晨清新的太阳，胸中涌动着一股只想往外溢动的激情……

昨天的财务预测报告表明，OEE公司2005年第三季度的股票虽然也下跌了几个点，但只要四季度能按全年预测保持30%的增长率，应该对公司总体业绩影响不是很大。这要归功于OEE帝国的国王查尔斯创造出来的令世界瞩目的财富神话——一个仅次于世界软件霸主比尔·盖茨的财富神话——哈佛大学肄业生查尔斯靠着自己独创的管理软件数据库白手起家，20岁当上百万富翁；30岁资产过亿；40岁荣登世界前500名首富排第150位，同年公司从西雅图迁入OEE总部芝加哥的巧克力大厦；今年刚过50岁的查尔斯这两年炙手可热，财气、人气节节飙升，大有在不可预料的某个瞬间盖过世界首富比尔·盖茨的架势。而这一切要归功于他独占世界数据库市场鳌头的管理软件20年来神话般的经久不衰，欣欣向荣，占据了欧美国家80%以上的世界著名企业的办公室。而用了OEE的管理软件就如同吃了鸦片般上瘾。一个公司只要用了OEE公司任何一代产品，它终身就要跟随着OEE公司的产品升级，隔一两年就更新换代。这些终身客户是OEE公司永远不会枯竭的金矿。靠这些金矿，查尔斯子子孙孙几辈子都吃喝不完。以至于查尔斯离了四次婚，每次离婚都给前妻送别墅送名车，赡养费也是天文数字。他自己玩飞机玩游艇，成为世界著名大玩家和让女人趋之若鹜的花花公子。

但查尔斯并不满足。财富的增长到了他这个份上只不过是个数字的概念，对他没有什么震撼人心的意义。但名望就不同了。他想取比尔·盖茨而代之成为世界软件霸主。查尔斯的财富距离比尔·盖茨已经没有多远。但世界软件霸主的地位除了财富还有产品的品牌地位和市场占有率。而这正是比尔·盖茨如今稳坐世界软件霸主地位的原因。他的财富、名望都随着他的Windows品牌流入世界的每一个角落。而OEE管理软件因其价格昂贵，因此国际大品牌公司一直是其主要目标市场定位。虽然市场覆盖面远不如微软大，但作为软件数据库品牌，OEE是当仁不让的世界第一。8年前，查尔斯开始试探性地进入亚洲市场。但因为亚洲国家经济发展相对落后，他头几年没有把其作为OEE的主营市场。但万万想不到，这几年东南亚市场异军突起，日本、韩国、印度市场占有率和收入几乎以每年几倍的速度增长。更让他难以置信的是GC这3年居然年年在亚洲排行榜排名前三位。尤其中国，查尔斯的核心顾问班子一直以为这个国家落后、贫穷而且人口众多，五年八年内根本不可能大规模启动市场。查尔斯甚至做好了五年十年只赔不赚的准备。不料OEE的神话居然在中国出现了。中国市场进入第二年就盈亏持平；第三年赢利；最近这两三年中国竟成为在亚太地区仅次于韩国、日本的收入最高的国家，让查尔斯的核心顾问们大跌眼镜。查尔斯本人也因为在亚洲市场的成功，财富翻倍地上升，离世界软件霸主的地位仅一步之遥。美国有两家著名杂志已经开始把他的名字和比尔·盖茨的放在同一个位置。查尔斯梦想的一天马上就会到来！

查尔斯的崛起和世界软件业在经过炙手可热的辉煌之后这两年开始走向的疲软形成了鲜明的对比。OEE公司的股票在去年一个短暂的下滑后居然又节节飙升。这一切都归功于亚洲市场战略的巨大成功带给股民们的巨大激励和信心。

上个季度的财务报表表明，虽然OEE的股票受IT行业下滑的影响，今年的同期利润率没有达到预期的增长30%幅度，但也比去年同期增长了20%。这在目前低迷的IT企业中已经算是奇迹了。季度财务报告向股民公布后，OEE公司股票上升幅度大大提高。现在离财年底只有一个半月了，查尔斯的心情如同等待考试成绩的学生那样紧张。如果第四季度也能维持一定的增长点，那OEE公司定会再创财富新高峰。明年的世界富豪排行榜比尔·盖茨的微软世界霸主的地位恐怕要被查尔斯取而代之了。

金色的朝阳把一抹抹晨光涂抹在查尔斯踌躇满志的脸上。他冲着太阳微微一笑，重新调整了一下站立的姿势。放松双肩，用左手掌的小指及无名指扣住杆尾，又把拇指从上方放在球杆上。像握小鸟般握着球杆柄。然后开始想象球的距离与飞行路线。接着把杆头放置在目标线上，杆面对着目标。右脚此时已经几乎在瞄球时的位置上，左脚尖指向目标。他左脚向前，右脚向后，腰向前微弯瞄球。开始将杆头稍微提起离地，轻轻摇晃杆头两次，使双手感觉了一下杆子的重量。他把紧绷的手腕放松，正准备开始挥杆。突然看见侧前方一双迈着熟悉的步伐的脚正匆匆向他走过来。

看着那步伐急促的双脚，查尔斯又把杆头轻轻地摇晃两次，对要不要击出这个球显得有些犹豫。随着脚步离他越来越近，他还是直起腰，用杆子点地，冲离他只有几步远的灰白头发的西装革履的绅士说："嗨，伙计，瞧你急匆匆的，什么事?"

来人是 OEE 公司大名鼎鼎的"二号人物"，CFO（首席财务执行官）史蒂夫·弗雷丁。他拥有 OEE 公司 5%的股权。他的财务数字主宰着 OEE 公司在股市上的命运。因为财年底将要到来，他正领导着全世界的财务总监们一遍一遍地对 revenue（收入）和 margin（利润）进行预测，以便给公司提供由于年底财务数字的变化需要随时应变的策略。他的存在，才能使查尔斯在财年末这样的紧要关头还能在这绿茵茵的高尔夫球场悠闲地挥动着球杆。这个周末，他本来不想来棕榈滩，是查尔斯硬把他推进飞机。到了棕榈滩后，查尔斯他们开着游艇去寻欢作乐，史蒂夫却钻进在查尔斯棕榈滩别墅的豪华办公室，一遍一遍地核对数字。同时及时回复着世界各地的 E-mail。因为美国和亚洲的时差，史蒂夫习惯于每天清晨 6 点起床，及时收看来自亚洲白天和傍晚发来的邮件。亚洲各国的财务总监们都很忙，很多重要的 E-mail 都是下班以后才发。坐到 OEE 公司第二把交椅的史蒂夫清楚地知道，他能坐在 OEE 公司的"金字塔"尖，靠的首先是他的永远掌握先人一步的信息，其次才是聪明、勤奋及其他。

今天他的这个重要习惯，让他最先看到了一个怵目惊心的电子邮件。这个邮件的内容在这接近财年底的关键时刻如果不慎泄漏给股民，将会像广岛原子弹爆炸一样，对 OEE 公司的打击将是毁灭性的。

见查尔斯和他打招呼，神色凛然的史蒂夫没有说话。径直走到查尔斯的身边，把嘴巴凑到查尔斯的耳边，低头说了几句什么。只见查尔斯神色一变，重重地把球杆往草地上一扔，随着史蒂夫匆匆离去。草地的西头停着一辆"宝马"，两个人爬进轿车，一溜烟飞驰而去。

上了车，史蒂夫从公文包里拿出两页纸。查尔斯接过来，皱着眉读完，沉默了足足有5分钟。然后从牙缝里挤出一句话："中国区正在作弊！查他们所有的数字！"

轿车穿过巨大的高尔夫球场，沿着一条蜿蜒的小河开了几分钟，然后走进一片幽静的小松林。轿车在松树林里左曲右拐，突然看见了一片开阔地，一座由几栋错落有致的别墅组成的院落悠然出现。别墅前装点着一个巨大的喷泉。喷泉四周是几座乍一看常常不解其义的抽象派的雕塑。这几座雕塑是当今世界上最伟大的抽象派大师为他做的。查尔斯很珍爱这几个作品，认为它们表现了他无边的创造性思维。平时经过这些雕塑时，他常常会让汽车放慢，用目光把玩作品一番。但今天，经过雕塑时查尔斯连目光都没有往窗外瞥一眼。

汽车停在了别墅前。查尔斯在前，史蒂夫在后，两人急匆匆地走进别墅的大门，走进宽大的会议室。

椭圆形会议桌两侧,已经坐了五六个神色肃然的人。查尔斯沉着脸走到椭圆形会议桌北头主席的位子坐下以后,身后徐徐地落下了一个巨大的屏幕。史蒂夫冲秘书丽莎点点头。丽莎打开投影仪,屏幕上出现了一个有着密密麻麻数字的表格。

"这是全球截止到今天的财务预测。"史蒂夫说着飞速点击着鼠标自上而下地移动着Excel表格，当屏幕上出现China（中国）字样的时候，表格停住了。"这是中国的财务预测。"史蒂夫起身站在巨大的屏幕下，指着China (中国) 对大家说。

查尔斯把转椅一转，脸和身体都转向了大屏幕，高大的椅背对着神色肃穆的下属。

"大家请看，中国到目前为止的收入是USD 32000k (注：1k等于1000)；费用是28000k;利润4000k；利润率是12.5%。在AP（亚太）排行第八；在全球排名第二十六。"史蒂夫指着表格上全年的利润率数字说："但根据中国Q3（三季度）的预测数字，全年的利润率应该能达到25%。这意味着中国Q4（四季度）的利润将有一个巨大的增长幅度。"

史蒂夫这时面向大家说："但是诸位，如果真如那个中国经理在E-mail里说的Q3的收入数字是虚报的，那中国报上来的Q4的预测，甚至他们全年的数字就有可能是不真实的！我们Q3向股民公布的数字也可能是虚假的。如果公众知道了我们公布的财务报告里的数字可能是不真实的，那我们公司在华尔街就会名誉扫地。OEE公司的股票一夜间就会下跌。这意味着……"

"意味着你们在座的人都要失业！"查尔斯冷冷的声音透过高大的椅背后传了出来。

在座的每一个人的心仿佛被石头重击了一下。史蒂夫眼前顿时滑过股票交易所一双双疯狂的手在头顶上挥舞着抛售着下跌的OEE股票的情景。那两个全球审计小组的成员包括史蒂夫的秘书丽莎脑中浮现的是自己正在银行按揭的豪华别墅。公司股票的急剧下跌永远是员工的一个灾难。它意味着失业；意味着丧失生活中所拥有的一切美好的东西。

史蒂夫指着屏幕上中国全年预测的利润率30%的数字说："如果那个中国经理的投诉是正确的，那么中国可能在Q3就把Q4的收入提前确认了。那意味着中国Q4的实际收入和利润就一定会比预测的大大减少！那就意味着OEE公司全年的预测数字都要重新审核和修正！"

"不能让中国在Q4又把明年Q1的收入提前确认了！挣了多少钱就是多少钱，为什么要Cheating（欺骗）?!"查尔斯把身体扭回来，愤怒的目光如炬。他一字一顿地说："Never-cheating-again!（永远不允许再欺骗！）"

屋子里一时间死一般的沉寂。在座的人都知道查尔斯真的愤怒了。查尔斯生平最痛恨cheating（欺骗）。你工作出差错他可以原谅你，你能力不够强他可以培训你。但如果你cheating他即便不解雇你也永远不会重用你。所以他周围的人敢犯错误但不敢cheating。

史蒂夫回到座位上坐下，对查尔斯说："我已经派Global Audit（全球审计）提前去中国审计！我会彻底核查他们的财务数据！"作为OEE公司的CFO（首席财务执行官），他看到E-mail以后的愤怒绝不亚于查尔斯。他最不能容忍在财务数字上作假。财务数字在上市的OEE公司意味着生命。他已经多少次对全球各地区各国的财务长官们强调必须汇报真实数字，不要因为怕完不成预算任务而去虚报数字。作为一个CFO，如果拿不到真实的数据，就不可能掌握真实的情况，便不可能作出正确的决策。这是他不能容忍的！这个威廉简直吃了豹子胆了，敢玩儿这种危险的游戏！可怕的是他玩游戏的时候怎么中国、亚太这么多核查数字的主管们居然没有一个人阻止他？难道他们也参与了这个欺骗游戏？这太可怕了！

"审计小组什么时候走？"查尔斯目光炯炯地盯着史蒂夫问。

"还要准备两个星期。"史蒂夫回答说。这个全球例行审计原计划要一个半月才进行，现在一下提前了一个月，也够审计小组准备一气的了。早晨来找查尔斯之前，他已经和芝加哥总部的审计小组开过电话会，所有的人都在加班加点准备中国的资料。

"还要两星期？为什么？谁安排的鬼计划？一个半月以后就是财年末了！股东等着我们的年度报告呢！中国的事如果搞不清楚，怎么向股东交代？"查尔斯阴着脸，恼怒地说，"让他们马上就走！明天就走！"

"OK!No problem!（没问题！）"见查尔斯怒了，史蒂夫连忙点头，转身对秘书说："丽莎，马上改机票。通知中国，审计小组日程三天内出发！不许延误！"

"那个中国经理怎么办？"将要带队去中国的北美财务总监汤姆小心翼翼地问查尔斯。

"I don't care the Manager! I care my number!（我不在乎那个经理！我

在乎我的数字!)”查尔斯说完“腾”地起身，头也不回地摔门而出。史蒂夫也连忙起身，尾随而去。

屋子里的人面面相觑。然后陷入沉思：中国到底发生了什么事？

第一章

— 1 —

中国。北京。

OEE 中国大陆公司总经理杰姆斯·梁刚进办公室,电话铃就响了。一看墙上的挂钟,正好 9 点整。好像故意掐着他上班的点打来的电话。

“Hello! 杰姆斯! 这是史蒂夫办公室。我是他的秘书丽莎。”

杰姆斯神色一凛。怎么会是美国总部 CFO(首席财务执行官)办公室的电话?!

“史蒂夫让我转告:Global Audit(全球审计)3 天后到达北京! 请你们准备接受审计! ”

丽莎的声音冷淡,似乎透着一种不祥的信号。

“What? Why? ”

全球审计应该一个半月以后到, 为何突然提前到 3 天以后? 这也太离谱了! OEE 公司的业务检查和审计一旦定下来日程通常不会变化。如果需要变化,至少提前一个月以上通知。而全球审计通常两三年做一次,涉及公司的方方面面,因此全球审计日程的确定都是提前半年以上确定好的。像这样突然改期,而且迅雷不及掩耳,似乎故意不给你准备的时间,这也太有悖 OEE 程序了! 而由美国总部 CFO 的办公室亲自打来电话,这更是不同寻常!

电话里的丽莎没有理会杰姆斯的 What 和 Why, 冷冷地说:“史蒂夫要你小心处理那个中国大陆经理的事。不能对 OEE 公司的声誉造成损失。史蒂夫让我告诉你,这是查尔斯的意思! ”

“什么中国经理? 什么查尔斯? 你的意思是……杰姆斯突然惊得差点从皮椅子上跳起来! 大老板查尔斯?! 丽莎,您的意思是——”

话筒里传出“呜——”的忙音。丽莎已经挂掉了电话。

杰姆斯突然意识到就在自己沉睡在疲惫的梦乡里浑然不觉的六七个小时,天已经被捅了个大窟窿! 杰姆斯的额头瞬间渗出密密的汗珠,大脑一片混沌完全没有头绪。

又一阵急促的电话铃响了。

“Tell me what's happen! (告诉我怎么回事!)”居然是亚太总经理尼克·哈里

斯！平静的声音仿佛酝酿着沸腾的火山。

“Sorry,what？”杰姆斯的脑门又不由自主地冒出了虚汗。

“What？You tell me ‘what’(什么？你告诉我为什么)？你居然让你的中国经理把这种E-mail发到了史蒂夫那里，连查尔斯都知道了！你知道你在干什么吗？”尼克一字一顿的，说话的语速比平时慢得多，显得很平静。但所有了解尼克的人都知道，他越平静意味着他越愤怒。所以尼克发火的时候下属还敢和他论理；但一旦他声音平静得没有感情色彩了，没有人敢多说一句话。

“尼克，Sorry！Very sorry！”杰姆斯紧张地握着话筒，汗顺着发际流了下来。

尼克冷冷的声音不带血色：“查尔斯派Global Audit马上来查中国了！史蒂夫和查尔斯亲自在盯中国的事！你要小心那个中国经理！不要给公司带来法律纠纷！不要损害公司的声誉！”

杰姆斯连忙点头称是，一边用手背擦擦额头上渗出的汗说：“是是，我知道。HR(人力资源部)做得有些过激，但我保证没有违背中国劳动法！”

“是这样的吗？我把那女人的邮件转给你看看吧！建议你最好亲自处理这件事！Audit(审计)期间如果再出事的话，哼哼！”尼克冷酷地挂了电话。

邮件？什么邮件？难道这个女人给史蒂夫、查尔斯发了邮件？可是全世界最忙的查尔斯和史蒂夫怎么可能有时间在海一般的邮件里去注意一个小小中国雇员的邮件？难道他们放着比这重要几千几万倍的事不去处理，却去关注中国怎么解雇了一个员工吗？

杰姆斯飞快地打开“收件箱”。尼克转发来的邮件赫然在目——“忠告威廉——不要欺骗全球审计！”

杰姆斯觉得浑身一股透心的凉意。My Godness！怪不得查尔斯、史蒂夫要如临大敌呢，这样醒目的标题让任何一个CEO看了眼睛里都会伸出钩子的！杰姆斯一边读这个邮件一边暗暗感叹：这个女人太厉害了！对威廉招招都击中要害啊。怨不得威廉死也要除掉她。他偷偷摸摸干的那些事包括上个季度提前确认600k收入没有一件逃过她的眼睛。所有她列举的事实都是OEE大老板们最最深恶痛绝的！

最耐人寻味的是，女人的这封信的收件人是威廉本人，不是全球审计。信的标题、内容、语气、情绪都是对威廉劣迹的直接控诉！虽然言辞情绪激烈但显得真实可信。这个女人显然是在发给威廉E-mail的同时用Bcc(密送)的功能把这份惊天动地的邮件发到了史蒂夫那里的(注：密送的话，邮件屏幕上不显示收件人的地址)。更富有戏剧性的是，肖简发邮件的时候威廉正在从美国飞往广州的飞机上。十五六个小时之内他看不见这封“控诉信”。而美国由于和中国的时差，OEE帝国的第一、第二号人物查尔斯、史蒂夫却可以在女人发出邮件一两个小时之内就读到全部信息！并在中国这边还在酣睡的六七个小时里不仅下达“全球审计”三天内飞到中国审计的命令；而且这封邮件马上通过“英特网”转发到了OEE全球各国所有的老板级人物那里以儆效尤去了！等到可怜的威廉飞机落地回到宾馆，看见这封“控诉信”的时候，OEE 全世界的老板和同僚们都在指着他的脊梁骨谩骂和嘲笑呢！

此刻这个威廉可能正躺在飞机椅背上洋洋得意于昨天成功遥控了一场逼走肖简的“政变”呢！他哪里想得到他头顶上的天已经被捅了一个窟窿。他倒霉是咎由自取，但我因为帮他欲盖弥彰又如何逃脱得了干系?!

天呀！也就一个晚上的时间啊！怎么一个小小的中国女人就在庞大的 OEE 王国掀起了如此大的惊涛骇浪呢？居然惊动了至高无上的 CEO 和 CFO！

桌上的电话突然又刺耳地响了起来。杰姆斯握住电话但心有余悸半天没敢接。电话响了几声转到了秘书安娜那里。

“杰姆斯，是迈克的电话。”秘书安娜·袁敲门进来小声说。

“唉，接进来吧……”一听是顶头上司 GC(注：中国大陆、香港地区、台湾地区总部)总经理的电话，杰姆斯无奈地说。

“那个 600k 客户到底有没有签单？你怎么让那个女人把这事捅给了查尔斯？史蒂夫非常愤怒！怀疑我们其他数字也作假了！今天让 AP(亚太)来查我们！我现在在他们眼里成了骗子！我成了骗子！”迈克在电话里极为暴怒。

“唉！迈克，我真的没有想到。威廉当时保证一个月内客户会签 Timesheets(工作交付表)的。他还说那些 AR(应收账款)也会追回来的，我才帮他的……谁知道他……”为了帮忙威廉提前确认这 600k 的收入，杰姆斯的肠子都悔青了！

“没有签 Timesheets 你为什么 approve（批准）提前确认收入？你忘了 OEE 的 Policy(政策)了吗？”迈克的声音突然变得阴冷。

杰姆斯心里咯噔一下，一种不祥的感觉顿时溢满全身。提前确认这 600k 自己事先请示过迈克，他虽然没有文字上的批复，但电话里明明是默认了。怎么？他把责任推得一干二净？

“迈克，您，您不是……”杰姆斯小心翼翼地想唤起老板的记忆。这个决定自己仕途生死存亡的关头，他需要老板和自己同仇敌忾。

“我，我什么？我天天让你们 check(核查)number，你们怎么 check 的？你也别提威廉了！威廉说什么你就信什么，威廉保证没问题就没问题吗？你做 MD(总经理)的不把关难道还让我来替你把关？现在再说威廉有什么用？Global Audit 马上就来了！第一个要查的就是这个 600k！”迈克说完摔掉了电话。

政治，这就是可怕的政治！看来老板连救命的稻草也不准备递给部下一根了。事到如今杰姆斯懊丧得无言以对。他悔不该当时一念之差批准财务提前在 Q3 为威廉确认了 SHP、T-electric 和 Westinfor 三个应该在 Q4 才能确认的 600k（60 万美元)的项目收入。加上自己让销售部用内部成本转移的方式，把咨询部几十万美元的成本转移到销售部，使威廉的业绩魔术般的从-30%利润率一下变成了 37%。使得威廉上任以后连续亏损的中国咨询部在第三季度不仅扭亏为盈，业绩还跃为亚太前几名！今天想来这个数字游戏玩得的确太大胆！太邪乎！太离谱了！这是严重违反 OEE 公司财务纪律的啊！仅这一条足可以砸掉杰姆斯的饭碗！

可这是利益集团作的决定难道要我自己一个人顶罪？中国财务总监保罗、GC 咨询部总监威廉、GC 总经理迈克还有亚太咨询部副总裁约翰，哪个老板逃脱得了干系？不符合公司确认收入条件而提前确认收入是严重违反公司财务纪律的。这点保罗、威廉、迈克还有约翰都心如明镜。但 Q3 中国咨询部"-30%"的利润率别说威廉没法跟亚太交代，杰姆斯作为中国地区的总经理也没法交代！明明是威廉削尖脑袋以一个 GC 咨询部老板的身份越级盲目指挥中国的业务导致中国咨询部历史以来最大的亏损，影响的却是整个中国地区的业绩。威廉自作自受难咎其责，可杰姆斯凭什么要为他埋单？中国业绩不好杰姆斯本人拿不到奖金影响升职提薪不说，整个中国大陆员工的奖金都会被扣。也算是为了中国全体员工的切身利益吧，杰姆斯说服销售部总监大义援手，帮咨询部承担了几十万美元的费用，实现了收支平衡了。但自己万万不该为了在亚太排行榜上争个名次，鬼迷心窍地信了威廉的信誓旦旦，提前确认了没有客户签单的 600k 收入！这下好了，偷鸡不成蚀把米，落了个 Cheating(欺骗)的罪名。而且出事了，作为共谋者的老板却退避三舍，真让人寒心。

事到如今杰姆斯后悔听信威廉的承诺，后悔没有坚持原则，更后悔没有阻止威廉在这个节骨眼上捅肖简这个"马蜂窝"。可是谁又能想得到那个女人是个不能捅的"马蜂窝"呢？

杰姆斯头痛欲裂，手指按着太阳穴搜肠刮肚地想着对策。10 分钟以后他拿起电话说："安娜，马上让理查、保罗、比利和袁华过来开会！马上！"

— 2 —

比利电话打过来的时候，威廉正在广州花香酒店巨大松软的"席梦思"床上和香港转机厅里刚刚认识几个小时的宛儿小姐大汗淋漓地颠鸾倒凤呢。此刻宛儿小姐的柔情似水加上风情万种把年过五十但自觉雄风不减当年的威廉的野性激发得像无法拉住缰绳的野马。他正要疯狂地冲刺，枕头边的手机铃声响了。威廉喘着粗气把手机塞进枕头底下，继续放马奔腾。但手机的铃声执著地响着一遍又一遍完全没有停止的意思。威廉烦躁地骂了一声"shit！"从女人身上撑起身体，拿起手机，一看是他新提拔的中国咨询部总监比利的号码。通常比利打来电话如果威廉不方便接，他就会耐心地等威廉回电话。像这么执著地一个接一个连续打电话还从来没有过。中国一定发生了什么急事。威廉努力平息一下喘息，然后按了接听键。

"Hello！"威廉努力调匀呼吸，用中气十足的声音说。宛儿小姐撒娇地用脚钩威廉握着手机的胳膊。威廉猥亵地笑着冲女人挤挤眼，把手机由左手换到右手，然后用左手把玩着女人纤嫩的小脚。

“What?!”不知比利在电话里说了什么,威廉突然狠狠地摔掉了女人的小脚,惊跳起来。

“什么?投诉?什么投诉?我不知道!我不能读邮件!我整个一天都在飞机上!”威廉惊得眼睛瞪得像铜铃,语速快得像连珠炮。

“What? Why? I can'tunderstand!”威廉像困兽一般在屋子里打着转。只见他左手一会儿攥成拳一会儿又松开。一张对男人来说太小太薄的嘴一会儿紧紧地抿住,一会儿用上牙咬住下唇,一会儿又使劲地扯成了一字状。

见男人这个模样,女人知道这个电话让她的男人生气了。就赤身扭着下床,又扭到男人身后,一双纤美的胳膊从男人的腰后围过来,想安抚一下男人。不料男人不由分说回手就是一掌,把女人推了个趔趄。女人柳眉一竖,气呼呼地回到床上,背对着威廉。

此时的威廉就是面前的女人死了他都不会看一眼!他已经被电话里的消息惊得失去了最基本的思维能力。只是一边盲目地在屋子里绕着圈圈,一边语无伦次地用英语对电话里的比利说:“为什么?为什么她要发E-mail给史蒂夫?她是不是疯了?shit!史蒂夫要干什么?我刚下飞机。我一天没有看E-mail,怎么就出了这么大的事?!”

不知电话里比利说了些什么,威廉惊恐的眼睛瞪得更大了。“什么?全球审计三天后就到?为什么?不是还有一个多月吗?审计600k?要查我们cheating(欺骗)?为什么要查?肖简告了我?她不是已经滚蛋了?她上哪里去告我?! Fuck!”威廉愤怒得有些语无伦次。

威廉继续听着比利在电话里说着什么。只见他双唇开始颤抖;目光开始游离;他紧紧咬着下唇;他开始掩饰地狂笑。他一边笑一边给部下也给自己打气说:“没问题!一切都没有问题!我来搞定!我能搞定!”

比利显然在电话里问他如何处理?威廉哆嗦着嘴沉默了近半分钟,最后粗声说:“I will call you! I promise I call you!(我将打电话给你。我保证我打电话给你!)”

威廉挂了电话,把手机往床上一扔,看都没有看一眼正在生气的女人。他颤抖着手打开电脑,插上宽带,点击浏览器,进入公司局域网。操作这一切的时候他的心脏“咚、咚”狂跳。终于他进入了自己的E-mail信箱,他的心跳得更加猛烈了。突然他一眼看到了那个惊心动魄的标题“忠告威廉——不要欺骗全球审计!”那一瞬间,威廉的心脏几乎停止了跳动。他屏住呼吸目不转睛地盯着这几个字,好像在琢磨这几个字的意义。他慌乱地点开了邮件,咬着下唇费劲地一个字一个字地读这封长长的E-mail。读着读着,他头上的汗顺着发际往下流。他的目光开始游移,散乱地看着屋子的墙、天花板、床以及床上的女人。但他却什么也没有看进去。他又强迫自己把目光拉回到这封邮件上,努力拼凑着散乱的思维。但一个个跳跃的蒙太奇镜头一次次打乱他的思维:杰姆斯嘴角的讥讽。杰夫眼镜后面闪烁的嘲笑。尼克冷漠的平静。迈克愤怒的咆哮。史蒂夫洞察一切的眼睛……最后定格为《财富》杂志封面上查尔斯冷酷的目光。一瞬间,威廉感到从头到脚透着一股寒意,他情不自禁地哆嗦起来。恍惚间,一阵阵冷漠得不带血色的声音从头顶的四周压迫了过来:

“You are cheating! I will fire you!(你在欺骗!我要解雇你!)”

一时间威廉的耳边高高低低地回响着一个声音“fire you!”他的眼前顿时出现一个个电影“蒙太奇”镜头:头发灰白他手捧着广告满世界地找工作……妻子的冷漠……孩子的嘲笑……朋友的怜悯……他感觉头皮都发麻了。

他使劲地甩一甩脑袋,试图把恼人的一切甩到九霄云外。于是“蒙太奇”镜头消失了。取而代之的是一个娇小的女人挥之不去的笑。一个永远让威廉浑身不自在的笑。一个表面上看很平静但骨子里却深藏着让威廉不可忍受的孤高和桀骜不驯的笑。

“你是个骗子!”他仿佛看见女人平静极了地笑望着他,嘴角含着讥讽。

“骗子!”“骗子!”“骗子!”他仿佛看见满世界的人都在指他的后脑勺。眼中除了讥讽就是嘲弄。

“Fuck! Fuck!! Fuck!!!”威廉大声咒骂着愤怒地一巴掌把笔记本电脑盖子打落。身体如弹弓一般向前蹿出几米远。突然他好像想起什么脚丫子钉在了地毯上。然后动作幅度很大地转回身,向放着电脑的桌子冲去。双手哆嗦着打开电脑盖子,弯腰撅臀检查自己刚才狂怒下有没有把电脑给砸坏了。电脑屏幕先发着灰暗,然后闪了几下,接着又出现了那几个醒目的大字“忠告威廉——不要欺骗全球审计!”看见这几个大字,威廉的身体重重地抖了几下。一颗悬挂电脑的心落下了;另一颗悬挂自己命运的心又提到了嗓子眼。惶然无措中,他的怒火又“腾腾”蹿了上来。他的喉咙里一瞬间充满了几十上百种骂人的话,但此刻却找不到听众。憋得他挥拳踢腿地在满屋子直打转悠,一不留神一掌击翻了吧台酒柜上的酒杯,把已经睡着的宛儿小姐惊得跳了起来。

“你疯了!”见男人像热锅上的蚂蚁来来回回地在屋里转悠,宛儿小姐揉着眼娇骂道。见男人仿佛没有听见一般还在兀自忙活,宛儿扭着身下了床,过来揪男人的胳膊。男人奋力想摔开没有摔开。回手一推又被女人蛇一般地缠住。男人看见眼前白花花的一片酮体,突然全身的怒火混合着热血一起往上涌。他疯了似的把女人狠狠地推到床上,瞪着一双迷乱血红的眼,突然抓住女人的双手,紧接着又把重重的身体坐在女人的双腿上,不由分说,抓起床头柜上的领带就把女人的双手捆得紧紧的,疼得女人哇哇大叫。女人的叫声刺激得威廉完全脱了缰。他从枕头底下拿出一卷白色的绳子,三下五除二把女人捆了起来,然后从搭在椅背的裤子上抽出皮带,冲着女人白花花的身体就抽。女人疼得哇哇大叫。听到女人的叫声,男人疯狂地向女人扑过去，拿毛巾捂住女人的嘴，然后冲女人又踢又打又咬又掐。在女人压抑的哭叫声中，威廉咧着嘴笑了。他疯狂地扑向女人……在对女人的撕裂和摧残中享受着征服者的快意……

— 3 —

北京。东四十条"王大妈水煮鱼火锅"店。

王欣和男朋友刘正明在热气腾腾的火锅蒸气里兴高采烈地碰着杯。刘正明一口气喝了半扎啤酒，打了个嗝，咂咂嘴说："小欣啊，没有那个肖简较劲了，以后你可以少加点班了吧？也别让我干巴巴地坐车里说等10分钟一等却是几个小时！"

王欣一张满月脸在酒精下泛着潮红，显得有些亢奋。一边往嘴里送了一口羊肉嚼着一边说："亲爱的，这日后的加班更加少不了了。肖简滚蛋了，内部控制这一大块事威廉都交给我了。我会比以前还忙！但我乐意！总算熬出头了！七八年了，我容易吗?!"

"唉，小欣啊，你也别太好强了。都是女人嘛！何苦来？那个肖简也不是个坏人！"刘正明不以为然地说。

"那看对谁！对我，她就是我的敌人！有她在，就永远没有我王欣的出头之日。谁怕谁呀！"王欣冷冷地说。

"行了行了，又来了。人家不也走了嘛！以后也该太平些了。来来，为肖简走干杯！"刘正明忙息事宁人地打断王欣的话。

王欣这才转怒为喜，和刘正明碰了碰杯。

这时放在窗台上的手机响了。王欣一边往嘴里送着酒，一边漫不经心拿起手机瞥了一眼电话号码，一个激灵，赶紧把刚含在嘴里的酒吐回了酒杯，急促地把手机放到耳边说："威廉，您好！我是戴安娜。您已经回来了？您要的forecast（预测）我明天就发给您。"

电话里威廉不知说了些什么，王欣的脸色突然变得煞白，说话也结巴起来："威廉，我……我不知道。昨天下午，我……我是按，按您的吩咐做的。肖简的E-mail账号已、已经让、让IT部delete（吊销）了。电话也掐、掐掉了。她不能通过公司网络和AP（亚太）联系的！"

她把手机紧紧地贴在耳朵上，另一只手捂住另一只耳朵隔离餐馆的嘈杂。她的目光显得慌乱："您说她、她告了您？她走了为什么还告您？是的，是的。我以前就跟您说过这个女人太可怕，留不得的。是，是。她不走没有太平！什么？"

王欣一时间显得有些不知所措："Audit（审计）马上要来？不是还有一个多月吗？不知道呀！那些数字我、我没有。都是肖简负责的。项目报告也在她那里。我只有一点点。我、我不知道。审计资料我……我还没准备好。是，我知道审计对我们生死攸关。但 600k 的 revenue(收入)怎么办?那几个客户说我们服务不到位不肯签单付款,账还在财务挂着呢!一查就查出来了!您的意思是……我明白,明白。我再去财务想想办法……”

电话里的威廉情绪惶然而躁乱。他一遍遍地问王欣财务数字有没有问题?如果有问题怎么办?会不会被查出来?等等等等。而这所有的问题王欣都回答不了;所有的问题此时她也最想问威廉。但看见强悍无比的威廉此刻显然已经乱了方寸,她尽管心慌意乱却不敢表现半分。一个强烈的感觉告诉她:威廉惹上了大麻烦!而让王欣心慌的是,威廉的麻烦和自己有着千丝万缕的联系。是她和威廉联合赶走了肖简——这是 OEE 中国公司公开的秘密!她和威廉已经成了一根绳上的蚂蚱。威廉若“死”了,她在 OEE 的发展也彻底完了。一直认为威廉是她职场上金光灿烂的保护伞,何尝想到未挡风雨却开始摇摇欲坠?似乎顷刻就将倾覆!为了这个男人我呕心沥血甚至声名狼藉。如果他垮台了我会不会失业?如果我失业了我那刚刚付了头款的 10 年银行按揭的三室一厅怎么办?每月 5000 元的还贷啊!男朋友一个月只有 1000 多工资,未来生活的重担全靠她一肩承担。要是这份工作有个什么闪失,那后果简直不堪设想!一瞬间,王欣仿佛对掀起了这场政治风浪有一丝后悔。但当威廉急促的声音又一次冲击她的耳膜的时候,她昂起了头。她已经别无选择!

她用威廉受挫时最爱听的谦卑中带着自信和母性并具有浓郁的说服力的声音安抚威廉说:“威廉,您也别着急。这公司离开谁也能运转。肖简离开肯定会对部门有一些影响,但她不离开对您的伤害更大!财务数字我尽量想办法,看能不能从财务部找些数据。Global Audit(全球审计)我经历过一次。他们吵吵得凶,有时也不过走过场。可能什么事都没有!”

王欣的话如同一剂镇静剂,让电话里的威廉安静了许多。于是他竭力想象过去一样和王欣开个玩笑。但呜里呜噜前言不搭后语地说了几句,最后王欣强笑而他也是讪笑。大家在一种尴尬的默契中挂了电话。

王欣对着火锅的蒸气愣愣地发了很长时间呆。刘正明则在一边闷着头吃菜喝酒,不敢打扰王欣。终于王欣抬起头目光散乱地看着刘正明说:

“这个女人太恐怖了!她居然把威廉告到查尔斯那里去了!这下完了!全球审计两三天就到了!我到哪里去找审计的数据资料?咨询部的全部数据都在肖简的电脑和她的脑袋里。昨天本来保安要收缴她的电脑。但最后听说她到总经理那里大闹了一场,然后老板们都不敢动她了!结果不仅电脑没有收上来,连工作都没有人敢去和她交接!你说威廉不是挺厉害的嘛,怎么事情闹得山呼海啸的。正明啊,你说我该怎么办?威廉和比利都弄不出来的数据,我一个秘书又不会变魔术,我到哪里弄去?那 600k 要查出来可就完了!我还升什么职啊!哎,正明,你说,他们会不会把我‘开’了?”王欣眼里露出一种惊恐。

刘正明张了张嘴想说什么,但却不知该说什么。他听不懂她说的话,也根本不知道从何劝起,可不劝内心又如此不安,觉得自己不是个男人。厚厚的嘴唇动了几动,但还是闭上了。只是一筷子接一筷子地为王欣夹菜。菜在王欣的碗里越堆越高,王欣却没往碗里看一眼,闷着头皱着眉想着心事。突然她把碗一推,让餐馆小姐埋单。抬头对刘正明说:“你再吃一会儿先回去睡觉吧,我要回公司去!”

“宝贝,都快9点半了,你还去公司加班啊?”见王欣一皱眉,他说:“我不吃了,我送你吧!”

“我一时半会儿可完不了。你还是先回去睡觉吧!明早你不是还要出车接你们头吗?”

“明天是明天的事,今天我先接送我老婆!放心,我愿意坐冷板凳。”刘正明果断地站起身,尾随着王欣匆匆离去。

—4—

肖简披着一身雪花回到屋里。她先把大衣脱去挂在卧室的衣柜里,然后换上一件黑色的羊绒宽袖衫配上黑色的牛仔裤,显得精干和利落。她走到穿衣镜前,放下束在脑后的马尾辫,抖了抖雪花。然后一甩脑袋,一头齐肩的长发飘飘落下,镜子里的女人一下多了几分清丽和柔和。只有那双敏锐的眼睛依然淋漓尽致地显示着她的聪慧,展示着她作为一个职业女性的身份。然而,今天她已经没有职业了。这场还没有完结的惨烈的“战争”已经剥夺了她作为一个职业女性工作的权利!在她的心中深深地扎下了一道道看不见的伤痕!但是正是这些深深的伤痕,让镜子里的女人面对自己的目光更加坚强,更加坦然,更加焕发着生命的力量,让她虽折不弯!

她离开镜子,坐到沙发上,拿起刚买来的《京华早报》,开始阅读报上的招聘信息。她的目光投到“正华”软件公司副总经理的招聘信息上。突然沙发上的手机响了。肖简抓起电话,但目光依然盯着招聘广告。“喂,您好!我是Jane(简),您哪位?”

“我是理查啊!对不起,简,昨天你走,我不知道。发生了这种事我心里挺难过的!”电话里理查叹了口气,声音显得很沉重。他沉默了几秒钟试探着说:“简,你没事吧?”

肖简放下报纸,握着免提电话,缓步走到窗前。望着皑皑的白雪,淡淡地笑笑说:“没事!理查,我挺好的!对不起,昨天我走的时候太突然了,没有机会跟你告别。唉——不说它了!”肖简一瞬间脸上露出一种痛。但她很快驱走这种感觉,脸上重新呈现一种淡然。她平静地说:“理查,没事!会过去的!”

“简,你给OEE公司扔了颗定时炸弹啊!”理查的声音突然提高了,但口气显得很戏谑。

“炸弹说不上,我只是要让公司知道真相。我不想当‘替罪羊’!”肖简神色肃然。

“你投诉的东西的确击中了威廉的要害啊!”理查意味深长地说。

“是击中了 OEE 公司的要害！”肖简淡淡地笑笑：“否则谁会在意一个中国雇员呢？”

“现在可没有人会小瞧你了！你把美国总部的几个大老板都惊动了！”

肖简耸耸肩笑着说：“他们被惊动了是因为他们制定的商业规范和游戏规则被违背了。而这种违背会侵犯股东的利益！会要了老板的命！”肖简冷笑了一声继续说：“我并不认为 OEE 大老板们会因为我的遭遇而重视我。在他们眼里我只是个离职的员工，对公司无足轻重！他们不会对让我走的决定有任何后悔。他们关心的是财务数字！”

“简，你太透彻了！不过……公司也很无奈。杰姆斯承受着很大的压力……”理查小心翼翼地说：“当然最后这个结果对你、对公司都是一种遗憾……”

肖简的嘴角露出一丝讥讽的笑，说：“现在来谈遗憾似乎没有太大的意义。这场战争已经旷日持久，而且都是公开的秘密！公司的每一个权力人物作这个决定都不是一时冲动。都是处于自己的利益考虑。我最后的行为也只是提醒一下他们：员工也是人！对待员工不要像对待‘物品’一样！OEE 公司尊重诚信的企业文化不应该是挂在墙上的装饰物！”

肖简说话的语气平淡但每一句话都很尖锐，而且句句说到点子上。理查一时感觉语塞。沉默了一会儿突然说：“史蒂夫马上要来了！”

“史蒂夫是谁？”肖简一时没有反应过来。

“我们的 CFO(首席财务执行官)啊！你的 E-mail 不是到了他的手里了吗？”理查声音凝重地说：“史蒂夫可是鼎鼎大名的 OEE 公司二号人物！惊动了他，就等于惊动了大老板查尔斯！惊动了查尔斯那就等于……”理查倒吸了一口气说：“就等于引发了一座活火山。”

理查说完这句话，沉默了很长时间。肖简在电话的另一端也是心潮起伏。刚刚发生的惊心动魄的一幕幕，像雷鸣闪电一样强烈地撞击着她的大脑皮层。

“简，威廉可能有麻烦了。他有麻烦是自作自受！但我们……少不了要受威廉的牵连了！”理查叹了口气说：“Global Auditor(全球审计)过两天就要到了。他们这次会拿放大镜来的。可中国这么大的生意违规不违法的事总是少不了的。唉——中国可能要有麻烦了！”

肖简听到这些不知该高兴还是悲哀。但高兴也罢悲哀也好，理查打电话来绝不是来告诉这个她已经从 OEE 员工口里知道的消息。于是，她静静地看着窗外，静静地等理查的下文。

“简，我们关系一直不错，我也直话直说。杰姆斯很关注此事。他现在承受着美国和 AP(亚太)巨大的压力。上午 AP 一早就来查财务数字查了一整天！杰姆斯想请我尽快和你好好谈谈，听听你的想法。”理查终于把话拉上了正题。

“谈什么？”肖简莞尔一笑。她终于明白理查为什么给她打这个电话了。

谈什么？理查一时间又语塞了。但很快他用坦诚的声音坦诚的语言说:“简,Trust me(相信我)!我没有恶意。虽然我受杰姆斯之托,但我也不想来说服你什么!我了解你被公司伤害了!我只想作为一个朋友晚上和你约个时间聊聊,听听你的想法和打算。”

肖简点点头,淡淡地笑笑说:“理查,我知道。我一向把你当朋友很愿意和你聊天。OEE 公司强大无比,但我并不怕它。因为我无所求。这一年多的风风雨雨让我看到的太多太多。就像一个人生的大舞台,每个人都在扮演着自己的角色。我虽是个小角色,却有尊严有原则。遗憾的是公司的大人物们总想无视它。而我只是想让他们高抬了一下贵眼。我其实和公司没有什么过不去的,公司不必这么紧张。我所做的,每一个正直自尊的员工都会做的。我寻求的只是一个公平!至于别的,我无所谓。”

女人平静地说着。她的目光很清澈。神情很从容。仿佛在和朋友唠家常。

“那好,简,晚上我请你吃饭。咱们慢慢地聊透彻地聊。”理查话筒里的声音突然带着一种深深的好奇:“简,我也想知道你究竟触犯了威廉什么?他为什么非要置你于死地？”

肖简长长地叹了一口气。说:“这是一个很长很长的故事。这个故事涉及权力、政治、尊严、利益和欲望……”

“这么复杂?!”理查惊讶地说:“那我就更想知道了……”

“好吧！晚上见……”

肖简挂了电话。她的目光越过客厅宽大的落地窗,越过窗外挂着雪花的松树,越过正在空中飘舞着的雪花，越过拥抱着雪花的灰蒙蒙的天空……她的目光变得有些迷离,仿佛正在追溯一个遥远的时空。她走进了一个久远而沉重的历史……

第二章

— 5 —

暖融融的阳光透过飞机舷窗洒进了头等机舱。刚刚睡了一觉还做了一个好梦的威廉·李心情好极了地一边享受着暖融融的阳光浴，一边欣赏着窗外那滚滚波浪般的松软白云。渐渐的，他觉得自己的身体也随着白云飘飘浮浮起来。他微眯起眼睛，尽情地放松着体会着飘浮和升腾的感觉。晕晕乎乎中，梦里那个头戴金冠的"加州小姐"松香满玉地依偎了过来……女人丰腴的身体在他的眼前晃呀晃；他狂野地驾驭着女人的身体放肆地笑呀笑……在驾驭的快意中整个世界都颤抖着俯伏在他的脚下。

"哈哈！"威廉突然被自己短促的笑声惊起。他急忙看了看身边已经睡着的彼得。看到彼得被他情不自禁的笑声惊得微微皱起了眉，威廉顿时紧张得下意识地缩紧了身体。他屏住呼吸，小心翼翼地盯着彼得的表情，发现他并没有醒的意思，这才长长地吁了一口气，把放松的身体摊在了靠背椅子上。

但刚刚放松了身体，他仿佛意识到了什么。他开始恼怒自己。干吗对这个小彼得这么小心翼翼？这次随老板约翰去中国审计，如果通过了 GC 总经理迈克的面试，自己马上就能连跳两级！哈哈！彼得以后就是我的同事而不再是我的老板了！到那时，我再不用对他发来的 E-mail 诚惶诚恐；再不用在乎他对我的印象是好还是坏；也再不用对他小心翼翼了！想想自己，都一头白发了！论年龄论资历自己哪点比他差？就算他在 OEE 公司待的年头长点，我就要像个孙子似的对他点头哈腰？

威廉想到此愤愤然，故意伸出胳膊肘顶了一下彼得放在扶手上的胳膊。彼得的身体惊颤了一下，皱了皱眉。威廉赶紧缩回了胳膊，心怦怦直跳！偷眼望望彼得，发现他还是没有醒，这才长长地舒了一口气。拭了拭自己的额头，凉凉的。咳，算了！跟谁斗气别和自己的前途斗气！在人屋檐下一天，就不得不低一天的头。只有低得头下头才能当得人上人。低头的滋味不好受，更不用说向一个自己不服气的人低头。但谁让这低头挣的钱比抬头挺胸还多呢？

进 OEE 之前，威廉在加州一家咨询公司旧金山分公司当总经理。管了二十来个人。公司不算大，但除了董事长爱德华，威廉就是旧金山公司的最高长官了。可谓"一人之下万人之上"。爱德华生意做得不错，几乎在每个州都有分公司。威廉的分公司在爱德华所有的公司里，经营得不好也不坏，盈亏平衡点上略有盈余。因此虽不能大富大贵，但也凭着这中等的业绩顺当地做了10年总经理。靠的是什么？是驾驭人的天才。不仅要驾驭公司里包括美国人印尼人越南人中国人在内的全部员工；更重要的是驾驭好老爱德华。这不，老爱德华喜欢了，他威廉每年十多万的年薪，挣得舒舒服服。还有做一方“土皇帝”的尊严威风和趾高气扬。这对出生在新加坡是地道的新加坡血统的威廉简直太重要了！

威廉的父母在威廉6岁的时候带着他偷渡到了美国。他们希望为儿子谋一个美好的前程。为了谋生夫妻呕心沥血在China Town(中国城)大大小小的餐馆里打了十几年的工，尝尽了辛酸，才把儿子送进了美国的名牌大学。在儿子上大学的那年他们用十多年打工的积蓄开了一家小餐馆。到威廉大学毕业的时候已经把小餐馆经营成洛杉矶小有名气的餐厅了。儿子毕业典礼的那天，父母把这个餐厅作为隆重的礼物送给儿子，但遭到了威廉的断然拒绝。拒绝的时候他的目光阴沉，脸上乌云密布，胸膛里更是电闪雷鸣。那一瞬间他的眼前闪现出他在餐馆度过的童年时代里一幕幕惨不忍睹的经历——那星星般包围着他的白眼、讥讽、蔑视、侮辱、唾弃……——那浸透了他心灵每一个细胞的身在社会最底层的屈辱……为了被侮辱被损害的这一切，威廉发下毒誓：有朝一日他威廉要站在巨人的肩膀上！他要让过去欺负过他的人在他的脚下匍匐发抖！他要征服世界！

因此毕业以后威廉誓死不肯继承父亲的餐馆，宁可到大公司去做一个小职员。察言观色、小心翼翼、含辛茹苦地在几个美国人的公司里干了七八年，终于当上了总经理。切切实实地拥有了俯视脚下那些当年侮辱他欺负他的各种肤色的人的权力。他是那么解气地享受和驾驭着玩弄员工生存于股掌之中的权力。感觉真是好极了！只可惜老爱德华3年前去世，他的大儿子就任集团公司董事长。他嫌老爸过去的经营方法保守，业务增长速度太慢。因此一上任就大刀阔斧地裁减他认为利润增长点不大的分公司。他对威廉的业绩显然不满意，提出要给他增派一个副总经理，负责开拓新业务。威廉当然不甘心自己多年经营的独立王国被这样掠夺，假意年纪大了要退休，以为老板会竭力挽留最后达到阻止外部权力渗入的目的。不料他机关算错，高估了自己对小爱德华的重要性。小爱德华正想弄一批和自己一样年轻有冲击力的人代替老爸的旧部。威廉此举可谓正中下怀。他马上将计就计，给威廉多多的溢美之词后接受了他的辞呈。威廉真是哑巴吃黄连。

快50的人了重新进入就业大军的滋味可真不好受！好在自己命好，正赶上OEE美国公司年底一场人事大变动，一些经理职位空缺。凭威廉十多年总经理的工作经历，他就任了OEE公司西雅图的咨询部经理。虽然从职位上屈就，但15万的年薪加上奖金及一定比例的坚挺的OEE公司股票期权，威廉的收入居然比以前增加了近一倍，搞得威廉有一阵子对老爱德华怨气大了，觉得那10年光阴要是放在OEE公司，那今天别说彼得了，恐怕彼得的老板约翰·马丁都该对自己诚惶诚恐了！

仿佛弹指一挥间,威廉在OEE公司度过了两年的光阴。他发现OEE公司就像“聚宝盆”,每往权力的“金字塔”尖爬一个阶梯,都能获得非常诱惑力的收入。因此为了往上爬,他付出了比过去加倍的辛苦。但这种辛苦并不是在业务上。对业务,威廉的原则是了解就可以了。业务开拓是手下项目经理们的事。他的时间若耗在这些地方,那就是走错方向了。威廉的时间大部分花在了联络方方面面的上层关系上。因为对拥有全球几十万人才的OEE公司来说,他这样的经理多如牛毛根本引不起人的注意。而不引人注目是仕途发展的最大忌讳。为了吸引老板们的注意,他努力在每一个有老板参加的业务演示会上表现出类拔萃,力图给老板们留下深刻印象。功夫不负有心人。在他一次次锲而不舍的尝试后,终于引起了OEE官场上炙手可热的美国分公司总经理约翰·马丁的注意。在去年的一年里,约翰几次在高层会议上表扬过他,说要给他升职。威廉正做着升官发财的美梦呢,不料突然传来了约翰被他美国总部老板本杰明提拔到新加坡担任亚太咨询部副总裁的消息。

约翰火箭般的升职,让威廉羡慕妒忌又沮丧。他羡慕约翰有一个比亲爹还亲的老板;妒忌约翰能力未必比自己强运气却好得自己可望而不可即;同时他沮丧自己好不容易赢得了约翰老板的青睐,他却一走了之!辛辛苦苦播种劳作,到了却颗粒无收!约翰走后很长一段时间,他像一只断线的风筝一时不知该飘到哪里。情绪正沮丧呢,突然收到了约翰紧急召见的信息。

在威廉毫无精神准备的情况下,亚太咨询部副总裁约翰突然把一顶“中国咨询部总监”的金色桂冠凭空砸到他的头上!欣喜若狂之余,威廉对约翰感激涕零。他亲自飞到新加坡向老板表了忠心。看到约翰欣赏而受用的微笑,威廉看到了自己在OEE仕途上一线亮丽的曙光。

威廉还沉浸在天上掉下来的“中国咨询部总监”的金色桂冠中狂喜得不能自拔呢,突然又迅雷不及掩耳地得到了一顶更辉煌的桂冠——GC咨询部高级总监!因为原中国咨询部总监詹森的老板艾瑞克上周也突然辞职了!约翰伤透了脑筋把身边的人拨拉了好几遍也没有找到懂中国话懂业务懂管理又能对他忠心耿耿的候选人。尴尬无奈之际又想到了威廉。索性不管帽子合不合适自己先把位置占上免得政敌来占坑。于是威廉一觉醒来,做梦般的看着自己的官帽子换了一顶又一顶而且越戴越高,管的地盘越来越大,惊喜得不知道该怎么好!

此时,威廉·李热血沸腾!约翰·马丁算是选对了人!有我过去这几十年的经验,我一定能在这块黄种人的土地上大展宏图!不出三五个月,非把GC整顿成美国模式不可。让约翰看看!也让我的美国同僚们看看!我是不是比他们更优秀!

威廉发狠地想着,目光炯炯。还有几个小时北京就到了。云端下的世界很快就能被自己踩在脚下!这次对GC的业务大检查是约翰专门为他安排的考察未来“王国”的机会。约翰说了,只要迈克最后点一下头,这个位置就是他的了!

我必须利用好这个机会!我必须掌握这个上天恩赐给我的机会!我必须要征服

迈克！威廉发狠地用上牙咬住下唇……

“Coffee? Coffee? ”美国空中小姐清脆的声音在威廉身边响起。

威廉赶紧冲小姐摆摆手，看了一眼彼得，生怕吵醒了他。

空中小姐笑容可掬地点点头。经过彼得身边的时候放低了声音。

“Coffee? Can I get a cup of coffee? ”(咖啡？我能要一杯咖啡吗？)彼得突然睁开眼，左右扭着脑袋找咖啡。

“Coffee! Coffee! Please! ”威廉呼地站起身，冲空中小姐的背影大喊。

小姐回过身，笑盈盈地回过头给威廉和彼得一人倒了一杯咖啡。

彼得喝了几口咖啡，彻底醒过来了。兴致勃勃地跟威廉讲起他第一次来北京冒雨爬长城的经历。讲到雨中的长城壮观的景色时，他一副神往的样子。

但坐在一边的威廉却不以为然。

威廉 20 世纪 80 年代初来过一次北京。对北京的印象不太好。车水马龙；你拥我挤；商场乱哄哄；街道脏乎乎；天空雾蒙蒙；废气刺鼻孔。他实在体会不出这几千年的中国文明史表现在什么地方。至于那万里长城、故宫、颐和圆、圆明园，与他同行的美国同事一个个大惊小怪地发出“啧啧”的感叹，一口一个“Great!”“Amazing!”“Wonderful!”一副拜倒在中国古代文明脚下的样子。不由得威廉从鼻孔里发出蔑视的“哼哼”声。心想，难怪都说美国人有病，几块破砖破瓦就把他们糊弄成这样！放着自己家美国伟大的物质文明视而不见，偏偏崇拜起这些被赋了几句古诗就成了所谓文物的破玩意儿。真是有病！威廉发自内心的没觉得这万里长城有什么伟大。靠这破城墙就想抵御外域的侵略，不是痴人说梦吗？瞧，美国 China Town(中国城)的中国人那副委琐劲，他可是名副其实的美国人。在他给老爱德华当总经理的日子里，他第一次体会了驾驭黄种人的快意。在他的王国里“逆我者亡”！谁敢违背他，他绝对有办法让他死得难看！今天，约翰居然把一个堆满黄金的王国拱手送到了他的面前，让他还没有踏上那块国土就已经享受到了征服者的快意！

“William, you are lucky guy! ”(威廉，你是个幸运的家伙！)　“Take your time to enjoy Great Wall.”(好好地欣赏长城吧。)

“Yeah, Yeah, Ha……Ha……Ha……”威廉一边迎和着彼得，一边想着自己的确是个 Luck Guy。OEE 的多事之秋居然给自己带来了连跳两级的机会。为了这机会，就是陪陪彼得聊聊那无聊的长城又有什么？

于是威廉把头转向彼得，显得兴趣盎然地谈起长城来。

— 6 —

围绕着长形椭圆桌，检查官们一个个神色肃然地双臂抱胸，下巴高高地翘着，目光炯炯地望着会议室北面从墙顶缓缓落下来的白色屏幕。

即将卸任的GC咨询部总监艾瑞克清了清喉咙，做离任前的最后一次年度工作报告——这本来应该是刚辞职的中国咨询部总监詹森作的。但詹森辞职了，作为老板他不得不披挂上阵！

此刻检查官们的目光齐刷刷地投向了艾瑞克。艾瑞克因为对业务细节不熟悉，专门让中国咨询部内部控制经理肖简坐在身边。肖简第一次经历这种严肃的场面，精神高度紧张，内心忐忑不安。看看四周，这么多陌生的蓝眼睛大鼻子！就连平时很熟的GC内部控制经理杰夫都板着一张冷脸。亚太咨询部老板约翰坐在肖简的对面，硕大的脑袋高高地仰着。约翰的身边坐着那个叫威廉的矮墩墩的亚洲人，此刻炯炯的目光也正探索地盯着她。他的眼睛长得像兀鹰，看人的眼神带着钩子，恨不得把对方的五脏六腑都钩出来看一看似的。多少给人一种来者不善的感觉。詹森走了，真担心这些蓝眼睛大鼻子们会给自己出什么"妖蛾子"！

投影仪在主席台后的白色大屏幕上打出"咨询部财务状况分析"的黑色大标题。艾瑞克清了清嗓子，开始用英语作工作回顾。他依次打开各式的财务分析报表，把中国咨询部季度、年度和跨年度的Revenue（收入）、Expense（费用）和Margin（利润）等数字一一做了回顾和解释。检查官们一个个神色肃然地听着。约翰一直蹙眉凝思，不时地和身边那个眼睛带钩子的威廉耳语几句。所有人都很关注约翰的一举一动，那个威廉更是对大老板的一举一动体察入微。连约翰咳嗽、清嗓子，都能第一时间吸引威廉的关注，一次次起身倒水送水，就差给老板捶胸拍背的了。财务总监乔治眼都不眨地盯着大屏幕上的数字，不时低头和自己笔记本电脑里的数字做核对。乔治电脑里拥有亚太各国和地区报上来的全部财务数据。如果艾瑞克此时汇报的数据和以前递交的有任何不一致或不合逻辑的地方，对数字极度敏感的乔治会马上提出质疑，并要求作出合理的解释。而今天财务总监的相对沉默，以及他不时对约翰投过来的目光轻轻地叩首，说明他对詹森和肖简准备的财务数字基本上是认可的。

艾瑞克介绍完总体情况，开始作项目回顾。他依次展示了"项目信息表"、"项目预测表"和"资源分配状况"，然后用洪亮、自信的声音说："通过这些数据，大家可以看见，中国咨询部的项目状况是健康的！我们有充足的项目来源，有充盈的收入来源，我们还在开发几个新的电子商务项目。我们今年的利润应该很有希望完成目标……"

"为什么转包合同费用这么大？它们差不多占了你整个部门费用的二分之一？"乔治用浓重的澳大利亚口音突然打断艾瑞克的话。刚才在昏暗的灯光和没完没了的数字中有些昏昏欲睡的约翰，突然清醒了过来。一双深陷在眼眶里的蓝蓝的眼睛睁得溜溜的圆。

"这个嘛……"艾瑞克皱皱眉，耸耸肩，无奈地说："我刚才已经讲过了，我们顾问资源不够啊！光SHP一个项目就占用了我部门三分之一的顾问。我们只能再外聘转包顾问了！”

“你们如果顾问资源不够，为什么还有13%的顾问Unassigned(没被分配工作)呢？”一直没有开口的彼得突然开口了。

“What？”艾瑞克和肖简几乎同时惊讶地问。

“Unassigned(没被分配工作)——13%——”彼得拖长了声音说，蓝眼睛一闪一闪的好像一架摄像机，要把他们每一个异样的表情都摄进他敏锐的镜头里。

“Unassigned? It's impossible！(没被分配工作？这不可能！)”艾瑞克断然地回答。咨询部顾问资源紧缺是历来难以解决的问题，为此很多项目都要subcontract(转包)给OEE公司的Partner(合作伙伴)，怎么可能13%的顾问没工作做？

“OK！你们自己看一下PMS系统！”彼得把他的笔记本电脑转向大家。电脑屏幕上是OEE网上项目管理数据库PMS系统。系统数据库在Unassigned(没被分配工作)的科目下赫然闪着13%的数字！艾瑞克疑惑地望着肖简。所有的蓝眼睛大鼻子都把目光转向了肖简。

肖简觉得心脏紧张得快跳出胸膛！怎么会出这种事？自己这几天千叮咛万嘱咐老板秘书兼PMS系统助理王欣一定要核查系统数据确定准确无误。怎么出了这么恐怖的错误？这么多犀利的眼睛像钩子一样地盯着自己，自己该怎么解释？

但容不得她解释，彼得伸出了他长着淡淡的金色绒毛的手，点着右下角的一个数据说：“看，700个小时?！一个星期？难以置信！”

看到这个数据，肖简惊愕得差点跳起来。系统数据库显示顾问刘云川有一个星期居然工作了700小时！显然是顾问在系统里多填了一个“0”，而王欣没有检查出来并予以更正。于是咨询部那个月一下多了几十万美元的顾问收入！看到这个数字，肖简难堪得直想往地缝里钻！千般万般的委屈和愤怒此刻都不得不牢牢地压在心里。面对一道道灼人的目光，她只能低下头小声地说：“I am sorry！Very sorry！”

“艾瑞克，如果你们有13%的顾问处于Unassigned(没被分配工作)状态，为什么还要把项目subcontract(转包)给合作伙伴呢？”彼得目光炯炯地盯着艾瑞克和肖简。

问题越来越复杂了！检查官居然根据数据库的错误数据要对咨询部的工作进行质疑了！中国不可能有13%的顾问被闲置！咨询部这一年业务繁忙资源严重紧缺，目前聘用了近100个转包顾问还没有最终解决顾问资源紧缺的问题。系统里13%的比率肯定是很多顾问粗心填错了每天工作时间分配的数据代码。把应该计在类似Management(管理)、Self-Learning(自学)、Customer Relation(客户关系)等的时间计在了“Unassigned”的分类里。而数据库管理员王欣又没有去认真检查、核实和纠正。因此这只是数据错误而不是中国项目运作的真实情况！必须向亚太讲明这点，否则亚太会错误判断和决策中国的情况！

肖简大胆地抬起头，目光直视着彼得和其他老板说：“我能肯定这是系统数据的错误！而不是 Consulting(咨询部)的实际情况！中国资源严重紧缺，根本没有 13% 的顾问闲置！”

“如果是系统数据的问题，为什么你们不能提供准确的数据呢？你不知道亚太和美国总部都是通过数据库来了解中国的业务情况？”彼得脸上的表情变得异常严肃。

肖简垂下眼，不知道该说什么。

对 OEE 公司咨询部来说，人就是钱！时间就是钱！客户是按小时来购买顾问服务的。OEE 公司能提供世界上最高科技的优质服务，但它的顾问服务价码也是世界上最贵的！一个最低级别的助理顾问每天的顾问服务至少 500 美元；而资深顾问一天则 1000 多美元；如果需要请海外技术专家每天 2000 多美元。一个为期几个月的项目如果投入几个顾问就可以给咨询部带来几十万美元的收入；而一个持续两三年投入几十个顾问的项目则可能给咨询部带来几百万甚至上千万美元。中国咨询部每个月同时运行的项目有几十个，投入部门顾问和转包顾问近两百个。这么多大项目的收入确认和成本控制数据管理，如果靠手工劳动根本没有可能。OEE 公司为此在全球各国强令使用自己开发的数据库产品“项目管理会计系统(PMS)”，要求咨询部顾问把他们每天计费(billable)和不计费(nonbillable)的工作时间和工作量记录在 Timesheet（工作交付表）上，然后每周末通过网络向 PMS 数据库递交 Timesheet。PMS 系统管理员王欣的职能就是每天监控系统数据；催促顾问按时递交 Timeshee；核查和纠正数据库里的错误数据。这样，从 OEE 美国总部到亚太咨询部各级老板都可以随时上网打开数据库，了解部门、项目以及每一个顾问的收入和成本情况。

但问题是“项目管理会计系统(PMS)”的数据采集过程充满着太多不可控制的人为因素。首先整个中国公司从总经理到部门老板都“重”业务“轻”管理，因此从上到下都关注项目进程却对管理不善睁一只眼闭一只眼。其次咨询部 80 多名顾问和 100 多名外包的转包顾问也把全部心思放在项目上，好似“空中飞人”经常在全国几十个项目点上飞来飞去。不交、漏交和填错 Timesheet 简直家常便饭。而唯一拥有系统数据监督改错权的王欣又没有履行系统管理员的数据催促、检查、监控和改错职责。更让肖简难以启齿的是，作为内部控制经理，她居然指挥不动系统助理王欣。因为王欣是个位微权重的老板秘书，她不仅不把肖简放在眼里，还对肖简的工作处处设限。PMS 数据库简直成了她的私人“领地”，别人不能侵犯……因此要想改进 PMS 数据库简直困难重重。

“简，不准确的数据就是垃圾！它不仅浪费我们的时间，还会误导我们的业务。”彼得把电脑搬回自己面前，正色说。

“Yes, I know。”肖简红着脸连连点头。虽然是冬天，但背后的衣服都被汗水浸湿了。

"Jane,你是内部控制经理,你必须为系统数据负责!"彼得目光犀利,口气严厉地说:

"Yes! OK!"肖简连声说。脑海却浮现王欣守在PMS数据库前戒备、抗拒、烦躁的脸……心里充满着压抑和沉重。

看见肖简脸上的窘迫,彼得把犀利的提问转向了艾瑞克,示意继续。

艾瑞克又展示了"总体评分表"。对部门项目管理能力、项目汇报情况、客户满意度、年度收入费用利润、90天坏账所占比例、顾问利用率、员工流失率、管理团队能力、培训、客户关系、合作伙伴关系、内部控制管理的标准化、项目实际情况、战略计划等三四十项工作,依亚太规定的Red(红)、Yellow(黄)、Green(绿)的百分比标准一一进行自我评估并打分。最后艾瑞克笑着大声宣布:

"我认为中国咨询部在过去的一年运行状况良好,总分应该是Green(绿灯)"!

肖简看见大家都把目光投向约翰。约翰用右手托着腮没有说话。亚太内部控制总经理彼得见状笑着说:"我希望如此! 但是我们需要核查!"

彼得说完笑着看看约翰。见约翰微笑着微微点头,就重重地一击掌,操着轻松的声音戏谑地说:"Ok! Class is over! I am hungry! I can eat a horse (好,可以下课了! 我饿了! 我能吃掉一匹马!)!"

会议室顿时爆发出一阵放松的笑声。几个老外一边伸懒腰一边开始互相打趣。沉默了一上午的威廉又把头扭向身边的约翰满脸都是讨好的笑，用飞快的英语和约翰哈哈开着玩笑。

十几分钟后,王欣指挥着几个订餐小姐把一盒盒五颜六色的"比萨"送进了会议室……

— 7 —

"现在,我来宣布这次业务大检查的结果——"站在讲台上的彼得声音突然提高了一倍。全场的目光"刷"地投到讲台后面白色的巨大屏幕上。

"Amber(黄灯)!"彼得大声宣布。

"这么才Amber?"艾瑞克不满地低头对身边的肖简说。

"是啊!我们Revenue(收入)不是比去年同期增加了20%吗?"肖简不服气地嘀咕。

"中国去年也是黄灯。但今年相比去年中国业绩有很大进步。事实上离绿灯只差两个百分点。如果中国能在三个月内尽快提高数据库系统管理的质量,合理分配资源,减少坏账,增加员工培训,中国的分数可以提升为绿灯!"彼得仿佛注意到了艾瑞克和肖简的表情,一双蓝眼睛带着笑意望着他们大声说。

艾瑞克心里很不是滋味。OEE老板就像永远也喂不饱的大蟒蛇,每年干死干活却永远满足不了老板的要求。不管全球市场是否衰落，它永不停息地给你设定目标。这些年全球IT业务下滑这么厉害，OEE公司还要求25%的年增长率，把大大小小的老板们逼得每天早上醒来的第一件事就是revenue（收入）。一到月末、季度末和年末更是急红了眼似的绞尽脑汁上蹿下跳地到处找revenue。有时就为缺一两个百分点急得嘴唇起泡。在OEE工作，老板们就像一双永不得休息的红舞鞋，不跳到死歇不下来！而这么给老板卖命，可number（数字）只要一不好看，迈克的脸色比死了爹娘还难看。想想自己快60岁的人了，钱早就挣够了，何苦天天被逼得要上房揭瓦还要看老板的脸色！结果可能还落一个托马斯的悲剧下场——

中国总经理托马斯因为和迈克在中国发展战略上看法不同，刚愎自用的迈克全然不顾托马斯就任几年为中国创造的辉煌业绩：业务比前任扩展了几十倍，revenue增长了200%。亲手设计了一场惊心动魄的"政变"。骗托马斯出国开会。托马斯前脚登上飞机，迈克后脚就给亚太地区所有大小老板发了一封E-mail，郑重宣布："中国总经理托马斯今天起从OEE中国公司正式离职！他的全部职务暂时由我本人亲自代替！"E-mail里没有一个字解释托马斯离职的任何原因。而托马斯也仿佛失踪了一般从此在OEE公司绝了踪迹。

托马斯的离职让本来就对迈克有意见的艾瑞克和詹森彻底寒了心。托马斯的命运照出了他们自己的命运。爱将詹森以及台湾总监威尔士上个月先后突然辞职。艾瑞克本来也想马上辞职。但考虑到GC咨询部三个总监走了两个，自己如果再辞职岂不是要迈克的命?!于是艾瑞克暂时没有提。想找好中国大陆、台湾地区的总监继任者再辞。不料迈克毫不领情，这段时间对GC数字下滑几次暴跳如雷，毫不顾及艾瑞克正在拼着老命替他唱"空城计"！而亚太新上任的咨询部老板约翰更是个混蛋政客。上周电话会议居然公开点艾瑞克的名，指责GC的revenue（收入）下降margin（利润）太低。艾瑞克懒得给约翰多解释什么了，电话会议当天就毅然递交了辞呈。而既然自己要离开了，公平不公平其实都无所谓了！只可惜不仅中国的航船没有舵手了，连GC这条领航的旗舰都可能会面临颠覆的命运！

面对检查结果肖简非常难受。如果不是PMS系统数据不准确，中国可以得Green（绿灯）。更严重的是因为PMS里那13%的"Unassigned（未分配工作）"，彼得今天已经宣布暂时冻结咨询部的聘用名额。这意味着在数据库数据修正正确之前，亚太将不再批准中国咨询部聘用新人！数据错误居然严重影响了部门的业务，可见改善数据库的质量已经是当务之急！

台上的声音突然停止了。肖简抬起头，发现彼得的蓝眼睛正一动不动地盯着自己！她一颗心紧张得怦怦直跳，以为自己做错事又要挨批评。不料彼得冲肖简展颜一笑，大声说：

"我很高兴地发现中国的内部控制工作取得了意义深远的进步。去年我来中国做业务检查的时候这里连PMS和HRS系统都没有。现在两个系统都已经在中国顺利运作。谢谢你！简！”彼得的蓝眼睛一闪一闪的含着笑意。围坐在椭圆形会议桌边的老板们纷纷向肖简投来关注或赞许的目光。肖简觉得很意外。数据库出了这么多错彼得居然还表扬了自己。看来这位亚太内部控制总经理还是分得清是非。肖简忙说“Thank you！ Thank you！”

“好，现在大家到楼下的宴会厅吃晚餐！”彼得向大家拍拍手说。

检查官们一个个拎着电脑包，一边开着玩笑一边陆续往外走。

见人多，肖简拎着电脑包侧身站在落地窗前，礼貌地等老外们先离开。

一缕阳光透过大大的落地玻璃窗，恰好落在女人容光焕发的脸上，给女人灿烂的笑涂上了一抹金色的光环。恰好正经过女人身边的威廉突然间感觉有些晕旋。不知为什么，检查期间和这个思维机敏谈吐幽默的女人几次短暂的照面都在他心里激起一些莫名的感觉——有冲动有不安还有些手足无措还想不由自主地掩饰——这个女人真有些奇怪！威廉想着停住脚，望着肖简的目光便有些游移，仿佛灵魂出窍的感觉。

看见威廉突然站在自己面前若有所思，肖简忙把探询的目光投向他。威廉突然醒悟过来，掩饰地笑笑，伸出手握住女人的手，点点头说：“简，好好干！你很有前途！”

肖简连声感谢，笑嘻嘻地和威廉寒暄挥挥手。

走进香格里拉宴会厅。

柔和的灯光，精致的餐具，造型别致的盆景，一片片丰腴的绿叶恰到好处地点缀着餐桌。悠扬的中国古典音乐从大厅深处一阵阵舒缓悠扬地传来。

那个古色古香的十几人大餐桌的对角线很有戏剧性地扮演了国界线的功能，威廉和杰夫一左一右地把所有的老外检查官都拥在了里面半张桌子；外面半张齐刷刷的是黄皮肤黑眼睛的中方经理。肖简暗暗好笑。她知道同事们都不愿意坐在蓝眼睛大鼻子旁边，一顿饭牵肠挂肚地搜刮英语单词去应付老外，而面对美味佳肴垂涎三尺却动不了几筷子！于是在等待上菜的过程中，里面半张桌子的用英语聊；外面半张桌子的用中文聊。这几天的大检查把个个经理的心情都搞得很紧张。好不容易熬到最后一天了，晚上还不放松放松？大家一个个表情愉悦，可着劲儿放肆地聊，聊得眉飞色舞的。反正用中文，老外又听不懂。

但威廉却听得懂。他一直竖直了耳朵认真听每一个人说的每一句话，而且不动声色地观察每一个人的表情。为了不被大家发觉他在窥视，他还不时地把脸转向身边的约翰哈哈地开几句迎合的玩笑。但他和约翰说话的时候，一只耳朵也是冲着聊天的中方经理们竖着的。他相信人只有在放松的状况下才会不设防，才会暴露真实的个性，才会表现出人性的弱点。就像打猎，只有在动物不戒备的状况下，才能捕到猎物。

威廉铭心刻骨地意识到要想把脚下的这块版图玩好，就必须先控制一个能在他制定的“游戏规则”下玩的管理团队,也就是控制眼前这几个黄皮肤的中国经理!而要控制先要了解,要发现他们的弱点,要找到他们每一个人的软肋……

“哎——我说威廉,你领带上怎么有一块油渍啊?看来您太喜欢中国菜了,还想留块油渍作纪念吗？哈哈哈——”坐在威廉旁边的斯蒂文突然大惊小怪地叫起来。

几个中方经理的目光一瞬间都盯在他的领带上,跟着斯蒂文嬉笑起来。威廉脸有些发烧。中午吃“比萨”时一小块碎肉不小心沾在了领带上,没想到被这眼贼的斯蒂文揭了短,多少在仪态上有些丢份。威廉嘿嘿一笑掩饰着尴尬,迅速把话题转到SHP项目上,想提醒斯蒂文注意他威廉的身份是亚太检查官,并不是他可以随便开玩笑的同僚。但这个斯蒂文好像并不把他这个检查官当回事,敷衍了威廉几句,就没有礼貌地扭过头和刘新权聊天去了。

威廉恼怒地盯着斯蒂文的后脑勺心里直运气。这个斯蒂文,打第一天面试他就没有好印象！以为自己入了美国籍,就拿出放浪不羁那一套。居然不顾忌威廉尊严的检查官身份！威廉问了他一些SHP项目成本控制的问题,他不是支吾就是大大咧咧地搪塞。还振振有辞地辩解说威廉不了解中国的“国情”,说这种“国情”下SHP项目多么多么难做!可要不难做用这么高的工资聘你干什么?一个项目总监连成本核算和控制都不会,怎么配做总监?!

还有杰夫身边那个北京顾问经理刘新权，目光闪烁，连哈哈笑声中都透着虚空。昨天上午他向彼得和威廉汇报项目情况,云里雾里扯了一两个小时,也听不出有什么内容和新意。别看他言谈举止显得很有城府,点头哈腰的总是顺着老板爱听的话茬说，摆起部门历史来也像如数家珍，但只要一问他项目成本核算和财务数字,他的目光就开始闪烁,支支吾吾地说不出所以然来。然后很聪明地把话题转到他所熟悉的地方。几次三番,威廉心里也有了数。这个刘新权和斯蒂文一样,对项目成本核算和财务预测都在糊弄呢!听说他是部门资格最老的经理,手下有几十个顾问,做过上百个项目。但不懂项目财务核算他们怎么管理和控制项目？难道光搞所谓的“关系”就能做SHP这种大项目吗？真不明白那个詹森和艾瑞克怎么会对这样的人委以重任？还让他坐到北京顾问经理的高位？

那个上海地区经理张宣明脸上皱纹不少,年纪看来不小了。让他坐在上海地区经理的位置上简直是文不对题！就瞧他一脸木讷,问一句答半句,说话的时候表情模糊，看不出哭还是笑的界线。这样的人怎么能拼着命和竞争对手抢单子抢市场呢?他这种黏糊的性格别说抢了,送上门的都未必接得住。但威廉也发现,一谈到技术问题,张宣明的脸色立刻明朗了,语言流畅,思维清晰。很明显,他是个技术精英,也可以做项目经理。但绝对不合适如此核心的上海地区经理的高位。

威廉印象最不好的就是那个上海业务拓展经理罗伯特·邓了。他是威廉这两天面试过的经理中最浮躁的人！听说他是OEE美国总部调转过来的高级顾问,工资是中国本土经理的5倍多。可听说到中国快一年了，只打了一个上海华明证卷交易所的单。坐在威廉对面唠唠叨叨一会儿抱怨partner（合作伙伴）的报价低于OEE的报价；一会儿又指责Sales（销售）不合作；然后又抱怨公司奉行的合作伙伴联盟政策是养虎为患。给威廉满脑子的印象就是这个拿高额薪水的人满嘴除了抱怨还是抱怨。问题是你跟老板抱怨有什么用？老板要把问题都给你解决了还要你做什么？威廉生平最恨只会抱怨但不能拿出解决方案的人。而威廉平生也最恨部下要他给提供什么解决方案。一个会做官的老板，他通常让下属自己去揣摩老板意图并作出决定。决定作对了，是老板的功劳；决定错了，是下属的责任。而这个罗伯特·邓正是威廉·李作为老板最忌讳的人。

面试了中国咨询部大部分经理，威廉除了不满还有一种隐隐约约不安。这个团队问题远比自己想象得多。素质达不到美国经理的标准不说，而且个个张扬跋扈，桀骜不驯！对老板根本不懂得谦恭。让这样的团队听从指挥遵从自己的“游戏规则”恐怕不是一件容易的事。这些人张口国情闭口“国情”，完全不懂西方运作思维和模式。而思维和模式是短时间内培训不出来的。何况威廉从来都懒得去培训和他有意识差异的人。与其培养人，不如聘现成的人才。因此要想在短时间内创出业绩必须对这个团队动大手术！必要的话换血！但怎么动？动谁？威廉还没有细想。这也不是威廉此行的目的。无论如何也要等大功告成再去谋划这件事。而目前他需要所有的经理支持他，为他提供通过迈克考试所需要的项目信息和情报。因此他对每一个经理都很谦卑都笑容可掬。越反感的人他笑得越灿烂。搞得所有的经理都认为威廉对自己很满意。

“威廉，您要可乐吗？”秘书王欣手里举着一听可乐，小心翼翼地问威廉。

“好！好！谢谢！谢谢！”威廉顿时满脸堆笑，站起身接过王欣递过来的可乐。

“啊呀！威廉，您，您小心扎手……”见威廉在拉一罐可乐的时候不小心拉掉了盖上的小铁环，王欣不由得咧了咧嘴，声音紧张地叫了起来。紧接着赶紧给他换了一听可乐。

“刺啦——”一声，威廉顺利拉开了这听可乐。抬起头，温和地冲王欣笑笑说了声谢谢。王欣拘谨地摇摇头，紧接着又突然从座位上站起身，取了几张餐巾纸亲自送到威廉手上。指了指他手指上不小心溅上的几滴可乐。威廉的心里有种暖暖的感觉。内心暗暗对这个体贴的秘书充满了好感。这次大检查，他零零碎碎的事情找过王欣多次，感觉这个女孩谦卑细致，举手投足都很得体，左顾右盼中也处处显出一种周到。和餐桌上那些个性张扬、说话长牙的经理们相映衬，只有她一直在频频给老板们斟酒倒茶，小心地伺候着。这个女人的一举一动都像熨斗一样把威廉的心熨得很舒坦。这是一个值得信任的女人，威廉暗想。

威廉的目光又移到了正和罗伯特·斯蒂文嬉笑的肖简身上。对这个女人他目前似乎还没有把握好感觉。内部控制是咨询部一个非常核心的环节。可以说这个女人未来提供的财务数据和项目信息将决定自己作为老板的业绩和命运。和这个位置上的人如果没有亲密默契的关系是会有大麻烦的。而威廉在这个女人身上恰恰找不到这种亲密的感觉。

这个女人有些奇怪。她好像有好几张脸装着好几个表情。有时一副淡漠的样子仿佛置身事外；有时显得冷然正色一张职业化的脸；而此刻她像是浑不经事的小孩,伶牙俐齿地和周围的经理开着激情野性的玩笑,有几次逗得威廉也情不自禁地狂笑起来,甚至心痒痒地也想加入进去开几句狂野的玩笑过过口瘾。但这个女人显然根本不注意他的感觉。她似乎不注意任何人的感觉。这种女人虽然好玩但太过性情。驾驭得好会是骑下一匹良驹;驾驭不好会把你摔得鼻青脸肿。但凭他威廉怎么可能驾驭不了这个小小的女人呢?一个女人再能耐还能翻了天?骑她几个回合就能让她知道威廉的厉害了！想到这,他情不自禁地笑了。笑出了声。肖简和经理们被他的笑声惊扰,纷纷抬起了头。见自己一个笑声就吸引了这些中国人的目光,威廉有些得意。索性把笑声放大,一边笑一边还用目光逐一扫射着经理们的脸。大家开始不安和疑惑。有的人想问他为什么笑？但张了张嘴又闭上了;有的人明显表现出了不自在,比如刘新权,他把头埋得很低假装吃盘里的凉菜,眼角却不时偷看威廉;有的人索性避开威廉的眼睛，故意看前面的钢琴师……这正是威廉想要看到的效果。让对方不知就里的时候,他更能窥到对方的内心。

“威廉,您笑什么呢？”肖简望着威廉,毫不设防的脸上挂满了好奇的问号。

威廉突然感觉脖子被卡住了一般，他的笑生生地被噎在了喉咙口。他被问住了。是啊,说自己笑什么呢?他的大脑以光速的速度疯狂运转,但搜肠刮肚绞尽脑汁一时间也编不出为什么这么大笑的理由！他哈哈强笑一声尴尬地说:“没什么,没什么。吃饭吃饭。”说完故意低下头,装做认真地连吃几口菜。

“不对,威廉,你肯定有什么好笑的不肯告诉我们。您刚才到底笑什么啊?”威廉希望这种窘迫糊弄着就过去了,可偏偏这女人不依不饶,一双执拗锐利的眼睛死死地盯住了自己。

周围经理们的目光都静静地停在了他的身上,等着听一个惊天撼世的笑话呢！几个老外被大家的目光牵引得也把好奇的目光投了过来。威廉感觉生生地被罩在了一个来自四面八方的目光织成的铁丝网里,憋得他快要窒息。似乎所有人都在等着看他的笑话。那一瞬间威廉觉得面前的这个女人是这么的可恶!她仿佛有意想让威廉出丑!她在故意和威廉过不去!眼看再编不出高妙的笑话要丢人现眼了!可他越着急却越无法“急中生智”。正在威廉进退两难的时候,对面的王欣突然嗓音提高了一倍说:

“威廉,美国没有这种长衫马褂西瓜帽长辫子的服务员吗？我看您一见他们就乐了。”

“对对对,没见过！没见过！哈哈哈,好玩,好玩！有意思！”威廉仿佛抓到了一根救命稻草，赶紧接过话题，急忙表白。并向王欣投去感激的目光。

可那肖简居然一副不懂人事的样子。看看威廉，又看看王欣，笑嘻嘻地歪着头说："不对，不对。威廉，我觉得您一定有好玩的事儿，为什么不肯让我们笑笑？"

其他几位经理居然又把已经移开的目光转了回来，又开始笑着望着他，一副静听下文的样子。威廉干笑着，举起酒杯，岔开话题说：

"没有啦没有啦——很高兴今天认识各位，希望以后有机会与各位合作。干杯！"

又是那个肖简，又是她那副童稚的样子，又是哪壶不开提哪壶。

"威廉，您在OEE公司负责哪个方面的工作？"

威廉职位其实和上海地区经理张宣明差不多，连总监都不是。他未来的下属杰夫现在的级别都比他高。而OEE公司的业务检查小组从来都是由各个职能的资深大区总监们担任。他这次以一个经理的级别却跻身于检查官之列是带有特殊使命的。就检查官的身份来说他目前是百分之百的不名副其实。肖简的这个问题如果放在以前还是以后问，都不会带给他像现在这样大的心理刺激。而此时此刻在威廉刚刚经历了一场不大不小的难堪后，这个该死的女人居然又让他经历另一场窘迫，威廉觉得这个女人今天简直可恶至极！简直是恶意挑衅！但面对一双双等待下文的眼光，他是不能不开口的。于是他哈哈笑着说：

"简，我不是给过你我的名片吗？"

"威廉，可上面没有写您的Title(职位)呀？"肖简望望彼得他们说："他们名片上都打了Title(职位)，您为什么不写呢？我们不知道您负责什么，怎么和您合作呢？"

威廉表面哈哈笑着连连点头，浑身却像被虱子咬了一般坐立不安。仿佛在大庭广众之下被人扒光了衣服一般，别提多羞辱了。这张中文名片是威廉来中国之前专门到China Town(中国城)精心制作的。名片上故意只印了一个名字和办公地点。故意没印职位和部门，显得深藏不露，也不能露。事实上，谁又会死缠着问他的真实身份是什么呢？

只有面前这位不知天高地厚的小女子。她真的不知道她面前的是谁吗？她为什么要提这么多问题？谁借了她胆子敢让我这么难堪？！这个浑身带刺的女人，瞧她清清秀秀的样子，我对她还有几分好感，也给她递过恩宠的"橄榄枝"了。万万没想到她这么不给我面子。

想到这，威廉一双兀鹰般的眼睛阴翳地望着肖简。

而这个女人却好像对威廉的愤怒浑然不觉，居然还浑不经事似的开始嘻嘻哈哈地给大家讲"愚人"的故事。威廉的脸色越来越阴沉，越听越觉得肖简是在借故事里的"愚人"影射他。经理们插科打诨的笑声也让他觉得充满着讽刺。心里很恼火却无法发泄憋得只想骂娘。

这时宴会厅传来"好一朵茉莉花"的吴侬软语声。威廉见机忙把目光投到钢琴前雍容华贵的唱歌的小姐身上,一副专注地享受这江南丝竹声的样子。他旁边的老外也被这陌生美妙的曲调吸引得停止了交谈和用膳。一曲终了，几个老外带头拍手。威廉拍得尤其响亮。连声说“好听！好听！”

“威廉,听说过‘上有天堂,下有苏杭’吗？”技术经理孙建武笑道。

“听说过,听说过。”威廉连连点头。

“也就是说苏杭的美女比天堂里的美女还要漂亮啊！”

“哈哈哈……听说过！早就听说过！”威廉望着美女眼睛熠熠闪光。他狂野地笑着问:“苏杭的美女会比我们的‘加州小姐’性感吗？”说完哈哈大笑。几个男经理也附和着大笑。

“性感比不上,但肯定比‘加州小姐’聪明,智商高。”肖简等他们笑完说了一句。

“为什么？”威廉似笑非笑地看着肖简问。

“因为中国人比老外聪明呀！”肖简笑嘻嘻地说。

“真的吗?”威廉心想这真是个自负的女人。竟然在我这儿说这种话。她可真不知道我威廉是谁吗?就她那点小女人的聪明?威廉恨恨的,不知为什么,一句他没想说出来的话一不留神溜出了牙缝:“会比我聪明吗?”威廉努力把另一句话压到了舌头底下:我是美国聪明人里的聪明人,你们谁想和我比比聪明试试?

“当然不会！”肖简赶紧笑着说。

“我是新加坡人！不,我入了美国籍,我是美国人！”威廉强忍着怒气,口气生硬地说。

“新加坡人的祖先都是炎黄子孙,所以您也还是中国人啊！所以您还是比老外聪明啊！”肖简居然不依不饶地抬杠。

不知为什么,这句夸奖威廉怎么听怎么不舒服。他当然聪明,但不是作为中国人的聪明,而是作为地地道道的新加坡美国人的聪明。

威廉白天做高傲的亚太检查官的好情绪完全被面前的女人破坏掉了。可他目前却无可奈何。只能把阴沉的目光不时地投到肖简身上,仿佛要给女人一些警示。但女人却旁若无人地和别人说笑,根本不理会威廉的目光。更不会想象到自己率真的天性正在为自己孕育着日后的劫难……

第三章

— 8 —

“王欣，我想和你谈谈 PMS 系统的问题。这次 Business Review（业务大检查）发现了很多问题……”肖简拉了把椅子坐到了王欣身边。

肖简一说起系统的问题，王欣立马蹙起了眉头，脸色变得非常难看。她没有理会肖简，“噼啪噼啪”地把键盘敲打得飞快。

肖简装做没有看见她的不耐烦，详细地介绍了彼得严肃提出整改 PMS 系统库的要求。王欣听着听着脸上现出一种深重的恼怒。几次停下打字的手，想分辩什么但嘴唇动了动又把话咽回去了。但听到 PMS 里 Unassigned（没有工作做）占 13%的时候，她终于忍不住了。把键盘重重地一推，头一扬看着肖简冷冷地说：“你有什么话就直说吧！Unassigned 的数据是顾问自己输的，和我王欣有什么关系？Headcount（聘人指标）frozen（冻结）跟我又有什么关系？！”

见没谈几句王欣浑身上下就披上了戒备对抗的盔甲，肖简真有些不知所措。她不明白国共两党都能合作，为什么她们之间连一次心态平和的工作谈话都做不到呢？她知道王欣对 PMS 很敏感。她不能容忍别人批评她的系统就如同溺爱孩子的母亲不容忍别人对她的孩子有任何非议似的。可 PMS 是公司的管理系统不是她家的孩子啊！她怎么持这种心态做工作呢？

肖简叹了一口气说：“我理解你对 PMS 的付出。系统出现问题我也有责任。现在让我们看看怎么去消灭数据错误。如果我们之间都不能配合，怎么要求顾问和我们系统配合呢？”

肖简的话说得入情入理，但王欣怎么听怎么不舒服，却又无法反驳，就故意“噼啪噼啪”地重敲键盘。肖简强压着烦躁，耐心地等她在键盘上发泄完情绪。终于王欣停了下来，背对着肖简说：“行！你说吧！你是 manager（经理），你说咋改咱就咋改！我没意见！”

肖简强压着不悦耐心地说：“王欣，不是我说怎么改，而是我们一起商量。我们是一个 team（团队）的，必须 team work（团队合作）！你是系统的 Assistant（助理），你比我们都熟悉系统，应该最容易发现问题。”

“Assistant？Assistant 怎么了？Assistant 也得吃饭睡觉。”王欣转过脸，没好气地操着京腔说:“别一说数据不准就是 Assistant 的错。那帮 Consultant(顾问)不交表格,瞎填数据,我有什么办法?”说完扭过头继续旁若无人地噼里啪啦把键盘打得脆响。

这个女人怎么这样?肖简强压着一股想要蹿出来的火说:“他们瞎填是不对。但系统管理员的责任不就是要检查、发现问题及时纠正吗？一周填了 700 小时,填的人不对,但系统 Assistant 要是 review(检查)一下会很容易发现错误纠正错误的！”

“什么一周 700 个小时？”王欣愣了一下,停住敲键盘的手,耳朵向肖简方向竖起来,但还是不肯把头扭过来看肖简。

“彼得查出刘云川有一个星期往 PMS 里填了 700 小时的工作量？你难道不知道吗?”

“是吗？700 小时？不太可能吧……”王欣慢吞吞地打了几个字又停了下来,脸上露出不相信的神情,但口气明显软了一些。

“你觉得不可能是吗?我刚听彼得说的时候我也觉得不可能!但是它发生了!我想我最好还是让你看看这张从 PMS 系统里打印出来的表格吧！”肖简冷笑着把表格重重地放到了桌上。原想给她留点面子,但这姑奶奶不见棺材不掉泪。看不见证据她是不会承认错误的!

王欣斜着眼,瞥了一眼肖简扔过来的表格,耸耸肩说:“这帮家伙怎么瞎填？真受不了！”

看见王欣面对重大工作失误,居然连个 sorry 都没有,肖简心情郁闷得快要爆炸！从这个女人身上,肖简才真正理解了什么是经济学上说的“瓶颈现象”。如果说内部控制工作是个可以盛很多水的大瓶子的话，王欣就是那个处于咽喉部位的瓶颈。瓶口被她卡住了,即便你有再多的水也往里灌不进去。

内部控制是 OEE 公司咨询部管理的命脉。而王欣又是内部控制最基础也是最重要的环节。因为内部控制首先要依赖于大量的项目信息和资源信息的获取。而王欣恰好是这两个数据仓库 PMS 和 HRS 的管理员。作为内部控制经理,肖简本来有权对这个基础环节进行有效管理和监控。但她仗着同时又是“一人之上万人之下”的老板秘书的特殊身份,拒绝汇报给肖简。于是王欣的“瓶颈现象”在收集和管理项目信息和资源信息的重要的环节堂而皇之地发生着作用。也因为这个“瓶颈现象”,咨询部的业务预测、业务分析、项目核算、收入确认、成本控制、应收和应付账款管理、系统管理等等一切需要以数据库的基础数据为分析依据的工作,都受着严重的制约。

“王欣,这只是顾问的错误吗?你不觉得这种错误出得太可笑、太离谱吗?!简直丢 Consulting(咨询部)的脸！一个顾问一周怎么可能工作 700 小时？700 小时意味着什么？意味着几十万美元的差异！这种错误你稍微核对一下肯定能够纠正的！”

“我也想检查呀,可我有时间吗？整个部门有七八十人,我侍候得过来吗？明明是顾问递交的数据出错,怎么倒成了我的责任了?!”

王欣的脸冷得快成了霜。她咬着下唇恨恨地想:这个女人到底想干什么?她为什么总要找我的茬?找到了PMS的错她就能证实我没有能力吗?她就能趁机渗透她的权力最终剥夺我对PSM的管理和控制权吗?我不会让她得逞的!自从她进了OEE,就一直在夺取我的工作“领地”,剥夺我的工作权利。争夺PMS系统的战斗充满了我带血的眼泪……你肖简一步步把我往死里逼,我也只有以牙还牙!我辛辛苦苦才获得这个属于自己的自由工作领地,我怎么可能不拼了老命去维护?我捍卫自己的生存权利光明正大,走遍天下我都不怕!

“可你不检查,系统数据出错了怎么办呢?”肖简说。

“这么大部门成千上万个数据,出点错还不正常!大惊小怪!”王欣冷笑一声满脸讥讽。

“仅仅是出点错?!小姐,亚太已经frozen(冻结)了我们的Headcount(聘人指标)!”肖简愕然地看着振振有词的王欣,觉得自己快要爆炸了!

“Frozen了Headcount怎么成了我的责任?帮帮忙啊!是Consultant(顾问)填错了数据,不是我啊!”王欣铁青着脸,气急败坏地说。

“王欣,算了,今天我们可能都太冲动了!改天平静下来再谈吧!都是为了工作,不是要跟谁过不去!彼得说了,过三个月还要来检查!到时系统状况没有改善我俩都会有trouble(麻烦)!”肖简见状决定中止这次谈话,否则一场面对面冲突难以避免!

“嗨!彼得也就这么一说!你还真信啊?到时他肯定来不了!”王欣不以为然地说。

这个女人简直不可理喻!肖简冷冷地看了她一眼说:“彼得来不来我们的工作都得做!你好自为之吧!”说完愤然离开了。

回到座位上,肖简的心久久不能平静。自从肖简被聘担任内部控制经理这一年来,工作上被王欣拒绝已经是意料之中的事。只要是肖简要的历史数据王欣通常都没有;但老板们要任何数据她都会有,没有她也会想方设法变出来。所以她能在这个位置永驻如同“不老翁”老板倒了她都不倒!她是咨询部一道历史门槛,任何人经过这个门槛的时候,都要看在老板的面子上笑嘻嘻地哄着她,小心地跨过这道门槛;倘若不留神得罪了她,那被绊个趔趄便是不可避免的事了!肖简自从进入公司就小心翼翼地面对这个门槛,但这道门槛却张牙舞爪处处羁绊她!

面对这种“瓶颈现象”,肖简却丝毫没有办法。因为在OEE公司,出于控制成本的考虑,聘秘书远比聘部门经理还难!需要到亚太层层审批还不一定获准。几个总监share(共用)一个秘书一点都不新鲜。像艾瑞克这样的GC老板都没有专职秘书。聘一个秘书如此费劲,因此除非万不得已,部门老板都不去惹这个麻烦。急用人的时候找一个临时工用几个月或半年一年的,时间到了或续聘或解聘。所以在OEE

公司，正式秘书的含金量极高，位置很稳定，工作量大但工资高权力也很大。而且物以稀为贵，秘书们因为工作量大出点错老板们都很宽容。因此 OEE 的秘书是一个相当不好惹的群体。而王欣又是她们中学历最低因而拼杀得也最艰苦的一个。中国咨询部 80 多人的一个大部门，多少年了只有王欣一个秘书。因此她才有机会以老板秘书的身份参与内部控制的工作，控制着项目成本控制和资源分配的 PMS 和 HRS 系统。中国咨询部的内部控制管理说白了就是肖简和王欣的合作。只有王欣收集和提供出正确的原始数据，肖简才能从内部控制层面进行分析管理和监控。但王欣和肖简双方不能合作却又偏偏在工作上无论如何摆脱不了不同程度的交叉和竞争关系，所以就不可避免地演绎出一出又一出故事。肖简烦极了也累极了！肖简从来认为世界上没有什么过不去的恩怨。可为什么自己和王欣之间的千千结解起来就那么难呢？

肖简越想越心烦。于是给丈夫天雄的公司打了个电话，想约他出去吃饭。前台小姐却说他 4 点多就出去办事了。她又打天雄的手机，却“不在服务区”。肖简心里滑过一丝疑惑：这个家伙，钻到哪个地洞里去了？手机怎么又不在服务区？最近他的手机经常不是关机就是不在服务区。这个天雄有时候真让人琢磨不透。周围生意做得大的人多得是，怎么就他没日没夜地忙呢？肖简心情变得有些郁郁的。

正在这时手机响了。是宗民，一个相爱过一段时间却最终没有走进婚姻殿堂的男人；一个肖简内心深处多少带着一丝牵挂和内疚的男人。

“简，最近好吗？东直门新开了一家重庆火锅店，味道可正宗呢！大哥晚上请你吃饭？”

宗民知道肖简最爱吃四川火锅，平时请她吃她准乐。但为了业务检查忙了快半个月，今晚她特别想和丈夫一起吃饭。可天雄却不知钻到哪里歌舞升平去了。肖简心里很郁闷。

“简，是不是晚上不方便？怕老公不高兴？那就改天也可以。”见肖简半天不语，宗民理解地说。

明明独守空房却被宗民认为和老公亲昵厮守，肖简赌气地说：“方便！干吗不方便？走吧。我马上走。在哪里？”

宗民又怜又爱地说：“瞧你急的。我马上过来接你！”

“那我得等到什么时候啊？算了我自己打车去吧！我们半小时见！”

“真是个小馋猫！”宗民电话里依然是那种爱痛交加的声音。他仔仔细细地把行程路线告诉肖简让她拿纸记下，末了还不放心地问一句：“简，你不会丢了吧。不行还是我来接你？”

肖简笑着说：“别瞎操心了！”挂了电话，起身收拾东西，把刚才和王欣的不快丢到了九霄云外。

— 9 —

京郊的“九庄温泉”咖啡厅。

天雄目不转睛地笑望着静苑，把女人盯得脸红了起来。在柔和的灯光下，女人的绯红显得很美，让男人浑身有些发热，情不自禁地说：“静，我想我来之前忘了带一件东西了。”

“什么东西啊？”静苑忙问。她担心天雄忘带了什么重要文件，然后突然对她说今天的约会还没有开始就要结束了。

“我忘了带一个胶条。”天雄表情认真地说。但嘴角却泄露出一丝坏坏的笑。

“带胶条干什么？”静苑一脸认真的困惑。

“贴在嘴上，怕我万一忍不住时会狠很亲你一口。”天雄说完哈哈朗声大笑。

静苑的脸红得像桃花，但却呈现出一种由衷的幸福和甜蜜。不知为什么面对这个男人如此大胆挑逗的话，她不仅不反感还很受用。要是换作另一个男人，她早就翻脸了。此刻面对她的雄，她犹如怀春的少女，心跳如小兔。自己这是怎么了？难道真的爱上了这个男人？半个月前他们还是相见不相识的网友，怎么自己居然能没有羞耻之心地接受这样的挑逗呢？

“你怕吗？”男人目光灼灼地盯着女人因为羞怯、渴望、害怕种种情愫变得更加有味的表情。这才是女人！这种女人才更能唤起男人的雄性和征服心。这样的女人才最容易让男人动心。原本也就是在网上玩玩的天雄正是被静苑这种阴柔缠绵的浓浓的女人味吸引得从网上走到了网下。从他男人潜意识的冲动里，他甚至渴望能从网下走到床上。

女人微微地低下了头。目光盯着面前红红的葡萄酒，呼吸变得有些粗重。她真受不了眼前这个男子汉气十足的男人如此大胆的进攻。但不知为什么，她就是不敢说“不”字。唯恐说了这句话就会吓跑了这个男人。

女人的迷离的神情让天雄有些难以把持。他不知道为什么已经是 3 岁孩子妈妈的静苑会有这种害羞少女的表情。面对这样的女人，没有几个血性男人会不动容。天雄浑身热热的涨涨的。他发现自己想要这个女人，想要融入这个女人的血液。但这时肖简幽怨的表情突然在他的眼前一闪，他沸腾的血稍稍冷了一些。

“静，咱们走吧！”天雄毅然站起身。不能在这种撩人的诱惑里待下去了！要出事！以后再说吧！

“为什么？”静苑惊讶地盯着男人。以为男人见她不表态生气了。她想解释但这种话一时难以出口；可不解释她真的害怕失去天雄。她左右为难，急得眼泪都快流出来了。

看到女人的惶惑，天雄的心更加激荡了。他不由分说一把搂过女人，狠狠地吻了一下。然后松开她，大步流星离开了座位，亲自到柜台去结账。静苑捂着羞红的脸又惊又喜、慌乱无措。平息了好几秒钟才缓过气来。突然意识到男人已经离开了，忙站起身，走到正在结账的男人身后，心里充满着惶然的幸福。

男人扭过身看见面色潮红的女人，坏笑了一下，一把揽过女人，用富有磁性的声音说："走！我带你去吹吹山野的风……"

肖简把服务小姐刚端上来的羊肉片倒了半盆进锅里，然后冲着开始冒着红油的火锅贪婪地吸鼻子，口里说着："好香好香啊！哈哈！"

"小祖宗，你别一下倒进去这么多羊肉啊！你看你看，都糊了！"宗民赶紧用小漏勺在锅里搅动，一边搅一边说："你慢点，小心烫着！没人跟你抢！"一边说一边把熟了的肉一块一块夹到肖简的碗里。肖简头也不抬，碗里进来一块，就往嘴里塞一块。一会儿的工夫，半盘羊肉下了肖简的肚。肖简舒服地长长喘了口气。说："你还说多。这不一眨眼的工夫就没了？哎，宗民，你还一块没有吃呀！"

"先让小馋猫吃吧。"宗民笑呵呵地看着肖简。

他最爱看肖简吃饭的样子，娇憨可爱极了！这个女人，真像歌词里唱的"你这样一个女人，让我欢喜让我忧"。而他这么一个大男人一见她也像歌里那样"让我真心为了你付出我所有"。当年上帝鬼使神差把女人送到了他的面前，从此他的心再也无法离开。这个女人哪点迷住了他呢？一米六的她站在一米八的宗民身边简直像个袖珍女人。清秀但不漂亮；光彩但不夺目。曾经有几个外表比肖简炫目的女人主动追求他，但宗民却死活迷上了这个袖珍小女人。她的心为什么像吸盘一样如此吸引他？她到底什么地方吸引他？宗民得到她和失去她的时候也没有想明白。因为肖简根本就是一个能给男人带来说不清的感觉的女人。甜蜜酸涩苦辣还有迷乱……这滋味种种，让宗民欲说还休。可以说，当年除了工作，他的整颗心都系在这个女人身上，付出得很辛苦很用心。但不知为什么，他心里总有种不踏实的感觉。究竟为什么不踏实，他也说不清。肖简的内心深处永远有一块他触及不到的角落。也许正是因为这个，他至今也不能理解肖简为什么最终离开了他，成了赵天雄的妻子。而令他自己惊讶的是，这个女人为他人妻5年了，自己居然对他痴心不改。虽然这些年也有过女人，虽然女人也对他柔情百转，但不论他怀里拥着如何娇美的女人，梦回萦绕的居然还是这个简！但痴心也罢，萦绕也罢，宗民很清楚自己的情愫只是水中对月。肖简对他永远只是一个可望而不可即的梦。但可叹的是，自己做这个梦的时候居然充满着无尽的幸福感……

宗民出神地看着正狼吞虎咽的肖简。这孩子吃的时候永远那么专注。看她吃得满头大汗的样子，实在惹人心疼。宗民感觉心一阵发紧。他真想把这个女人搂在怀里好好地疼她爱她。可想到这已经永远是属于天雄的特权，宗民的心苦苦的、涩涩的……

“你不吃,净盯着我干什么？”见宗民盯着她,肖简三下两下把嘴里的肉囫囵咽了下去,喘口气,拿起餐巾纸擦擦嘴说。

“没事。我喜欢看你吃饭。好看！”宗民深情地一笑。

“无聊！”肖简轻骂了一声,脸上泛起了好看的红晕。把宗民看得心都醉了胆也碎了。

“他今天怎么没有陪你吃饭？”宗民小心翼翼地问。

“可能单位有事吧。”提起了手机不在服务区的天雄,肖简的脸上滑过了一丝黯然。但她很快掩饰了自己,故作轻松地说:“要他在,我现在还能吃你的美餐吗？”

敏感的宗民捕捉到了女人脸上转瞬即逝的忧伤。这两年见过肖简几次,为什么一提起天雄,她的脸上总不由自主地滑过一种忧伤。她过得幸福吗?这个问题经常会萦绕在他的脑海。但他永远无法从他心爱的女人身上获得答案。

“简,记住。有什么不愉快的就来找我。遇到任何困难也过来找我。我虽然今生无福做你的丈夫,但我是你的大哥哥,是你的好朋友,对吗？”说到最后,宗民的声音有些哽咽。

望着宗民的感伤,肖简心中滑过一丝黯然,还有深深的歉意。是自己给这个男人带来了不幸。从某种程度上说，肖简内心深处对宗民一直有一份割舍不断的依恋。但对宗民的依恋和对天雄铭心刻骨的爱是截然不同的。对天雄,是血与肉的交融。血澎湃的时候是放马奔腾的激荡;血流尽的时候是无可救药的死亡。而对宗民,是生活中的一个让你舒适的习惯;是一样每天不能缺少的生活必需品,比如说一张舒适的床。你和他终日厮守,却难以交汇。你想要释放,却难以燃尽。你是一锅等待沸腾的油,他是一根慢慢燃烧的柴火。他快要燃尽了,但你这锅油却离沸点还很远。可是,你想沸腾。

而天雄就是一个能让你沸腾的男人。他本身就是一团火,点燃了自己以后很容易点燃别人。没有人能抗拒这种火热的力量。这是激情！这是生命！可这个激情生命为什么渐渐地熄灭了呢?虽然天雄和肖简依然相爱,但这种爱总感觉带着一种疲惫和无奈。虽然天雄依然幽默有趣,但女人的心想和他融合在一起的时候你能感觉到他心的游移。在很多次无意中窥见面对电脑的男人,你却能惊讶地发现他的舒展放松甚至兴奋。难道我们之间的感觉还不如人机对话?有时候肖简在一旁默默地看着男人,内心充满黯然。在对这种潜移默化的变化,她曾无数次试图和丈夫交流探讨,试图找回两个人当年生命的激情。正是这种生命的激情,使肖简从宗民温暖娇宠的怀抱毅然跳到了和天雄婚姻的婚床。和天雄的结合过程是短暂而疯狂的,以至于她还没有来得及去面对天雄灵魂深处的东西，就闪电式地在短短三四个月的时间里走完了从认识、恋爱到上床的过程。现代得让她觉得这简直不是自己。可她却做了不是自己会做的事。而且做的时候没有惶恐,做完以后也没有不安。仿佛这一切过程都是在半醉酒的状态做下的。带着一分对自己的怂恿,带着一分对激情的渴望，肖简仿佛从诞生的一瞬间起就是生命激情的化身。在遇到天雄之前，这种激情一直在身体的最深处孕育着流淌着，等待着释放的机会。可以说天雄让她感受到了生命激情迸发的美丽。

但这么一个激情的生命怎么说熄灭就熄灭了呢？天雄熄灭了，肖简于是也熄灭了。他和她曾是一对激情生命的最佳组合。一个激情生命消逝了，另一个生命也再难激情。可肖简多么渴望那段可以不顾一切燃烧生命的日子！

想到这里，肖简从内心深处发出一声沉重的叹息。她感觉着天雄激情的熄灭；但同时他依然不时地带给她若即若离的幸福，让她对这份情感挥之难去。为此她越来越感觉到一种莫名的困扰。可是她内心里是多么的爱慕这个男人多么希望这份爱情永驻。可是男人的爱情今天流失去了哪里？

女人内心突然生出一种恐惧。她突然特别想见到天雄。她想依偎到天雄的怀抱。她害怕感受失去天雄失去爱的忧伤。她情不自禁地把视线投向收款台。

"吃完了？急着回家了？好，我结账！"细心的宗民仿佛猜到了肖简的心思，笑着问。

"哎，我来我来！"肖简对宗民急忙摇摇手嚷嚷道："上次你买的单，这回该我买了！"

"你给我收起你们外企那套AA制！我虽然不是富翁，但请你吃饭的钱还是掏得出的！"

看宗民生气了，肖简忙打哈哈说："好好，不吃白不吃吃了也白吃。我白吃了还不行吗？"

宗民又被她逗乐了。"你这孩子，唉，遇上你算我倒霉！"他买完单牵着肖简出了餐馆。

一出门，一股清寒的秋风迎面吹来，肖简不由得打了个寒噤，脖子也缩进了风衣。宗民赶紧用宽大的身躯挡住了风。

— 10 —

远远的，肖简看见自己家12层的卧室窗帘透着灯光。啊，天雄一定回来了。肖简三步并作两步跑上电梯。到家了。她带着一种渴望掏出钥匙，打开家门。

天雄笑吟吟地走过来迎住了肖简，一把将妻子搂进了怀里。不知为什么，肖简一见天雄熟悉的温和的笑，内心突然泛起一丝委屈。她噘起嘴，依偎在丈夫的胸前，闻着男人熟悉的体味，心里荡漾着一种温情。她微眯着眼睛，把红殷殷的小嘴迎向男人。男人犹豫了一下，也把自己厚实的唇盖住了女人的。两人的唇一开始只是试探地触摸。但就在天雄的唇碰到肖简柔软滚烫的红唇的一瞬间，脑中突然滑过静苑羞怯娇美惶惑的脸。他的体内仿佛突然迸发出一种久违的激情。他突然用宽大的胸怀紧紧地围住了女人娇小的身躯，疯狂地、贪婪地、不顾一切地吞食对方。

肖简被男人这久违的突如其来的激情震撼了！她眩晕地被男人很久没有了的热情覆盖着。她觉得自己的身体在男人的强大之下是那么的柔弱。她愿意把自己揉碎了融进爱人的身体，水乳相融，永远不分开。

天雄一把抱起女人，大步向卧室走去。他急促而温柔地解去女人身上的羽毛，他又除去自己身上的全部盔甲，他热血沸腾地要拥有这个女人。女人在他怀里挣扎着，躲闪着男人的热吻，喘着气说："不……不……等一下，我要洗澡。"天雄热烈地继续吻着女人的全身，说："我抱你去……"

肖简和天雄静静地相拥着躺在大大的"席梦思"床上。两个人都把目光投向落地窗外今晚分外圆润的月亮。肖简带着一份满足；天雄带着一丝惆怅。肖简想，和这个男人守着月亮，这才是自己这一生的向往。天雄想，如果此时此刻身边躺着的不是简而是静那会是怎样一番情形？两个人想着。有一搭没一搭地聊着，转眼深夜了。

"我困了，睡吧。"肖简长长地打了一个哈欠，对天雄说。

"那你先睡吧。我还不困，想上网看看新闻。我一小时之内就睡好吗？"天雄说。

肖简不好勉强天雄，吩咐他早睡，就先拥了被子带着一种轻松的疲惫进入了梦乡。

天雄轻手轻脚地走出卧室，掩上门。走进书房，打开电脑，打开 msn，打入自己的密码。一眼看到了"寻梦"的名字，马上点击，进入了对话。

寻梦：(幽怨的)我一直在这儿等你。

圆梦：(抱歉的)对不起，晚了点。你知道，我得陪老婆。

寻梦：我知道，我没有怪你。可我们今天好不容易见面，你为什么就这么走了呢？我思念过度，都神志恍惚了。(玩笑)

圆梦：下一次，我一定好好陪你。只是……

寻梦：只是什么？

圆梦：只是……我担心已经不是贴胶布的问题了……你明白我的意思吗？

寻梦：是的……

圆梦：你怕吗？

寻梦：是的。

圆梦：为什么怕？

寻梦：非要这样吗？

圆梦：唉，你虽然当妈妈了，但你还是个没有被男人开发出来的女人。

寻梦：我不懂。

圆梦：如果你想知道，下次我告诉你而且我还不收学费……只是……

寻梦:只是什么?

圆梦:只是你要做好心理准备。不要受不了又临阵脱逃了……就像我今天这样……

寻梦:(害羞的)你今天是临阵脱逃吗?

圆梦:是的。我可能……也没有想好吧。你知道结婚以后,我很少对女人这样动过心。

寻梦:(感动的)你真的爱我吗?

天雄犹豫了一下。他只对一个女人付出过铭心刻骨的爱,那就是他的初恋女人萱。萱是第一个让他体会了生命的灿烂和美丽以后又残酷地离开他的女人。萱是他心里一块永远的痛。他埋葬了这段刻骨铭心的感情也埋葬了“爱”字。从此他再也不轻言爱。他没有对萱之后的任何一个女人主动说过爱字。包括他第一次长达八年的不和谐婚姻;包括现在的妻子简。他对简是有情感的,但他从来没有主动和简说过“爱”字。人生中永志不忘的爱只有一次。爱和女人、婚姻是两回事。这个女人味十足的静苑显然唤起了他再次婚姻后又渐渐陷入沉睡的激情。天雄喜欢她甚至有些牵挂她。但这和爱是两码事。于是他写道:

圆梦:你知道答案。不要再问我。

寻梦:我知道了。我真的很幸福。

天雄摇摇头。女人就是自以为是。但不管怎么说,我不会对静苑说这个“字”。这个字是这辈子只能属于我的萱。我不会违背我爱情的原则。

寻梦:雄,我什么时候能再见到你?

圆梦:(坏笑)你这么急着要见我吗?老师还没有备好课呢!

寻梦:(气急败坏地)雄,你,你,真坏!你明明知道人家不是这个意思嘛!

圆梦:(揶揄地)那我就要等你有这个意思再见你喽。

寻梦:你、你、你欺负我。我、我、我要哭了……

天雄觉得心一下变得热热的,小腹也觉得胀了起来。一连打错了几个字。不知为什么这个女人重新让天雄产生怜香惜玉的欲望。可自己和静认识不过两三个月啊。那是一个偶然的夜晚,简出差了,他放肆地在网上玩到深夜。刚准备下网就遇到了刚和丈夫吵完架情绪低落的网名叫“寻梦”的女人。“寻梦”和“圆梦”光凭网名就是走到一起的理由。当晚,两个人就聊出了感觉聊出了思念聊出了一份“网情”。渐渐的这份“网情”成为各自在郁闷的婚姻中寻求的一种精神寄托。因为是在网上,大家都不需要装饰,可以赤裸裸地交流。他们并没有想过有一天会赤裸裸地相见。如果真有,这也算一种缘分吧。

圆梦:别哭。我怎么舍得欺负你?今晚我和妻子在一起都情不自禁地想着你。你这个坏女孩,可把我害惨了……

寻梦:(又羞又喜地)你说的都是真的?

圆梦:!!!

寻梦:我、我、我也想你。想……要你……

圆梦:(淘气地)现在?

寻梦:(含羞地)你又欺负我……

圆梦:哈哈哈——太晚了,我该下线了。

寻梦:明天你一下班就会看到我的E-mail。

圆梦:好,再见!吻你(让吻吗)

寻梦:(含羞地)还能不让……

天雄心情愉快地下了网。关了机。蹑手蹑脚地回到卧室。肖简没有醒。天雄轻轻地爬进被窝,把女人柔软温暖的身体往怀里一拥,很快也进入了梦乡。

第四章

— 11 —

从约翰的办公室里出来,威廉压抑着浑身上下每一块肌肉每一个毛孔的亢奋,快步走进卫生间。卫生间里静悄悄的四周都没有人。他喘着粗气盯着洗手盆墙上的大镜子,兴奋的脸上冒着热气。他龇着牙冲着镜子挥了挥紧攥的拳头,内心雷达般轰鸣着一个声音:我赢了!世界是我的!要不是约翰还在等着他,他真想马上驾上跑车,以 180 迈的速度到“红灯区”,找个性感的亚洲小姐疯狂发泄几个小时,否则他根本无法平息内心的亢奋!一切都太意外了!仿佛做梦一样!一觉醒来自己穿着龙袍坐上了金銮殿。世界在自己的掌心;臣民匍匐在自己的脚下;五湖四海都在山呼万岁……一切都是那么的不真实。中华区高级总监啊!这么大的一顶皇冠难道就这么轻而易举落到他的头上?昨天,他还只是 OEE 西雅图分公司一个小小的部门经理。可一觉醒来,他就坐享其成地成了俯瞰众生的国王!

当约翰把打印出来的美国总部的“Approved(批准)”件递给他看的时候,威廉激动得气都有些喘不过来。从 GC 业务大检查回来整整一个半月了,他天天盼星星盼月亮地盼着这个美国总部的批准件!等待的日子这么地难熬!他寝食不安夜不能寐。情绪时而沮丧时而高昂。他渴望美梦成真;同时又恐惧水中捞月。宦海浮沉充满变数。觊觎艾瑞克、詹森位置的人一个个贪婪地睁大了眼睛。每一分钟他都如同惊弓之鸟,恐惧一觉醒来这个位置已经被人掠去。他的情绪跌宕起伏,头顶上平生冒出了一片白发。如果再等下去,威廉觉得自己真的要疯了!

就在他的神经因为等待脆弱得快要崩溃的时候,终于等来了约翰如五雷轰顶的电话。他当晚就搭乘飞往新加坡的航班。一下飞机乘上出租车一路狂奔,终于到了 OEE 新加坡亚洲总部。他小跑着进了约翰的办公室,看到约翰喜滋滋的脸,威廉的心就开始狂跳!他几乎是屏住呼吸听完约翰的祝贺。约翰不过说了几十分钟,威廉却感觉经历了几个世纪。有一阵子他盯着约翰滔滔不绝一张一合的嘴,却已经听不见嘴里发出的声音。内心迸发着无法克制的呐喊:我成功了!我终于成功了!约翰终于把我扶上了登上了 OEE 权力“金字塔”的天梯!从此我将平步青云。总有一天,我要亲自抚摸“金字塔”尖的那颗明珠!我要成为 OEE 国王查尔斯身边的内阁大臣!

威廉非常清楚要最终实现这个目标，必须先借着约翰的辉煌让自己尽快灿烂。约翰是 OEE 全球公认的最官运亨通的人。因为约翰的老板几年前被选入查尔斯的智囊团并逐渐成为查尔斯的心腹。小约翰也一夜间身价百倍，一级没有坐稳又上一级。就冲小约翰这满身赶都赶不走的运气，老威廉决心从此为他马首是瞻。

而约翰也对威廉寄予着莫大的期望。希望他振兴 GC 从而巩固约翰在亚太的权杖。这就是相互“借力”。而这正是公司政治的核心。今天的会面，已经呈明了约翰和威廉之间从此是生死与共的战略合作伙伴。一荣俱荣，一损俱损。约翰已经暗示他两年内会成为亚太总部的总裁。如果威廉能创出 GC 良好业绩的话，约翰今天的位置日后就是他威廉的了！

前面好似一片金色的天。约翰已为他插上了飞翔的翅膀。威廉只需要驾驭着沸腾的热血展翅高飞！有约翰这样的后台，我威廉何需仰人鼻息？唯一要做的就是把约翰的思想如无线电波迅速贯彻到 GC 的每一个角落。要在最短的时间内创出约翰要的惊人业绩！威廉内心膨胀着甩开膀子大干一场的激情。他看见镜子里的自己双眼泛着灼灼的光，满脸的肌肉都在跃跃欲试。他咧咧嘴想调整一个平静一点的表情，门突然冷不丁地被推开了，把全神贯注的威廉吓得一个激灵！

“你好！威廉，祝贺你！”进来的是彼得。看见威廉，他热情地拍了一下他的肩膀。

威廉一见彼得，下意识地刚要冲他点头哈腰，突然意识到自己此刻的身份已经不同昨天。彼得不再是他的上司，而是同僚了。于是他强行伸直了脊椎挺起了差点弯下去的腰，哈哈一笑，也用同僚打招呼的方法拍了一下彼得的背。但不知为什么手刚触及彼得的背就觉得力量突然被抽走了，他的手掌居然没有敢使劲地拍下去，只是象征性地在彼得的背上温柔地抚摸了一下就急急忙忙地溜开了……

在回约翰办公室的路上，威廉为刚才对彼得没有敢拍下去的那一掌感到难堪和沮丧。不知为什么他面对彼得内心里总是虚空没有底气。现在都成同僚了自己为什么还硬气不起来？威廉有些气恼自己！突然他想起刚才老板推心置腹的一番话，暗示老资格的彼得目前是后来者居上的约翰最头疼的“政敌”。约翰内心巴不得彼得像艾瑞克一样马上滚蛋！但因彼得位高权重约翰尽管恼他却惧他而且表面上还不得不敬他三分。在 OEE 芸芸众生眼里，约翰雍容显贵，手持权杖端坐在 OEE 权力之山。但今天的近距离接触，威廉才知道约翰的权力官椅下也埋着随时可能爆炸的政治地雷。也正因为此，约翰才需要他！他在约翰心里才有价值！

老板的政敌也就是自己的政敌。虽然彼得在威廉的这次升职中也起了重要的作用，但如果约翰想要他死的话，威廉也只有让他亡！这就是政治，无情的政治。官场上游走的人只有遵循这种残酷的游戏规则。否则，根本无法到达成功的彼岸。

— 12 —

“简,中国的 HRS 系统数据怎么还是上个月的?为什么不 update(更新)?”周一一上班,亚太数据库系统经理安琪就从新加坡给肖简打来了电话。

肖简的心一下沉了下去!周五下班前,她还叮嘱了王欣好几遍,让她周末无论如何要加班把这个月的新数据在 HRS 资源管理系统里录入完。难道她没有做吗?

“哦,安琪,对不起,月底太忙了,我们的 assistant(助理)可能还有一些数据没有 key-in(输入)。我催她今晚加一下班。明天你就能拿到 run report(运行报告)了行吗?”肖简尴尬地解释。

“简,HRS 录入数据的 deadline(截止期)可是 22 号啊!今天已经 29 号了!你可是 manager(经理)啊!”安琪的口气很有礼貌,但每一句话都像鞭子一样抽得肖简身上直疼。

放下电话,肖简赶紧过来找王欣。

“王欣,你还没有输完 data(数据)吗?”肖简着急地问。

“哦——还没呢。哪有时间啊!”王欣懒洋洋地瞥了肖简一眼,漫不经心地说。

“你不是答应周末两天加班把数据录入完的吗?”

“对不起,这两天没时间——有好几个饭局呢!没空啊——”王欣拖长了声音,眼皮从电脑前抬起斜了肖简一眼。

“什么?饭局?都火烧眉毛了你还去赴饭局?!”肖简简直不敢相信自己的耳朵!

“怎么着?大周末的还不兴有个饭局?上帝星期天还休息呢!咱小老百姓就不能偷个懒?”王欣冷笑着耸耸肩。

这个姑奶奶简直太张狂了!依肖简的脾气真想撒开来在这个不可一世的“太岁”头上动动土。但想到发泄可能会激化和王欣之间的矛盾,就咬着牙咽下了这口气。

“王欣,我也不多说什么了!麻烦你把手里的事放一放!赶紧把 HRS 的 data(数据)key-in(录入)完。AP(亚太)刚才来电话批评了!”

王欣其实正准备录数据呢。但鬼使神差的,一见肖简摆出经理的样子,她本能的一股火就蹿了上来!心想你以为你是谁?还给鼻子上脸了?为了气她,就故意不屑一顾地说:“我现在没空。没看我在确认 revenue(收入)吗?要我干活也得给我时间啊!哪能说要就要啊!”

肖简终于忍无可忍了!脸上的修养全部冻成了冰。她冷冷地说:“王欣,如果我没有记错的话我半个月前就给了你数据。根据亚太规定的系统运行日程,你 7 天前就应该完成全部数据录入。昨天就该 run(运行)monthly report(月报告)了!我还记得我月初就告诉过你 AP(亚太)从这个月底开始要检查中国的 HRS 了!”

“你半个月前给我怎么啦？半个月前我也忙呀！”王欣脖子一拧嗓门提高了一倍，有意让办公室其他人都听见：“再说了，你是manager(经理)啊！我——没空，你——上呀！”一转眼看见旁边的孙建武正朝这里瞥呢，就索性借题发挥道：“瞧人家老孙，他team(小组)的consultant(顾问)没空，人家就自己往上冲！”

见王欣拿自己做例子，孙建武吓得直冲王欣摆手：“别，别，姑奶奶，别把我往里扯！我都快累死了，哪还有劲帮别人冲啊！姐们儿，你饶了我吧！你们HRS的事别往我身上扯！”

但话说到这个份上王欣也没有什么退路了！就头一昂嘴硬着说：“本来嘛！谁让你要当manager(经理)啊？有困难manager不上谁上呀？”

王欣说完瞥了肖简一眼。见她薄薄的嘴唇抿得紧紧的，脸上透着一股冷意，目光带着一股凉气瞪着王欣。王欣鼻子里哼了一声，无所谓地耸耸肩。心想：瞪我有什么用？你不是manager(经理)吗？我一个小秘书怕什么？“噎”你怎么啦？“噎”了你也不能拿我怎么样！平时真真假假的她可没少奚落刘新权他们。他们心里再气表面上也得打个哈哈让她三分。谁敢拿她怎么着？这就是当老板秘书的好处。谁不明白“老板秘书不可得罪”？

“是吗？有困难manager是该上，但你也要把人当manager呀？我是PMS/HRS manager，我提出的意见你听吗?！”肖简脸板得紧紧的，真拿出了上级教训下级的口气。

王欣有些意外地看看肖简。心想：今儿邪性了！她还跟自己叫板了？难道她还真要和自己较真？要论理自己还真不占理，因此王欣或多或少有些心虚。但当着几个经理的面她不占理也不能认输，否则太栽面子了！好歹我也是老板的秘书，你不看僧面也该看佛面啊！于是索性煮熟的鸭子嘴硬，头一甩说：“我倒是想听你的教训！可我有时间听吗？”

肖简冷笑一声，长长的头发往后一甩，用包裹着涵养的声音说：“这办公室好像不是你一个人在忙吧！谁没有各司其职呢？我忙，可我不也干了本该你干的工作吗？”

肖简的声音很柔和，但每一个字都像针一般扎得王欣浑身疼痛。她的脸红一阵白一阵的。为了掩饰内心的不安，她开始“噼啪噼啪”地打字。可肖简好像故意要激怒她，不依不饶地说：“再说了，没有金刚钻你也别揽这瓷器活呀！不是你自己哭着喊着要当HRS的Assistant(助理)的吗？别人想做没有机会；你有机会也别占着茅坑不拉屎啊！你要是觉得自己太忙或能力不够完成不了任务，麻烦你赶紧跟艾瑞克说一声，马上把机会让给别人！”

这番话把王欣的脸都“噎”红了。她“呼”地站起身，目光也不示弱地瞪着肖简，呼呼地喘着粗气。

一时间周围的空气都凝住了。几个员工表面上若无其事地看着电脑，但目光却只往这边偷瞄。在外企这种所谓文明社会，有意见一般都藏在彬彬有礼的平静和笑容后面。员工之间再不对付，也都是暗地里较劲，表面上都装得一团和气。公开场合的冲突和对峙是非常罕见的。因此这种办公区的公开叫板多少让人有些好奇和亢奋。这也逼得王欣只能进不能退了。

她撒气般地把手里的文件收拾得稀里哗啦的，一边瞪着肖简，扯着嗓门说："行啊！让吧！有什么了不起的?！我怕什么呀！"说完"噔噔噔"地快步向大门走去。

身后，王欣清晰地听见孙建武压低着声音说："得，肖简，你这回可是把姑奶奶给惹了。估计詹森和艾瑞克都没有和她说过这么重的话。"

肖简仿佛故意要让王欣听见似的声音脆亮地说："她就是被惯坏了！我和她无仇无怨。她把该干的活干好了，当武则天我都没意见！再说了，自己活干不好，干吗还要死活占着位置不让别人做呢？给别人一点儿机会不好吗？"

身后传来低低的笑声和杂七杂八的议论，把王欣气得脸都白了。她快步逃离办公室，跑到楼下的院子里，围着枯着叶子的葡萄藤架转了好几十圈，终于想出了对策。她决定借艾瑞克的手来达到目的。哼，到时候我就是一个数字不录入，你肖简拿我也没辙……

而此刻肖简也暗暗下定了决心：不能再姑息王欣的骄横跋扈了！

她回到电脑前，给艾瑞克写了一个邮件。她先叙述了今天因为HRS系统和王欣发生的冲突；然后又回顾了这一年来在PMS/HRS系统管理上王欣方方面面的不配合；最后指出业务大检查完成后这两个月来，肖简根据彼得的指示一再要求王欣整改数据库。但王欣一直找各种借口拒绝配合。肖简首次把内部控制的问题浮上了表面，警示了放任王欣将会导致的项目管理风险。最后严肃地表明：中国数据库的问题是王欣仗着老板秘书的特殊身份，不肯服从内部控制的管理导致的。希望艾瑞克同意让汪鸿雁马上接替王欣担任HRS数据库管理助理。同时恳求艾瑞克向亚太申请聘用一个专职内部控制人员协助自己的工作。

艾瑞克中午就要从香港飞抵北京了。肖简一定要说服老板撤换王欣！

— 13 —

"今天的咸菜怎么这么咸！盐店老板都打死了！"王欣生气地把嘴里的咸菜吐了出来。皱着眉喝了一口粥，又"啪"地把筷子一摔，气呼呼地说："这粥这么清汪汪的，舍不得放米啊！咱们家穷得连米都买不起了吗?！"

刘正明赶紧吃了一口咸菜喝了一口粥，没有觉得今天的咸菜和粥与平时的有什么不一样。想辩解一下，但看了看王欣，目光并不在咸菜和粥上，而是愣愣地瞪着地板，仿佛刚才是地板得罪了她。便知道她并不是真的为咸菜和粥生气，而是什么不顺心了拿咸菜和粥找茬而已。所以，刘正明把已经跑到嗓子眼的解释又生生地咽了回去。既然不是冲他发的火，他又何苦在宝贝老婆生气时再给她添堵呢？

说实在的，他内心非常可怜王欣。自从去了那个 OEE 公司，已经六七年了，没日没夜地担惊受怕。晚上还总做噩梦被老板炒了“鱿鱼”，多少次惊醒了哭着滚进他的怀抱。每当这时刘正明总是把她紧紧地搂在怀里竭尽全力地哄她抚慰她。他非常怀念王欣没有去 OEE 之前的快乐生活。钱虽然少，但王欣是没有心事的。两人一到星期天就快快乐乐地开着单位的车去农贸市场。那里的蔬菜和水果都很便宜。他们挑挑拣拣，和小贩砍砍价，直砍得小贩见了王欣就直喊大姐您饶了我吧！然后两人牵着手拎着红红绿绿一大堆好吃的，又煎又煮又凉拌，吃得胃圆肚歪。两个人觉得真是幸福生活万年长。

但自从去了 OEE，王欣几乎不再有星期天。农贸市场半年都难得光顾一回。现在经济宽裕了，买东西都去“京客隆”了，还隔三差五要被王欣拉去那个贵得宰死人的燕莎和赛特，把一堆白花花的钱扔在了那些华而不实的所谓购物环境上，还说购物环境就是档次。这年头，环境也长了宰人的牙！但看到王欣挽着他的胳膊那副惬意享受的样子，刘正明就是有天大的不乐意也会深深地藏起来。只要他的欣欣喜欢，就权当花冤枉钱给她找了个乐吧！他在她穿开裆裤的时候就认识她。他们在同一个大杂院里一起住了二十多年。他一生的愿望就是娶她做新娘。但遗憾的是至今这个愿望还没有实现！因为该死的 OEE 公司在他们正准备结婚的时候聘用了她。然后婚期就一推再推，七八年都过去了，两个人都三十好几了可这婚到现在还没有结成！如今他也不催了，催也没有用。因为王欣已经和 OEE 公司结了婚。一天不见都不行。有时说休假，但在家待不了半天就坐立不安的，好像老板离了她就不能活了。于是总会找个理由去公司晃几眼。否则她晚上这觉就甭想睡踏实。

刘正明非常心疼王欣，觉得为多挣这几千块钱这么不要命实在不值得。可他不敢说。因为他的欣欣视这份生活为生命。而事实上这份生活也的确改变了她许多。别的不说，气质、谈吐、穿着、打扮都和在工厂宣传科当打字员时不一样。还学会了说洋文。和王欣相比，仍然在厂办当司机的刘正明经常觉得自惭形秽。好在他的欣欣也没有因为自己身份高了瞧不上他。只是总逼着自己看书，还非要给他报了个自学考试。可他实在不是读书的料，学了快两年了，一门课都没有通过考试。而王欣已经通过三四门了。最近又报了一个英语大专班。说是那个肖简英语好得让她透不过气来。无论如何两年之内要攻下英语这个碉堡！

可细想想这种日子什么时候是个头呢？OEE 公司的沉浮完全主宰了他们家的生活。王欣的老板主宰了王欣的喜怒哀乐。从王欣的情绪可以猜出 OEE 老板的情绪。这不，她晚上回来都一个多小时了，阴沉个脸，问她却什么也不说，好像憋了一肚子难受抠都抠不出来了！他希望她能把心里的难受像平常那样竹筒倒豆子般噼里啪啦地倒出来，哪怕发发小姐脾气呢，憋在心里准憋出病来。她在公司要忍气吞声，回家来刘正明愿意做她宣泄的渠道。反正也知道脾气不是冲他的，因此也犯不着生气。可能也就是刘正明这种男人中少有的好脾气大度量吧，王欣尽管已经白领了，也一直没有嫌弃他。

“睡觉吧！”王欣望着地板发了半天愣，突然站起来说。

“欣欣，你饭还没有吃呢！饿着肚子怎么能睡得着？好歹喝几口粥吧！”

“还吃什么吃！过几天连粥都可能喝不上了！”王欣没好气地瞪了男人一眼，走到卧室换上睡衣。

“欣欣，到底发生了什么事？”刘正明追进卧室，双手从背后搂着女人的肩膀柔声说。

“肖简……还有艾瑞克……他们今天抢走了我的 HRS。他们真狠啊！”王欣嘶哑的声音中带着一种悲切，似乎伤透了心的样子。

原来是工作上的事。刘正明悬着的一颗心落了地。但他不敢流露出一丝的不在意，小心翼翼地劝慰道：“唉，那也是没有办法的事……你也别太伤心了。”

“我知道没有办法。可我恨啊！我好不容易抢到了 PMS 和 HRS。我还要靠它们逃脱秘书的苦海呢！这下全完了！我没想到这个女人下手这么狠！今天是 HRS。明天呢？明天可能就是 PMS 了！她这是要断我的生路啊！”王欣抽泣着恨声说。

王欣说着眼前浮现出了下午那让她痛入骨髓的情景，目光中露出深深的绝望。

下午艾瑞克一到公司肖简就抢先一步进了老板的办公室。关着门和艾瑞克谈了一个多小时，离开时肖简冲她意味深长地一笑。还没有等王欣回味出这笑里的意思，艾瑞克就把她叫到了办公室。先满脸堆笑地表扬了一番她的勤奋努力，然后说：“戴安娜，刚才和简商量了一下，觉得你目前的工作压力太大了！又要做秘书，又要做 PMS 和 HRS，也太辛苦你了！不如把 HRS 完全交给汪鸿雁做吧！让她锻炼锻炼！你也能专心做老板秘书和 PMS 了！”

艾瑞克的话如同晴天霹雳，当时就把王欣给打蒙了！震惊之下她完全乱了方寸。想解释点什么，但嘴唇哆嗦着却什么也说不出来。艾瑞克的笑容还是那么可亲。但脸上不容置疑的表情已经告诉她这是老板的决定不可能更改！那一瞬间，王欣脑袋嗡嗡作响，她根本不能接受失去了 HRS 的事实。神志恍惚地回到座位，混混沌沌地盯着正在输入的 HRS 数据。一直到艾瑞克走了，办公室的所有人都走了，最后在楼下等了她两个多小时的男朋友刘正明感觉不对头，叫大厦的保安开门，才发现依然愣愣地沉浸在悔恨中的王欣……

事到如今她又恨又悔又怕。

她悔。悔自己低估了这个女人的本事；悔自己不该拿处心积虑得到的“饭碗”去和本来就觊觎着她的敌人“叫板”；悔自己一时气盛撂挑子给了敌人消灭她的口实。

她恨。恨这个女人毁掉了自己费尽心机和心血才筑起的世界；她恨这个女人不费吹灰之力就毁掉了自己的梦。

她怕。怕这个女人杀得性起，今天抢走了 HRS 明天又对 PMS 下手！肖简的到来不仅粉碎了王欣做内部控制管理的梦，而且让她深刻体会到了奋斗生涯中的绝望。

由于没有学历，王欣不得不在OEE最底层一天天忍受着比她地位高的人们的“辱骂”和“驱使”。为了生存她流着带血的眼泪忍下来了。终于从一个送茶倒水的临时工变成了OEE公司有名有姓的老板秘书，并用自己的血汗赢得了老板的高度信任。在詹森时代，她已经是一个位微言重的人物。但她却丝毫也不敢懈怠。她已经30多岁了不再年轻。而秘书是吃青春饭的。如果不利用老板宠信自己的时候创造一个更好的事业发展平台，等到韶华逝去，“青春饭碗”被更年轻的取代的时候再去哭就晚了！因此，王欣一直努力在詹森身上寻找机会和出路。在兢兢业业地完成秘书工作的同时，她不吃少睡利用大量的业余时间帮詹森做了很多内部控制管理方面的工作。她自信再过一年半载就能掌握部门的核心运作，到那时她就可以摆脱秘书永无止境的打杂生涯，名正言顺地做一个内部控制运作主管了！

但肖简的出现粉碎了她做内部控制管理的梦！这些“天之骄子”得到这一切太容易了！没有付出一分努力、一滴汗水，这个女人就成了名正言顺的内部控制经理。轻而易举就占据了王欣呕心沥血奋斗了七八年却连边都没有沾着的位置。和王欣比，这个女人既没有IT行业经验，也不懂咨询业务，连人际技巧也不如王欣。唯一强的就是学历。这世界就是这么不公平！学历就像一张入场券。有了这张入场券，你轻而易举就进了经理阶层；而没有这张入场券，你就得在OEE这个“金字塔”的最底层一步一步吃力地往上爬。不知要爬多少年，才能在“金字塔”的“山脚”上熬到一个你的位子……更让人气愤难平的是，这个巧取豪夺的“天之骄子”击碎了别人的梦却如此地心安理得。那种骨子里散发出来的居高临下，简直要毁灭已经在OEE社会底层拼杀得遍体鳞伤的王欣所有的生活希望！

王欣恨啊！但仇恨丝毫没有动摇她奋斗的意志。在OEE公司七八年，她见惯了宦海沉浮。底层生活的锤炼，已经把王欣从一个唯唯诺诺的“小媳妇”脱胎换骨成了一个针扎不出血来的“管家婆”。你肖简可以鹊占凤巢，我王欣也可以越俎代庖。深谙秘书之道的王欣利用肖简刚来对数据库不熟悉，而老板詹森又希望迅速完成PMS和HRS数据库在中国的上线，以求在亚太内部控制工作中博个头彩的心理，主动请缨承担PMS和HRS数据库助理的繁重任务。事实上，肖简粉碎了她当内部控制主管的梦以后，PMS和HRS已经成为她告别秘书阶层能够寻找到的艰辛但唯一的路了。如果她能尽快掌握PMS/HRS系统的操作技能，就有机会像台湾和香港那两个秘书一样转去当PMS/HRS系统咨询顾问，彻底摆脱秘书的生涯。

可万万没有想到，这个女人一夜间抢走了HRS！抢走了我一半的机会！如果她杀得性起再夺取我的PMS，那岂不是要彻底毁掉我的生活?！这一年来，为了争夺PMS和HRS的控制权，她和肖简已经成为战场上刺刀见红的敌人。厮杀的唯一的目的就是让对方倒下。没有人在意对方身后是不是有嗷嗷待哺的婴儿和等待送终的老母。这就是残酷的世界！

而令王欣恐慌和绝望的是，多少还能为她撑起保护伞的詹森居然辞职了！而艾瑞克居然对肖简言听计从！他把内部控制的大权交给了肖简全盘监控。而肖简的监控便是没完没了的问题和质疑，压得王欣最近连气都喘不过来！

今天他们居然联合起来残酷地剥夺了她珍爱的孩子 HRS……

望着窗外的黑夜，王欣对自己不可预测的命运充满恐惧和不安……

第五章

— 14 —

浴室里传来“哗哗”的水声。威廉慵懒地靠在松软的大枕头上，半眯着眼贪婪地吸着古巴烟。墨绿色的暗花窗帷半睡半醒地低垂着。几缕阳光透过窗帷不经意的缝隙在探头探脚。

威廉抽完了一支烟，想起床看一下E-mail。但一动身体，觉得浑身上下透着一种舒服的酸痛。那个骚娘们儿昨晚把自己折腾得不轻。威廉又把身体重重地陷进松软的大枕头，重新闭上眼睛，享受着这种放纵后的慵懒。

浴室的水声停住了。威廉睁开眼，盯着浴室的门。门开了，一个雪白的赤裸裸的身体带着一股水气走了出来。女人不带半点羞涩地在威廉的床前站着，眼睛带着诱惑的钩子，用毛巾慢条斯理地擦着水淋淋的头发。然后在威廉火辣辣的目光中扭着身子走到沙发上去抓胸罩。威廉突然灵敏地从床上跳起，一把扯过女人的内衣胡乱扔到地毯上，然后把女人拦身一抱塞进了被窝……

“Stop！Stop！”女人在男人的身下挣扎着，阻止着身上男人蠢蠢欲动。

“你不想要我吗？”威廉一把把女人的双手拧到身后，气喘吁吁地问。

“想！但你要付钱的！”女人理性并挑战地看着威廉。

“把我侍候好了，你要多少给你多少！”威廉把女人的手拎得更紧一边狂野地动作起来。

理性的女人立刻融入情欲的海洋里。两个人不再说话。又一次用身体进行人类最淋漓尽致的沟通。威廉一向自认自己是男人中的男人。但面对尹绢，威廉感觉自己的身体彻底地被女人分化了。他失去了自己的语言。只是被动地在一种恍惚和亢奋中一会儿像一头温顺的羊，一会儿像一只发情的雄狮，一会儿又像失魂落魄的情人。

终于威廉彻底地清醒过来了。醒过来脱口而出的第一句话是：“You are too hot（你太性感了）！”说完才意识到身边的小姐不懂英文，刚要用中文再说一遍，不料身边的女人竟用恨不得比他还流利的英语说：“Sure！But you are good！（我当然是！不过你也很棒！）”威廉当时惊讶得眼睛都瞪成了铜铃。惊讶一个做这种生意的女人怎么会说这么一口标准的美音！于是他们开始了认识十多个小时以后的第一次认真交谈。

让威廉惊诧不已的是这个叫尹绢的歌舞厅陪酒女人居然是一所著名大学的英文专业硕士！怪不得弟弟乔伊斯把她介绍过来的时候表情神秘而怪异呢。这个女人简直是大自然一个怪异的杰作！尹绢也知道了面前这个长得身材五短并且其貌不扬特像日本翻译官的男人原来是世界最有名IT业OEE公司GC的高级长官。于是尹绢的心中放下了一些作为陪酒女人对嫖客的蔑视。

威廉心中对这个硕士三陪女充满了好奇。他问尹绢为什么要来这种地方。尹绢淡淡地说："咱们刚刚认识。我出卖自己的身体但不出卖自己的思想和灵魂。有缘分的话下一次再说吧。"威廉的好奇更加深重了。但显然不便再问。就抚摸着女人光滑的肌肤说："好、好，下次！下次！我很快再来！"

威廉赤裸着身体走下床，从裤兜里摸出鼓鼓的皮夹，掏出了里面全部的美钞大约1000元左右，一甩手全部给了尹绢。尹绢的眼睛一亮。但她很快掩饰地低下了头，装着不经意地往手袋里一扔，然后矜持地对威廉说了声谢谢！

威廉知道自己遇到了一个聪明的女人。但他相信自己刚才扔出的这1000美元足以震撼她。不管尹绢是个什么神奇的女人有多么不同寻常的经历，但愿意来干这种事的绝对为了钱。威廉不想一次就和这个女人结束，因此他要用大手笔的钱震住这个骄傲的女人！这个女人让年过半百的威廉仿佛回到了年轻时光，精力旺盛得像20多岁的小伙子。威廉人生中有两大喜好：女人和酒。这几十年玩过的女人数也数不过来。但像尹绢这样的女人在他的大半生中只有可数的几个。眼看很快就要到GC赴任了。两年之内不准备带夫人的威廉需要在大陆有一个临时夫人。这个尹娟简直让他迷恋不已。

尹绢又去浴室冲了一次澡。然后对威廉说有事先告辞了。走前把自己的手机号码给了威廉。威廉也给了她自己全球联网的手机号。然后她就矜持而优雅地离开了。

威廉觉得身体很疲乏，就蒙上被子又睡了一觉。醒来的时候已经是中午了。

— 15 —

快到吃午饭时间了，王欣伸了伸懒腰，懒洋洋地打开电脑，准备check(检查)一下电子邮件就去吃饭。

突然她一愣，有些不敢相信自己的眼睛。赶紧揉了揉眼，再定神一看，信箱的最顶头是一条惊天大新闻——艾瑞克辞职了！他提前发来了告别的E-mail——"My Last Day-Dec.31(我的最后一天——12月31日)。"正文就三句话："我的最后一天是12月31日；威廉·李将接替我GC咨询部总监的职位；斯蒂文将从明日，即12月1日起为中国咨询部代总监。"

天啊！艾瑞克真的辞职了！他为什么要辞职啊？威廉？威廉不就是业务检查时那个矮胖的检查官吗？王欣后悔不迭。如果早知道他是艾瑞克的接替者，上次在北京一定更加尽心尽意地伺候他。王欣努力回忆有关那个威廉的一点一滴，却懊恼地发现印象很模糊。

OEE 好像进入了多事之秋！人事地震一个接着一个，简直不给人喘息的机会。而多米诺骨牌效应中，老板们走马灯似的换了一茬又一茬，使以服务老板为宗旨的 OEE 底层的秘书们面对自己多桀的命运感觉无所适从！作为秘书，老板的命运首先折射的就是自己的命运；老板的兴衰透视的也是自己的兴衰。可如今詹森走了，艾瑞克也要走了！更麻烦的是斯蒂文居然成了自己的新老板！这两年他担任 SHP 总监，因为各种大大小小配合上的事情，自己仗着老板秘书的身份没少奚落他。谁想到自己辛辛苦苦，却是在为自己挖坟场埋地雷呢！可是谁又想得到这个斯蒂文有一天会成为自己的老板呢？真是造化弄人啊！

“丁零零——”刺耳的铃声突然响起，把心情无比难受的王欣吓得一个激灵。她惊魂未定地抓起电话。

“戴安娜吗？是你吗？找谁？哈哈哈！我找的就是你啊！我是威廉啊！”

天啊！怎么会是威廉？威廉怎么亲自给我打电话？他怎么找我？王欣有些喜出望外。

“啊呀！威廉，是您呀！我看见艾瑞克的邮件了！祝贺您啊！”王欣情不自禁地扯大了嗓门向老板示好。

“轻点！戴安娜，轻一点，讲话轻一点。我不想让别人知道我打电话给你。”威廉轻声打断了她的亢奋，温和的声音透着自家人的亲切。

“好、好。”王欣受宠若惊地连连点头，低声说：“威廉，我简直太高兴了！威廉，祝贺您了！真好……我、我太高兴了……”

“我知道，戴安娜，我了解你的心情。所以，我第一个给你打电话啊！”

见老板居然如是说，王欣感动得一塌糊涂，一时间更不知道该说什么好了。干脆去掉雕饰赤裸裸地表白：“威廉，你对我这么好，我、我不知道该怎么报答！我、我……”

“我了解，我了解。我也要谢谢你审计期间对我的帮忙和照顾呢！戴安娜，我们相处的时间虽然很短，但我知道你很优秀！”威廉用肯定的语气赞许地说。

“威廉，谢谢，谢谢您！”王欣感觉一种激情溢满全身。刚才感觉还模糊陌生的老板突然近在咫尺、栩栩如生。

“看到 E-mail 以后，Manager(经理)说了什么没有？”威廉显得很随意地问。

王欣突然对着话筒说了声：“您稍等。”然后站起身把脑袋探出自己的办公隔板，看看周围，然后缩回脑袋低声说：“对不起，我看看周围有没有人。”

“好，好。戴安娜，做秘书就是要多留个心眼，要谨慎小心！”威廉赞许了一句接着说："对我来说，秘书就是我的眼睛和耳朵。"

王欣赶紧表白说："威廉，您放心，我会是您最好的眼睛和耳朵！"

"我知道，我知道。"威廉连声说。然后又追问经理们对艾瑞克辞职邮件的反应。

王欣犹豫了一下。事实上经理们上午基本都上客户那里去了。她一上午在财务部，也是刚知道的消息。因此她不知道经理们会如何反应。但是如果如实告诉威廉，他一定会很失望。因为他打这个神秘电话显然是来探情况的。这个节骨眼上拍马屁还来不及呢，怎么能让老板失望呢？她皱着眉，大脑迅速转了几秒钟，然后用手捂着话筒，用耳语般的声音说：

"他们刚才议论了这件事。说什么老板走马灯似地换，以后都没法做事了。其他……好像刘新权倒没说什么。肖简嘛……"王欣想起刚刚被掳走的HRS，顿时一股恨意涌上心头。

"简说什么了？"威廉急切地追问道。

"简说老板换来换去的，这个威廉没准待不了几天就又走了……"王欣语速飞快地吐出这句话，然后紧张地等待着威廉的反应。

威廉从鼻孔里哼了一声，半天无语。过了一会儿，他显得若无其事地说："戴安娜，我从美国给你带了个小礼物，等我来北京带给你。"

"威廉，您太客气了！我、我都不好意思了！"王欣受宠若惊得话都有些结巴了。

"哎，戴安娜，没有关系。你记住，秘书和老板是最close(亲密)的！甚至超过家人。所以，以后你要什么就直接告诉我！"

"好，那我以后就不客气了！"王欣冲着话筒脑袋撒娇地一歪。

"好，好。"威廉哈哈笑道："戴安娜，有任何事你随时打我手机。记住，我不常在中国，你是我的眼睛和耳朵！"

威廉连声音都带着笑意地说："戴安娜，我以后会把我每天的scheduling(日程)提前发给你。你是唯一了解我每天干什么的人。你以后可比我太太还要了解我呀。哈哈哈……"威廉发出一阵狂野的笑。

王欣感觉脸有些发烧。下意识地摸了摸脸，不好意思地喃喃地说："威廉，您，您可别这么说……"不知不觉地王欣又叹了一口气。

"戴安娜，怎么了？"威廉关心地说。

"您要是China的PD(总监)就好了！"王欣遗憾地说。威廉再好毕竟是GC的老板，离自己太远了！远水解不了近渴啊！斯蒂文已经被宣布为中国咨询部代总监。现官不如现管！过去因为SHP项目和他发生过的龃龉，王欣不相信他不记仇！斯蒂文和肖简一样也是一条狼！就怕威廉对她再好也是"天高皇帝远"！想到这里王欣突然又陷入沮丧。

"中国也是我管！"电话里威廉的声音干脆而断然。

那斯蒂文呢？艾瑞克不是已经宣布他为代总监了吗？王欣的质询瞬间跑到嗓子

眼，差点脱口而出。但她强行把这个问题塞回了喉咙。这个问题不是她此刻应该问的。尤其她和威廉之间也只不过刚刚有个良好的开端，万里长征连第一步还没有走完呢！可不能节外生枝！做秘书最重要的就是说该说的话，听该听的话，问该问的话，不问不该问的话。掌握老板的信息越多越要“慎言之”。于是王欣把强烈的好奇牢牢地压在了舌头底下。

威廉见好几秒钟过去了电话里只有王欣粗重不安的呼吸但没有说话声，就呵呵会心地笑笑，语重心长地说：“我会安排好的。放心吧！戴安娜。”

感觉到电话那头的心有灵犀，王欣吃了定心丸一般眉开眼笑。威廉显然给了她一个承诺性的回答。她高高兴兴地挂了线，心潮起伏地坐在电脑前，心绪久久难以平复……

短短的几天，经历了多少人生的跌宕起伏？沮丧、震动、恐惧、绝望、迷惑、惊讶、喜悦……威廉刚才突如其来的电话把命运女神的游戏玩到了出神入化的境界。怎么峰回路转就在一瞬间?！世间的事真是不可预测！谁能想到那个连话都没有说过几句的威廉，竟然成了拯救自己命运的救星?！

凭多年在OEE公司培养出来的政治嗅觉，王欣亢奋地觉得自己在OEE多年苦苦奋斗的事业生涯，可能会因为威廉的到来有一个质的变化。威廉会给王欣的命运带来新的转机！只要牢牢抓住威廉，就一定能找到自己事业发展的机会！而这，正是她等待了多年的机会——一个可能让她脱胎换骨的机会！可是该怎么才能抓住这个机会呢？王欣陷入苦苦的思考……

— 16 —

卧室的窗帘黑黑的，没有一丝光，天雄没有在家。

肖简落落寡欢地坐在客厅沙发上，没有开灯。黑暗中，她觉得从来没有过的孤独。快10点了，天雄还没有回家，手机也一直关着。给他发了几个短信他关着手机自然也不可能回复。他最近到底怎么啦？为什么总关手机？为什么不愿意回家呢？这几个月，他突然变得前所未有的忙。白天在单位里忙，晚上在电脑前忙。他迷上了网上聊天，每天不到半夜不睡觉。有一晚肖简半夜里醒来上洗手间，发现书房的门缝里透出灯光，就推门进去。发现他还在和人聊天，就不高兴地说：“怎么天天不睡觉，玩这种无聊的东西，也不嫌烦！有什么意思啊？”天雄当时的表情瞬间变得阴翳，好像隐私被人窥破了一般的不爽。肖简见状也觉得没有意思，当即冷着脸退出。回到床上心情黯然，半天难以入眠。结婚不过五六年，夫妻间原本温馨亲密的夜晚，丈夫的心居然被网上那一个个不知魂飞何处的陌生女人占据。全然不顾妻子的渴望和感受。

说实在的，有的时候肖简觉得自己并不十分了解这个男人。天雄对妻子有感情，这是毋庸置疑的。但这两年夫妻之间的情分好像一碗糖水被渐渐地不停地稀释,甜蜜的东西越来越淡,淡到了有时需要停下脚全神贯注细细品味才能感觉到的地步。可细细一品你又好像品出其他味道来了。是什么呢？却又说不清楚。男人床上的温柔热情和床下的若即若离,让女人感觉两人感情的纽带,在岁月流年的磨蚀中渐渐地变成了缕缕的游丝。经意和不经意都无法阻止游丝渐渐断裂的无奈。原来肝胆相照般亲近的男人,似乎中间总隔着一堵无形的墙,恍惚间不时地闪现出一张张陌生女人的脸。这种感觉这一年来越来越强烈。原来亲密无间的夫妻,不知从哪一天开始突然有了个人隐私。天雄首先做了绝好的表率作用:不过问肖简的异性交往,不开肖简的抽屉,不看肖简的包,不看肖简的电脑,不接哪怕正在手边响着的妻子的手机电话,不看妻子的短信……尽管肖简没有什么隐私需要去刻意保护,但天雄如此刻意地表现尊重她的个人领地，言外之意他也就为自己画出了一个她不能侵犯的“自留地”。一个肖简也不得不刻意要求自己不去越界的禁地。

亲热时两个人也经常开带色的玩笑。但奇怪的是天雄经常半真半假地劝她去找个情人,不要总把视线关注在他的身上,让他感觉紧张。开始肖简以为他开玩笑,但次数多了看他说话不像试探,感觉很疑惑。他这是唱的哪出戏？教唆自己的妻子“红杏出墙”？这太有悖常理了！他是开玩笑？还是真不在乎？40 多岁的人了,为什么有这么奇怪的想法？

肖简胡思乱想着迷迷糊糊地躺在沙发上睡着了。

梦里她被几个陌生男人五花大绑拉扯着突然惊醒，发现自己被天雄抱在怀里正往被窝里送呢。他帮她脱掉衣服和袜子,又温柔地抚摸了她一会儿,然后为她掖好被子,准备离开。肖简突然伸出双臂搂住他的脖子不让他走。天雄动作轻柔地挣脱着不肯就范。肖简突然生气了！一掀被子坐起来大声说:“你躲什么？都几点了为什么还不睡觉！”天雄忙说:“小祖宗,别嚷嚷,我看一眼 E-mail 马上睡觉。”肖简生气地说:“什么 E-mail 非要这会儿看？晚上我给你打了多少电话你都不开机！现在都几点了？都快 1 点了你还到哪里忙活工作去？”天雄说:“晚上我陪人在歌厅呢,可能没有信号吧。没有接到你的电话。”天雄说着拍拍肖简赤裸在凉风里的身体,说:“听话,赶紧躺下。我半小时就来睡觉。”“不行,我要你现在就睡！我要你马上和我做爱！”天雄摸着肖简的双手松开了。他默默地坐在床沿上,既不准备上床也没有敢离开。肖简见状更生气了,动手扯天雄的衣服。天雄躲闪着。肖简被天雄无声的反抗激怒了,她愤怒地把天雄的枕头往地上一扔说:“赵天雄,你为什么不敢上床和我做爱。你晚上干什么去了？”肖简其实不过是借题发挥,不料触动了天雄的心病。他站起身,冷冷地说了一句:“我看你今天存心要找事！”说完他打开卧室的门走了出去。接着肖简听见隔壁的书房传来开电脑的声音。

我还不如他的电脑、E-mail 重要！肖简伤心极了,不由得痛哭了起来。脑海里一边浮现着当年和天雄恩恩爱爱的一幕幕。什么时候天雄变成了这样？难道他不爱我了吗？如果他不爱我了，可以告诉我，我可以离开。一想到离开，肖简的心如针扎般地疼。她知道自己内心是多么爱这个男人，多么不想离开这个男人。可他的心为什么渐行渐远呢？肖简哭着想着想着哭着……不知不觉中，她哭累了，然后睡着了……

朦朦胧胧中，肖简觉得有个庞然大物把她抓进怀里，抱得紧紧的，她快要透不过气来了，不由得使劲挣扎……她醒了过来，发现被丈夫紧紧地抱在怀里。男人温柔极了地抚摸着她的身体，女人的眼泪不争气地掉了下来，很快把男人的胸襟浸湿了一片。天雄低下头，轻轻吻去女人的眼泪。肖简感觉男人的身体在发热在坚硬，呼吸变得粗重。然后男人宽大的身体覆盖了自己的，两个火热的身体融为了一体……

“高兴吗？”事后，天雄把湿热的唇凑到肖简的耳边小声地说。

“那你回来时干吗不肯跟我做爱？”肖简狠狠地掐了一下天雄的屁股。

天雄夸张地叫了一声。

肖简又狠狠地在他肩上咬了一口，把天雄疼得一把把女人抓进怀里，让她动弹不了。女人挣扎了几下，却挣不脱男人的怀抱，就放弃了挣扎。渐渐地把柔软的身躯紧紧地贴在男人宽厚温暖的怀里……见女人终于安静下来了，男人才轻轻地说：“宝贝，你温柔点我会更爱你。知道吗？那种柔得似水的女人最让男人动心。在这种女人面前，男人才最强悍……”

身边的女人已经发出了均匀的呼吸声，不知道她有没有听到丈夫关于温柔女人的感叹。而这正是天雄今晚最深刻的感受。

今晚他见了静苑，拥有了静苑。从此他更加不能忘怀静苑……

第六章

— 17 —

临近中午的时候，人力资源部招聘主管魏晴突然急火火地打电话让王欣马上过来。

“姐们儿,什么事？”王欣笑嘻嘻地把一个又红又亮的苹果塞到魏晴手里。

“哎,你们部门要聘一个叫刘小青的 PMS/HRS Assistant(助理)了?那你干什么去？”魏晴压低了声音,大眼睛焦急地盯着王欣。

“什么?什么刘小青?你说什么呢!什么 PMS/HRS Assistant(助理)?谁招 PMS/HRS Assistant? 我不就是 PMS/HRS Assistant 吗？”王欣惊讶地望着魏晴。

“唉!敢情你蒙在鼓里啦!我说要有这事你也不会不告诉我呀!”魏晴说着把一份打印出来的 E-mail 递给王欣。说:“这是艾瑞克刚刚发给我的。”

王欣接过文档一看,原来是亚太彼得回复给艾瑞克的邮件。她扫了一眼标题,惊讶地瞪大了眼睛。标题上醒目地写道:“Re:Request Hiring new PMS/HRS Assistant(回复:申请批准新 PMS/HRS 系统助理的聘用)。”

一时间,王欣觉得五雷轰顶!脸都吓绿了!她双手哆嗦着把目光移向正文。正文就彼得的一个批复:“Approved(已批准)。”

王欣失神地抬起头,望着魏晴嗫嚅着一句话也说不出来,眼泪却不可控制地落下。魏晴赶紧把她带到会议室,抽出几张纸巾递给她,安慰地拍拍她的肩膀。王欣一边擦着似乎永远流不尽的眼泪,一边用沙哑的哭音说:“这下我完了!那个刘小青要聘来了还有我什么活路？”

“唉,你别那么担心。事情没有这么严重。”魏晴倒了一杯水给王欣。

“亚太都批复了!艾瑞克出面谁挡得住?!我该怎么办啊——”王欣抽抽嗒嗒哭起来。

“你先别乱了方寸,我们来想想办法。”魏晴同情地拍拍王欣的手。

“晚了!没办法了!没想到她连艾瑞克都搬出来了!你不了解这个女人。她太狠了!她刚刚抢走了我的 HRS。没想到她这么快就向我的 PMS 下手了。这不是把我往死里逼吗!”王欣的眼泪哗哗地直往下流。

魏晴赶紧又抽了一张纸巾给王欣,表情充满同情和愤懑。

王欣擦了擦眼睛，恨声说："我一直预感她放不过我。我知道她会想尽办法控制PMS。但我没有想到这个女人会釜底抽薪，聘个什么刘小青来！一定是她亲信！她是连个活路都不给我啊！"

"你甭怕她！"魏晴冷冷地说："我从第一面见那个肖简就对她没有好印象。平时我都懒得多答理她。傲什么傲啊！"魏晴拍拍王欣的手意味深长地说："姐们儿，你别担心！这事没有那么简单！HR(人力资源部)是干吗吃的？我是有权审核候选人的！"

"可 AP(亚太)都已经 approval(批准)了！还能有什么回旋的余地！"王欣沮丧地说。

"AP approval(亚太批准)了又怎么样？他们只是 approval 了咨询部可以进一个秘书的名额。至于进什么秘书，如果 HR 能提供一个比刘小青还好的人选，他们凭什么不同意？艾瑞克又怎么样？他都是要走的人了，还有多少说话的权力？"魏晴冷漠的大眼睛透着一种果断。魏晴外号"冷面娘子"，一向对上不亢不卑坚持原则。敢于用一个"理"去改变另一个决定。"别担心，我下午去和袁华打声招呼，让他把聘秘书的事暂缓，等威廉来作决定！"

"威廉？真的?！"听到威廉的名字，王欣绝望的眼睛里闪出一线希望的光芒。是啊，如果威廉知道了一定不会同意的。他那天电话里说了自己是最好的秘书！但他什么时候来呢？会不会还没有来就木已成舟。她忧心忡忡地问："袁华能挡得住艾瑞克吗？"

"放心吧。袁华是个聪明人。一个是马上要走的老板，一个是新来的，你说他会听谁的？"

王欣擦擦眼睛，刚才几乎濒临死亡的心情渐渐地有了生机。她吸了吸鼻子，感激地看着魏晴说："魏晴，多亏你这么帮我！"

"没问题！"魏晴转了两下眼珠，沉吟了几秒钟说："这样，你马上物色秘书人选。这两天就要找到！素质高一点。威廉过几天就要来北京了。我就以 HR 的名义把你选好的秘书推荐给他。到时候不把刘小青的简历放进去就是了。我来帮你运作！"

王欣感激地看着魏晴说："魏晴，真的谢谢你！关键时候才见朋友真情。改天我一定要好好请你！"

"嗨——咱们不都是'灭鼠会'的姐们儿吗？有福同享有难同当！别说客气话！"魏晴故意开玩笑。

"灭鼠(秘书)会"是 OEE 公司一个非官方的秘书委员会。王欣和魏晴都是发起者和活跃分子。"灭鼠会"的成员除了老板秘书还发展了一些行政、财务人员参加。活动方式是不定期地吃喝玩乐。活动经费产生于每次活动的 AA 制。有时遇到成员有升迁出国发不义之财之类的好事时主动一次性赞助。可别小看了这个"灭鼠会"，这个阶层在公司虽然地位不高，工资最低，但她们最亲近地服务于老板，因此掌握着各个部门的核心秘密。王欣正是通过这个"灭鼠会"把她人际关系的触角伸到了公司的各个部门。这种关系也让老板受益。比如说，詹森有两个要总经理签的文件，如果刘新权送去一个，王欣送去一个，肯定王欣送的那个先签回来。因为总经理秘书也是“灭鼠会”的成员，王欣的“姐们儿”。老板们无论如何也想不到，秘书们已经在某种程度上操纵了老板的行动和决策，从而操纵着部门和公司的运营。

— 18 —

魏晴正在电话里和人聊得热乎，看见肖简笑容顿时凝住了。她把转椅往里一转，把椅背留给肖简，旁若无人地继续聊天。肖简耐着性子等她煲了十多分钟电话粥。终于魏晴放下电话，转过身，抬起一张冷冰冰的脸问："什么事？"

“艾瑞克让我来问问聘刘小青的事已经 process(进行)到什么程度了？艾瑞克已经把 AP(亚太)的 approval(批准)转给 HR 一个多星期了。”

魏晴低下头，一边整理桌上的文档一边冷冷地说："哦，前几天我 interview(面试)过刘小青了，觉得她英语不行，能力也一般，没有你们说得那么好嘛！"

“魏晴，你是不是弄错了？刘小青非常能干。在德国公司是副总裁助理。无论工作经历还是能力做 HRS 系统的助理绰绰有余。口语虽然差点但英语也过了国家六级。”

“是吗？过了六级？我怎么没有觉得！问她好几个问题她都没有答上来嘛！”魏晴冲肖简翻了一下白眼。

肖简心里冷笑了一声。咨询部聘的是秘书兼数据库管理助理。但魏晴面试时对刘小青丰富的秘书工作经历闭口不问，却偏偏对复杂的哲学问题充满了兴趣。整个半小时的面试几乎成了一堂哲学问答课。外语学院英语本科毕业的魏晴问得口若悬河，非外语专业的刘小青自然无法在如此专业深度用英语对答如流。难道魏晴敢以此作为阻碍刘小青进来的理由？一个小小的秘书，连 GC、亚太的老板批准了都聘不进来，真是千古奇观。魏晴一个小小的人事助理竟敢对亚太老板的批准置若罔闻，可谓勇气超人！可眼看年底将到，大量的工作需要人做，但合适的人选却被生生地扣在魏晴嘴里。什么时候这个女人也成了一道绊人的门槛？

“魏晴，我们聘的不是外语人员。艾瑞克已经面试过刘小青，对她评价非常高！AP(亚太)也 Approval(批准)了！拜托！我们急等用人呢！”

“艾瑞克说她好也没有用！他已经不是你们的老板了！”不料“冷面娘子”嘴一撇说。

看见魏晴这么势利，肖简也收起笑。冷冷地说："对不起，你可能把艾瑞克离职的时间记错了！他还有半个多月的任期呢。他现在还是中国咨询部的老板！"

魏晴听了肖简的话，脸色阴沉沉的。很少有人会对她这么说话，没有人犯得着去得罪 HR 的人。这个肖简一看就不是个好“鸟”。骂人不带脏字，杀人不见血！怨不得王欣要拼了老命和她打呢！王欣怕你，我可不怕你！魏晴脸都不抬地说："你有什么意见跟我老板说吧。我还有事呢！"

肖简也不想和她多啰嗦了。冷冷地说："谢谢了！"离开了HR。

艾瑞克坐在办公室，皱着眉听着肖简讲刚才找魏晴的经过。沉默了一会儿说："这样吧，我去找一趟他们的HR Manager（人力资源经理）。叫什么来着？"

"袁华。"

艾瑞克点点头，下了楼。要按级别，艾瑞克去和袁华这样的经理打交道实在有些屈尊。但现在正处于新旧交替阶段，聘人的事如果处理不好很可能会夭折。Consulting（咨询部）批准一个助理的名额太不容易了。艾瑞克很希望肖简推荐的刘小青能顺利聘进来。

袁华见了艾瑞克进来马上笑容可掬地站起身，热情地请他坐下。

"我想来问一问Consulting（顾问部）聘admin（助理）的事为什么还没有process（运行）？AP（亚太）的approval（批准）我已经转过来很久了。有什么问题吗？"

艾瑞克说话虽然慢但很有分量，换到过去袁华早忙不迭道歉解释了。但今天他却很坦然。艾瑞克就要离任了，新老板是威廉，作决定也应该是威廉。袁华目前的处境很微妙。中国人力资源部总监两个月前辞职了，目前由经理袁华行使代总监的职责。如果做得好半年一年后他就是总监的继任人了。而谁来确认他工作的好坏呢？当然是那些老板级人物。所以袁华非常尽心侍候这些老板，老板们的意愿就是他的意愿。在聘刘小青的事上，按理一个小秘书无须他劳神。但魏晴说聘刘小青是因为肖简和王欣关系搞不好。魏晴反复强调王欣很能干，威廉很赏识她。建议袁华把这事拖一拖，等威廉来决定。袁华听了魏晴的话觉得有理就同意了。但没有想到艾瑞克居然为了一个秘书亲自屈尊到自己办公室，看来魏晴的话是有根据的。但袁华也不想得罪艾瑞克，就欠了欠身说：

"哎呀，老板，可别这么说！我们HR工作做得不到位，还麻烦您亲自跑一趟，真是不好意思！"

"哎，别这么说！都是为了工作。Consulting目前急需这个assistant（助理）来做系统。麻烦您尽快process（进行）聘人手续，我们好尽快把系统做起来。"艾瑞克笑着说。

"艾瑞克，我看这样的小事您就不必亲自过问了。"袁华格外客气地笑着，但不置可否。

艾瑞克皱皱眉，又解释了一遍咨询部目前急用人的情况。袁华面呈为难之色说魏晴面试了刘小青，觉得她英文不行，建议咨询部再见见别的人。

"这个女孩我见过，已经overqualified（超出资格）了。做系统绰绰有余。至于英文嘛，这个职位用不多。这女孩英语基础不错，只是口语稍弱，练练就行了。"

而话说到这个地步，作为 GC 老板的艾瑞克已经很给袁华面子了！但麻烦的是袁华实在拿不准威廉是什么意思。万一威廉不想聘这个人，那袁华不是一开始就把威廉给得罪了？听说威廉和迈克关系挺不错呢！袁华沉默了半天，一直在想怎么搪塞艾瑞克又不伤面子。他突然想到王欣便想出了推脱的理由。

"艾瑞克，按理说有您这句话没有问题！但我听到传闻说 Consulting 聘刘小青是因为肖简和王欣的关系处得不好！所以我挺为难的。"

"没有的事！"艾瑞克见袁华说话如此唐突面呈不悦，断然地否定了这个原因。说："Consulting(咨询部)80 多人才一个 assistant(助理)。这一年又上了两个系统。王欣一个人做是不行的！"

袁华见艾瑞克死活坚持要聘刘小青，越觉得这个事不能轻易松口。无论如何要探清威廉的意思。如果两个人之间必须要得罪一个人的话，那他宁可得罪艾瑞克也不能得罪威廉。

"艾瑞克，实在不好意思。我也很想帮您忙，但我们 HR 的程序我也不能违反。您看这样好不好，如果 Consulting 坚持要聘刘小青的话，可不可以再让威廉见一下？如果威廉也认为可以的话，我们 HR 马上从命！"袁华一脸为难的样子说。

话说到这个份上艾瑞克觉得再说也没有什么意思了！便意味深长地看着袁华说："小伙子，你很精明呀！有前途！哈哈！有前途！"说完站起身，冲袁华摆摆手头也不回地离开了。

不知为什么，听完艾瑞克的话袁华感到脸一阵发烧。但艾瑞克刚离开，他就变得很坦然了。这就是人生。不懂得怎么活的人，是不可能混出人样的。

艾瑞克回到办公室后，为难地对肖简说："简，我也想帮你。但因为我要离开了，HR 不买我的账，我也不好再说什么。我看让威廉见一见再说吧。"

艾瑞克话说到这个地步，肖简也没话可说了。一种担忧悄悄地从内心深处浮现出来……

第七章

— 19 —

王欣一看见威廉，惊喜得脸上每一块肌肉都在笑。赶紧迎上前，一把抢过他手里的电脑包，乐颠颠地放到自己办公隔断里。威廉笑眯眯地从手提包里拿出几包糖果点心，对王欣说："等下把这些分给 Office(办公室)的 consultant(顾问)。"接着又摸出一个浅粉色的精致化妆包递给她，低声说："这是给你的礼物。喜欢吗？"王欣接过化妆包，眉开眼笑地做了一个脚不离地的雀跃动作。"哇塞！"包里面是一整套的 CD 口红、指甲油、粉饼还有昂贵的香水哎！她感激地望着威廉压低声音说："谢谢你，威廉，我太喜欢了！"威廉笑笑点点头。

艾瑞克见威廉进来了，寒暄了几句，搬起自己的电脑就往外走。一边说："你坐这里，我到外面去坐。"威廉忙客气地说："不用不用。我还有半个月才正式上任呢！你是老板，你坐在里面！我坐外面就可以。"艾瑞克嘿嘿一笑摆摆手："你是老板你是老板！你里面坐里面坐，我马上要去见客户！"威廉见状就半推半就坐到了老板椅上。几秒钟以后，王欣乐颠颠地把威廉的电脑拎进了老板办公室，殷勤地接上电源。又给威廉倒上热腾腾的咖啡。这才恭恭敬敬地退了出去，随手带上了门。

半小时以后，艾瑞克和刘新权一起去见客户了。艾瑞克刚离开，肖简就带着刘小青来到威廉办公室。威廉热情地和刘小青握手，吩咐王欣上茶水。王欣颤抖着手给一脸阳光的刘小青端上茶的时候，双眸怨毒地盯了女孩一眼。退出的时候觉得腿肚子都是软的。

肖简给双方作完介绍后笑着退出了，轻轻掩上了门。出门的时候她看见王欣惶然局促地在门口彷徨，就笑着和王欣打个招呼。不料王欣阴沉着脸理都不理。肖简摇摇头离开了。

半个小时以后，刘小青面红耳赤地过来向肖简告别。肖简问她感觉如何，刘小青摇摇头说："不好不好，发挥失常了！他这哪像面试啊？不问我过去的工作，净问一些东拉西扯不着边的问题。我晕了彻底晕了！只能胡答一气。不知为什么我有些心慌，一种惶惶然的感觉！"

肖简心一沉，不知道是不是 HR 魏晴他们给威廉做了什么手脚。忙安慰她说：

"没事,没事。你先回去。一会儿我问问威廉。"

肖简送走刘小青,径直来到威廉办公室。

"简,有事吗?"见肖简神秘地关上门,威廉不易察觉地微微皱了下眉。

"刘小青的事有问题吗?"肖简笑嘻嘻地在威廉对面坐下。

"没问题啊!"威廉停下了正在写的电子邮件,扭过身,表情似笑非笑地望着她。

"谢谢您!"肖简感激地说。又解释了一句:"今天刘小青太紧张了。"

这是那次业务大检查以后肖简第一次和威廉单独面对面。记得威廉很爱打趣开玩笑的,肖简便想和新老板聊几句,联络联络感情。于是她笑吟吟地望着威廉说:"真没有想到是您来当我们的老板,太神奇了!"

威廉的身体微微后仰着稳稳地靠在椅背上,一只手托着下颚,另一只手软软地搭在椅子扶手上,没点头没摇头没说话也没笑更没有接她的话茬,双眸却包含内容地盯着肖简,仿佛在等待什么。时间10秒,20秒,30秒,1分钟过去了,屋子突然陷入让人尴尬的沉寂。肖简不知道威廉是什么意思,觉得走也不是留也不是,手脚也突然局促起来。她有点理解刚才刘小青说的"惶然"是什么意思了。但她不能允许自己表现出无措,就笑着说:"威廉,你Business Review(业务检查)时对我说的话我一直很感动。真想和您好好沟通沟通。中国的Internal Control(内部控制)真的很不好做……"

肖简想起这一年风风雨雨中经历的挫折,突然感慨万千。她真希望和新老板好好谈谈这些感慨和经历,希望新老板的到来能拨开迷雾重见阳光。

可是威廉听着看着肖简还是不说话也不笑。对肖简的话没有表现出认同,也没有表现出不认同。看起来很专注地在听,但却不知道是不是真的在听。事实上,他没有任何反应。一时间肖简迷惑了,不知道这个谈话是该继续还是停止?

威廉怎么好像突然变了一个人?举止为何如此诡谲而不可捉摸?肖简有些晕。完全找不到业务大检查时和威廉融洽的感觉了!那时威廉积极热情感性,任何一个话题都能和他聊得兴致勃勃;今天的威廉让人无所适从。话题开了头,却觉得谈不下去,但又中止不了。因为你从他的身体语言完全无法判断他对你谈的东西感不感兴趣想听不想听。威廉不同寻常的反应似乎在暗示肖简今天不是一个合适的谈话时机。于是肖简准备告辞了……

但告辞的话到了嗓子眼,却发现威廉正在目不转睛地看着他,仿佛还在等她的下文。于是肖简告辞的话又说不出口了。惶然和迷惑的感觉更加深重。说话的声音也一时因不知何去何从而减弱了自信:"威廉,我们部门情况比较复杂……涉及的层面比较多……经理和顾问们多不太重视管理……管理控制不太好做……还有……工作量太大……很难的……"肖简断断续续地说着越说感觉越不对劲。再看威廉还是那副似看非看似听非听的表情。肖简突然决定不说了。今天的"场"完全不对劲!原本是想和新老板创造一份未来良好的工作默契。但此刻这种气氛,恐怕默契没有，反而不知道会落下什么麻烦。肖简毅然站起身说：

“威廉，不好意思，占用了您这么多时间。我看您也累了，该休息了。以后我们再聊。”

威廉没有改变他的坐姿，也没有说话，只是冲肖简微微点了点头算是首肯。肖简向老板说了声 bye-bye，快步离开了。

望着肖简的背影，威廉嘴角露出一丝不易觉察的冷笑。

这个自负的女人终于不安了！这正是威廉想要达到的目的。对付那些自以为是的中国人，首先要打掉他们的自信！而惶恐和不安就是打破自信的第一步。让他们开始怀疑自己的判断力；让他们在老板面前无所适从；让他们在意志动摇中做错事；然后在害怕做错事的心理恐惧中开始畏惧权威；最后臣服于权威。

今天算是小小地给这个女人一个小小的下马威。他已经看到了女人的不安。看到了女人在竭力掩饰的无所适从。

当然这个肖简比刘小青老到多了。那个刘小青面对威廉时那种淋漓尽致的手足无措让他觉得十分有趣也十分满足。女孩脸上憋出好看的绯红，目光闪烁着不敢正视自己的眼睛，连说话都有些词不达意。看到女孩的小可怜样，威廉想起老鹰爪子下簌簌发抖的小鸡，感到一种发自内心的快意。因此他不但没有因为刘小青表现失常不高兴，相反觉得女孩真实可信。至于能力，北大毕业的，艾瑞克面试过的不会有问题的。做系统的小秘书位微言轻，威廉聘用谁都无所谓。做得好点、坏点也无碍大局。何况亚太彼得也批了，威廉何不卖个面子给彼得和艾瑞克呢？但 HR 袁华和魏晴的话倒是引起了威廉的注意。他们都说肖简聘刘小青是因为和王欣没有处好关系，这让威廉在见刘小青之前犹豫过要不要聘这个女孩。但见了刘小青以后威廉疑虑全消。这个女孩可爱、聪敏、老实、单纯，没有城府，可塑性强。只要老板施以恩惠，应该非常容易控制。而且，刚才看见肖简和刘小青进行默契的目光交流时，他突然想到聘这个女孩的另一个意味深长的妙处：那就是有朝一日需要的话，这个女孩会成为他手里一支对付肖简最有杀伤力的枪！这是政治家玩的一步险棋。但是一旦成功会有十倍的杀伤力！而具有政治家丰富经验的威廉最擅长走钢丝！

他调整了一下坐姿，把头舒服地靠在了椅背上，长长地吐了一口长气。不知为什么，和这个肖简相处总是很累！她好像有一种魔力，不仅会扰人心力毁人定力，而且会刺激得你不由自主地想和她斗一斗。而既然斗了就得赢，因为你是男人！但这可恶的女人却总让你欲赢不得欲罢又不甘。长得文文弱弱的，浑身却总带着一个强电磁场。一不留神就可能会被电一下。虽电不死人，但身边有这么个电磁场存在着，就不得不随时防备着，无论如何也是一件让人心烦的事！这是一个 trouble woman（制造麻烦的女人）！不仅 trouble（麻烦），而且自负狂妄！想起她业务大检查结束那个晚宴上她公开给自己的难堪，威廉到现在还气得牙痒痒。她只顾个性飞扬，却不知早已触犯了老板。真不知天高地厚！你以为你是谁？你让我不自在了你会有好结果？手再大你遮不过天！你再能干我却是你老板！你再厉害也不过是个女人！你是女人我是你老板你就翻不了天！你把我威廉当什么了？想 come in(进来)就 come in？想 talking(交谈)就 talking？你怎么不先琢磨琢磨老板想不想让你 come in 想不想和你 talking？

还有那罗伯特、刘新权也是这副派头。上次业务大检查的几天，看见威廉，想说什么张口就说，一副大咧咧的样子！这些中国人，面对老板怎么是这副样子?！老板不开口，你先说话？老板没指示，你先提建议？老板使眼色，你装看不见？我还没开始玩游戏，你先告诉我规则？到底谁是老板？谁是制定规则的人？谁是遵守规则的人？

那斯蒂文更是半路杀出的“程咬金”！

威廉在广州时突然看到艾瑞克宣布斯蒂文担任代总监的邮件，差点没有气疯！虽然还没有宣布，但威廉将继任 GC 咨询部老板已经是事实。他艾瑞克怎么敢肆无忌惮没有征得他威廉同意就敢越俎代庖?！更何况对于中国，威廉原本是想亲自挂帅上阵的！

上次随约翰来 GC 半个月的考察，给威廉最深的感觉就是 GC 版图太大了！简直让人无处下嘴！做 GC 老板官虽然大，但如果控制不了下属各国的总监，官再大也就是个听听汇报做做场面的虚职。而威廉绝不甘心做一个“形象”老板。他要实实在在的权力！但是 GC 三个版块如同三块“半壁江山”，各有自己的运作模式，渗入权力太不容易了！尤其香港的美国人丹尼斯和台湾的琳达，都是极厉害的角色。一个月前他们都还是威廉需要仰视的老板，现在突然乾坤颠倒了，他们心里怎么可能服气?！这从丹尼斯带有挑战性的目光中感觉得出来。威廉在没有准备好之前绝对不敢招惹他们，自然也无法渗入他们的地盘。而如果没有权力所谓管理和控制只是一句空话。想来想去目前唯一可以渗透权力的薄弱点也就是中国大陆了！詹森走后这个地方一直“军中无大将”。威廉准备上任后亲自代中国大陆的总监，名正言顺地把中国当成他实施 GC 战略的一个制高点。等在中国大陆的权力稳定以后，再把控制权辐射到港台地区。到那时，什么琳达、丹尼斯都得让路！

但万万没有想到艾瑞克离任之前破了他的“局”！斯蒂文竟然成了威廉实施战略的绊脚石！而目前威廉丝毫没有办法。毕竟还是艾瑞克的任期。在 OEE 公司，哪怕你是离职前的最后一天，同样可以做你职权范围内的重大决策。何况提拔斯蒂文，艾瑞克事先已经圆滑地征得了迈克和杰姆斯的同意，做得滴水不漏！于是威廉只有假装高兴地同意。同时安慰自己：就暂时让斯蒂文过几天老板的瘾吧！原本他可以在 SHP 项目总监的位置坐得稳稳当当的！既然你胸怀狼子野心，也就不要怪我断送你的性命了！

威廉在椅子上扭扭屁股，觉得浑身不舒服！这个地方似乎处处流淌着詹森、艾瑞克自由有余、民主过分的空气。瞧那些中国人看老板的眼神，就能看出他们并不懂“权力”二字除了带来民主和自由，还能带来暴力和血腥！如果这些民主气氛成为我渗透权力施展战略的障碍，那我将不得不改变这里空气的味道！任何人也别想违背我！谁违背我就把刀架在谁的脖子上！一上任就三把火烧掉那些不合眼的枝枝杈杈边边角角！重建一个professional（职业化）的Management Team（管理团队）！我要领导这个团队去按我的思维一年内创出比香港还要辉煌的业绩。到那个时候别说GC了，就是渗透东南亚，打入亚太地区又有什么不可能呢？我会让迈克和约翰刮目相看！我会超过彼得！我会成为约翰·马丁！！

想到这里，威廉笑了。他仿佛看到自己坐到了约翰那高大、威严的老板椅上，俯瞰着大玻璃墙外的城市和海景。体会着世界皆在脚下的美妙感觉……

– 20 –

卫生间里，王欣坐在马桶盖上，口咬着手绢不出声地哭着。

原以为魏晴能阻止刘小青的聘用。自己这几天马不停蹄地托朋友介绍秘书，见了一个又一个，居然没有合适的。昨天熟人又介绍了一个外语系刚毕业的大学生，感觉人很老实也还算能干，估计以后不会对自己形成威胁。正准备早上威廉一到就安排他见。不料女孩因为家远迟到了，而肖简突然抢先一步带着水灵灵的刘小青过来了！王欣气得差点昏倒！真是人算不如天算！辛苦了这么多天怎么又是竹篮打水一场空？！这个女人简直是不共戴天的克星！

在威廉面试刘小青那半个多小时里，王欣的心脏一直在狂跳。惶恐不安如游蛇一样流窜在全身的血管里。她神不守舍地盯着一米外威廉办公室的大玻璃窗，耳朵努力捕捉着门窗缝里挤出来的声音，费尽心力地想知道命运女神在如何演绎故事的结局。那半个多小时对王欣仿佛是半个世纪。到最后几分钟，她的眼睛眨都不敢眨地盯着威廉的脸。她看见威廉笑了，似乎笑得很由衷；女孩也笑了，笑得很羞怯。紧接着门开了，威廉笑着把女孩送出了大门，笑得满脸肌肉都堆在了一起。王欣的心揪得生疼生疼。她用一种乞怜的目光追逐着热情地拍着女孩的肩膀从她座位边经过的威廉，希望他给她一个解释。但威廉没有看她。回来的时候经过她的座位也没有理她。回到办公室还关上了门，然后抓起了电话。他是不是给人事部打电话？他要聘用刘小青了？王欣的心沉到了海底，慌乱得不能自已。她激动得站起身，想冲进威廉房间里去问个究竟。她都走到门口了，还是强迫自己停下了脚，回到了座位。她对自己说冷静一定要冷静，冲动一定会坏事，只有冷静下来才能找到对策。为了让自己平静下来，她拿出一个文档开始机械地打字，让大脑一片空白。慢慢的，她平静下来了。于是她站起身，正准备到威廉办公室想无论如何说点什么时，肖简又笑吟吟地回来了。随着肖简身后的门“啪——”地关上，一种难以名状的惶恐如同潮水一般向王欣扑面袭来……

她沉到海底的心仿佛冻成了千年的冰。她再也控制不住内心的悲凉和苦痛，强忍着潮水般一波一波向嗓子向眼眶涌动的泪水，快步走向卫生间。

此刻她终于可以无声地哭了！眼泪像断了线的珠子不停地流淌。突然手机响了。是威廉！王欣忙把眼泪痛苦都咽进肚里，用欢快的声音接听了电话。威廉问她在哪里？可不可以过来一下。王欣连忙从马桶盖上起身，一路小跑着向威廉的办公室走去。一种莫名的恐惧让她的一颗心"嗵嗵"乱跳。威廉为什么找我？是不是要宣布刘小青取代我？看看那个女孩年轻漂亮名牌大学毕业；再看看威廉望着女孩笑眯了的眼睛。在外企这种残酷的世界，老板昨天没有你还不能活，今天就可能因为一个新人一脚把你踢出去！在 OEE，连总经理托马斯这样的老板都不能自保，何况一个小秘书？想到这里，王欣的腿都软了。

"威廉，您、您找我有、有什么事？"王欣敲门进去，见威廉眼睛盯着电脑没有理她，吓得说话都结巴了。一时间屋里静得除了打字声只有呼吸声。王欣畏缩地站在老板对面的椅背后边，只觉得浑身一阵阵发冷。她不敢坐下又不敢走开，望着威廉满眼都是绝望。

"OK！"威廉抓起鼠标，响亮地按了几下，又清脆地敲了几下键盘，一抬头突然发现王欣手足无措地站在面前满脸都是惶恐之色，奇怪地问："哎？戴安娜，怎么啦？为什么不坐？"

"我、我……"王欣更加紧张了。威廉为什么要我坐？为什么这么郑重其事？他不会为了那个刘小青不要我了吧？他要真不要我了该怎么办？那一瞬间，王欣的头脑里冒出无数个念头，但慌乱中却想不到一个好的解决方案，她更不敢坐下了。

"嗳——戴安娜，坐！坐嘛！我不是说过了，我的秘书和我的家里人一样，在我这里不要拘谨。"不知为什么，看见王欣这样的表情举止威廉不但不生气反而觉得心里很宽慰。一个懂得在老板面前诚惶诚恐的员工才会加倍地珍惜老板施予她的一切。这样的员工才能成为老板真正可以信赖的心腹。于是威廉对这个秘书又多了一分好感。

听到威廉诚恳的话，再看他脸上好像和刚才送她礼物时无异的亲切，王欣悬在半空中的心稍稍落下了一点点。但紧张的神经丝毫没有松弛。她局促地把半个屁股放在椅子上，身体却绷得紧紧的，大脑的神经已经拉到了极限，似乎再多加一丝的力量就可能要绷断了！

"哦，戴安娜，你看看肖简在不在座位上，把这个交给她。"威廉递给她一个白信封。

王欣看看信封，又看看威廉，紧张得心脏都快停跳了！里面是什么？是对刘小青的聘书吗？是让她来取代自己吗？威廉啊威廉，你怎么可以这么做？

"怎么啦？戴安娜，发生什么事了吗？"威廉发现王欣今天不同寻常的紧张，关心地问。

“噢，没有。没有。”王欣感觉到自己的失态。忙讪讪地笑着说：“我、我以为自己做错了什么事。我、我有些害怕。”

“噢——没有关系。你去吧，啊？”威廉笑得更和蔼了。心里对这个秘书又多了分疼爱。

王欣捧着白色的信封，双脚沉重得如同灌了铅一般，步履缓慢地向肖简的座位走去。一颗绝望而痛苦的心抽搐着。白色的信封难道就这么轻易决定了自己的命运？魏晴透露，亚太的批准件上明白地写着聘用刘小青做职业的PMS/HRS系统助理。也就是说刘小青取代王欣只是时间问题。而代总监斯蒂文也放了风要让汪鸿雁取代王欣而做总监秘书。看来这些人是死活不想给自己活路了。自己的命运如今就仿佛挂在一根游丝上，随时可能坠入万劫不复的深渊……王欣觉得悲愤难当。

远远的，她看见肖简的身体从座位的隔板上隐隐约约地露了出来，王欣的脸骤然间变冷，浑身的肌肉也随即变得坚硬。她恨这个女人！这个女人是王欣的克星。她表面上很文弱，但心计毒辣。她攫取王欣的成果，击灭王欣的希望，破坏王欣的生计，她要把王欣打入万劫不复的地狱。这个女人为了达到目的可以不择手段！她和王欣之间哪里还是简单的工作竞争！这个女人已经把刀子架到了自己的脖子上！不是她死就是我亡！

可是我甘心就这么死吗？王欣含着悲愤站在了肖简的座位前。

“王欣，什么事？”肖简抬起头笑吟吟地问。

王欣看见肖简的脸在灯光下泛着好看的光，显得年轻而朝气蓬勃。聪敏的五官柔和地分布着，散发着一种诱人探究的气息。她的精神这么好！相形之下，小肖简五六岁的自己却显得比肖简大好几岁。多少年来苦苦地挣扎在生存的漩涡里，心力交瘁却不能自已，满心疲惫却不甘不愿。人生是多么的无奈！同样是人，老天为什么这么不公平?!

看着满面春风的肖简，王欣想着自己不平不愿的人生，一时间感慨万千。心里有一股酸楚的东西在涌动，眼眶开始发热发潮。她一句话也不说，把白色信封往肖简桌上重重一扔，扭头就走。没有理会身后肖简发来质询的声音。

快步回到洗手间，王欣用凉水一遍一遍冲洗着脸。泪水在凉水中哗哗地流着，一个打工者奋斗的委屈在哗哗的水声中无奈地呻吟着。突然王欣停住了悲情的眼泪，缓缓地抬起脸，盯着镜子里的自己：长相平常，皮肤干涩，嘴唇丰满却不红润，五官中唯一生动的大眼睛此刻也布满着劳累的血丝。一个辛苦劳作的女人。一个普通得不能再普通的女人。但是这个普通的女人不是也从一个工厂打字员变成了世界著名OEE公司的总监高级秘书了吗？这个几年前还生活在油墨里的女人不是现在已经坐在首都最高档次最现代化的办公室里了吗？新老板威廉不是表现出对我的喜爱对我的信任吗？威廉不是我未来的希望吗？我为什么要服输？我为什么不能战胜肖简刘小青?！不！我决不坐以待毙！决不能！我要反击！我要抗争！王欣盯着镜子里的自己，目光散发出一种倔犟。她抽出几张餐巾纸，小心地擦去脸上的水和泪。从口袋里掏出随身携带的袖珍化妆盒，精心地擦了粉、抹了口红。又用手捋了捋额前几束散乱的头发。然后她头一甩，走出了卫生间。她要去见威廉！

— 21 —

威廉正眯着眼打盹。突然听到敲门声。他强睁开眼，打起精神喊了声“请进！”见是王欣就笑着问：“戴安娜，还有什么事吗？”

“威廉，您、您有时间吗？我想和您谈点事……”王欣表情慌乱地说。

“哦，戴安娜，对不起。这两天我太忙了，一直没有抽出时间和你说说话。没有问题，我现在就有时间。来，你坐下，我们是自己人，不用客气的！”看到自己的秘书满脸感激的样子他满意地笑了。他坐直身体，温和地示意王欣坐下。要想顺利实现在中国的远大宏图，一个懂得知恩图报、愿为主子肝脑涂地的秘书是非常重要的。为这样的秘书施一些小恩小惠，营造一个奴才被主子重视和信任的氛围是必要的。

“那我去拿一下资料，5分钟就过来！”王欣急切地说。

几分钟后王欣抱着一个厚厚的文件夹，忐忑不安地在威廉对面坐下了。但脑中乱哄哄的，千言万语不知道该从何说起。

看见王欣翻资料的手有些哆嗦，威廉知道王欣很紧张，就率先开口了。

“戴安娜，你是Consulting(咨询部)的老人了！听说你给七八个老板当过秘书？哈哈——你可以做秘书皇后了！不容易啊！”

王欣的紧张就这么被老板哈哈一笑驱散了！她放松了下来，喜滋滋地抬起头，脸上竟然泛起了一片红晕。“威廉，谢谢你的理解！我，我……”王欣欲言又止。

“没有关系！戴安娜，有什么话你就直说！我说过，我的秘书和我就是一家人！”

王欣一颗心终于落定了！她脸上呈现了一个职业秘书面对老板不失谦卑的自信。她从文件夹里拿出一份表格递给威廉说：

“威廉，这是Consulting(咨询部)所有项目的actual revenue(实际收入)和forecast(预测)情况。给您作一下参考。”

威廉接过表格，目光迅速地扫射了几分钟，抬起头目光敏锐地问：“这个表格是谁做的？”

“是我做的！”王欣飞快地说。脑中一瞬间划过了肖简的身影。这是肖简做的每月收入预测表，每月底发给王欣让她核对每个项目的客户实际签单的收入数字。肖简称之为规范化管理。王欣每月接收肖简的表格，却从来不肯按要求逐一核对客户数据。因为她认为肖简没有资格领导她。但肖简每月报表提供的数据她该用会毫不犹豫地用。现在给威廉看的这张表，她修改了几个数据，因此说“是我的”也没有什么可内疚的！

“Business Forecast(业务预测)不是简负责的吗?”威廉的笑容消失了。他敏锐地发现这张表格和前几天艾瑞克让肖简发给他的几乎一模一样。这里面有什么“猫腻”吗?对中国经理本能的不信任使他的疑心马上从内心深处泛了出来……

“Forecast(预测)以前都是我做的。肖简来了詹森让我转给她了。但我发现她的number(数字)不准,所以我还是自己做。Recognize revenue(确认收入)也是我做,PMS 和 HRS 系统也是我负责,还要管部门这 80 多号人的吃喝拉撒睡……威廉,我都快累死了……”王欣撒娇地晃了下脑袋。突然脑中再次闪现肖简的身影,不由得有些忐忑不安。但她马上强行把这个影像驱逐了出去。职场就是战场!只要能赢,必须不择手段!过去侍候过的那七八个老板的宦海沉浮难道还看不出里面蕴涵的血腥教训?

“Forecast(预测)你做!recognize revenue(确认收入)也是你做!PMS 和 HRS 还是你做!那简做什么?她不是 Internal Control Manager(内部控制经理)吗?”

威廉脸阴沉了下来,一种被人愚弄的感觉在胸中涌动。他想起刚才那个肖简还跑过来企图灌输给他这个工作难那个工作难的,原来又在耍骗术!拿这么高工资,活儿都让一个小秘书去干,居然还敢跑到我这里来摆功劳?这些中国人怎么这么不老实?

看到威廉脸突然沉下来,王欣的心紧张地抽搐起来。害怕威廉一怒把 PMS 和 revenue(收入)都交给肖简让她尽职尽责去了!肖简巴不得“将计就计”呢!那王欣岂不又要像 HRS 那样“偷鸡不成蚀把米”?这么一想她的额头冒出了一层虚汗,忙解释说:“这些工作一直我做。因为……因为……”王欣眼珠一转展颜一笑说:“威廉您知道,这几项工作太重要了!老板需要用最信任的人。所以詹森就一直让我负责了。再说嘛——”王欣笑着冲威廉一歪脑袋说:“我工作做得很棒呀!老板非常信任我,所以就不想换人了!”

威廉听着频频点头,脸上每一块肌肉都是笑。不知为什么,这个秘书总是能熨平他心上的褶皱。

王欣就势拿出了更多的报表,一一展示给威廉看。威廉越看眉头皱得越紧,呼吸越粗重。终于威廉长长地喘了一口气,目光从桌上这堆报表上抬起来了,若有所思地望着王欣,沉默了一会儿,叹了口气说:

“戴安娜,难为你了!你是个 professional(职业)的秘书!但我没想到中国的 Internal Control(内部控制)也是你在做!而且做得这么好!”威廉说到这里脸上又呈现出一种恼怒。

坐在对面察言观色的王欣心里一阵窃喜,刚才的忐忑不安荡然无存。她突然意识到这些自己抱过来只想炫耀自己本事的财务报表,居然变成了打击政敌的“重磅炮弹”了!怎么会这么轻易就炸碎了老板的心理防线?自己无意中拨动了老板哪根敏感的神经?为什么他这么容易就相信了自己?看来在威廉心里毁灭和重塑一个形象都不是一件难事。更没有想到机会女神如此地眷顾。我一定要好好地利用这个意义深远的机会。于是王欣面含羞色，头一低，让耳后的几缕头发垂到了脸颊。刘正明说过，她丰满白皙的脸盘垂下几缕乌发显得很温顺很有女人味，这一定是强悍的威廉喜欢的形象。再加上一点任何老板爱看的谦卑的表情，王欣声音柔柔又带些幽幽地说："威廉，谢谢您理解我。听了您这些话，我累死都没有遗憾了……"

"戴安娜你做了这么多的工作，那简岂不是太轻松了?！要是这样的话，她还有什么 value(价值)呢！"威廉愤怒地用手指敲敲桌上的报表，充满着受骗的感觉。

王欣心里再一次划过一丝不安。自己对肖简是不是太残酷了？她掩饰地垂下眼看着这些报表，深刻地了解这每一张表都留着肖简的心血和汗水。

在肖简进 OEE 公司以后，王欣为了守住自己多年流血流汗的成果，一度截断了信息截断了资源封锁了可以封锁的一切，拒绝为这个女人提供任何她工作需要的数据和资料。她想看看没有信息资源这个初来乍到两眼一摸黑的"天之骄子"怎么对这个 OEE 中国最大的部门进行内部控制。不能管理控制我看你这个经理怎么当得下去！她要让詹森看到内部控制工作离了她王欣就会陷入瘫痪。到那个时候詹森就会再请王欣"出山"！一度，王欣看到女人陷入了无助和难堪，像个无头苍蝇一样到处都碰阻力。她正暗自得意地欣赏女人的狼狈，但没有想到女人以她无法想象的神速昂起了倔犟的头。又用一种让王欣恐惧的无畏，在短短一两个月的时间里突破了王欣给她带来的障碍和关卡，直接建立财务项目的信息和数据获取通道。溃败千里的局面没有出现！而王欣却在拒绝给予的过程中伤尽了双方的感情！肖简不再信任她了！她们之间已经成为你死我活的敌对的双方。夺走 HRS 是肖简一个精彩的反击；聘刘小青这一箭更是玩得漂亮到了极致！要彻底取自己而代之！你肖简对我这么斩尽杀绝，我王欣难道还要等着你把刀子架到我的脖子上来？

王欣的心突然冷如坚冰。她盯着报表的目光变得阴翳。什么叫"以其人之道还治其人之身"？这就叫"以其人之道还治其人之身"！

"唉，其实也怪不得肖简。她不是这个专业的，又没有 IT 行业的经验没有学过财务也没有做过项目管理。有时候看她像个无头苍蝇似的我都于心不忍。到现在还老问我要数据老问一些基本常识性的问题。你说我教她吧我自己天天忙得四脚朝天的；不教她吧，我也于心不忍。她连这些常识都不知道也难为她工作有困难了。唉，可能还需要多给她点时间……"

"如果一年多了她还没有 qualify(称职)，那她恐怕很难……"威廉从牙缝里挤出了前半句话，又把后半句话生生地咽了回去。脸阴沉得像雷雨天。

突然威廉问："谁聘的简？"

"是……詹森。"王欣不知道威廉为何问这句话，有些犹豫地回答。

"简以前认识詹森吗？"

怎么？威廉难道怀疑肖简开后门？王欣有些想笑。心想威廉这样的老外怎么也会像中国人那样思维？肖简是广告应聘的。王欣亲自打电话通知她来面试。因为她没有行业背景，为了减低聘人风险，詹森前前后后安排了中国、GC和亚太区的七八个老板面试了她近两个月。光评价和推荐的E-mail就长达几米！最后是彼得亲自来中国面试才一锤定音。肖简怎么可能事先认识詹森呢？但王欣绝不能说任何对肖简有利的话。于是她摇摇头说："也许吧。我不太清楚。"

"Tell me more about Consulting(多告诉我一些咨询部的情况)……"威廉长长地吸了一口气，把身体重重地靠到黑色的老板椅背上，做出一副准备和王欣倾心交谈的样子。

王欣心里长长地松了一口气。威廉终于认可她作为"历史老人"的价值了！她终于有机会向老板展示她无可取代的信息资源了！她能给他提供咨询部恨不得上下五千年的历史尤其是詹森时代的情况；她能告诉威廉部门每一个项目、每一位经理的来龙去脉；她还能给他讲述许多有血有肉的只有老板秘书才会知道的关于这个部门和一些项目的内幕情况……

王欣突然意识到她正在拥有一种"权力"。一种威廉时代才可能拥有的"权力"——可以凌驾于经理们之上对经理们不负责任的评论权。这种"权力"如果运用得当，带给自己的好处是无可限量的。今天晚上，她要好好地利用一下这种天赐的"权力"。她不仅要展示自己的价值，她还要把已经颠倒的乾坤重新颠倒过来！

王欣把椅子拉近威廉。然后用一种非常温和、缓慢的语速，选择威廉听得懂的字词，讲了很久很久……

第八章

— 22 —

下班前，肖简给天雄公司打了个电话，公司的人说天雄家里有事下午很早就离开了。肖简放下电话就笑了。今天是她和天雄结婚5周年纪念日，天雄一定回去准备了。想起来好久没有和天雄轻松地在家吃一顿晚饭，亲亲热热地叙叙衷肠了。最近他公司业务每况愈下，心情不太好，应酬反倒更多了，经常很晚才回家。而肖简最近工作也忙得晕头转向。年底年初是内部控制最忙的时候，大量的财务报表都要在这十来天完成。肖简几乎天天加班，没有时间和精力多问他的工作和心情。但她一直记着今天的日子。发誓这天哪怕美国总统来视察公司她也要回家，好好和丈夫过一个温馨的夜晚。她没有提醒天雄结婚纪念日的事。结婚几年来，他从来没有忘过这个日子。多余的提醒反而会破坏感觉。早上离开家前，看着深夜方归正蒙头酣睡的天雄，悄悄地给天雄留了个纸条让他晚上早点回家。

肖简哼着歌儿到花店买了一束红玫瑰，又去超市买了一大堆熟食，还给天雄买了一包最爱吃的豆。等肖简全部买完东西打上的士，一看表，已经7点多了。

她拎着大包小包下电梯，掏出钥匙打开门，不禁一愣：怎么屋里黑糊糊的？天雄怎么没有在家？他不是早就回家了吗？肖简的心顿时觉得空落落的。她打开灯，屋子里整整齐齐的，好像天雄早上精心整理过了。肖简胡乱摊着的被子也被他铺好了。肖简走到床前，早上她留在床头柜上的纸条不在了，看来天雄看到了她留的纸条。那他究竟去哪里了呢？他公司的小姐不是说他下午很早就回家了吗？现在已经快8点了，如果有事他也该来个电话呀？肖简想着给天雄的手机挂了个电话。奇怪怎么又没开机？该不会手机又没电了？

肖简一边想着一边在屋子里转悠，想要找出天雄不在的原因。突然，肖简发现床前的地下有一张小纸片，捡起来一看正是她上午留下的纸条。天雄到底有没有看见这张纸条呢？

肖简又给天雄的手机挂了个电话，还是关机。天雄去哪儿了？肖简皱着眉想：即便他没有看到纸条，也不该忘了今天的日子啊！12月26日，这是他们人生中最灿烂的日子。天雄和肖简从来都是刻骨铭心的。这样的日子他怎么会忘呢?! 肖简想着在屋里转悠着，突然目光触到了她刚买回的这堆食品，紧锁的眉头松开了些许。

天雄会不会也去购物了？自己下班不也去转悠了快两小时吗？没准他已经在回家的路上了。肖简于是心情又变好了。她围上小围裙，走进厨房，开始做饭。

肖简忙活了一个来小时，算是拼出了一桌色彩斑斓的菜。一看墙上的挂钟，已经是9点多了，可天雄还是没有回来！肖简的心一下沉了下去。她又拨天雄的手机，还是没有开机。他已经连着三四个晚上深夜回家了，都说谈事。但好像他们公司今年生意不太好，似乎不应该没日没夜地忙活啊？难道最近有了大单子？似乎也没有见天雄提起啊。最近他的话很少，仿佛有心事。问他，却一笑说没事！但他心事重重的呼吸已经弥漫在家里的每一个角落。这么多年的风风雨雨，谁还瞒得了谁呢？可他有心事为什么不告诉我呢？难道这么多年夫妻的情分还换不来他一点点信任？肖简想到这儿不觉得有些感伤。

肖简又拨了几次天雄的手机，还是无法接通。肖简站在客厅的中间一时间不知道该怎么办。她望着桌上那桌用她并不精湛的厨艺精心做出来的菜，突然觉得这斑斓的色彩在灯光下是如此的扎眼。肖简关了灯。

屋里一下变得黑糊糊的，肖简的心也变得昏暗。她落寞地坐在黑暗中的沙发上。墙上的钟一下一下脆脆地响着。身边的电话则一直是那么的安静。差不多又有一个小时过去了，天雄还是没有一点动静。肖简有些着急了。就着月光，她又拨了一遍天雄的手机，还是关机。肖简开始认真回忆天雄近来连续的晚归含混的解释似乎很闪烁的表情包括很多次没有开机或无法接通。最近自己太忙太累了，对天雄的反常竟然完全没有察觉。每晚到11点他还没有回来就先睡了。半夜醒来一摸身边躺着温暖厚实的身体，常常想也不想就往丈夫怀里一钻接着酣睡。自己虽然没有多问，可他怎么从来没有解释他为什么连续晚归呢？这完全不像过去的天雄。刚结婚那两年，他小心地呵护他们美丽激荡的爱情。他曾深情地对肖简承诺，要让她天天拥有世界上最温馨的夜晚，永远不让他爱的女人在黑暗、寂寞和等待中虚度时光。新婚时的承诺还在耳边回荡，但绵绵的爱意似乎已经在不知不觉中消逝。究竟从什么时候开始，他们的婚姻生活有了淡漠的暗流？是什么原因使天雄能忘记他们的爱情纪念日？天雄究竟怎么了？他们之间到底发生了什么？

肖简想一会儿，打会儿电话；又想一会儿，又打会儿电话。思路一直没有头绪；电话一直没有打通。想着，打着，肖简竟然在沙发上睡着了。

肖简凌晨被冻醒了。冻醒的一瞬间，她一眼看到窗外那一钩浅浅的月亮。她的心一凉。

天雄居然一夜未归！

她的心一下沉到了海底，凉得透心。她想起了昨晚的一切。餐桌上，还放着那桌菜；床上的被子还是整齐地铺着。天雄竟然没有回家！他居然忘了他们的结婚纪念日！！！难道天雄不要她了吗？难道爱情的诺言果真只是一个美丽的泡影？难道他们的爱情之火才5年就要熄灭？如果这一切都是真的话，我又该怎么办呢？想到这儿，肖简不知所措地哭了。

哭了一会儿，她感觉浑身透心的凉，头也一阵发晕。她从沙发上昏昏沉沉地起身，胡乱把外衣一脱，躺回被窝，迷迷糊糊正要睡去。门外传来开锁声，天雄回来了。肖简一下清醒过来，却假装熟睡。天雄蹑手蹑脚地进来。肖简把眼睛微微地张开一条缝，看见天雄正站在餐桌前望着满满的一桌菜发愣，然后又小心来到床前默默地看着自己。然后肖简听到男人发出一声长长的叹息，如此沉重的叹息。肖简把眼睛张得略大一些。蒙蒙的晨光下，男人的神情很凝重，凝重得让她觉得不安。这个男人到底怎么了？发生了什么不寻常的事？肖简几乎想张嘴问，男人又轻轻叹了口气，转身去了洗手间。浴室的水哗哗地响了很长时间，几乎是天雄平时沐浴时间的几倍。肖简张大眼睛盯着晨光下渐渐泛白的窗帘，目光很迷茫。浴室的水声停了，地毯上传来男人轻轻的脚步声。肖简又闭上眼假装睡着。男人轻轻地钻进了被窝，小心翼翼地不碰女人。肖简犹豫了一下，还是往天雄怀里一钻，天雄也犹豫了一下，还是把肖简搂住。但搂得不紧，搂得似乎还有些勉强。肖简突然委屈地流下了眼泪。天雄似乎感觉到了些什么，把女人搂紧了。仿佛为了让女人感觉到这拥抱的真诚，天雄把另一只手又搭上了女人的身体。女人的眼泪继续止不住地流。“简……”女人听到男人低沉急促地叫了一声。肖简擦掉了眼泪，静静地想听男人的下文。可是男人没有下文。于是肖简说：“天雄，你忘了昨晚是什么日子了吗？”说完，肖简泪水“哗哗”地流下，很快湿透了男人的胸襟。

听到身边默默哭泣的女人突然说了这么一句话，男人的身体陡然硬了起来。但很快男人又掩饰地镇静下来，把女人搂得更紧了。努力显得很温存地说：“简，先睡吧。醒来再说。”男人接着更努力地抚慰怀里的女人。但女人感觉男人的拥抱是僵硬的；男人的温存丝毫没有热力；男人所做的一切仿佛只是为了掩饰什么。肖简的心难受极了。他在掩饰什么？他为什么需要掩饰？有什么必要掩饰？这一切到底是为什么？她痛心地把依偎在男人胸前的身体拉开了距离，男人没有反应；她把男人搭在自己身上的手也挪开了，男人还是没有反应；她最后挣脱了男人的怀抱把身体转到了另一边，男人依然没有反应。她静静地背对着男人躺着，很长时间没有说话。她在等待男人给她一个解释。可是，她等来的却是男人的鼾声。肖简的心仿佛被抽了一鞭子，疼得都拧紧了。他怎么可以这样！！！

肖简“呼”地坐起，一双受伤的眼睛盯着面前酣睡的男人。男人的鼾声刺激得她快要爆炸了。她的胸口上下起伏，呼吸也变得急促。他一夜不归却连一句解释都没有，难道我不是他的妻子吗？他为什么要这么对我？他怎么可以这么对我？

肖简想到这儿重重地推了一下天雄，强压着怒火低声说：“赵天雄，你到底怎么回事？”

天雄被肖简重重地从熟睡中惊醒，一时间愣愣地望着眼中冒火的女人半天没有反应。“赵天雄，你为什么？”肖简的声音在愤怒中颤抖。天雄这下清醒过来了，一瞬间显得有些无措。嘴唇动了两下,又静止了。肖简变得更加愤怒。“赵天雄,你什么也不想跟我解释了吗？你什么也不需要和我解释吗？”

一瞬间天雄的脸上闪过一丝惶然,但很快这种惶然就消失了。他显得很平静地望着晨光下愤怒的妻子说:“简,对不起,我昨晚喝多了。忘了我们的纪念日。”

“什么？喝多了？忘了？一句对不起就解释了丈夫在结婚纪念日的一夜不归？”望着轻描淡写好像在叙述别人的故事的丈夫,肖简觉得心如同针扎一般地疼。她逼视着天雄的眼睛说:“你和谁喝酒？为什么不开手机？是谁能让你忘情到了把妻子、把这神圣的日子都抛之脑后的地步？”

面对肖简锐利的目光,面对她咄咄逼人的质问,天雄微微张了张嘴,但很快他嘴抿得紧紧的,好像在强压着想说而不能说出口的话。

他的沉默更加激怒了肖简。她把被子一掀,光着脚站在地上声音颤抖地问道:“赵天雄,你为什么不说话？你做了什么不能说出口的事？”

“简,我不知道该说什么？我什么事也没有做。我昨晚只是醉了,在朋友那里睡了一夜。刚才一醒过来就赶回来了。”天雄望着肖简,努力把声音放得很平静地说。

肖简的胸口上下起伏,呼吸越来越粗重。天雄看见肖简气成这样,张口又想说点什么。但话将出嘴边,又生生地咽了回去。他伸出手去拉肖简,试图把她拉进怀抱。但被肖简狠狠地挣脱了。天雄显出一副无奈的样子重重地躺回床上,兀自望着天花板发愣。

望着一动不动木然地躺在床上的男人,肖简觉得浑身的血都凝住了。她不想再说什么。也不想再做什么。她盯着天雄的目光由愤怒渐渐变成了冷漠。她转身离开了天雄的床前。

听到卫生间传来的水声,天雄一下坐直了身体。他双眉紧琐发了一会儿愣,突然举起拳头,懊丧地捶了一下自己的腿。

这是聪明一世糊涂一时。怎么就把这么重要的日子给忘了？干出了这样的傻事！鬼使神差地偏偏在结婚纪念日去赴静苑的约会。都怪该死的老板,因为山东经销商毁约没地方撒气了,中午找茬把他骂了一顿,骂得天雄脸都绿了。想当年生意好的时候,老板把他供得跟神仙似的。这生意一低迷,马上翻脸不认人。真他妈的势利小人！天雄气得一中午没吃饭。特想摔个什么东西发泄发泄。但唯一没有想的是给妻子打电话。不知为什么,天雄永远不愿意把倒霉的一面暴露在妻子面前。他希望在妻子面前永远都是强悍和辉煌！因为他是男子汉！可是男子汉也是人。男子汉也会脆弱和沮丧。昨天下午,天雄无论如何也摆脱不了这种“虎落平阳受犬欺”的沮丧。他像个困兽似地在办公室来回打转。恰好这时接到了情人静苑的电话。天雄几乎连思索都没有思索就驱车到了她的家里。

静苑晚上给他做了一顿五颜六色的美味晚餐,还备了好酒。郁闷的天雄同样连思索都没有思索就借酒浇愁喝了个酩酊大醉。在迷迷糊糊中,体会着女人销魂的身体,在飘飘欲仙中麻醉了情绪也消耗掉了最后一点体力。他死死地睡着了,忘掉了全部的自己,更不用说什么结婚纪念日。凌晨醒来的时候发现自己没有睡在家里,怀里依偎着的不是那个叫简的女人,不由得吓出了一身冷汗,妻子在家他从没有在外留宿过。

而悄然回家以后,看到桌上那一桌连动都没有动过的丰盛晚餐,天雄才意识到自己犯了多大的一个错误。当时他站在饭桌前都有些不知所措了。如果时光可以倒流,他愿意给妻子做10桌这样的晚餐。但是大错已经铸成!

站在床前,他愣愣地望着妻子,绞尽脑汁也想不出一条可以解释他在结婚纪念日也是婚后第一次不打招呼一夜不归的合理理由。肖简可以为他的不归有无数的想象,但天雄最怕她怀疑他有女人!而天雄可以承认一切,唯一不能承认的就是他有女人!否则这个婚姻的大厦一瞬间就会倾覆!天雄绝不能让这种事情发生。他有女人,但是他从来没有不爱自己的妻子!

因此,面对盛怒的妻子,他除了否认只有沉默。他只有等肖简平静下来以后再想办法解释。他必须抚平这件事!

半小时以后,肖简梳洗完毕,提起电脑包,冷冷地看了一眼丈夫离开了家。

— 23 —

上午的中国高层管理例会上,杰姆斯居然当众责怪威廉中国咨询部顾问资源分配没有计划,T-electrice等项目顾问资源迟迟不能到位,还危言耸听地说已经接到很多客户投诉了!见杰姆斯如数家珍地当众抖搂自己“领地”里的私事,威廉非常恼怒。杰姆斯处处插手咨询部的工作,私底下和斯蒂文他们勾勾搭搭,甚至直接到客户那里收集情报,对此威廉早就忍无可忍了!咨询部是威廉的版图,哪里轮得到他来教训?!再说自己好歹也是GC老板级人物,他杰姆斯居然把他当成下属让他汇报工作不说还当众批评,这不是故意乘他刚上任羽翼不丰满,当众给他“下马威”吗?用心极其险恶!威廉没有等开完会就摔门离开了。

回到办公室威廉生了半天气,发誓一定要找机会到迈克那里去告杰姆斯的恶状,也让他尝尝自己的厉害!他一边生闷气一边打开邮件信箱。一排新邮件“刷”地出现在面前。

新邮件队列的最前面赫然站立着亚太咨询部财务总监乔治发的“2005财年亚太各国业绩排行榜”。威廉急切地打开邮件,在各国业绩排行榜上找中国的名字。一看名次,他傻了!中国大陆12月份居然排名倒数第三!Shit!Shit!Shit!威廉连喊了几声。刚刚平息下去的怒火再一次燃烧了起来

他急切地打开附件,目光飞速地上下左右穿行在收入费用利润的年度报表数字中。这不看还不打紧,这一看恶从胆边生!只感觉一股烈焰在体内腾腾燃烧!他

愤怒地发现自己年底千交代万交代肖简让她一定要把他上任后的2005新财年可能发生的费用提前放进艾瑞克第四季度的最后一个月任期账上，这样可以大大减轻自己上任以后的成本压力！可这个女人怎么置之不理？她为什么不听话？对卸任的艾瑞克来说，亏损有什么关系？再增加几十万美元的费用也无非让他的业绩更烂一点！但他已经走了，挨骂也听不见了。可我的事业才刚刚开始呀！刚刚上任才几天却无端地让我背上了这个烂摊子！这个女人为什么不按我的要求做?！更可恨的是，我让她不要在12月recognize(确认)T-electric那40万美元的收入，把它留到自己的新财年1月份！这样，我的业绩就可以金光灿烂！可这该死的女人却把它扔到了艾瑞克12月的烂账里！40万美元啊！如果她听话，这数字游戏一加一减的，我上任Q1(第一季度)的margin(利润)就增加了七八十万美元了。它会给我上任后的业绩增加多么精彩的一笔！这么好的一个机会，完全可以利用公司的财务制度漏洞好好地玩一把数字游戏。可这个该死的女人却让我偷鸡不成蚀把米！我对她还没有起杀心，她为什么要这么和我对着干啊！

威廉腹中发出雄狮般的怒吼。他像一个被激怒的困兽在笼子里来来回回地转着。

威廉越想越气想马上把肖简找来破口大骂，但他在办公室转了半天也没有找出一条可以骂她的理由。因为肖简的行为表面上不仅无错而且有功。因为她增加了部门12月份的收入降低了费用，维护了部门和中国公司的利益。威廉想骂她的理由一条也上不了台面，憋得威廉满屋子乱转却找不到东西可以发泄！憋得威廉绞尽脑汁也要找茬敲打这个女人！突然他看到大玻璃窗外忙碌的王欣，他知道他可以骂什么了。他打了个电话给王欣让她通知肖简马上过来！威廉今天无论如何要出出这口恶气！

"简，HRS在中国已经run(运行)了四五个月了，为什么还有这么多错误？"威廉肥厚的下巴抬得高高的，一双小而尖锐的眼睛一眨不眨地盯着肖简，不耐烦地说。

肖简吃惊地看着威廉。我解释了半个多小时了，他怎么还问这个问题？难道他没有听我解释吗？可是他看我的目光不仅专注而且审视，仿佛一直在掂量和过滤我说的东西。

肖简耐着性子又解释了一遍："威廉，HRS系统的原始数据基本都是王欣以前key-in(录入)的，的确有很多错误，刘小青来了以后已经纠正了很多错误……"

王欣？又是王欣！她怎么又往王欣身上推！威廉生气地把他的电脑屏幕重重地推向肖简说："你说系统里没有错？那王晨2月份要休10天年假，为什么系统里是blue(蓝色)？"

电脑屏幕上呈现的是网上顾问资源预测系统HRS。不同的颜色表示顾问每天不同的工作状态。蓝色表示顾问在项目上计费工作；红色表示顾问在休假、培训或公共假日等客户不付费的天数。HRS系统会根据颜色统计出每一个顾问乃至整个部门每月完成的付费天数和不计费天数，从而向管理者呈现该顾问或整个部门这个月能为公司挣多少收入，花去多少费用。

此刻威廉点击的是 SHP 顾问王晨 2 月份的工作预测情况。肖简没有在系统上看见一片蓝色，没有发现 10 天红色的休假。便说："威廉，HRS 上王晨 2 月份都在做项目，没有年假啊？"

"所以我说你们系统有错！他昨天发 E-mail 告诉我他要休假！"威廉垂着眼皮哼了一声。

怪不得！肖简笑了。王晨没有按内部控制的规定把休假信息及时通知系统管理员刘小青，而是越级汇报给威廉。刘小青没有信息自然不会到系统里修改。她诚恳地对威廉说：

"威廉，关于年假、培训这些不计费的天数，我们一直要求 PM(项目经理)及时汇报给 Internal Control(内部控制)，我们才能输入数据库。就像王晨休假，如果他不汇报给 PM 和刘小青而是越级直接给您，我们怎么可能知道？HRS 数据库也不可能显示她的休假信息。如果 report line(汇报线)不清晰，Internal Control 是不可能得到及时准确完整的信息的。那 PMS 和 HRS 系统里就很难是完整正确的信息。这个问题我在经理会提过多次了，希望您支持！"

威廉感觉肖简的话怎么听怎么刺耳。这个女人分明在讽刺我让员工越级汇报，讽刺我做事不太光明。可只要是"政治"的需要，鸡鸣狗盗也可以上大雅之堂！我就是要跳过你们这些狂妄的经理，在你们的部下里建立我的信息渠道。来对付你们"瞒天过海"的伎俩！

威廉想起亚太排行榜上那倒数第三名，脸色越来越阴沉，呼吸也变得粗重。突然他把电脑往边上一推，身体重重地砸靠在老板椅上，双臂抱胸死盯着肖简说："简，HRS 这么多错误发生，到底什么原因？"

见威廉今天死死纠缠 HRS 的错误不放，仿佛不揪出责任人誓不罢休似的，肖简感觉心里像被压了一块大石头。凭直觉，威廉今天的举动不是即兴的。快一个小时了，他一刻不停地"鸡蛋里挑骨头"，几个问题颠过来倒过去地问。解释清楚了他还是质问、狐疑和不解。他上任没有几天，和肖简也就是可数的几次接触，这强烈的不满和积怨从何而来呢？为什么都解释不清楚呢？肖简深深地叹了口气说："威廉，HRS 很多历史数据的错误原因很复杂。有些人为的困难我也没有办法……"

"是吗？什么困难？"威廉漫不经心地问了一句，低下头，垂下眼。

"威廉，过去的事很复杂，我以后再找机会跟您汇报好吗？"威廉今天的情绪冲动，仿佛他是法官而她是被告。双方没有平等的谈话氛围，很难和他沟通清楚和王欣的恩恩怨怨。

"有什么困难？"威廉仿佛没有听见肖简的话，继续追问。

威廉这是怎么了，非要"逼宫"吗？说就说吧！肖简把胸前的头发往脑后一甩，直视着他说:“我刚才提过 report line(汇报线)不清的问题。王欣是中国的 PMS/HRS Assistant(助理),又是老板的秘书,不肯 report(汇报)给我。给这个系统的管理和监控带来了很大的难度。但我能保证刘小青来了以后,HRS 系统的质量会一天天提高。事实上这一个来月里,她已经 update(更新)了很多过去不正确的原始数据了……”

“过去的数据为什么不能用?”威廉又一次厉声打断肖简的话,抬起头目光严厉地盯着她,仿佛她们修改系统的错误数据反而犯了多大错误似的。

威廉的愤怒让肖简十分震惊。她不知道自己做错了什么,引得威廉如此愤怒狐疑乖张粗暴和霸道。在她过去的职业生涯里,凭着优秀的素质和能力一直为老板所信任和器重。像威廉这般无端质疑却不听解释不讲理的老板肖简还是第一次遇到。肖简充满受挫感,真想摔门离去。但是她强忍住了。不管威廉说了什么做了什么,自己是打工的。为了生存,老板给你再大的委屈也得忍着!自己工作兢兢业业尽职尽责,对得起老板对得起那份工资,也对得起自己的良心。肖简抬起头,目光坦然地直视着威廉说:“威廉,王欣输在数据库里的很多原始数据是错误的,不能用!否则会影响以后的 business forecast(业务预测)。”

“过去的数据也是别人花了时间和精力输进去的,不可能都是错的!为什么不能用?”这一次威廉不仅有些声嘶力竭,而且显得焦躁不安。他在老板椅上一次一次调整坐姿,好像椅子上长了扎人的小刺似的。

肖简内心的委屈如泉水般涌动,屈辱也像沉甸甸的山重重地压到心上。威廉不分青红皂白地质问让肖简不得不接受一个事实:王欣已经深刻地影响了威廉!威廉已经偏听偏信!可这公平吗?王欣输入数据的确花了时间和精力。但刘小青上任这一个多月一个个核对数字,修改了王欣大量的错误就没有花时间和精力?他为什么不去调查一下真实情况是什么呢?

“威廉,过去错误的数据的确不能用!HRS 许多原始数据,包括合同金额、成本价甚至汇率都是错的。如果不改,那系统生成的预测数字都会有问题。我认为提高 HRS 系统的质量要从根子上改善。小青已经忙了很长时间纠正……”

“刘小青这一个多月都干了些什么事?你是不是没有给她正确的指导?”威廉把手中的鼠标往旁边重重地一扔,声音也提高了一度,再次打断肖简的话。

肖简不禁睁大眼睛,难以置信地望着目光中燃烧着熊熊怒火的威廉。看来他根本就不想听我说话!他只想指责和批评!他全部矛头只是冲着我来的!他从来就没有过问过我们的工作,凭什么说我没有给刘小青正确的指导?他为什么要这么不公平?

肖简想到这里不禁挺直了胸膛,抬高了下巴,目光毫不怯懦地直视着威廉,声音和缓但冷峻地说:“威廉,您可能太忙了,一直没有时间了解中国的内部控制工作。我想请您给我 15 分钟,我给您介绍一下这一两个月我们都干了些什么。您听了就会知道我们的内部控制工作最近有了多么大的进展！您就会了解我给了刘小青最好的指导！”

威廉用不变的姿势盯着肖简一张一合的红唇，仿佛在认真倾听肖简的陈述。但实际上他一个字也没有听进去。他一个字也不想听！他满脑子充堵着怒火。这个女人中了什么邪，怎么处处和我顶撞！我说这个不行，她马上说出一百个行的理由来证明我的错误她的正确；我说那个有问题，她马上告诉我是王欣的问题不是她的问题。面对老板，居然没有一丝一毫的谦卑和忍让。这些中国人怎么没有一点教养?!老板对和错他都是你的老板。作为雇员，你只有听的义务没有你说话的权利。即便我冤枉了你，你要解释申辩你也要选老板心情好的时候。我面对我老板，即便挨骂我也是笑着听。正因为这样我才会平步青云。作为员工，你可以不太能干，但你不可以不 honest(忠诚)！不能不 obey(服从)！不能干的员工我虽然看不起你但我还可以容你，大不了把你当成狗来使唤。相反，你虽然能干，但处处和我过不去，我连狗的位置都不会给你！

威廉想到这儿怒气冲冲，真想来场野性大发作。但是 OEE 这该死的禁锢人性的文化，让他不敢发作甚至想破口大骂的时候吐出的还不得不是裹着文明外衣的语言。今天本来想借 HRS 系统错误发泄一下今天涨得快要爆炸的怒火，却没有想到找尽了她的麻烦却没有发泄出去一点点恶气，自己反而越来越憋气！这个该死的女人如此凛然地展示着她的个性。她难道不知道她的个性已经展示得过分了吗?!她意识不到我已经无法忍受她了吗?!

威廉一双兀鹰般的眼睛死死地盯着滔滔不绝的女人，浑身野性的血在燃烧在沸腾。他真想大骂“Fuck”！“Fuck”这个桀骜不驯的中国女人！威廉这一辈子最不怕的就是桀骜不驯；最擅长的就是收拾桀骜不驯的人。你傲，我就打你的颈项让你低头！再傲，我就让你滚蛋！这帮中国人太可气了！这些中国经理根本不能帮我撑起这一片江山！中国需要大整顿！需要“流血”！我需要制伏这些中国人！我要重整艾瑞克留下的旧山河！

女人一张一合的红唇突然停住了。肖简吃惊地看着老板脸上突然出现的怪异的表情，不知自己刚才又说错了什么话。

威廉正在肖简音调起伏的背景音里兀自亢奋地发着狠，突然的寂静惊醒了他的激情昂然。他看见女人正用一种探询的目光望着他好像在等他说什么。可他能说什么呢?他根本没有听见这女人说了什么。他的思绪根本没有从刚才的沸腾中走出来。见女人目光锐利地看着他，不由得感到莫名的烦躁。她为什么这么看着我？她怎么敢这么咄咄逼人？有朝一日我把刀架到她的脖子上的时候，她还这么看着我吗？威廉想着恼怒地一摆手说：“我知道了！你先回去吧！我再找你！”

威廉说话的声音很低沉。但生硬的语句中蕴藏着极端的烦躁和生气。肖简觉得心里又难受又沮丧。她快速收拾起自己抱来但根本没有机会向老板展示的部门工作业绩，站起身，避开威廉的眼睛，快步离开了威廉的办公室。

— 24 —

肖简7点多离开公司大院，正招呼出租车呢，突然她听到身后有一个熟悉的声音在喊她。她顺着声音一回头看见天雄正站在马路对面的车边冲她招手呢。不知为什么，一股哭的感觉瞬间涌上心头。她装做没听见，快步往前走去。天雄几步跑过马路，一把抓住了她的手腕，然后一下搂住了她的肩膀。在天雄强健的搂抱中，肖简挣扎了几下不能动弹。天雄乘机用另一只手接过她的电脑包，揽过肖简的肩过了马路，往路边停着的车里送。

"还生气啊，老婆。"天雄一边发动着车，一边扭过头，笑呵呵地问肖简。

"是啊。恨得食不能安，夜不能寐。"肖简故意目不斜视地望着前方，冷冷地说。

"真的？老婆。爱之越深恨之越切，难道我这么有魅力啊！"天雄嬉皮笑脸地望着肖简。

见老公赖兮兮的样子，肖简的气消了一半。天雄是个大男子主义很严重的男人。明知道自己错了都不肯承认。像今天肯弯下身段来向老婆示好已经是太阳从西边出来了。肖简心一软，开始找原谅他的理由。但又不甘心几句调侃就丧失了原则，于是她继续虎着脸说：

"是啊！你是有魅力！我以前怎么不知道你这么有魅力呢？一进保姆市场，所有的人都看你！你随便往哪儿一站，保证一窝保姆哭着喊着想投入你的怀抱。"肖简说着自己都忍不住想笑。她赶紧把脸侧到一边，装着看旁边的街道。

"呀，我老婆给我这么高的赞誉呀！找个保姆也行啊。至少回家有人能给我端上一杯热乎乎的茶，给我熬碗粥喝。保证不敢对我'河东狮子吼'。"天雄得意洋洋地说。

"没错。我这个老婆真没用。除了每月能挣一两万臭钱，什么都不会做。"肖简心里又气起来，冷笑着斜了天雄一眼说。

"谁说的？谁说我老婆什么都不会我跟他急！我老婆会挣钱会耍赖会撒娇会欺负老公还会满腹经纶对了还会做爱。我老婆可是宝贝。10个安徽小保姆我都不换！"天雄说完得意地叼起一支烟。

肖简又恼怒又想笑，气得狠狠在天雄的腿上掐了一把，嗔怒地说："一天不见，别的本事不见长，嘴皮子倒长了好几寸！"

"谁说我别的本事不长？回去我们马上就试！"天雄嘴里说着，双手握着方向盘一个满轮，车来了个大转弯。

"去你的！"肖简的脸突然泛起了红晕。她想起男人在床上的强壮和激荡，不由得心旌荡漾起来。她故意怒目而视地瞪了天雄一眼。柔和的路灯下，丈夫充满男子气的脸轮廓分明，结实的身体挺得直直的显得很精神。

见肖简看他，天雄乘机把右手放到了妻子的腿上并轻轻抚摩起来。

肖简的身体不由得绷紧了。一股热力从小腹处缓缓地向上蔓延。

男人长长地吸了一口气。一双手又情不自禁地到女人背后摸索。小声说："宝贝，咱们回家……"

天雄和肖简大汗淋漓地躺倒在松软的大床上。

"好吗？"天雄搂着肖简，拍拍她汗淋淋的肩，温和地问。

"嗯。"肖简依偎在丈夫宽大的胸怀，一种满足又无奈的情愫涌上心头。天雄的性爱永远充满着生命的激情，淋漓尽致地覆盖她身体和心理每一个不妥帖的皱褶。让女人孤独的心灵重新在生命的撞击中找到舍不得离开的归宿地。

"老公棒吗？"天雄微微眯着眼，带着一份对自己男人强悍的自得，期待着沐浴了他阳光雨露的女人的夸奖。这是一种不亚于性满足的心理兴奋。

"不要脸！"肖简狠狠地在天雄背上拍了一下。

"啊呀——"天雄夸张地做出龇牙咧嘴的样子。

"你为什么今天一整天都不给我打电话？"肖简委屈地说着，心里泛出一丝隐隐的痛。

"唉，亲爱的——别在意这些了好吗？我一直想给你打电话。但你也知道我不会说好话。别电话里又吵起来不是两个人都不愉快吗？我不是亲自来你公司接你了嘛。"

"那你昨天晚上……"想起昨晚的事，肖简的心一下变得很阴翳。

"简，没有什么事。昨天我好容易签下来的订单丢了，心情非常不好。出去和朋友多喝了两杯，没想到醉了！就睡那了。简，咱们补过结婚纪念日好吗？"天雄诚恳地望着肖简说。

肖简的心软了。她了解天雄最近因为生意不好很烦恼，这种时候再丢订单肯定沮丧透顶了。肖简觉得自己心里已经原谅他了，但嘴里还幽幽地说："你心情不好为什么不跟我说呢？难道我就不能抚慰你吗？"

"唉——简，你天天这么忙。再说，男人嘛……谁愿意让老婆为自己操心。唉——"男人说这句话又长长地叹了口气，似乎证实了他情绪的低迷。

肖简彻底原谅他了。天雄也挺不容易的！他是个自尊心极强的男人，从来不肯低头的。今天这样的表现已经很不容易了。肖简想着说话的声音也缓和了许多："算了，过去就过去了！以后我们好好的吧。你晚上不要太晚回家了。也不要上网时间太长，早点睡觉好吗？"

天雄安慰地拍拍女人光滑的背，没有说话。

肖简觉得很累，饭也不想吃了，枕着天雄宽厚的胸背迷迷糊糊地睡着了……

半夜,肖简被一个噩梦惊醒了。她梦到了天雄。梦到了血。梦到了天雄在血光中搂着一个她怎么也看不清面孔的女人离开了。肖简在后面哭着使劲地追他……叫他……可天雄甚至连头都不回。天雄怎么这么绝情!

肖简醒来的时候脸上全是泪水。她伤心地想往身边的丈夫怀里钻,不料钻了个空。肖简伸手一摸,被窝冰凉凉的。天雄怎么没有睡觉?肖简看见门缝里有一丝亮光,以为天雄在客厅看电视呢。打开台灯,看看床头柜上的闹钟,才深夜12点半。她觉得有些饿,就披上睡衣想去冰箱里拿点吃的。走进大客厅,发现落地灯柔柔地亮着,电视也开着,但没有声音。天雄呢?肖简往卧室边的书房一看,门缝里透出昏黄色的灯光。天雄肯定又在里面上网。肖简不快地想:这个家伙为什么这么沉溺网络?无聊的时候上网聊也没什么,但也不至于总是通宵达旦啊?肖简突然对天雄此刻在干什么升出几分好奇心。她蹑手蹑脚地向书房走去……

天雄正在全神贯注地给静苑回邮件。突然听到门"吱呀"一声,心里一凛,迅速回头,看见肖简穿着拖地的大睡衣睡眼惺忪地进来了。他第一感觉就要转身关掉情书。但肖简的目光此刻已经聚焦在他的身上。她是个极其敏感的女人,平常漫不经心地感觉着事物,却能准确地找出事物并没有明显体现的本质和真谛。每次听她分析都好像身临其境,让人不免对这个女人的透彻生出一丝敬畏甚至恐惧。而事后的结果又常常证明她的推测和结论八九不离十。男人在她面前经常有一种不穿衣服的感觉。有时深刻得让男人亢奋;有时却透明得让男人窘迫。但天雄倒觉得妻子这点很有味道。而且是这个女人独有的味道。因为天雄生性就是个不怕挑战的人。当年当游泳健将的时候,他多少次面对长江大海的惊涛骇浪。也有过差点被大海留住的经历。但是活过来了,回头看人生,就是另一番光景!他是个敢于按自己认定的生活方式生活的男人。不管别人怎么看,他毫不畏惧地过自己的生活。他不会惧怕任何东西。他也不怕肖简。但是他在意妻子。他不想伤害妻子。他不能让自己的异类思维和生活方式让妻子不高兴。

于是,他强行控制住了想回身关情书的欲望。而是故意若无其事地站起身,向妻子迎上去,把妻子抱进怀里。拥抱了几秒钟后,肖简把脑袋从天雄的怀抱挣脱出来,扭头直往天雄闪着荧光的电脑屏幕上看。一边嘴里嘟囔着:"干吗呢?大晚上的不睡觉?"天雄心一惊,马上把肖简的头拉回自己的怀抱,低头吻吻女人的长发说:"宝贝,赶紧回被窝里去!别冻着!我几分钟发完E-mail就来陪你。好吗?走!我陪你过去。乖孩子。"

天雄一边说一边微微用力半抱着女人往外走,想把女人马上带出这个埋着定时炸弹的书房。不料,女人突然像泥鳅一样从他怀里忽地溜走了,一边走向电脑一边嘟囔:"写什么呢?"

天雄慌了。说时迟,那时快,他一个箭步抢在女人之前挡住了电脑,然后一只手要把女人往怀里拉,同时另一只手抓起鼠标,关掉了文件。一边说:“好好,不写了不写了,我睡我马上睡。”但就在他左手忙活女人右手忙活关电脑的时候,女人已经从他腋下的空当瞥见了信末尾的署名“雄”。她的心顿时狂跳起来。

“你给谁写信?”肖简从天雄的怀里挣脱出来,目光犀利地看着他,语速飞快地问。

“嗨!一个朋友。”天雄若无其事地说。

“是女朋友吗?你为什么自称‘雄’?”在肖简的记忆中他恋爱时给她写情书也只有偶尔几次用‘雄’,通常都是“天雄”,或老公老婆的。现在他居然用这么亲近的称谓给人写信。这要不是特殊关系才怪呢!联想结婚纪念日他一夜未归,肖简觉得一股野性的血在体内疯狂地蹿动。

“嗨!人家愿意这么叫我呗!”天雄没事人似的回答。“你别疑神疑鬼的!赶紧睡觉去吧!我马上就过来。”看见妻子虎视眈眈地站在身边,天雄并不紧张。肖简从不干涉天雄的人际交往,从不查看天雄的文档和信件,从不记天雄私人朋友的电话。她是个自尊和尊重丈夫的女人。所以矜持和自尊心使她即便面对一封感兴趣的信也不会强行要求看的。

“不可能!”肖简犀利地说:“我从来没有看见过你给任何人写信用‘雄’的署名。这个女人是谁?如果你心里没鬼,你打开信让我看!”肖简居然第一次提出要看丈夫的私人信件。这真让天雄有些吃惊!

肖简用目光示意天雄闪开。见天雄站在电脑前不动,就推了他一下,坐到了他的椅子上。她今天就是要侵犯一下天雄的隐私。她想看这封天雄如此亲昵地自称为“雄”的信是写给谁的。心想你是清白的,你就不用害怕给我看;如果我错怪了你,我一会儿给你道歉。

“我为什么要让你看?我不让你看!”天雄突然生气了,脸上露出一副隐私被侵犯尊严被伤害了的气恼。但是面对已经坐在电脑前的妻子,他却无可奈何。

“你给我打开!你要没有鬼为什么不让我看!”见天雄气急败坏地站在一边,肖简更加确定这是一封写给女人的信。而且信的内容是男人绝对不能让她知道的。天雄果然在对自己隐瞒着什么。自己这么长时间的感觉似乎正在被证实。瞬间,一种屈辱的感觉溢满了全身。她感觉浑身上下都在发冷。她不能相信这一切都是真的!

“我没有写什么见不得人的东西。但我就是不给你看!”天雄一副人格被伤害尊严被屈辱的样子。愤怒地站起身,打开书房的门,大步走了出去。

肖简狠狠地关上书房的门,大声对天雄说:“你等着吧!你不给我看,我自己也能找到这个文档!”

肖简坐在电脑前。她的心在颤抖。她的手在颤抖。她眼前的文件也在颤抖。她打开写有天雄名字的文件夹。浩如烟海的文件基本都是项目建议书、合同书以及公务往来。几百个文件夹里哪里藏有刚才那封信?那封信肖简连文件名都没有看见,一时半会儿到哪里去找这个文件？肖简情急中，早已忘了只要点击左下角的“开始”键，再点击“我最近的文档”就能找到他最新打开过的文件。但是心绪慌乱的她早已乱了方寸，只是盲目地在C盘、D盘打开一个文件，见不是又关上；再打开一个，不是，又关上……

书房的门开了，天雄铁青着脸走了进来。看见肖简倔犟而机械地重复着开文档关文档的动作，他欲上前阻止，又不敢；想说点什么，却欲言又止。最后双臂抱胸，心态矛盾地在肖简身后几平方米的空地来回踱步。他了解肖简的性格，他知道此时无法阻止她。除非坦白。而坦白的后果是什么？天雄根本不敢想象。这一时间，他的感觉是复杂的：后悔——后悔自己不小心；生气——生气肖简怎么能肆无忌惮地翻自己的书信；惶恐——他还没有心理准备去让妻子了解他的隐私生活；更多的是沮丧——他根本无力去阻止这个女人的任何行为……

时间一分一分地过去了。已经是深夜4点多了，肖简还在重复她开关文档的机械动作，但她还是没有找到刚才的文档。天雄一直在肖简身后心事重重地踱步。几次，他走到肖简的身后，用压抑低沉的声音问：“你到底要干什么？”但今夜的肖简显得从未有过的孤立和冷漠。她仿佛没有听见男人的话。她也根本不想理会男人的话。到后来她甚至对这封信都没有兴趣了。她所在做的只是一个机械的动作。一个她要完成的动作。她还需要看什么信呢？这个一向自信坦然的男人一晚上努力抑制但还是不由自主地表现出来的不安、紧张、慌乱已经说明了一切。找到这封信也不过是为男人的行为找一个合理的注解而已。还有什么意义呢？

肖简疲惫地一次次机械地按动着鼠标，开关着电脑里的文档。她的灵魂在这一个个机械的动作中早出了壳……最后她疲惫不堪了。趴在键盘上睡着了……

天雄一直在肖简的身后踱着步，最后觉得双腿都走得没有感觉了。最后，他躺在窗边的那张躺椅上睡着了……

第九章

— 25 —

斯蒂文觉得屋里的暖气有些烤人,就站起身,打开了空调。一阵凉爽的风吹来,他长长地吸了一口气。他拉了拉被领带勒得有些透不过气来的领口,松开了一颗扣子,领带也在这一拉一扯中有点可笑地歪到了一边。肖简有些想笑,忙把头扭到了一边。刘新权和孙建武则早已习惯了斯蒂文放浪不羁的美国人派头,继续你一句我一句地发表对BBW项目的看法。

"我看我们还是应该做些让步。这个项目虽然revenue(收入)少,条件也苛刻,如果北京的项目做成功了,后续项目会给我们带来上千万美元的收入。BBW在全国有十多个制造厂呢!"孙建武说。

斯蒂文、刘新权和夏江听了都频频点头表示同意。BBW是OEE公司的一个极富潜力的大客户。为了适应中国市场的竞争,BBW公司决定使用世界最领先的OEE公司的管理数据库。已经购买了OEE的财务和制造软件的许可证。目前正在和咨询部进行购买一期顾问服务80万美元的合同谈判。BBW承诺项目一期实施成功的话,BBW将和OEE公司进行二期、三期的合作,准备在全国几十个制造厂全部使用OEE公司的制造和财务软件。这意味着不仅OEE公司销售部门能挣一大笔License(许可证)销售费,光咨询部未来的几年里几十个项目点的项目实施收入就能达到上千万美元。再加上技术支持部、培训部的收费服务,BBW一年就能给OEE中国公司带来几千万美元的总收入。为了钓到后面的大鱼,咨询部必须把一期80万美元的项目做好。

因为BBW公司是一条诱人的"大鱼",OEE的竞争对手OM、JJP等世界级的大软件公司也纷纷涌了上来。OM、JJP公司产品的投标价格都比OEE低很多。BBW虽然内心已经决定选择不仅有产品而且有专业咨询顾问队伍的OEE公司。但因为"皇帝的女儿不愁嫁",因此在合同条款上要求极为苛刻。要求OEE咨询部提供一支全部由高级顾问组成的8人项目小组,在北京、上海两个点3个月内完成包括需求调研、安装、测试、数据导入等等全部的项目实施。如果项目耽误工期一天,OEE要赔偿全部合同金额的10%。且不说这么工程浩大的项目8个顾问3个月能否完成是个未知数。就算能完成的话,目前咨询部顾问极其紧张。别说8个高级顾问,就是两三个人能不能从别的项目里抽得出来都是个问题。

“大家发言啊！让谁当 PM(项目经理)？”斯蒂文见一个个皱着眉不说话，就催促道。

“罗宣林倒是从浙江电器出来了，正在 T-electric 帮忙呢。不行让他上？”孙建武说。

“不行，罗宣林太愣。恐怕对付不了 BBW。别忘了，耽误一天，罚金 10%呢！”刘新权沉吟了一下说：“我看还是让江川先 part-time(兼职)当 PM 吧。他的‘飞雪’项目一个月内也该结束了。到时就可以做 full-time(全职)PM 了。”

大家频频点头。江川是 OEE 中国公司的名牌项目经理，成功地实施过几个大项目。“飞雪”电力公司 IT 部部长前几天还专门写来感谢信，表彰江川领导的项目组成功地为他们实施了制造软件模块；称赞江川领导的团队是他所见过的最有效率的团队。如果让江川做 BBW 的 PM 的话，BBW 项目的成功应该是更有把握了。

“谁做项目总监？”斯蒂文问。

“宣明来兼吧。他做过 SHP 项目副总监，比较合适。先把班子组起来。”刘新权说。

“让宣明兼 BBW 项目总监还不如刘新权兼。张宣明是上海的地区经理，不可能常年在北京的。新权兼方便些。”斯蒂文接过话头说。

“行、行、行！”孙建武连连点头。

“不、不、不！”刘新权连连摆手推辞，心里却窃喜。其实这正是他的本意。只不过借张宣明的口说出来而已。OEE 是个重利润轻管理的公司。经理虽然职位高，但在老板眼里还没有那些能给公司带来直接利润的项目经理和高级顾问有价值。自己要是能当上 BBW 的项目总监，就会像斯蒂文一样，通过 SHP 被老板赏识，日后大有可为啊！

“行了！项目总监和经理就先这么定了！但客户要的那些高级顾问从哪里找？”斯蒂文把话题转到下一个议题。

“刘新权、江川两个了。可以把我算一个。反正技术方面得我们负责。先把项目拿到手再说。”孙建武说。

“我看罗宣林也可以先进来。哪怕做半个月、一个月都行。他可是我们名副其实的高级顾问。实施制造软件模块可是专家了。”刘新权说。

“好！好！有了这些人，我心里就有底了。我再想办法从 SHP 广州、上海项目点抽两个做财务模块的过来。”斯蒂文的眉头舒展了。

“可 3 个月要完成十多个模块够紧张的。是吧老刘？”孙建武转眼又望着斯蒂文说：“但是我们别无选择，是不是？老板？”

斯蒂文哈哈一笑刚想说话，手机响了。他拿起手机：“Hello！斯蒂文。”

“Hi，威廉。Yes，我在 office(办公室)。我正在开会。开什么会？哦，正和新权、建武、宣明讨论 BBW 的 resource(资源)。”斯蒂文笑着冲大家挤挤眼睛说。“What(什么)?”突然,斯蒂文的脸色变了。说话也从中文变成了英文:“What do you mean(你什么意思)?”

不知电话里威廉说了什么,斯蒂文的脸色越来越难看。他站起身,推开会议室的门走了出去。斯蒂文这一出去就是半个小时。会议室里的几个人显得若无其事地打着哈哈,但都不时地瞥一眼落地玻璃门。每一个人都关心外面发生了什么事。

斯蒂文终于进来了,手里还拿着电话在讲。脸色铁青地说:“It's not fair(这不公平)! Ok?”斯蒂文望着大家,声音很硬地转成中文说:“威廉,我正在开会!如果你还有事,可不可以过一会儿再打来?”说完斯蒂文挂了电话。转脸望着大家,耸耸肩,双手一摊,做出很无奈的样子。他还努力想挤出一丝笑,但他的笑比哭还难看。后来他索性也不笑了。把身体重重地靠在椅背上,有些勉强地问:“我们刚才谈到哪里了?大家还有什么问题吗?”

大家也装做什么事也没有发生过,继续刚才的讨论。但大家很快发现斯蒂文根本没有在听大家的话。他望着大家的目光是散乱的。表情虽然平静,但从幅度很大的胸脯的起伏以及有些粗重的呼吸中,可以看出斯蒂文的情绪很不平静。

屋里突然寂静了。斯蒂文这才意识到大家在等他作决定呢。他努力让自己集中精力,看了看大家,张了张嘴,想要说什么,但又闭上了。沉默了大约半分多钟,斯蒂文开口了。说:“我有些累。今天先这样吧。”

“那您看我们这事……什么时候定?”刘新权试探着说。

“再说吧!”斯蒂文神色抑郁,有些有气无力地说。

再说?大家面面相觑。明天必须要决定的事,怎么再说?发生了什么事?斯蒂文怎么接了威廉的电话突然变成了这样?大家疑惑地互相对望了一下,先后离开了。

屋里只剩下斯蒂文。他疲惫地闭上眼睛……

突然一阵巨大的电话铃声把迷迷糊糊的斯蒂文惊得差点从椅子上跳起来!

“Hello!”斯蒂文拿起电话,一听是威廉的声音差点把手机给砸了!此刻他最不愿意听到的就是这个公鸭嗓子。该说的他不是都说了吗?就差没有骂“Fuck!”了!他还要说什么?

“会开完了?”威廉气狠狠地问。

斯蒂文从鼻子里“哼”了一声算做回答。

“我刚才不是说了你不用管了吗?你还开什么会?”威廉简直有些蛮不讲理!

“威廉,你是不是有些过分!我的 Acting PD(代总监)是公司正式 announce(宣布)的。现在……”

“是艾瑞克宣布的,不是公司!”威廉急促地打断斯蒂文的话。

斯蒂文听了这句话气得手都哆嗦了。这个威廉怎么这么尖酸、刻薄!这哪像一个大区老板！他哪有一点当老板的气度！看看人家艾瑞克。再看看这个威廉！都是GC的老板，怎么品行能力相差这么大?！我把你当个老板尊重，可你自己这么不自重！斯蒂文气愤地说："威廉，那以后你发E-mail announce(宣布)什么事，那是代表公司还是代表你个人？"

威廉一下被噎住了，憋得在电话里直喘粗气。十多秒钟以后，他突然爆发了，连珠炮似地恨不得连标点符号都没有地吐出一串英文："You are not qualified director, you know nothing about management, you can't control cost, you report wrong number, you have no idea for business forecast and operation, you own huge AR and bad debt, you...(你不称职当总监，你不懂管理，你不能控制项目成本，你汇报错误的数字，你不懂业务预测和运作，你产生了巨大的应收账款和坏账，你……)"

"威廉，你要想免我你免就是！何必找这么多理由！"斯蒂文说完讥讽地笑了："中国有句古话：'欲加之罪，何患无辞？'"

"什么'之罪'，什么'无辞'！Your performance is very very bad(你的业绩非常差)！！"威廉见斯蒂文借古人讽刺他，气得嗓音提高了一倍。

"威廉，我们都是美国人，不妨直话直说。你根本不必找这么多不想让我当director(总监)的理由。你我都清楚真正的理由是什么！"斯蒂文冷笑着说。

"什么真正的理由？What are you talking about (你要说什么)？"威廉低吼着。

"威廉，我们没有必要再谈什么！"斯蒂文不想再听威廉的发泄。断然地说："If you want to be Director, take it! I don't care!(如果你要当中国总监做就是了！我不在乎！)"

威廉气得在电话里半天说不出话来。可挂电话又觉得不甘心。于是又气势汹汹地说了一句："AP will audit your project next month. You! Be careful!（亚太将要审计你的项目。你！小心点！)"

"Go ahead! Please!(你尽管做！请！)"斯蒂文一脸蔑视，毫不退让地挂了电话。

斯蒂文脸上挂着一种蔑视和不屑走出了会议室……

— 26 —

"简，快看E-mail！出大事了！"坐在身边的刘小青突然压低声音对肖简说。

"什么事？大惊小怪的！"肖简笑着把转椅转向刘小青的电脑。

刘小青的电脑屏幕上是威廉赫然醒目的黑体标题："致全体员工：斯蒂文不再担任中国咨询部的代总监！"肖简的心一紧，眉间打上了一个紧紧的结。她瞪大眼睛，目光飞快地跳到邮件的正文——

"从今日起，我将亲自担任中国咨询部代总监。负责中国咨询部业务和管理的全部运作……”威廉邮件直捣“中宫”,把自己直言不讳地推了上来。

这个邮件非常冗长。可能威廉也意识到他新官上任一个月就亲自取斯蒂文而代之的行为太过不同寻常,容易造成误会或非议。于是费了很多口舌论证了咨询部辉煌但严峻的形势。慷慨陈词地向员工表明咨询部的形势已经到了非威廉本人亲自挂帅不可的紧急关头了!威廉摆出了一副“国难当头,匹夫有责”的大义凛然。最后发誓般地表达了要重振中国咨询部辉煌的决心和信心——“我将重组中国咨询部的管理团队。等新的总监上任的时候,我将交给他一个高效率、高素质的团队!”

这封邮件同时抄送给总经理杰姆斯、GC 咨询部杰夫、丹尼斯和琳达,还有威廉的两个老板约翰和迈克。

在这份邮件中,威廉第一次没有使用 OEE 公司的通用文字英文,而是不同寻常地采用了中文。显然是想让英语水平参差不齐的咨询部所有员工都看得懂这封邮件。由此可见威廉对这封信是如此的慎重!

关于斯蒂文,威廉只轻描淡写地提了一句:“我们感谢斯蒂文在代总监期间对咨询部所做的贡献。他将继续担任 SHP 的项目总监。”

看完 E-mail,内心沉重得难以言说。斯蒂文虽然没有詹森能干,但他为人宽厚、公平、富有亲和力。而且他接手代总监的职位还不到两个月。这点时间连熟悉普通岗位都不够,更何况一个 80 多人、几十个大项目的总监!总监相当于一个公司的总经理。从行政、人事、财务、经营、市场、项目管理、技术等,无一不需了解和精通。仅仅两个月,就给斯蒂文判了死刑,威廉不是太轻率了,就是别有用心!他下手如此迅雷不及掩耳,可见其政客的狠辣!

那他对自己呢?没见过几次面,但仿佛已经郁积了深仇大恨!自己不过是一个小小的经理,他这么做意欲何为呢?正想着,电话铃突然刺耳地响了起来。

“简,我想问问这个月 subcontract expense(转包费用)是多少?”

一听是威廉的声音,肖简的心本能地狂跳起来。自从上次关于 HRS 的冲突以后他就去香港了,已经两个星期没有答理肖简。财务数据好像都直接从王欣那里拿了。为什么突然直接给自己来电话?

“威廉,我已经做完初步的计算,但最后的 number(数字)要 31 号才能最后确定。”

“告诉我你算的 number!”威廉口气生硬,好像很不高兴的样子。

“大约有 380 多 k。”肖简更加紧张了。

“为什么这么大?!都是什么项目?”威廉一听嗓门顿时提高了一倍。

见威廉问起具体的项目,肖简赶紧到文件夹里去找刚刚关掉的转包费用表。不料情急中电脑死机了!肖简忙说:“威廉,麻烦您给我 5 分钟好吗?我马上把电话给您打回去。电脑有点问题我要重新开机。”

“不用!我等你!”威廉执拗地不肯放电话,口气固执而强硬。

肖简紧张得额头冒出了细细的汗粒。她急忙关机、再开机。但今天不知怎么回事，Windows 打开的速度比平时慢了几倍。肖简一边快速地按动着鼠标，一边着急地看着搁在旁边的话筒。想象着国际长途电话那边的威廉不知怎么不耐烦呢！可他为什么不能给我 5 分钟呢？为什么总要把人搞得这么紧张呢？肖简着急中又忘了只要打开"开始"键里的"最新文档"就能找到刚刚开过的 Excel 表了。而是慌慌张张地打开"资源管理器"，打开"Subcontract Expense(转包费用)"文件夹。可打开了好几个表格都没有找到刚才的表，不知道它躲到哪里去了。真是越紧张越出乱子。肖简抓起电话筒说："威廉，电脑刚才死机了。麻烦您给我几分钟，我马上给您打回电话好吗？"

"你找吧。我已经等了你 5 分钟了。可以再等你几分钟！"电话里的威廉虎视眈眈的，肖简觉得气都有些喘不过来。

"Ok，您稍等。"肖简故意轻松地说。她长长地做了一下深呼吸，强迫自己镇静。仔细回忆了一下，突然想起"最新文档"功能来，忙打开了这张"转包项目费用表"。

肖简拿起话筒，把表格上转包项目依次念了一遍。肖简的话音刚落，威廉就报出了数字："Total(一共)310k，还有 70k 呢？"

肖简暗暗佩服威廉的心算速度。就说："威廉，这个数字还没有 final（最后确认）。目前的数字大概 300 多 k。过两三天我再给您一个确切的数。"

"那 70k 是什么？"威廉仿佛没有听到肖简的解释，继续追问。

威廉这是干什么？我已经告诉他最后的数字还要几天才能确认，他为什么穷追不舍的？肖简强压住不悦说："还有几十 k 是过去的一些旧账。我正在 check(核查)……"

"旧账？有旧账你为什么不告诉我！"威廉打断了她的话，厉声地说。

肖简愣了。威廉究竟怎么啦？看那架势好像怀疑我存心隐瞒他什么似的。什么旧账？所有的财务数字都在核算。我哪儿又惹着他了？他又开始指责！

肖简的心里压抑极了。但她强忍着尽可能和缓地说："威廉，可能我没有解释清楚，我说的旧账是指咨询部有两三个 subcontract(转包)项目，我们应该给合作伙伴付钱。但是因为种种原因，有的是客户欠我们钱，有的是合作伙伴没有交 Timesheets(工作交付表)。所以我们一直没有付款，属于 AP(应付账款)。因此这个月也暂时不需要计入 expense(费用)。我称它们为旧账，是因为这都是很久前的项目了。可能和您理解的旧账不是一个意思。"

听完肖简的解释，威廉沉默了很长时间，突然问："你学过 accounting（会计）吗？"

"我自学过这方面的知识。但我不是学这个专业的。"肖简小心地说。

"哼！"威廉重重地从鼻孔里哼了一声。又沉默了一会儿，突然问："你认识詹森吗？"

肖简惊得睁大了眼睛。她有些不敢相信自己的耳朵。她的心又开始狂跳。但她强迫自己镇静。一字一顿地问:“您——是指——我来OEE公司之前——认不认识詹森吗?”

她希望听到否定的声音。但是电话里传来威廉冷漠肯定的回答:“是的。”

肖简内心冷笑了!他居然怀疑我来OEE之前就和詹森认识!他认为我是开詹森后门进OEE的?他居然公开表示对我的怀疑!怪不得他问我有没有学过会计。他只想证明我不称职!

肖简平静了下来。电话线的那一头传来威廉粗重的喘息声,他还在等肖简的回答。肖简的嘴角含着一丝冷笑。她对着电话筒用清晰的声音说:“我不认识詹森。我是广告应聘来的!”

威廉在电话线那头喘着粗气沉默了足足有半分多钟。然后说:“好吧。就这样!”说完重重地挂了电话。

放下电话,肖简的心好像被挂了铅一般沉重。斯蒂文就这么轻易地被免职了。威廉似乎又把战火烧向了自己。威廉的所作所为,里面到底蕴涵了什么她无法窥破的玄机呢?

— 27 —

见到宗民的时候,她郁郁的表情一下引起了他的关注。一上车就问她发生了什么事?肖简不想在车上谈这些东西,就说一会儿再说吧。一路上,宗民每隔几分钟就把头转向她轻轻地说:“没事,啊?”这样子,好像在哄一个3岁的孩子。肖简的心绪很乱。她很想静静地清理乱麻一般的思绪。而宗民的过分呵护不断搅扰着她本已烦乱的心情。她有些后悔给他打电话。但是今天的情况太特殊了。她不想回家,因为她无家可回。

天雄一天了没有来电话。可即便来电话,又有什么可说的?他的解释她会信吗?肖简对任何事从来都有自己的判断和感觉。天雄没有足以说服她的理由,也不敢轻易来作什么解释。现在即使天雄把那个藏着秘密的邮件送到她面前,她也不想看了。一切只是谎言中的谎言。一个谎言来解释另一个谎言没有任何意义。

清晨肖简从电脑旁边醒来的时候,突然有一种滑稽的感觉。昨晚的一幕在醒来的一瞬间再次清晰地浮现,但她已经不愤怒了。一缕晨光轻轻地撩在天雄的脸上,他在窗边的躺椅上睡得很酣实。肖简拖着长长的睡衣在他面前默默地站了很长时间,发现所有的愤怒和伤心都没有了。有的只是对这个男人的陌生感。她觉得自己的心离这个男人好远好远……

她没有叫醒男人。轻轻拉开书房门,把男人和男人电脑里的秘密都留在了书房里。

她淡淡地化了点妆掩饰她一夜未睡的倦容。然后她让微笑含在嘴角，精神饱满地走进世贸中心这座高耸入云的拱形巧克力大厦。她要快乐而精神饱满地紧张工作一天。

但内心的酸楚总是不可抑制地从心的最深处涌出来。眼泪也时不时不听话地在眼眶里打转。为了怕身边的刘小青看见，她一直背对着小青……不时掩饰地借擤鼻子偷偷擦把眼泪。

今晚她不想回家，就给宗民打了个电话。一听肖简的呼唤，宗民马上驱车来到了她的身边。肖简说不想去喧闹的饭馆，宗民就提议去他家，说要亲自给她做一顿丰盛的晚餐。

“简，我家门口新开了一家超市，听说价格挺便宜的，咱们先去买点菜吧？”

肖简实在没有什么心情去逛超市。但她既然已经接受了宗民的邀请，那无论如何她也要完成今晚的过程。宗民已经不是她的男朋友，由不得她像以前一样恣意妄为的。

宗民把车停在离小区几百米的地方，然后招呼肖简下车。肖简一看，路边果真冒出了一个规模不小的超市。看进进出出的人流不断的，显然生意不错。宗民带着肖简，在这个摊上看看，又到那个摊上瞧瞧，不时地问肖简想不想吃这个，想不想吃那个。肖简漫不经心地一会儿点头，一会儿摇头。点头摇头间，宗民的小推车里装满了食物和瓜果。正是下班时间，超市里的人越来越多。肖简觉得这一个个晃悠的人头让人眼晕。她平生最怕人多的地方。宁可回家吃清水挂面也不愿意去熙熙攘攘的市场里转。心情欠佳的时候更是如此。望着满满的一车食物，肖简对宗民说：“差不多了，走吧。”宗民说：“我再买点鲜虾，回去给你做虾球吃。”肖简皱皱眉说：“那我到门口等你吧。这儿太闷。”宗民点点头。

肖简逃也般地出了超市，大口地吸了几口新鲜空气，心情觉得放松了一些。她游魂般了无思绪地在超市门口打着来回。身边依然人流不断。但一张张陌生的面孔被昏黄色的路灯隐去了许多的戒备和审视。在陌生的人群里肖简反而觉得轻松。突然，她的肩膀被一只有力的手拍了一下，吓得她一个激灵。“谁?!”肖简回头一看，宗民笑眯眯地推着小车，车里放着大包小包的。“你吓了我一跳！”肖简假装生气道。宗民忙哄了哄她。然后两个人分别拎起车里的塑料袋，向停在路边的车走去。这个架势，跟夫妻无二。

来到宗民的三居室，把大包小包拿进厨房后，宗民对肖简说：“我做饭。你笨手笨脚的也帮不上忙，去歇会儿吧。”说完从一个塑料袋里拿出一个大香蕉，把皮剥了递到肖简手里。见肖简大口又咬又嚼起来，这才乐呵呵地开始在厨房忙活起来。

肖简懒懒地在宗民装饰幽雅的大客厅晃悠了一会儿，关掉了明亮的顶灯，打开一盏光线柔和的落地灯。然后她坐到落地窗前的休闲沙发上，望着窗外。屋子里很静；窗外的景色很雅致。但肖简的心却很乱。白天威廉怪异、愤怒的表情和昨晚天雄那张变幻着“五味”表情——紧张、慌乱、恼怒、担忧、烦躁的脸交替出现在眼前。肖简的心上仿佛压了一块大大的石头。她努力把威廉甩出思维，也努力想把天雄推出自己的大脑。威廉暂时隐退了。但天雄却牢牢地盘踞在她大脑的每一个角落里赶也赶不走。天雄他到底怎么了？他和那个叫他“雄”的女人到底是什么可怕的关系？天雄难道已经背叛了她们之间的爱情？可他要是真的不爱我了为什么还对我好呢？肖简百思不得其解。越想越心烦，索性到厨房看宗民做饭。

宗民见肖简进来，马上把她推了出去说：“油腻腻的，赶紧出去。要是闲得无聊去看看电视。要不去书房上网看看新闻聊聊天去！”

肖简不想看电视。就来到宗民的书房，打开电脑，准备上会儿网。

看了20来分钟新闻，见宗民的饭还没有做好。肖简就走进聊天室。看到“相遇陌生人”的栏目，就用“过客13476”的名字走了进去。陌生人，是肖简目前的心境下唯一能接受的东西。肖简顺利地登录进来。随便地看着聊天室一个个饥男饿女们夸张地奢谈着爱情。哭的、喊得、骂的、闹的，一副爱情末日快要到来的感觉。肖简觉得很无聊。这些在聊天室大谈爱情的人们有几个懂爱情！很多人到这个老婆孩子情人朋友看不见的虚拟世界是来发泄平时隐藏在面具下压抑甚至丑恶的自我。所以网络上的人个个都是那么赤裸裸而不必有负罪感歉疚感。因为人人都不认识人人都不必负责任。也因为此，网上极难交上真正的朋友。肖简由此想到，一个没有责任的社会和人都是没有价值的不会长久的。肖简郁闷的心绪没有能在这些夸夸其谈的爱情中得到释放，就准备下网了。刚准备关掉聊天室，突然看到一个新的名字“天雄886”进了聊天室。

看到这个名字，肖简的心狂跳不已。难道天雄上网了？下意识地，她颤抖着手握住鼠标点击了这个名字。飞快地打下一行字：“你是谁？为什么叫天雄？”

“为什么我不能叫‘天雄’？‘天雄’是谁？是你的情人吗？”几秒钟后对方回答。

肖简双眸的光一瞬间暗淡了。是啊！他为什么不能叫“天雄”？“天雄”是个很普通的名字。中国叫“天雄”的人可能有成千上万。可就算他真的是天雄又怎么样？她又能和他说什么？也像聊天室那些爱情饥渴者一样和他挑逗调情？

“小姐（我相信你是小姐），你还在线上吗？你愿意和我聊聊天吗？”对方跳出一行字。

“好吧。聊吧。”肖简无精打采地写道。

“天雄是你情人吗？”“天雄886”执著地问。

“情人？什么是情人？有情上床的是情人？还是上床无情的是情人？有情结了婚还是不是情人？还是不结婚的情人才能有情？”不知为什么，一股对天雄的幽怨突然如决了堤的江河水控制不住地涌了出来。

“小姐，你是不是很恨天雄？”“天雄886”在线上沉默了很长时间突然发问。

“为什么要恨？恨有用吗？我谁也不恨。我只是累。”写完这句话，肖简真觉得心力交瘁了。她想下线了。就礼貌地写道:“对不起,我想下了。我真的累了!”

“等一下。小姐。”屏幕上飞快地跳出几个字。

“什么事?”

“我很想和你交个朋友。我相信缘分和巧合。我有一种奇怪的感觉,我们今天的相遇是天赐的巧合。”“天雄886”好像生怕肖简下网了。打字的速度快了一倍。

“不必了!世界上有缘无分的不叫缘分。我要下了!”肖简被这个冒名的“天雄”搞得心情越发难受。握住鼠标准备下线。

“我以后还会在这里找得到你吗?”“天雄886”这么执著。就像当年的天雄一样。

“你试试吧。”肖简打完这句话,急急忙忙地下了网。

肖简愣愣地在黑暗中坐着。原本郁闷的心情被这个假名“天雄”搞得乱如麻。为什么自己一见“天雄”就这么情不自禁?天雄难道已经深楔自己灵魂的深处再也无法消除了吗?如果是这样,我该怎么办?他已经有了女人,我是不是该离开他?为了永远而爱至骨髓。为了永远而灰飞湮灭。妻子也罢,情人也罢,如果失去了,这称谓又有什么区别?我有爱有家有妻子的名分,为什么孤独的时候与我做伴的却依然是孤独的自己。为什么想天雄的时候天雄却在遥远的天边。肖简落寞地走到窗边,眼望着星空,觉得自己的心离天雄好远好远。

“简,过来吃饭吧!”宗民在饭厅里叫了。

肖简落落寡欢地离开窗外的星空,小心地藏好自己的痛苦,来到了饭厅。

饭桌上,已经摆好了五颜六色五六个菜。宗民正乐呵呵地围着围裙站在桌前,看到肖简,就走过去,牵着她的手,像带孩子似的把她带到桌前。先从中间红白绿色彩分明的大汤盆里给她盛了一碗汤。说:“来,简。喝一口我做的虾球汤。鲜极了!你一定爱喝!”

肖简接过碗,喝了一口,然后放下。

“好喝吗?”宗民忙问,一边又把一个虾球直接送到肖简的嘴里。

肖简点点头。一边嚼着,一边心不在焉地回答,望着桌上的菜有些发愣。

“简,你怎么啦?情绪不高?”宗民见肖简不时地发愣,全然没有平时见到食物时那种贪婪劲,不禁担起心来。“是不是还为公司里的事不高兴?是不是那个威廉又欺负你了?”

一提威廉,肖简眼前立刻出现他那张表情变幻的脸:狐疑、不屑、阴翳、恼怒、烦躁……肖简沉重的心上又加上了一块大大的石头。

“这个混蛋,他又怎么着你了?”宗民见状放下手中的碗筷,气愤地说。

“算了,吃饭吧。”肖简一晃脑袋把威廉可恶的身影赶出大脑。也不再想天雄。她不想回忆一切不愉快的东西。她端起碗,头也不抬地一口饭一口菜,很快把一碗饭吃完了。

宗民坐在肖简对面。眼睁睁地看见一桌美味佳肴被肖简吃得味如嚼蜡,便知道肖简在公司一定遇到了非常不愉快的事。否则平时像个小馋猫似的肖简哪能对这些平时最爱吃的菜无动于衷？自从那个该死的威廉来了以后，肖简的工作好像遇到了很大的麻烦。电话里她已经好几次因为威廉情绪低落了。

“简，别不高兴。为威廉这种洋鬼子，不值得！实在干得不高兴，咱们就走！”宗民拉过肖简的手说。

“走？去哪儿？”肖简想世界上的事要是都这么容易就好了！

“重新找一份工作去！何必受这种洋鬼子的气！”宗民愤愤不平地说。

“我家没有开工作店。这个不干了，马上就可以有另一个，天下乌鸦一般黑，OEE有威廉这样的人，在别的公司也未必没有。你还能一不顺心就把所有的老板都炒了不成？”肖简说着说着又陷入沉思：还有天雄，难道我也能“炒”了他不成？这么多年的恩爱夫妻耳鬓厮磨难道说丢开就能丢开的吗？肖简想着声音也低了下来。近乎自言自语地说：“我只是不明白为什么？这一切都是为什么？他为什么要这么对我？”

见肖简苦恼的样子，宗民实在有些于心不忍。他一把抓住肖简的手说：“简，别担心。有我呢！”

肖简愣愣地看着宗民。心想这应该是天雄说的话，怎么由宗民口里说出来了呢？天雄到哪里去了？我怎么会坐在这里？

宗民见肖简有些失魂落魄的样子，心里很心疼。他拉起肖简的手说：“来，我们坐到沙发上去慢慢说话。”

两人在沙发上坐下以后，宗民说了很多好玩的事给肖简听。但肖简似听非听地想着自己的心事。不知过了多久，她突然对宗民说：“我该走了！快12点了！我明天还要上班呢。”

宗民不安地问：“这么晚回去……没事吧……赵天雄会不会……”

“他出差了。”肖简不得不撒谎。她无论如何不想让宗民知道她和天雄的状况。

“那走吧！我送你！”

第十章

— 28 —

张宣明走进“大上海雅轩”餐厅。在引座小姐的带领下穿过曲径通幽的大厅，进了“箫竹”包间。

“Hello，宣明，快请坐，快请坐！”一见张宣明，已经等候在包间里的威廉马上笑容满面地站了起来，招呼张宣明入座。然后热情地往酒杯里斟酒。“来来，快喝酒，快喝酒！”

“威廉，对不起，我不会喝酒。”

“OEE 的 manager 怎么可能不会喝酒？这是茅台酒，你尝一口，很香！”

威廉满满地给张宣明倒了一小杯。寒暄了几句，然后直接切入了主题。

“宣明，上海的 business（业务）好像不太好啊！Revenue（收入）很低！到底是什么原因呢？”

“这个嘛——”张宣明推推眼镜，抿了一口旁边的果汁，脑子里快速想着应对的话。

张宣明只在业务大检查时见过一次威廉，没有深入谈过话。但不知为什么，威廉慈祥的笑脸和他眼镜后面那兀鹰般的眼睛都让张宣明感觉不安。总感觉这个新老板性格喜怒无常，面孔后面有面孔。因为他曾经和斯蒂文共事过，威廉上任后隔三差五借了解上海项目的情况，把话题引到对斯蒂文的不满上。张宣明强烈地感觉到威廉渴望从自己身上获得有关斯蒂文“劣迹”的素材。张宣明虽然心知肚明，却佯装不懂，开口只谈项目，对与项目无关的话都是只听不说。不管威廉出于什么目的，张宣明既不想引火烧身也不想嫁祸于人。不想卷入任何是非。也就是靠这种谨慎淡泊的心态，他凭着过硬的技术在权力斗争激烈的 OEE 也一步步升到了和刘新权、斯蒂文一样的最高经理级 09 级。说实在的，他并不看重这些级别。这些年抛家离子在全国做项目，不为别的就为了 OEE 的高薪水。张宣明今年 47 岁了，在外企这种吃青春饭的地方干不了几年了。他可不想出现失业的意外。更不愿惹什么人际“官司”。

但几天前知道斯蒂文被免掉总监的消息还是非常震惊。更觉得威廉心狠手辣。于是起居行事更加小心谨慎。晚上一到 11 点就关手机。没有事绝不主动和外界联系。

此番老板亲临上海，张宣明已经感觉到来者不善。此刻见他刚切入话题就给上海定了性"业务不好"，便确认了老板的用心，刚才忐忑不安的心反而坦然了。他诚恳地望着威廉说：

"上海的业务没有做好，我作为地区经理首先要承担主要责任。我是做技术的，对市场开拓和管理都缺乏经验。"说到这里，张宣明淡淡一笑看看威廉说："当然了，上海的市场环境比其他城市差些，竞争太激烈。一个 bid(投标)往往十多家竞标。OEE 的价格又总是最高的。所以好几个 bid(投标)都在最后一瞬间丢了……"

"是啊，是啊！很难为你啦，宣明。"威廉露出同情的样子说："你可是我们部门的宝贝。有这么好的技术，却天天让你去市场拼杀，哪能发挥出你的能力啊！"

威廉话说到这个份上，张宣明终于把老板的意图把握得八九不离十了。自己不过是斯蒂文第二。所不同的是，威廉是和斯蒂文撕破了脸才达到目的；但张宣明可以让威廉达到目的而不必把脸撕破了。只要能保住这份高薪，张宣明可以做出最大限度的让步。于是张宣明摆出非常赞同老板的样子说："是啊，威廉。其实我的理想是做琳达那样的技术专家。用我多年的技术和项目管理经验去好好做几个大项目……"

威廉兴奋地打断张宣明的话："对、对、对！我们中国也应该有琳达这样的人。你就应该是中国的琳达。我们中国有这么多项目在做，有这么多的技术问题需要支持。我们就是缺一个像你这样的人给项目做指导。"威廉说着用一种殷切的目光望着张宣明："宣明，如果我把这样一个重任放到你的肩上，你能承担吗？"

"我当然愿意。但是……"张宣明面呈难色。

"但是什么？你讲！"威廉急切地问，担心张宣明刚才的话是虚晃一枪。担心他像斯蒂文一样不肯放弃手中的权力。这样的话就会影响威廉在中国的总体布局。

"我是担心自己承担不了这么大的重任。琳达是 AP(亚太)德高望重的 technical leader(技术领导)。我的资格还是太浅了！"张宣明望着威廉，很诚恳的样子。

"哦，是这样。"威廉如释重负地松了一口气。心想原来他要谈条件。好，只要愿意谈条件就说明他还识时务！他热情地望着张宣明说："不用担心。我会给你一个好的 Title(头衔)。我准备给你再升一级。这样你比刘新权还高一级了。工资嘛自然不用说了！"

张宣明愣了一下。他没有想到威廉要他让位的心态这么迫不及待。他刚才不过是在权衡威廉的话犹豫了一下，没想到威廉又是加官又是进爵的，用鲜花裹着刀子逼他就范。张宣明的心里像堵了什么似的憋闷。但面对威廉炯炯的目光，张宣明别无选择。于是他扶了扶眼镜，勉强笑着说："威廉，如果您这么信任我，我也只有同意了。"

威廉如同找到了知音一般，兴致勃勃地举起酒杯："好！宣明，为我们的相互理解干杯！”

他没有想到今天这么顺利。原来准备施的3个计谋连一个还没有用完就达到了目的。这个张宣明的确识时务。看来这些中国人比自己想象的还要容易对付。

从不喝酒的张宣明心一横举起酒杯和威廉碰了一下，一饮而尽。一股热流从喉管蹿到了胃里，烧得他头有些发晕。晕乎的一瞬间，他透过手里的酒杯看了威廉一眼。威廉满脸堆笑的脸变形了，显得有些狰狞。张宣明觉得一阵厌恶，胃里开始翻腾起来。他想吐，但强忍着。

“宣明啊，我想让你去北京担任BBW的项目总监。这个项目对我们太重要了。做得好的话，二期、三期能给我们带来几百万、上千万美元的revenue(收入)。”

张宣明暗自冷笑。威廉明知张宣明家在上海，却故意偏偏让他到北京负责项目，无非是怕他待在上海影响和动摇威廉精心布下的“局”。可BBW已经宣布了刘新权当项目总监，刘新权也愿意当此重任。威廉这么做不是挑动刘新权对自己有意见吗？于是张宣明踌躇道：

“威廉，新权不是在做BBW项目总监吗？我去合适吗？”

“合适！合适！合适！你是最合适的人选了！”仿佛唯恐张宣明不去，赶紧解释说：“你是最合适的！刘新权不是个有能力的人。我不欣赏他。我认为他不胜任BBW项目总监！”

张宣明感到愕然。在一个经理面前批评另一个经理，这在管理中是最忌讳的事。即便不是存心，至少也是一种缺乏领导艺术的表现。今天他批评的不是我。可哪一天他对我不满了，不同样也会在别人那里指责我吗？看来这个威廉的秉性和詹森、艾瑞克真是太不一样了！逃开上海顾问经理这个是非之地，远远地离开威廉的关注点看来不是坏事！

张宣明终于点了点头。

威廉长长地松了一口气。关于张宣明的谋略终于彻底大功告成！把张宣明尽快调离上海是一件刻不容缓的事！因为亲信比利很快就要从马来西亚过来接替张宣明。而张宣明在OEE公司口碑太好了！如果明目张胆地让比利强行取而代之的话，传扬出去会说威廉为了在上海安插自己的人把张宣明挤走，太有损他的形象了！为了掩人耳目，威廉决定明升暗贬，把张宣明调到远远的北京赴重任。然后再让比利接任。威廉新上任，正是树立自己形象的时候。一个政治家的最高境界就是把一切坏事都做得天衣无缝、顺理成章，让人无话可说。说了也没有用。这一切，就在于谋略。一个政治家的谋略。

— 29 —

威廉一见尹绢眼睛顿时亮了。尹绢穿了一身露肩低胸的黑色羊绒连衣短裙，一头长发水泻般地披下，颈上什么首饰也不戴，更显得洁白的肌肤晶莹圆润，散发着性的诱惑。威廉目不转睛地盯了她几秒钟，突然冲她诡秘地一笑，示意她闭上眼睛。然后从一个精美的首饰盒里取出一串洁白的珍珠项链，轻轻地塞进她的掌间。尹绢觉得手心冰凉凉的。一睁眼，见手心里一颗颗珍珠在酒吧五彩的灯光下泛着炫目的白光，不由地惊呼起来。

"喜欢吗？我好像猜到了你今天缺一条项链。"威廉笑眯眯地看着她。目光开始肆无忌惮地在她身上上下扫射。突然，他一把抓住她丰润白嫩的手臂急促地捏了几下，小声地说："走吧！丽莎，上楼去！我坐不住了！"

尹绢嗔怪地斜了他一眼，站起身，拿起座位上米黄的羊绒大衣，娉娉婷婷地向外走。电梯上，威廉一直用灼灼的目光一层一层地扒尹绢身上的衣服，小腹胀得快要爆炸。

进了房间，威廉不由分说地把女人拦腰一抱扔到宽大松软的床上。然后扑将过去……

"我喜欢你！你能让我疯狂、让我快乐！"威廉拍拍尹绢的背。然后下床，从皮夹里又拿出一沓人民币，塞给尹绢。尹绢一看这么厚厚的一沓，好几千呢！加上那条珍珠项链，真没有白来。威廉可真是够大方的！她心里高兴。

"丽莎，你做什么工作？"威廉点着一根古巴烟深深地吸了一口，拍拍臂弯里的女人。

"我现在就在工作！"尹绢又斜了他一眼。没好气地说。

"我是问你以前做过什么工作？"威廉在她的屁股上拍了一下笑着说。

"当过翻译、导游、秘书，还做过销售。"尹绢把身体躺平了，视线投向天花板说。

"这么好的 background(背景)，为什么不去公司做事。来做这种事？"威廉好奇地问。

"做这事怎么了？不都是谋生手段吗？我急需要钱。而做这种事能最快地给我带来钱。我又有这样的天赋。为什么我不做呢？"尹绢淡淡地说。

"你很奇怪。但很坦率。我喜欢你这样。"威廉看着她说："我不知道你需要多少钱。但我想我能让你挣到你想要的钱。如果你能让我高兴的话。"

"我难道没有让你高兴吗？"尹绢挑逗地看着威廉说："你在中国还能找到我这种拿着英文和性爱双硕士文凭的女人吗？我可不是谁都跟的。问问你弟弟就知道了。"

威廉一下醋意大发，一下翻到女人身上说："你是不是跟我弟弟也干过？"

"没有你我跟过他，但有你以后我对他就一点儿兴趣也没有了！他比你差远了。"尹绢柔柔地望着他。

威廉嘿嘿笑了。说："他是我同父异母的弟弟，跟我当然不一样了。不过生意做得不错。让我刮目相看。"

“我倒觉得你可以和他合作合作！”尹绢的目光透着精明地说：“他有高水平的策划顾问公司，你有源源不断的顾问咨询项目，你们整合一下，不是可以共创财富吗？”

“是吗？你也认为我和他合作很好？”威廉用异样的目光打量着身边的女人，狠狠地连吸几口古巴烟。然后平躺在床上，若有所思地望着天花板，回忆起昨天和弟弟乔伊斯的会面。

乔伊斯的策划顾问公司在上海“时代广场”租了半层楼，真叫气派！

坐在乔伊斯100多平方米的豪华大办公室里，威廉感到一种深深的失落。上任以后的优越感在富丽堂皇的老板桌后面的弟弟面前荡然无存！人家挣的每一分钱都是自己的。而威廉虽然在OEE位高权重，工资也很高，但忙来忙去都是为老板做嫁衣。感觉真是不一样！

乔伊斯让秘书给威廉倒了一杯浓浓的咖啡，在悠然的音乐声中给哥哥好一番开导。乔伊斯淋漓尽致地分析了威廉手里的资源，告诉威廉他只需要把管辖的每个项目转包过来一部分，就将创造出一个源源不断的长流水，永远都是娓娓动听的现金流。而现在威廉明明坐在金矿上，却眼睁睁看着别人去从自己的口袋里淘金，这不是为别人做嫁衣裳吗？

真是一席话点醒了“梦中人”！他突然想起自己在上任前微服私访时，广州分公司销售部经理赵岩撇着嘴说过咨询部的转包合同里到处都是“猫腻”。说詹森、斯蒂文还有牛家华他们都在利用把部分项目转包给熟人从中拿回扣。自己当时光顾气愤了，怎么没有想想别人能玩“猫腻”挣钱，自己如今手里掌握着玩“猫腻”的最高权力，怎么不为自己谋谋利益？天天守着聚宝盆却从来没有想过用它，岂不是大傻瓜一个？！

威廉内心深处有一股蠢蠢欲动的激情和欲望被激发。觉得自己再也不能在这块藏着黄金和钻石的土地上甘心做一个挣工资的高级打工仔了！守着源源不断的项目金矿，又有这么个能干的弟弟，只需要把项目机会分包出来一些，不就能发大财了吗？！

他和乔伊斯当即决定在上海单独成立一个咨询公司。乔伊斯当法人，投资70万元人民币，占50%的股份；而威廉只需投入30万元人民币，也占了50%。乔伊斯负责运作公司和项目实施；威廉负责把OEE咨询部的项目转包一部分给这个公司。这几年OEE中国公司的生意特别好！只要OEE有饭吃，他们的咨询公司就不愁没有粥喝。不用多，一年吃上两三个项目就什么都有了。威廉和乔伊斯商定马上开始招兵买马。乔伊斯将专门腾出一间大办公室给新公司。

现在威廉的任务就是考虑如何把中国咨询部的项目转包到这个新公司来了……

威廉想着向空中吐了一口烟圈。眼前浮现几个人的面孔:刘新权、肖简、斯蒂文、牛家华。目前咨询部的转包合同和这几个人有关。刘新权负责分配转包项目,决定转包价格,向客户推荐 subcontract(转包顾问);肖简负责转包商合同和转包顾问管理,每月转包项目的付款和费用核算;斯蒂文和牛家华分别垄断了中国也是亚太地区两个最大、用转包顾问最多的项目 SHP 和 T-electric……每一个转包生意都逃不过这几个人的眼睛。这几个人没有一个是省油的灯!这里最麻烦的就是那个肖简了! 利用 OEE 公司资源做自己的生意是公司不允许的! 任何环节出一点纰漏都会带来灭顶之灾。唉,要是有自己人管理转包商资源就好了。比如说王欣,对威廉的话言听计从。让她和谁签合同就和谁签,让给谁付款就会给谁付,对和不对她都会服从,不会提任何疑问。但怎么才能让王欣负责这摊工作呢?肖简管理得好好的,突然让王欣取代是会让人生疑的。除非……除非肖简离开!让肖简离开?威廉眼前突然浮现肖简那张清丽而敏锐的脸,顿时觉得一种复杂的情愫涌了上来。他的心有些乱。这个女人经常会让她感到迷乱。让这女人离开是迟早的事。管理班子里所有的重要岗位威廉都要换自己人。但怎么让这个女人走?何时走?走了以后谁能来替代她? 威廉突然觉得心乱如麻……

"威廉,你想什么嘛!这么长时间也不理人家——"身边的女人蛇一般的手臂缠了上来,围住了他的脖子。

"哦,我刚才在想你说的话。你不是说我应该合作吗?"威廉笑笑拍拍女人性感的臀部。

"这有什么好想的。明摆着有利可图的事嘛!你在暗处把 OEE 公司的项目拿过来,乔伊斯在明处替你运作。明摆着无本的买卖嘛!"尹绢撸撸脑后被汗水沾湿了的头发,一撇嘴说。

威廉饶有兴趣地看着她,心想这个女人不光会做爱,还真有些头脑。但可不可靠,目前还吃不准。需要观察一段时间。如果靠得住的话,这个女人也许还可以派大用场。

"丽莎,我会长期在中国工作。你愿不愿意和我经常在一起。"威廉又点了一根古巴雪茄,深深地吸了一口,然后把烟故意喷到尹绢的脸上。

尹绢皱着眉用手挥挥脸上的烟。说:"我可以。但你得养得活我。"

"你要多少钱?"威廉直率地说。

"一万! 不包括租房。"尹绢面无表情地说。

"我给你每月两万,你在上海租一套好点的三居室房子。我会经常来上海。平时没事你可以去乔伊斯那里帮忙。你懂英语,做个文员没有问题。我会和他打招呼。我们的合作期限先是一年。如果双方感觉好,年底再续。"威廉用很生意人的口气说。

"可以。需不需要我去起草一个'合伙协议'?"尹绢见威廉一本正经的便打趣道。

"可以啊。你来写吧。需要的话我可以付一点预付金。"威廉哈哈笑道。

"可以啊！付两个月！我把这条也写到协议里！"尹绢赤条条地下床。然后把威廉也从被窝里拉出来。逼他打开电脑。然后两人头挨着头开始起草"合伙协议"……

— 30 —

凌晨天雄从梦中醒来，他悄悄地走出书房，走进卧室。借着晨光，他看见肖简睡得像婴儿般纯洁无邪的脸，突然由衷地生出一种不忍。最近自己似乎走得太远了。自从拥有静苑以后，这个柔得像水一般的女人仿佛突然拉开了他已经有些生锈的情感闸门，激情和疯狂不可抑制地奔流而泻，根本控制不住。一周两次的会面、天天E-mail的通信，让他仿佛回到了青春的恋爱时光。休眠的激情恢复了，他无法去压抑自己的激情，只好找种种借口去和情人约会。而公司的业务也常常要占去他不少夜晚的时间……因此最近一段时间以来他觉得很累，精力和体力都严重透支。妻子对自己的幽怨也如滔滔的江水滚滚而来。

其实男女之间有时候就是这么奇怪。对方渴望但如果用的是一种默默的方式，不强求你，甚至不用语言表现出这种需求的时候，你心里反而有内疚感，会时时牵挂着她想要补偿她。就像静苑那样。反之，女人如果对男人情感上太过依赖，心理上太过需求，要你天天心里挂着她嘴里想着她；要你的陪伴要你的宠爱，尽管男人也知道这个女人的确把全身心的爱给了你，但男人却本能地想逃避。所以聪明的女人应该给男人一点儿思念的空间。不要用情感和幽怨的洪流把男人憋得喘不过气来。

而肖简恰恰是这样的女人。带着一种超现实的对爱情的执著和理解，总要求男人和她们一起编织永恒的不会随时间的流逝而减退的爱情之梦。并要求男人也和她们一起做梦。可男人说到底本质上是喜新厌旧的动物，眼睛总盯着自己没有的东西。不像女人千万般柔情通常总投在自己的男人身上，总觉得自己的男人才是最好的。所以男人和女人在爱情的心态上归根到底是不一致的。

随着结婚的年头越来越长，肖简对他的需求越来越强烈；但天雄则随着对这份情感的熟悉渐渐变得淡漠麻木有时连做爱都觉得缺少灵气。肖简其实在床上表现不差，作为丈夫天雄也尽力尽责地定期和妻子玩夫妻之间的游戏。他要让妻子不仅从情感上而且从身体上迷恋他。但天雄享受过床上更刺激更放得开的女人。和她们相比，妻子就逊色多了。简在性生活上享受男人的殷勤侍候；而男人往往迷恋在性上能让他坐享其成的女人。因为这种女人往往自由开放只求此时拥有不求天长地久，让男人没有心理负担。天雄在妻子身边的种种压抑常常能从情人们身上获得缓解。作为一个事业型的男人，他的生活需要这种放松。总之这林林总总的因素使天雄的目光不由自主地从妻子身上移开已经成为偶然中的必然。天雄对此丝毫没有内疚感。反而对妻子没完没了的情感依赖和索取以及由于自己的忽略而百般幽怨感到烦躁。尽管他竭力控制这种烦躁，但不知为什么越想控制自己越控制不住。于是他越想逃离。网络世界带来的情爱色彩斑斓，让他感到前所未有的放松。静苑更是牵挂着他的情，让他心甘情愿每天在她的温柔乡里流连。他的心思很难集中在妻子身上。每周留给妻子的时间非常有限。连元旦那几天妻子提出到郊区玩两天，他牵挂网络不愿出游，结果引来妻子的怨怒大吵了一架。说心里话结婚以后他从心理上生理上还从来没有这么冷落过妻子。因此他理解妻子一次次控制不住的暴怒并且由此窥见了女人极度失落沮丧的心态。但不知为什么，妻子的幽怨和暴怒根本无法唤起他内疚的感觉。相反他感觉自己的私人领地被影响被干预越发的有逃离的欲望。于是家庭的战火硝烟一场接着一场。双方感觉身心疲惫……但事实上天雄本意只想享受自己的一份自由和情感，并不想伤害妻子。可鬼使神差的一次又一次在无意识状态下却一而再再而三地把妻子的感觉推到深渊。前几天居然为了和静怨约会忘了结婚纪念日；次日刚刚想办法抚平了妻子，又去给静苑发什么鬼 E-mail，结果让妻子无意中窥见了他的隐私端倪，把夫妻关系再一次推向了从来没有过的恶化。

这下好了，敏感的妻子完全陷入了丈夫有"外遇"的逻辑推理和判断中去了。而关键是即便这是铁打的事实他也宁可打死也不能承认！除非他想把自己家的屋檐给拆了。否则一旦承认，夫妻生活的天空从此会有一块永远无法消散的阴云！

其实那天晚上自己给静苑发邮件完全出于好意。那个傻丫头似乎已经陷入天雄的情感中不能自拔。居然在邮件里和自己探讨渴望"天天厮守"、畅想"天长地久"……

静苑是一个美丽的女人，能给外面奔波的男人一种无法抵抗的母性的柔美。就像母亲的摇篮，男人疲惫时会渴望在她母性的怀抱里休息……有这样的女人一生点缀，那是男人的幸运。天雄很珍惜和静苑的这份情缘。在天雄出现之前，静苑原本是个相夫教子的贤妻良母。自从天雄给了她生命中从未体验过的铭心刻骨的性爱以后，女人的感情闸门好像无意中被人打开了，从此一发不可收拾！美丽的性爱能改变一个女人，这是颠扑不破的真理！天雄给了她做女人最美丽的性爱，天雄就彻底改变了这个女人。现在静苑对天雄的感情有些不顾一切。如果这会儿天雄让她离婚，她会义无反顾！但天雄不能。他欣赏美丽，但他绝不会为了享受一种美丽而毁掉另一种美丽。

而且说到底情人和自己再亲近，毕竟是别人的妻子。有一个比喻，摸妻子的腿没有感觉；摸情人的腿惊心动魄。但情人好比别人的腿，妻子才是自己的腿。砍掉别人的腿你没有感觉；砍掉自己的腿你会撕心裂肺。天雄是那种妻子和情人分得非常清楚的男人。他不会为了欣赏外面的美丽烧了自家的房子。

在天雄的感情世界里，妻子就像婚姻世界的地基。有了扎实的婚姻基础，丈夫才能睡得踏实。但妻子再美，毕竟不能穷尽天下的美丽。而一个成功的男人如果生活中只有一种美丽，他渐渐会因为审美疲劳失去对美丽的感觉，即便婚姻地基稳定,生命也毫无亮泽。站在牢固的婚姻地基上,成功自信的男人应该放眼窗外绚烂的彩云。彩云是大自然的造物。她带着无边的灵性,绚烂多彩却又瞬息万变,让人流连忘返。男人生命的激情就是在这种瞬间的美丽中灿烂到极致。多种女人的美丽是男人焕发青春和生命的源泉。可惜世人不能理解,妻子们更不能容忍。男人们只有小心地藏起美丽的秘密,否则婚姻的屋檐一定会天崩地裂。

而静苑的深陷让天雄担忧。他要提醒一下女人:要想维持永远美丽的关系,在激情的同时还要理性……天雄昨晚认真给她写了份邮件,署上“雄”,正准备发出去,肖简就如“天兵天将”突然出现在他的面前……

肖简的震惊沮丧和愤怒,天雄洞若观火;妻子需要他的解释,天雄心如明镜。但是他能说什么?承认自己在外面有情人?这无疑会伤害妻子也从此会失去自己情感的“自留地”。而天雄既不想伤害妻子也不想情感被束缚,因此他不能承认也无法解释。妻子有疑惑有受伤总比彻底毁掉一个世界砸碎两个心灵好。所以天雄尽管内心不安但不得不咬紧牙关保持沉默。面对他的沉默,妻子从次日起第一次和他分居而卧,迄今不跟自己说一句话！两人的关系结婚以后第一次陷入一种尴尬。天雄也有些不知所措。他希望情感上主动积极的妻子能最后耐不住“冷战”的煎熬,主动找他,给他一个台阶。他一定给女人最温暖的怀抱。但四五天过去了,女人早出晚归,回避和他见面。晚上回来早早关上卧室的门,拒绝男人的心灵。而男人也强撑着自尊,每天晚上默默地把自己禁锢在书房,妻子卧室的灯不熄灭他绝不出来。

但是凌晨他在梦里和妻子极尽缠绵,醒来却发现怀抱空空,感觉无比的失落。翻来覆去再难入眠。于是他悄悄地披上睡衣,小心地推开卧室的门,蹑手蹑脚地走到妻子床前……

女人脸上的肌肤光滑如绸缎,表情单纯如婴儿。但是为什么妻子的眉间紧蹙,似乎藏着无尽的痛苦和忧郁？为什么她的呼吸急促,嘴角轻微地颤动,难道她梦里也在哭?天雄突然有一种心痛的感觉。简是痴情的,她对自己的爱充满淡淡的忧郁。当年她的多愁善感曾经唤起自己多少的怜惜。可时光流逝为什么这些感觉再也想不起来了?天雄望着朦胧的晨光中妻子娇憨的脸陷入莫名的不安和惆怅中,心中升出对女人万般不忍和内疚,他情不自禁地拉开妻子的被窝钻了进去,然后把妻子紧紧地搂在怀里。

当天雄站在床前凝视她的时候,女人的确正在一个关于天雄的噩梦里哭泣。她又梦到了天雄搂着一个看不见脸的女人远远地离她而去。任凭她怎样的呼唤他连头都不回……女人伤心得大哭。正在这时,一个蟒蛇飞过来牢牢地缠住了自己的身体,女人挣扎着却不能呼吸。终于女人惊醒过来,发现缠住自己的蟒蛇是那个又恨又爱心灵想摆脱却摆脱不了的天雄。

清醒过来的女人挣扎着想摆脱男人的怀抱男人的双臂。但是男人更紧地搂着她抱着她一边还忏悔般地吻着她的头发，口里还在含含糊糊地呢喃着女人听不清的话。

女人似乎感受到了男人此刻发自内心的忏悔和对女人的怜惜，终于停止了挣扎。只是把头深深地埋在男人的怀里哭泣，哭泣……男人更紧地搂抱着女人，温柔地轻拍着女人的背，像哄一个受惊的孩子。男人用无声的语言传递出对女人的宠爱和在意，抚平了她满心悲伤的褶皱。让她在男人的怀抱中强迫自己去忘掉那个不愉快的记忆。

一切都会过去的，也许这只是一封信……只是一封信……只是一些表达男人骚乱感觉的符号……只是一个男人瞬间的感情游移……一切都会过去的……女人想着，把头深深地埋在丈夫宽厚的胸前，呼吸着丈夫熟悉的体味，心里涌动着一种甜蜜又惆怅的感觉。然后迷迷糊糊地再次睡去了……

第十一章

— 31 —

香港中环“霍氏酒家”。

威廉酒性正酣。对面的杰夫也喝得面红耳赤。两个人你敬我一盅，我敬你一杯，你一句我一句地说着男人最爱谈的关于女人的话题。威廉神往地回忆起美国那几个性感疯狂的金发女郎，身体从里到外地膨胀着欲望；杰夫努力表现出极大兴趣地听着迎合着，不时夸张地大笑频频敬酒频频点头。但眼镜片里那散乱的目光揭示了他思维的游移。

杰夫的思维确实在游移。因为他对威廉津津乐道的女人的话题没有丝毫兴趣。那不是杰夫喜欢的文明社会的情感游戏。只是两具没有思想只会发情的动物的发泄。威廉的身上散发着浓郁的凶残动物的野蛮气息，征服女人便是他发泄野性的一种方式。威廉根本不懂相爱的男人女人之间可以静静地面对面坐着，喝一杯茶品一杯咖啡天南地北地聊着惬意的闲天。威廉是那种一嗅到性感女人的味道就要 Fuck 的男人。他才不会有什么耐心去谈什么文学艺术、历史社会和政治。但他却对权术到了痴迷的地步。

威廉中文只有小学毕业水平，几乎没有读过什么中国政治历史文化方面的书籍。但把《孙子兵法》却完完整整地背了下来。连国内一度畅销的《厚黑学》他也设法托人从国内买到美国，一连读了十几遍，直说是一本政治经典。关于权术的探讨是那次业务大检查期间杰夫和威廉聊得最热烈的话题。当时杰夫还不知道威廉是他未来的老板，因此没有心理障碍，嬉笑怒骂畅所欲言。但自从威廉坐上了艾瑞克的位置，便有意在和杰夫之间筑起了一道无形的墙。表面上对杰夫还是很客气，照开幽默的玩笑，但杰夫已经深刻体会出一种老板对下属的优越感和居高临下。

“OK,杰夫，不讲女人了。你讲讲内地吧。你经常到内地飞来飞去的，很了解内地。你觉得内地的局势怎么样？项目情况怎么样？”威廉用飞快的英语说。只有在英语的交流天地里，他才觉得自己的舌头像河里的小鱼游得那么欢畅。

听到老板的问题，杰夫镜片后的眼睛变得锃亮。这是杰夫最愿意也最擅长谈的话题。几十年来他博览群书，对中国的政治、经济、军事、文化、历史研究颇深。今天新老板对他的特长感兴趣，不正好是一个卖弄的机会吗？于是杰夫操起一口标准的英国英语开始谈古说今，把中国内地当前的改革和过去的历史相对照，引经据典，滔滔不绝地一口气说了 40 多分钟。

杰夫这边说得兴致勃勃的，威廉这边听得如坐针毡。他脸上努力维持着笑的表情，但感觉每一块肌肉都开始酸痛。内心不由得渐渐生出一股恼怒。这个杰夫，这话匣子一打开怎么没完没了了？也不管我感不感兴趣？威廉对这个东亚病夫国家的历史根本不了解也没有兴趣了解。他想从杰夫那里获取的是他作为项目检查官所能窥见的不为外人所知的阴暗背景和人际关系。这个杰夫不了解老板要什么就口若悬河刹不住车地卖弄自己渊博的学问。怪不得外面传说他自以为是性格狂妄乖戾很不好相处！艾瑞克和威廉离职交接时也毫不客气地历数了杰夫种种对老板倨傲不恭的行为。可以说艾瑞克指责的每一条"犯上"的罪名都是威廉无法容忍的！要是威廉，早把这种犯上作乱的奴才杀了！上任以后威廉一直暗暗观察杰夫。但凡他对自己有一丝不恭，威廉都会把他列为首要铲除的目标。但奇怪的是杰夫对威廉表现出和传闻中截然不同的迎合和驯服。行为谦恭不说，还多次暗示愿意臣服威廉的领导做威廉的亲信。也算是杰夫找对了路子拍对了马屁，威廉正急需一个像杰夫这样的"枪手"帮他对付身边的"政敌"。今天约见他就是想看看他能不能成为那个重要的"枪手"。可这小子怎么给脸不要脸？刚一开场就文不对题，让老板坐立不安！还得意洋洋没有一点感觉！

威廉阴沉着脸，开始不耐烦地左右扭动着屁股。杰夫突然停住了口，笑吟吟地站起身，殷勤地给老板斟酒，话题一转说："刚才啰啰嗦嗦讲这么多是想让您了解在内地做项目的社会背景。具体到做项目上就复杂了！首先是心态的复杂。这里有项目经理的心态，顾问的心态，客户的心态，还有……"

"先讲讲项目经理的心态！"见杰夫终于知趣地把话题转到他关心的问题上，威廉的表情放松了，屁股下面也没有刺了，注意力完全聚焦在杰夫的脸上。

好险啊！杰夫拿起餐巾擦了擦嘴，又顺势擦了擦额头上冒出来的冷汗。刚才他讲得口干了想喝一口水，突然发现对面的威廉频繁地调整着坐姿，好像屁股下有刺。再一看老板目光游移而散乱，表情抑郁，好像努力在克制什么。杰夫突然意识到自己讲得太多了！面前坐着的不是肖简他们那些知识分子，而是知识浅薄的威廉。对他讲这纵横五千年的历史，犹如对一个 3 岁的孩子讲高等数学，难怪他要不耐烦了！杰夫不禁惊出了一身冷汗。险些弄巧成拙！原本想讨好老板的，却搞得老板如坐针毡。伴君如伴虎！一个艾瑞克已经搞得自己在亚太名声受损，如果再招惹这野蛮的老板不高兴不是让自己下"地狱"吗？

杰夫原本恃才倨傲。作为亚太地区唯一拥有项目审计员资格证书并且懂华语的独立项目检查官，他深得亚太内部控制总经理彼得的青睐，五六年来稳稳地坐在残酷的 OEE 政治的风口浪尖上纹丝不动。GC 项目的立项审批和审计检查，没有杰夫的批准就不能上报亚太。包括艾瑞克在内的历任三届老板也不能干预。就这两下子,犹如两根刺卡在了杰夫的老板以及GC咨询部总监的喉咙里。各国总监们对杰夫又烦又忌讳却绝对不敢得罪。有时被杰夫卡了标书或打了红灯,把总监们急得冲老板直跳脚,但杰夫有彼得的支持不买老板的账,老板气急败坏却又毫无办法！在艾瑞克时代,艾瑞克一直想拔掉卡在喉咙里的这根刺,几次动了杀心。但出生台湾书香门第的艾瑞克最终还是拿不出政治家的“狠”劲。因此一直到他离任,杰夫都是他心里一块永远的痛!艾瑞克虽然没有“杀”杰夫,却在外界散布了很多对他不利的舆论。虽然彼得欣赏杰夫的能力和才华,帮杰夫挽回了一些影响,但毕竟在GC和亚太老板层留下了杰夫和老板不合作的印象。通过艾瑞克,杰夫也意识到了和老板搞不好关系对自己发展不利。因此威廉上任后,杰夫决定收敛个性。

今天威廉请他吃饭,他特意沐浴修饰了一番。希望和老板联络好感情,有一个好的合作开端。没想到刚才差点把老板得罪了。看来自己的尾巴夹得还不够紧啊!

“好,我先讲讲项目经理的心态！”杰夫笑得更谦卑了。

“先说说斯蒂文的心态吧！”威廉打断杰夫的话。

见威廉一下把问题提得这么具体,杰夫犹豫了一下,掩饰地往鼻梁上推了推眼镜,勉强笑着说:“可以说斯蒂文第一次心态的变化是因为老汤姆的离开。老汤姆是SHP PD(项目总监)的时候,斯蒂文并没有真正意义上的权力。主要协助汤姆做做客户沟通工作,弥补汤姆不懂中文的欠缺。但不幸老汤姆走了。斯蒂文成为SHP的PD,拥有了权力,也享受了权力带给他的快乐。SHP又是OEE公司的明星项目,全球的老板都关注它。斯蒂文也因此成了明星。因此SHP项目总监的职位刺激了他追求权力的欲望。”

杰夫说到这里借喝茶的机会偷偷瞥了一眼威廉,发现威廉全神贯注地盯着他,便矜持地笑笑继续说:“如果詹森不走,斯蒂文即便有欲望恐怕也是无济于事。事实上,詹森对斯蒂文是有忌讳的。斯蒂文在詹森那里机会已经到头了。但是詹森走了。于是斯蒂文便把欲望的目光投到了总监的位置。我认为他的能力是不够的!可艾瑞克在关键时刻帮了他。”杰夫对艾瑞克有一肚子的意见,一句话脱口而出:“但其实艾瑞克帮了倒忙！”

“哦？为什么？”威廉眯起眼,不动声色地问。

威廉这一问,杰夫后悔失言了。艾瑞克帮倒忙是事实。因为斯蒂文如果不当这个代职总监,他兴许还能在SHP项目总监的位置上坐得稳稳的。但现在他破了威廉的“局”挡了他的道,已经被威廉视为头号“眼中钉”,倾覆他也就是这分秒间的事。而斯蒂文一旦被威廉从咨询部代总监的位置上赶下台,凭威廉多疑的秉性肯定担心斯蒂文心怀不满伺机报复。所以斯蒂文在SHP项目总监位置上的阳寿也没几天了!杰夫对威廉下几步的心思洞若观火,但话一脱口他马上后悔不迭。你连老板深层的心思都猜出来了,老板能容得了你吗？但话已出口收不回来了。威廉已经伸

出了警觉的触角。杰夫大脑飞速转动,几秒钟想出了一套说辞:

"这也不难理解。艾瑞克想帮斯蒂文的忙。但斯蒂文却是个扶不起的'阿斗',他在这个岗位是做不长的……"

"'阿斗'是什么意思?为什么叫'阿斗'?"威廉中文不好,不解地发问。

杰夫耐心地解释了"阿斗"的典故。威廉听完点头笑了。他喜欢这个比喻。

"艾瑞克扶了一个不称职的老板上来,不是帮了倒忙是什么?"杰夫不慌不忙地解释。

威廉点点头,沉吟了一会儿,又问:"那你认为他目前是什么心态?"

"心态当然不好!"话说到这个份上回避是没有用的,杰夫不妨直话直说。"给人升官谁都愿意,降职谁会高兴?无论如何他也会有情绪的。如果他当初不当代总监,恐怕做 SHP PD 的心态会比现在好得多!"

威廉知道杰夫已经窥破自己的心思,内心很是不爽。心想这个该死的杰夫不知道还窥透了自己多少心机?在这个难以预测的阴险家伙面前穿多少的外衣都好似赤裸裸的。这感觉太糟糕了!好吧,既然你要自作聪明,那我就让你来策划斯蒂文的命运。到时你就是杀斯蒂文的刀!威廉不动声色地继续问:"那你觉得继续让他当项目总监对 SHP 有好处吗?"

"这个嘛——"杰夫迟疑着该怎么回答。他瞬间知道了威廉的居心。心想这个老板真是杀人不见血。明明自己想杀人,却要我来编造杀人的罪名!我虽然不欣赏斯蒂文,但和他无冤无仇何至于杀他?但面对威廉炯炯的目光,不说话只会引发他的戒心。如果他认为你和他没有站在同一个立场上,他就会怀疑你有异心。他怎么可能信任你?如果信任没有形成,不知道以后会有什么源源不断的麻烦!嗨,想开了不就一句话嘛!我说与不说威廉杀斯蒂文的心不会改变!斯蒂文死亡的命运从他担任代总监那一天就开始了,我无法挽回他的命运!于是杰夫用一种确定无疑的口气说:"我认为他现在不可能再积极、主动地工作。对 SHP 这样重要的项目来说,领导者积极的态度决定团队的精神!决定一个项目是否最终能走向成功!"

"你的意思是说斯蒂文已经不适合做这个项目的总监了?!"威廉咄咄逼人地盯着杰夫。

被人这么胁迫着说话,这在杰夫的职业生涯中还是第一次!杰夫心里极其压抑!但威廉此举给杰夫敲了一个重重的警钟。这个威廉完全是一个野蛮粗鲁不择手段的政客!和艾瑞克完全不一样!惹恼了他,自己绝对死无全尸!看他上任才几天?斯蒂文就横尸刀下了!其实斯蒂文死并不是威廉有多仇恨斯蒂文,而是他不小心挡了威廉的道!所以斯蒂文必须死!这是政客威廉高明的一招,也是狠毒的一招!对这种毒辣的政客还是躲为妙!

"这也是我的担心。"杰夫巧妙地回答了威廉的问题。

威廉低着头沉吟了一会儿,突然抬起头用兀鹰般的眼睛盯着杰夫说:"杰夫,你去做SHP的项目总监怎么样？”

什么？杰夫愣了！自己居然要去当杀手?！这个老板太恐怖了！可他为什么选择自己?他下的是哪步棋?杰夫低下头拿起酒杯,假装品一口酒,头脑飞速地琢磨威廉的居心。很快一个念头吃惊地定格在他的脑海:威廉是要他以检查官的身份合理合法地杀人啊！因为在OEE杀人是需要理由的。自己的职位和资历难道不是最佳的杀手人选吗?！哈哈哈！这个高明的政客！这个该死的政客！这个公开要嫁祸于你你还不得不拱手道谢的阴险的政客！自己自认为通古博今，和这个老到的政客比,自己真是个幼稚的儿童!

这时威廉笑眯眯地站起身,殷勤地为杰夫斟上一杯酒,然后举起杯子,一仰脖子一饮而尽。就在威廉仰脖的一瞬间,杰夫知道了自己别无选择。因为他面临的是威廉！因为这是威廉作的决定！所以他没有资格选择。他所能做的只是服从！于是杰夫也把杯中酒一饮而尽。

“怎么样？”威廉笑望着他。

“威廉,您放心。什么时候需要用我您就说！您这么信任我,我决不会辜负您！”杰夫一边表白一边想:不就是当杀手吗？到斯蒂文死的那一天,他心里也会很清楚杀他的是威廉而不是我杰夫。你惹了威廉这种人还能有什么好的结局呢?

“好好！太好了！杰夫,谢谢你！”威廉高兴地把杰夫给他满上的酒一饮而尽。心想,你杰夫再精明也终于上套了！

当杀手,这只是杰夫的功能之一。威廉此计可谓一箭三雕,而且计中套计。我先让你杀人。你杀不了,我就要用你滥杀无辜的罪名想办法把你杀了;如果你杀了斯蒂文,我就把你送进SHP的锅炉里去熬一熬,看你有几斤几两！你杰夫不是自认才高八斗无人能比吗?等你进了SHP的锅炉,挑你咸啊淡的毛病不就是我一句话?我满意了,SHP会成为你未来发展的勋章;如果我不满意,SHP就会是你的坟墓！更重要的是这计中之计！这个杰夫死也想象不出来的！我让你进SHP,就是要让你陷入烂泥滩。一年半载我不让你出来,你还能做什么独立检查官搞什么独立审计?做不了项目检查官你还拿什么来要挟我?你以为我是谁?我不是艾瑞克！我怎么能让你掌握着我的生死?随便给我的项目打红灯?听说艾瑞克被你整得够戗却拿你没有办法。艾瑞克没有办法我有办法！我的头上不能悬着你这么一把尚方宝剑！就算你活着从SHP项目出来了,自以为又能是举足轻重的人物时,你才知道一切都晚了！检查官的职位已经不属于你了！到那时你才会知道我有多厉害！想到这儿威廉哈哈地笑了。

“威廉,您——”杰夫质询的目光投向了他,不知道老板为什么突然发笑。

“哈哈——”威廉索性大笑,举起酒杯对杰夫说:“来来来,祝我们的合作愉快！”

“还有杰夫,我想让罗伯特走！”威廉突然说。

“为什么？”杰夫惊愕地问。罗伯特是上海的投标经理,是个美籍华人。去年詹森为了把他调到中国可没有少花工夫。

“他太贵！他和斯蒂文两个人就占了整个 Consulting(咨询部)三分之一的工资成本。可我没有觉得他有这么大的 value(价值)！来了快一年了，也没有见打下两个单子。”

“但‘岭海电视’的单子正在节骨眼上，眼看就要签了，是不是等签下来再说？”杰夫小心翼翼地说。

“不用再为他浪费 Consulting 的 expense(费用)了！我和他打过几次交道，太狂妄，但没有大本事。‘岭海电视’的单子我让比利去 follow up（跟踪），没有问题的！”

“那您找什么理由让他走呢？”OEE 公司没有大过错是不会解雇人的。罗伯特和杰姆斯关系还相当的不错。

“嘿嘿，我不找理由。我让他自己走……”威廉诡秘地笑笑，和杰夫卖起关子来。

— 32 —

肖简下午从客户那里回来，打开电子邮件，看到王欣因为上海投标经理罗伯特没有填写 PMS 数据而向威廉告了一状。告状的邮件同时转发给了咨询部所有经理以及全国 20 多个项目经理。罗伯特不配合数据库填写固然不对，但王欣如此大动干戈，把一个小错误夸张到了要送人上断头台的地步，让人感觉她好像突然从哪里借到了“豹子胆”。更让人不寒而栗的是，一个小秘书如此不合常理的行为居然得到了大老板威廉公开的不容置疑的支持。肖简背上有一种凉飕飕的感觉。罗伯特确有过失，但威廉又何至于敲锣打鼓地把自己对罗伯特的愤怒和对王欣的宠信扩大散发给原本不知情的所有经理和项目经理？是敲山震虎？还是杀鸡给猴看？但不管是哪种目的，威廉上任以后的所作所为已经淋漓尽致地表现出了对中国经理们的蔑视。对他不喜欢的经理，他非常热衷于把他们芝麻小的“错误”夸大成西瓜然后不留情面地公开骂街示众，让经理们人人自危，更加明哲保身，不愿意越雷池半步。秘书是人需要尊重，可经理难道不是人？犯了错误就要游街示众，尊严就要被踩在脚下?!

电话铃突然响了。是 SHP 北京项目点的项目经理张亚男。

“简，威廉让我把 SHP 参加 CRM 培训的 PM(项目经理)名单发给你。你看一下吧！”

“亚男，斯蒂文审核过吗？按程序应该他审核批示完转发给我。”

“威廉说斯蒂文不用看了！让我直接发给你履行一下程序！”张亚男不耐烦地说。

肖简很不悦。内部控制就是制订和审核内部程序的。项目经理、经理以及内部控制经理都是不同层次上的控制环节。现在威廉故意怂恿员工不遵守程序,越过顶头上司的批准,却又假意来内部控制“走”一下程序,这不是自欺欺人吗？但威廉是老板，他执意要破坏审批程序肖简又能怎么样？于是她只得对张亚男说:“我知道了。一会儿我把名单报给威廉。”

CRM(客户关系管理)培训是咨询部一个项目经理和业务经理的普及培训。上午威廉已经批准了除了罗伯特之外的所有业务经理培训申请表。肖简估计是老板不小心遗漏了罗伯特的名字，于是就势把罗伯特的名字加进了张亚男刚才报上来的 SHP 项目经理的名单里,想让威廉一并批复。

半小时以后,肖简接到了威廉的回复。就一句话:“除了罗伯特其他人的申请都批准！”

哦?原来威廉并不是遗漏了罗伯特的培训批复。他不理睬是因为他压根儿没有准备批准!但是为什么呢?为什么刘新权、孙建武、张宣明他们都批了而不批准罗伯特的呢?

按照程序,肖简在收到总监的批准以后,就要把老板批准件转发给申请人。但这份拒绝的批复怎么发给罗伯特呢？于是肖简给威廉发了个 E-mail 婉转地问:“威廉,你的批复我可以让罗伯特知道吗？”

威廉很快从香港回了邮件:“简,你可以把这个邮件直接发给罗伯特！”

肖简觉得事情更加蹊跷。这个邮件发给罗伯特不是故意让他知道老板对他不满意吗?她犹豫再三不知道该怎么给他发这个邮件。屏幕上突然又跳出威廉的一个新 E-mail。打开一看,只有一句话:“你也可以把我的批复转发给所有经理、项目经理和顾问！”

肖简眉头顿时皱了起来。威廉为什么要这么做?他为什么要让大家知道他对罗伯特不满意?他为什么要让我把这种有损经理形象的邮件发给不明真相的员工?他有没有想过这样的邮件会在员工中制造怎样的猜疑？他有没有想过这样做会伤害罗伯特的尊严?这和当众打他的脸有什么不一样?威廉到底想干什么?唯恐天下不够乱吗？他难道不知道这么做伤害的不仅是罗伯特的形象,还有威廉自己的形象?肖简发现自己陷入一种对威廉强烈的困惑和矛盾中。一方面她努力说服自己,威廉是老板做任何事都有他的理由,自己作为“打工仔”要服从老板不管老板说得做得对不对;但另一方面她发现无法说服自己去做不对的事不管这是不是老板的要求。

肖简考虑了半天,决定只把威廉的批复转发给罗伯特。他是个成年人,应该了解威廉对他的态度和行为,然后决定怎么办。但对其他任何人,肖简决定不发威廉的关于“除了罗伯特,其他人的培训都批准”的批复。而是用内部控制的名义通知大家:“你们的培训威廉已经批准。请大家正式到 OEE 培训大学的网上去作登记。然后等待我最后的通知。”按照惯例,肖简会把邮件同时 Cc(抄送)给威廉。但今天,她想了想没有 Cc 给老板。

但临近下班的时候，威廉又追过来一个邮件问:“简，你把我对罗伯特的批复Forward(转发)给大家了吗？我还没有看见你的转发邮件！”

看来威廉是有意制造员工对罗伯特目前境遇的想象空间了。而肖简在这个事上自作主张没有听从老板的指示,从某种程度上显然违背了老板的指令。但肖简认为自己做得是对的而且已经做了,因此她也不想隐瞒威廉。于是她如实地回了邮件说:“我已经通知大家您批准了他们的培训。但没有原文转发您的邮件。因为我担心大家不了解情况对罗伯特和您的关系作出不必要的猜测,造成心态的不稳定。”

肖简的邮件发出后,威廉不再回邮件。

— 33 —

晚上10点在广州香格里拉见到威廉的时候，比利发现威廉的脸上放着红光。笑着和威廉握握手恭维说:“威廉,你精神很好啊！休息得不错？”

“噢,身体太乏了!刚才去桑拿蒸了一下,精神好多了!”威廉的“桑拿浴”是在歌舞厅小姐的香汗淋漓里“蒸”出来的。一个多小时的发泄,把在香港这一个星期对丹尼斯不恭不敬的恶气发泄出了不少。只是可怜那个小姐,细皮嫩肉上青一块紫一块的。威廉后来少不了多多地给了钱以示安抚。威廉又想起尹娟,这个女人的功夫的确让人难以忘怀。什么时候把她搞到身边来就好了。

威廉和比利说笑着来到了酒吧。一入座,威廉就单刀直入地问:“比利,‘岭海电视’的单子怎么样了？罗伯特全部交接给你了吧。客户什么时候和我们签合同？”

“唉——别提了!差不多快lose(丢)了。听说罗伯特辞职,客户不谈了!这段时间我约了客户几次,他们都推托忙没有时间。听说OPC最近借机锲而不舍地进攻这个客户,报价很低。唉,眼看到手的单子可能要被OPC吃掉了。真可惜!”比利沮丧地说。

“Shit！一定是那个罗伯特搞的鬼！他心怀不满！他恶意捣乱！”威廉一听单子要丢,十分恼怒。但很快眉头一皱,陷入了思忖。

“岭海电视”的单子和罗伯特辞职果真如杰夫暗示的产生了连带反应,这倒是威廉没有意料到的。威廉原计划还是想等罗伯特签下这个合同再把他整走。不料这个小子太油滑,闻到点腥味就溜。那天让肖简把没有批准罗伯特参加CRM培训的邮件转发出去,就是想投石问路,看看罗伯特的反应。但不料那个不听话的女人对他的批复“抗旨”不发。威廉一怒之下自己亲自发了。老板亲自出马发这种邮件动静是大了点。罗伯特一看见自己被老板当街示众,次日就向威廉请求休年假,说要回美国办事。去美国10天后回来就向威廉提交了辞呈。说被美国总部联盟部总监聘用了,工资还涨了一级。威廉当时看着辞呈和罗伯特多少有些挑战的表情,心里别提多郁闷了!看来这小子也是蓄谋已久,否则怎么可能10天就找到了工作?而且他内心对威廉肯定怀恨在心，并且借"岭海电视"报复了一把。否则怎么可能眼看就要签合同了，单子突然要丢了呢？唉，早知道忍着性子让他多活几天就好了！威廉越想越沮丧。

见威廉低头不语，比利试探地对问："罗伯特虽然辞职了，但好像还有积攒的20来天年假没有休。要不要我跟他说说让他继续负责这个单子，等签了合同再让他走？听说他和客户关系不错。客户也是因为他离开才放弃OEE的。如果罗伯特肯出面估计单子还有希望的。"

"NO！不要他管！年假也别休了！给他钱让他回美国！整个单子我不要了！"威廉断然地说，不满意地斜了比利一眼。这个比利是不是脑子进水了？开弓哪有回头箭？既然事已至此求他只能自取其辱！把一只怀有异心的虎养在身边不是给它咬你的机会吗？比利简直幼稚！

比利一看威廉的目光立马住口了。威廉弄走张宣明和罗伯特都是为了给他铺路，他心里岂能不知？但内心总觉得可以用更和缓的方式达到目的，而且效果可能会更好。但他不想再跟老板争什么。对威廉唯一不能犯的忌就是对抗。必须做顺民！必须服从威廉！只要他决定了的事，不管对的还是错的都要服从！对了要多吹捧；错了让他自己意识到以后自己纠正。提醒他还要看时机合不合适。提意见和建议要让威廉觉得是他作为老板的英明；而出了错要敢于为老板承担责任。做到了这几点，威廉会成为你仕途发展最容易的阶梯。

"'岭海电视'lose(丢)就lose吧。从长远角度想，一个好的Management Team(管理团队)build(构建)起来比什么都强。单子以后会有。"威廉见比利禁口不说了就安慰他说。

比利是他过去的项目经理。虽然论能力比丹尼斯、詹森甚至杰夫都差出一大截，但他最好的一点就是忠实听话，会揣摩老板的旨意。威廉让干的事绝对不折不扣地完成，而且按威廉喜欢的方式完成。这点对威廉逐步实现控制GC的战略是至关重要的。他已经有足够的思想，只需要能贯彻他思想的人。

现阶段他尤其不能容忍和他思想相左的人。就像香港的丹尼斯，如同一条挡道的狗，牢牢地把威廉与整个香港团队分割开来。在香港这七八天，威廉根本找不到机会和香港的经理和项目经理接触，更没有机会获取内幕的情报。丹尼斯就像一条"看家狗"，敬守着职责，不动声色地和威廉斡旋，把他搁在香港版图的大门外。表面上还假模假式地给老板汇报工作。每个项目的操作都似乎规范得无可挑剔。而他每月在亚太排行榜数年来一直保持前三名的业绩，让威廉没话可说。以至于威廉在丹尼斯面前只有倾听的份儿，想指点一下江山完全不知道从何说起。跃跃欲试地想渗透自己的权力却渗透不进也不敢渗透，这滋味别提多难受了！在丹尼斯面前，甚至整个香港，威廉都找不到当大区老板的感觉。他成了一个拿高薪却没有实权的傀儡！威廉最恨当傀儡！没有权力宁可死！他怎么能容忍丹尼斯把自己架空?!

而台湾那个代总监琳达脸上笑嘻嘻,但骨子里也是个难惹的主。听说她在全世界“飞”来“飞”去连迈克都不过问。威廉在没有看准的情况下绝不敢惹这个女人!说来说去现在能张罗的也只有中国大陆了。如果失去中国大陆的主动权,那威廉这个GC 老板真是形同虚设了。

而性格阴柔的比利则是威廉实现中国战略的一个最理想的桥梁，取斯蒂文而代之,做一个傀儡总监。而他威廉才是掌握实权的慈禧太后。

想到这里威廉语重心长地对比利说:“比利,你要了解我的苦心。你难道不知道我把你弄到 OEE 公司是干什么的？仅仅是为了让你当一个小小的上海地区经理吗？”

“上海地区经理很不错啊！我一定会尽职尽责的！”比利赶紧笑着说。

“上海地区经理?你错了!我要让你做——”威廉一双兀鹰般的眼睛死死地盯着比利,一字一顿地说:“我要你做——中国咨询部的总监！”

“什么？”比利的表情是震惊的。

为了让他稳坐上海地区经理的位置,威廉已经帮他铲除了张宣明、罗伯特。这个位置已经比他在马来西亚的职位高一级,而且工资是过去的一倍,还有高昂的海外补助和举家搬迁的全部费用,因此他欣然接受并十分满足。但他万万没有想到威廉竟然要栽培他当中国咨询部的总监!这将是他人生履历中最辉煌的一刻!比利年过四十,能力有限,从来没有奢望过能超越经理这个栏杆。他没有想到威廉能使自己成为这个幸运者。他不了解威廉为什么放着比他更优秀的人不用,而选自己做中国咨询部的老板。但他不想多琢磨。威廉的心思是瞬息万变的,永远猜不透。最好也不要去猜。猜透了反而有无尽的麻烦。老板永远比你高明!永远不要让老板感觉到来自你智慧的挑战,否则,你将被老板踢出局外。于是比利受宠若惊地嗫嚅道:“威廉,这太意外了！我,我不知道自己行不行……”

看到比利的惶恐,威廉心满意足地笑了。安慰地说:“别担心。有我呢！我会教你怎么当一个老板。你会成为我最好的助手！”

威廉拿出一份文件,上面有一个组织结构图。他示意比利过来看。说:“你看,这是我设想的中国未来的组织结构,管理团队人员搭配。下一步我要帮你处理掉两个人……否则你搞不过他们。然后……”

第十二章

— 34 —

肖简万万没有想到，就在年三十这个中国人最喜庆的日子，威廉向她下了“驱逐令”，从此改变了肖简在OEE公司的命运！

而同样令肖简想象不到的是，威廉的决定是在几秒钟的冲动中作的。

中午亚太发来了1月份业绩排行榜，没想到中国居然亚太排名倒数第一！威廉上任以后首个月的业绩居然是倒数第一！

威廉脸上的肌肉痛苦地扭曲着。他难堪地盯着排行榜上那一个个证明他无能的数据，想象着约翰看到这些数据的失望和恼怒，他的心如同被压上了三座大山憋闷得喘不过气来！望着排行榜上那个被特意涂了红颜色的刺眼的-15%的利润率，他心里充满着对那个桀骜不驯的女人满腔的怒火！要是她年底听威廉的话把今年的费用扔几十万美元到艾瑞克的烂口袋；同时再把艾瑞克T-electric那几十万美元收入延期确认到威廉的任期，那他上任第一个月在亚太排行榜绝对是金光灿烂的数字！决不会在中国代总监的仕途上刚刚迈腿就掉进了低收入高费用负利润的沼泽坑，从一开始就需要扑腾扑腾地为生存苦苦挣扎。这个该死的女人为了她那该死的诚实和职责，却把新老板陷入了万劫不复的地狱！简直不可饶恕！威廉控制不住一个念头蹿出大脑：滚！让她滚蛋！这个女人不能留！她是一个“地雷”，留着不知什么时候突然爆炸！这个眼中钉一天不拔掉一天就是隐患！这么想着心躁动得像“热锅上的蚂蚁”。终于控制不住把已经收拾好东西正准备回家过年三十的女人叫到了办公室。

女人穿着一件鲜亮的黄色羊绒衫，透着一股节日的气氛。进来笑嘻嘻地和威廉道过年好！

烦躁不安的威廉看到笑嘻嘻的女人不知为什么心里更加恼怒。他阴冷着脸眼皮一垂，不理会女人的问候。女人马上感觉味道不对赶紧收住笑，摆出一副听从指令的样子。

其实威廉是在一股无法控制的怒火中把女人叫过来的，并没有想好和她谈什么。但女人既然来了，他就势把话题引到导致排名倒数第一的巨额项目转包费用上。但车轱辘的问题问了一遍又一遍，女人有问有答。可威廉内心就是不相信她的回答,认定了什么地方有问题。否则为什么忙活了一年几百万美元流进咨询部的收入账上又全变成费用流出去了。他相信女人在撒谎,却辨别不出哪个环节、哪句话上撒了谎。带着满心的狐疑,他把每个数字掰开来合上合上了再掰开,试图找出数字里的水分漏洞和“猫腻”。但一个多小时过去了还是一无所获。女人的脸上已经露出了疲惫;威廉心里却还在狐疑。一时不知道还能问什么,却又不甘心就这么放走她,于是目光执拗地盯在报表上搜索着疑点……

已经4点多了,公司中午就给全体员工放假了!美国人有圣诞节,威廉也应该让穷人过个年吧?肖简不悦地想。威廉突然抬起头看了她一眼。肖简以为他有话要说,就送去了探询的目光。奇怪的是威廉什么也没说,但目光也没从她的脸上移开。他怎么啦?肖简觉得老板很奇怪。想问,但怕问出麻烦来。心想还是等他说话吧。他总得说话吧?盯着我看一分钟几分钟也总不可能一下午都盯着我吧!肖简于是坦然地迎着威廉的目光。两个人的目光就这么在空中交织着对峙着……一两分钟过去了,五六分钟过去了,他显得很压抑很烦恼,但还是不说话。大年三十,两个人没有理由地眼对眼傻傻地坐着对望着,肖简突然觉得这种情景很滑稽很好笑。一种想笑的感觉突然控制不住地溢满全身,她情不自禁地咧开嘴笑了……

肖简的笑激恼了威廉。这是个什么东西做的女人?威廉逼视的目光从来没有一个下属不畏惧过。没有人敢这么和他目光对视。没有人敢不躲闪他的目光。这个女人不仅敢无畏地和他对视,居然还敢笑?!她居然敢嘲笑我?!嘲笑我无能?嘲笑我不敢拿她怎么样?她真以为我拿她没有办法吗?威廉突然觉得血控制不住地往上涌。冲动之下他终于说出那句他虽然一直想说但因为没有考虑好因此一直压抑着准备周密安排好再说的话:

“简,你可不可以到别的部门去找找其他的工作机会?”

什么?!肖简愣了。感觉浑身的血都凝住了。她难以置信地盯着威廉,不相信她刚刚听见的话。威廉是什么意思?为什么要我去别的部门找工作?他想解雇我吗?他凭什么?我做了什么错事?这是OEE公司,解雇一个员工是要有理由的。我犯了什么危害公司的错?他凭什么说这样的话?

肖简瞬间强迫自己从震惊中镇静下来。她把头轻轻一扬,乌黑的头发缓缓地飘向脑后。她的头抬得高高的,坦然地望着逼视着自己的威廉,目光带着一种定力,嘴角含着一种刚毅,一字一句地说:“威廉,可不可以清晰地告诉我您是什么意思?”

威廉愣住了。肖简的气势震住了他。刚才他不顾一切冲动地说那句话的时候,仿佛一个主宰臣民生死的君王,不可一世地吐出了“赐死”的宣判。他等着看这个被判死刑的女人眼里的痛苦惶恐乞怜和崩溃。他等着欣赏威武的兀鹰爪子下瑟瑟发抖的小鸡垂死前的挣扎。这短暂的几十秒钟里,他有一种彻骨的快感。这个女人在他上任前后不时地带给他男人阳痿般铭心刻骨的不适,都在这一瞬间得到了彻底的补偿!他要好好地享受这个令他和女人都难忘的时光。

可是怎么一切都不对劲？女人怎么眼里没有痛苦没有惶恐没有乞怜更没有崩溃？这个女人刚才还在他兀鹰的爪子下，怎么转眼间她又把自己踩在了脚下。明明已经到了高潮的门口，怎么突然又像战败了的将军一样阳痿了？我向她宣布死刑，她居然坦然地问我：为什么？！向我讨赐她死的“罪名”！此时此刻，威廉真希望他是那个能主宰臣民生死的君王。那么他就能挺着胸脯雄性地说：君要臣死臣不得不死！但是令他痛心疾首的是OEE的国王是查尔斯而不是他威廉。没有OEE“法律”判决，他没有权力决定肖简的死亡。因此面对肖简的质疑，他突然觉得哑口无言！因为他还没有准备好“罪名”。事实上他还没有想好怎么处置这个女人！是那个该死的排行榜和女人挑衅的讥笑让他方寸大乱！这可怎么收拾？威廉突然觉得陷入了一场尴尬。好像还没有准备好台词的演员突然被人推到了舞台上。台下观众一双双眼睛如炬般地盯着你，让你窘迫无比！于是站在台上的威廉不免恨透了台下的观众，因为他无法退却！因为箭在弦上他不得不发！威廉想到这里恨恨地抬起头，目光阴冷地盯着肖简。突然问了一句文不对题的话：“你认识詹森吗？”

肖简看见威廉阴森森地沉默了好半天，一开口却是一个文不对题的问题，而且是一个他已经问过而肖简也清晰地回答过的问题，真让她又意外又好笑。

“威廉，我记得这个问题我上次在电话里回答过您。我不认识詹森！我是广告应聘来的！”

感觉到女人的讥笑，威廉恨得牙痒痒的却不能发作。他压抑着自己的郁闷，脸上强挤出诡秘的笑，说：“我去GC找过艾丽丝。问她詹森为什么聘你？艾丽丝说当初她也觉得你没有IT行业经验，也没有财务背景。但詹森坚持要聘你！詹森为什么一定要聘你呢？”

肖简听着差点要哈哈大笑了。为了调查肖简的来历，他居然去GC人力资源总监艾丽丝那里调查他的前任聘一个员工的思想根源。世上还有比这更可笑的事吗？天下还有比威廉更可笑的老板吗？肖简强忍住笑说：“我不知道詹森为什么要聘我。但我亲耳听到他对艾瑞克说过他要找一个smart（聪慧机敏）的Internal Control Manager（内部控制经理）。”

“你是很smart！”威廉脱口而出。这是他的真心话。肖简是他见过的少见的smart的女人之一。也是他最无法容忍的女人！

“除了这个，詹森为什么要聘你？”威廉追问道。他发自内心地想弄清楚詹森为什么要聘这么个女人？聘了这么个女人他怎么用？

“可能詹森认为我有很多potential（潜在）的能力吧。”肖简高高地自信地昂起头。

“你是很有能力！”威廉夸奖的话再次脱口而出。但他马上意识到什么垂下了眼，闭上了嘴，暗暗吃惊自己的潜意识。他咬着下唇一时间陷入短暂的困惑。他不自然地左右动了动自己的脖子。这是威廉不安时情不自禁的习惯动作。是的，这个女人是有能力。一个学社会学的能跑到 OEE 这种世界最高科技的 IT 公司做财务控制、项目管理，没有能力的话她不可能通过 OEE 公司严格的聘用体系；更不可能在这个位置上干一年多。关键并不在你有没有能力，而在你有没有 value(价值)。你的能力如果能 support(支持)我的思想贯彻我的政策就有 value；你的能力如果和我相左不能为我所用，那你对我就是一钱不值。托马斯能干吧，迈克一样灭了他！詹森能干吧，如果在威廉手下估计也饶不了他！还有彼得，能干得翻了天了，他用独立项目检查官的职能辖制约翰，约翰不也在天天琢磨铲除他吗？

在肖简和王欣之间，威廉的智商就是低到零下二十也不会认为高中生王欣会比北大社会学硕士能力强；但肖简的种种表现已经证明了高中生的价值比这个社会学硕士高得多。王欣会尽心尽力在自己的麾下亦步亦趋，帮助他实现战略目的；而肖简却会思考前因后果然后把老板的计划和事实真理公正之类的东西纠缠在一起最后可能会破坏威廉的政治计划和“游戏规则”。因此面对这个女人，威廉全身的神经和细胞都“如临大敌”。女人的每一句话每一个姿势甚至每一个信息都以一种变了形的方式带着一种无形的压力进入他的感觉世界，让他体会着淋漓尽致的不舒服。以至于他只要一面对肖简就会进入一种冲动易怒失去正常的判断力，但又控制不住要进攻，结果总是遭遇更大的挫败的不良循环里。威廉最擅长玩“猫捉老鼠”的游戏。可奇怪的是这只“老鼠”总是能破他布下的阵，于是勾得他在失败中越战越勇。在消灭肖简这点上，威廉和王欣从一开始就不谋而合，现在更是同仇敌忾。王欣对肖简的指控只不过恰好符合了威廉中国发展战略，因此他愿意接受，而根本不在意是否扭曲和夸张。

“那个广告还在吗？”威廉眼睛死死地盯着肖简。王欣说肖简进公司的时候不懂技术不懂财务没有行业经验。如果没有特殊关系詹森怎么会聘这样的人呢？

“对不起，我从不保留招聘广告！如果您有兴趣的话问问 HR(人力资源部)，看看他们有没有当年的存档。不行直接问报社也行！”肖简笑着说。

威廉显然听出了肖简的讥讽，一种气恼又涌向大脑。他仿佛患了“强迫症”似的，自己和自己较上了劲，无可控制地追问：“那广告上写什么了？”

这个人简直有病！肖简丝毫也不想掩饰她鄙视的感觉，不屑地说：“对不起，记不得了！只记得几乎每个条件我都符合。否则不可能有人通知我去面试。”看看威廉狐疑的神色，她冷笑了一下又补充道：“我进 OEE 公司一共有 7 位老板见过我。除了詹森、汤姆及前人力资源总监大卫，还有中国的总经理托马斯，GC 总监艾瑞克，亚太地区内部控制总经理彼得。我是经过 OEE 公司层层面试进来的。不是混进来的！”

“我没有说你是混进来的！”威廉气恼地说。他觉得在这个下属面前自己今天简直没有一点尊严！输得惨透了！他像赌输了的赌徒一样越输越想赢！不顾一切的就是要赢！

“你学过 accounting(会计)吗? ”威廉问。

“我电话里跟您说过,我选修过这门课,但我不是这个专业的。”他到底要纠缠什么呢? 她厌烦地问:“威廉,难道您认为 Internal Control(内部控制)工作就是 accounting 吗? ”

“当然不是! ”威廉否认道。死死抓住 accounting 是因为这是可以找茬的地方。

而谈话进行到这个份上肖简已经弄不清楚威廉的目的了。刚才他振聋发聩提出让肖简离开的话题已经如同爆炸完了的炸弹只剩下烟雾了。但威廉并不甘心一切就这么烟消云散。因此他本能地要找出一个个话题无休无止地继续着这个谈话。恐怕此刻连威廉也不明白自己想解决什么问题了!

在外企打工多年,从来没有一个老板让肖简这么疲惫过。她真想把一纸辞职书摔到威廉的脸上然后摔门而去!这一定是威廉最想看到的结局!但她不能。她喜欢 OEE 公司,她喜欢这份工作。她不能因为一时冲动毁了这个机会。尤其不能在天雄的公司也越来越不景气的时候失去一份生存的保障。无论如何还得忍。

“威廉,您要是对我们 Internal Control(内部控制)有意见,请指出来我们改! ”

“主要是财务方面。”威廉垂着眼看着办公桌说。

“威廉,我们很多工作都在学习和规范的过程中。您看我们的财务管理有什么问题请您提出来我们一定改。”

“主要是那些旧账!”威廉觉得自己快被肖简逼到了角落。说到底他也不知道中国的内部控制工作有哪些问题。他就是感觉不行,觉得不满意。但要说出一二三四来他还真说不出来。而且即便他说出什么,肖简也会有一堆反驳等着呢。他有些后悔自己今天的轻率出拳。但拳既然已经出了怎么还能收得回来?

“我已经解释过了,没有旧账! ”肖简耐心地说。

“但是你不懂 accounting(会计)! 所以……”威廉咬着牙强忍着把后面半句话压在了舌头底下:所以我希望你滚蛋!

威廉上任这一个月硕果累累。对付了斯蒂文对付了张宣明对付了杰夫连罗伯特都滚蛋了!所有的人他不到一个回合就取得实质性的胜利。为什么这个看上去柔柔弱弱的女人至今没有让他在感觉上赢过一回!在一个女人面前总是赢不了,这无论对于一个男人还是老板,都是一种奇耻大辱!

肖简彻底地烦了。不就是个 accounting 吗? 我再深入学学掌握得更好一点不就得了? 怎么没完没了的! 于是她不耐烦地说:“威廉,你给我多少时间吧? ”

肖简自信地看着威廉, 心想不管你给我多少时间, 我都会迅速学会该学的东西,把你要我做的事都给你做得无可挑剔。你难道还不认可我?!

“3 个月怎么样? 今天是 2 月 7 日。我等着你 3 个月,5 月 7 日?! ”威廉表情尽可能平静地,心里却控制不住地窃喜。这个女人终于让步了! 她终于和张宣明一样放弃了! 她终于同意滚蛋了! 我给她 3 个月,足够她找工作的。3 个月以后,她主动给我滚蛋！

“好！就3个月！”肖简脸上露出倔犟的表情。心说我不但会在3个月里把会计知识学通了，我还会把中国内部控制有关财务方面的工作规范化了。我会让你对我的工作没话可说！

肖简和威廉怀着对这3个月完全不同的理解隔着桌子目光交织着……威廉的目光明显地带着一种不甘；肖简的目光也没有一丝一毫的怯懦。但谁也没有说话。谁也不知道还有什么话可说。最后还是威廉先移开自己的眼睛，垂下眼皮说：“我一会儿要开会！”

— 35 —

原来说好天雄中午过去接肖简，然后一起上街来一次疯狂大采购。吃的喝的用的再加上花儿草儿彩布烛台，好好把房子装饰得喜庆些。两个人好久没有做饭了，今天也准备各自献点三脚猫的厨艺。肖简还说如果天雄能配出赤橙黄绿青蓝紫七彩齐备的五盘菜，她保证一个月不让天雄洗碗。

中午天雄心情很好地准备来接肖简的时候，她却说有几张财务报表必须在离开前交出，还要加两个小时班，让天雄自己先去买东西。天雄无趣地独自去了超市，买了些吃的。但那些准备用来营造情调气氛的花啊草啊蜡烛啊没有肖简也就没有情绪买了。年三十的街上商场里都是成双成对的夫妻和恋人。平时习惯于独来独往的天雄在这普天同庆的热闹团聚气氛中“落单”感觉索然无味。于是他在超市随便晃悠了一会儿就开车回了家。

独自一个人拎着大包小包食品进了家门，顿时有一种空落落的感觉。

就像公司这一年的生意，清淡得门可罗雀。亏损的窟窿大得拆东墙补西墙也弥补不上。老板年前已经开始裁员。昨天连创业时立下汗马功劳的市场总监都被裁掉了，怎么能不让人忧心忡忡？目前天雄身兼市场销售、总监二职，但每月工资不过三四千，和肖简相比只是个零头。作为一个男人简直觉得窝囊透了！以前每个月业绩好的时候光销售提成就两三万。虽然这次裁员没有轮到他，但如果今年公司新产品还打不开市场，他也难逃失业的命运！想象四十好几的人可能会失业，真是一件沮丧的事。

但所有的郁闷天雄都死死地瞒着妻子。他不能容忍妻子轻视自己。压力越大他在妻子面前越要装得若无其事。天雄希望自己永远是妻子心目中的“大男人”；他也希望妻子永远是那个当年让他目光一碰到就再也离不开的小鸟依人的“小女人”。尽管目前时运不好，天雄依然认为自己是顶天立地的男子汉！而男子汉承担不起家庭的经济重担本身就是对他极大的压力和挑战。他一直想方设法突破这种窘境，但至今还没有找到一个好的途径和方法。苦闷使天雄的烟从一天抽一包变成了两包。

难以排遣的压抑使天雄和几个女人的关系从审美形式的生命体验变成了一种需要。他和几个女人走得越来越近。

这几个网上的女人，让陷于时运不佳的天雄能有机会再现男人的旧日辉煌；让人到中年的自己能从女人的欣赏崇拜和爱慕中找到男人的自信；能使沉重的工作压力弄得身心疲惫的心情在女人的轻歌曼舞中获得舒缓；能让人暂时忘掉残酷的世界到女人的美丽里去休息……

男人的心有时就像天上的云，是要女人花心思去琢磨的。而简这样的职业女性很少注意男人的多重需要，包括脆弱和失落。她们太过原则性太注重自我感觉，她们以为有了家庭就如同有了爱情的原则；有了爱情的原则就有了禁锢男人心灵的权力。婚姻就是她们桎梏丈夫身体和心灵的原则。而人生的灿烂和生命的变幻岂能是“原则”能够禁锢的？人生太过短暂，因为原则而放弃了欣赏生命中一路的风景，到老了留给自己的只能是遗憾。

天雄想着走进书房，打开电脑，进了 E-mail 信箱，看见“企鹅”一口气来了 3 个邮件。前天不知哪句话说得不对了，小姑奶奶小姐脾气大发，对天雄“河东狮子吼”了起来。

猎豹：难道你和我真是冤家？我虽不是锦衣玉食的公主，但我也希望被男人怜香惜玉的！难道你就不懂这一点？还说不管我是美是丑，都会给我美好女人的自信！原来都是口是心非！

我可能没有你想象得那么美丽智慧，但我也是一个优秀的女人。但时运不好，我活得很累很辛苦。我无人可以倾诉。就连很快要成为我丈夫的男朋友也无法理解我一颗苦痛的心。你我虽然没有见过面。但也算是网上的亲人。我把我自己心都交给了你。也许，我在意的是一种感觉，一份情怀，一种怦然心动的温馨……

天雄笑了。这个“企鹅”表面上骄横跋扈，内心却也是感情细腻的小女人。天雄对她虽没有对静苑的情怀，但也充满着翻看“下一页”的兴趣。天雄回复道：

企鹅：我对你疼在内心，怎么会不怜香惜玉？但企鹅欺负猎豹，猎豹也难免哪天忍不住一口将企鹅吃掉。然而……人非草木，孰能无情？我理解你的张牙舞爪也是爱一个男人的表现。行了，别跟我生气了，咱们不是说还要做网上夫妻吗？什么时候和我入洞房啊？猎豹

小姑奶奶今天该可以睡个好觉了。天雄回到邮件信箱，发现“百合”也发来一封信。

天雄:你听过唐朝乐队的《太阳》吗?

“当我面对这无人的戈壁,我忘了我自己,虽然已经期待得漫长,可看到你还是惊奇,多少激动多少叹息,在生命中越来越没意义,于是我开始信赖你,像我们祖先一样神秘。

“当我面对这无人的戈壁,我抬头望见你,你的安详呼唤我流浪的心,融化了长有的孤寂,你的存在不只是神话,人们的传说不知过了多少世纪,你看到沙洲漫漫点点荒绿,你看到一个人变老然后死去,太阳你在哪里?

“当我面对这无人的戈壁,我觉得心浪伏起,告诉我,我们从哪里来,我们是谁我们做什么,告诉我为什么忙忙碌碌,却不知道走到哪里去。看苍天蓝蓝唯你独自占有,告诉我是不是真有上帝,当炽热的火焰吞噬大地,生命冲出了躯体,空荡荡胸膛充满你的火焰,流淌征服的溶岩,别想把黑暗放在我面前,太阳已生长在我心底。不再有畏惧,奔腾的灵魂飞向天际。太阳我在这里。”

天雄,我在体验一种用心去爱的感觉。女人被爱很容易,真正爱上一个人却很难。被爱和爱人是两回事。如果这种感觉在一个陌生人那里找到,这是不是上帝的刻意安排?你真的懂我,一种幸福感洋溢在我心里。谢谢网络。让我在第一次无意中去聊天室就遇到了你。从此以后我再去只为你。你是我生命中的过客还是常青树我还不能完全确定,但我相信我们一定前世有缘。让我用一生去读你。百合

看完“百合”的信天雄的心有一种震颤的感觉。这是含蓄的“百合”第一次大胆地向他吐露情感。她的情感原来这么细腻;她的情感原来埋藏得这么深;她深藏的情感原来竟有岩浆般的炽烈。在网上能遇到这么雅致深刻而且情感丰富的女人,真是上帝赐给他的珍贵的礼物!她犹如岩浆般奔放激荡的感情让男人沉醉,让男人雄性迸发!天雄动情地回了一首诗:

暗淡青黄体性柔,
情疏迹远只香留。
何需浅碧深红色,
自是花中第一流!

你的性格像荷花,出污泥而不染;你的气质像桂花,永远揣着隽永的飘香;有时你像蔷薇花,漂亮但浑身长满热情的刺……但是无论你是哪种花都是“花中第一流”!我……

天雄写到这里,突然听到大铁门被打开的声音。他连忙把邮件存在草稿箱里。匆匆关掉电子邮件,让电脑回到“新浪”新闻页面。

肖简回来了。天雄一边若无其事地看着网上的新闻，一边等着肖简进书房然后从背后揽住他的脖子。这是她的习惯动作。但等了半天肖简却没有推门进来，天雄心中渐渐泛起不安。他坐不住了，走出书房，来到客厅。

奇怪？客厅的灯没开。卧室的灯也没有开。刚才是不是自己听错了？肖简没有回来？天雄打开客厅的灯，一看，肖简坐在沙发上发呆呢！

“简，你回来了。怎么不开灯？”天雄奇怪地走上前，坐到肖简旁边，关心地问。

肖简摇摇头，没有说话。

“你是不是不舒服？”天雄忙上前伸出手去摸肖简的额头。

“我没有病。”肖简轻轻地推开天雄的手。

“是不是单位里发生什么事了？”天雄知道那个叫威廉的家伙最近经常找肖简的麻烦。但肖简好像每次都应付得不错，因此天雄也从没有太在意。

“你快点挣钱吧，我真不想干了！”肖简突然把身体投到天雄的怀里，竟然哭了起来。

这下天雄觉得事情严重了。肖简在工作上是个能力过强的人。在他的印象中，这个女人从来遇到任何事都是镇静自若，独立解决。从来没有为工作上的事哭过。到底发生了什么事呢？天雄忙紧紧地搂过妻子说：“简，没事。有我呢！没事，啊！有我在，不会有事的！”

肖简听着哭得更伤心了。她更紧地偎在丈夫的怀里，种种委屈和辛酸在这一瞬间通通涌上了心头。她唯一的感觉就是想哭，痛痛快快地哭。不知哭了多久，她不哭了。她平静了下来。心里的郁闷虽然没有消除，但已经没有刚回来时那种憋闷的感觉了。

天雄拿来一块毛巾，给肖简擦了擦脸。问：“简，发生了什么事？告诉我好吗？”

肖简点点头。一边回忆一边又把刚刚经历的事叙述了一遍。天雄听着眉头蹙得紧紧的。听完他狠狠地吸了几口烟，然后掐掉烟头，声音低沉地说：“简，把这工作辞了吧。威廉这个混蛋绝对没有安好心。给他干下去不会有任何好结果！”

“瞧你，也说这话！”肖简不高兴地看着天雄说。“我把工作辞了我们喝西北风去啊！你挣那点钱够咱们家花的吗？”

肖简无意中说的话深深地刺痛了天雄敏感的神经。他低下头，双眉紧皱，狠狠地抽着烟。内心感觉一种深刻的受伤。妻子在责怪自己无能。如果自己能挣钱的话，马上可以硬气地让她辞职，勇敢地承担起养活妻子的责任。而目前情况下，肖简要辞职了真会给家庭带来难以想象的经济危机。尤其是他们那套分期付款买的三室两厅，每月光银行贷款就要8000元。此情此景天雄怎能硬气地让妻子辞职？想到这里，天雄有一种“英雄气短”的感觉，心里憋得像快要炸开的高压锅。

肖简不知道自己无意中刺痛了丈夫，也没有觉察到丈夫此刻内心的痛苦和沮丧。她整个晚上一直沉浸在深重的抑郁中。前途暗淡却无法丢弃，这份无奈的痛楚是以前没有体会过的。

晚上两人也没有心思做年夜饭。互相给双方的父母打了个贺岁电话，然后随便做了几个菜闷闷地吃了。吃完，两个人无言地看了一会儿敲锣打鼓的“春节联欢晚会”。但电视里的龙飞凤舞欢歌笑语更让两个坐在长沙发上想着心思的夫妻感觉一种难熬的郁闷。

“睡吧！”天雄先站起身，懒懒地提议。

“睡吧——”肖简幽幽地说。

两个人早早地躺到了床上。天雄破例没有去上网。肖简也破例没有去依偎男人的怀抱。两人睁着眼睛在黑暗中默默地躺了很长时间。最后，天雄叹了一口气，过来搂住肖简，然后机械地抚摩着女人的身体。肖简勉强地迎合着。天雄费了半天劲才发现女人心不在焉。天雄想用性爱安抚女人。但是他发现自己如同霜打的叶子……最后两个人什么也没做成却筋疲力尽。

第十三章

— 36 —

威廉气得叼着雪茄烟，喘着粗气，光着脚在宾馆房间里无头苍蝇似的来来回回地转着圈圈，却一点儿办法也想不出来。

第一次尝试往自己的公司里拉项目就大大地受挫。这对早在乔伊斯和尹绢那里夸下海口的威廉的自尊心是一个大大的伤害。

一周前威廉和乔伊斯合伙开的“远达”顾问咨询公司营业执照拿到了，顾问也基本就位。威廉只出了 30 万元就拿到了这个注册资本为 100 万元的 50%的公司股权。这不得不感谢乔伊斯的照顾。但乔伊斯也把话挑明了：公司启动资金我可以多出点，但项目来源就全靠你了。没有项目的话我们招聘的这十多个电脑咨询顾问每月十来万的工资可都成咱俩的负担了。弟弟的话就像一根赶快马的皮鞭，抽得威廉精神压力可不小。

威廉上任后把中国咨询部现有的项目不知道梳理了多少遍。发现目前有转包合同的十多个项目里，有三分之一快结束了；三分之一运行正常没有正当理由不可能换转包商；还有几个承诺签单的项目到现在还没有签，一时半会儿派不进人去。SHP 和 T-electric 是转包量最大参与转包的合作伙伴最多的项目。目前除了咨询部一半的顾问在项目里，还聘用了 40 多个转包顾问。但 SHP 项目已经进入收尾阶段，OEE 的顾问和转包顾问都在陆续往外撤呢。唯一有文章可做的就是 T-electric 了。未来两三年里将是咨询部转包合同容量最大的项目。而且目前那两家叫“正威”和“黎明”的转包公司做得不太好，牛家华和刘新权已经多次向威廉申请撤换他们。

威廉早就动了把“正威”和“黎明”撤换下来的生意拉进“远达”的念头。但因前段时间“远达”顾问咨询公司的营业执照还没有拿下来，强行让“远达”替换会引人怀疑。威廉就有意把回复拖着，想等“远达”执照拿到，就引入“远达”接替“正威”和“黎明”。他是老板，第一次推荐转包商，刘新权和牛家华还能不买自己的面子？如果成功的话，光这一把可能就是几百万元人民币的生意。而且 T-electric 正在陆续谈各省的扩展合同。如果每个省的项目“远达”公司都能参与的话，一年至少几百万元人民币的收入！再加上 BBW 和其他项目都有大大小小的机会，想想成立“远达”公司英明啊！

这星期威廉正在美国进行为期四天的大区高级总监培训，大前天接到乔伊斯电话说营业执照拿到了。威廉赶紧确认了昨天培训一完就直飞广州的机票。准备到广州来好好请请牛家华，看看怎么把“正威”和“黎明”的转包合同尽快转到“远达”来。但和牛家华如何谈话威廉也有些犯怵，因为摸不清他的底细。上任以来各方面的消息都说这个牛家华能量大得不得了，连迈克都要哄他三分。所以威廉很忌讳这个部下。这次专门为他准备了一份厚礼。以自己这么高的身份去屈尊笼络他也算给足了他面子了。如果他是聪明人的话，应该很知趣。

威廉一小时前住进了广州香格里拉饭店。和牛家华约会还有一个小时。威廉插上电脑的网线想看看 E-mail。坐了一天一夜的飞机，不知道有没有什么重要的事。

打开邮件，威廉发现有好几个标题为“Request New Subcontract of T-electric（申请 T-electric 新的转包合同）”的新邮件，分别来自肖简、刘新权、牛家华、安吉拉甚至迈克。威廉的心一凛。怎么回事？一天没有看邮件，T-electric 又跑出来什么新的转包合同？

他急忙一一打开邮件，差点没有昏过去！就飞机上这十二三个小时，怎么乾坤就颠倒了？几百万就掉进太平洋里?！这个该死的肖简、牛家华和刘新权已经让“昆山”和“浩海”公司分别接了“正威”和“黎明”未做完的共 1500 人/天，45 万美元的转包合同。肖简的转包合同标书申请昨天正式上报了亚太 Partner Management Manager（合作伙伴管理经理）安吉拉。而安吉拉也没有按惯例先来个电话问问威廉的意思，就批复了自己例行公事的意见：“该转包预测利润为 37%。符合 OEE 公司的利润指标，建议批准！”转发给了迈克。迈克按惯例看到项目转包合同符合 OEE 规定的 25%以上的利润标准，就迅速批复“Approval（批准）！”就迈克这一批复，“昆山”和“浩海”正式成为新的转包商了！

看到迈克邮件上的“Approval”，威廉的眼睛被刺得发疼，一时间真有天旋地转的感觉！几百万啊！就这么烟消云散了？威廉痛得心在流血！这个肖简！这些个该死的中国人！还有那个 80%中国血统的安吉拉！他们怎么敢?！这个世界是怎么回事？他是咨询部老板，怎么这么多人就无视他的存在呢？没有他的批准肖简、刘新权怎么敢上报安吉拉，安吉拉怎么敢上报迈克？迈克没有见威廉的 Approval 怎么就批准了呢？为什么这么多的偶然都发生在他在飞机上不能看 E-mail 的 12 个小时呢？他在天上飞，但他总会落地的呀！他们怎么 12 个小时都等不及呢？现在迈克的批准都下来了，自己还有什么运作的余地?！

威廉气得睁着血红的眼睛，拨响了安吉拉新加坡的手机。心脏“嗵嗵”激烈跳动着仿佛快要跳出胸膛。终于电话里传来一个清脆的女声：“Hello！安吉拉！”

“安吉拉，我是威廉。我想问一下 T-electric 的 subcontract request（转包合同申请），为什么没有我的批准你就发给迈克了？这不符合程序！”威廉激动得吐出一串英语，语速比平时快了一倍。

“威廉，我有你的批准！你一个星期前都发给我了，难道你忘了？我早就该给迈克的，但因为最近太忙还耽误了好几天。昨天家华、新权、肖简都来电话催。我给你打过电话想最后确认，你却关机了！这个申请已经耽误很长时间了！不能再等了！”

“什么？我批准了？不！不！不可能！我永远不可能批准！你弄错了！你绝对弄错了！”

“威廉，你查一下你的批准邮件好吗？我发给迈克的时候已经把它附到我的申请下面了。如果你还有问题请再打电话给我。”安吉拉语气虽然还礼貌但显然已经不耐烦了。

威廉只得挂了电话。他重新打开安吉拉的邮件，往下面的附件看。天呀！自己果真在肖简一星期前发的E-mail申请上批复了“Approval(批准)！”可当时他只是匆匆看了一眼，以为是要求撤换“正威”和“黎明”的申请呢！他当然要批复了！不记得上面提过由“昆山”和“浩海”接替呀！且住！威廉突然觉得自己的呼吸都快停止了！在邮件最底下的内容里，肖简提到了“昆山”和“浩海”。天呀！最下面居然还有牛家华要“昆山”和“浩海”接替剩下1500人/天转包合同的详细申请！My Godness！我当时怎么没有把这个那个E-mail的前因后果都看完啊！我以为这只是一份例行公事的邮件。每天GC要有几十封类似的申请邮件要威廉批准。很多E-mail在上报威廉的时候不知多少人已经Reply(回复)或Forward(转发)来来往往地把一封邮件拉成了几米长的附件，若打印出来有时几页有时十几页甚至几十页。而所有的审批的邮件都是差不多的模板格式和内容。老板们通常只看看标题和开头概述性语言和几个重要财务数字。对于后面如同中国小脚老太太裹脚布似的来来往往的过程也就一眼带过。威廉怎么也不会想到这个邮件退回到了快一米以后的尾部，会有这么重要的实质性内容！几百万啊！这么重要的内容，为什么肖简和牛家华不在电话里提醒一下我？威廉突然想起广州的销售经理赵岩曾经含含糊糊地透露过的一句话：“‘昆山’公司是牛家华的，‘浩海’也有他的股份。”而王欣不久前说的话更是振聋发聩：“肖简和牛家华关系可是不一般。牛家华谁的话都不听就听肖简的……”

想到这里威廉的脑袋嗡嗡作响。他“啪”地一拍桌子！这个该死的娘们儿！那个该死的牛家华！他们竟然敢合伙来欺骗我！T-electric 80%的转包合同居然都落到“昆山”和“浩海”身上去了！几百万啊！你牛家华怎么这么黑心?！你说“正威”和“黎明”有问题，怎么见得“昆山”和“浩海”就没有问题？不都你牛家华一句话吗？你牛家华拥有“昆山”和“浩海”的股份就是最大的问题！就是一个我可以炒掉你的问题！本来你玩“猫腻”，我可以睁一只眼闭一只眼了。可你居然敢欺负到老子头上来了！“昆山”和“浩海”这两年靠吃咨询部已经挣了好几百万了，你居然连一杯羹都不肯分给别人！T-electric还有上千万美元的扩展合同呢，难道你都让“昆山”和“浩海”吃了不成?！“远达”饿得饥肠辘辘，“昆山”和“浩海”却要撑破了肚皮！我本无意杀你，你非得逼我动手啊！

威廉眼中露出一股杀气。他拨通了杰夫的电话。

“Hello！杰夫！听说 T-electric 很乱啊！尤其是 subcontract(转包合同)方面。你什么时候去做 Audit(审计)？什么？要 4 月份才做？不行，太晚了！我要你下周就去广州！”威廉用英语飞快地说着：“检查一定要做得细一点！要鸡蛋里挑骨头！”

“对了！”威廉又急忙补充了一句：“让简也去！她不是负责中国项目 Audit(审计)吗？”

放下电话，威廉冷笑着。肖简和牛家华不是关系好吗？我就让你去查你好朋友的问题。查不出来，是你肖简的失职；查出来了，我让牛家华去和你打架！！

牛家华！这几百万我丢掉了。但这口气我不会就这么咽下去！你再“火”，你是我的雇员；我再“傻”，我是你的老板。看我们俩谁能治得了谁！

可“远达”公司怎么办？乔伊斯那里怎么交代？T-electric 的转包单子他已经给乔伊斯打了保票。还有尹绢。威廉把她放在上海 office(办公室)做助理，她几乎天天来电话问项目的进展。自己的脸都给丢光了！想到这个月没有单子，自己就要从口袋里掏钱给员工发工资，冤不冤啊！威廉的悔和恨简直无法发泄……

— 37 —

一听肖简要汇报 T-electric 审计的情况，威廉的火“腾”地冒了上来！他目光阴沉沉地盯着肖简说：“你还要汇报什么？不是什么都没有查出来吗？为什么几天了花了这么多 expense(费用)连问题都找不出来，还 Audit(审计)什么？！”

杰夫昨晚已经打电话给威廉把 T-electric 的审计结果作了汇报，说除了 Timesheets(工作交付表)控制得不够严，项目管理和运行得都很不错了！按亚太的审计标准，可以打“Green(绿灯)”，也可以打“Amber(黄灯)”。问威廉什么意见？见杰夫忙活了几天，不仅没有找出一点对威廉有用的东西，反而来替牛家华讨赏，威廉别提多恼火了！走之前已经明白地告诉他要“鸡蛋里挑骨头！”而且重点要找转包合同的毛病。他希望杰夫去找 T-electric 的罪名给牛家华打个“Red(红灯)”，然后他可以和牛家华讨价还价了。至少要让他吐出一家转包合同让给“远达”。说心里话，杰夫如果能帮成这个忙的话，威廉会领情的。可没想到杰夫这么渔夫！好几个广州的销售都透露过 T-electric 的转包合同里有“猫腻”，可这个书呆子竟然找不出一点蛛丝马迹！这颗棋子到底有多少利用价值还真要打个大大的问号！

威廉内心沮丧却无可奈何。没有“罪状”他如何去要挟牛家华？怎么才能把 T-electric 里的钱从牛家华口袋里掏出一些来给“远达”？昨晚威廉一夜未眠却没有想出任何办法。

想到这儿威廉觉得头痛欲裂，不由得皱紧了眉头。

肖简不明白老板为什么突然怒容满面？T-electric 没有大问题不好吗？老板为什么脸上阴云密布怒气横生呢？

肖简勉强笑着耐心地解释说："威廉，我们这次严格按 AP（亚太）Audit（审计）的要求一个个环节按程序作的审计。T-electric 项目除了 Timesheets（工作交付表）控制得不够好之外，其他都很不错。"

"Timesheets 控制得不好还叫不错？！Consulting（咨询）最重要的就是 control（控制）时间和工作量！这就是钱！你是 Internal Control Manager（内部控制经理），难道连这点都不懂？牛家华身为 PM（项目经理）难道连这个都不懂？"威廉目光尖利地盯着肖简，仿佛要把她的五脏六腑都要看穿似的。

"威廉，我已经和牛家华谈过了。我知道……"

威廉目光尖利地盯着肖简，仿佛要把她的五脏六腑都要看穿似的。"你知道？你如果知道为什么还 Audit（审计）不出问题？如果 Audit 不出问题，以后 Internal Control（内部控制）还有什么必要做什么项目 Audit？"威廉不耐烦地打断了她。

见威廉不分青红皂白咄咄逼人的样子，肖简压抑得喘不过气来。项目经理没有控制好 Timesheets 肯定不对，但牛家华主要是因为顾问资源不够。他像上了发条的机器没日没夜地在全国各个项目点上跑，根本没有时间捧着一沓表格去核实和签字。因此尽快给他们配备顾问是解决根本问题的方法。肖简本来想给威廉汇报一下这个问题，不料他却因为 T-electric 没有"问题"而发怒。她不解地问："威廉，您到底要我们查什么'问题'呢？"

威廉一下愣住了。他瞪大了眼睛一时间却不知道该如何回答。原本放肆燃烧着的怒火仿佛突然被人用铁罐子罩住了，生生地被憋在里面，想爆发却找不到出口。这是一个很简单的问题，却是一个他无法回答也不能回答的问题。但如果回答不了这个问题就意味着自己刚才的质疑是大大的失态！这个该死的女人怎么总是将自己的"军"？面对神情若定不温不火等着他出棋的女人，威廉觉得像猫抓心似的烦乱。却想不出反"将"她"军"的办法。

女人突然浅浅地一笑，想说点什么缓和这一触即发的空气。但威廉却把这笑看成了对他无言以对无计可施的嘲讽。他急躁地扭动了一下屁股，灵机一动，突然嘿嘿一笑问："简，你刚才说 T-electric 项目做得不错？"

肖简见威廉的脸突然阴转晴，觉得很奇怪，小心地回答："是的。我认真看了全部项目档案，检查了他们所有的项目计划、风险评估、问题申报，还有项目进程报告，发现他们的内部管理和控制还是很严谨的。当然也有一些文档疏漏。但除了 Timesheet（工作交付表）都不是大问题。所以我和杰夫都认为项目管理得不错。"

"你检查过的东西杰夫都看过吗？"威廉脸上露出似笑非笑的表情。

肖简一时间没有明白威廉的意思。审计时她和杰夫各有分工，忙得不亦乐乎。审计都是有程序的，肖简检查完了杰夫有什么必要再检查呢？于是肖简说："杰夫一直忙着和客户、项目经理以及顾问谈话。Internal Control(内部控制)方面的东西主要是我负责检查的。

“是吗?”威廉一直死死盯着肖简的兀鹰般的眼睛突然眯起来了,脸上再次露出意味深长的笑。王欣说过肖简和牛家华有“猫腻”,那她不护着他才怪呢!这个该死的杰夫,我以为他很细心呢,怎么明摆着的问题都看不见?见女人还用一种茫然无辜的眼神看着他,威廉拖长了声音阴阳怪气地说:“我——听说——你和牛家华关系很好啊——”

看到威廉脸上暧昧的表情,肖简突然明白了什么,顿时有一种吞了苍蝇的感觉。这个老板怎么这么dirty(龌龊)!那一瞬间她心里充满了蔑视。她冷冷地一笑站起身说:“威廉,我是Internal Control Manager,牛家华是PM,我和他关系好不应该吗?”

威廉一下被问愣了。看到女人居高临下的蔑视,他突然觉得自己在这个外表柔弱的中国女人眼里简直像个肮脏的大傻瓜!那种尴尬让他直想往地缝里钻!他突然有些不知所措,结结巴巴地说:“应该,应该,我没有说不应该啊!”话音刚落,他就想抽自己大嘴巴。他是至高无上的老板,有什么必要解释?!这软弱无力的解释把他进一步陷入尴尬和羞辱中。尊严和面子如同泥糊的面具,顷刻间崩溃瓦解成了遮不住羞辱的粉末。男人的威武强悍更是摧枯拉朽般地在莫名其妙中荡然无存。这一瞬间,他是那么地恨这个女人!可是这个女人却如此坦然地站在他的面前,他不得不仰视她面对她。他们的目光在空中倔犟地交织着。威廉挺直了胸脯,梗直了颈项,强迫自己眼睛一眨不眨地盯着女人。他要用一种威势警告这个桀骜不驯的女人:我是老板,你不过是匍匐于我脚下的臣民。

女人的目光和他对视了十多秒后主动移开了,她抱起装着厚厚审计资料的文件夹,冷冷地说了一句:“威廉,我走了。Audit(审计)的情况我会给您一个report(报告)。有问题您再找我吧。”说完飘然离去。

威廉咬着牙,用兀鹰的目光仇恨地盯着她的背影,久久没有离开……

— 38 —

当肖简和威廉进行那场艰难的谈话时,王欣在大玻璃窗外面密切关注着两个人的一举一动。尽管她怎么伸长耳朵也听不见一个字,但是两个人生动的表情和动作却一览无余地展现在她的视线。这不是一场简单的谈话,却像是一场无声的战争。威廉的表情跌宕起伏;而肖简的平静中也带着一种决绝。尤其威廉,有几个瞬间王欣居然从他脸上看见了一种沮丧和无助。王欣太理解这种感觉了。面对肖简的职场侵略,王欣多少次经历过这般的沮丧和无助。可威廉这么的强大,这么厉害,他怎么也会有这样的表情呢?他们在进行怎样的交锋?为什么肖简傲然地离开了,而威廉却成了一片被霜打蔫的叶子,耷拉着脑袋一直在发呆?

王欣不忍心了。她到咖啡间为威廉倒了一杯热咖啡,小心翼翼地敲敲门端了进去。好像怕烫着威廉,在把杯子递给威廉的时候,她还下意识地吹了吹热气。威廉脸上带着孩子般无助的表情,望着王欣为他做的这一切。不知道是他没有来得及掩饰还是压根儿没想掩饰自己,他接过咖啡,目光有些茫然地望着王欣。好像想对王欣说点什么,一时半会儿又不知道该说什么。凭知觉,王欣知道老板一定让肖简气晕了,气得似乎丧失了表达能力。

王欣不禁有些心痛。不知为什么威廉的情绪如此牵动她的感觉和心情。威廉是她打工生涯中第一个和她有心灵感应的老板。他们之间有越来越多只可意会不可言传的东西。王欣总能猜出他没有说出来的要求;而威廉对王欣的一个眼神也都能心领神会。这给两个人带来良好的心理感觉。默契程度也到了前所未有的地步。不知为什么,威廉越来越多地占据着王欣的心。甚至晚上回了家她都会情不自禁地想威廉正在干什么。威廉也一样,周末都会来个电话问王欣在干什么?然后告诉她自己正在干什么将要干什么,以至于哪个周末威廉没有来电话她就会心神不定,于是总要找个理由打电话过去,捕捉到他的声音才能安心过完剩下的周末。有时闲下来,她会默默地回忆和威廉之间一些小小的默契和趣事,不由得对着电脑傻傻地笑。威廉让她真正有了做人的尊严,而且还有了一份做女人小小的甜蜜。威廉是唯一注意王欣穿着打扮的老板;是唯一经常给她送名牌化妆品的老板;也是除了男朋友外唯一注意到自己身上女性魅力的男人。有时候,她会情不自禁地拿威廉和自己的男朋友比。有时情绪高涨;有时情绪低落;有时会觉得百般无奈……

在王欣的心里,威廉就像自家人,没有什么不可说的秘密。而在消灭肖简这点上,他们更是一个战壕里的战友。虽然王欣还摸不清老板最终想怎么处置肖简,但她知道自己已经成功地在威廉身上打下了忌讳和厌恶肖简的烙印。随着威廉对王欣信任强度的增加,威廉给她的话语权越来越多。王欣会充分利用每一次机会来加深威廉对肖简的厌恶。她相信“水满则溢”。威廉对肖简的厌恶积聚到了一定的程度,肖简的死期就到了。王欣期盼着这一天!

而此刻便是上帝给王欣的又一个机会,一个王欣只需顺势利用就可以打击“敌人”的机会。王欣轻轻叹了口气,半个屁股小心地坐下,用一种温柔的、理解的、安慰的也是恳求的目光望着老板。在这种目光长时间的抚慰和鼓励下,威廉终于吐出一口长气。王欣就势柔声说:“威廉,喝点咖啡吧。她就这样,没办法。您也别生气了。”一句话好像捅破了一层窗户纸,威廉憋在心里的闷气一下子迸发出来了。他对着王欣开始哇啦哇啦骂肖简。除了还没有骂粗话,他几乎把肖简的个性能力思维方式举手投足包括说话的表情都指责了一遍。指责完了他喘着粗气还恨恨地说:“她怎么敢这么和我说话?难道她不想活了吗?!”

王欣静静地听着,善解人意地连连点头,下颌往下一收,长叹了一口气,深有感触地说："威廉，没办法。她就这么个性格。很多时候我只有忍着……"说完大眼睛一垂，嘴唇微微颤抖着，显得很委屈地吸了一下鼻子。

"忍？我忍？我为什么要忍？"威廉从座位上跳起来，两只眼睛瞪得比铜铃还大。王欣这句幽怨的话，如同往油锅里扔了一粒火种，立马熊熊燃烧了起来！他紧抿着薄薄的嘴唇，咬牙切齿地说："我要让她滚！马上滚！看看是她厉害还是我厉害！"

听到威廉斩钉截铁的誓言，王欣暗暗吃惊。没有想到事情的进展到了这么神速的地步，快得有些超出她的想象。她希望肖简马上走。但在 OEE，要让一个没有重大过错的员工走是何其难的一件事！大公司都不愿意惹起劳资纠纷。詹森过去必须解雇有问题的员工时，都要一次又一次发出 Warning Letter（警告信），认认真真走完了程序后才把员工解雇。而威廉也就来了几个月，居然有这么大的胆量动这些不可一世的经理！斯蒂文、罗伯特甚至张宣明都被威廉不动声色地搬掉了。现在显然该轮到肖简了！这样的老板由不得王欣不佩服，也由不得王欣不欣喜若狂。肖简今天不知什么事从骨子里惹恼了威廉，他已经毫不掩饰杀她之心了！想到这里，王欣决定再给威廉烧一把火。就假装害怕地低着头，嗫嚅道："还是得忍啊！"王欣又吸了一下鼻子，故作委屈地说："我们当秘书的，谁都是我的老板。简经常要我 report（汇报）给她工作，我哪敢不 report 啊？"

"你是我的秘书，不用 report 给她！"威廉斩钉截铁地打断王欣。

王欣激动得差点跳起来。她使劲控制着，乖巧地点点头，故意欲言又止地说："威廉，我会事事跟您汇报的。但是我还是怕……她毕竟是 manager（经理），我只是个小秘书……"

"有我在你不用怕！"威廉感觉野性的力量在王欣努力展示的柔弱中重新回到体内。被肖简摧毁的自信一瞬间恢复了。他拍拍她白白胖胖的手，底气充足地说："戴安娜，别担心。她厉害不了几天了！顶多再过……嘿嘿……"

威廉故意停住口，意味深长地笑望着王欣。看到她脸上露出的惊讶，他得意地笑了。说："戴安娜，你是自己人，我也不瞒你。我早就安排好了。斯蒂文厉害吧，最后怎么样？罗伯特、张宣明呢？肖简，她算什么东西？！"

"威廉，您，您真厉害……您，您是我见到的老板中最、最厉害的。"王欣听到这个消息一时间惊喜得有些语无伦次了。

威廉点点头，目光温和地望着满脸崇拜的王欣，一直阴云密布的脸上终于挤出了一丝笑。

王欣也笑了。她知道威廉心里淤积的东西终于在王欣的和风细雨中化解了。在两人的目光交织中，多了一些更加心照不宣的东西。王欣将进入她的秘书历史上和老板最为知心默契的划时代阶段。这个阶段将给她带来从未有过的辉煌。

"不过，威廉，我还是有些担心……肖简她会愿意离开吗？我看她最近工作干得挺起劲的……"王欣惊喜之余又担心这是威廉的一厢情愿。肖简的走既然已经摆到议事日程上了,为什么从她身上看不出一丝要走的迹象呢?瞧她每天工作加班加点热火朝天的,哪像一个要走的人啊！王欣把自己的忧虑告诉了威廉。

威廉觉得有几分道理,不由得垂眼沉思起来。是啊！已经4月25号了,离和肖简约定的5月7日没有多少天了!威廉已经心急火燎,但肖简好像真的没有要走的迹象。什么迟到早退病事假年假,还有打印简历找借口外出去面试等等,一个离职人员惯有的表现她都没有。相反这几个月她几乎天天加班,连假都没有请过。可真要找工作她能不请假面试吗?自己这几个月也没少找她麻烦,可再难的挑战她都想法解决了。刚来的时候还觉得她财务有点生疏,现在有问必答,内部控制工作越做越好了。她到底葫芦里卖的什么药呢?会不会改变心意又不想走了?如果这样的话她工作做得越好岂不是麻烦越大?威廉不由得心里暗暗打鼓。

王欣紧张地察言观色着威廉,见他皱着眉半天不语不免有些着急。难道威廉也为难了?他会不会改变主意?可别空欢喜一场让我重新又落入万劫不复的境地!

终于威廉抬起头来,好像作出了一个什么重大的决定。转眼看见王欣坐立不安的样子,就拍拍王欣的手说:“没有关系。我有办法让她走!马上走!这个女人一天也不能再留了!”

他示意王欣头离他近一点,开始面授机宜。王欣一边听一边频频点头……

— 39 —

天雄开着红色的“捷达”车,狂躁地在马路上飞驰着,有两次都差点剐倒正常行驶的自行车。他感觉自己恶劣的心态可能要出事了,就把车开到一个僻静的街道,停在了路边。然后把身体靠在椅子上,微微闭上眼,调匀呼吸,努力让自己平静下来。但不管如何调整沮丧还是紧紧地缠绕着自己。

他心里无法平衡!自己好歹也是公司的开国元勋。但老板下午丢了个单子心情恶劣,把销售总监赵天雄找来,抓着销售报表就发脾气。他历数天雄这一年工作不力,业绩月月下降。越骂越起劲越骂越刹不住车。直骂得双眼发红,唾沫横飞,完全没有注意到天雄脸色越来越难看,最后出现了决绝的表情。突然天雄一拍桌子“呼”地站了起来,目光冷然地望着老板,一字一顿地说:“你别骂了行吗?嫌我无能你选高人来干吧!我辞职了!!”说完不顾张着嘴发愣的老板,重重地摔门而去。

没想到当年曾经为公司创造上千万业绩的自己,今年已经多少次被老板训得只想往地缝里钻!为了生存,我已经一忍再忍。老板却这么无情无义,简直让人忍无可忍!我他妈不辞职我就不是男人!

职是辞了,但不知为什么心里却有一种空落落的感觉。下一步该怎么办?天雄目前正和几个摄影界的朋友策划创办一个以图片为主要表达方式的名牌杂志。创意虽然不错,但融资非常艰难。几个投资人都表示过兴趣,但至今没有一家进入实质谈判。有着这份工作好歹一个月几千块钱挣着。虽然不多,但吃喝用度是绰绰有余了。现在这一辞职，意味着全部的生存压力包括房子还贷都将转嫁到了妻子身上。而她现在又天天和老板死缠烂打,随时都有失业之忧。如果肖简的工作也保不住的话,那每月 8000 元的房款怎么办?

天雄突然觉得头疼得厉害。他双手按着“突、突”直跳的太阳穴,开始后悔刚才负气辞职。他仿佛看见了妻子幽怨的目光,浑身顿时觉得扎了芒刺一样的难受。他懊恼地点着一支烟大口地抽了起来。一边琢磨着怎么向妻子谈这件事。左思右想,他最后还是决定不告诉肖简辞职的事,加紧项目融资,让新公司运转起来再告诉她。

天雄茫无目的地开着车转着,想放松一下心绪。不料遇到堵车,满眼都是车流,拥挤得新鲜空气都仿佛呼吸不到一口,感觉更加窒息。他烦躁地一把拉下领带,解开衬衣领子,大口喘着粗气……

正在这时,手机响了。是肖简。看到这个熟悉的号码,他马上想起自己失业的事实,头顿时涨了起来。一种沉重的犯罪感仿佛一块大石头压在了心头。说心里话,此刻他最不想看见的就是妻子,最怕听到的就是妻子的声音。这个女人让他想到家庭的责任男人的责任。而此刻他不知道该如何承担这些责任。

于是他没有接电话。电话响了六七声断了,他长长地吐出了一口长气。电话突然又响了起来。一看还是肖简,他还是没有接。电话断了,第三次又响起。看来肖简今天这个电话是非打通不可了。天雄皱着眉,烦躁地抓起了电话。

“你怎么回事啊?为什么不接电话啊!”

肖简劈头盖脸扔过来的责难把天雄搞得更加烦躁。但他忍着,用尽可能平静的口气说:“刚才马路上出车祸了,警察就在旁边,不敢接。”

“天雄,我受不了了!我实在受不了了!”肖简的声音有些嘶哑而尖利。她几乎语无伦次地把刚才被威廉侮辱的情况连同自己的恶劣情绪一股脑儿地倒给了天雄。

“简,我现在心情也不好!一会儿再说吧!”电话里天雄有些不耐烦。

“威廉那个老东西,存心想折腾死我!屁大的一点事,跟得了强迫症似的颠过来倒过去的,横竖左右都不对!这工作简直没法干了!”肖简仿佛要崩溃了!没有理会天雄的情绪。

“唉,简,我现在没有心情听你说这些。咱们回家再说好吗?”天雄的声音焦躁而郁闷。

“天雄你怎么回事啊!怎么一点儿反应都没有?人家刚刚受了这么大的气,你怎么这么漠然?你还是我丈夫吗?!还以为你会安慰我呢!”肖简委屈得嗓子里好像堵了什么似的。

“哎——简，你和老板闹意见跟我有什么关系?别把火烧到我头上来好吗?你心情不好又不是我害的。我可没有招你惹你啊！”天雄电话里一副唯恐躲之不及的样子。

“赵天雄，你怎么这样？你怎么变得这么冷漠？每次我遇到麻烦，想到爱人怀里去寻找点慰藉，你为什么总是一副唯恐‘城门失火，殃及池鱼’的架势？别说夫妻，连朋友都不会像你这样袖手旁观！我在老板这里受了气，想到自己的爱人那里倾诉一下怎么都成了奢望？赵天雄你怎么变成这样？”肖简声音变得尖锐。

看到女人的幽怨又开始像惊涛骇浪劈头盖脸地迎面扑来，天雄觉得心脏压抑得快要爆炸。他想发泄想骂人，但还是强忍着恶劣情绪说：“简，你别没事找事好吗？有话回家说去！”

话音未落耳膜突然传来肖简尖锐得有些刺耳的声音：“赵天雄，你不必这么不耐烦！我这么为老板卖命也是为了这个家。你要不爱听，我以后不说了！我苦我累和你没有关系！”

“简，你和老板吵架冲我发什么火？你心里不痛快也别拿我撒气呀！你和老板吵架，我招谁惹谁了？你跟我吵什么呀！”天雄电话里气急败坏地说。

“你是没有招我。我招谁了？这份破工作我早就做腻了！我吃饱了撑的天天受这份气去！”肖简在威廉那里郁积的火终于被天雄给点燃了。她的声音提高了一倍。

“你赶紧辞职！你赶紧辞！明天就辞！你要再不辞我也活不成了！”天雄电话里的声音变得越来越不耐烦。

“我辞职？我辞了你养活我啊！怎么站着说话不知道腰疼啊！做丈夫的连妻子受了委屈都不能安慰一下，要你这样的丈夫干什么？”肖简彻底地被天雄激怒了。

“行！我这个丈夫无能！没本事！你去找有本事的丈夫去！老子也不想侍候你了！”正陷入失业的沮丧中难堪而敏感的天雄终于像一锅突然被点了火的油，熊熊燃烧了起来。他粗着嗓子吼了起来。

肖简被彻底地气晕了。她愤怒地大喊了一声：“赵天雄！你滚吧！”挂了电话。

见肖简大喊着挂了电话，天雄愤怒地把电话摔到了旁边的椅子上。他困兽一般狂乱地望着前后左右堵塞着的车流和乘机拥挤过马路的行人，心潮如奔腾的大海汹涌澎湃。想起当年他曾经搏击过无数次大浪滔天的长江和大海。面对一个个汹涌的大浪和漩涡，他从来没有退缩过，从来没有觉得无力过。但今天为什么浑身有劲却无力出拳？经济大潮比之汹涌的大江大海凶险百倍，不知哪处劲没有使对就会全军覆没。

失去工作虽然会面临经济压力但并不可怕。天雄相信只要找到资金他就能成就属于自己的一番事业，彻底改变仰人鼻息的局面。可以说此刻他的事业正处在女人的生产过程，虽然痛苦而艰难，但熬过去了就是一个全新的生命。但经历痛苦过程的时候，却得不到妻子的理解，还不得不时时面对妻子由于生存危机而随时可能迸发的不良情绪。尤其让他有切肤之痛的是他面对妻子的困难无能为力。作为丈夫,他何曾不体谅妻子此刻的无奈和痛苦;他何曾不想敞开胸怀豪迈地对妻子说:过来!由我为你担待一切!一个男人欲为而不能为,如同一个雄性激昂的男人突然在女人面前阳痿,这种痛苦尴尬和沮丧是难以想象的。可是妻子却不能读懂他内心深处的痛苦,不能体会他无言中的歉疚。她居然指责他无能,对他表示无情的蔑视。一个男人混到这个地步在妻子那里还有什么尊严?!可自己是个有尊严的男人啊!难道婚姻真是爱情的坟墓?为什么女人结了婚就一个个变成了怨妇?为什么不能给男人一点自由?为什么男人想有一点自己的生活空间,女人就要让男人在怨天恨海中淹死呢?

想到这里天雄压抑难当。他掉头把车往家里开。他想回家上网。他要到网络上去发泄自己的郁闷。

一上网就看到了企鹅的名字,天雄喜出望外。大概有一两个月没有在网上遇到企鹅了。这个女人很奇怪。挺能说的,还经常有些出彩的话。只是说着说着突然毫无预兆地"俗"将起来,搞得天雄突然就找不到感觉了。也正是因为这种不协调,他对企鹅充满着好奇。这是个怎么样的女人呢?她生活在什么样的工作环境?身边有个什么样的男人呢?天雄决定今天把所有的疑问搞清楚。

猎豹:(故做生气地)好啊,企鹅,失踪了这么长时间,原来傍上别的相好移情别恋了!

企鹅:(生气的)猎豹,你才移情别恋了!再说你也从来没有恋上我呀?有几次上网我看见你和别人打情骂俏就故意不理你。你也太不专一了!

猎豹:(哭丧着脸)老公等你两个多月,都望眼欲穿了,好容易看见你说你两句都不行吗?

企鹅:老婆不在,你就该好好等着,怎么能前脚不见老婆,后脚就失贞?

猎豹:(不服地)本老公如此魅力无穷在你那里还没有失贞呢,怎么可能在别人那里失贞?

天雄写到这里心里一动,浑身觉得有些躁动。就不怀好意地写道:

猎豹:你想让我在你这里失贞变节吗?

企鹅:(脸红了)那要看你有多大本事了!

猎豹:(得意地)我的本事当然很大了!

企鹅:(好奇地)有我的老公本事大吗?我老公可厉害!

猎豹:(挑战地)你要不要试试?要不要我马上过来?

企鹅:(犹豫地)算了吧!我,我还没有准备好。

猎豹:(坏笑)一来真格的就怕了吧!还说自己是外企的呢!没准你是哪个乡镇

企业的小秘书呢！

企鹅：啊——呸！小秘书不假。但可不是乡镇企业的。我这个小秘书本事大着呢！可以让manager(经理)跟我点头哈腰。老板做什么事还得和我商量。你信吗？老板刚才还和我商量怎么解雇一个manager呢！

猎豹：你就吹牛吧！反正我又看不见！连英语都出来了。看来外企倒是不假。几个人的外企呀！你可别欺负我不懂外企啊！没准我也是外企的呢！

企鹅：(不屑地)你要是外企的能感觉不出来我的身份？几个人的外企？告诉你我们是世界级的大公司。我的老板管几个国家几百个员工呢！怎么着？我这个老板秘书够你喝一壶的吧！

猎豹：行了行了，接着吹吧你！我才不管你是一个还是一群人的秘书。你是我老婆！说吧，什么时候和我入洞房？

企鹅：(羞恼地)你，你怎么这么坏！坏死了！

猎豹：男人不坏女人不爱嘛！你不也是爱我的坏吗？你说是不是？你老公是你忠贞不贰的大好人。你又有我这有魅力的坏男人，你的人生还有什么缺憾呢？

企鹅：(羞恼地)好，你说得有道理！我就爱你这个坏男人了好不好！

猎豹：好好！太好了！那我们什么时候进洞房！

企鹅：(娇羞地)以、以后吧……

这番网上恩爱，让天雄沮丧的心情舒缓了许多。他给自己倒了杯茶，打开一包饼干，一边吃一边看墙上的挂钟。快9点钟了，肖简该回家了，就打了个电话过去，发现手机关了。她是生气了还是手机没有电了？突然觉得有些无聊，懒洋洋地继续在网上冲浪……

第十四章

— 40 —

帷幕拉开的时候,会议室洒满了灿烂的阳光。温暖的阳光中,一场逼肖简辞职的“三部曲”在威廉的周密部署下正式拉开了序幕。

威廉提前了半小时和比利来到会议室。他把盛满肥腴身体的椅子懒洋洋地拉向落地窗前的阳光里,扭扭身体,摆了一个舒服的姿势。抬眼瞥了一眼身边的比利,发现他有些局促和紧张,心里暗自好笑。昨晚威廉跟他交代今天的剧目时,他很吃惊,但却点点头什么也没问就默认了。这就是比利的好处,理解不理解赞成不赞成他都会顺从。比利以前是项目经理,对玩“政治游戏”缺乏经验。像威廉这样赤裸裸地向他展示一个阴谋的全过程,他需要时间适应。威廉安慰地对比利笑笑,暗示他不用担忧。因为“战争”输赢已经在自己的掌控之中。

威廉要短、平、快、稳、准、狠地在几天内结束和这个女人的“战争”。

因此他亲自设计并将亲自导演这个“三部曲”。“三部曲”包含着他精心策划的计谋。一计不成他就用第二第三计。威廉断定用不完三计，这个女人就乖乖地就范了。

因为俗话说“人有脸树有皮”。威廉“三部曲”的全部核心就是当众打你的脸,扒你的衣服,剥你的皮,让你无地自容。

罗伯特就是这么被吓跑的,而威廉才刚刚摆了一个姿势。过去威廉用同样的办法让多少他瞧不顺眼的员工幽怨却无奈地辞职。简直屡试不爽。

而今天威廉决定一上来就用重量级“大炮”轰炸,绝不给她喘息的余地。

既然这个女人不能留,那就让她赶快走!多待一天,多一分危险和麻烦!让她走是威廉中国战略的一个重要组成部分。所有的重要岗位威廉都要换上自己的人。内部控制是部门的中枢,是老板业绩的体现。玩好了数字就等于玩好了政治游戏的一大半。这个岗位必须设王欣这样信得过的人,否则他睡着了眼睛都不敢闭上。而这个肖简却给了他如此强烈的不安全感。自从上任以后,因为这个女人的不配合,威廉的业绩已经成为亚太的笑料。威廉的神经因为她而时刻处于高度紧张状态还依然觉得处处防不胜防!她已经成为威廉事业发展的重大障碍。一天不除掉威廉一天食不甘味!

威廉想到这里感觉一股野性的血又在体内横冲直撞，浑身的细胞膨胀着一种冲动。他猛地睁开眼，突然觉得眼前一亮。肖简一身黑色紧身短衫短裙正笑吟吟地站在门口。一头飘逸的披肩长发垂落双肩，乌亮的发梢被削得错落有致时尚而柔顺，几缕刘海随意地垂在额头两边，露出饱满智慧的额头。今天的女人显得分外俏丽、精干。这个女人怎么最近打扮得一天比一天鲜亮性感！威廉情不自禁地舔了一下干燥的嘴唇，目光在女人身上上上下下游走了一遍。当目光再次移到脸部的时候，正好与女人的目光交织。他忙掩饰地微微低下头垂下眼。

肖简有意坐在椭圆形会议桌那个远离主席台的位置。刚刚坐下，她马上就感觉到一束目光落在她的脸上灼得她有一种强烈的不舒适感。她抬起头，正好迎上威廉带着几分挑衅的目光，两个人的目光交织在空中微妙地对峙了足足有半分多钟。

最后还是威廉先移开了目光。移开的时候带着一种只有肖简才能体会的恨意。

很快咨询部的经理们也端着茶杯和咖啡三三两两地进来了。

威廉的目光转到了椭圆形会议桌四周正襟危坐的经理们身上，转瞬间脸上堆上了灿烂的阳光，每一条肌肉都荡漾着笑意。在琳达最后一个卷着风进来以后，威廉笑眯眯地站起了身。

“首先我要给大家介绍一下我们新的上海地区咨询部经理比利，”威廉故意停顿了一下，目光环视会场一周，突然把声音提高了一倍说：“让我们欢迎比利！”

比利忙站起身谦逊地向大家笑笑，左右鞠躬。经理们一个个脸上堆着迎合的笑，但目光都会向一边的张宣明偷偷瞥一眼。张宣明友好地冲比利呵呵地笑着一脸的坦然。

但还没有等大家和比利寒暄完，威廉突然把目光转向肖简，脸上皮笑肉不笑地说：“今天的会我们主要听简汇报一下 Internal Control（内部控制）的问题。我听到下面有很多反映，说 Internal Control 的工作很乱！有很多问题！”威廉环视了一下会场说：“大家今天重点来谈谈 Internal Control 问题。提提意见，出出主意，看看怎么帮助简改进工作。”

肖简的脑袋“嗡”的一阵晕眩，目光难以置信地望着威廉。什么意思？今天不是经理办公例会吗？怎么诬蔑我工作很乱？要大家给我提意见？他要挑起一场对我的批斗会吗？

除了琳达和比利，所有的人在瞬间都露出惊讶的表情。但很快每个人都用各种各样的神情掩饰住了内心深处的诧异。

威廉脸上堆着笑，看了看一直低垂着头坐在角落的刘小青说：“还有小青，我们今天也特意把她请来。她做了很多 Internal Control 的工作。小青，你也给简提提意见和建议。”

听到这里，肖简感觉被屈辱的大海劈头盖脸地淹没。他居然强盗般地把我拖到了众目睽睽的“审讯”台。自己毫无人性地打碎别人的尊严还不够，居然要发动全体经理来揭我的脸皮践踏我的尊严。更可恨的是他居心叵测地把茫然无措的刘小青也拉进了肮脏的政治斗争漩涡。竟然用起中国“文革”发动群众斗群众那一套来对付一个手无寸铁的女人。他为什么要这么对我？我到底犯了什么错？他凭什么这么对我？我凭什么要容忍他？

“简，大家都在等你说话呢！”见肖简一脸的凛然和决绝，威廉不耐烦地一挥手说。

肖简对视着威廉正虎视眈眈地盯着她的眼睛，读出了他目光中深深的挑衅。她知道除了面对别无选择！除非她放弃生存的权利。但她不能放弃。她没有理由放弃。

这一刻，她冰冻起了自己全部的感觉，抬起头，坦然地望着威廉，用不带感情的表情和声音说：“中国咨询部的内部控制工作在大家的努力下这一年有了很大的进步。我们建立了 PMS 和 HRS 系统，建立了财务管理体系，建立了项目审计团队，建立了有效的项目管理和预测机制，建立了信息分析体系，建立了部门中央档案管理体系，建立了……”肖简一口气说了一二十个“建立”以后，淡淡一笑说：“威廉，细节的过程我就不一一叙述了。在座的经理看得很清楚。还有，王欣也很清楚……”肖简冲威廉身边的王欣意味深长地笑笑说：“王欣，麻烦你有空多向老板介绍一下情况。你是部门的老人了，内部控制你是直接参与者，我们的工作你比谁都清楚！”

一席话听得王欣脸上红一阵，白一阵，听得在座的经理们脊梁直冒凉气。一个个或低头或漠然地望着落地窗外的摩天大楼或故意看着桌上的笔记本电脑。但不时偷睃一眼脸色阴沉得随时可能电闪雷鸣的威廉。没有一个员工敢这么公开和老板“叫板”。肖简是吃了豹子胆了！

“那问题呢？问题呢？Internal Control（内部控制）这么多问题你也给我们介绍一下啊？”众目睽睽之下，威廉的声音裹着绵羊般的温柔，脸上也刻意地堆着一条条笑得有些僵硬的肌肉。但灼灼闪烁的目光却透着控制不住的挑衅的火焰。

“问题我在几次经理会上已经说过了，数据库系统需要我们经理层的支持！需要系统助理王欣和刘小青的严格管理！更加需要我们的老板威廉的支持！”肖简简明扼要地阐明了观点。

“你上个月的 revenue forecast（收入预测）和 actual（实际的）相差了 100k！可你刚才还说你们的 forecast（预测）做得很准了！”威廉说完脸上继续堆着和蔼的笑，声音变得更温和了。好像不是在质疑而是在表扬肖简的工作。

他居然能够把投向对手的毒针裹上诱人的鲜花。人们明知花里有毒却宁愿被鲜花迷惑。

“我刚才说部门的预测工作有了很大的进步，项目经理们项目预测准确性大大提高。但是我们还要继续完善我们的工作。上个月 revenue（收入）相差了 100k 是因为上海亚光项目合同没有按期签下来。但我们已经提供了服务，客户也签了单并会在这两个月付款。”

“你说 forecast(预测)做得很准了,那为什么 subcontract expense(转包费用)的 accrual(预提)总是变?”威廉目光如炬但笑眯眯地说。

“因为转包费用是根据收入预测比例预提的。PM(项目经理)递交的预测每周都需要 update(更新),自然转包费用也会随之变化。”

“那 PM(项目经理)的 forecast(预测)为什么总不准呢?”

“这就需要在您的支持下尽快建立一些规章奖惩制度。”

“Internal Control(内部控制)难道没有这些制度吗?”

“我们一直在建立并完善这些制度。但我们需要您的授权和支持。协助我们监督这些制度的执行。”

……

威廉连珠炮似的问题问了一个又一个。时间已经过去一个多小时了。肖简对答如流,无懈可击。威廉绞尽脑汁也丝毫没有占到一点上风,不由自主地感觉虚汗开始从里往外渗,心里压抑得好像进了高压锅,焦躁得快要爆炸。再这么和她耗下去他觉得自己要疯了!他决定抓住细节的问题速战速决!

“T-electric 到现在为止 total(总共)pay(支付)了多少?subcontract expense(转包费用)是多少?”威廉盯着肖简的眼睛问。这是一个任何人都回答不了的问题。SHP 换了几任总监,付出去的钱成了一笔糊涂账。连斯蒂文和王欣都说不清楚。要想知道这个数字只有一个办法:上财务部的档案库去一张张查几年堆积如山的原始凭证——谁能侍候得起?

“2356k。”他话音刚落,女人就清脆地报出了这个数字。

威廉浓眉一挑,显得有些吃惊。她怎么知道的?他很好奇。但这个场合里他不得不把好奇暂时收起来。他双眉紧蹙,薄薄的两片嘴唇上下飞快地翻动着,连珠炮似的问题一个接一个连口气都不让女人喘地砸出了几十个:“T-electric 到现在为止已经 recognize(确认)了多少 revenue(收入)?”“这个项目的 margin(利润)是多少?”“T-electric 迄今为止 total expense(总费用)多少?”“去年 total expense 多少?”“T-electric 的劳动力成本是多少?”“今年 total expense forecast(总费用预测)是多少?”……

威廉希望看到女人在这种密集型攻击下手忙脚乱出漏出错出丑。只要一出漏一出错一出丑,他马上会陷她于无地自容。而这时经理们会一幕幕亲眼目睹女人的出丑窘迫和尴尬。在同僚面前出错出丑被老板奚落无异于奇耻大辱!更何况清高自尊的肖简。

在威廉把旧问题新问题以前问过和没有问过的问题都如同一枚枚连珠炮弹恶狠狠地向女人投掷过去的时候,他注意到身边的比利和会场上好几个经理都神色惶恐窘迫地低下了头。威廉暗笑。显然这些傲慢的经理也被这些“炮弹”炸晕了。恐怕他们连肖简能回答的百分之二十的问题都答不上来!因此他们心虚了!害怕了!

这简直就是“一石击数鸟”！除了让肖简出丑，也让这些没有规矩的中国人知道自己有几斤几两。威廉斜眼看了一眼低着头的比利，心想他今天该明白了，没有威廉给他撑着，别说做总监了，连上海地区经理的职位都够戗！他今天该知道威廉给了他多大的恩惠了吧？

可恼的是这个女人的表现简直无懈可击！对威廉的每一个问题她都给出答案；每一个威廉的质疑都给了自圆其说的解释；每一个威廉对解释的反驳她都给了另一个他无法再反驳的解释……女人一两个小时忍耐平静得体的回答反而衬得锲而不舍鸡蛋里挑骨头的威廉“不可告人”和“无中生有”。渐渐的原本准备理性地扮演角色的威廉彻底不耐烦起来。他今天是想当众“审讯”女人羞辱女人的，根本不想听女人完美无缺的答辩。他只是想把女人推到悬崖边让她没有退路自己选择跳下去了事！但不料悬崖边的女人却稳稳地站住了脚跟面对推她的人沉着地“针尖对麦芒”。一时间威廉焦躁无比。无意中瞥了一眼比利，突然发现比利望着女人的目光中竟然带上了一种情不自禁的钦佩。威廉心里一恼，突然站起身，一把从文件夹里抓起一沓表格，走到肖简面前，狠狠地把文档重重地扔到了她的桌上。肖简震惊了！在场的所有经理都震惊了！大家屏住呼吸紧张地望着发威的老板。

威廉盯着女人的目光透过镜片像刀锋一样地划向女人，声音低吼着像暴怒的狮子。

“你不是说没有旧账吗？这是什么？”威廉吐出这句话的时候，不知为什么血突然不可控制地直往脑门上涌。他紧抿着薄薄的嘴唇，强迫自己不要忘记今天的角色，不要在这个女人和经理们面前失态。他努力压抑怒火，但脸却憋得通红，燃烧的血还在血管里乱窜。

“威廉，这是财务部发给各部门的 AR Monthly Report(每月应收账款报告)。”肖简无法理解这份财务月报告为何引起老板雷霆之怒？她压抑着一颗快要窒息的心，微微颤抖着嘴唇解释。

“你怎么回事?!为什么你不告诉我有这么多 AR(应收账款)!?这不是旧账是什么?!”威廉开始要让女人“示众”了。他把内心长期淤积的火不加控制地大声吼了出来。

看到刚才还披着羊皮假装温柔的狼，突然把羊皮一掀张开了血盆大口扑将过来，肖简愣住了！她看看比利，比利按照威廉的要求耸耸肩摆出一副“坐山观虎斗”的样子；再看看王欣，王欣似笑非笑地欣赏着面前的好戏根本不掩饰她的幸灾乐祸；肖简又用目光扫射了周围的同事们，所有的经理包括琳达都垂下眼皮好像什么也没有看见似的盯着桌上的电脑；肖简的目光突然碰到了刘小青的，小青双眸满含着震惊和无助……

这一切如此深重地刺激了女人。她望着威廉的目光充满愕然充满不解充满受伤充满冤屈。她的表情变得僵硬，嘴唇微微哆嗦。她把散乱的目光投射到前面的落地大玻璃窗外，努力调整着呼吸。渐渐地起伏的胸脯慢慢地舒缓下来了。等到她把身体和目光重新面对威廉脸上的时候，他发现她的目光和神情没有颜色也没有表情。她平静极了地说：

“我说过 subcontract payment（转包付款）没有什么漏记的旧账！”肖简平静地说。

“What's this？这不是旧账是什么？”威廉大声地翻动着报表，故意提高嗓门说：“180 天！360 天！还说没有旧账？你为什么不 report（汇报）给我？为什么不在年底清掉旧账！！”

“威廉，OEE 清账的审批程序非常复杂。没有老板同意我是不能做的。而且每一笔欠款都必须和 PM（项目经理）确认，和客户确认，和 Sales 确认。确定欠款的确是死账了才能清掉。并且清掉账以后财务部要扣除咨询部确认的这部分收入……”

“那为什么不做？！为什么去年不清掉？！”

看见威廉继续声嘶力竭地低吼，肖简脸上露出难以言状的难堪。她强迫自己声音不带颜色地说：“我上任以后发现光 180 天以上欠款的项目有 100 多个。核账时发现很多项目的 Sales（销售）、PM（项目经理）甚至客户经理近一半走了。核账面临巨大的困难。詹森也没有精力管……”

“那你呢？你为什么不管？这是你的 responsibility（职责）！”威廉生气地打断她的话。这些欠款足足有上千 k 啊！如果去年底肖简帮他清掉的话，扣的是艾瑞克的收入；而现在来清账的话，扣掉的是我威廉的收入啊！詹森、艾瑞克欠的账却要我威廉来还，这个女人不是败家子是什么？！我不杀她如何能平我的心头之恨！想着想着威廉忘记了自己扮演的角色，也忘记了面前还坐着这么多的经理。他的脸因为生气开始抽搐。他狂怒地对女人咆哮道：“你为什么去年底不把这些账清掉？你忘了你的 responsibility 了吗？！”

威廉的蓄意挑衅如同惊涛骇浪似乎不把女人打入万劫不复的地狱不罢休，女人脸上终于露出决绝。她面无表情地说：“威廉，我解释过了，清账的事没有老板的批示没有 Sales、PM 的配合这项工作我过去做不了，现在也一样！如果您想清账请正式指示。我会马上与相关经理全力以赴！并在两个月内完成！”

女人的不卑不亢好像迎头浇到威廉头上的一盆冷水，他突然意识到自己失态了！他把头往肩膀里缩了缩，垂下眼，暗暗调整了一下心态。然后抬起头，脸上重新堆上浓郁的笑意，慈祥地望着肖简，声音温柔得像变了一个人：

“简，我看 Internal Control（内部控制）的事以后你让比利和王欣多帮帮你吧！他们经验丰富能力也强！小青也可以帮你嘛！哈哈——”威廉态度随和得好像在和朋友商量事。

肖简终于明白了“笑里藏刀”是什么意思。这把“温柔”的刀子比刚才的原始野性大暴露更让女人震惊混沌愤怒迷惑和痛苦。眼睁睁地看着自己的自尊的花瓣在周围这一束束射向自己的怜悯诧异审视漠然观望无动于衷幸灾乐祸等等的目光中被一片片揉烂碾碎,她觉得自己快要失去理智了……

整整一上午了,自己仿佛掉入了难堪和屈辱的汪洋大海,身上每一寸土地都是无可遮拦的伤口。而对方却带着胜利的微笑往“猎物”的伤口中不紧不慢地撒盐。这种痛楚渗入骨髓,没有人能忍受,没有人愿意忍受。肖简几次欲摔门离去!但愤怒中一直有一丝清醒在提醒她这正是威廉最想看到的结局。脑海里不停跳动着威廉上任后对自己做过的林林总总,肖简隐隐约约地意识到今天发生的一切似乎不是巧合。威廉夸张的愤怒变形的笑脸以及比利太过默契的配合都隐隐约约地让肖简嗅到一股阴谋的味道。而自己的自尊被践踏以后的本能反应似乎正是阴谋里的一部分……威廉夸张的愤怒的时候,眼神却始终充满理性的审视和期待。给肖简的直觉他似乎希望她情绪失控。所以他故意刺激她想激怒她。这两个小时的经历像是一个世纪的磨难,肖简的情绪从震惊愤怒迷惑现在已经渐渐苏醒……一个本能的意识就是:我必须冷静!我不能失控!带着一丝强弩的清醒,肖简以一个职场女性遇惊不乱的素质让自己的心暂时失去痛的感觉,思维清晰有条有理地继续应付着这个龇着獠牙的恶狼……

会议结束的时候,她疲惫不堪。一种要崩溃的感觉铺天盖地地袭来。她尽最大力量克制着晕眩踉跄的身体,继续以一个职业女性的沉着的身姿坦然地离开会议室。她快步来到卫生间,干呕了半天。恍惚间她闻到一股扑向自己的血腥味……

— 41 —

晚上简说要加班,天雄无聊地和几个酒友一起找了个重庆火锅店,刚吃了不到半个小时,突然接到“企鹅”的电话。“企鹅”的声音充满着压抑不住的快乐和兴奋。说她今天特别特别高兴,特别特别想和人分享。可惜男朋友回外地父母家了。于是想起了“猎豹”。问他能不能马上来她家。她今晚什么也不想干,就想发泄激情和快乐!

“企鹅”电话里火一般熊熊燃烧的激情像一把痒痒挠,勾得天雄就想顺着电线爬过去。认识“企鹅”几个月来他邀请她见面很多次了,“企鹅”一直拒绝。自从那次网上热恋以后,她开始有事没事给他来个电话,说话的口气也似乎多了几分亲昵。但他前天邀她会面她还是推脱太忙拒绝了。怎么今天什么刺激得女人如此热情如火地扑上来燃烧他?他瞬间感觉浑身上下燥热起来。辞职以后融资不顺很是晦气。而一直情意浓浓的静苑,因为不久前的一个不慎让老公看到了她正给天雄写的情书,一下翻了脸,夫妻之间打起了离婚大战。这种情况下,静苑全部心思都去捍卫婚姻和家庭了,哪还有心思去玩网上的缠绵?而天雄见网上潇洒引出这么大的麻烦,也开始回避。这一来二去的,这段美丽的恋情就这样无疾而终了。虽然有些无奈,倒也没有伤筋动骨。只是突然失去了一个天天惦念的人,心里感觉空荡荡的。静苑人走茶凉,小"企鹅"这杯温吞吞的开水最近却突然腾腾烧了起来。岂不是应了一句话:祸兮福之所倚?这个女人没准就是给他去晦气的呢!这么一想他就决定义无反顾了!反正妻子每天晚上开会加班,他约朋友去喝酒聊天晚回家是常有的事,简不会怀疑的。这个说不清是俗是雅的小姑奶奶,今天倒要看看她是淑女还是泼妇。听说"企鹅"还没有结婚。没结婚的女人比较灿烂。而女人一结婚可爱的东西就少了;幽怨却像涨了潮一般一浪高过一浪。

不知为什么,潜意识里天雄越来越痛苦于忍受肖简的幽怨,包括她对威廉的批判。他觉得肖简的每一句话都在指责他的无能。因为他在妻子痛苦的时候不能挺身而出,不能像一个真正的男人那样承担妻子的痛苦。也是从最近辞职失去了经济收入以后他才意识到,爱情婚姻本身是多么的物质,幸福也是多么的物质。

天雄胡思乱想着开了40多分钟车,在南城的一个老居民区里找到了"企鹅"的家。

"企鹅"穿着印着动物图案的棉布睡衣,光着脚丫雀跃着一头扑到了天雄的怀里。甚至没有一丝一毫初次见面的陌生和害羞。"我心目中的'猎豹'就是这样的。皮肤不白,眉毛很浓,单眼皮,嘴唇很厚,很性感……"说到这里,"企鹅"突然凑过去在天雄的唇上狠狠地亲了一下,然后跳开,雀跃着在不大但整洁的客厅里蹦来跳去,一边笑着叫着:"哈哈!我太高兴了太高兴了!"然后又扑过来在天雄嘴上重重地亲了一下。

天雄的身体一下绷紧了,小腹泛过一股热浪。他被热情似火的"企鹅"弄得有些发晕。他拥有过很多的女人。但是可能是天雄阳刚之气太盛,所有的女人在他面前都会不由自主地被动和柔弱。像"企鹅"这样第一次见面就如此放肆的女孩他还是第一次遇到,觉得前所未有的刺激。他重重地喘息着打量着手舞足蹈的女人。这个女人虽然不丑但真的不漂亮。不过女人非常丰满。那对鼓鼓的大乳房把睡衣上的小兔子的耳朵拱得高高的,带给人无限的联想。加上她一蹦一跳的,小兔子在怀里一跳一跳的,挑逗得天雄浑身都燥热起来。

"企鹅"感觉到天雄身体的紧张,她满脸得意地坏笑起来,又跳过来凑过红唇。天雄觉得这一切来得这么快,他根本没有思想准备。他心跳得很快,潜意识觉得应该拒绝。但女人丰满柔软的唇凑过来的时候,他根本无法抗拒。他闭上眼睛,承受着,一副任人宰割的样子。但女人过来的不是红唇,是比红唇更软的东西。女人居然在轻轻地舔着他厚实的唇,还轻轻地咬了他一口。天雄内心的欲望和激情无可控制地爆发了!他把女人紧紧地抱在怀里,狠狠地吻着。然后他颤抖着声音对女人说:"'企鹅',我想吃你!现在就要吃!""企鹅"红着脸哆着声说:"不要脸。见人家才几分钟就要吃人家。人家不给吃!"说完,又狠狠地亲了激动不已的男人一下。天雄一下抱起"企鹅"就从沙发上站起身来,一边向旁边房间的门撞去,一边狠狠地说:

“‘企鹅’,我今天本来并没有准备好吃你。看来是你馋了想来吃我,又不好意思说,所以你这么挑逗我,对不对?好,既然是一顿美餐我不吃我也不是个男人!”天雄把门撞开了一看是厨房。女人在男人怀里爆发出清脆的笑。男人急了,干脆回到客厅,推开茶几,把沉重得已经抱不动的女人往中间的地毯上一放……

黑黑的屋里是长久的寂静,除了两个人粗重的喘息声。然后是“企鹅”满足的叹息。

“怎么啦?还没有吃饱?”天雄搂紧女人无力地笑着说。

“饱了——很饱了。我在想,我怎么干出这种事情!我从来没有过这样,从来没有!”“企鹅”偎紧了男人,乖得让天雄觉得简直不像“企鹅”。

“没有?我不信!完全一个小荡妇!没关系,我喜欢荡妇。小‘企鹅’不用假装纯洁了好不好?”

“谁假装纯洁了!人家真的没有过嘛!”“企鹅”嗔怪道,显得很害羞地把头往男人怀里钻。

“怎么会呢?看你刚才那样!今天可是你故意挑逗我!你可是个火急火燎的小荡妇!”天雄在女人肥厚的屁股上拍了一下。

“哎,人家今天不是高兴嘛!”

“什么事高兴得能让良家妇女红杏出墙啊?”天雄又拍拍女人的屁股,不怀好意地说。

“我不能告诉你!哎,其实告诉你也没有关系,我快和秘书 bye-bye 了!哈哈!我快熬出头了!”

“怎么啦?老板给你升职了?”

“差不多吧!快了!等那个挡我道的女人滚蛋了,我就出头喽!”女人说着说着又控制不住在男人怀里手舞足蹈。

天雄突然想起肖简目前正面临的困境,有些不悦地说:“哎,你们这些女人怎么不能安分一些!争来打去的是我们男人的事!你们不能温顺地当你们的小女人吗?”

“当小女人你养活我啊!我老公一个月才挣两千多块钱,还没有我的四分之一多!还养活我呢!”女人不屑地说。

“是吗?那是少点!那你还不甩了他重新嫁一个?”

“嫁一个?嫁谁?你?说心里话,你倒条件好,可你看得上我吗?几天还不把我甩了?我男朋友虽然穷,但他爱我,对我比对他自己还好!我心里有数。我踏实!”女人认真地说。

“那你还不好好跟人家过,又来招我干什么?”天雄坏笑道。

“人家今天不是高兴嘛!他又不在,我怎么也要找个人分享分享!”

“就这么分享啊!”天雄拧了她屁股一下。

“那不也是你招的我?”女人嘴一噘,含羞带嗔地说:“那天你在网络上不是已经把人家……真是挺刺激的。后来一直想……”

“女人就是想得太多了！网上游戏何必当真！”

“真没有良心！吃了我还说风凉话！看我不废了你！”女人突然从男人怀里挣脱，挥起老拳冲着男人就是一通乱揍。

男人笑着躲避着，好不容易把女人拉回怀里。拍拍女人丰腴的身体说：“我开玩笑呢！真没有想到我们的第一次见面居然是这样！你真是个味美有毒的小‘企鹅’！”

“可你不还是敢下嘴吗？”“企鹅”噘着嘴说。

“要是‘企鹅’不把鲜美的肉放在我的舌头和牙齿之间，借我一百个胆子我也不敢吃。”天雄摇摇头说。

“这我信。你不是色鬼也不是流氓。你是……”“企鹅”突然把头埋在天雄怀里不说了。

“我是什么？”天雄好奇地问。

“你是‘爱情杀手’！”“企鹅”叹了口气说：“从我网上刚认识你就知道，女人逃不过你的口……”

“你想逃吗？”天雄温柔地问。

“不想。人生太短暂。我的机会太少。美丽的东西不是想就能碰到的。既然看见了就要及时抓住，否则转瞬即逝。”“企鹅”突然从天雄怀里抬起脸，动情地说：“‘猎豹’，你不要认为我是个随便的女人。虽然我不漂亮，虽然只是第一次见面，但我对你是真心的。我心目中的‘猎豹’就是这样的。今天是命运的安排，我遇到大喜的事。我老公几乎从来不出差今天却突然老家有事回家了！我想这就是上天的安排，给我一次体验我这一生恐怕不再会有机会体验的优秀男人的机会。我要省掉了我们之间可以走的很长的过程。既然相知，何必要这个漫长的过程和俗套呢？生命太短暂了。也许我们很难再有下一次了。但这个短暂的美丽会永远留在我的心间！”

天雄被这个不漂亮身材也不苗条的女人打动了。他以为“企鹅”是个敢于享受性爱的开放的女人。原来这个女人把他当成了生命过程中的一种美丽并为之付出了自己的勇敢和大胆！为了留住瞬间的美丽，她浓缩了生命的过程。这是一个懂得享受生命美丽的女人。天雄动情地搂住女人说：“‘企鹅’，谢谢你的厚爱。我没有你说得这么美，但你我已经创造出了永志难忘的美。我会在我的生命中为你留下美丽的这个瞬间。”

“告诉我你叫什么名字。我总不能永远叫你‘企鹅’吧。”天雄轻轻地咬着女人的耳朵。

“就叫‘企鹅’吧。这对你会是一个永恒的名字。”“企鹅”笑嘻嘻地说：“再说，‘猎豹’和‘企鹅’让我特有感觉。”

“好吧，小‘企鹅’。”天雄用近乎耳语般的声音说。他累了。他愿意就这么睡去。

“我们以后还有机会见面吗？‘猎豹’？”“企鹅”突然有些伤感地问。

男人没有回答。女人一看,男人已经睡着了。

“企鹅”嘴巴一噘,恨恨地推了男人一下。

“嗯?你说什么?”男人突然惊醒。看见女人的嗔怒,抱歉地笑笑。突然又想起什么,看看手腕上的表,大呼一声:“不好!快10点半了。我得走了!老婆该回来了!”

“企鹅”沮丧地用睡衣遮住胸口坐在地毯上,心里特别想阻止男人离开。但看见男人急火火的样子,知道阻止不了。加上自尊心,索性强忍着不快,站起身,帮助男人整理衣服。

男人抱歉地吻了吻女人,匆匆地离开了。

— 42 —

走进小区的时候已经快12点了,肖简觉得两条腿如灌了铅一般。但当她远远地看到自己家那栋塔楼的时候,步伐不由自主地加快了。这一天不堪回首的疲惫,此刻都化成了到丈夫宽厚的怀里寻求慰藉的强烈渴望。

肖简打开门。怎么家里黑糊糊的?天雄是没有回家还是已经睡了?肖简打开走廊灯。然后蹑手蹑脚地推开卧室的门,摸着黑向床走去。她听到天雄熟悉的呼吸声以及夹杂其中此起彼伏的小呼噜。她默默地在床前站了一会儿,心情黯然。她多么想男人此刻突然坐起来,把她揽入热乎乎的怀抱;她也多想把脑袋埋到男人的颈窝贪婪地呼吸着他男人的气息,在和男人耳鬓厮磨中稀释这一天超负荷的心理压力。但一想到最近一和天雄谈起在公司遭遇的郁闷和委屈,总感觉丈夫从里到外地透着一种压抑拒绝和烦躁。肖简非常伤心,不明白丈夫为什么面对妻子的痛苦这么冷漠?这么无动于衷?难道他不爱自己了吗?最近天雄经常深夜才归,带着一股酒意上床。虽然还是会伸过手臂搂住自己,但肖简能感觉到他身体的生硬和心的远离。男人的淡漠经常让女人的心仿佛沉入了冰凉的海底。今天与老板血腥的这一战让女人遍体鳞伤。此刻她多么希望男人能帮她疗伤。但望着床上纹丝不动的黑影,她想起丈夫的冷漠,她没有勇气打扰已经进入梦乡的男人。于是感伤地悄悄退回到客厅,呆呆地在沙发上孤独地坐了很长时间。

经过这一整天血腥中的刀光剑影,肖简的身心已经疲倦到了难以想象的地步。但不知为什么她却丝毫没有睡意。大脑不可抑制地叠放着白天的一个个惨不忍睹的电影“蒙太奇”镜头,周身处于一种难以排遣的激愤和压抑之中。白天发生的一切让她的大脑根本无法休息!为了平静一下脑袋,她决定去上网看一看新闻。

肖简打开书房的台式电脑,屏幕徐徐地推出高大伟岸的天雄搂着娇小妩媚的肖简头戴着花环站在野花丛中的合影。天雄的笑是那么灿烂,连目光都似乎充盈着笑声;而女人依偎在男人的怀里是那么的依恋,脸上写满了幸福。那是他们新婚时在野外摄下的照片。在那个无边的田野上,肖简披着白纱抱着一大把五颜六色的野花向天雄跑过来。天雄拥着肖简坐在地上，在温暖的阳光下编了一个五彩缤纷的花环，轻轻地戴在女人头上；女人则用野草加两三朵野花点缀编成了一个充满绿色生机的花环，也轻轻地扣在男人头上。两人深情地对望着。突然男人一把搂着女人，对着旷野大喊："简是我最美丽的新娘——"，"我爱简——"田野上回荡着男人此起彼伏的呐喊……距离那天的浪漫到今天"围城"的生活已经快6年了。虽说风风雨雨，虽说也有遗憾，但毕竟男人女人已经血肉相连，断皮断肉断不了筋。说到底，天雄还是自己最爱的人！

想到这里，女人露出甜蜜夹杂着忧伤的笑。

她打开电脑，点击IE浏览器想上"新浪"网。但不知为什么，两三分钟过去了半天进不了页面。再一摸鼠标，发现已经"死机"了！肖简连按了几次"Ctrl+Alt+Delete"想停止IE程序运行，但电脑还是一动不动。肖简无奈之下只能强行关机。然后重新打开电脑，再上网，又"死机"了！不知道是不是有病毒了？天雄爱上网，爱下载各种各样的软件。网上病毒可是无孔不入。肖简打开杀毒软件"Kill"，把各个电脑分区都杀了一遍毒。屏幕却显示没有病毒。于是她打开几个文件，发现速度比平时慢了几倍，而且也频频"死机"。肖简柳眉一蹙，和每一个玩电脑的人一样，开始和机器较上劲了！她又换了一个杀毒软件，还是没有发现病毒。但速度还是特慢。是不是程序太多下载的东西太满内存不够了？肖简打开C盘的"属性"，果然发现剩下的空间不大了。打开C盘，看了半天，却不敢轻举妄动。公司工程师们反复交代C盘的东西不能轻易动，免得误删了程序影响电脑运行。

肖简正犯踌躇呢，突然想起工程师说过如果发现电脑速度慢的话，可以试试把Windows里的Temp(临时文件)和Temporary Internet Files(网上临时文件)删了，可以腾出些内存。于是打开Temp文件夹，果然满满的都是"临时文件"。肖简好像发现了"新大陆"似的，精神一振，决定大删一气。仿佛删掉了这些"临时文件"就删掉了今天电脑速度慢频频死机的原因。出于平时工作中的谨慎，她删之前点动滑标，粗粗浏览一下标题目录，发现有很多Word文件。她犹豫了一下，担心误删了天雄的文件。于是一边删一边小心地浏览着文件名。看到Word文件就打开看一眼，内容无关紧要的就删掉。觉得比较重要就等明天和天雄核实后再删。

删着删着……肖简有些困了，动作也变得机械起来。这时她又看到两个标着"050430in"的Word文件。4,30？这不是昨天的日期吗？是个新文件。肖简懒懒地想着下意识地打开文件，漫不经心地看了一眼……一瞬间，她的脖子仿佛被人掐住了一般突然呼吸停止了，神经绷得如同马上要断的弦。放大了的瞳孔全部聚焦在屏幕上的文字上——

天雄：整整一下午了，我一直努力想把你从我的脑海里赶走。但是我做不到。我不禁迷惘：我这是怎么啦？我和你的相遇纯属偶然；但感觉你在我心中已经常驻了

1万年。

“从今若许闲乘月，拄杖无时夜叩门。你愿意吗？”你问我，想听我怎么回答？如果我说我愿意，我愿意你现在就来！你能来吗？也许你只是随意一说，我却是用灵魂在接纳。其实男人远比女人理智的；只有女人才是爱情傻瓜。我是不是真的很傻？百合。

肖简的大脑突然变得一片空白。紧接着一股凉意从头顶渐渐地弥散到身体的四肢。她情不自禁地蜷紧了身体，显得有些吃力地握住鼠标，然后似乎费了很大的劲才把光标对准了“050430out”的文件，举起的食指在空中颤抖了半天才木然地落在鼠标的左键。然后空洞的目光死死地盯着电脑屏幕，盯着眼前又一堆文字——

百合：亲爱的，我这几天累坏了。但再累我也会惦记你。可你要听话，不要让我担心你。因为你表面含蓄，实际上内心很冲动。

记住我的话：不管你我之间多么依依，但这件事无论如何不能为情所动。为此造成的牺牲不值得！除非你蓄意要跟我去流浪。但不管别人怎么样，你要是出麻烦，我总是要冲过来救你的。那时就要应了以前的话：跟我走，不管到哪里！

所以乖孩子，看在我半躺在椅子上奄奄一息地给你写信，别让我老担心你好吗？你都长大了，不是照片里那个骄傲的小姑娘了。你将来是我一大堆孩子的娘（下辈子）。不听话难道愿意将来我动用家法？孩子们会笑你的（当然也可能帮着你打我屁股）。

想你，吻你。

雄

肖简机械地把文字读了一遍又一遍。但不知为什么，理解力却像生锈的机器半天无法转动……她木然地坐在电脑前，木然地望着屏幕上时而恍惚时而舞动的文字，木然地感觉着文字后面的白墙在开始缓慢地旋转，一抬头顶上的天花板也在旋转……她闭上眼睛，双手紧紧地抓住扶手，无助地体会着这种眩晕，费力地对抗着这种眩晕……

不知过了多久，身体停止了眩晕。她缓缓地睁开了眼睛……刹那间“想你，吻你”几个刺眼的字如同一根根钢针迎面扎进女人的双眸。女人全身的痛感在一瞬间突然苏醒了。心痛。眼睛痛。太阳穴痛。身上似乎没有一个地方不在痛。大脑、思维在一种不可控制的痛的弥散中变得越来越清醒。她的脸色惨白，双唇无意识中被牙咬得渗出了一缕缕细细的血丝。她右手努力握紧了鼠标，把一个个Word文件打开、关上、再打开、再关上……一堆一堆眩晕的文字纷至沓来，插着钢针獠着牙，仿佛要把面前的女人吞噬……

……天雄：我听你的话，我会把你珍藏在我心里。你是个真正的男子汉，你的思想智慧胆识气概令我佩服。我没有看错你！有缘认识你真好！无论你成功还是失败，都是我心中的英雄。

……百合："主动的女人最美丽"。女人在吐露心声时需要比男人克服更多的心理障碍，需要有更大的勇气。我欣赏你的坦诚，并为得到一个美丽细腻的红颜知己而庆幸。如你所说：交往需要感觉。现在我们灵犀已有，还会有什么心理障碍？我们以后的交往会更愉快。因为我们心里都有了对方的位置。

……百合花，我们相识，不管是命运的安排还是偶然的巧合，我都是以一种很宁静的心态来看待。你是一块美玉，晶莹碧透让人疼爱。但我深知碧玉虽美却很脆弱。没办法，上天安排了，我只好尽力护持在左右，让你能够快乐生活。

……雄，请爱护百合花，她有时很脆弱，但更多的时候她很顽强。她需要太阳的温暖，她喜欢自由自在地生长。百合花喜欢笨鸟也会爱护笨鸟。当它受伤的时候为它疗伤，当它飞累的时候让它安静地休息。这时的百合花一定很温柔。但笨鸟没事的时候要多给百合花唱歌讲故事啊？请爱护我们共同的精神家园。

……百合，今天和妻子再次发生冲突。我想我在婚姻问题上一直很失败。妻子虽然才华横溢，但个性的强悍和感情上的依赖都让我觉得不堪重负。也许是我的个性太强，也许是女人的要求太高，总之我感觉该付出的付出了，而结果依然不满意。让我疲惫不堪。男人在外面拼天下，多想有个温柔依顺的女人，让我享受家庭的和谐和安静，让我有所依有所靠能休息。而现在都做不到。最近工作不顺，我心里非常烦躁。两个人经常无名地对抗。随后是冷战。每次冲突都让人疲惫不堪。第二天还得咬着牙支撑精神投入新的拼搏。这就是我的生活状态……

……百合，我想认真地亲你10分钟(不让你喘气)，我生性喜欢调侃，也许不了解你的性格，让你无法接受，所以先亲你以示歉意。然后再痛打你一顿屁股，以示对我不信任的惩戒。

……

上帝！肖简再也看不下去了。她紧紧地闭上眼睛。胃里有一种想呕的感觉。她踉踉跄跄地跑到盥洗室，对着洗脸盆干呕了半天。她哆嗦着手打开水龙头，双手捧起冰凉的水浇到了脸上。她抬起头望着面前的大镜子，发现里面站着一个陌生的女人。散乱的头发。惨白的面孔。陌生的眼神。渗血的嘴唇。这难道是我吗？是平日里遇到再大的挫折都神采飞扬的女人吗？我眼里的自信哪里去了？我嘴角的坚毅哪里去了？我浑身散发的风采哪里去了？多久了，我带着一身的傲骨面对威廉的狞笑。我勇敢地接过威廉横面挥来的屠刀。我坦然地面对威廉公开的羞辱，同事们同情、怜悯、审视甚至幸灾乐祸的目光。在这近半年的时间里威廉制造的血腥味越来越浓的这场“战争”中，我忍受了我打工生涯中从来没有忍受过的屈辱和难堪。但是我没有怕过。我的意志在这种磨炼中变得更加坚强。但是，为什么？为什么这一堆文字就如此轻易地击倒了我。这一整天我都在扮演那狂风暴雨中依然挺拔的白杨。怎么此刻我成了一棵如此不堪一击的纤弱小草，无力地在这堆文字的蹂躏下呻吟。痛，从来没有体会过如此的心痛；冷，从来没有体会过这种浸入骨髓的冰凉；苦，每一个毛孔怎么都透着如此的苦涩。我想哭，但是为什么我没有眼泪。我想思考，可大脑为什么像一团乱麻一般混沌。不行！我要思考。我要清醒。我要知道我该怎么办。

女人打开旁边浴室的蓬头，冰凉的水如“天女散花”般飘飘落下。从没有洗过冷水浴的女人动作有些迟缓地脱掉了全身的职业装，赤裸裸地毅然站到了蓬头下。浑身顿时被严严密密地包裹在一片针扎的冰凉之中。她冻得双臂抱胸，紧咬着下唇。感觉着身体在寒凉中麻木得渐渐丧失了感觉。但大脑却在冷水的强刺激下慢慢变得清醒……

她回到了电脑前。不想面对那一把把由文字组成的直插心窝的锋利小刀。带着一种惨不忍睹的痛楚，继而是一种面对悬崖的决绝，她拿出一个软盘，小心地把Temp(临时文件)和Temporary Internet Files(网上临时文件)那些读过没有读过的文字一股脑儿拷贝到软盘上。拷了干什么？她没有想。往后怎么办？她也不知道。唯一的感觉就是想逃离……

她从柜子里拿了几件换洗衣服。拎起手提电脑。临走之前，打开门，在黑暗中远远地看了一眼床上那个卧着的模糊的影子，脸上突然出现一种迷失的惶然。接着就是一阵撕心裂肺的痛。她逃也般地快步走出了卧室，关上了门。

这一晚上干枯的眼眶突然涌出了无尽的泪……

她快步走出家门。走出空阔的院子。

拎着一个大大的包，她如同幽魂般地在落寞的马路上漫无目标地走着……走着……走得没有了思维没有了感觉没有了活着的意识，最后走的脚再也迈不动了……

终于她扔下手里的大包，把自己摔到马路牙子上，双手捧面哭了起来。终于她哭累了。

天上悠然地挂着一汪柔和极了的月牙，温柔地伸出纤细的手指轻轻抚摸着女人脸上的泪痕。在月亮的光晕中，肖简拿出手机给宗民打了个电话。里面传来了男人先睡意矇眬继而惊讶的声音：

“简，这么晚了你怎么不睡？”

“宗民我可以到你那里去待一会儿吗？”女人压抑着想放声大哭的欲望。

“你在哪里？我马上过来接你！”电话里的男人焦急地说。

“不用了。我打车过来。”

第十五章

— 43 —

宗民无法形容当他打开门第一眼看见心爱的女人时那种心痛的感觉。

朦胧的灯光轻轻地拂照在女人的身上。女人苍白的脸上有一种让人猝不忍睹的表情。是受惊？是疲惫？是害怕？还是受伤？仿佛一个走迷了路的小姑娘，每一个毛孔都透着惶惑。

已经是深夜4点！她像一个受惊的小兔子突然躲到了自己身边。宗民相信一定发生了什么大事，否则女人绝不可能深夜跑到他这里来躲避。自从那个赵天雄把她从自己生活中抢走以后，简一直有意拉开和宗民的情感距离。一部分原因是怕伤害他；更大的原因是她的眼里只有赵天雄。她在赵天雄的情感中完全迷失了自己。可是那个赵天雄到底对简怎么样？宗民很关心却无法获得答案。因为简在宗民面前一直回避谈丈夫。但敏感的宗民还是从女人的闪烁其词中有一种强烈的感觉：这个赵天雄能把这个女人时而带上天堂，时而带进地狱。他能让眼前的女人体会情天恨海，却不会给她带来真正意义的安宁和幸福。因为这个女人外表坚强，情感上非常脆弱。她需要一个懂得呵护她怜惜她又耐心慢慢读她的男人。宗民相信自己是这样一个男人。但遗憾的是他只能把女人的感情烧到99℃，他的个性使他怎么努力也无法烧开这最后一度。而赵天雄一进入女人的生活中就把这壶开水滚得轰轰烈烈。于是势不可当地自己心爱的女人成了他人的妻子。

整整6年了。他一直在努力提醒自己肖简已经是别人的妻子，他和女人之间的故事已经结束。但每一天他都不能停止对女人情不自禁的思念。这两年，他也在试图改变自己的生活，强迫自己接受生活中倾慕自己或有好感的女人。但不管他生活中出现过多少可爱的女人，他的眼前永远闪动的是肖简的影子。潜意识里他觉得冥冥之中自己和这个女人有一种割不断的血肉联系。她虽然是别人的妻子，但仍然是自己生命中的一部分，是自己至今割不断的牵挂。于是他开始有了一种宿命的解脱。

今晚，仿佛就是为了验证自己宿命的期待，简突然来到了自己身边！带着这么一种让人痛心让人怜惜的纤弱迷失和惶惑。一下激发了男人强压在内心最深处的情感。不管女人的生活中发生了什么变故，他都是她永远的港湾。他愿意为她容纳一切苦痛和困难！

此刻他多么想知道女人到底发生了什么事？

但是他什么都没有问。他害怕他的询问会再次吓跑了这个受惊的小兔子。他只是小心地牵着她的手进了自己的卧室，在女人灵魂出窍的迷茫表情中为女人重新换了一床干净的被褥，轻声说了一句："都是新的。"然后又从衣柜里拿出一套叠得整整齐齐的粉色睡衣，放在枕头上，声音异样地说："是你以前穿过的……"然后他退出了卧室，轻轻带上门。

他在客厅的沙发上铺了一套被褥。但辗转反侧，心潮起伏，久久难以入眠……

瘫卧在男人松软的大床上，身心疲惫的女人渴望入睡。但那一排排烈火文字如同光速般飞驰的列车不容置疑地冲进女人无意识思维的轨道，丝毫不肯间歇……

女人快要崩溃了！她紧闭双眼，想用睡眠去抵挡这一把把带血的尖刀。但是睡神残酷地推开了她，狞笑地看着心力交瘁的女人赤裸裸地被带血的尖刀戳得千疮百孔，无助而痛苦地渗着血和泪……

让我离开……女人用尽全身力气往外推挡着铺天盖地袭击过来的痛苦的记忆。

让我入睡……女人把身体蜷缩在被子里。然后又把松软的大枕头紧紧地压在脑袋上，希望能在窒息中躲避痛苦记忆的围追堵截。

她想堵住痛苦。

她想关闭记忆。

但无论如何辗转反侧，却依然无法让睡神接纳。她无法入眠。

我不想知道这一切！

真希望我不知道这一切！

真希望这一切的记忆仅仅是一阵肃杀凌厉的狂风一掠而过！

情愿被蒙蔽在虚假的幸福里愚昧地陶醉！

黑暗中，女人用尽全力挣扎着逃遁万劫不复的记忆，但不管怎么努力都无济于事。她绝望到了极点。

但绝望中，女人还在不屈不挠地为能入睡能忘却而痛苦地挣扎着……时间在身体和精神的挣扎中一分一秒地逝去……渐渐地，女人的身体似乎遁入了一个遍地都是烈火的炼狱。

她觉得自己好热好热。口干舌燥火燎。身体的每一个骨节都是那么酸痛。

她觉得自己好累好累。她想停下来找一块凉爽的地方歇一歇。

可是烈焰疯狂地追逐着她，吞噬着她的身体思维灵魂。为了躲藏她不得不继续疲惫地跑啊跑……

突然，她看见一座高高的冰山。被烈焰烤得无法忍受的她仿佛沙漠里看到了绿洲一般，拥抱着奔向冰山，奋不顾身地纵身跳了下去。

凉。怎么如此刺骨地寒凉。凉得人快要窒息。

她牙床在哆嗦。嘴唇在哆嗦。身体在哆嗦。思维也在哆嗦。

她的脸麻木了。心脏麻木了。身体麻木了。思维也麻木了。

但麻木中，她内心深处竟然泛出一丝欣慰：痛苦也在麻木中暂时脱离了她的躯壳。

她的灵魂出了壳……

— 44 —

天雄昨晚和“企鹅”折腾得太累，回家以后那一觉睡得很沉很长。醒来的时候窗帘上已经布满了斑驳热烈的阳光。一摸身边，空空荡荡的。简怎么不见了？今天是星期六啊！难道忙到了周末也要加班吗？她昨晚是几点回来的？怎么没有一点感觉？以前简再晚回来，不管天雄睡着没有睡着都会把鱼一般滑腻的身体钻进他宽厚温暖的怀抱。她的身体总是那么冰凉，经常把睡得正酣的自己冻得一个激灵。但遗憾的是，很长时间简已经不再和他玩这种亲昵的游戏。她原来像个叽叽喳喳的“百灵鸟”；现在回家疲惫得连话都不愿说。连夫妻生活也快一个月没有了。天雄知道最近妻子工作很不顺利，也知道自己作为丈夫应该关心一下妻子。但面对突然失业的难堪，自己又能说什么？

为了落实资金，这几天他不停地谈，却还是没有结果。这年头不知怎么了，商人把钱袋捂得这么紧，一点儿风险都不肯冒。只要是新项目，哪怕风险只有百分之几，他也不肯出资。哪怕他有几亿资产，而你不过需要几十万，但如果没有百分之百的赢利可能，他也不肯出手。这段时间折腾项目资金让天雄明白了打工和做老板的最大区别：打工只要做好分内工作就衣食无忧；而老板没有资金马上面临生存问题。自己以前的辉煌是打工仔的辉煌，根本不值得炫耀。想想肖简也不容易。一个小女人却非要到美国鬼子那里强撑起半边天。如果天雄养得起她，绝不会让她去受那个气！再熬一段时间，等找到了资金挣到了钱，一定要补偿妻子！

天雄想着拉开窗帘。灿烂的阳光热情地向他拥抱过来，瞬间洒满了半个屋子。看到这么好的阳光，天雄的心情也觉得灿烂了许多。他回过身准备收拾床铺，突然感觉有些不对。肖简那一边的被褥怎么折叠得好好的？简是个小懒虫，平时起床经常把被子卷成一团就走了。天雄几乎每天要替她把被褥收拾平整。怎么她突然改变了习惯？天雄围着妻子的被子疑惑了半天。甚至弯下腰闻了闻被子上有没有妻子的气味。味道似乎很淡很淡，像是更早的时候留下来的。更早的时候？难道昨天晚上简没有睡觉？难道，难道她没有回家?！天雄被自己突然滑过的念头惊了一下。不会的！不会的！简从来没有不回家！要是不回来她一定打电话通告的！周末加班她也绝不会一声不吭就离开!

天雄一边疑惑地想着离开卧室，走进客厅，目光来回搜索着妻子回来过的痕迹。没有发现什么,就向书房走去。

书房深棕色的厚窗帘拉得密密实实的,屋子里还是一片夜的灰暗。天雄拉开了窗帘,阳光一瞬间变成金色的碎片扑进了屋里,急不可耐地点缀着窗边一片片肥厚的绿叶;然后又攀上了那面天雄精心设计的摄影墙;爬上了墙上正中间那两幅装裱精美色彩对比鲜明的照片。两张照片都是酷爱摄影的天雄在北戴河海边为简拍的。左边的那张是面含着淡淡忧郁的素面朝天的肖简。穿着一身飘逸的白裙站在海边。海风吹乱了她的长发,却无法掩饰她天使般的清纯和美丽。另一张的肖简身穿火红的连衣裙,同样长发飘飘,但她的笑仿佛在燃烧。天边是绚丽的彩霞,身后是湛蓝的大海。生命同时演绎着流动和静止。天雄在同一个时间段,抓住了女人截然不同的两个真实瞬间。当时他惊叹于同一个女人能在短暂的瞬间变幻出无数的美丽。烂漫的他痴迷地观赏着这不同美丽。为了让这本读也读不够的书永远留在自己的生命里,他在冲出第一个失败的“围城”以后,发誓只谈情不谈爱更不结婚的天雄毅然携着女人的手再次走进了“围城”。

进了“围城”,美丽的激情持续了两三年。但渐渐地,程序化的家庭生活还是使灿烂的美丽慢慢变成了习惯。以至于天雄有一天凌晨醒来望着依然年轻秀丽的妻子突然没有任何激情的感觉了！他发现曾经让自己如痴如醉的美丽也已经在不知不觉中消失。尽管简依然优秀,却是个聪明得累人的女人。天雄渐渐在读这本书的过程中感到了疲惫,甚至有些失去了耐心。有时他想,女人就是女人,为什么搞得这么复杂,让人累心。恋爱时洒脱独立的简怎么结婚以后也和其他俗女人一样认为拥有了丈夫就拥有了整个世界?为了索要丈夫的感情就可以不顾一切?她为什么总想用婚姻的无形绳索锁住自己？锁着了就幸福得上天锁不住就痛苦得入地狱?

天雄经常感觉到自己被套进了一张既想挣脱又怕失去既疲惫又留恋的网里，体会着一种心醉心碎心累心灰的感觉……他知道女人想要他把生命的激情留在“围城”里。女人需要他永不停顿地保持爱的温度,时刻在女人需要的任何时候给她温暖给她抚慰给她激情。但曾经当过兵做过工人当过游泳运动员酷爱文学摄影大学主修电子专业五六年前又下海经商的天雄的心太野眼太高。一个“家”的亲情和夫妻的责任根本拴不住他不安分的狂野浪漫之心。他身在“围城”,但心的车轮一直没有停止过在外面世界驰骋。生命火花绽放出来的美,是天雄一生永远的欣赏和追求。人的生命也因此变得波澜壮阔。生命的激情正是来源于生命中美丽的东西对他情感的唤起和激发。有时甚至只是美丽的瞬间……

天雄目光复杂地在肖简的照片前站了很久,思绪在回忆中感慨地跌宕着。墙上的女人曾经给过他惊人的美丽。无论那淡淡的忧郁还是灿烂的微笑,都曾让他如此地沉醉。可什么时候这五彩的美丽变成了无尽的幽怨和疲倦……

天雄长长地叹了一口气。突然他想起自己的使命，连忙环视了一下四周，没有找到妻子回来的迹象，就走出了书房，来到洗手间。

在洗手间，天雄发现妻子的浴巾是潮湿的，这揭示了女人洗过澡并擦过身体。好像刚刚用过不久似的。看来妻子回过家。可是为什么被子没有动过的迹象呢？

天雄突然觉得自己有些好笑。怎么成了福尔摩斯了？侦察对象居然是自己的妻子。有没有回家，打个电话问她一下不就行了？天雄自嘲地拨了肖简的手机号。怎么关机了？如果加班怎么可能不开机呢？难道没有电池了？可简是个缜密的职业女性，记忆中好像没有这种情况。天雄又给她办公桌的座机一连打了几个电话，却是电话留言。

天雄突然心里泛出一种不安的感觉……

他无聊地坐在沙发上，懒懒地拨拉着遥控器，换了一个频道又一个频道。他没有吃早饭，也不想吃午饭。整整一个上午他的屁股好像粘在了沙发上连窝也不想挪动一下。下午本来有约会他也没有心思去了。电视里男人女人们一会儿哭得昏天黑地，一会儿笑得人仰马翻。但天雄连他们为什么哭为什么笑都弄不明白。只是兀自在这哭和笑的表情变化中频繁地调换着电视频道，却根本没有兴趣知道男男女女们发生了什么要死要活的故事。

窗外的天空已经变成了灰黑色，简却没有来过一个电话！天雄虽不至于坐立不安，却也莫名其妙地生出一种没着没落的感觉。自己这是怎么啦？平时肖简黏乎自己的时候不是感觉挺烦吗？不是总找各种理由去工作去和其她女人缠绵躲清静吗？今天妻子失踪得连影子都没有了，他彻底自由了，却为何有一种前所未有的失落？整颗心怎么都是空荡的？

简怎么回事？她到哪里去了？为什么不来电话连手机都关了？

天雄好像已经很久没有去琢磨过妻子去哪里的问题了。在他的印象中，妻子的电话线路好像永远为他畅通着。有时开会没有接电话，会后一听到留言或看见“未接来电”显示，她马上会回电。平时都是她主动给他打电话发短信，永远会提前告诉他她在哪里。而天雄永远只需要承受妻子的主动，甚至不必有所回应。其实肖简每次给丈夫发温馨短信时绝对需要丈夫回应些甜言蜜语，但天雄习惯了做承受者，没有什么感觉和激情去回应妻子源源不断的温情。当然理由还是要一些的，比如说他拼音不好，短信太慢，因此不爱发短信。总之在天雄需要她的任何时候，他都能马上找到她。妻子对自己的情感依赖和需要远远超出了有独立情感“自留地”的男人愿意对她的付出。事实上妻子的情感依赖让他感到自由心灵的窒息，使他不时地找借口逃离。

可今天逃离的居然是妻子，天雄突然找不到感觉了。为此他有些懊丧，懊丧自己昨晚在企鹅那里体力消耗过头回家倒头就睡，居然连妻子有没有回家回家了有没有上床上床了什么时候起床起床了去了哪里都没有察觉。他更懊丧自己想找妻子的时候居然是一种茫茫四处无觅处的感觉,完全的无能为力!

天雄不停地看着放在身边的手机。此刻他特别渴望妻子的电话,哪怕是平时都没有感觉的短信。但是没有。空气中安静得连掉一根针的声音都听得见。

他懊丧地胡乱拨动着电视遥控器,固执地在家等着妻子的消息。他相信简很快会回家。等她回来以后一定要好好和她温存!明天是星期天一定要好好陪她!

— 45 —

"简……起来吃午饭了……"宗民小心翼翼地走到女人的床前,轻声唤了一声。

女人的嗓子里发出一声短促但沉重而含混的声音,眼睛依然紧闭着,脸上却呈现出一种痛苦的表情。长长的眼睫毛用力抖动了几下,好像在努力摆脱着什么,身体也颤动起来……

宗民担心女人被噩梦迷住了,忙轻唤一声"简……"然后弯下腰,小心地拍了拍女人的肩。

一触摸到女人的身体,男人惊了一下!怎么这么烫!他赶紧伸出手去触摸女人的额头,果真烫得像火炉。哎呀!简怎么发烧了。

女人的身体平静了几秒钟,突然又剧烈地抖动起来,脸上的痛苦更加深重。

宗民忙手上加了一把劲,摇了摇女人:"简,简,快醒来!"

女人终于睁开了眼,惶恐的目光左右四望,一副不知身在何处的样子。

宗民难过得轻轻地呼唤:"简,你是不是做噩梦了?你怎么发烧了?别害怕。有我呢!啊?我给你拿药去,好吗?"

简听到声音扭过头,不安的目光久久地停留在宗民的脸上。但她的意识似乎被烈火烧得混混沌沌迟迟苏醒不过来。她努力使自己的目光集中在宗民焦急的脸上。但她的目光散乱空洞没有内容,不知道停留在时空的什么地方。宗民从来没有看到过她这样迷失的表情。到底发生了什么事把这个女人变成这样?他的心在隐隐作痛,多年压抑在内心最深处不敢释放的情感此刻泉水一般地涌了出来。他多想把这个女人搂进自己的怀抱里,用自己最深厚的爱情来抚慰女人受伤的心。他多想让女人知道不管这个世界变成什么样,他对女人的情感永远不会变。但是面对失魂落魄的女人他内心再浮想联翩但却不敢有一点点惊扰……

突然床头柜上的电话铃声乍起,女人受惊地几乎跳了起来。男人安慰地轻轻拍拍女人的肩膀,拿起电话。

"是我。不行!我来不了!我今天有重要的事要处理。你自己去吧!什么时候完还不知道。我再给你打电话吧!"说话的时候宗民有意背过身,努力把声音放得很低。

"宗民,你忙去吧。一会儿我就离开。你不用陪着我。我没事……"女人似乎终于明白了自己身在何处，强笑了一下，有气无力地说。

“傻孩子，你真的没事吗？看看你都烧成什么样了！”宗民摇摇头，怜惜的目光轻轻地抚慰着女人。叹了口气，从床头柜的抽屉里拿出一只体温表，示意她放在腋下。

不知为什么，看到男人的怜惜，女人控制不住眼泪夺眶而出。一瞬间女人被烧得几乎失去知觉的痛感又被唤了起来。昨晚的一切抑制不住地历历在目……然后，宗民消失了。这个陌生的房子消失了。整个世界似乎都与自己无关。全部的思维感官和神经都在熊熊烈焰中凝聚成一个振聋发聩的意念：我最爱的男人为什么不疼我?！他为什么要背叛我?!!

望着心爱的女人目光重新变得迷乱，宗民长长地叹了一口气。他微微弯下腰，心疼地望着女人说：“简，不管发生了什么事，人都得好好活着，对吗？”

肖简机械地冲宗民点点头。但迷失的目光告诉他她并没有听到男人的话。她脸被烧得通红，嗓子痛得连连咳嗽。宗民急忙给女人端来一杯热水。几口喝下以后，女人喘了几口热气，取出体温表递给宗民，挣扎着想起床。

宗民急忙按住她。

“我没事！昨晚洗了个冷水澡，可能有些着凉。”

“还说没事，都38度8啦！”宗民甩甩体温表，放在床头柜边上。嗔怪说：“宝贝，你在发高烧，知道吗？躺着别动！我给你把刚做好的西红柿汤再热热，你一定要趁热喝下去。吃点感冒药，蒙着被窝发发汗，睡一觉起来可能就好了！”

肖简木然地点点头。

十来分钟后，宗民端着一大碗冒着热气的西红柿鸡蛋汤进来了。

望着男人小心翼翼地端来这碗西红柿鸡蛋汤，肖简的心一阵刺痛。曾几何时，天雄也像宗民这样晚饭前把她最爱喝的鸡蛋西红柿汤盛好歌着舞着旋转着嬉笑着递到肖简面前。那时他们的家没有现在宽敞，只租了很小的一室一厅。钱不多但小日子过得温馨而甜蜜！连那碗鸡蛋西红柿汤都被天雄命名为“烈火真金”。那会儿他很爱回家。很爱给肖简做饭。很爱和肖简腻在一起卿卿我我。但不知从什么时候开始，肖简和天雄的生活中没有了鸡蛋西红柿汤。连晚饭都难得做一回。偶尔在一起吃饭也多是在饭馆。房子大了，钱多了，但激情和浪漫却在不知不觉中渐渐消失。肖简一直以为是双方工作忙、压力大，却没有想过天雄的生活中会有其他女人！天雄把所有的激情和浪漫都从妻子那里拿了出来给了其他的女人！

肖简的意识流到这里，被她强压在大脑皮层最深处的那堆堆如刀的文字突然又如潮水般涌了出来。她的心又开始滴血，眼泪也不可抑制地往眼眶外涌。她真想找一个没有人的地方大哭一场。但宗民那痛惜的目光早已把她罩得无处可逃。她只能把哭声牢牢地抑制在心里。

她低下头，掩饰地把一勺汤盛起来吹了吹送进嘴里。宗民的汤做得色香味俱全；可肖简喝下却不知是鲜美的汤还是苦涩的泪水。她头不敢抬，尽最大的努力把一大碗汤都送进了肚里。拭了拭头上的虚汗，放下碗筷，强笑道："我吃完了！真好吃！"

看到女人目光中淋漓尽致的痛苦，看到女人为了掩饰痛苦在强颜欢笑，宗民心如刀绞。他压抑着内心的酸楚，收拾掉碗筷，又为女人倒上一杯热水，递过感冒和退烧药。服侍女人吃完药，宗民温柔地看着她说："来，听话！躺下再好好睡一觉！醒来就好了！"

他为女人盖上被子，又重新续了一杯热开水放在女人身边的床头柜上，然后轻轻地退出了房间。

— 46 —

窗外的天空已经开始变得灰暗。

宗民看看墙上的挂钟，已经7点10分了。他蹑手蹑脚地走进卧室，打开柔和的台灯。透着淡雅的光线，细致地打量着让他心痛的女人。女人的脸上不时出现惊厥的表情，好像惊恐连绵。宗民小心地试试她头上的体温，一手凉凉的虚汗，但已经退烧了。这已经是宗民一下午第五次试女人的体温了。前几次都滚烫滚烫的，烧得男人心急如焚。现在出汗退烧了，他的心终于放回了心窝。

他刚想小心翼翼地退出房间，突然女人咳嗽起来。他忙弯下腰轻轻拍拍女人的背。女人虚弱地说："水，我想喝水。"宗民忙端起床头柜上的杯子递给女人。女人挣扎着坐起身子，一口气喝掉半杯水。"简，少喝点，太凉了！我给你倒杯温水去。""不要！我就要凉的！刚才我一直在做梦找水喝，可找啊找走了这么多的路一直也没有找到……"宗民坚持掺了点温水，肖简又一口气喝光了。宗民往肖简背后塞了一个大枕头说："简，我把饭给你端过来，你吃点东西很快就好了！""宗民，你不用忙活了。我起来去饭厅吃。""简，你行吗？"女人点点头，下了床。觉得腿有点软，身子有些飘忽忽的。

在宗民精心做的一大堆美味佳肴面前，女人只喝了一碗粥。再加上一碗西红柿鸡蛋汤。

看女人没有胃口，宗民匆匆往嘴里扒了几口饭。站起身说："简，你先歇会儿，我去超市给你买个西瓜开开胃。你到床上躺会儿，要么看电视，上上网。我一会儿就回来。"

男人走了。宽敞的屋子顿时让心灵飘荡的女人感到一种空落。她飘着走到宽敞的阳台上。窗外已是满天星光。一轮弯弯的朗月，皎好地遥望着她。不远处，几棵梧桐大树随风快乐地摇晃着叶子。楼下，突然掠过一声女人的娇笑："讨不讨厌啊！老黏糊着我！"接着是男人的欢笑："我不黏糊你黏糊谁去？你不让我搂是吗？那我去搂前面那个小姐了？""你敢！你敢！"……肖简看到阳台下的两个身影伴随着嬉笑声分开、合拢、再分开、再合拢，然后就纠缠在一起再也不分开了……肖简的心突然泛起一阵绞痛，泪水无法控制地涌出了眼眶。泪眼朦胧中，她的目光紧紧追随着那个已经完全合二为一的身影渐渐远去，心里的痛深入骨髓！曾几何时，那两个甜甜蜜蜜、嬉笑怒骂、打情骂俏的身影活脱脱是她和天雄爱情生活的写照。可又从什么时候，男人的情爱已经在不知不觉中变成了一条条漏网的鱼悄悄地从女人身边溜走了。傻傻的女人在职场的生存战争中挣扎得心力交瘁，全然不知自己视之为生命的爱情已经满目疮痍。虽然一直为激情的消失而惆怅，但依然怀着对爱情的憧憬……从来没有想过突然间男人的爱情已经无情地溜走了！突然间发现自己已经深陷爱情囹圄，已经遍体鳞伤！

难道一份如此珍贵的爱情也是如此短寿？原来铭心刻骨的爱也能变成铭心刻骨的痛？原来爱你的男人为了追求一段美丽也能残忍地摧毁你一生美丽的憧憬？原来你最爱的人伤你的时候可以毫不留情！

一夜间乾坤颠倒。

一夜间完整成了残破。

一夜间美丽成了嘲弄。

一夜间憧憬成了噩梦。

天雄，你怎么会这么残忍？！

我虽然不是一个完美的女人，可我对你倾注了一个女人全部的感情。

也许我不会在你耳边莺歌燕舞，但我给了你一个本色女人最真实的炽烈。

也许我不懂爱的技巧，但我用的全部是真心！

我说过今生只爱你。我说过我爱了你我心的空间已经没有一丝缝隙给别人。我说过你如果也爱我一定要把爱全部给我如果你不能全身心爱我请一定让我知道我一定把你还给你把我还给我自己。我更说过任何时候我们相互尊重给予对方心灵最大的自由我们都可以拥有自己的世界因此千万不能欺骗我！

在人类的一切弱点中我最不能忍受的就是欺骗！

天雄，你可以选择不再爱我，但你不应该欺骗我！你更不应该一而再再而三地欺骗我！

肖简想起几个月前那个晚上，无意中看到了署名“雄”的邮件而导致的风波。当时男人的表情是那么无辜那么愤怒一副被侮辱被损害的形象。事后的解释也是那么的坦然那么的真实那么的合乎情理那么无懈可击。以至于善良的女人实际上被欺骗被伤害了却反而生出无限的内疚以为自己多疑侵犯了爱人的清白。却原来男人一边在编织爱情的谎言，一边在制造绚烂多姿的爱情故事，一边却在制造自己在妻子心目中的唯一。而自己居然在谎言堆积出来的美丽的肥皂泡沫里如此地沉醉，真是一个可怜的女人！

谎言尽管被阳光折射出了五光十色的美丽，但这种美丽只是昙花一现，如今轻轻一击便在一瞬间残破得七零八落，消失得无影无踪。于是美丽消失了！幸福融化了！充实的心被掏空了！做梦的女人被击醒了！

醒了的女人不能再接受欺骗！

醒了的女人无法接受谎言中的爱情！

尽管痛楚，但已经无法改变残破！

既然残破，何必再去挽回男人已经走出去的脚步？

天雄既然已经选择了背叛，我又何需乞怜感情？！

我要离开他！我要离开这个残酷的男人！我要和他离婚！

在逐渐变得昏暗的夜幕降临的时候，女人如此深刻体会着心被一点点撕裂的感觉。“离婚”的念头伴随着心的变冷越来越占据她此刻虚空的心房。

在一种虚脱得快要飘起来的感觉中，肖简来到书房，打开自己的笔记本电脑。

她打开一个新文件，在键盘上敲下了“赵天雄”的名字，然后重重地敲下几个字：“我要离婚！”一时间愤怒、伤心、痛苦、委屈和绝望从身体的每一个毛孔涌了出来，千言万语都凝结在键盘上。但不知为什么，女人却再也敲不出字！离婚？我需要告诉他我为什么离婚？难道还要我这双无辜的手敲出那些让我遍体鳞伤的文字？难道还让我如玻璃般脆弱的心再去回味我的爱人和其她女人的莺歌燕舞？这个世界也未免太残酷了！

肖简紧紧地咬着下唇，眼睛一眨不眨地盯着电脑屏幕，大脑中回放着那些潮水般纷至沓来的文字……她的头开始发涨、发疼、发晕，身体似乎又开始发烫。渐渐地，她似乎丧失了清晰的逻辑思维，丧失了基本的文字能力。她无法释放心中淤积的千言万语万语千言！

终于，她什么也不想说了。她删掉了“我要离婚！”换成了：“我无话可说，请看附件。”

她取出从天雄的电脑上拷贝出来的情书软盘，准备把男人的情书直接E-mail给男人，让他去直面自己的灵魂。再一次面对那些文字，女人的表情变得决绝；再一次直面的男人陌生的灵魂，她的心变得麻木。她机械地重复打开、复制、粘贴，再打开、再复制、再粘贴的动作……男人和“百合”的欢爱文字在女人的痛苦中被拷贝到了附件的文档上……

突然，女人倒吸了一口凉气。怎么？！蚕食他们婚姻“围城”的还不止一个“百合”！

天哪！那个男人，那个天天和自己肌肤相亲的男人，那个天天用爱和温柔包裹自己的男人，那个自己视为父兄的最亲最亲的男人，原来却是一个自己根本不认识的陌生人！百合、静苑还有企鹅？到底有多少为他痴情的女人？！

果真是一场噩梦！肖简的心脏仿佛突然停跳了。一种虚软的感觉瞬间溢满了全身。望着电脑屏幕上排着长队的还没有看完但仿佛永远也看不完的 Temporary

Internet Files(网上临时文件),她仿佛看到一张狰狞的网正在把自己吞噬……她紧紧地咬着下唇,细细的血丝不知不觉地渗了出来,但她丝毫没有感觉到疼痛。在机械地打开、关上、再打开、再关上的动作中,潮水般纷至沓来的痛苦的文字再一次把她包裹起来让她几乎窒息……

宗民端着西瓜走进书房,突然看见女人双眸带着一种决绝的冷光死死地盯着笔记本电脑。她面色苍白,咬着嘴唇,胸部一起一伏,似乎在体会着翻江倒海。

"简,你没事吧?"男人吃惊地望着女人。

"什么?!"女人受惊一般差点跳了起来。一见是宗民忙下意识地合上电脑的盖子。

"简,你是不是身体还不舒服?我看你脸色很不好。"宗民担心地把西瓜放在桌上。

女人惊魂未定地喘了口气,强笑着,目光藏着一种还没有来得及掩饰的痛楚。说:"我没事!我已经好多了!"

"快吃西瓜吧。你发烧,吃了对你有好处!"宗民暗暗叹了一口气,挑出一块最大的西瓜递给女人。

"你在上网吗?"宗民装做没有注意到肖简的表情,若无其事地问。

"哦,是!"肖简也装做若无其事的样子,一只手拿着一块西瓜,另一只手重新拉开刚才被她慌乱中合上一半的电脑盖子,说:"我随便看点东西……"说着目光随便往电脑屏幕上一扫——

……静苑,我真喜欢看你醉眼迷离的样子,当然醉的是情不是酒……

"啪——"手上的西瓜滑落到了书桌上。肖简猛地醒悟了过来,忙慌乱地抓起桌上的餐巾纸胡乱擦桌上的西瓜汁,嘴里连说:"对不起!对不起!宗民对不起!"

"唉——简,掉了就掉了有什么对不起的?赶快坐下来!"宗民对面前魂不守舍的女人心疼得一塌糊涂却又无奈得一塌糊涂。他相信女人生活中一定发生了重大的麻烦,但是女人却死死地咬着这个机密不让他知道,使他陷入一种盲目的痛苦盲目的担忧以及盲目的无奈。

他把桌子清理干净,黯然神伤地拿着抹布到厨房去清洗。

宗民一走,肖简紧咬着嘴唇把愤怒的目光投向电脑屏幕——

……静苑:你突然来了,像一盏温柔的烛光,虽然微弱但可以带给我一份温情快乐。我很享受和你在一起的情调,没有烦人的琐事,也没有世俗的压力。我也希望你能享受这份温情,而不必顾虑会带给你家庭或者工作的困扰。在家里希望你依然是好妻子、好母亲还有好孩子,在我们相聚的时候则应该是无话不谈的好朋友。在我们独处的时候我接受你的霸占，允许你高喊"天雄是我的！"

"简，网络还好吗？"宗民端了一杯水放在了肖简的面前。

肖简又是一个激灵，下意识地把电脑往怀里拉了拉。满面依然是没有来得及褪去伤痛。

"简，你不舒服吗？"宗民觉得心在绞痛。他真想像过去一样一把把女人搂进怀里，用全部的胸怀去抚慰女人的痛苦。看到女人突然来到自己身边，每一个毛孔都写着"痛"，却不肯诉说她的"痛"；男人心灵的每一个触角明明都感觉到了这种"痛"，却不敢告诉女人他知道她"痛"。一个赵天雄在他们之间犹如隔世的阴阳，使宗民面对心爱女人的痛苦居然束手无策。多么想抚慰心爱的女人却不敢逾越心理的界限。不是因为赵天雄，而是因为简爱这个男人。这一瞬间他真恨那个给自己心爱的女人带来痛苦的十有八九是那个赵天雄的男人。

"没有，我没有不舒服！宗民，网络挺好的。"肖简强笑道。

"唉——简，听大哥一句劝。不管发生了什么事，都先要照顾好自己。自己撑不住的不要强撑。我是你大哥不是吗？如果你真的很难受，让我来帮你分担一点好吗？"宗民看见肖简的电脑上根本没有插上网线。破碎的女人如此虚弱却要强撑着一种完整！尽管知道自己没有资格，但他却再也无法忍受面对心爱女人的痛苦假装浑然不觉。他弯下腰，双目凝视着女人，目光包含着如此的真情和苦痛。他几乎是颤抖着声音说出了这番话。

望着面前这个为自己的痛苦而痛苦的男人，望着那一双为她奉献了多少年真情的眼睛，女人的眼泪要夺眶而出！

"宗民，我，我——"不知为什么如同喉咙里卡了一根刺，女人难受至极却无法一吐为快。眼泪瞬间充盈了眼眶。她连忙低下头，慌乱中泪眼朦胧的双眸又投向了电脑——

……企鹅，乖孩子，我跟你在一起很快乐，我们共处时可以忘掉许多烦恼，虽然老喜欢逗你哭，心里确实喜欢你……

女人"啪"地合上电脑，双眸痛苦地闭上，眼泪终于不可抑制地从微微颤抖的眼睫毛下噗噗地落下。为了怕宗民看见她的眼泪，她把头深深地埋在双臂间，趴在桌上。她努力控制住抽泣声。但宗民还是从她瀑布般垂下的黑发下感觉到她双肩的抽搐……

宗民再也控制不住自己的感情！什么"阴阳界"，什么赵天雄！无论什么人都不该让这个女人这么伤痛！他快步走到女人身边，把女人趴着的身体从桌上轻轻扶起，一把揽入自己宽大的怀抱，一边温柔地抚摸着女人的头发，一边喃喃地说："哭吧，宝贝，想哭你就痛痛快快地哭！我是你的哥哥，我不是外人……”

突然被男人搂进怀里，女人本能地挣扎了几下。但男人没有放开他，而是执著地用温热的大手把她的头抚在温暖厚实的胸膛。一股熟悉而浓郁的男人气息顿时包围了她。精神几近崩溃却还在苦苦强撑着的她，在恍恍惚惚中仿佛被一种熟悉的温暖牵引回了家。一时间浑身披挂的坚强、勇敢、矜持、自制等等一切理性的感觉突然土崩瓦解了。女人情不自禁地把自己彻底放松在男人的怀里……

她像一个婴儿般地哭出了声。哭声不大，但饱含辛酸、委屈、苦痛、无奈和幽怨……这些感觉是曾经和这个女人共度了几个春秋的男人从来没有体会过的。简是他心爱的女人，他怎么舍得让她有这样的哭声？怎么舍得让她如此伤痛？如果要让这个女人痛，不如让他代替女人受伤！可上帝却不肯给他机会让他当女人的守护神。不肯给他机会让他替女人受伤。甚至不肯给他机会让他在有生之年好好照顾这个女人。他本来已经认命。但此刻女人无法掩饰的深刻伤痛让男人震撼了！他无法接受自己忍痛放弃的女人体会着如此深刻的苦痛！他无法忍受自己的牺牲换来的不是女人的幸福而是这样的结局！既然这个赵天雄如此不懂得珍惜这样的女人，他有什么资格拥有这样的美丽！

“简，我不知道发生了什么事。但我知道你深夜逃到我这里来一定是无处可去了！你即便不告诉我发生了什么事，我也能猜得出来什么事才会使你来到我的身边。我是男人，我知道什么才会给女人带来铭心刻骨的伤心。我本来不想打扰你的幸福。但如果赵天雄不能让你幸福，任何时候我都是你的港湾。简，我爱你！我一直爱你！我从来没有停止过爱你！如果你此生还愿意给我爱你的机会，我会尽我一切所能好好照顾你……”

“不要——”女人被男人岩浆般迸发出来的感情吓坏了！她突然清醒了过来，使劲挣脱出男人的怀抱，满眼泪水满眼无措地看着激动的男人，语无伦次地说：“宗民，不，不要！不要说这些。我害怕……我不会爱。我把爱搞得乱七八糟。我会伤害你。我已经伤害了你……”

“天哪！你看我都说了些什么……在这种时候，我怎么说这些。简，你别生气。我不是这个意思。我没有要你做什么——”宗民也醒悟过来了。他被女人的无措和泪水再次震撼了。他恨自己怎么糊涂了。女人已经被一份爱伤害得七零八落，那颗玻璃般脆弱的心现在哪里有闲暇接纳另一份曾经也是乱七八糟的情感。这不是给女人沉重的心再加一份沉重吗？女人现在需要休息，需要梳理，需要振作。自己怎么能再让女人混乱的心绪上再增加一份混乱呢？

“不是，宗民，不是你，是我！我弄不好我的感情。我不知道男人要什么。为什么我觉得我给了男人全部，结果却把男人推到了别的女人的怀抱？我到底做错了什么？”肖简满眼除了苦痛就是迷茫。

“不是的，宝贝，不是你，是男人。我一直想告诉你，你太单纯了！你追求的纯美感情,现实生活中是不存在的。你其实不懂男人。男人不是你想象的那样!简,我了解你的感情。我了解你会怎么对赵天雄付出你独特的感情。但你付出的感情是不是赵天雄想要的?我不敢把握。我不了解。但我了解如果男人不能深刻理解和体会你的感情,你的感情就会成为男人的压力和负担。”宗民拿出一张纸巾,为迷乱的女人轻轻抹去脸上的泪水。尽管痛心,尽管知道如此现实的语言会把女人的心揉得更碎,但他不得不说。他不能再让女人沉溺在理想化的爱情中一而再再而三地受伤害。

“什么‘负担’?为什么爱反而成为一种负担?两人既然决定相爱就是对对方的选择和承诺。‘天地合,乃敢与君绝!’难道只是文学描写吗?既然不能履行爱情的诺言,为什么要携手走进婚姻的殿堂?如果不再相爱,可以分手,可以改变承诺。但为什么要欺骗?”

宗民证实了简深夜到来的原因。他彻彻底底地明白眼前的女人此刻正在经受着怎样的灵魂煎熬和震撼。简父母离婚从小缺乏家庭的温馨父母的关爱。一份夫妻情爱于她近乎生命。她已经把自己的灵魂以及生命中全部的热情毫无保留地融入和赵天雄的这份轰轰烈烈的爱情中去了。可惜“围城”外面的世界太精彩;“围城”外面的诱惑太无奈。今天的男人拥有几百倍于老一辈的声色诱惑;而今天的男人的道德却不设底线。于是家庭生活反而来去匆匆就像一碗没有心思煮出来的“夹生饭”;而婚外情却高唱着荡气回肠的爱情自恋曲没有任何道德忌讳地登上大雅之堂。

可是外面的世界无论多精彩多无奈,也难遇到简这样精彩的女人啊!在宗民的眼里简集中了精彩女人的灵气和精华,能给男人带来精神世界最大的享受。简的情感如此丰富如此会享受爱创造爱理解爱奉献爱。外面的诱惑的确多。但这些年宗民见惯了风花秋月,听惯了情爱故事,体会了许多懂爱和不懂爱的女人。他深刻体会到,爱无完爱,就像人无完人。人生可以有无数悲欢离合的故事,月亮可以有阴晴圆缺,但是人不应该有意去制造悲欢离合,或者故意给一个原本可以完满的月亮生生挖出所谓美丽的残缺。残缺能美吗?断臂的维纳斯是一种审美意识。好好的人,完满的爱情,为什么要去“断臂”?即便爱情中有些瑕疵,在爱情的磨合下也可以让瑕疵慢慢变得光滑和和谐。为什么要饮鸩止渴呢?男人如果把情情爱爱真正看透到骨子里了,遇到一个好女人可能就不会再去因为女人身上的瑕疵去“断”一条原本完好的“臂”了。可这些东西,很多男人想不透。而这些男人往往优秀而且生命盎然。看到外面的女人正好没有爱人身上这块瑕疵,马上充满激情地为这局部的完美而欢呼雀跃。并为这局部的完美投入自以为荡气回肠的夸张感情。为了局部的完美,他“断”了爱人的“臂”,死了爱人的心,却还以为自己在欣赏断臂的维纳斯呢!以为自己在享受生活呢!这些可以说是宗民在肖简离开以后6年多风风雨雨的情感体验。因此这些年他无限地怀念和肖简的这份感情。他羡慕享有这份感情的赵天雄。但万万没有想到,那个男人不仅让自己心爱的女人断臂而且心碎。如今面对破碎的女人，自己该帮她如何梳理才能让她从这种无奈无望的感情中拔出来呢？如何能让女人正视这个原本不洁净的世界？

“简，对很多男人来说，承诺只是一种责任。他当初的承诺是真实的；现在违背承诺也是真实的。男人会对自己的责任负责，但不会对自己某月某日说过的话负责。尤其‘地老天荒’的承诺原本带有激情和理想化的成分。你不能说他当初是真的现在是假的……”宗民说到这里想：我他妈的怎么倒替赵天雄辩解起来了？赵天雄在这件事上即便属于社会现象也不能原谅。因为他遇到的是简。

“宗民，我不懂。他要不爱我了，他可以离开我，为什么要把我们这么一份完整的感情破坏得支离破碎？”

“简，这不是爱不爱可以解释的。赵天雄可能也没有不爱你。可能你们的爱情观原本不一样。他这么做也许只是他爱情观的一种表现。和爱你不爱你没有什么关系。”宗民费力地解释着。

“怎么会没有关系?！宗民，你知道我从来没有这么爱过一个男人。宗民你别生气，我真的很爱天雄。我为了这份爱已经付出了我能够付出的全部。我感觉他是爱我的。如果他不爱我我们不会结婚。虽然这两年他很忙，没有太多时间陪我，但对我也还是很照顾的。虽然有时因为他忙我很孤独，但是我从来没有怀疑过他对我的爱情。我经常回忆他过去给我讲过的话，给过我的温情。你让我怎么去接受一个你深爱的男人把他曾经对你说过的话曾经打动过你的语言文字，去同样充满感情地奉献给别的女人？我不懂这种爱，我无法接受这种感情！”肖简眼中的痛是如此淋漓尽致，以至于宗民都不知道下面的话该不该往下说。

“简，这些东西很复杂，也不是我们一两个小时能够讨论清楚的。我们以后再慢慢谈。现在时间也不早了，如果你要回家，我送你回去。毕竟你们还是夫妻。这些问题好好谈。”

一听“回家”二字，女人受惊般地跳了起来。急促地说：“回家？回什么家？我没有家了！”说话间女人的眼泪终于控制不住地流了出来。

看到女人的眼泪，宗民真想再次把女人搂进怀里。以前他们吵架的时候，他再大的脾气，只要一看到简的眼泪，总是心疼不已。他知道自己是用心在爱着女人，可这个女人最终没有选择他。这些年，这个女人从来没有在他面前再流过眼泪。可今天的眼泪都快流成了小河。让爱她的男人有些猝不忍睹。

“唉……”宗民长长地叹了一口气。

见宗民叹气，肖简几乎带着哭腔说：“宗民，我一会儿就走，我一会儿去女朋友那里……”

“傻孩子，哪里也别去！你要不想回家就待在这里！”见肖简说走，宗民赶紧打断她的话。就她现在这种快要崩溃的精神状态，去哪里他都不会放心。回家更不放心。不如让她在这里好好地休息两天，也许什么事都过去了。那个赵天雄也应该好好反思反思！

“简，明天你要感觉身体好点，我带你出去散散心？”宗民温柔地问。

“我要想想，我要好好想想。我好累！”肖简答非所问地呢喃。这两天威廉的疯狂已经把她的精神和体力摧残得疲惫不堪。天雄这最后的重击几乎把她推向了崩溃的边缘。她现在无法思考，只想休息。

第十六章

— 47 —

香格里拉的餐厅设计得别致、古朴、天然，但不知为什么星期一的晚上总显得有些冷清。

“简，你的脸色不太好啊！是不是最近太累了？哎——不容易啊！你也别太和自己过不去了！”杰夫看见肖简脸色苍白而疲惫，一语双关地说。

“没有这么严重。哦，我周末和几个朋友去郊区玩了，的确有些累！”肖简忙搪塞道。

“噢？这么好的兴致？上哪里去玩了？”杰夫脸上露出感兴趣的样子。

上那儿玩？想起这个带血的周末，想起那些带血的文字，想到那个带血的男人，肖简的心痛得一阵抽搐……她情不自禁地微微咬住嘴角。突然她看到杰夫眼中好奇的目光，马上强迫自己控制住了情绪。她胡诌了一个北京郊区的地名，把好奇的杰夫糊弄了过去。

杰夫又天南地北地胡扯了半个来小时，然后巧妙地把话题引到了威廉身上。

“这个老板啊……”杰夫故意把脑袋摇得跟拨浪鼓似的无奈地感慨道。要想完成威廉的任务他首先要让女人情感上认为自己和她是同一个立场的。他需要引起肖简的共鸣。

“唉！老板和老板肯定是不一样的。杰夫，你是不是也觉得威廉和艾瑞克风格不一样？”肖简故意漫不经心地说，就像以前和杰夫坐在西子湖畔的茶楼里欣赏风景漫谈历史。

“这个嘛，当然了。老板和老板肯定不一样。”杰夫推了推鼻梁上滑下来的眼镜，目光投向了盘子里的三文鱼。他慢条斯理地举起刀叉，切了一块鱼，放进嘴里慢慢地嚼了一会儿，然后把目光投向肖简说：“威廉和所有的老板都不一样！”

是不一样！儒雅和粗暴。坦诚和阴暗。尊重和践踏。克制和疯狂。和平和战争。拯救和屠杀……截然不同的人性。截然不同的结果。肖简的眼前一瞬间闪现出无数个电影“蒙太奇”镜头。心情也因此而跌宕起伏。她努力克制着情绪，不想把威廉泼给她的屈辱再展示给杰夫欣赏。于是她莞尔一笑：“是啊，威廉好像和我过去的老板都不一样。该怎么相处我挺困惑的。你是我师傅，一向看人特准。我还想请你指点指点呢！”

几句奉承吹掉了杰夫只要想起威廉脸上就会不由自主挂上的冰霜。对威廉，他实在有太多复杂的感触想与人诉说。但喉管大门牢牢地挡住了他想说的话。他什么也不敢说不能说。杰夫已经选择了不违背威廉的任何旨意，尽管经常有一种被强奸的感觉。但面对生存，什么感觉都得靠边站。这就是香港人面对生存的现实。

于是他矜持地笑着说："和老板相处很不容易。一定要了解老板的需求。了解自己在老板心中是什么定位。否则你在公司就很难有前途。”

需求？威廉的需求是什么？是让我滚蛋！定位？威廉从来就没有给过我一次定位的机会！前途？有威廉在一天就一天没有我的前途！可是自己究竟招了他什么呢？他这么孜孜不倦地追杀，不给我一线生机？

“杰夫，关于需求和定位的问题太深奥了！老板有什么需求可以告诉我啊？他要不说我怎么猜得出来呢？我怎么知道他想给我如何定位呢？”

老板在想什么？想要你走！想利用我和你关系好让我劝诱你走！这就是威廉的需求和对你的定位！可我能说什么呢？杰夫隔着桌子，心情复杂地低下头，切了一块三文鱼，放在嘴里慢慢地嚼着，一边想该怎么把威廉的意思传递给她。想了足足有一两分钟，才开口说："简，这么跟你说吧。威廉是个外国人，除了会说几句国语，对中国文化一无所知。因此你要了解威廉，尽量不要用中国的思维去想他。他和书香门第的詹森和艾瑞克完全不一样。”

“我觉得外国人很直率很民主啊！像彼得、乔治、杰姆斯，工作中遇到什么问题他们至少会听取员工的意见和解释，经过讨论协商解决问题。从没有把自己的喜好强加在你身上。公司不是倡导 team work(团队合作)吗？我和威廉之间不是简单的文化冲突。而是……”

肖简说到这里停住了口。不知道该不该继续说怎么说？她不清楚杰夫对她和威廉之间的血腥战争是否了解，了解多少？在外企这种社会，把自己和老板危机四伏的关系透露给别人是危险的。为了不得罪老板，关系较好的同事都可能远离你；而你的“敌人”则可能利用这种机会乘虚而入。威廉故意敲锣打鼓地在各种场合表示他对肖简的不满，不就是想利用这种心理吗？他就是要给肖简制造环境和情势压力，要让肖简众叛亲离！

“而是因为他是你的老板！老板可以决定你的生死！这是文化，更是政治！”杰夫一口接过了肖简的话。他已经看到了肖简的欲言又止，看到了她内心的犹豫，于是索性把问题的核心点出。不捅破这层纸，无法和女人进行实质的讨论。也无法了解女人内心的真实思想。

肖简脸色一凛。杰夫的话触到了她的痛楚，也触动了她的倔犟。是啊，老板可以决定你的生死。可他凭什么任意决定你的生死？他让你死你就一定要死吗？她冷笑道："他把自己当成上帝了！”

“简，事情可能是这样的——”杰夫脸上露出一副洞察的表情说：“威廉呢是个美国人。他以前的经理可能很能干，比中国的水平高出一大截。所以他心里对这个职位有他的衡量标准。可能中国的情况离他的标准有一些差距。”

“那他难道不考虑中国国情吗？OEE在美国有几十年的历史，但中国却只有七八年；美国是个规范运作的社会，而中国法律法规还在不断完善中；在美国‘三角债’可以通过法律解决。而中国‘三角债’简直是一个企业无法解决的社会现象。拿美国的标准来套中国不是很可笑吗？可笑也罢它可行吗？不说别的，在美国，内部控制已经是一个成熟的监督职能，而中国这个岗位是聘我开始的。这一切有可比性吗？人还不会走就要求他跑合乎逻辑吗？”

“简，你说得有道理，我也都理解。但是……”杰夫感觉很压抑。是啊，道理就是那么简单！身居高位的威廉怎么可能不知道？问题的关键是他根本不想给你学跑的机会。

“但是他是老板！君要臣死臣不得不死！对吗？”肖简冷冷地一笑说。

“哎——简。我们只是随便聊，我也是随便说。我并不知道你和威廉之间有什么问题。威廉也从来没有跟我说过什么。咱们其实也不用管他怎么想的。问题的核心是我们自己干得开心不开心？你是一个聪明能干的女人，离开了OEE还能找不到工作？……”

杰夫刚要发议论，腰间的手机突然响了。

“Hello！”杰夫抓起电话，一听电话里的声音马上咧开嘴笑了。

“你好！威廉啊？我很好。我现在正在吃晚饭。哈哈哈——是的是的，和一个女朋友？你开玩笑啦！谈得很好很好……哈哈哈……”杰夫如同吸了鸦片，精神突然振奋起来。口若悬河地用英语聊了20多分钟才挂电话。得意地笑望着肖简。

“什么事说了这么长时间！这么高兴！”威廉和杰夫居然关系这么好？肖简觉得很奇怪。

“没什么事，他在火车上很闷，给我打个电话聊聊天说说笑。”杰夫脸上洋溢着掩饰不住的喜悦。

“他常这么给你打电话吗？”

“比较经常。上周末也是，在机场坐着等飞机，没有人说话了，就给我来了电话说笑了半个多小时。”杰夫脸上有一种掩饰不住的自得。

“有意思。”肖简笑着说。一丝疑惑滑上心头。杰夫突然来北京出差，一来就约自己吃饭，难道真的是偶然吗？会不会威廉授命而来？

“杰夫，你接着说。”肖简不动声色地说。

“其实OEE公司问题很多，乱得很。有机会我都想走。我们打工的图什么？除了养家糊口，还得心情愉快。遇到个好老板还好；遇到个和你过不去的，天天跟你找茬，你天天心情不好，好像生活在‘地狱’里。哎呀！这种日子简直太难过了！”

杰夫说完心想威廉这种老板彻头彻尾就是一个人间“地狱”。要不是目前香港经济低迷不好找工作，自己何必在这种“地狱”里生活？说到底还是“生存”二字。不管怎么说生存是最重要的。和生存问题相比，什么自尊、清高、道德、面子，都可以放在第二位。

“简，如果遇到一个不喜欢你的老板，员工一般只有这么三条路：一是用你的工作能力和成绩改变老板的印象……”杰夫说到这里停了一下，观察女人的反应。

肖简不动声色地淡淡一笑。

“二是混日子，等着老板‘开’你。当然被老板‘开’的时候可能面子会很不好看！”杰夫有意加重了“面子很不好看”这几个字。然后举起茶杯，小心地凑到唇边，一边轻轻吹着浮在表面的茶叶，一边瞥了眼女人。他看到女人的脸上露出一种不可琢磨的笑。

“三是‘先发制人’，抢先炒老板的鱿鱼！去找一个更好的工作向老板证明他看错了你！唉……简，这人啊还是要想得开。外面的世界很大，机会很多。像我这个年龄嘛可能老了！但你这样年轻漂亮又聪明能干的女强人，还担心没有好机会?！”杰夫娓娓地劝慰着，小心地不去触及肖简和威廉的名字。仿佛和平时一样只在谈与自己无关的感觉和观点。

“再一个，真要走的话还可以和老板讨价还价，争取多一点离职费……”杰夫脸上不由得露出讨好的表情，一副对女人掏心掏肺的样子。

话说到这个份上，肖简终于明白杰夫今天充当的角色和使命了，不禁哑然失笑。威廉真是机关算尽，杰夫更是苦口婆心。

“杰夫，本是同根生，相煎何太急？都是打工的，都是为了谋生，为什么不给别人一条生路？”

“是啊！”杰夫无奈地笑笑说：“谁让人家是老板，手里有杀人的刀呢？我们打工的还不是任人宰割的命运！”

“杰夫，老板虽然有刀未必就能随意宰割！”肖简说到这里突然粲然一笑，双眸放出一种灼人的光。她放慢语速一字一顿地说：“如果有人把刀子架到我的脖子上，我一定宰了他！”

杰夫心里一凛，哑口无言了。女人的气势震住了他。女人的勇敢也映衬出了他的软弱。他开始厌烦自己今天所做的一切！他突然想尽快结束这场他根本不想进行的谈话。他一挥手叫来了身着红色旗袍的小姐埋单……

— 48 —

周一上午，天雄给肖简打了无数电话，也第一次给肖简的手机发了几条质询的短信。但女人一不接电话二不回短信。她到底在闹什么别扭？投资迟迟落实不定自己已经心乱如麻,她为什么还要制造矛盾给自己添乱?一个周末不回家连个电话解释都没有。这样不吭不哈地玩起失踪算什么事?自己这种节骨眼上哪有心情去猜女人的心思?

天雄心情烦躁，午饭都没有心思吃就躺在沙发上迷迷糊糊地睡着了……恍惚间看见妻子幽愤地站在他面前流着泪，怎么跟她说话都不理……突然惊醒过来感觉满心不安和担忧。他起身胡乱洗了把脸,开着车就往世贸中心跑。但车都停在世贸中心地下停车场了,他又犹豫了。他为了怕肖简生气时到他单位来闹,曾经和她有过严肃的约定:不经对方允许不能到对方的单位去,以免带来不好的影响。现在自己冒失而去,肖简尴尬不说也太伤自己自尊了。这可不是天雄做男子汉的习惯。于是他坐在车里接连给肖简发了几个短信,告知她自己正在楼下停车场等她,希望她见短信马上下来。等了十多分钟没有回音,无奈他给她座机留了言:

“简,我在你楼下。你一个小时之内听到我的留言就下停车场来找我好吗?如果你不方便下来,我只有先走了。晚上你回家我们好好谈谈吧!你这两天到哪里去了?晚上住在哪里? 为什么不给个电话? 知道我有多着急吗? 坏孩子,如果我哪里得罪了你,也得给我一个辩解的机会啊?简,下班以后快回家吧!我给你做好吃的。晚上你不在我怀里我睡不着……”

天雄在楼下等了一个半小时也没有等到妻子,只有沮丧地离开了停车场,爬上了三环路。

三环又塞得满满的仿佛没有一丝缝隙，天雄的心也仿佛掉进了没有一丝阳光的枯井,阴翳而寒冷。他不甘心地又给肖简打了几个电话,但她还是不接。天雄的心郁闷极了。他在沮丧中目光散乱地望着前面的车龙,一步一刹车艰难地爬着。天空今天阴蒙蒙的,让他阴雨绵绵的心情更增加了一层昏黑。终于前面的车龙开始顺畅地流动了。他一踩油门,撒丫地开始狂奔。奔出三环奔出四环又奔向五环。一路上不时有抗议的喇叭在鸣响。汽车就这样像撒了欢的野马狂奔了几十公里,终于在一片空旷的建筑工地边停下了。天雄把头趴在方向盘上喘着气,有一种虚脱的感觉。找不到妻子天雄的心是如此的虚空,虚空得拥有了全部的自由他却无心享受……

他在方向盘上趴了好一会儿才振作精神,重新启动汽车发动机,到附近的京客隆超市买了很多菜。然后走进好久没有进了的厨房,精心做了五颜六色的菜肴。他希望妻子听到他的留言能尽快回家。今晚无论如何要见到肖简,否则他快疯了!

回想起结婚 6 年来妻子还是第一次这么对自己。可昨天还好好的,怎么今天就这样了呢? 女人真是难以捉摸! 不过妻子最近工作不顺他是知道的。上周有一次回来跟丢了魂似的,疲惫得连说话的思路都不清晰了。从她断断续续的叙述中好像威廉那个混蛋最近在疯狂地折腾她。那天半夜简噩梦醒来,蜷缩在自己的怀抱里喃喃地说:“天雄,你快点好起来吧,我快撑不住了……”听着妻子伤感的声音,天雄心如刀割般难受。他多想像一座山一样让妻子依靠。但无奈英雄也有气短的时候。内心深处他渴望肖简平平安安,忍住不要闹事。只要多给他几个月时间,他一定会找到项目资金,扛起家庭的重担。但可谓“屋漏偏遇连阴雨”。丈夫阴云密布,女人也来电闪雷鸣。深重的抑郁之下,天雄再次生出对妻子的埋怨。为什么要在这种时候制气?为什么不给我点喘息的时间?等我喘过了这口气你不是什么都有了吗?不高兴辞职老公养活你就是了,你为什么偏偏要这会儿闹事呢? 这不是雪上加霜吗?

7点多的时候天雄做完了饭,可妻子却踪影全无。天雄无趣地坐在五颜六色的菜肴前,脑中跳动着很多过去美好的回忆。但不知为什么今天的心在这种回忆中战栗不已……窗外已经一片漆黑,妻子看来不会回来了。再打电话,肖简的手机又关掉了。天雄忐忑不安。肖简为什么这么决绝? 发生了什么天塌下来的事? 思来想去自己身上除了和静苑企鹅百合那些女人的情事, 自己也没干什么值得肖简生这么大气的!而自己玩的情感游戏又是百分之百妻子不可能知道的。网络是虚拟的看不见摸不着。偶尔“偷情”更是神不知鬼不觉。如今的人有房有车,上宾馆开房间也不需要结婚证。“捉奸”捉的是那些没有物质条件却偏要玩“偷情”的男女。虽然自己的确背着妻子玩了几把情感游戏,但妻子既然不知道就不会伤害她。除了这件事,自己实在没有什么可以担心的。

难道是失业的事让她知道了? 自己瞒了她这么重要的事她知道了生气也理所当然。但简并不是那种无情的人。失业的事瞒她也是善意的欺骗。作为职业女性,她很容易想得明白,绝不至于为这种事生这么大的气!

那到底是什么事呢?

天雄一边胡思乱想一边胡乱地往嘴里扒了几口饭,真感觉味如嚼蜡。就扔下半碗饭,来到了电脑前。上网随便和人聊了几句就感觉无聊。老婆都丢了,哪有心思再去打情骂俏? 他闷闷地看了一会儿网上新闻,就打开了电子邮件信箱。

突然他看到了肖简的邮件,一看是周日晚上发的。不知为什么,天雄的一颗心没来由地变得紧张。他急切地打开邮件,标题居然是:“我无话可说请查看附件。”

天雄打开附件,匆匆扫了一眼,顿时惊愕得眼和嘴都成了“O”字形。他简直不能相信自己的眼睛!他无法理解他写给情人、网友们的情书怎么全部落到了肖简的手里? 他目光慌乱地飞快浏览着附件的内容——

……亲爱的雄:我喜欢和你那美丽的相约,因为那时我拥有你,因为有了你,世界变得如此美好,因为有了你,我不再孤独。我更喜欢你将我轻轻地拥入怀中,在你的怀中我可以撒娇、可以任性、可以调皮、可以……那时的我好像生活在天堂,我想你懂……静苑。

……静苑:你突然来了,像一盏温柔的烛光,虽然微弱但可以带给我一份温情快乐,使我觉得心绪愉悦了许多,累的时候也可以伴着烛光轻轻地聊天,悠悠地畅想,好舒服!

……猎豹,你真让我伤心。还说“企鹅”虽毒但味鲜美,还说“猎豹”为了心爱的女人宁可冒着毒死的危险也要勇往直前。还说……我不勉强你了,你随便吧!我对你一片痴情,可你却……

……企鹅,我又被冤枉了!看到你隐含幽怨的信,我真的很心疼。茫茫人海中你能找到几个知音,能有多少人愿意倾听欣赏你的谈话?轻易就这么分手那太没风度了!我们才刚刚开始以后还会有很多话要谈。

……垂下头来,在红光闪耀的炉子旁,凄然地轻轻诉说那爱情的消逝,在头顶的山上它缓缓踱着步子,在一群星星中间隐藏着脸庞。

……离开你我是多么的忧伤,多么贪恋你温暖的胸膛,多么想吸噶你爱情的岩浆,多么渴望我们一起去追逐心中的太阳……

……静,嘴上的封条可以撕掉了吗?我想吻你了……

……

天哪!天雄懊丧地紧紧地闭上了眼睛。他再也看不下去了。他已经明白了妻子为什么突然失踪!为什么突然变得这么决绝!可是他无论如何也想不明白这些东西怎么会落到妻子的手里?到底是哪个环节出了差错?可不管是什么原因出了什么错,自己的私生活在妻子面前完全曝光已经成为不争的事实。原本想独自享受潇洒人生,如今却像个小丑般的把那点藏着掖着见不得光的东西全部暴露在了阳光之下。这和青天白日被人当众扒光了衣服有什么区别?面对面前这堆文字,天雄真是又羞又恼!

说心里话,他并不认为自己做错了什么。如何选择情感和生活方式是自己的事,和他人无关,他也没有准备与别人分享。但伤害了妻子绝不是他的初衷。欣赏屋外的彩云却要拆了自己家的屋檐,还有比这更愚蠢的事吗?何况他对妻子是喜爱并且有感情的。虽然说时间的流逝激情已经消失了,但没有爱情也还有亲情。尽管两个人世界观不同,对事物的看法也不一样,但简是他的老婆这是不争的事实。也是他不想改变的事实。老婆毕竟是自己的。为了和其她女人玩点感情游戏却毁了自己的家庭,这是打死他也不会愿意做的事。

可鬼使神差的这些轻浮的文字却不知怎么落到了妻子手里。男人的孟浪本来从古到今都是女人悲伤愤怒男人骄傲羡慕的事。但作为骨子里爱情观相当传统的肖简是无论如何不能接受的。更何况妻子对自己非常痴情。这些文字会引发她多少联想?引发她多少伤心和痛苦?引发她多少作为独立自尊女性的雷霆愤怒?天雄简直不敢想下去……

天雄沮丧地用手重重地拍自己的前额,但大脑还是混沌一片。一时间他想不出该用什么办法应付目前尴尬的局面。电脑屏幕上这一堆色彩斑斓的文字,很长时间以来让他偷着乐着沉醉着享受着齐人之福。可此刻这些文字怎么变得如此刺眼?好像在嘲笑他的无能。

如今怎么收拾残局？

解释？如何解释得清楚？但不解释，依肖简的思维百分之百认定自己爱上其她女人了。丈夫有外遇对一个深爱丈夫的女人的打击是灭顶的。而像妻子这样优秀高傲的女人更是无法容忍。她很有可能钻牛角尖提出离婚。和她认真进行一下观念交流？可这男人、女人的观念如何交流？恐怕不交流还好，一交流十个男人九个半会被女人当成流氓。而一个男人，尤其是一个优秀的男人，怎么可能一辈子守着一个女人到老，小说里称之为"地老天荒"。大部分男人会窃笑这些男人无能。尤其当今的世道，在外面处个情人，偶尔体会个"一夜情"有什么新鲜的？但凡一个有血有肉的男人都不会压抑自己的欲望和需求。对在外面世界闯荡的出色男人来说活一辈子却连个情人或红颜知己都没有那也能配叫"男人"？如今新好男人的标志已经不是"忠心不二"，而是挣钱！社会对没有钱的男人的蔑视和敌视远远超过花心的男人。玩得好的男人完全可以"外面彩旗飘飘，家里红旗不倒"。这正是天雄追求的境界。天雄自认为会比其他男人高明。可谁想到自己这么倒霉呢？真是人算不如天算！

如今再去琢磨妻子怎么得到这些文字已经没有任何意义了。面对铁证如山的"罪证"该如何向妻子解释这些情书是没有情感的情书？如何才能让妻子相信自己只是玩了一把男人的感情游戏？没有情感外移，也没有外遇，更没有上床……要劝妻子不要相信文字里讲的东西……唉！这里外矛盾的解释，这此地无银三百两的辩解。铁证摆在面前，情书里天雄高超的调情文字给了女人多少"此处无声胜有声"的想象力，以至于迷恋他的女人们看到这些文字后感情如瀑布般奔腾，"爱情"的字眼更是到处跳跃在文字里。面对这些激情文字，如何才能让妻子相信这里没有"爱"？

打开一个新文档，天雄绞尽脑汁地开始给妻子写信。写写删删，删删写写。手如铅，键盘如锤，沉重得难以复加。

面对电脑屏幕，天雄尴尬懊恼又焦虑……

— 49 —

威廉怒气冲冲地提前退出总经理办公会议。回到办公室，他紧紧关上门，点起了一支古巴烟。OEE 中国公司规定办公室里不许抽烟。不久前一个总监还因为抽烟被罚了 1000 元钱。杰姆斯还为此小题大做地发了个邮件对行政部门的严格执法表示支持。但此刻威廉可不管这么多，他不是杰姆斯的臣民，杰姆斯管天管地就是没有资格管他威廉。

威廉想着狠狠地抽了几口烟，想借辛辣的烟来驱除些许内心的郁闷。杰姆斯最近屡屡找他麻烦，几次让他在高层管理会上当众下不了台。今天又为 SHP 一个客户投诉当场陷威廉于窘境。想到这里威廉气得直咬牙，恨恨地发誓：既然你杰姆斯不给我面子,我从今以后不再参加你的 Management Meeting(管理例会)! 我看你拿我怎么样!

威廉想着又连抽了几口烟,然后重重地把烟吐向天花板。屋顶上淡淡弥漫着一层烟雾，就像威廉此刻的心情混混沌沌的。他有些无聊地把散乱的目光投向天花板,心乱乱地想着心事。突然电话铃响了。

“威廉吗？是我呀——”

一听尹娟那娇滴滴的声音威廉的心就像糊上了一层蜜糖,气消了一大半。

“宝贝,想我了?不是说好了5月中旬我会出差过来看你的吗?怎么?五一节刚过几天你就熬不住了？哈哈——”威廉暧昧地说完哈哈大笑。

“什么呀!谁熬不住了还不知道呢!昨晚给你办公室打了几个电话也不在,手机也关机了,都以为你蒸发了——”尹娟嘟着嘴说。

“昨晚我健身去了。”

“哼！谁知道跑到哪个漂亮妞床上健身去了！健身关什么机啊,我才不信呢！”尹娟话语里带着浓浓的醋味。

哈哈哈——威廉放浪地狂笑起来。欣赏女人为自己吃醋,是威廉生活中一件赏心悦目的事。更何况是尹娟这种女人。

“宝贝,有你陪着健身,我健一次,一个星期爬不起来。我哪里还有力气去别的妞床上健身啊？”

“那谁知道。哎,不开玩笑了,我有正经事找你呢!”尹娟说到这里口气一下变成了职业女性。速度快得威廉都有些不习惯。

“什么事说吧！”

“上海威力酒厂项目的款你们什么时候付给‘远达’啊!都等着用这个钱发工资呢！”

“项目不是半个月前做完了吗？怎么？没有付过款吗？”

上海威力酒厂是威廉费了老劲才从咨询部嘴里挤出来给“远达”的一个两万美元的项目。但乔伊斯还嫌单子小不满意,嘟囔说这点钱还不够发两个月工资的。从乔伊斯最近明显冷淡的态度上威廉可算知道了什么叫亲兄弟明算账了。

“付了还不到5万块,你那个内部控制经理就再也不肯付了——”

一听居然是肖简不让付款,威廉的火就控制不住地蹿了上来。

“她为什么不付？理由是什么?!”

“也没有什么理由。说是我们有几张 Timesheet(工作交付表)客户没有签字。可我记得早就把那几张表给她了,现在她非说没有看到,你说这笔糊涂账谁说得清?”

“那为什么不把其他的钱先付了？”

“我也说了。但她又说这个月你们什么预提的费用额度已经满了,要下个月才能付款了。可是乔伊斯还等着这笔钱发工资呢！你是她老板,还不能让她把钱给我们先发了,免得乔伊斯又不高兴……”

“我管他高兴不高兴呢!我又没有闲着。我不也着急着到处给‘远达’找单子吗?他以为单子就这么好找?想什么时候要就什么时候要?”威廉见尹娟左一个乔伊斯又一个乔伊斯的,心里别提有多恼火了!

“那肖简那里你是不是催一催?她左一个 Timesheet 右一个 Timesheet 的。不给 Timesheet 就不给付钱。她自己弄丢了我到哪里给她找 Timesheet 去?她要不给钱怎么办?”

“她敢!我让她滚!马上滚!今天就滚!就这么着吧!”威廉怒气冲冲地挂了电话。

这个该死的肖简,昨天还送过来上百万给“昆山”和“浩海”的付款申请单,却连“远大”那十来万都不肯付。她居然敢爬到太岁头上动土了!原本 T-electric 已经是“远达”嘴边的一块肉,就因为自己稍不留神打了个哈欠,就被她和那个牛家华内外勾结,把这个巨大的金库生生地从“远达”口里抢走了!现在每个月上百万的钱哗哗地流到“昆山”和“浩海”的账上,威廉心如刀割。这么好挣的钱在自己的领地里都挣不到这也太窝囊了!为这他恨死了牛家华,也恨死了那个抢着给牛家华付钱却扣着“远达”的钱不给的女人。说到底自己的霉运都是源于这个赶不走的“丧门星”!她的存在简直是自己的最大耻辱!

威廉仿佛想起什么,突然伸出手一把抓起桌上的台历,飞快地上下翻动着。翻到 5 月 8 日那一页,上面被自己用红色荧光笔重重地写了几个字:“肖简离开!”

看到这几个字,威廉的心突然冲动地狂跳起来。5 月 8 日,已经过了两天了,这个女人为什么没有履行诺言离开呢?她年三十那天不是答应了 3 个月为限吗?为什么“三部曲”都演完两部了她还不滚蛋?!

但凡是个有自尊心的人,都无法忍受那种被当众扒光了衣服的羞辱。何况是个女人!但万万没有想到她居然忍下来了!而且带着这么一种淡定。她居然还会笑!以至于面对她的笑脸,威廉倒变得不自信了。更让他难受的是,他让杰夫用攻心战术劝她辞职。杰夫却躲闪着目光带回来女人斩钉截铁的誓言:“谁要是把刀架在我的脖子上,我一定要宰了他!”

威廉当时听得脸都绿了!一种强烈的挫败感如此深刻地蹂躏着他的心。在这个女人身上他已经黔驴技穷!难道自己的智慧还不如一个中国女人?威廉打死都不能承认这一点。可今天情妇尹娟的话把他心里最深的痛苦给激发了出来。连尹娟这个婊子都笑话自己摆不平一个女人,威廉真有些无地自容。羞恼得一想打人二想钻地洞。尹娟那个骚娘们儿如果此刻在面前,他非把她五花大绑抽她个皮开肉绽不可。求饶都没有用。大不了再扔一把钞票给她疗伤!

这个该死的女人!已经成了他失败的象征。如果连一个娘们儿都摆不平,下一步中国的宏伟蓝图如何实现?他何以再去摆平斯蒂文、杰夫、刘新权这些人?原想让她知难而退。谁料她如此不识抬举！软硬不吃,死活不走。3个月的诺言看来她果真如王欣预测的不肯守约了。那好,我当文明君子你不领情,那我豁出去当一个暴君了,我今天就让你滚！

想到这里,威廉打电话让王欣马上把肖简叫过来。

王欣却小心翼翼地告诉他肖简去客户那里追欠款,今天不一定回来。可能要明天了。

"Shit(他妈的)！"威廉的身体仿佛突然被浇上汽油点燃了火熊熊地燃烧了起来。明天？我哪里还等得了明天？那是多么漫长的时光啊！伤口上已经被撒了蜜糖然后放上蚂蚁和虫子,持续几分钟都是一种莫大的折磨。还要等明天？威廉已经不堪被这么一个地位卑微的小女人这么无休止地戏弄和折磨！他要结束和这个女人的战争！就在今天！

他目光带着一种寒气和霸气，面色冷得像冰地对王欣说:"打电话让她马上回来见我！"

"可是快要下班了……她可能,可能直接回家了。"

"就是到了家也要把她给我叫回来！就说是我说的！"威廉几乎低吼起来。

"我明白了。我马上办。"

放下电话威廉的心情丝毫也没有平静。他如同困兽般地在办公室转着圈圈……

— 50 —

接到王欣的电话,肖简匆匆结束和客户的谈话急急忙忙地往公司赶。

走出世贸中心巧克力大厦32层的电梯，向左一拐,OEE三个镶嵌在紫红色绒布装饰墙上的金色大字跃入眼帘。典雅的拱形前台后面优雅地坐着两个清秀的小姐。前台左侧两三米处的奶白色墙面上,挂着一个一米高的精美金边玻璃镜框。镜框里,红色丝绒底布上用金字嵌出那几个醒目的词句:TRUST(信任)、RESPECT(尊重)、INTEGRITY(诚实)、CUSTOMER SATISFACTION(让客户满意)。这是OEE公司在业内名闻遐迩的企业文化。这些企业文化会在新员工入职头三天的Orenitation(岗前培训)中就要被根植进新员工脑中。世界级大公司把响亮的企业文化当做创知名品牌、吸引人才的招牌。激励员工发挥最大的工作积极性去创造最大限度的利润。

每天肖简从这个镜框下经过,都会对这个口号行注目礼。颇有一些当家做主的感觉。

此刻她在镜框下停住了脚,目光一寸寸地在一个个字母上移动,一遍遍地来回触摸着TRUST(信任)和RESPECT(尊重)这两个此时看起来有些振聋发聩的单词。眼前不断跳动着一个个威廉带给她的不堪、扭曲的画面……心里感觉着一种痛苦的震撼。

皮包里的手机突然响了。又是王欣,问肖简什么时候能到公司?说威廉必须马上见她!王欣一连强调了几遍"马上",肖简的心顿时变得沉甸甸的。难道又有什么不寻常的事要发生?肖简抬起头,目光再一次触摸了镜框里的金色大字,不由得挺起胸膛,长长地吸了一口气。脑中突然滑过主席的诗词"不管风吹浪打,胜似闲庭信步"。不由自嘲地笑笑。何不学学伟人?威廉他还能吃了我不成?前面是刀,后面是枪。为了生存不也得坦然面对?这究竟是一个职业女性的骄傲还是无奈?

肖简脸上带着一份淡然走进了威廉的办公室。

"威廉,您找我?"

"简,你还记得今天几号吗?"威廉斜睨着女人,有些皮笑肉不笑地问。

"应该是5月10号吧。不是刚过完五一节吗?"肖简奇怪地望着威廉,火急火燎把她从客户那里叫回来难道就是问她今天是几号?他葫芦里卖的什么药?

原来这娘们儿心里一点儿都不糊涂!她知道今天是几号。显然她也清楚前天是什么日子。看她此刻一副无辜的样子,居然要赖账!她居然不想走了!威廉觉得怒火中烧。一种被人玩弄了的感觉让他的头脑开始发热发昏。

"给我一下你的Q2(二季度)的Revenue Forcast(收入预测)!"威廉的脸上带着一种压抑的怒火,盯着肖简的目光像一束喷射出来的火焰。

见威廉来者不善,肖简强迫自己镇静。有意用平静的声音说:"威廉,您稍等,我10分钟之内给您送过来。"

肖简神色肃然地回到座位,打开电脑,打印出威廉要的收入预测,然后向威廉办公室走去。不知为什么离威廉办公室越近,肖简的心脏跳得越快。她放慢了脚步,强迫自己镇静。但一种深重的压抑还是弥漫了全身。不知道这个野蛮的老板今天又要制造什么轩然大波?肖简压抑着内心的不适,走到了老板办公室旁边的拐弯处。突然听见前面爆发出一阵笑声。拐过弯一看,威廉正斜倚在王欣的办公隔板前,眉飞色舞地和五六个年轻的顾问热闹地开玩笑呢!肖简有些奇怪,怎么才离开十来分钟突然来了这么多的顾问?自己贸然过去是否合适?肖简犹豫着想要不要退回去呢,威廉闪电般的目光已经瞄准了她。紧接着所有顾问的目光也顺着老板的目光投向了他。肖简只得迎着所有人的目光走到了威廉的面前。

"威廉,这是我们部门的Revenue Forecast(收入预测),请您过目。"

威廉瞬间收起脸上洋溢的笑,鼻孔里轻轻"哼"了一声,接过肖简递过来的表格,随便瞥了几眼。突然脸色一沉,目光如炬地射向肖简,右手夸张地"哗啦啦"地扬了几下表格,声音凌厉地质问道:"你expense(费用)变了为什么不告诉我!"

望着威廉突然扭曲变形的脸,周围几个顾问脸上的笑凝住了,露出愕然的表情。看看老板,看看肖简,显得有些不知所措。肖简也愣了,难以置信地望着老板,一种深重的屈辱瞬间从脚心蔓延到全身。他又来了!他又要重演前两天对我的公开羞辱！这是公开的办公区，周围有几十上百双陌生和不陌生的眼睛。在对咨询部政治斗争浑然不知的普通员工面前展示政治斗争丑陋的一幕，他到底是何居心？他问我要的是收入预测表，却用费用斥责我。我明明给他的是收入预测表，里面没有一个费用的数字，他连我交的表格都没有看清楚就迫不及待地找我的麻烦！一个堂堂GC 老板居然公开信口雌黄，也未免太下作了！

见一向慈眉善目的老板突然对随和的女经理变脸发威，身边顾问一个个表情愕然而尴尬。有两个顾问借口有事说了句“对不起”忙不迭地想逃开这种尴尬，肖简用一种压抑的冷静开口了：“威廉，您可能没有看清楚，这是 Revenue Forecast（收入预测）。上面没有 expense（费用）。如果您要 Expense Forecast（费用预测）我 5 分钟之内给您送来。”

那两个抬脚准备走的顾问停住了脚，偷眼看了一眼威廉。所有人都听得很清楚，是老板没有弄清状况就随便指责。现在既然肖简提醒了，老板至少应该可以释然了。但威廉听完肖简解释以后吐出的铿锵有力的话一瞬间把在场的所有人都击倒了！

“简，你要再这样我就不要你了！”威廉说话的声音不高但字字如重槌敲在每一个人的心上。在场的每一个人脸色都变了！只有威廉很悠然地把胳膊抱在胸前，脸上露出似笑非笑的表情。

肖简的大脑和她的脸色一样惨白，她已经没有了思想不想有思想。她木然地转身准备离开。但残存的一丝职业理性使她在离开前用苍白的声音对威廉说：“如果您要 Expense Forecast（费用预测）请告诉我，我会给您送过来。”

肖简转身刚刚跨出两步，背后传来威廉恨恨的声音：“哼！少一个人少一份麻烦！”肖简的脚抽搐了一下，但还是坚定地迈了出去。身后传来王欣杂乱但速度飞快的打字声……

肖简回到座位上目光散乱地望着落地玻璃窗外的天空，内心平静得没有一丝涟漪。远处鳞次栉比的摩天大楼上空流动着灰暗的云朵。肖简的目光空洞地漂浮在这种抑郁的昏暗中，思维如一潭冬眠的水停止了流淌。渐渐地她的意识苏醒了。生命的钟开始了沉重而有序的摆动。在意识恢复的一瞬间，刚才发生的一切如潮水一般地涌到了脑中。威廉狰狞的脸、威廉掷地有声的威胁、周围员工惊愕的表情此刻一幕一幕地定格在眼前……可是她惊异地发现自己的心没有疼。她的思绪又缓缓地推到过去半年这不堪的一幕幕，她发现自己不再有屈辱受伤的感觉。

威廉以一种暴君的心态再一次挥舞着杀人的宝剑，当众直刺女人的尊严，企图彻底摧毁女人的自尊逼其就范！而女人却陷入了一种前所未有的平静。

“民不畏死，奈何以死拒之”。她的脑中滑过这句话。眼前突然浮现 OEE 公司前厅那四个烫金的大字 TRUST（信任）和 RESPECT（尊重）……而随即她仿佛又看见威廉狰狞地笑着挥舞着大刀在烫金的字上疯狂地左挥右砍，金字上到处瘢痕淋漓……

肖简冷笑一声，娇小的身躯绷紧了。她坐直了身体，打开一个新邮件。双手在电脑键盘上飞快地敲打着。邮件的发送人：james.liang@OEE.com.cn 的地址。标题为："紧急约见。"正文简要地写道："杰姆斯，我是咨询部内部控制经理。我有急事希望见您。您今天能安排一个时间吗？如果您有事我可以等您到下班晚一些时候……"

肖简发完邮件，双手抱胸，静静地盯着电脑屏幕。杰姆斯今天在办公室。听说他随时查看邮件并能及时回复。

果然，不到 5 分钟，杰姆斯就回复了肖简的邮件，并同时 Cc(抄送)给他的秘书安娜："简，没有问题！我晚上可以见你。安娜，请为我和简在晚上安排一个时间！"

几分钟后，安娜肖简同时回了邮件 Cc(抄送)给杰姆斯："简，晚上 8 点安排你和杰姆斯在他的办公室会见。"

肖简长长地吐了一口长气。

第十七章

— 51 —

“杰姆斯,我要向公司正式投诉威廉迫害我!”女人走进总经理办公室坐下扔出了掷地有声的第一句话!

“简,你知道‘迫害’这个词是很严重的吗?”杰姆斯内心暗暗吃惊。他眉毛一挑,神色严肃地说。

“我知道。我有足够的证据show(显示)给您威廉他为了达到逼我辞职的目的是如何迫害我的!”女人毫不畏惧地直视着杰姆斯,脸上露出一种决绝。

杰姆斯目光炯炯地打量着神情激愤的女人。和咨询部的其他经理比,这似乎是一个形迹低调的女人。他参加过咨询部的几次业务会,她说话不多。不像斯蒂文、刘新权、孙建武、牛家华、张宣明这些资深经理,都熟到了和杰姆斯拍肩勾背的地步。说实在的,几小时前他甚至不知道她的名字。这个女人突然给总经理发E-mail求见,杰姆斯预感一定有不同寻常的事情发生!但还是没有想到女人第一次见总经理就有勇气说出这样的开场白!他不由对这个外表纤弱的小女人刮目相看。他起身让秘书给女人倒了杯茶。温和地示意她慢慢说。

“一朝君子一朝臣。威廉上任后要在重要的岗位换自己的人,因此他要进行‘大清洗’。”

女人的话石破天惊,一语道破了威廉正在进行的自以为神不知鬼不觉的公司政治“天机”。深受杰姆斯器重的斯蒂文、张宣明、罗伯特,在威廉上任短短一两个月的时间就离职的离职,撤职的撤职,这让总经理杰姆斯非常痛心。咨询部是OEE中国公司员工最多、销售额最大,同时也是成本最高的部门。詹森接任总监以后,也是两年努力已经在离任前半年实现了比较好的赢利。但詹森的突然辞职导致管理层一度人心浮动,杰姆斯花了很大的精力才稳住几个已经被猎头盯住的经理和项目经理。杰姆斯经常约斯蒂文、刘新权、张宣明他们探讨咨询部在中国地区的业务拓展。斯蒂文担任代总监以后也摩拳擦掌地想大干一场。但威廉的到来,把咨询部晴朗的天空完全涂成了灰黑色。高层管理人人自危,部门也几乎月月亏损。杰姆斯心急如焚却因为OEE的政治体制难有作为。因为OEE公司为了避免总经理权力过于集中,采取行政和业务管理两条线相互交叉却又相互牵制的管理体制。业务上威廉直接接受亚太咨询部的领导,而身为行政线的总经理居然眼睁睁看着没有办法。眼看威廉杀了旧人,却没有强有力的新人接替上,以至于咨询部和其他部门之间协调越来越困难,牵连了整个中国公司的业务。杰姆斯对这个只拆墙却不补墙的同僚深恶痛绝!

过去以为威廉"大清洗"的主要是地区经理。怎么连面前这个不显眼的女人都成了"清洗"对象?这个女人究竟惹了威廉什么?居然把她逼到了要到总经理这里来投诉? 带着一脑门的问号,杰姆斯双臂抱胸,不动声色地听着女人的叙述。

"Internal Control(内部控制)是 Consulting(咨询部)的重要岗位,因此我是威廉计划中要搬掉的目标。"女人直视着总经理说。

"何以见得威廉对你是有计划的?而不是因为你和他之间工作方面的原因呢?"杰姆斯目光犀利地望着女人问。

肖简冷冷一笑:"工作原因?威廉上任才一个月就让我到其他部门去寻找工作机会。还亲口告诉我他到 GCHR(人力资源部)艾米那里调查詹森当年为什么聘我……"

"威廉去艾米那里调查过詹森为什么聘你?"杰姆斯难以置信地摇摇头。心想这个威廉真有些"下三烂",做事这么不顾身份? 亏他还把这种上不得台面的事告诉女人。

"是的,今年年三十他折腾我一个下午,亲口对我说的。当时他上任才一个月,只来过中国两次。没有听过我任何一次工作汇报, 也不了解任何 Internal Control(内部控制)的工作。您认为他能评估出我的工作能力并因此得出我应该离开的决定吗? "

杰姆斯不容察觉地点点头。

"当然我知道威廉一直拿'工作能力'作为'大清洗'的理由。斯蒂文、罗伯特、张宣明都是以这个理由被威廉调岗和离职的。"肖简嘴角露出一丝讥讽的笑。

杰姆斯暗暗点头。威廉搬掉斯蒂文、罗伯特、张宣明时对杰姆斯解释的理由正是:能力不强,不能胜任岗位。威廉若要搬掉眼前的女人,无疑也要用这个理由。这也是历来公司政治斗争中老板清理员工的主要理由。

"至于我本人的能力强不强,半年前的 Business Review(业务大检查)报告里彼得已经作了评价——"肖简打开文件夹,取出一份文档递给杰姆斯。

杰姆斯一看,这是彼得作的业务大检查结果报告。首页"Well Done(成绩)"的标题下写着"Significant Improvement in Internal Control(内部控制方面有意义深远的提高)。"

"彼得在检查结果报告会上表扬了我。我记得当时您也在场。"肖简说。

杰姆斯脑中浮现当时的情景。依稀地记得彼得好像是表扬过这个女人。

肖简抬起眼自信地说:"中国咨询部 Internal Control 百分之九十的规范化工作

都是我来以后建立并完善的。其中包括PMS/HRS两个项目管理数据库。我几乎从零建立了部门很多Internal Control的管理职能。我还建立了中国项目审计团队。这在整个亚太地区都是走在前面的……”

女人开始滔滔不绝地叙述自己一年多来所做的工作。然后叙述威廉上任以后对中国管理团队部分经理包括肖简进行违背公司文化的迫害的细节。女人的思维清晰、缜密,对威廉表面疯狂行为后面的政治斗争伎俩看得入木三分。杰姆斯不得不暗暗佩服女人的洞察力。同时暗笑威廉自以为手段高明,别人难以窥透迷津。他哪里知道就这么一个小小的女人都把他过去、未来谋划的动机看得一清二楚。不由得对自以为是的政客同僚嗤之以鼻。

“杰姆斯,其实威廉玩的政治游戏很多人都看得很清楚。斯蒂文、张宣明、罗伯特都已经被他降职的降职,逼走的逼走。他对我也不过在使用同样的伎俩。杰姆斯,我想让您明白,我不怕走!当初我有能力应聘OEE这样的公司,今天我同样有能力应聘其他类似的公司。我靠自己的能力吃饭而不是老板的施舍!但走不能这样走!威廉到处散布我能力不行的谣言,试图为他杀我的时候造成一种舆论导向。他甚至在发给GC和AP(亚太)的邮件里也有意混淆视听。我们虽然是打工的,但我们也有自己的尊严!如果威廉为了他的政治目的不惜践踏我们的尊严的话,我会为我的尊严而战!OEE的公司文化不是‘尊重、信任、诚实’吗?我相信公司会保护我们的尊严,保护员工的诚实!”

女人终于讲完了。一双智慧的眼睛凝视着OEE中国公司的最高长官,静静地等着反馈。

杰姆斯沉默了几分钟,头脑在快速地思考。女人的分析和判断几乎都是对的。威廉所掀起的不仅仅是和几个中国经理的政治斗争。他的目的是要在中国营造出一个凌驾于中国公司之外不让杰姆斯染指的“独立王国”。他甚至可能有更深层次的政治野心。因为他一直在中国区各部门老板之间和杰姆斯有矛盾。只是因为杰姆斯丰富的政治斗争经验,还有整个中国高层管理和杰姆斯的默契,因此威廉一直在较量中体会着失手的难堪。但因为他和杰姆斯级别相同,而且名义上他还是GC的老板,因此他在中国区兴风作浪屡战屡败却有恃无恐甚至变本加厉。目前从行政级别能辖制威廉的除了他亚太LOB(业务线)的老板约翰,只有GC总经理迈克了。而同级别的斗争中,不到万不得已是不能惊动老板的。更何况约翰不知是被威廉灌足了迷魂汤还是和威廉有着更深层次的关系,总之约翰对威廉表现了超乎寻常的信任和支持。因此,除非杰姆斯有绝对胜算辖制威廉的办法,否则他会很小心地把和威廉的矛盾斗争一直压在中国区内的明争暗斗中。

现在威廉玩政治玩出了劳资纠纷。面前这个智慧的女人居然巧用公司所谓的企业文化,来向公司正式投诉威廉违反公司Policy(政策),侵犯了中国雇员的尊严,应该说女人找到了一个无懈可击的攻击威廉的软肋!作为总经理对员工投诉是不能不管的。但是该怎么处理呢？很明显威廉是百分之百的罪魁。但在政治斗争中，只有赢家输家没有对和错。而且员工和老板发生纠纷，走的几乎都是员工！威廉从级别上又是自己的同僚。因此要靠杰姆斯的力量处理威廉的可能性几乎是零！而凭威廉的暴戾能容肖简这么犀利能干的员工的可能性也近乎于零！因此，从结局上说肖简凶多吉少。但这话是不能和女人讲的。一个总经理不能保护自己的员工也太说不过去了。更何况杰姆斯发自内心同情这个女人。

而如果同样也从政治斗争的角度考虑，肖简则是一颗适时送上门来的对付威廉的“棋子”，可以帮助自己削弱威廉在中国咨询部的控制力，从而加强自己对咨询部的领导力。杰姆斯完全可以利用这颗很有杀伤力的“棋子”好好地和威廉玩一把。玩得好即便扳不倒也可以让他损兵一半。要知道咨询部是中国公司最大的一个部门，咨询部的失控会导致自己的地位危机。因此威廉是杰姆斯一定要扳倒的对手。

也许肖简的出现就是一个千载难逢的机会。但怎么利用这个机会是需要费思量的。这个女人很敏感，因此自己说话必须有分量但要有分寸。要表现出对她的心理支持，但是又不能让她对自己寄予不切实际的幻想。杰姆斯双眉一挑，沉吟着望着女人说了一句模棱两可的话：

“我，一直在冷眼旁观。”

肖简眉头一扬，敏锐地感觉总经理话中有话，对威廉的态度很是耐人寻味。

“威廉虽然会讲几句国语，却从来没有在中国待过。他对中国的文化和国情可以说是一无所知。更麻烦的是他并不清楚由于他不了解中国国情给大家的工作带来多大的麻烦。还有语言问题。他和我们相处也是有困难的。有时候搞得我也很烦。”杰姆斯说话透着美国人的直率。其实他在小心地挑选着措辞，有意暗示自己对威廉有意见。他需要肖简相信他，需要她对自己有好感。

“这样吧，简，我还有个会，你先回去。我晚上会和 HR 袁华通电话。让他尽快和你好好谈谈。到时他会做笔录。相信我，公司是公正的。会给你一个交代的！”杰姆斯诚恳地说。

“好的。谢谢您！”肖简的目光中充满感激。她觉得一直压在心里那块沉甸甸的大石头突然被搬掉了，心里一下感到轻松了。总经理已经明确表示公司会给自己一个公正的交代。能在这样的公司工作是一个员工的骄傲。不到万不得已，肖简并不想离开。

杰姆斯站起身，和肖简诚恳而热情地握了握手，亲自把她送到门口。

经过威廉办公室的时候，肖简向里瞥了一眼。恰好威廉的目光也正透过大玻璃往外看呢。两个人的目光在空中交织了。肖简的目光不怯懦地迎接着他的；威廉目光复杂地和女人对峙了几秒钟，抢先移开了。肖简冷冷一笑，傲然地从威廉的办公室前走过。

— 52 —

回到座位上，肖简感觉一种深深的疲倦。一种在生命的极限却还不得不为走出荒漠而拼搏的疲惫……她微微闭上眼，静静地坐了一会儿，平静了一下心态。睁开眼看见电脑屏幕上有新邮件的提示，就打开了信箱。

居然四五个全部都是威廉的邮件！一个紧挨一个示威般地站在肖简面前。怎么？傍晚的当众羞辱还不够？这一个个龇牙咧嘴的邮件还想找什么茬？肖简厌恶地打开邮件。果然，威廉如同饿极了朝天乱吠的疯狗一样又在疯狂地发泄！他居然不顾傍晚的事实，又借口成本费用指责自己工作能力差，不能正确预测部门的业务走向。一个个罗织的罪名脏水一样地泼到了女人的头上。更恶毒的是，他故意歪曲、夸大和变形傍晚的事实后，把邮件 Cc（抄送）给不明真相的经理和项目经理！更卑鄙的是，他明明张开了血盆大口露出了带血的獠牙，但还要披上狼外婆的外衣，邮件文字里充满了文明的措辞："Please……（请……）"、"I would like……（我很愿意……）"、"May I help……（我是否可以帮助你……）"、"Can you……（你可以……吗？）"。仿佛一个已经把獠牙深深地扎到了人胸口的野兽在笑眯眯地问"我可以吃你了吗？"

肖简看着这几封邮件冷然一笑。威廉在两次公开"逼宫"和杰夫的诱劝失败以后，终于丧心病狂了！他要亲自赤膊上阵充当刽子手了！他要开始为她"制造"罪名了！他要在女人周围编织一个层层扩大的歪曲的网。他要误导不明真相的人形成一个有利于他的舆论环境。他要让人们相信他罗织的罪名。他要赢得上上下下舆论的支持。他要在动刀子的时候告诉民众刀下是罪不可赦的罪人。如果人们相信了要杀的是"罪人"，公司的法律不会追究，老板不会追究，员工也不会追究。

多么如意的算盘！多么阴险的招术！

女人觉得浑身的血管里此刻奔腾着野性的血。她发誓从今天起要用自己全部的勇气和智慧和这个假洋鬼子进行一场捍卫自己尊严的斗争。她已经不在意输赢了。最终走和留也无所谓。但是她必须给这个野蛮人一个终身难忘的教训。她要让这个洋鬼子记住什么叫中国人！

女人冷然一笑，打开了一个新邮件，敲打上威廉的电子邮件地址，然后郑重地写上标题——"About Respect(关于尊重)"。眼前顿时浮现威廉饱含杀机的狞笑；耳边出现他昨晚当众声嘶力竭的威胁："你要再这样我不要你了！""少一个人少一件事！"

她微微咬了咬下唇，双手飞快地写下了以下文字：

"威廉：'尊重、信任、诚实、以客户为中心'是 OEE 公司的企业文化。这些企业文化不仅镶嵌在 OEE 全球每一个公司的镜框里，也镶嵌在每一个员工的心中。作为公司高级管理,您不会不知道公司的文化。

“但我认为您的行为已经违背了OEE公司倡导的文化。您这半年对我的所作所为已经侵害了我作为公司员工的个人尊严。您是人,我也是人。请您不要在公众面前表现出你对我和其他人的不尊重。这不仅会有损您作为老板的影响,更会损害公司的形象。

“请记住,事实就是事实。

“谢谢!”

肖简写完毫不犹豫地按了一下“发送”键。

从今天开始我要为自己的尊严而战了!

士可杀,不可辱!我虽是一个小女子,是个普通的中方雇员,但我同样拥有做人的尊严!我可以走,但我不能是你的强权和污水赶走的!我必须为自己的尊严和名誉而战!

屏幕上显示了“邮件发送成功”的信息。这是女人在忍受了老板长达半年的压制和侮辱以后做出的第一次正式的反击!而E-mail的方式使这次反击能在公司服务器、双方的邮件信箱里留下铁证如山的时间地点人物以及事件的记录。在电子信息通讯高度发达的世界大公司,E-mail政治是公司政治斗争的一部分。任何时候,只要当事人愿意,保留的邮件可以带着这些最原始的时间地点事由,在几秒钟内把两人之间的秘密发送到公司每一个人的信箱。每一个“阴谋”可以一瞬间变成“阳谋”。对深谙此道的威廉来说,肖简的这个邮件只要任何一方不从电脑里删掉,就将无疑是一个随时可能在威廉身边爆炸的“定时炸弹”!

从今天开始,女人将是自己的“元帅”!既然战是死,不战也是死。横竖是死,何不死得正大光明?女人深藏于心的野性已经被长着獠牙的“狼”激起。女人虽然弱小,但决不会坐以待毙!

— 53 —

手机突然响了。

是天雄!这个男人,这两天给自己打的电话超过了过去一年主动打的电话。可面对一个背叛了爱情但似乎又还在挂念着她的男人,她真不知道该如何去面对!他本是自己最亲的亲人啊!白天在刀光剑影中厮杀得心力交瘁;此刻,她多么希望回到温暖的家;多么渴望躲进丈夫那安全、宽厚、温暖的怀抱里;多么想在丈夫那浓郁的男人气味包裹下休息……可是发生了这些事她怎么还能去面对这个男人?!

手机铃声停住了。接着座机铃声又响了!肖简目光盯着电话,用了很大的毅力才强迫自己没有去抓电话。电话执著地响了好多次,才依依不舍地陷入了沉寂。肖简的心也落到了冰凉的井底。她不知道自己该如何去面对这次劫难。

突然，座机上留言的红色警示灯一闪一闪的，一定是天雄留了言。肖简飞快地输入留言接收密码，听到了那个浑厚而富有磁性的声音，还有那份富有杀伤力的温情——

“简，你在哪里？为什么不接我的电话？你要急死老公吗？急死了老公以后谁来疼你？为什么我们不能回家好好谈谈呢？知道我有多着急吗？如果说我得罪了你，也得给我一个辩解的机会啊？总之你快回家吧！晚上你不在我怀里我实在睡不着……还有……我已经看见了你的邮件，我知道发生了什么事。我能解释！回家吧，我当面和你解释……”

天雄的声音含着些许的无奈，肖简突然感觉虚弱得无以复加。这到底是个什么男人啊！如果说他不懂得爱，这声声呼唤不是爱是什么？如果说他懂得爱，为什么要背叛婚姻背叛我们的爱情。对背叛的惩罚就是离去。但自己果真离得开他吗？这个男人的爱已经深入骨髓，除非让我心骨俱裂，否则我怎么摆脱得开这个男人？可摆脱不开，我又如何面对他?！可我不面对又能怎么样？我躲了今天，还有这么多明天。他现在还是我的丈夫，这是无法更改的事实。也许我应该去大胆地面对。宗民说得对，无论离还是合，躲避都不是办法。

正想着又一个电话录音跳了出来——

“简，我已经给你发了邮件。你就是不想要我了，也应该和我吃最后一顿晚餐对吗？可是我们之间有什么事能抵得过我们6年的爱情呢？无论如何你总要回家啊……”

天雄的声音含着些许颤抖，肖简感觉肝肠寸断。男人这声声呼唤完全动摇了她离去的决心。和这个男人的爱早已深入骨髓，我怎么离得开这个男人？

邮件？肖简突然想起男人说给她发了邮件？她急忙打开新浪私人信箱，一眼看到了天雄的邮件。她几乎把脸贴到了屏幕，她的心在急促地跳动。

“简，我错了！

“这是我看到你发过来的那些信以后发自内心想说的唯一的一句话。我不想为自己辩解。我能想象这些信给你造成了多大的痛苦。我除了嗫嚅几句对不起之外还能做些什么？我无法申辩自己就是因为虚荣心玩了几把网上游戏。原本只是想经营一下自己情感的自留地，在虚拟的网上玩玩潇洒，一个人偷着乐乐。现在突然在大庭广众之下被剥光衣服，这是一种什么感觉？日后即使你想原谅，我也不会原谅自己！

“对待网上交友调情，我在聊天室里见过许多交际花式的女人，她们的语言与我们在现实生活中见到的女人是截然不同的。放肆程度网上比现实甚之又甚。为什么？因为有网络掩护。我的动机如出一辙，如果没有网络的掩护，你借给我一万个胆子我也不敢！除非我感觉到的确没有威胁的情况下，才敢在对方的邀请下偶尔见上一面。但是一场网上的'风花雪月'结局还能怎样?

"总之,简,我承认我玩了一场游戏,一场网络技术提供的游戏,游戏规则原本只能当事者自己玩味,如果是两个人以上共同浏览足以使撰文者无地自容。单就这一点我已经受到惩罚了。可是简,我知道任何惩罚也无法弥补这件事带给你的伤害。这也是我最为内疚的地方。不管是我主观意识不贞还是我想独自玩一把人生的潇洒,但伤害你绝非我的本意。别说你是我心爱的妻子,就算你不是,我善良的本性也不允许我去故意伤害别人。

"收到你的邮件时,意识到你受到了巨大的伤害,突然有种心疼的感觉。很想你。这几天我不知道你在哪里。我实在不想为自己辩解什么。我只想真诚地向你说声:对不起!

"我过去爱你,现在也爱你,将来依然爱你。但是我不知道面对这些事情我将怎么面对你。如今我也只能强忍内心的羞愧、恼怒来面对这一切。我知道在你的眼里我已经是个伤风败俗的伪君子!可不管你怎么看我,我爱你是真的。

"我真心希望你早点从悲痛中恢复过来,我永远会是你的好丈夫。"

一封信看完,肖简已经是泪流满面。一句"我过去爱你,现在也爱你,将来依然爱你",把女人内心压抑的委屈和伤痛一瞬间弥漫在心和身体的每一个角落。这是个什么样的男人啊!拿着刀无情地伤害了女人,却送来一剂剂疗伤的药。明明背弃了爱情,却让女人铭心刻骨地感觉到"被爱"。可爱为什么要游戏?为什么要背叛?既然你已经背叛为什么还要说"爱你"?爱到底是什么?

简把头深深地埋在手臂里,任泪水肆意横流……

第十八章

— 54 —

威廉和“嘉华汽车”客户吃完午饭打着饱嗝回到办公室，脸色被酒精熏得泛着红光。

他打开电子邮件，突然目光被一个醒目的标题钉住了“About Respect(关于尊重)”。尊重？怎么谈起尊重来了？再一看邮件是那个让他头痛气闷的女人肖简发过来的。她又犯什么病？怎么说起“尊重”来了？最近几次公开给她“下马威”，显然已经把对一个女人最大的侮辱都带给了她。尽管她一直强撑着坚强，但威廉感觉到女人的神经快崩溃了！但凡有尊严的人，都不可能忍受这种连一件文明的外衣都不穿的侮辱！威廉就是想让肖简的神经彻底崩溃，彻底断了还想在OEE公司的念想！你说老子不公平老子就他妈不公平了！受不了赶紧滚蛋还算你识趣！怎么？这个女人还想来叫板尊不尊重她？我就不尊重她她又能拿我怎么样呢？受不了她可以滚蛋呀！

威廉鼻孔里喷着浓重的酒气，红彤彤的脸上露出“我是流氓我怕谁”的表情，不在乎地打开肖简的邮件……

威廉好像突然被人劈头盖脑地浇了一盆凉水，酒意一下子醒了一半。他有点不相信自己的眼睛，把邮件又急促地看了一遍，只觉得一种虚空的感觉从脚心溢满全身。为了掩饰内心的不安，他把目光从电脑上移开，脸上故意堆出不屑的表情。右手从那个精美的咖啡色木质烟盒里胡乱摸出一支古巴烟，塞进嘴里。点火的时候双手却情不自禁地哆嗦。他有些恼怒地狠狠吸了几口烟，一层白色的烟雾顿时把他罩在了云雾之中。他强作镇静地又把目光转回了电脑。目光一触到“企业文化”几个字马上如同被火烫了一般身体直想哆嗦。女人此招太出乎意外了！本来自己一直在给她罗织“工作能力不行”的罪名，她怎么却一反手把“违背企业文化”这么大的帽子扣到了自己头上？岂不是有口难辩?!

但是为什么自己明明占着上风，盘踞着权力的制高点，手里拿着最精锐的武器，脚下还踩着老板支持的坚实地基，却左一刀右一刀至今无法对女人一剑封喉？这个女人手无寸铁，孤立无援，一次次被自己逼到了死角，为什么至今还孤傲地挺立在自己面前？居然还把“违背企业文化”这根鱼刺不由分说地塞进自己的喉咙，噎得他咽不进吐不出难受无比！

威廉长叹一口气，不得不承认女人此招掐住了他的喉咙。自己即便恼羞成怒也只有强咽下这口窝囊气。智者要忍得一时的屈辱，武夫才会逞一时之勇。他和肖简的“战争”是一场只要胜利的结果但不能追究胜利的原因的“战争”。灭这个女人是最终目的；但为什么灭怎么灭则是桌子底下的秘密。威廉必须混淆视听才能歼灭这个女人。一旦外界舆论知道了真相，即便女人灭了，威廉也会人心大失。毕竟，公司政治是上不了公众舆论台面的。万万没有想到女人也学会了这一招。一个“违背公司文化”的罪名就把我牢牢地钉在了羞耻柱上！这个罪名如果传扬出去误导了高层老板，那别说赶不走她了，整个中国地区管理团队重组的战略也要彻底泡汤！

想到这儿，威廉不由得打了一个寒噤。他突然意识到这个邮件恐怕真的要成为永远卡在喉咙里的一根鱼刺了！女人只要留着这个邮件，任何时候只要她按一下“Forward（转发）”键，然后敲入任何一个她想传递信息的老板的邮件地址，一瞬间OEE全世界的人都能知道这封信的内容。而且可怕的不明真相的任何人看到这种措词的信件都会发挥最大的想象力去琢磨老板对这个员工到底做了些什么？而看了邮件的人百分之百地都会认为是威廉欺负女人引起她忍无可忍的反抗！那威廉从舆论上就彻底输了！

这种情况绝对不能发生！威廉狠狠地抽了几口古巴烟。这封邮件绝对不能让这个女人再转发出去。至少不能在威廉制造好舆论导向之前发出去。他要暂时忍住这口气，等营造好解雇女人的舆论以后再彻底秋后算账！只要他肯退一步，暂时不应战，依女人忍耐的个性就不会进一步进攻。使用这个缓兵之计，暗地里加快对上层舆论的引导。等我神不知鬼不觉地准备好了的时候，哼哼！咱们走着瞧！

威廉阴翳的目光投向电脑屏幕，用鼠标点了“Reply（回复）”键，写道：

“简：我坚决拥护OEE公司的企业文化，也在一直为之付出我的努力。我相信开放、直接的沟通方式。我也开始对每一个人给予我的信任……”

威廉写着写着眉头越拧越紧，感觉越来越坏。我他妈是不是吃错药了？怎么拍着胸脯要跟这个女人表决心？他妈的什么时候我威廉落到这个地步了？这该死的女人！我饶不了她！威廉看着这些文字，心情不平衡到了极点。越想心里越不甘心；不甘心就越不能不写；但写也不能让女人觉得自己怕她。于是他咬着牙，喘着粗气，在甘心和不甘心中写道：

“但信任是一种价值，不是无条件给予和永远应该给予的，更不是被强迫的。信任必须靠自己去“挣”。当信任没有“挣”到的时候，信任要被降低……

威廉写到这里气恨恨地想：要我信任你？做你的美梦去吧！我宁可去信任一个清洁工也不会信任你！还给我提什么信任？OEE门口的金字招牌是给公众看的！是宣传。傻瓜才信！

威廉又看一遍刚刚写下的文字，突然急中生智。心想：哼，你会写，我也会编！你留下证据，我也立此存照。我让你也说不清楚。他冷笑着继续写道：

“简，我不清楚你想达到什么目的？不久前你还夸奖我这种直接开放的沟通方式；怎么现在你又说我侵犯了你的尊严？你的变化反应太快让我有些跟不上来了。看来你有一些心理方面的问题。我想我们应该好好地谈一下。”

威廉写到这里得意地狞笑了起来。任何人看了上面的文字都会认为是这个女人有心理问题，而老板只是直率地批评了她一下。老板是这么地宽容。哼！我让你有口也说不清！

威廉重重地敲“发送”键把邮件发了出去。突然感觉很累，就把身体靠在椅背上，闭上眼睛。刚刚迷糊了一分钟，就听到有人敲门。他有些气恼地抬起眼皮，一看是王欣。

“有事吗？”他皱皱眉问。

“威廉，杰姆斯让您马上去一趟说有急事找您。”

“什么事啊？告诉他我正忙没空！”一听杰姆斯的名字，威廉的眉头拧成了一股绳。这个可恨的杰姆斯，把我当他部下了。想招呼随时就差秘书来叫。急事？急事也要预约！

王欣退出几分钟以后，威廉桌上的电话铃响了。威廉抓起电话：“Hello！”

“我说威廉你有没有搞错！我在以一个GM(总经理)的身份和你这个PD(总监)谈话！你听清楚了！你，已经被你的staff(员工)complain(投诉)了！正式complain了！”

“complain？什么complain？staff(员工)？哪个staff？”杰姆斯突然抬高的嗓门震得威廉耳膜嗡嗡直响，他不由得皱紧了眉。

“我说威廉，什么叫complain你不懂吗？我再说一遍：你——被——complain了！”

“By who？Why？(被谁？为什么？)”威廉突然觉得脑袋嗡嗡地响。

“被肖简！Complain你搞Politic Game(政治游戏)！complain你迫害员工！HR(人力资源部)正式接受她的complain！要调查！要向GC汇报！你过不过来自己看着办吧！”

— 55 —

雅轩园。8月夏日清波荡漾的“碧水湖”湖面，几对身穿五彩T恤的情侣在嬉笑着欢快地划着游艇。游艇在轰隆的发动机声中快活地在湖面划出一道道美丽的弧线。湖边的杨柳，随风摇荡着婀娜的腰肢，对嬉戏的游人跳着青春的舞蹈。那一片片缠绵的柳枝，随风时而轻吻着湖面；时而轻拂游人的脸颊，使尽了风流。

肖简沿着湖边缓步走着，一路上享受着凉爽舒适的风，欣赏着绿色的自然和五彩的生命。一时间心中有一种激情在涌动。

来雅轩园参加公司举办的为时三天的"The 7 Habits Of Highly Effective People(高效成功人士的七个习惯)"封闭培训。昨天培训才进行了第一天,就已经给所有的员工很大的心理冲击。这简直是一次"洗脑"课。是关于人生思考的话题。培训的方法不是简单地告诉你对与不对,应该不应该这么做。而是启发你去思考你的人生观、价值观。培训设计了各种各样的游戏,让你在游戏中去感悟成功和失败的真谛,去感悟你人生价值观中缺损的东西。这个培训对早已脱离大学校门,在忙忙碌碌的生存中除了工作什么都无暇顾及的"打工仔"们,无疑是一个既熟悉又陌生的话题。仿佛人近黄昏却遭遇初恋的恋人,那份惶恐、躁动和欣喜让每个人都感到陌生。

到了多功能厅。香港来的培训师苏珊和游戏师约翰已经笑容满面地站在门边恭候大家。

几分钟以后,苏珊拍掌宣布上课了。

游戏师约翰笑容可掬地走上讲台,一击掌,声音洪亮地喊了一声"好!让我们开始!"然后上身微微前倾,臀部微翘,戴着眼镜的圆圆的大脑袋扭向左边看看又扭向右边看看大家,一副憨态可掬的样子。大家哄地笑了。

"好!让我们先来做一下热身运动!"约翰又一击掌,说:"现在每个人找一个partner(伙伴)。一个为A,另一个是B。我说开始,A就要开始跳舞,而B必须跟在A身后跳。A跳什么姿势,B就要模仿什么姿势。模仿得太离谱了,我要把他开除。我说停,大家就保持着当时的姿势停。好!现在先找朋友!"

话音未落,大家已经笑着你拍我一下,我拍你一下,开始找朋友了。

"好!大家找好朋友了吗?"约翰上身一倾,屁股一撅,圆圆的脑袋左右一晃大声问。

"找好了——"大家拖长声音回答。

"我听不见!"约翰拉大嗓门又问了一声,然后把两只手圈成喇叭状放在两侧耳朵上。

"找好了!"大家扯着嗓子,有些声嘶力竭地喊。

"好,这回我听见了。"约翰满意地点点头,冲录音师一挥手,偌大的多功能厅瞬间回荡起激昂的迪斯科音乐。

伴随着音乐,这二十来个高矮胖瘦的男女一个个或挥手或摆头或扭胯或踢腿,好不热闹。跳着跳着,大家情绪越来越高,舞动的幅度也越来越大。突然,老师说:"停!保持姿势,别动!"音乐停了。大家停住了。所有的姿势"定格"了。"大家看一看,你和你partner(伙伴)的动作像不像?"大家保持着"定格"的姿势,同时扭头前后左右地一阵乱看,都禁不住哄堂大笑起来。哇,简直一幅"群魔乱舞"图。这时约翰一拍手说:"好!现在B领舞,A模仿。开始!"音乐又起。大家又一阵乱舞乱跳。动作更夸张，笑声更响亮。

“好！停！”约翰一拍手，说：“热身运动结束。大家觉醒了没有？”

“醒了——”大家拖长了声音大声喊道。

“好！现在我们欢迎苏珊继续讲课！”约翰说完用“唐老鸭”的步态扭着身体下讲台。

“好！讲新课之前，让我们先复习一下昨天学习的内容。”苏珊说：“昨天下午，我们已经讲了习惯二：以终为始！”苏珊伸出食指在空中画了一个很大的圈。说：“这也就是说我们应该为自己的人生设置目标。最有效能的人，会塑造他们的未来。而不会让他人或环境来决定他们的命运。但如何设置自己的目标？这就需要我们做生活重心的选择。”

苏珊说到这儿拿出一张白纸，用五彩笔写了几个大字：“什么是我们的生活重心？”

“现在我们欢迎约翰来做个游戏。”苏珊笑着对后面的约翰拍了拍手。

约翰走上了讲台。他给每人发了5张白纸。然后对大家说：“现在请大家在纸上写下5样你人生中最重要的东西。”

大家一个个开始陷入了思考。

肖简想了想依次在5张纸上写下了事业、家庭、快乐、朋友和健康。

约翰看见周围的同学写完了，就说：“好！现在请大家把纸折好，不要让别人看见。”见大家依样做好了，约翰说：“好！现在我们假设由于某种特殊的原因，我们必须放弃其中的一样东西。”见大家目不转睛地看着他，约翰点点头说：“对，放弃一样。”他打开一个塑料袋，走到每一个小组的桌前，让大家把要放弃的东西扔进来。

塑料袋伸到了肖简的鼻子底下了，肖简左右权衡拿不定主意。在约翰的催促下，一咬牙把“健康”扔了进去。

“OK，让我们看看大家都放弃了些什么？”约翰从塑料袋里随便摸出一张读道：“书籍。”然后笑着对大家说：“哇！这位朋友以后不读书了！”又摸出一张纸说：“看看这是什么？娱乐！好，再也不玩了。哇！还有健康。连健康都放弃了吗？”约翰摇摇头又念了几张，什么“睡觉”、“吃零食”、“游泳”等等。

约翰冲大家说：“现在我们必须再放弃一样东西。”然后又向大家张开塑料袋。

肖简看着事业、家庭、快乐、朋友，心想：如果这个游戏是真的我会放弃什么？事业、家庭我是肯定不会放弃的。那快乐、朋友，我放弃什么呢？肖简的眼前浮现了一个个相濡以沫的好朋友的面孔。我怎么可能放弃这些朋友呢？那就放弃“快乐”吧！肖简拿起“快乐”，扔进了塑料袋。然后肖简想：现在我是个没有快乐的人了。想起人生曾经有过的不快乐的时光，肖简后悔了。人生要是连快乐都没有了还有什么意思呢？不行，不能没有快乐。肖简想把扔掉的纸片找回来，但已经来不及了。老师拎着袋子走上了讲台。这一瞬间，肖简心里一动，悟到了一个道理：放弃了，就没有了；扔掉了,就再也找不回来了。

讲台上,约翰在念被同学们放弃的纸条。哇!除了快乐,居然还有钱、朋友、事业、女人、香烟和健康。

这时约翰又要求大家放弃第三件人生中最重要的东西。这次肖简拿起了“朋友”。随着岁月的流逝,工作的变迁,生活状况的改变,旧的朋友走了,新的朋友来了。走了的可能某一天还会回来;来了的可能某一天也会走。而且这个日益物化的商品社会,朋友开始伴随利益和价值。你成功你有价值,你就会有朋友;倘若你失败了你变得一名不文,再看看你生活中还有什么朋友?而没有了朋友至少还有“家庭”;不失去事业就还有交朋友的机会。

约翰又要求再放弃一样你生命中最重要的东西。约翰的话音刚落,肖简就发现大家开始望着各自手里最后的两张纸犹豫了。这是个游戏,但似乎没有人把这当成游戏。或者他们也和肖简一样,在思考“如果这一切都是真的”怎么办?突然有人冲约翰喊了一声:“约翰,你要了我的命!”大家哄地笑了。但瞬间又陷入自己困难的人生选择。当约翰举起口袋依次走到大家面前的时候,每个人都带着一种凝重的表情放弃了自己根本不想放弃的选择。

肖简毫不犹豫地把“事业”放进了塑料袋,留下了“家庭”。

约翰没有读塑料袋里的“人生抉择”。他大声说:“现在请大家亮出你手里最后的选择。这就是你人生中最重要的东西。也就是我们所说的每一个人的人生重心。”约翰停顿了一下。所有人都神色凝重地望着他,认真捕捉他的每一句话,思考着在自己人生记忆中被沉睡了很久的东西,似乎都有所感悟。

“好,现在请大家轮流说一下,什么是你人生中最重要的东西?”约翰一拍掌也表情凝重地说。

“家庭。”

“家庭。”

“我也是家庭。”

“我也是……”

没有想到这个天天以生意、挣钱为业的外企群体,居然百分之九十的人把家庭当成了人生最重要的选择。

“大家能不能告诉我,为什么‘家庭’是你人生最重要的东西?”约翰神色突然变得很严肃。

“套用一句俗话:家是港湾。”销售部的销售状元张大新抢先说。

“哎——你们做Sales(销售)的天天歌厅舞厅泡妞酒桌上花天酒地的,怎么也这么酸?”技术部的一个小个子男人举起手提出质疑。

大家哄堂大笑。

“正因为这样,家才重要呢!外面是逢场作戏。家里的老婆才是最可靠的亲人。

只有家才不会欺骗你……”

家……欺骗……

肖简的心突然感到一种刺痛。那一连串的“蒙太奇”镜头又不可抑制地扑面而来……一种想哭的感觉顿时涌了上来。她赶紧离开桌位去了洗手间。她不停地用冷水敷面,冰镇自己的思维。

家庭,我留下了家庭。可我还有家庭吗?

丈夫,我有丈夫。可他还是我的丈夫吗?

天雄……肖简微微闭上眼睛。恍惚中,一股熟悉的男人的体味柔柔地迷漫在空气中,钻进她的呼吸她的思绪她肌肤的每一寸土地。她贪婪地吸了一口气。是的,她曾经多么幸福,因为她有天雄天雄是她的天她的地她的情感归宿她至爱的灵魂。人生中可能爱你和你爱的人都不止一个,但能楔入你的灵魂给你永志不忘的爱情的男人只能有一个!肖简多希望和这个叫天雄的男人拥有一份永恒。可是为什么她却抓不住这个男人的灵魂?他口口声声说爱说永恒,可为什么在创造永恒的过程要刻下这么多深深浅浅难以愈合的伤痕?!天雄!我忘不了你!忘不了你的真情,你的温柔,你的野性,忘不了你对我的爱,更忘不了你对我的伤害!

我爱你,因此你伤害我。

我把你视为我的唯一,因此你背叛我。

我奉献给你一个优秀女人的全部美丽,可你却要“多种美丽”。

你背叛了我,却还要告诉我你爱我,我该如何理解你的爱,未来再去信任你的爱?!

我想宽容你,但我真的无法忘记那些带血的文字,无法忘记你无情地扯去我们爱情的屋檐去建筑你游戏感情的浪漫天地!

如果你的感情世界注定了必须有“多种美丽”,我宁愿一个人终身落寞。我不再给你我的“一种美丽”!

— 56 —

吃完晚饭,学员们有的去园子里逛,有的打保龄球台球卡拉 OK 去了。肖简借口不舒服独自留在房间。开着电视,躺在床上,眼望着天花板想着心事。感受着一种难以言说的痛苦压抑和空虚。越想越觉得心乱如麻,干脆起来打开电脑上网冲浪。

手机屏幕上突然跳出了天雄的短信。他几乎从来不给肖简主动发短信。“简,我在 msn 上,我们需要谈谈。我们是夫妻,天大的事也没有什么不能沟通的。好吗?”

肖简心乱如麻。那天看完天雄的回信以后左右为难,不知道是否应该回家?正好 HR 来电话说咨询部一个顾问病了不能参加次日京郊的七个习惯培训,让肖简马上另外安排人。这个培训公司要求每人必须参加的,肖简就索性推荐了自己。

想利用三天的培训再好好想想。她清楚逃避是暂时的，但她又不知如何面对这种残忍。

“简,你公司的人说你这几天在参加培训？”天雄在 msn 上打出了第一行文字。

“是。”肖简咬着唇,迟疑了半天,才勉强打了一个字。

熊熊:简,事情会变成这样,可能真是想说也说不清楚了。

Jane:是“说”?还是“做”?你已经“做”了你想做的一切事。“说”无非是为你做的事做些注解而已。又有多少实际意义呢?

熊熊:简,我希望你不要这样冲动。我知道我伤害了你,我也没有想逃避责任。但你也得容我辩解几句呀！如果我们之间因为这场“游戏”连最基本的信任都没有了,别的事情也无从谈起了。

看到最后一句话肖简突然觉得有一种血往上涌的感觉。她简直难以想象一个游戏感情的男人居然能和被伤害了的女人奢谈什么“信任”?!居然还责怪被伤害的女人没有信任他。这是什么强盗逻辑?!气愤之下肖简重重地敲打着键盘,一口气打出下面的文字:

Jane:最基本信任的尺度是什么?我是个很容易信任的女人。甚至是个轻信的女人。这你很清楚。

Jane:但在我信任以后,这个信任是要靠漫长的岁月来维护的。

Jane:一个女人看到这样一堆信件,看到丈夫同时给几个女人痴迷;看到丈夫和情人们玩怄气、调情、宾馆见面、互赠照片、甚至……的游戏;面对这些活生生的场景,你让我怎么“信任”?

Jane:你是否认为我这个女人不是肉体凡胎?我的心不是肉做的吗?我难道是钢筋铁骨吗?!

肖简写到这里眼泪夺眶而出。羞辱的感觉一瞬间铺天盖地地包围了过来。

熊熊:唉,简,面对你这一声声质问,我实在无话可说。是我错了!但是请你冷静下来。事情的确不像你想得那样肮脏和严重。

Jane:????!!!!

熊熊:我承认我曾经在网上和人比较放肆地调侃,也曾出于好奇在出差途中顺便见过网友,但是从我的角度仅仅只是普通的交往。仅仅是一场“网上游戏”。没有任何实际意义的。也绝不会伤及我们家庭的根本。

见男人居然把这些不堪入目的感情背叛轻描淡写为“普通交往”，肖简气得心脏怦怦直跳。这个朝夕相处一直珍爱家庭和妻子的男人怎么突然变得这么陌生？她哆嗦着双手写道：

Jane：“普通的交往”？从“你的角度”什么是“普通交往”？只要不上床都是普通交往？还是上床但没有投入感情是普通交往？

Jane：还是拥抱接吻抚摩想象但是还没有到做爱的一瞬间仍然算是普通交往？还是天天情人般的问候、牵挂、怄气算是普通交往？那“特殊的交往”又是什么尺度和表现？

Jane：如果你视这样的交往为“普通的交往”的话，我们如果继续维持婚姻关系，我的一生将会是怎样的悲凉……

Jane：在我爱的时候去疑虑是不是别人在分享我的爱；在我丈夫出差的时候怀疑他会不会去见情人；当我在达到美好的性高潮的时候脑中划过一个个我丈夫和别的女人的床上镜头；让我像那些紧张的妻子一样每时每刻瞪着警觉的眼睛看着婚姻的城门唯恐别的女人进来；让我去体会不信任我的爱人的疲惫……

肖简写到这里把头埋在桌上失声痛哭。头脑时而一片空白，时而各种影像交叉叠加，时而各种声音颜色混乱成一团……唯一刻骨铭心的是伤心是痛心是绝望是对未来的恐惧……不知哭了多久，她抬起头，电脑屏幕上又见男人的一片文字：

熊熊：简，我能想象出你现在有多愤怒和痛苦，原因只有一个：我是你的丈夫，不该背着你去“偷情”。

熊熊：但，简，事实上并不完全是你目前想象中的那样。

熊熊：其实在情感上我一直是不习惯和你交流。因为男人有男人的世界，有男人自己的思维方式。可能交流得不好反而产生适得其反的效果。

熊熊：我想让你了解，一个男人完全会在妻子不在的场合，暴露出人性的另一面，但这一面走多远我有自己的原则。

熊熊：我认为交朋友只要不是真的去昧着良心干伤天害理的事，什么样的交友方式并没有限制。信里一些轻浮的调侃在文字中单独抽出来在道德法庭都可以定罪。但是这个罪要是定下来可确实有些“枉杀无辜”。

熊熊：无论男人还是女人都会有走入误区的时候，包括一些伟大人物。旁人看的是他们的主流，而不是只见树木不见森林。

男人在为自己辩护。肖简泪眼婆娑中看完上面的文字，心里充满着委屈和不平衡。她抽出一张纸巾擦了擦眼泪，把男人的话又认真看了一遍，心里多少获得了一些安慰。因为她发现男人虽然辩解,但并没有否定自己伤害了女人。文字中好像还有一些真诚的东西。她强迫自己平静下来。无论怎么说她和天雄的婚姻是一种客观存在。尽管她无法容忍男人的背叛,但她需要冷静下来从理性的角度去理解和面对这场变故。

Jane:如果你真能想象我有“多愤怒和痛苦”,我要感谢你!因为我一生中第一次体会这种感觉。

Jane:但因为我还在爱你!还想爱你!还希望和你在“一路上收集点点滴滴的欢笑中慢慢变老”!因此一句“愤怒和痛苦”远远不能涵盖我的感觉。

Jane:一周前我还是一个以为自己拥有丈夫完美的爱的幸福极了的小女人。今天的我,爱的梦被我痴爱的男人打破,破得好惨好惨。

Jane:其实人终归是不能自欺欺人的。你的感情世界即便藏住了就不存在吗?它存在。它在给你创造另一种美丽情感的同时,也在吞噬我们之间的美丽情感。

Jane:你在精心维护另一种情感的时候,你必定会荒疏和怠倦于维护我们的情感。即便没有今天的东窗事发,你最终也会因为追求你的“多种美丽”失去我们多年建立起来的“一种美丽”。

Jane:爱情易碎如瓷瓶。你残酷地打碎了它。现在你想修复它,靠什么?如何才能让这个瓷瓶没有打碎的痕迹?

Jane:难道婚姻对你只是一种情感形式?你永远需要在婚外去寻找你另类情感的归宿和梦想?

想起自己视之为生命的情感顷刻间被这个男人打碎,女人内心深处的伤感溢满了全身,眼泪充盈着眼眶。在模糊的视线中,她情绪激动地敲打着键盘:

Jane:你真不应该去伤害我这样的女人。人生从来是没有圆满的。但两个人可以慢慢用一点一滴的爱去创造圆满的爱情和婚姻。

Jane:我不是个完美的女人。我甚至是一个有缺憾的女人。但是我这一生一直在孜孜地追求一份完满的爱情。

Jane:我把全部的感情奉献给了我的爱人。但我没有想到我的爱人却向我紧闭心门的同时却把情感和激情给了一个个绚烂多彩的女人,来构建自己灿烂的情感世界。

Jane:我今天才明白你的心原来不像我想象的那样在人生的风雨中老去;你的生命激情也不像我想象的那样已经熄灭。你只是不再对我年轻;不再对我焕发出生命的激情。你把你的年轻和激情给了婚外的女人。

这时屏幕上跳出了天雄的字：

熊熊：简，我理解你的伤心和痛苦。但我真心想让你知道，在我们的婚姻生活中，尽管存在很多矛盾，我始终把你放在第一位，我未来的奋斗也是希望能够给你创造更好的生活环境。

熊熊：除了内心世界有点自留地外(是我的个人习惯)，作为丈夫我尽了该尽的一切能力。如果今天发生的事情足以抹杀这一切，我认命，我无话可说。杀剐存留都由你。

熊熊：可是简，我需要你相信，你在我心目中从来都是第一位的。

肖简咬咬牙，一口气飞快地写道：

Jane：你把我放在什么位置我很清楚。我也相信你是把我放在第一位。

Jane：但唯一的第一位和同时存在的众多女人中的第一位有着本质的区别。

Jane：你在我心中，没有第几位的问题，一直都是唯一！

Jane：如果我是你的唯一，第一位会让我骄傲！如果我是众多中的第一，我会放弃！我的骄傲不允许我把自己放在和别人比的位置。哪怕我是第一。

Jane：我们都知道“游戏规则”这个词。做生意有游戏规则，你违背就会失败；爱情也有游戏规则，你违背了就会失恋；婚姻更有其游戏规则，你违背就会失去美满和谐的婚姻。

屏幕上突然沉寂了下来。很长时间，男人不再有文字过来；而女人也在沉默中忍受着心灵的煎熬。女人知道今天自己的每一句话都像一根鞭子，不留情面地打在男人自尊自我的心上。天雄的骄傲平时是肖简很小心不去碰的禁区。他从来不可能容忍女人批评他指责他。从这点而言，天雄今晚能这么耐着性子听女人如此鞭挞也算是前所未有了。想到这里女人不由得软了心肠。面对沉寂的屏幕，她问自己：真的想离开这个男人吗？答案几乎在提问的一瞬间就出现在脑海里：不想！否则自己绝不会还花这么多时间去和男人论理，去表达自己的伤心和难堪。记得有一次吵架曾经和天雄说过这么一句话：我和你吵架论理是因为我还爱你，是想通过沟通改善夫妻关系。如果哪一天你伤透了我使我不得不离开你的时候，我会无言地走开。而此刻自己有一肚子的话要和这个男人说，不正表明了在自己内心深处还是对男人寄予着一份情感的希望吗？希望男人真像他所表白的只是玩了把不严肃的“感情游戏”；希望男人内心深处没有背叛感情；希望男人的爱情并没有远去。

可是这可能吗？那些男欢女爱的感情文字如果不是淋漓尽致的爱情背叛又是

什么？自己是不是自欺欺人呢？女人在痛苦和困惑中，又看到了屏幕上跳出的文字——

熊熊:这些“情书”事件我到现在还是认为可以说清楚的。因为这种“情感游戏”的“荒唐”并没有对我的生活观念造成任何改变。

熊熊:即使没有网络的因素,现实生活中也会时时处处遇到相类似的事情,如果每次遇到都会使人移情,那这世界就没有可信的东西了。

熊熊:我玩这种“网络游戏”主观上的确有不贞的意识,有男人想证明自己是否还具有魅力的虚荣心。但我从来没有想过背叛你背叛我们的婚姻我们的家庭。

熊熊:不管你信不信,我还是要再重申一次:你是我心爱的妻子,你对我是最最重要的。

熊熊:有个旧对子:百行孝当先/万恶淫为首。

熊熊:但有位闲士给上下联各添十二字:百行孝当先,论心不论迹,论迹家贫无孝子;万恶淫为首,论迹不论心,论心自古无完人。

熊熊:事实上,每一个人的心灵深处都有完全属于自己的一方天地……

熊熊:我说这话绝没有为自己辩护的意思。而是男人和女人真的有世界观的差异……

不知为什么,这段话让肖简的心态慢慢地平复了起来。话里包含的说服力让她努力从男人的角度去想这个问题。他为什么这么做？除了他本人行为不检的原因,是不是自己也忽略了男人的心理需求?忽略了男人身上的压力?天雄这一年事业不顺。而他一直有自己远大的抱负。事业给男人带来的沉重心理压力有时是女人难以理解的。而自己因为威廉的战争根本无暇顾及男人的内心世界。天雄的自尊极强同时大男子主义极强，心里郁闷不愿和妻子沟通因此寄情于网络和女人是不是也是一个合理的理由呢？自己是否也应该承担一些责任呢?

再看那副对联:“百行孝当先,论心不论迹,论迹家贫无孝子;万恶淫为首,论迹不论心,论心自古无完人。”虽然是辩解但似乎合乎几千年事物发展的规律,说的也算入木三分。

难道自己的观念落伍了?难道自己难以适应新新人类的爱情观?难道新时代的爱情不需要专一?不专一的爱情才是时尚合乎潮流的?追求唯一反而成了背时需要被淘汰的“裹脚老太太”？难道报刊津津乐道的“一夜情”应该成为传统婚姻的附属品,妻子必须接受吗?

男女世界观的差异?这是一种什么差异?接受和赞成男人在拥有妻子专一的情感的同时,为了丰富自己的生活灿烂自己的感情不时地玩“出轨”玩“心跳”玩“瞬间美丽”?贤惠的妻子只要丈夫尽了家庭责任就应该无奈地容忍他去享受“多种美丽”

吗?如果心里不能接受但至少默许做到睁一只眼闭一只眼?如果做不到就要面对婚姻的破裂吗?

那如果女人和男人都去追求“多种美丽”呢？上半夜搂着自己的情人情意绵绵地说“情”;下半夜搂着自己的妻子或丈夫信誓旦旦地说“爱”;有时还要和几个男人女人交叉诉说“爱情”。世界上关于爱情的语言虽然丰富,但要有真情实感才有意义也才有价值。人类究竟有几多情感,容得世间男女们可以滥撒?!

就在女人陷入一种感情和理性交织的情景中的时候，屏幕上突然又跳出了一段文字——

熊熊:简,我们夫妻一起走过了美好的6年。虽然有很多的不如意,但是不是也有很多美好的回忆吗？记得我们一起去看海吗？

美好的回忆？是的。看海？是的。还有看山,看水,看田野。有太多美好的回忆……

海平面上,火红的晚霞燃烧着天空。大海在晚霞的映照下泛着绚烂。天雄和肖简手拉着手互相凝视着站在燃烧着的大海边。你是我一生的至爱。天雄深情地抚摸着女人的长发动情地说,我会一生与你相随。女人把头依偎到男人的怀里,眼睛闪着泪光……

肖简去国外培训了3个月风尘仆仆地回家,推开房门一下炫晕了。整个大厅,从墙壁到天花板,到处贴满了挂满了肖简在高山、大川、河流、城市、农村、荒野……留下的神态各异的相片。12平方米的房间成了肖简的影像世界。到处都是女人欢快的倩影甜美的娇笑多姿的感觉绝美的瞬间……“简,我的脑中都是你……”天雄从背后揽住她的腰,把火热的唇凑到她的耳边低语道:“你这么长时间不回家,我想你……可你不在……我只好天天傻傻地躺在地上望着满世界的你……”

雪夜加班回家,天雄一把捉住肖简冰凉的手和脚就往自己火热的胸膛上放。天雄冻得龇牙咧嘴,肖简笑得前仰后合。

夏日卷着热浪进屋，天雄坏笑着让女人闭上眼睛，然后把一块冰塞进她的手里,冻得女人哇哇乱叫,一回手把冰塞进了男人的衣领。然后男人龇牙咧嘴,女人哈哈大笑……

女人想到这里心里泛起一阵阵的痛,眼泪涌出了眼眶。她顾不上擦,双手摸索着在键盘上飞快地打出了以下文字:

Jane:美好?正是因为过去的回忆太美好今天的伤害才如此的深刻!才会有今天撕心裂肺的痛!

屏幕上又是一阵沉默。但这次沉默的时间不长，很快男人送过来几个放大了的黑体字：

熊熊：简，对不起！

女人看了这几个字，不由得悲从心来。她不由得又失声痛哭，在痛哭中宣泄着压抑的情感。泪眼朦胧中，她看到屏幕上男人的一行字：

熊熊：简，你在哭吗？我很心疼！

女人的眼泪如同决了堤的河流。她用纸巾擦了一把眼泪，写道：

Jane：我一直憧憬我们的婚姻像赵咏华歌中所唱的那样——

Jane：我心中最浪漫的事就是和你一起变老。一路上收集点点滴滴的欢笑。到老的一天躺在摇椅上慢慢地聊；我心里最浪漫的事就是和你一起变老。到老得走不动的那一天，你还把我当成手心里的宝……

话音刚落屏幕上就跳出一行字：

熊熊：简，我会的。

接着又跳出另一行字：

熊熊：简，回家吧。我想你了！

肖简眼眶也开始发热。心里和身体也莫名地涌出一种热。难道自己开始原谅这个男人了？难道自己的心这么软？难道……可是不原谅怎么办？自己这份感情真的丢得开吗？这么高傲自负的男人已经向自己低头了。除非自己准备离婚，否则除了原谅他还能怎么样？通过今晚的文字女人明白了，自己原本丢不开这份感情；自己的潜意识里一直在寻找原谅男人的理由；自己还在深深地爱着这个深深地伤害了自己的男人。既然这样还有什么话讲呢？

女人抽出一张纸巾擦了擦眼泪，平静了一下心绪，然后在键盘上打下了几个字：

Jane："好吧，我回家……"

这时房间的门被敲响了。门外传来几个女孩的低语声。肖简匆匆地说了一句："我要下线了。我还需要好好想想。"忙下了网，关了电脑，把电视的声音放大，然后去开门。

— 57 —

肖简一进屋，身上的挎包还没有放下，就被天雄紧紧搂在了怀里。一股久违了的熟悉的男人气味瞬间把她浓浓地包裹起来。她想挣扎，但男人送上了劈头盖脑的吻。

然后不由分说，男人带着一股野性三下五除二解除了女人的"武装"，也解除了自己的"武装"。然后把女人拦腰抱起，抱进了浴室。喷头"天女散花"般的瞬间在两个裸体上洒下了密密的清凉。女人不由尖叫了一声要往外跑。男人哈哈大笑，一把拉住女人，又一把拉入自己温热的怀里，紧紧地搂住她。很快，洒在身上冰凉的细雨，开始变得温热。渐渐的，水蒸气开始弥漫在这对紧紧拥抱的身体周围。男人女人的身体在热水和蒸汽中开始发热发烫。男人的激情越来越高涨，一个个热吻雨点般地落到女人的唇上、脸上、额上、脖子还有全身。

抱着女人滚烫的身体，男人仿佛找到了一个失而复得的宝贝，唯一的本能就是要融化她！要征服她！不能再失去她！于是他使尽了男人征服女人的全部热情，想要重新占有女人的灵魂和身体。

女人的伤心在渐渐高涨的情欲中弥散了，隐藏了，消退了……女人的身体发烫，每一个毛孔都被男人煽起了欲望。终于她也向男人伸开了需要的翅膀。

见女人消除了对男人的全部防线，男人内心欢呼着把女人湿漉漉的身体抱起，扔到了松软的大床上。在新一轮的热情中，两个合二为一的身体在燃烧的烈焰中走向疯狂……

"宝贝，我爱你。"男人把湿热的嘴放在女人耳边深情地呢喃着。

"宝贝，你爱我吗？"男人抬起头温柔地问女人。

女人没有问答，微微睁开眼，看到了男人脸上的自得。眼前瞬间闪出一个个他和陌生女人纠缠在一起的镜头。女人一下子清醒了，本能地推开男人的身体，一把扯过身下的被子遮住自己的身体。伤痛情不自禁地弥漫在脸上。

男人马上敏感到女人的心思。表面不动声色，心里暗暗叹气。起身去浴室用热水洗了一把毛巾，回到床前，轻轻地为女人拭去头上的汗。他又轻轻地去拉扯女人身上的被子想为她擦汗，女人却下意识地把被子紧紧夹到脖子下，不让他拉动。换着过去，天雄会不由分说地嬉笑着扯去被子，嬉笑着再次撩拨女人，直到女人求饶。但今天天雄不敢。他害怕女人旧事重提，害怕女人不依不饶。他想用美好的性爱唤起女人对他的留恋，一切就此烟消云散。

但情欲和热情消退了的女人全部的不良感觉却恢复了。一个念头此刻牢牢撕扯着女人：他和其她女人在床上是不是也这么疯狂？他对她们是不是也是这么殷勤？他们之间是不是也是这么亲密无间？天哪！这一切这么真实？栩栩如生地刺激着自己的心！这个男人一口一个爱自己，那他为什么要爱别人？既然爱别人，为什么还能这么水乳交融地和自己做爱？难道他和自己虽为夫妻也只是一种情欲？否则他既然爱自己怎么对别人还会有激情？

"简，你在想什么？"见肖简神色阴翳，天雄小心翼翼地问。

我在想什么？肖简目光带着伤痛望着丈夫，心在抽搐。一种哭的感觉瞬间又溢满全身。她扭过头，望着窗外渐渐泛黑的天空，感觉心和身体都是空洞洞的。

"简——"男人小心翼翼地把手伸过去，轻轻抚摸着女人的肩膀。女人本能地躲开了。接着女人传来压抑的抽泣声。

"唉——简，你这是何苦！"看到女人这样，天雄内心泛起一种烦躁。他真不知该说什么做什么。事情已经过去了，自己已经认错了，妻子回来自己尽心尽力地伺候。可看她那样这事情根本过不去。天雄千不怕万不怕就怕肖简和自己没完没了。千不怪万不怪怪只怪自己没有瞒住。否则这只是自己的私事和女人没有一点儿关系。

"你说什么？我何苦？"女人听此言含泪坐起身，生气地看着男人。带着哭腔说："那你说我该怎么样？"

"我没有让你该怎么样啊？我们刚才还是好好的吗？你怎么突然又不高兴了？"男人皱着眉，点着一支烟，狠狠地吸了几口。

"是吗？我们是好好的吗？好好的你为什么要背叛我？要和其她女人上床？"女人看到男人脸上明显的烦躁，心理更加不平衡了。

"怎么说起背叛了？我什么时候背叛你了？我们只是世界观不一样！"看到女人摆出一副吵架的样子，天雄更加烦躁起来。这件事过不去岂不是要成为日后的把柄？如果是这样的话，他的自尊心是无法容忍的。

"什么世界观不一样？你的世界观是什么？想跟谁上床就上床是吗？难道你不觉得恶心吗？"见男人居然还用世界观来辩解，女人倾斜的情感终于爆发了。

"简，你怎么说话这么难听！事情都过去了。为什么这么没完没了？"天雄也生气了。

"过去了？你怎么能说得出这样的话？你背叛了我们的爱情，背叛了我对你的信任，你把一个女人的爱情梦想一夜间摧毁了，你却连女人喊一声痛都听不得。你居然说我没完没了！你还是人吗！"肖简气得哭了起来。

"行！我不是人！我道德品质不好！你告我去好了！"天雄气愤地掀起被子，飞快地穿起衣服。手颤抖着点起一支烟，一边吸一边烦躁地在屋里踱着步。

"是，你厉害！你什么都不怕！我告你？我吃跑了撑的告你！什么道德品质？可笑！这和我有什么关系？你不爱我可以和我离婚。你爱上了别人我可以给你让路。说什么道德品质说什么去告你？"见天雄做了这样不可原谅的事居然还挥起利剑再来伤害自己，肖简觉得这个男人简直太可气了！

"说什么我爱上别人了？我没有爱上任何人！我也没有背叛你！你不要没完没了！你要这么没完没了这日子怎么过？"

"没法过就别过！我从来没有见过你这种人。伤害了别人还这么有理没有一点儿愧疚心理！"肖简觉得自己快气疯了。

"愧疚？我一开始是有愧疚。我不是在信里已经给你道过歉了吗？既然事情过去了你何必没完没了？"

"你左一个没完没了右一个没完没了，我看你根本没有认为自己不对！你让我怎么信任你以后能改？既然这样我们还有什么必要继续生活下去！"肖简说完愤然掀起被子，冲到衣柜里就去拿衣服。

天雄见状一把抓住妻子，气急败坏地说："简，你要干什么？你真不想过了吗？你真想把我们这份情分丢掉吗？你真的不珍惜我们的家吗？"

"是你不想过！是你不珍惜我们的家！是你不在乎我们的情分！"肖简说着大哭起来。

看到女人的伤痛女人的泪水，天雄突然觉得很难过。一瞬间他有些后悔。自己所做的是不是有些不值得？说到底简是自己的妻子。他们一起携手走过了还算恩爱的6年。虽然如今激情不再，但亲情依旧。看到妻子伤痛自己心里也不爽。自己本意并不想伤害她。只是她何必这么想不开呢？唉——女人啊！太不了解男人了！

天雄想着，一把把女人搂进怀里，轻轻拍着她的背说："简，相信我，我只是游戏。这只是游戏。你可以怪我但不要不信我。我最爱的人就是你。我舍不得离开你！听话，别再闹了好吗？咱们好好过日子吧！"

听到这席话，肖简停止了在天雄怀里的挣扎。她依然伤心地哭着，但内心已经发出无奈的叹息。有什么办法呢？这份情难以割舍；这个男人让她心痛；这个家如此让她留恋。不管男人如何地伤害她，自己还是舍不得离开这个男人这个家。那除了原谅又能如何呢？

可自己真的能原谅他吗？他真的能改吗？自己真的能再重新信任他吗？

女人的心又开始隐隐地痛。

"简，别哭了！走，我请你去吃麻辣火锅去！"

第十九章

— 58 —

接到约翰让他火速赶往新加坡开会的电话,威廉连夜坐上飞机,次日清晨赶到了新加坡。

一进办公室约翰就递给了他一份项目审计报告。威廉看完惊讶地睁大了眼睛。彼得居然给约翰上任以后亲自负责 JBK 项目打了个“红灯”?!并直接上报给了美国总部。他怎么敢在太岁头上动土?! 看着约翰铁青的脸,蓝眼睛泛着绿光,心都有些颤抖,结结巴巴地说:

“彼得这么、这么做是不是不太合适?这不是拆您的台吗?他是您的内部控制总经理, 应该、应该维护您、帮助您才对啊! ”威廉察言观色地望着老板,气愤不平地说。

“唉,算了!彼得的事一会儿我们再说。我让你过来是想好好了解一下 GC 的项目状况! ”不知为什么约翰突然又把话题转开了,脸上瞬间露出老板的矜持。

“都还不错……”威廉小心地说,不知道约翰突然问这个是什么意思。

“再过几个月就 Global Audit(全球审计)了。我看中国 Q3(三季度)margin(利润)不太好。你已经连续两个 Q(季度)亏损了! 如果 Q3 再亏损,就说不过去了! ”

“Q3 亏损? 不可能! 这个月利润很好! Q3 肯定是赢利的! ”走之前王欣亲口说 9 月份有 25%以上的利润。Q3 怎么可能亏损?!

“你自己看看吧! ”约翰见威廉连自己报的数字都不知道,有些不高兴。皱着眉头把亚太财务部这个月的 forecast(预测)报表扔给他。

威廉匆匆一扫,不由得血直往上涌。天哪! Q3 的利润率居然是-30%! 看到那个红色的刺眼的-30%,他的瞳孔放大了好几倍! My Godness! 王欣明明告诉我 9 月份 25%的利润;那 Q3 平均下来至少也有 10%的利润! 怎么亚太的报表上全是红灯闪闪的负数?! 难怪约翰要不高兴了! 这不是要把我往死里整吗? 连着 3 个月都是亏损, 我他妈还有什么脸见人! 要是王欣此刻在身边威廉真要破口大骂了!

面对愠怒的老板,威廉满脸堆笑,真诚地解释说:“约翰,数字肯定报错了! 我走之前亲自检查过的。9 月份利润至少 25%! Q3 不可能亏损! 唉,报错了! 肯定是报错了！”

看着约翰狐疑的目光，威廉心里开始感觉发虚，突然对王欣的25%产生了狐疑。肖简两个月前警告过威廉,如果不追回那些大的AR(应收账款),Q3要亏损,而且会亏损得很厉害。甚至会导致四季度亏损。威廉痛恨肖简这张乌鸦嘴,不愿意相信她的话。现在突然看到报表上这个刺眼的红色数字,心里突然感觉惶惶然的。

“怎么啦？有什么为难吗？”看见威廉欲言又止,约翰关心地问。

威廉突然心里一动,故意苦着脸说:“唉,一言难尽！我那个内部控制经理不懂财务,Forecast(预测)做得一塌糊涂。把詹森他们的expense(费用)和AR(应收账款)都给留到今年了……”

“那不是要影响你的margin(利润)？”约翰表情缓和了一点。

“是啊!所以你看中国的数字这半年一直很不好看!我也是有苦说不出来呀!”威廉双手一摊显出无奈的样子说:“乔治和彼得经常直接和我的内部控制经理联系。她报上去的数字经常我不知道,出了什么漏洞我也没有方法控制呀!”威廉紧张地观察着老板的表情。

约翰没有说话,但眉头深深地皱了起来。威廉心里窃喜,知道自己又说到老板的心病上去了。约翰对内部控制非常反感,认为是OEE体制故意卡在老板喉咙口的一根刺,处处制肘着老板的权威。威廉此刻正好利用约翰对彼得的反感把亏损的责任推到内部控制身上。

“好像彼得和那个Jane(肖简)关系很好……”威廉又烧了一把火。

“你那个Jane自己慢慢处理吧……”约翰挥挥手说,他一个亚太老板去谈论一个小小的中国经理太有失身份了。“但是你不能让彼得通过这个Jane控制中国的财务数字。每周发过来的数字你都应该检查！”

“可是有的时候乔治、彼得直接向Jane要数字我并不知道……”威廉故作无奈地说。明知说的是谎话,但为了自保,谎话也要说得比真话还真。

“那你就警告你的Jane不许直接给他们数字！”见彼得居然把手伸得这么长，约翰内心非常烦躁。看见威廉还想解释就挥挥手阻止了他,口气严厉地说:

“威廉,Q3(三季度)你必须给大家一个好的数字！很快中国要Global Audit(全球审计)了,他们要检查你的业绩。我不希望你通不过！”

“我明白！Q3的margin(利润)没有问题！我保证！”威廉信誓旦旦。

“我担心彼得可能会借这次Global Audit(全球审计)做文章。如果中国得了红灯,就会影响整个GC。彼得会借此挑战我的业绩。”约翰拿起桌上彼得JBK的审计报告皱着眉说:“这种事不能再出了！”

“你放心！Q3一定是一个好的数字！我有这个把握！”事到如今威廉也不管不顾了！约翰是自己的再生父母,无论如何不能让他产生信任危机。

“这我就放心了!”约翰点点头,叹了一口气说:“今年全球IT市场下滑。OEE股票也在下跌,澳洲的利润也不太好。只有GC经济一直呈上升趋势。咨询部的业绩这几年在GC一直遥遥领先,但不知为什么詹森走后一直下跌。而中国销售部、技术服务部、培训部的业绩都好得让人羡慕。相比起来中国咨询部就差了!哦,当然这也不能全怪你……艾瑞克也有责任。可是……"

约翰说着突然站起身,绕过老板椅,走到威廉身边,语重心长地拍拍他的肩膀说:"威廉,我理解你,但GC和AP(亚太)的一些人就不一定了解了……他们只看数字。你上任也快9个月了吧?"

"是是是!"威廉忙不迭地回答,额上冒出了一片虚汗。

"所以你要没有业绩我也难办啊!你一定要理解——"约翰棉里藏针地说。

"我理解!理解!"威廉紧张得心脏直抽搐。约翰这是在委婉地警告自己啊!中国市场这几年生意很不错。技术服务部利润率都达到了75%。相比之下,如果他都上任三个季度了还亏本,无论怎么解释都难让人接受!别说威廉无地自容,连约翰都无法交待!威廉别的不怕,最怕在约翰那里失宠。好容易天上掉下这么高的官帽,刚刚让他享受到前所未有的权力和荣耀,如果因为几个该死的财务数字又飞走了,那才叫人痛不欲生呢!威廉想到这里心里对肖简咬牙切齿,恨不得马上长出翅膀飞回中国把三季度的数字做得金光灿烂。

"约翰,您放心!我就是拼命也要让China还有GC保持好的数字。就怕我的内部控制经理Jane还去和彼得勾勾搭搭,我也不好办啊!"威廉偷眼看看约翰心想:如果这个女人不配合,我怎么做出好的数字呢?要知道数字是一种游戏,是利用公司政策的漏洞玩擦边球,这多少会有一些人际风险。如果不是贴己的人,迟早会出大麻烦!

约翰没有说什么。他对那个中国经理没有兴趣。他关心的是彼得怎么把手伸到了各国的底层,掌握的情况恐怕远远超出自己的想象。而自己上任以后忙于事务性工作,对底下情况知道得很少。这太危险了!彼得啊彼得,什么时候我能把你这个眼中钉拔掉?

看到约翰阴翳的脸,威廉知道彼得和肖简已经在约翰的心里落上了深深的烙印。从一进门约翰就递给他JBK项目审计报告到一提到彼得约翰压抑的表情,威廉可以断定彼得是约翰心中一块不可触及的痛。只不过约翰是大老板,有情绪不便发作,有指示也不便直白。而这正是下属表现的时候。表现得当可以轻易进入老板的心坎……

"约翰,对彼得我倒有个以其人之道还治其人之身的办法……"威廉突然放低声音,把身体往约翰那里倾了倾。

"说来听听。"约翰马上精神起来。

"我觉得彼得狂傲是因为他有权力进行项目检查,对上面直接汇报。但彼得本人难道没有问题?"威廉停住口,观察约翰的反应。

约翰点点头，期待着他的下文。

“关键是如何找到他的问题。由谁找他的问题？在什么地方找他的问题？”威廉小心翼翼地说：“如果我们能找到他的问题，也捅到美国总部去，以后他的话老板们就会打折扣……”

“找问题当然好，我也一直在找他的问题。但他是负责项目检查的，找我们的问题容易，我要找他的问题可就难喽！”约翰长叹了一口气，烦恼地摇摇头。彼得在亚太各国有几十个检查官。而约翰虽然是彼得的老板，但有彼得挡在中间他根本不能越过彼得直接给这支检查官卫队下指令。越级管理在 OEE 是会被人鄙视的。

“约翰，你可以利用中国。我管辖下的中国！”威廉意味深长地笑着说。

“中国？”约翰浓眉一挑。

“GC 内部控制经理杰夫是彼得一手培养的检查官。我已经把他收伏了！我马上要让他去审计 SHP 项目。SHP 彼得参与得很深，总监斯蒂文也是他推荐的，听说和彼得交往甚密。这个项目亏损很厉害！斯蒂文表现很差！找到了斯蒂文的问题就是找到了彼得的问题。斯蒂文有错，彼得就难逃其咎！我让杰夫好好找他们的问题，有证据了我们就可以越级汇报！”

约翰一边听一边频频点头。

威廉心里窃喜。杀掉斯蒂文是他 GC 战略的一个重要组成部分。只有斯蒂文彻底死了，他才能踏踏实实地把比利扶上中国总监的位置。斯蒂文一天不死，威廉一天不敢从代总监的位置上下来。因为比利根本斗不过斯蒂文。现在如果能借约翰的支持来冠冕堂皇地找斯蒂文的过，寻彼得的错，最后有了杀斯蒂文的借口，也给约翰找了未来杀彼得的借口。可谓各得其所。约翰高兴，威廉也巧妙地达到了目的。简直是一箭双雕！

“威廉，来，我们坐到沙发上慢慢说，你仔细讲讲你的想法……”约翰笑着拍拍威廉的肩，向沙发走去。威廉谦卑地在老板面前坐下，开始娓娓道来……

— 59 —

威廉回到酒店，心情久久不能平静。今天的谈话实质性地拉近了约翰和自己的心理距离。如果说以前约翰还要端点老板的架子的话，今天听完威廉对彼得的谋略，他完全把威廉当自己人了。看来约翰决意要搬掉彼得这个绊脚石了！虽说自己能戴上今天的官帽，彼得的竭力推荐是至关重要的。今天自己帮着约翰策反他，道义上有些说不过去。但政治是血腥的。约翰是自己的老板，是自己未来登天的“云梯”，权衡利弊何去何从一目了然！更何况今天会面以后，他和约翰之间已经不仅仅是上下级关系，而是“共谋者”了。约翰已经表示会不遗余力地支持他 GC 的战略；

而威廉则表示会义无反顾地加入和彼得决一死战的联盟。有了约翰的支持,威廉无所顾忌!什么斯蒂文、肖简,回去一个个收拾你们!

他先去浴室舒服地冲了一个澡,然后泡了杯热腾腾的咖啡,悠然地打开电子邮件信箱。又是黑压压的一排新邮件。他向邮件吐了一口古巴烟。烟雾缭绕中,他突然看见了肖简的邮件——“还是关于尊重”。威廉的心脏骤然“怦怦”直跳起来,瞬间冷汗直冒。怎么又谈“尊重”?她又要干什么?他夹着烟的手指有些哆嗦。连忙把烟塞进嘴里,一连狠抽了几口,顿时头顶上云山雾罩。他强迫自己镇静。我慌什么?我一个堂堂男人难道怕一个小丫头片子?我很快要让她死无葬身之地我慌什么?!他再次握起鼠标,打开了电子邮件:

“作为老板,您拥有强权。您能控制员工在OEE公司的命运。您能决定给员工和平、安全、快乐的工作环境,还是制造巨大心理压力让大家生活在人人自危之中。

“西方文化最倡导‘Fair(公平)’。请问您是否用公平的思维和态度去对待您的员工?

“您说‘信任必须靠自己去挣’。您是拥有强权的老板,谁敢不努力去‘挣’您的信任?但为了‘挣’您的信任,我们除了努力工作,还需要服从和容忍您违背公司企业文化,严重侵害员工个人尊严的行为吗?

“作为老板,您不了解您员工的工作,就割断历史、断章取义、偏听偏信地评价一个员工,您认为这样公平吗?难道您没有考虑过一个老板片面的判断和决定会给公司业务带来什么后果吗?

“上任以来您没有听取过我一次工作汇报,也不关心如何改善内部控制工作。相反,您总是无中生有抓住一些鸡毛蒜皮的小事来挑剔我、羞辱我。为了生存,我一直忍受你的挑衅和无理。但最近您居然开始变本加厉地故意在公开场合污辱我,损害我的尊严!

“我一直在容忍您,试图用我的努力工作和宽容赢得您的信任,因为我热爱OEE公司,热爱这份工作。但您的所作所为却与公司倡导的文化和理念完全背道而驰!

“好的老板不仅能发现问题,而且遇到问题敢于承担责任,不会逃避,更不会为了推卸责任挑剔、指责、甚至威胁员工!不会因为员工偶尔犯错就要置对方于死地!

“希望您能是一个善良有价值的好老板。我不认为‘战争’能够解决问题。”

威廉眼睛一眨也不眨地盯着电脑,汗如雨下。他感觉心慌、发冷、四肢无力。但潜意识却执拗地不肯把视线从电脑上移开。眼前的文字重叠着女人的轻蔑和愤怒劈头盖脑地向他扑来让他感觉头痛欲裂。她的话掷地有声逻辑严密无懈可击,把自己驳得体无完肤却哑口无言。这个邮件太可怕了!可怕在于任何人看了都会洞察一个被压迫者向一个暴君老板忍无可忍的反抗!

反抗？这个女人开始反抗我了?！威廉感到震惊。大半年来，他已经习惯了随心所欲让女人难堪而不理会女人的感觉。对这些黄皮肤的中国人来说月薪两三万元简直可以让他们上天堂。为了不失去这份工作女人只能打碎牙往肚里咽。他知道女人一直努力工作试图获得他的认可。但问题的关键是自己不可能认可她！这和工作能力无关。而是这个女人不能像王欣那样忠实和贴心，因此她无论做什么都不可能赢得他的信任！她以为对OEE尽职尽责了我就必须接受她？她错了！OEE满意了有什么用？首先得我满意。我满意了，OEE满不满意她也能每月踏踏实实挣几万块；我不满意OEE再满意她也一个子儿挣不着！哈哈！这个女人太幼稚了！他不明白OEE虽然厉害，但它是天。天太大了！而中国只是天底下巴掌大的一块地，OEE老板根本管不过来！而她更是地上一枝不起眼风一吹就摇摇欲坠的小草，又有谁会注意你?！中国不是有句“天高皇帝远”的古话吗？OEE文化管不了我！敢和我作对我要让你死得很难看！让你名誉扫地！不仅在OEE挣不着那几万块，在整个IT行业也挣不着！

他仿佛看到了女人如过街老鼠掩面而逃的情景，浑身上下充满着快感。他玩味着这种快感，脑中快速盘算着对付女人的计策。头脑渐渐冷静下来以后，他意识到女人虽然胆大妄为犯上作乱，但使出的招数不可谓不高明，打乱了他一直以来用高压逼她滚蛋的策略。她居然也玩起了“政治游戏”？而且箭箭射中靶心：一向中国总经理投诉，把两个人之间的隐秘的战争放到了公司的裁判台；二给自己安上“违背企业文化”的罪名，并在互联网上“留此存照”。就这两箭如果处理不好都会让威廉身败名裂！那死无葬身之地的恐怕就是自己了！这个女人故意敲锣打鼓地把政治斗争中只可意会不可言传的东西公开。如果阴谋变成阳谋，就成为政治斗争的大忌了！从GC战略来说，威廉对中国管理团队的重组原想速战速决。用半年时间把中国管理团队拂逆自己的枝枝杈杈通通剪干净。现在张宣明、罗伯特都顺利解决；比利的安插也完成了第一步；斯蒂文的清除虽然还没有完成，但只要杰夫如期上任，一切都攥在自己的手心。可这个女人故意把威廉和她之间的矛盾上线上纲到公司层面，似乎想和他进行旷日持久的斗争！威廉中国短平快的战略部署如果一延再延，将会彻底打乱威廉中国大陆的战略部署，进而影响进一步扩展香港和台湾地区的战略。还有三四个月就是年底了。部门月月亏损。更恐惧的是年底的全球审计……

怎么办？下意识地擦了擦额头上残余的冷汗，点起一根古巴烟，一口接一口地猛吸。脸上又露出了老“狐狸”的狡诈。是的，既然女人看破了政治是阴谋的端倪，她目前竭尽全力想把阴谋变成阳谋，然后有机会让杰姆斯以公司的名义干预。但女人毕竟不是政客老手，如果不是先挨了威廉的拳头，她绝对不会主动攻击。这就是威廉可以巧加利用的“软肋”。如果自己外松内紧，表面上收起拳头不再让她抓到“违背公司文化”的把柄，暗地里加大力度在上层舆论下工夫，在一两个月内布下一张自上而下歼灭她的“网”。等到女人醒悟过来的时候,她已经是“网”中之“鱼”。死期到了,即便挣扎又有何用?

哈哈！对！就这么办！

他又把肖简“还是关于尊重”的邮件看了一遍,只匆匆地回了一句话:“简,我不懂你的意思。什么‘战争’？我上封信说了,我们需要沟通。”

然后花了十来分钟“噼里啪啦”给彼得写了一封信。以中国咨询部老板的名义,“苦恼”地向彼得叙述中国内部控制工作混乱的局面。最后无奈地说:

“彼得,我担心我的内部控制经理肖简不能胜任中国的工作。我希望你尽快派人来全面检查一下她的工作并予以指导。否则恐怕会影响中国咨询部业务的管理和发展……”

威廉面含得意地发出了邮件以后,眯起眼想了一两分钟,借回复亚太咨询部财务总监乔治的有关财务预测的邮件“巧妙”地把话头转到了肖简的头上说:

“对不起,邮件回晚了。我的内部控制经理好像还不太会做 forecast(预测),给的数字有很大问题。我只好和我的秘书重新做了一遍……有机会的话请你来给她做做培训吧……”

威廉骨碌着眼球想了几分钟,又给 Partner Management Manager(合作伙伴管理经理)安吉拉以及她的老板 Partner Management Director(合作伙伴管理总监)爱德华同时发了个 E-mail,说:

“中国转包合同的标书和合同工作很混乱,我正在考虑调整负责这项工作的管理团队。听说你们很快会来北京。我希望当面给你们谈谈目前中国内部控制的问题,并希望获得你们的帮忙。好好检查一下我的内部控制经理简的工作,给她好好做做培训……”

威廉又给几个和肖简的工作多少有些关联的 GC 和亚太区的老板级人物发了几个邮件，觉得心里郁积的压抑终于被释放了。最近女人开始对他的出拳频频反击,让他极为郁闷和愤怒。但今天的招数不一样。他无论打多少拳女人都不会反抗!她没有能力反抗!因为她根本不会知道自己脚下已经被埋下了多少地雷。哪天她被炸死了都不知道是哪颗地雷炸的！哈哈！真过瘾!

威廉兴奋地想着乐着。突然他想起什么,拿出手机,拨通了杰夫的电话:

“杰夫?怎么样?SHP 的审计准备好了?明天一大早就去北京?好好,大后天回香港听你的好消息!对了,你这次去还有项重要使命。不是斯蒂文,斯蒂文按原计划办。是肖简……”

第二十章

— 60 —

快下班的时候,杰夫端着一杯热腾腾的咖啡微笑着过来了。

“怎么样?SHP 的审计还顺利吗?”肖简小心翼翼地问。

“当然要顺利!斯蒂文以为他不在就能逃过 audit(审计)?哼!”杰夫脸阴沉了下来。

肖简听着心情不由得紧张起来。斯蒂文也不知怎么啦,明知亚太今天审计昨晚却突然出差,很令人费解。在 OEE 公司,项目审计和检查就是项目经理的一场竞技考试,没有人敢怠慢的。这次审计亚太最高级别检查官威尔士都到场了,这意味着这是一次亚太最高级别的检查。威尔士给项目打什么灯,会影响一批人的仕途和命运。威廉正在找茬大开杀戒,斯蒂文再大大咧咧也不至于拿自己的命运开玩笑吧!

“我想……也许斯蒂文有急事吧。SHP 项目点经常出紧急状况……”肖简小心解释道。

“再紧急也没有项目检查紧急!一共 3 天的检查,他再紧急的事也应该放下!威廉把威尔士都请来了,斯蒂文这是不给面子!”杰夫的脸变得铁青,带着一股杀气。“他这次祸可是闯大了!我想救他也救不了啊!”

肖简听着背后飕飕发凉,心中陡然升起一种怪异的感觉。越琢磨越觉得这次突如其来的检查不同寻常:威廉请来了威尔士;亚太的检查日程突然提前了两个月;杰夫脸上更是有一种毫不掩饰的杀气。斯蒂文这次恐怕凶多吉少!在和威廉多少轮的较量中,她明白即便是一个卑劣的政治家,也是有谋略有计划有步骤的。何况威廉除了卑劣还有淋漓尽致的狡诈。可杰夫在里面充当了什么角色?总让她有一种不寒而栗的感觉。虽然他们目前要对付的是斯蒂文,但肖简油然生出一种兔死狐悲的感觉。

杰夫突然把目光投向若有所思的女人,嘴唇张了又合上,欲言又止的样子。

“杰夫,有事吗?”看到杰夫迟疑的表情,肖简问。

“噢,也没大不了的事。哦,简,这两天我可能要和你开个会。你给我汇报一下目前的工作情况,包括 forecast(预测)啊,还有 PMS(项目管理系统)、HRS(资源管理系统)啊,还有 finance(财务)之类的……”杰夫说话的时候躲闪着女人的目光,话说得很不流畅。

肖简一下警觉起来。杰夫作为GC的内部控制经理主要负责项目审计和培训，和肖简没有上下级关系，从不会过问财务预测、数据库这些具体工作。这些工作都是由肖简按程序直接汇报给本部门老板和亚太LOB(业务线)的财务总监。杰夫为什么突然要求自己向他汇报？

看到肖简疑惑的目光，杰夫连忙笑笑解释："简，这是威廉的意思……他对内地很担心。让我和艾米多参与内地的工作，多帮忙你。威廉还想安排艾米来检查内地的工作呢！"

"内地的工作为什么要由香港来检查？听说这个艾米刚上任没几个月，连香港的Internal Control工作都还没有熟悉呢，凭什么来检查China的工作？"肖简冷笑一声，目光犀利地望着杰夫问。

"这个嘛，是威廉的意思。威廉说艾米过去是搞财务的，可以指导你……"杰夫说着突然收起笑脸，昂起头，摆出一副上司的样子说："我也是这个意思！"

又是威廉的意思?! 这十来分钟工夫杰夫念叨了几次威廉了？难道他真被威廉收买了？

"杰夫，威廉不懂Internal Control。但您不会认为Internal Control工作就是财务吧？"肖简冷冷一笑，嘴角带着一丝嘲讽。

"当然不是。艾米也有很多东西要学……我、我也要学……"杰夫有些尴尬。

正说着，王欣走了过来说："杰夫，威廉从新加坡打电话给您！可不可以接一下电话？"

杰夫忙小跑着过去了。

"简，他们要干什么？他们香港的Internal Control(内部控制)凭什么来指导我们？这不是恶心我们吗？"刘小青望着杰夫的背影气愤地说。

"就是要恶心我们！"肖简冷笑着说。用不相干的香港同事对你的工作指手画脚，还有比这更让人难堪吗？让不懂日常运作的杰夫来"指点"你的日常工作，还有比这对你的工作更不敬了吗？用这种方法给周围散布你无法胜任工作的信息，还有比这种招数更恶毒的吗？威廉这是要陷自己于难堪百口难辩啊？可是杰夫是自己的朋友师长，为什么要助纣为虐呢？

"威廉到底想干什么？"刘小青皱着眉气呼呼地问。

"哎，别说了，杰夫来了。"肖简低声对刘小青说。

杰夫回来以后脸色变得阴云密布，目光躲避着肖简，说话的声音也失去了一向的悠然自若，显得刺耳的尖利："内地的practice(业务)非常差！主要原因是Internal Control Manger(内部控制经理)不能合作！有很大问题！"

杰夫说完目光飞快地瞥了肖简一眼，又飞快地移开。

肖简难以置信地望着杰夫，有一种血往上涌的感觉。她努力压抑着要爆发的冲动，强迫自己镇静地端坐着，目光炯炯地盯着杰夫。

“你连 AR(应收账款)都不清楚！你应该好好想想该怎么办了！”杰夫的声音尖利，往日的温和儒雅荡然无存。

看到昨日的师长友人突然抛弃信任和友情，冷酷地举起了“杀”人的刀剑，女人感到浑身有一种彻骨的凉。别人不了解我肖简，你杰夫难道不了解？别人不了解威廉，凭你博读诗书敏锐的政治嗅觉难道看不透威廉的企图？我理解你是“打工仔”你需要生存，但是你的生存难道要以剥夺别人生存为前提吗？一时间肖简对如此善变和冷漠的人性感到发自内心的忧愤。她冷然地抬起头，目光牢牢地盯在杰夫脸上。在女人固执的目光烧灼下，杰夫勉强抬起了头。但和女人的目光一对视，马上躲开了。目光飘忽到了落地窗外。但冷漠而虚空的声音却强行支撑着一种坚硬：“你应该好好反思了！”

女人突然笑了。她把电脑屏幕轻轻地推向杰夫，指着上面密密麻麻的表格缓缓地问：“杰夫，你低头看看这是不是你要的 AR(应收账款)？这是我每月的日常工作。每个月每笔账都需要我跟项目经理催款。您并不参与内地的日常工作，你怎么知道我不清楚 AR？”

“我今天没有时间和你纠缠这些小事！你连 AR 都弄不清，怎么当 Internal Control Manager？”杰夫低头匆匆瞥了一眼电脑上的 AR 表格，脸色变得又恼又窘。他哼地冷笑一声转身就离开。走到过道了又不甘心地回头，目光阴翳地盯着肖简说：“你应该好好反思了！”说完快步离开了。

“简，怎么回事？杰夫为什么这样？”杰夫一离开，刘小青就激动得喊了起来。

“逼我走！”肖简冷笑着说。

“简，你说什么？你不要吓我！怎么回事?！发生了什么事？”刘小青惊得眼睛瞪得像个铜铃。虽然最近被威廉强行拉去目睹了几次他让肖简心惊肉跳的难堪。但她单纯地以为威廉只是在表示对内部控制工作的不满，没有去想深层次的东西。

“小青，我心很乱。你先回去吧。让我静静。我过几天一定好好和你谈，好吗？”

肖简神色凝重地盯着窗外灰黑的夜幕，内心翻江倒海。威廉这一招真够“歹毒”！杰夫作为华人世界的中枢桥梁，深受彼得、乔治和亚太老板们的器重，起着上情下达下情上达的作用。而肖简人微言轻是没有机会和亚太直接对话的。如果杰夫成了敌人，成了威廉的传声筒，那原本对肖简根本没有好或坏印象的亚太老板们，会更加容易在毫无察觉中被误导！而威廉也就不动声色地完成了一场对肖简不利的舆论“和平演变”。在不知不觉中自以为公道的老板们已经被威廉玩弄在他误导舆论的股掌之中了！

刘小青？杰夫？两个自己关系最友好的朋友。威廉为什么……肖简脑中突然划过一道闪电，她突然明白威廉正在布的那个无形的“局”了！

在“逼宫”无效之后，威廉已经准备铤而走险，解雇肖简了！因此他目前处心积虑的就是罗织解雇的罪名，制造虚假舆论。因此他把阴险的手伸向了刘小青和杰夫这两个自己在公司关系最亲近的人！威廉敢于这么做，是他自认为参透了外企人一个显著的人性特点：为了生存明哲保身！个别人为了保全自己或提职晋升甚至可能会攻击手无寸铁的同事和朋友！

近一年来威廉利用这一特点在咨询部使尽了阴谋家的伎俩。他悄悄把触角伸到斯蒂文、刘新权、牛家华他们这些资深经理周围，私底下给一些内心蠢蠢欲动的员工开加薪提职的"空头支票"，从他们口里套经理们的隐私，怂恿他们"举报"直属经理，鼓励顾问和他单线联系随时提供经理们的黑材料。搞得经理们人人自危，员工心神不安。但这些桌子底下的阴谋都披着"不拘一格用人才"的冠冕堂皇外衣，因此很多员工被利用的浑然不知。能看清端倪的只有几个当事人。外企人事不关己高高挂起的个性，给威廉的阴谋提供了滋生的土壤。

目前威廉已经公开把斯蒂文和肖简当成了摆在砧板上的"羔羊"。他便是高举着大刀的刽子手！他现在处心积虑所做的一切就是为处死"羔羊"寻找罪名！

天边黑云压城，一场更加可怕的暴风雨又要来了！

难道我只能坐以待毙？

不！民不畏死奈何以死拒之！你有权有阴谋有帮你实施阴谋的王欣和杰夫们。我一个小女子无权无势有的只是正义、无畏以及智商。我这个弱小的蚂蚁倒想斗斗你这个跋扈的大象

我绝不坐以待毙！

肖简打开一个新邮件，以激愤的心情给杰姆斯写了一封长信："Jeff is Playing Politic Game with William(杰夫和威廉正在玩政治游戏)！"

发完邮件，肖简的心情却久久不能平静。

杰夫为什么会出卖友谊？他真的甘心当威廉的一支杀人的"枪"吗？他真会置友情不顾去伤害自己吗？难道在可怕的"公司政治"面前，人情和友情就如此地不堪一击吗？

杰夫的无情让人寒心。但他接威廉电话前后态度的急剧变化却耐人寻味。每一句话都如同迸出的子弹急促生硬而压抑，好像脑门后被人顶了一支枪！威廉显然就是顶在杰夫脑门的那支枪。从感情上说，肖简不能原谅杰夫出卖朋友的行为；但从理性上说，如果自己也摆出一副和杰夫决裂的架势不是正好中了威廉的计谋吗？

这是一场智慧与权力的较量。威廉在权力上占了绝对的优势；自己如果不甘心成为任人宰割的"羔羊"，必须运用智慧！如果杰夫的脑后顶了一支枪，他的行为可能不是出于本意；威廉在杰夫那里完全可能歪曲了事实。自己不应该被表象误导。不成朋友也未必要成敌人。只要有一线希望，就不能把杰夫推到敌人的阵营。她应该像杰夫说明真相。

肖简决定给杰夫写一封信——

“杰夫,您今天说那些话让我震惊。我一直视您为我的老师和朋友,我无法相信您说的话是出于您的本心。

“中国的业绩不好是事实,但威廉必须为此负责。因为他投入太多的时间和精力玩政治游戏。以下的证据可以向您表明他这一年如何让中国业绩直线下降。希望您能了解真相……”

肖简用一页多的篇幅把威廉搞政治斗争导致部门业绩下降的真相揭露给了杰夫。

最后肖简诚恳地写道——“我知道威廉很信任您,我为您高兴。这是您事业发展的一个机会。但我希望您能尊重事实。也希望您永远是我的老师和朋友。我希望中国的内部控制工作能够在您的帮助下继续提高!”

但愿一切都会烟消云散。肖简疲惫地想。

— 61 —

快11点了,杰姆斯应酬完SHP的梁总,疲惫地回到他香格里拉酒店的房间。先打开一听冰啤酒,咕噜咕噜地一口气灌下去。然后去浴室洗了个热水澡。真想倒床就睡,但想起今天的邮件还没有处理完,就打着哈欠,强睁着眼打开电脑。一眼看见了肖简发来标题刺眼的邮件——“Jeff is Playing Politic Game with William (杰夫和威廉正在玩政治游戏)!”

杰姆斯睁大了眼睛,睡意全部没有了。杰夫怎么掺和进来了?他是GC咨询部的经理,主要负责项目审计的,从不参与中国咨询部的日常工作。而且听说此人清高,从不把老板放在眼里,怎么可能被那个粗俗的政客威廉摆布?还裹在一起玩什么龌龊政治游戏?威廉能有什么本事让这个杰夫俯首帖耳?

杰姆斯看肖简和杰夫冲突的简要经过,不由得陷入困惑。一向温文尔雅、语调平和的杰夫说如此言辞激烈的话,好像有些失态。而且听说他和肖简私交非常不错,经常一起做项目审计和培训。此刻突然反戈一击恐怕不同寻常!他肯定受到了威廉的强大压力!

肖简的邮件非常长。但主题是围绕杰夫无端质疑的题目“Why China Consulting Practice is bad(为什么中国咨询部的业绩不好)?”她用详尽的历史数据展示了咨询部在威廉上任前后的收入、成本、转包费用、利润以及开发新项目情况进行对比;展示了威廉上任以后收入和利润下降,费用上升,而且几乎没有新项目开发成功,导致中国的业绩今年急剧恶化等事实。女人最后呼吁公司阻止威廉和杰夫的政治游戏,维护公司的利益,保护员工!

杰姆斯看完邮件,点着一支烟,慢慢地吸着。大脑却在快速地思考。任何一个看了这封邮件的人都会心知肚明威廉和杰夫在这场政治斗争中不光彩的角色。但怎么处理这件事？杰姆斯却觉得大费思量。女人呼吁公司保护她，但事实上事物的发展不是这么简单。公司的保护机制在老板和员工发生冲突的时候永远会偏向老板。因为普通员工走了一个很容易再找一个，但要聘一个像威廉这样的LOB高级总监是要费很多成本的。除非威廉犯下了法律不可饶恕的行为，如果仅仅是老板和员工的冲突，不管谁对谁错，倒霉的最终只能是员工！威廉也是对这种约定俗成的公司政治惯例心知肚明才敢这么有恃无恐！何况从级别上，杰姆斯和威廉是同级，都汇报给GC总经理迈克。因此杰姆斯在职权范围内是无法制约他的。

但难道就让他这么任意妄为？这是杰姆斯绝对不能容忍的！他上任还不到一年，就把中国咨询部搞得乌烟瘴气！收入和利润直线下滑，几乎进入倒数第一了。这严重影响到杰姆斯的中国政绩。另外这个家伙仗着约翰的宠信，不把中国各部门老板，甚至杰姆斯不放在眼里。最近他们之间的冲突愈演愈烈。这两个月威廉索性连每月的高层管理会议都不参加了！这个该死的威廉！他已经成为整个中国高层管理的不协调音。离财年底只有几个月了，他不把精力放在增加收入、降低费用上，却把政治斗争的大火越烧越旺。在OEE公司，每一个总经理都要靠业绩吃饭。但这个害群之马在一天，杰姆斯就无法对咨询部行使管理权。现在杰姆斯最大的愿望就是让威廉尽快滚回GC，不要再参与中国的事。可威廉强占着斯蒂文代总监位置，死活不肯放权！

但杰姆斯必须找机会让威廉滚出中国！

可OEE的管理体制，各部门业务主要由全球各大区LOB（业务线）负责管理，各国总经理监督决策和实施。按常理，各个部门总监在接受LOB直接业务领导的同时，每一个重大决定都必定会向行政老板杰姆斯汇报的。如果杰姆斯提出异议，总监们会把杰姆斯的意见转告给自己LOB的老板，最后协商决定。而威廉为了不让咨询部有杰姆斯的声音，在业务上故意直接汇报给约翰，不行使代总监对总经理的汇报职能！杰姆斯一直想找机会到迈克那里告威廉一状，但苦于找不到一个够分量整治他的理由。寻常工作纠纷不足以从根子上撼动他！但劳资纠纷却可以！

OEE这种国际品牌上市公司，注重自己的公众形象，以企业声誉为生命。非常忌讳发生劳资纠纷引起社会舆论导致公司形象受影响。如果遇到劳资纠纷员工必须离开，公司宁可“破”点“财”也不愿意惹上官司。而且美国、亚太总部对惹上劳资官司的各国老板是心怀成见的，通常会影响日后的仕途。威廉如此骄横跋扈，日后要有好果子吃算是我看走了眼！

肖简的事绝对是一个可以利用的机会！她已经口头正式向公司投诉了。今天再次用文字向公司投诉！她是威廉上任以后恶劣政绩的见证人。我不便直接向迈克投诉，如果有了肖简关于“为什么中国咨询部的业绩不好”这系统完整深刻的投诉证据，那威廉的所作所为马上可以通过女人的口淋漓尽致地转达到迈克那里！到时我再找机会告威廉的状就顺理成章了！肖简真是老天送上门对付威廉的一个有力武器！

要制约他，必须借助上层的力量！而要借助上层的力量，我必须给这个女人力量！

一丝笑意含在了杰姆斯的嘴角。他言简意赅地给肖简回复了一句很符合他总经理身份但含义深远的话："简,我会密切关注事态的发展。请随时向我汇报。"

然后他又点上GC人力资源总监艾米丽的邮件地址,把肖简的长信转发给她。还附上了一句话："艾米丽，附件是中国咨询部内部控制经理对你们GC杰夫的投诉信。我认为事态比较严重。建议调查后再议！"

杰姆斯写完邮件后重重地再Cc(抄送)上了迈克的地址——这才是杰姆斯真正的目的。杰姆斯冷笑着发出了邮件。

杰姆斯一边关电脑一边踌躇满志地想:这真是射向政敌一颗不露痕迹的子弹！在OEE公司,给同僚发重要邮件通常会Cc(抄送)给顶头上司。而老板对于抄送的邮件除非想表达不同意见或干预,通常是不回复的。这种抄送邮件在老板那里主要是"立此存照"的作用。万一发生纠纷,员工没有知情不报的责任。肖简"为什么中国咨询部的业绩不好？"的申诉,正是杰姆斯一直想向迈克告状但苦于找不到借口的主题。如今借用肖简的邮件,轻轻按一下抄送键,就巧妙地把威廉在中国的恶行详尽地汇报给了GC最高长官迈克。虽然对肖简的投诉迈克一开始会持半信半疑的态度。但如果有了第一次投诉邮件,杰姆斯就可以就此事的进展第二次第三次地给迈克转发类似邮件。三次谎话还会成真理呢,何况这一次次真实数据和事实的连续反映。迈克不久以后就会彻底清楚威廉在中国所做下的劣迹了！

杰姆斯发完邮件后马上拿出手机给袁华拨了个电话："袁华，你有没有约见过肖简？还没有？那明天马上见！什么？威廉明天从新加坡回来要约见你？好,那你听听他的意思也可以！总之这几天必须见肖简,好好调查一下这件事,做好笔录！"

第二十一章

— 62 —

“戴安娜！戴安娜！”威廉从新加坡飞回北京，一进办公室就急切地大呼小叫起来。

王欣赶紧小跑着进了威廉的办公室。

“戴安娜，怎么回事？为什么 Q3 的 forecast（预测）是-30%？你不是说 9 月份 margin 很好吗？为什么 Q3 亏损？怎么回事！”威廉情绪激动地说。

“我，我不知道！我这几天忙，没有 update（更新）数据……”王欣面呈惶恐，小心翼翼地说：“Q3 怎么会-30%？谁说的？”

“约翰告诉我的！还有杰姆斯！Q3 怎么变成了-30%？到底怎么回事？为什么我不知道？”威廉的问题如同连珠炮一样飞快地出来，脸上的肌肉因愤怒而有几分扭曲。

“我，我不知道。报告可能昨晚刚发的。我、我太忙了，还、还没来得及看。对、对不起，我马上 check（查）E-mail，马上打印给您……”见威廉少有的愤怒，王欣内心惶惶然。她小跑着去电脑前调出文档，一边打印一边后悔自己为何不一早就查看邮件。

果然是-30%！威廉看着这个刺眼的红色数字，眼都红了，嘶哑着声音歇斯底里地说：

“这是谁报的数字？My Godness！我还跟约翰承诺 Q3 肯定赢利呢！我怎么向约翰交待？”威廉气得拍着桌子厉声问王欣：“我才几天不在，为什么就变成了-30%？”

看到威廉的勃然大怒，王欣吓得脸都绿了。眼睛也不敢抬地嗫嚅地说：“威廉，对不起，我不太清楚。是肖简向 AP（亚太）报的数字。您知道我只是个小秘书，她是 Manager……”

“为什么报-30%的 margin（利润）不跟我说一声？”威廉眼前浮现约翰扔给他报表时愠怒的神情，瞬间心绪恶劣到了极点。

“是啊！我也跟她说了不能报这个数字。可她说……”王欣偷看了威廉一眼欲言又止。

“说什么？她怎么说你就怎么说！不要替她隐瞒！”威廉恼怒地说。

事实上肖简并没有和王欣讨论过-30%的问题。但看威廉这个样子不编排肖简点什么那显然就是自己渎职了。一咬牙，头一扬，面不改色地说：“她说人要诚实。她不能报不诚实的数字。即便是老板要报的，如果没有依据她也不能报！”

威廉兀鹰般的眼睛盯着王欣，半天才从牙缝里挤出一句：“她真是这么说？她居然敢这么说？”

“是，她是这么说的！您知道，肖简从来不把我放在眼里。她连您的话都不听，我一个小秘书能有什么办法？”王欣故作委屈地说。

威廉此刻只觉得一把火在心里熊熊燃烧。他没有想到肖简居然使出了这么阴损的一招。他明明知道Q3的数字对威廉的业绩是何其重要，她却故意报一个这么惨不忍睹的数字！这不是把自己往绝路上推是什么？！这个该死的女人，她现在不仅是条挡路的狗，还变成了一条吃人的狼！如果不尽快杀掉她，迟早要毁掉我光辉灿烂的前程。

“还有，SHP、T-electric和BBW那600k（60万美金）9月份不能确认了？为什么？为什么客户不签单？！你不是说一定能签的吗？”威廉的脸如同狂风暴雨的前夜，阴沉得可怕。

“我，我不知道。”王欣慌乱地说。

“那杰姆斯怎么知道的？”威廉目光逼视着王欣。

“可能，可能肖简，或者斯蒂文、牛家华他们PM说的吧……我，我不知道。”

“肖简——又是肖简！”威廉嘶哑着声音从牙缝里挤出来：“她在哪里？马上让她过来！”

看见肖简的时候，威廉强行让脸上的肌肉挤出一堆笑，同时把声音变得很柔和。

“简，你看我们9月份的margin（利润）能不能报高点？否则Q3的margin（利润）要negative（负）了！你报的-30%太可怕了！也不合理啊！上面是不能接受的！”

尽管内心极不愿意，但面对三季度可怕的-30%利润率，面对约翰可能有的雷霆之怒，威廉不得不向这个掌握着咨询部财务数据，痛苦地卡着他喉咙的女人屈尊降纡。希望她明了老板的苦心，知趣地配合老板打打公司财务政策漏洞的“擦边球”，千万不要在月底的最终财务报表里把这个-30%捅到亚太区。只要不是最终版本，这个数字还属于内部预测，随时可以修改。否则三五天后预测成为无法挽回的实际数字，无疑会给威廉的大好仕途埋下一颗随时引爆的“地雷”，不知哪天就会把他炸得血肉横飞。因此此刻威廉就是给敌人磕头都愿意。

“威廉，Q3的确是-30%！我一个个项目反复和PM（项目经理）核实的。截止到昨晚revenue（收入）1000k，expense（费用）1300k，margin（利润）只能是-300k，因此

margin%(利润率)是–30%！已经没有办法改了！"肖简拿着财务报表，认真但口气坚定地解释说。

威廉听到女人说"没有办法改了"！顿时一股怒火"呼呼"窜上脑门。差一点儿吼出一句"什么他妈的没办法改了！我就要改！没有办法也要想出办法"！但女人平静而坚定的目光犹如一双无形的手掐住了他的喉咙，他不敢造次。因此他继续维持着坚硬的笑，但桌下，他两个拳头使劲攥在一起，手心全是汗。他强行控制情绪，脸上都是讨好的笑。

"简，我明白。可是还是有办法的嘛！你看你的subcontract(转包合同)里T-electric的250k(25万美元)payment(付款)，可以下个月再付嘛！然后你再想法减两个subcontract(转包合同)payment，不就可以把expense(费用)降下去了？9月的margin(利润)不就马上上升很多了吗？Q3就不会亏损了！"威廉目光情不自禁地带着乞求。

肖简惊讶地望着威廉，这不是要她弄虚作假吗？T-electric的250k已经付出去了，怎么可能从账目上抹去变成下月的费用呢？提供假情报给亚太，这不是欺上瞒下吗？内部控制的职能就是防止弄虚作假，知法犯法怎么行？再说，能瞒几天？一个月之内财务部"应付账款"的数据一更新，咨询部的实际费用马上一目了然。出了事威廉可以把责任完全推到肖简身上！而肖简，即便不落一个有意欺瞒的罪名，至少也是报账错误。到时威廉再反咬一口，那真是跳到黄河也洗不清了！这不是把自己的脑袋往他的刀口上伸吗？

"简，你觉得怎么样？"威廉打断了女人的沉思。

"威廉，恐怕不太合适！这250k是已经付出去的钱，财务部有底单的。再说如果把这250k放在下个月，那Q4的费用会更大，亏损会更厉害！到年底我们更无法收拾……"

"现在就无法收拾！要是去年底你能明白我的意思，把今年Q1（一季度）的subcontract expense（转包合同费用）放一些到去年的Q4；把去年底T-electric的250k revenue(收入)留到今年的Q1，我们就会多几百k的revenue(收入)，少几百k的expense(费用)，margin(利润)就会多五六百k！就不会有今天这个–30%！就不会有我今天的狼狈!!"威廉终于控制不住情绪歇斯底里起来，积怨连珠炮似的抛向女人。

肖简愣住了。望着老板脸上因愤怒而扭曲的脸，她使劲搜索着沉淀的记忆……终于她回忆起了去年底威廉专门把她找去就Q4的数字说了几句态度暧昧的话。他目光闪烁，欲言又止，他拐弯抹角地让肖简在艾瑞克的最后一个季度少转收入多放费用。当时肖简没有听懂老板的意思。心想数字是多少放多少不就行了吗？因此只按照当时实际发生的数字确认收入计算费用，并如实上报亚太。此刻她才恍然大悟。威廉原来想让肖简把新财年的成本提前放到艾瑞克的任期内，再把艾瑞克挣的收入留一些到威廉的财年里，一里一外玩玩数字游戏，威廉就多了几百万美元的利润。此刻肖简才突然明白艾瑞克临走前语重心长地告诉他的那番话："在 OEE，数字是一种政治。放错了地方，它会咬得你遍体鳞伤……"难怪威廉这一年来对我穷追猛打；难怪他每次提起转包费用就控制不住怒火中烧；难怪他要置我于死地，原来我从一开始就无意中破坏了他的"业绩"；原来我从一开始就违背了他的游戏规则；原来威廉和自己之间是不可调和的矛盾。两股平行道上跑的车怎么可能有相交点？

今天她终于明白了威廉的意图。如果此刻自己同意按他的思路去"创造"他要的数字，也许瞬间能平复他的愤怒。但这是玩火！玩火必自焚！OEE 公司美国总部三令五申，数字不能弄虚作假。亚太内部控制总经理彼得每次培训和检查都强调内部控制是部门和项目的安全锁，必须保证每一个数字都是真实可靠的。这也是一个员工的职业道德。肖简想让老板高兴，但不能以违背公司财务纪律为代价！因此不管威廉高兴不高兴，不能做的事就是不能做！

肖简想到这里平静地抬起头，目光直视着威廉阴云密布的脸，诚恳地说："威廉，我认为还是应该如实报我们亏损的数字。Q3 是-30%就-30%！从下个月起我们加大力度督促 PM（项目经理）去 cash collecting（现金收款）；另外多打单；多督促 PM 按时让客户签 timesheet（工作交付表）；同时控制 expense（费用）。我相信我们 Q4 的 revenue（收入）和 margin（利润）都会上去！争取扭亏为盈！这才是真正能解决我们部门亏损的办法。希望您能理解！"

威廉不知用了多大的毅力才强迫自己没有暴跳起来。今天的谈话他对这个女人彻底死心了！她就是一个叛贼！一个杰姆斯阵营里的叛贼！一个吃里扒外的叛贼！一个不可饶恕的叛贼。必须灭了她！尽快灭了她！

想到这里威廉冲他挥了挥手，头也不抬地说："我知道了，你走吧！"

— 63 —

"戴安娜，还有什么办法可以想？"已经夜深人静了。威廉还坐在王欣的电脑前，望着满屏幕的数字，皱着眉苦恼地说。

"倒是还有一个办法……但是我也不确定。而且，要和财务部协商……"王欣有些犹豫。

"什么办法？快说！"威廉急切地说。

王欣站起身，环视了一下周围。

威廉见状说："走，咱们进屋说去！"

在威廉的办公室，王欣放低声音说："有一个办法：挂账！"

"挂账？什么意思？"威廉全身的注意力都集中在了王欣的身上。

"让 Finance（财务）这个月把 SHP、T-electric 和 BBW 的 600k 的 revenue（收入）

recognize(确认)了……”

“客户不是已经明确表示了这三个项目这个月不签单了吗？没有客户签字的timesheet，Finance(财务)怎么可能 recognize(确认)这 600k revenue(收入)呢？”威廉听着直摇头。

“常规是这样的。但这不是紧急情况吗？再说——”王欣神秘地说：“我不是和Finance(财务部)关系不错吗？再说 PM 说下个月这几个项目客户应该可以签单！我们不过是让 Finance 提前给我 recognize(确认)这 600k 有什么大不了的？下个月客户签字了，把这些 timesheet(工作交付表)给 Finance 补上，神不知鬼不觉的。原则上什么也不影响。AP(亚太)也不会知道。因此目前挂账处理可能是唯一可尝试的方法了。”

威廉眼睛一亮，笑意堆满了脸上。他伸出手温柔地抚摸了几下王欣的手，无声地表达了他的赞许。然后忽然想起什么，担心地问：“办法不错，可是 Finance 会同意吗？”

“这就需要您去和 Finance 的保罗协商了。可能还需要和杰姆斯协商。”

一听杰姆斯的名字，威廉的头就大。眉头立马皱了起来。

王欣见状小心翼翼地说：“杰姆斯要是不同意，可能保罗也不敢干。”

威廉垂着眼，没有说话，心里盘算着如何向杰姆斯开口。上任以来，他们纷争不断。威廉没有给杰姆斯好脸色，不久前杰姆斯还借肖简投诉一事把他单独叫到办公室，不客气地“教训”了他一顿，说：“如果你不懂中国的国情，希望能够跟大家学学，不要一意孤行！否则你会在中国碰得头破血流！”威廉听了没有几句就摔门而去。临走还扔给杰姆斯一句话：“肖简是我的员工，我有处理她的权力。到哪里投诉也没用！我想让她走，她就得走！”和杰姆斯关系紧张成这样，又要自己低头去求他，这让自己这张脸往哪里搁？

“还有没有别的办法？”威廉有些烦躁，他实在不愿意去求杰姆斯。

“威廉，只有这个办法了……”王欣为难地说。突然想起什么说：“噢，对了，忘了和您汇报了。杰姆斯帮了我们一把，让 Sales(销售部)作了一笔内部成本转移，把我们部门 300k 的成本转给了他们。我们的 margin%(利润率)从-30%变成 0 了！已经不亏损了！”

“What? Why? 杰姆斯为什么要帮我?!”威廉惊讶地瞪着王欣，不信政敌会帮自己。

“威廉，我想杰姆斯也不愿意把和您的关系搞僵吧！Consulting(咨询部)的事他还得靠您啊！再说，Consulting 也是他的 performance(业绩)。Number(数字)不好他作为总经理面子上也不好看！”王欣小心地挑选着措辞。

“就是！我又不是他的下属！论身份我是 GC 的还高他一个层次呢！和我把关系搞僵对他有什么好？好吧！看在他帮了我一把的面子上，我去和他谈谈！”威廉想，什么面子不面子，政治就是面子！杰姆斯既然肯帮我就说明他也担心中国区业绩出现红灯面子上不好看。我何不利用他这种心态让他敦促保罗提前确认600k的revenue(收入)。如果是这样的话,我的margin%(利润率)就一下从-30%变成positive(正)37%！哈哈！那我就给约翰交了一个金光灿烂的数字！

想到这里威廉高兴地拍拍王欣的手背，语重心长地说:“戴安娜，你好好干！Internal Control(内部控制)全靠你了！”

“威廉,您放心吧!”王欣高兴地说。接着她故意欲言又止:“威廉还有件事……”

“你说！”威廉鼓励地看着她。

“新加坡下个月有一个Internal Control(内部控制)的培训。要求leader(主管)去。如果肖简没有事应该她去。但现在……您看……”王欣目光充满希冀地看着老板。

“不要她去！你去！马上开始办签证！”威廉断然地说。

“真的?”王欣毫不掩饰她的欣喜若狂。她这一辈子还没有出过国。刚才她不过试探一下威廉,没有想到天上掉下来的馅饼居然砸到了她的头上!而且是以中国咨询部主管的名义!这意味着什么?这意味着只要肖简一滚蛋,这内部控制工作的权力就当仁不让地落到了自己的头上！王欣啊王欣,没有想到你也会有今天！肖简啊肖简,没有想到你的苦难居然是我人生的机会!想到自己将是“灭鼠会”里唯一的一个出国的人,她急切地要向几个亲密的秘书炫耀！她兴冲冲地和老板告别。威廉笑眯眯地点点头。王欣刚要离开,威廉突然叫住了她:

“噢,戴安娜,你把肖简的Performance Appraisal(业绩评估表)马上给我拿来!”

不是不要她了吗?还要她的业绩评估表干什么?难道威廉又改变主意了?王欣狐疑地望着威廉,犹豫地答应着,但脚步却不情愿向外迈。

威廉看透了王欣的心思,语重心长地说:“戴安娜,我们想让她走,可她死赖着不走怎么办?要想办法啊!我要在她的Performance Appraisal上rating(打分)‘Not Accept(工作表现不能被接受)’!不给她涨工资了！让她知道没有她的机会了！”

“Not Accept (工作表现不能被接受)”、不涨工资就是公司明确表示不想雇用了!知趣的员工一般就会主动辞职以保全面子。威廉终于要行动了!王欣欣喜若狂地“哎——”了一声,赶紧给老板拿业绩评估表去了。

第二十二章

— 64 —

看到肖简一袭米色羊绒衫裙款款出现在门口的时候，威廉仇恨的心都快跳出胸膛。那一瞬间,他不明白这么纤小的一个小女人何以把自己搞得如此狼狈！自己这辈子还没有为一个雇员这么狼狈过。事到如今,他和肖简之间已经不是简单的劳资纠纷了。而是男人和女人以及老板和员工为了捍卫自己的尊严而进行的战争!战争的结局也不简单是谁留谁走,而是一场心灵的较量。尤其对威廉而言,如果他以一个老板的高位,都斗不过一个处于公司金字塔最底层的小小的中国经理的话,传言出去他威廉也无颜立足于 OEE 公司了!

所以威廉必须赢!不惜任何代价也要赢!他要让这个女人死得很惨!死得没有准备！死得连她都不知道为什么死的！威廉脸上露出一丝不容察觉的冷笑。

肖简进来坐下。威廉则连忙起身绕出老板桌,亲自把门关上。

看见威廉郑重其事的样子,肖简意识到他又要出新花招了。不由得嘴角滑过了一丝冷笑。

威廉感觉到女人嘴角和眼中的不屑,突然身上好像爬了无数的蚂蚁,浑身感觉不自在。他故意“哼”的一声,掩饰地低头翻弄着文档。一时间屋子里寂静得只有哗啦哗啦的翻纸声。

而肖简以一个不变的微笑端坐着等待老板出招。

“请你过来是想告诉你,根据你 2005 年的 performance(业绩表现),经过研究公司决定……”威廉说到这里犹豫地停住了口,内心突然涌出一种莫名的不安。他连忙掩饰地清清嗓子,挺直腰板,努力想把剩下的话像手榴弹一样铿锵有力地扔给女人:公司决定给你 rating(打分)“Not Accept(工作表现不能被接受)”！但不知为什么话到嗓子眼了,却怎么也吐不出来,噎得他别提多难受了。

女人依然像一尊静止的雕塑冷冷地看着他。

威廉感觉臀部下的皮椅突然变得高低不平,屁股好像被石头硌了一般的难受。不由得皱紧眉使劲扭了扭身体,黑皮老板椅发出嘎吱嘎吱的声音。

“公司决定——今年不给你涨工资了！”他吃力地吐出了这句情非所愿的话以后又懊丧地咬了咬牙。

肖简深吸了一口气，平静了一下心绪。没有想到威廉在使尽了各种上不了台面的侮辱、逼迫的方式无效以后，居然开始利用公司的名义堂而皇之地使出了“杀手锏”。

在外国公司每年都会给员工涨工资。增长的比例根据员工工作业绩评估计分决定。正常情况下只要本职工作能胜任，都能得到10%—20%的涨幅；工作表现不够好，需要在日后的工作中提高的员工也会得到1%—5%的工资增长幅度；只有极个别工作表现完全不被认可的员工才不给涨工资。换一句话说哪个员工被通知不给涨工资了其实就是告诉你你的工作表现“Not Accept”！也就暗示你该主动提出辞职了。否则你就准备成为老板砧板上的肉，个人的前途就不用说了，在同事面前脸面全失，可以说是一种奇耻大辱！

看来此刻这个面目可怖的老板今天是要彻底和自己摊牌了！这么长时间以来他一计不成又施一计。目的只有一个：驱逐自己！走，何所惧？但走，也要堂堂正正！员工是人！不是你随便羞辱任意宰割的东西！这是OEE，不是你威廉的家。公司赋予你权力不是要你来杀戮无辜的！如果你执意要施行暴戾，我相信OEE公司前厅烫金的大字不是虚设的装饰！

肖简冷笑了一下，目光直视着威廉问道：“我可不可以问一下为什么不给我涨工资？”

听了肖简的问话，威廉一愣，一句话几乎脱口而出：不涨工资不就是让你赶快滚蛋吗？他用了很大的力量才把这句话咽进嗓子眼里，难受得他屁股在椅子上左右扭了好几下，最后低眉垂眼，强行从牙缝里挤出一句话：“因为我们认为你的工资已经很高了！”

他抬起眼赶紧又提高嗓门补充了一句：“你的工资在中国部门经理中都算是高的了。”

话音刚落女人就笑出了声。

这一瞬间，威廉也意识到了自己说的话是多么软弱！多么没有说服力！多么没有杀伤力！他原本应该斩钉截铁地说：因为你的工作表现“Not Accept”！但鬼使神差地他怎么说出了这么莫名其妙的话？一时间他懊悔难当！大脑飞速运转，努力想找出一个合适的理由把自己的语言变成能击倒对手的炮弹。但越急越想不出来，越想不出来他越急。头上已经冒出了密密的虚汗。他抓起一张纸巾，刚要擦汗，女人说话了：

“威廉，我的工资高是不给我涨工资的理由吗？”

“这个……”威廉难堪地垂下眼皮咬着下唇。他不甘心说“是”但说“否”无疑在打自己的嘴巴。

“威廉，决定涨不涨工资是要靠Performance Appraisal(业绩评估)决定吧。我记得我们部门连去年的Performance Appraisal还没有做呢！您凭什么就决定不给我涨工资呢？”肖简冷冷地说。

“什么？Performance Appraisal(业绩考核)？哦？这个嘛——”对女人的质问威廉突然有些尴尬。

在OEE这样的国际著名大公司为了吸引优秀人才，专门设定了严密的管理机制，力求用“法治”代替“人治”。因此员工每年增资不是老板随便一句话就决定的。每个新财年初，OEE人力资源部要组织各部门总监对员工上一年的工作用一套严密的评估模板和程序进行业绩评估。评估过程中部门总监必须和每一个员工面对面对上一年的工作目标进行回顾，然后根据公司的评分标准给员工的表现一一打分。最后精确算出每一个员工的总分数，并将其归类为：非常杰出、优秀、胜任工作、需要改进、不被接受五类。业绩评估的结果和打分都必须员工同意并签字认可，否则视为无效。业绩考核做完才能决定给员工涨多少工资。

但威廉昨天已经为肖简做完评估了！并给她Rating了“Not Accept(工作表现不能被接受)”，也已经通知HR(人力资源部)不给她涨工资了！整个OEE中国公司近1000员工，不给涨工资的也就六七个。这是通知他们主动辞职的信号。威廉在给斯蒂文、肖简打分的时候唯一的感觉就是尽快赶走他们，根本没有想把他们当做公司员工去做什么业绩考核。现在肖简突然质疑，让他想起OEE业绩考核的规定。他仿佛才意识到不涨工资是要有合理解释的，是要员工本人同意签字的。OEE的路是大老板查尔斯而不是他威廉的。他要断人的路是需要找到合适的理由的。

威廉目光有些空洞地看着女人，使劲清了清嗓子说：“Performance Appraisal会做的，肯定会做的。我只是告诉你……告诉你……”威廉再一次语塞了。他不能告诉女人他已经替她做完业绩评估并且交给人力资源部了。否则女人马上又会说他违背公司文化和规章制度。

“威廉，其实我知道，我干得再好你也不会认可我的！”肖简突然冷笑了一声。

威廉屁股好像被针扎了一下突然跳了起来。女人一针见血地戳到了他的痛处。很快他意识到自己的失态，忙掩饰地坐下。屁股似乎很不舒服地在皮椅上左扭右动的。

“威廉，您是美国人，一定知道西方文化中最讲求fair二字。”肖简冷笑道。

“是啊！是要fair……”威廉难受极了！女人在讽刺他不fair(公平)。而他的确对女人不公平。他不可能对她公平！她不配得到公平！对女人不公平他没有丝毫的内疚。但让他难受的是明明自己是宣布女人死亡命运的“法官”，怎么突然变成了“被告”？这瞬间的乾坤颠倒，让原本充满怒气和霸气的皮球一下子泄了气。

“一个fair的老板才会给一个team(团队)带来fair的法则。”肖简逼视着目光闪烁的老板：“我涨工资的事您是不是做完业绩考核再来决定？这对你我都公平一点。”

女人振振有词；男人却无言以对。威廉浑身如同长了芒刺一般难受却不知道怎么结束这场交锋。正在尴尬之时,突然戴安娜敲门进来,说杰姆斯有事找他。

威廉如释重负地忙看看肖简,脸上强行挤出了几丝笑。说:“对不起,简……”

肖简意味深长地看了威廉一眼,笑笑站起身,离开了威廉的办公室。

肖简走后,威廉觉得浑身虚脱了一般。他闷闷地在椅子上坐了几分钟,突然想起杰姆斯要找他,脸上顿时生出无限的懊恼。他拿起电话,拨了杰姆斯的分机:

“杰姆斯,找我什么事?我现在很忙没有时间过来。有什么事电话里简单说吧!”

“简单说?可以!CG HR 艾米丽(GC 人力资源部总监)发来邮件,要我调查你和杰夫在内地搞 politic(政治)迫害员工的事情! 你不过来自己看着办吧! ”

— 65 —

“老袁,你酒量很好啊! 哪天我约迈克一定好好地和你喝一杯! ”威廉红着脸膛和袁华碰了碰酒杯一饮而尽。

“好啊!那我太荣幸了!”袁华呵呵笑着也把酒一饮而尽。心想这个威廉还真不可小瞧。看他提起迈克随便轻松的样子,关系非同一般啊。

“迈克最爱喝酒了! 上次我和他一口气喝了两瓶茅台,他脸都不红! ”

威廉显然摸透了袁华的心理,着意表示自己和 GC 老板的亲密关系。他也知道袁华急于把他的代总监的“代”字抹掉。如果让他感觉到自己和迈克关系非同一般,由不得他不阿谀奉承。

“老袁,这次 SHP 项目审计发现斯蒂文很多致命的问题。为了项目的安全我准备把他的 PD(项目总监)撤了! 迈克和约翰都同意了。我这两天就要 announce(宣布)。但是肖简怎么办? 她能力不行却又占着 Internal Control(内部控制)这么重要的位置!现在 AP(亚太)都对我们的 number(数字)有意见!PM 和 consultant(顾问)也有很多 complaint(投诉)! 我和她谈过几次,她个性很强根本不能沟通! ”

“我也听说肖简个性挺强的! ”袁华附和道。

“说心里话,我也一直希望她能尽快提高。老袁,你记不记得我还给你发过一个 E-mail 让你帮忙给她找个财务管理培训? 我也想帮她呀! 可是……唉! ”威廉故作苦恼的样子。

“威廉,我理解。这个关系协调不好对 Consulting 工作会有很大影响。”

“是啊! 老袁,我万万没有想到她居然还恶人先告状,到杰姆斯那里去 complain(投诉)我!难道我做老板的连批评自己的员工都成‘政治迫害’了?!”威廉愤愤不平的样子。

“威廉, 公司也不会光听她一面之词的。杰姆斯不是让我和你们两边都谈谈吗? ”袁华举起酒杯安慰威廉说。

威廉一饮而尽,咂咂嘴,又给袁华满上了一杯,神情凝重地说:“老袁,我看你也是个明白人,我们打开窗子说亮话。我威廉拼命也会帮你取掉这个‘代’字！你也得帮我尽快处理掉这个肖简！否则影响太坏,我没有办法工作！”

“这个嘛……”袁华低下头垂下眼,夹了一口菜送进嘴里慢慢地嚼着,大脑飞快地思索。

凭袁华多年HR的经验他知道威廉从一开始就不喜欢肖简。王欣更是视这个女人为势不两立的敌人。作为资深HR经理,他明白劳资纠纷是没有是非可言的,内涵远比表现出来的要复杂得多。说能力不行不过是老板惯用的一个解雇员工的借口而已。作为HR主管他不会受任何一方的影响和干扰。他不关心是非,也不想陷入老板和员工是与非的争端。更不会为了员工去得罪老板。OEE人际关系太复杂,很难弄清哪个老板出自哪个势力。无意中得罪了任何老板都可能断送自己的大好前程。而得罪员工无非以后不交往,无非被骂势利不公平,袁华无所谓。但是如果因为员工引发老板和老板之间的争斗,袁华就要十分小心了。就像目前杰姆斯和威廉之间的权力斗争。杰姆斯是袁华的顶头上司,为人率直坦诚,袁华信赖他愿意听他的话。威廉虽不是袁华的老板,却是GC老板级的人物。听说他和亚太咨询部副总裁约翰有着非同一般的关系。而约翰又被公认为是未来的亚太地区总经理后备人选。今天看来威廉和迈克的关系也非常亲密。这样的人是绝对不能得罪的！更犯不着为一个员工得罪他。

但目前复杂的是肖简引发了杰姆斯和威廉之间一种微妙的纷争。威廉不把肖简整死誓不罢休;而杰姆斯则明确指示袁华立案调查肖简的投诉并做好笔录。虽然对肖简如何处理,杰姆斯还没有明说,但给袁华的感觉杰姆斯对这个普通经理的投诉有一种超乎寻常的关心。而关心的原因不是因为肖简,而是因为投诉对象威廉。袁华判断肖简可能是杰姆斯想用来对付威廉的一着棋。杰姆斯在找时机利用这件事。但怎么利用?利用到什么程度?利用完了以后如何处理等等,袁华还不得而知。在这种格局下袁华是很难作决定的。杰姆斯的话必须要听;威廉的话也不能置若罔闻。这两者之间如何保持一种平衡?真是一件不容易权衡的事。但不容易也得做。否则袁华一个内地员工也不可能才30多岁就混到通常是港台人才能占据的总监位置。虽说前边还挂着一个讨厌的“代”字,但看看斯蒂文连个“代”字还没有混几天就被威廉整得快没有了活路。从这点看这个威廉狠毒老辣,绝对不能得罪！

想到此,袁华哈哈一笑,说:“威廉,瞧您说的。您是老板,有什么话吩咐就是。能照办的一定照办！只是嘛……”袁华摆出欲言又止的样子。

“老袁,有话请讲。”

“威廉,请您理解,我也是打工的。杰姆斯是我的老板,我也是有命难违呀!肖简的事要是直接complain(投诉)到HR的话我早就替您扣下了!可她直接complain到杰姆斯那里。杰姆斯要我调查我也不得不做呀！所以您要多包涵啊！”

“你说哪里话！对肖简的事你已经帮忙很多了。肖简以为找了杰姆斯、HR就可以保全她的job(工作),简直是幼稚!明面里,老袁你做什么去给杰姆斯交差我都没所谓。只要你最终帮忙把这个女人给我办了就行!"威廉说完满脸堆笑地给袁华满上一杯酒。

"唉,难啊!"袁华苦着脸说:"威廉,您又不是不知道公司的policy(政策)。没有重大过错是不能解雇员工的。而且,据我所知,对这个肖简好像大家的看法也不一致……"

威廉知道袁华在谈条件,哈哈一笑说:"老袁,不难我还来求你?你也不要卖关子了。你说,如果她不肯走,我到底该怎么做?"

袁华低着头沉默了一会儿,好像下了很大决心似地说:

"好吧,威廉,你很诚心,我和肖简也没有仇。大家都是为了工作。肖简要不肯辞职,你让她走只有两个办法:第一解雇她;第二等她合同期满。"

"我查了。她合同期还有八九个月呢,我等不及!"威廉断然地说。

"但要解雇他,你必须先要证明她的performance(业绩)不行!而且必须让上面看到!"

"我一直想这么做,可是很难呀!"威廉烦恼地说。

"其实也不难。您给她做了performance appraisal(业绩评估)了吗?"

"我都不想聘用她了,还给她做什么appraisal(评估)?"威廉提起这个就生气。想起前几天他通知肖简不给她涨工资的时候,她就是拿这个理由质疑他。

"威廉,您错了!如果您不想聘用她了,您才应该赶快给她做这个performance appraisal!"

"为什么?"威廉惊讶地问。

"一来这是公司的policy(政策),您如果不做容易落人口实。没有这个appraisal(评估)您凭什么决定用她还是解聘她?二是如果您不想聘用她了就更需要做这个appraisal。您必须给她的performance(业绩)打了不合格,你才有理由不要她……"

"我给她Rating(打分)了Not Accept(工作表现不能接受)了呀!"威廉打断了袁华的话。

"那是您自己Rating(打分)的,肖简并没有认可。因为您没有和肖简做面对面的appraisal(评估),这在公司是无效的!但如果您做了appraisal,如果肖简签字那就是证据。即便她不签字,向上投诉了,HR也可以发表官方意见,上报给GC和AP啊!"袁华一语中的。

"噢——我明白了!我明白了!高!果然高!佩服!佩服!"威廉恍然大悟,兴高采烈地冲袁华连举大拇指,把眼前的酒一饮而尽。抹抹嘴,又满上一杯,又一饮而尽。

袁华暗自好笑,自己这个主意无非是完成了HR的一个重要职能而已。做appraisal(评估)是每个部门老板必做的工作。威廉不做肖简的考核是不能合法处理肖简的。因为她不属于侵害公司或给公司带来巨大经济损失的人。

“然后……”袁华故意卖关子，暂时不说了。

“老袁，快说！我拿重金买你的点子！”

“别重金了！你能帮忙把我的‘代’字去掉，就算对我的酬谢了！”袁华哈哈大笑。

“好好！我一定帮你这个忙！”威廉恨不得赌咒发誓了。

“最重要的是，要尽快给她做2006财年的objectives(工作目标)。”袁华神秘地说。

“2006年的objectives？”威廉疑惑地问：“可2006年都快完了，做这个还有意义吗？”

“是啊！这就是您没有经验了！您要早打算让她走，一上任就该给她做2006年的业绩考核指标。您不是觉得她比其他国家的manager(经理)差很多吗？您就给她列出您想要的高工作目标和衡量标准。总之给她一个您想要的job description(职位描述)……”

“做这些有什么用呢？”威廉还是不理解。

“您把要求和标准定得高高的，让她根本做不到！她若做不到，就不敢接受；她若不接受，是她自己放弃工作而不是您不让她干；她如果签了字，您就用这个标准衡量她；若几个月没有达到要求，您就有足够的理由解雇她了！詹森去年解雇了两个员工都是这样办的！”

“老袁，我明白了！我真的明白了！你高明！真的很高明！唉！我真后悔早没有向你讨教。真应验了中国那句话‘隔行如隔山’啊！”威廉感慨地直摇头。后悔没有事先和这个袁华多沟通。要不然肖简和斯蒂文可能都早处理了。他忧心忡忡地问：“那现在都快2006年年底了，做这些还有什么意义呢？”

“这倒没有关系。只要她签了字，就有意义！OEE公司的老板哪个不忙？经常都过半年了才来补目标设立的，只要HR不认真，不会有人较真的！”袁华不以为然地说。

“好！好！太好了！喝酒！喝酒！我敬你一杯！”威廉高兴得真想手舞足蹈。“好！好！我今天可以睡个好觉了！”

“这样吧，我尽快找肖简谈谈。杰姆斯让我跟她谈，我一直拖到现、现在还没有谈。也是一、一直拿不定主意呀！”袁华喝多了，感觉说话舌头都打不过弯来：“不过威廉，我今天可把老底都卖给您了！您可别、别一不小心把我给卖、卖了呀！”

“放心！从今以后我们就是一家人了。一家人不说两家话！来，喝酒！喝!”

威廉和袁华你一杯我一杯更加热火朝天地喝起来……

— 66 —

肖简刚上班，正在倒咖啡呢，突然听到刘新权一声惊呼："哎——你们看怎么回事？斯蒂文被撤职了？！"肖简忙把咖啡一扔，打开 E-mail，果然看到了一个振聋发聩的标题——"Jeff Takes SHP PD Instead of Steven（免去斯蒂文 SHP 项目总监的职位由杰夫接替）！"

肖简愣住了！怎么可能发生这种事？SHP 是目前亚太规模最大的项目。而美籍华人斯蒂文是亚太直接任命的项目总监，是这个运行了三年半的大项目从头到尾的核心运作人！此刻项目已在收尾阶段，毫无必要作出如此重大的人事变动！这太不合常理了！而且接替人杰夫虽然是项目检查官，却没有任何项目实施经验，又怎么能取代斯蒂文呢？威廉在项目结束之际杀斯蒂文的动机是什么？让杰夫替代的目的又是什么？

肖简目光急速地搜索着邮件上的收件人——除了中国咨询部全体员工，邮件被 Cc（抄送）给了迈克、杰姆斯等中国区、GC 和亚太区的一二十个老板，黑压压的一片。

邮件用了很长一段篇幅阐述 SHP 项目在中国大陆、GC、亚太地区乃至整个全球的重要地位，评述了项目进行三年多来取得的阶段性成就。然后笔锋一转说："为了加强 SHP 的领导，特任命 GC 内部控制经理杰夫调任中国区担任 SHP 的项目总监。"

邮件对杰夫进行了高度评价："杰夫是 GC 资深项目检查官。他对项目的预测、审计、监控有着丰富的经验。他对 SHP 的领导会使这个项目取得最大限度的成功。"

奇怪的是满满一页文字，对斯蒂文只有轻描淡写一句："我们感谢斯蒂文对项目的努力。他将作为项目顾问继续为 SHP 提供宝贵意见。"但只字未提他免职的原因和未来的去向。

"哎——奇怪，E-mail 上为什么不说撤掉斯蒂文的原因呢？"孙建武低声嘀咕。

"那能说给你听吗？"刘新权走到了孙建武的身后，高深莫测地笑笑。

"可是 SHP 都快结束了，这会儿把杰夫一个新手调来，工作还没熟悉项目就结束了！这唱的是哪出戏啊？威廉要撤他的职为什么不早撤呢？"孙建武小声和刘新权嘀咕。

"唉，我也纳闷儿呢！我得好好想想！"刘新权说到这里突然把声音放低说："哎，建武，咱们到会议室合计合计？"

刘新权和孙建武神秘地躲进了旁边的办公室密谈去了。肖简的心更是阴云密布。一种强烈的兔死狐悲的感觉涌上心头。威廉真是一个心狠手辣胆大皮厚的政客！在 OEE 公司，人事变动从来都是老板们小心翼翼如履薄冰的事。而这个威廉，根本不理睬公司的政策和习惯，居然连斯蒂文这种亚太瞩目的人物都敢随意动，那他还有什么事干不出来?！下一步他会对自己行使什么毒辣的手段？自己该如何应对？这种风云变幻的政治局面自己该如何生存？

肖简想着脑袋都痛了！索性去泡了一杯热咖啡。等回到座位上，看到亚太发过来第三季度的业绩排行榜。肖简打开邮件一看愣住了！从去年第四季度开始就排名倒数几名的中国，Q3 居然遥遥领先位居第三名！收入 1600k！利润率居然达到 37%！天呀！这是哪里跑出来的数字？简直是天方夜谭！自己原先报上去的-30%的利润率，后来杰姆斯为了中国区总体业绩，让销售部做了内部成本转移，把咨询部 300k 的费用转移到了销售部。那也不过是盈亏相抵，怎么一转眼间变戏法似的，收入凭空增加了 600k？变成 37%的利润率？威廉创造了咨询部两年来前所未有的奇迹？可这个奇迹究竟是从哪里创造出来的？

肖简拿着打印出来的亚太排行榜，急急忙忙地跑到王欣那里。

“王欣，这是怎么回事？为什么突然增加了 600k 的 revenue（收入）？”

“这个嘛，我也不清楚，你得问威廉。”王欣看了一眼排行榜，警觉地回答。

肖简脸沉了下来，正色说：“王欣，你是负责 recognize（确认）revenue（收入）的，别人可以说不知道，你不应该吧！如果你不把 timesheet（时间和工作量表）给 Finance（财务），他们怎么可能 recognize 这 600k？Finance 做事一向铁板钉钉不可商量的！”

王欣的神色有些慌乱。明知道威廉出差了，还是情不自禁地往威廉空空的办公室里瞅。见王欣这样，肖简更觉得里面有文章。就认真地问：“王欣，收入确认是你负责的工作，如果数据出现错误你逃不脱干系！”

“都是老板的事，关我什么事？”见肖简句句紧逼，王欣不耐烦地头一扬脱口而出。

“这 600k 是哪几个项目 recognize（确认）的 revenue（收入）？”

“SHP、T-electric 和 Westinfor 的……”王欣不情愿地说。

“这三个项目客户不是没有签 timesheet（工作交付表）吗？不是至少要这月底才能签字吗？因此 revenue（收入）只能计入 Q4（四季度）！怎么能把这 600k 放进 Q3 呢？”

“我，我也不知道。可能，可能 timesheet（工作交付表）客户签了吧……”王欣神色紧张，说话支支吾吾的。

“那麻烦你把这 600k 客户签了字的 timesheet 拿给我看看。”肖简目光逼视着她。

“我没有！都交给 Finance（财务）的王敬了！你去问他要吧！”王欣恼怒地头一甩说。

“王欣，你是在玩火！玩火者要自焚的！”肖简冷冷地说完，快步向财务部走去。

“王敬,SHP、T-electric 和 BBW 那 600k 的 timesheet(工作交付表)客户什么时候签的？我怎么不知道？怎么都确认了 revenue(收入)？”

“谁说你们 600k 的 timesheet 签单了？”王敬不满地瞪了肖简一眼。

“什么？没有签？那你怎么确认收入？”肖简吃惊地看着平时较真到确认一元钱收入都必须有客户签字的王敬,怎么确认 600k 收入他可以不要 timesheet?

“为什么？问你老板去吧！我也知道不能确认,但我不得不受命从事。但愿出事时别往底下人身上推就是了！”

“王敬,我不明白发生了什么事?但这样做是严重违反公司财务制度的。美国总部 CFO（首席财务执行官）上个月刚给全球发过邮件杜绝数字弄虚作假！Global Audit(全球审计)过两个月也要来了。这么做我们大家都逃不了干系！”

“我有什么办法,谁不知道公司的规定？但上有政策下有对策嘛!老外比我们还会玩这种游戏！”王敬耸耸肩,无奈地说。看肖简着急的样子,反过来劝说:“哎,你别瞎操心了！王欣说这 600k 在 10 月客户肯定会签单的！财务这边先挂一个月账嘛！虽说不应该,但如果你们这月月底前能把 timesheet 签来,也许也就这么稀里糊涂过了！”

“可这么做上面知道要出大事！Global Audit（全球审计）来难道不会核对 timesheet 吗？到时候就是 Cheating(欺骗)啊！”

“Global Audit 要到 Year-end(财年底)呢,还有两个多月呢！只要这 600k 的 timesheet 你们能这个月让客户签了单返回了,可能也没人能发现。”

“但要是客户没有签单呢？”肖简面色凝重地问。

“简,你可不要吓我！这种玩笑开不得！”王敬表情凝重地说:“王欣信誓旦旦说没有问题的！威廉也给我老板保证过这个月底一定签单！如果发生意外的话,那折进去的人就多了！”

肖简的心情一下变得很沉重。OEE 公司的商业在威廉手里简直成了数字游戏?他是在玩火啊！可耐人寻味的是,威廉此举显然得到财务部的认可。也就是说财务总监保罗逃不了干系！弄不好杰姆斯也默许这件事！但不管谁默许,利润率从-30%到 37%玩得也太离谱了！也太危险了！据肖简多方了解的情况,SHP、T-electric 和 BBW 这三个客户项目目前都在和 OEE 打心理战。因为顾问资源配合等多方面的问题没有解决,客户都在找理由拖延签单和付款。尤其 Westinfor 有一个模块需要海外技术顾问解决,亚太至今派不出人来。如果这个月海外顾问不来,客户几乎不可能签单。如此种种不定因素,“万一”的成分实在太多了！如果出现任何一个“万一”,后果真的不堪设想！

“如果 10 月这三个项目客户没有签单,你还有办法可以补救吗？”肖简问。

“简,这些 number(数字)要还在财务部都还好改。现在都亚太排行榜了,还能怎么办？赶紧让客户签 timesheet 吧！赶紧把挂的账销掉！”

威廉真是在玩火啊!!他已经严重违反了内部控制的规定。虽然他是老板,但他作了一个错误的决定！作为一个内部控制经理真要坐等更大的风险出现而事不关己吗？

不行!肖简觉得自己有责任提醒威廉这件事的后果。至于怎么纠正这个错误肖简本人无能为力,但希望威廉还有办法。

— 67 —

“王欣,威廉在哪里出差？什么时候回来？”肖简焦急地问。

“哟——老板飞来飞去的我们底下人怎么知道啊？”王欣瞥了肖简一眼不咸不淡地说。

“王欣,你是老板秘书,怎么可能不知道老板在哪里？”见王欣这副德行,肖简真想和她急,但还是努力忍住了。

“你有什么事？看威廉晚上来不来电话吧。来的话我转告给他。不来嘛我也没有办法。”

“王欣，请转告威廉,600k 的收入决不能在 Q3 确认！这是违反公司财务制度的！太危险了！如果 10 月份 Timesheet(工作交付表)客户没有签单,我们就落下 cheating(欺骗)的罪名了！马上就要 Global Audit(全球审计)了,万一给查出来,谁都担待不起呀!”肖简急切地望着王欣,希望她能明白利害关系,说服威廉想办法补救。

“你是要我把这些话转告给威廉吗？”王欣用一种奇怪的表情看着肖简。心想:这个女人脑子是不是进水了？她不想活了？

“你转告吧!我理解威廉担心部门的 performance(业绩),希望数字好看一点。但这种数字游戏玩得太可怕了!万一这 600k 客户不签单怎么办？总部知道了会有灭顶之灾的！”

“肖简,你也说得太邪乎了吧！老板们操心的事,我们打工的最好还是少操点心!”王欣不满地斜了肖简一眼,阴阳怪气地说:“再说了,我们不泄密上面人怎么知道？”

肖简冷笑一下。王欣是暗示肖简别把他们的游戏给泄漏了。真是掩耳盗铃!全球审计又不是 3 岁孩子?这个威廉和王欣怎么有这种侥幸心理?肖简气恼地说:“王欣，威廉不了解中国的情况，你当秘书的也应该提醒她。可别抱什么侥幸心理！600k,这么大的数字,怎么能查不出来呢？光你的 PMS 数据库不也可以查出来客户有没有签单吗？”

“Finance(财务部)recognize(确认)revenue(收入)又不是靠数据库?老板们能查

得到吗？肖简，我也好心劝你一句，做员工的要替老板分忧。如果做不到这一点，我们的value（价值）也就没有了……唉，我也不好说什么了，你自己体会吧……”王欣耸耸肩膀。

“王欣，作为朋友和同事，我也劝你一句，秘书是老板的眼睛和耳朵。老板的决策有时是会受秘书影响的。你想替老板分忧是好事，但一定要知道什么事能做什么事不能做！否则可能会害了老板也害了你自己……”

“肖简，你这是什么意思？我好心劝劝你，你不领情就算了，怎么说这样的话？好像我要坑老板坑大家似的！”王欣觉得一股火直往上涌，脸涨得通红。要不是想起威廉反复叮嘱她千万不要和肖简发生正面冲突的话，她早就拍桌子了。此刻，她满腔怒火却强忍着。心想：怪不得威廉非要你死呢！瞧你那傲气样，都快下十八层地狱了，看你还能“牛”几天！

“王欣，我虽然说得重一些，但没有恶意。希望你理解。”肖简说完离开了。

望着肖简远去的背影，王欣的心情变得坏透了！这个女人像一座大山压得她喘不过气来！原以为威廉的到来能迅速铲平这座山，但一年快过去了这个女人还是稳稳地压在自己头上。可是威廉整她并没有手软啊！亲眼目睹他对这女人一招一势地狠下杀手，看得王欣惊心动魄。却没有想到这个表面没有政治头脑的女人，却把威廉这个政治老手搞得心力交瘁，至今还在僵持。她百思不得其解这是为什么？这么险恶的环境她怎么还能活？她还要活多久？这场斗争打得越惨烈，王欣对这个女人的恐惧越强。她不敢想象哪天没有了威廉，自己还有什么活路！因此一个越来越强烈的信念就是：这个女人必须干掉！必须在威廉活着的时候干掉！必须利用威廉干掉！必须不择手段地干掉！

王欣满眼决绝，满脸坚定。她拨通了威廉的手机电话：

“威廉，我有一件急事要马上向您汇报！”

“戴安娜，什么事？我看你声音很紧张嘛，发生了什么事啊？”

威廉的声音非常温和，一种自己人的感觉。听到这种声音，王欣心里顿时泛出一阵委屈。居然有一种想哭的感觉。电话那边的威廉可能感觉到了她的异样，更加温柔地说：“怎么了？戴安娜？受什么委屈了？别担心，有我呢，啊！”

威廉充满磁性的声音让王欣百感交集，眼泪控制不住流了出来。她吸了吸鼻子，用一种压抑的声音说：“威廉，没事，没事！”

“好，出了什么事呢？”威廉耐心地在电话里等着。

“是肖简，肖简她——”王欣说到这里一股怒火又涌上心头。

“肖简怎么啦？”威廉电话里的声音一下紧张起来。

“肖简发现600k的事了。还去Finance（财务部）查了……”

“是吗？她知道了？”威廉顿时烦躁起来，口气生硬地说：“她知道就知道吧。这是老板之间的事和她没有关系！让她少管！连杰姆斯都默许了这件事，她操什么心？”

“是啊！我也暗示她老板的事打工的少操心。但是她居然威胁我说这是Cheating(欺骗)！要有灭顶之灾！”

“What？她说什么？Cheating(欺骗)！她居然敢说我Cheating？！How dare SHE？！(她居然敢这样？！)”王欣可以想象电话那边的威廉瞠目结舌的样子。

“她还说到Global Audit(全球审计)……”王欣决定再给威廉烧一把火。

“Global Audit怎么了？她什么意思？她想怎么样？”威廉的声音好像上紧了的弦，透着压抑和极度的紧张。

“她说Global Audit肯定会查出来。我说这个月timesheet(工作交付表)客户签了字，把挂账一销没有人知道。可她说肯定会查出来，别抱侥幸心理什么的。威廉，您说她什么意思啊？我很担心……她，会不会——”王欣故意欲言又止。

“你说，她会什么？”威廉电话里的呼吸越来越重。

“我担心，她会不会利用这次Global Audit（全球审计）……她可是Internal Control Manager(内部控制经理)，没有什么事瞒得过她的。而且……”王欣故意停住了口。

“而且什么！你说！”威廉的声音简直在低吼。

“而且……她轻易可以拿出数据证明……我们Cheating(欺骗)……”王欣故意胆小地把最后那个Cheating的尾音越念越弱。见威廉电话里喘着粗气不说话，又试探着说：“而且她是Internal Control Manager，Global Audit来时主要她汇报财务状况的！如果她说点什么又能找出数据，我们的麻烦就大了！”

“你是说她会利用Global Audit(全球审计)？她敢吗？”威廉从牙缝里挤出这句话。

“威廉，她的个性您还不了解吗？我真的很担心！我们要早做防备！否则……如果她真有企图，现在偷偷准备数据的话，我，我真有些后怕……她今天说了好多威胁的话，我，我都不好说给您听……”王欣无奈地说。

“我看她是真的不想活了！”威廉咬牙切齿地说。

“威廉，那、那我们怎么办？”王欣显得害怕的样子。

“那600k的timesheet(工作交付表)这个月底前能签吧？”威廉问。

“我上午还叮嘱了一遍PM，牛家华和张宣明答应天天催着客户；但SHP可能有些麻烦。杰夫要下个星期才走马上任。斯蒂文在闹情绪，说他已经不是SHP的PD(项目总监)了，有事让我问杰夫去！所以我不知道SHP的timesheet能不能签单……”

“什么？能不能？必须签！不能签也得签！要不计一切代价地签单！谁不配合谁给我滚蛋！”威廉斩钉截铁地说。

“可是，斯蒂文现在情绪很坏，不太配合。万一……”王欣也泛出隐隐的担心。

“没有万一！不能有万一！斯蒂文死到临头居然还敢这么嚣张！我撤他的PD还是轻的呢！我看他的饭碗还能端几天?！”威廉嘶哑的声音有些声嘶力竭。

“我明白了。威廉，那您看肖简那边怎么办?我们该怎么防范?”王欣讨好地问。

“Global Audit(全球审计)的事你亲自准备数据！但你要想办法尽量拿到肖简的数据。你的东西有时候不准确！这个女人虽然不可留，但她的很多监控方法和报表你是要学的。你要做好准备，不要到关键时候拿不起来抓瞎！”威廉的声音已经变得非常理性。

王欣大喜过望！威廉这不是在移交内部控制的重担给自己吗?真没有想到朝思暮想的东西真的到来了！王欣快乐得要飞！她刚想给老板表表忠心，威廉又说了一番话让她振聋发聩！

“戴安娜，从明天起，我不在中国的时候我所有的签字都由你代签！”

“威廉，这不合适吧……按公司规定，您不在的时候应该授权高级经理acting(代)您签字，像斯蒂文、刘新权还有孙建武什么的……我恐怕不行……”王欣战战兢兢的，她为威廉的大胆感到震撼。

“你不用害怕。我信得过你。我信不过那些诡计多端的manager(经理)！你大胆地做。有事我顶着!杰姆斯也管不了我！”威廉斩钉截铁地说。

“威廉，威廉，谢谢你对我的信任。我、我……”王欣感激涕零，一时间不知道该怎么表达自己对老板的忠心和感激了。

“戴安娜，不用多说了，我了解……”威廉体贴地说。

“那肖简她——”王欣小心翼翼地问，心里还有些不踏实。

“放心吧！她活不了几天了！”威廉发誓般的口气就像将军出征前的号角。

“威廉，您的意思……”王欣想确认又不敢，欲言又止。

“我不会让她活到Global Audit来的！我不会给她机会毁我的！”威廉在电话里发着狠。

放下电话，王欣激动得要手舞足蹈。到来了！我王欣翻身的这一天终于到来了！肖简啊肖简，你这次是非死不可了！连杰姆斯也不会保你！这两年来你像一座大山压得我喘不过气来！你张扬跋扈的时候有没有想过我的挣扎我的累?职场如战场你不该抢人的饭碗！你不该把你的辉煌建立在我们最底层打工族的痛苦之上。这个社会原本尔虞我诈，你的天堂可能就是我的地狱！你别怪我为你的死亡挖掘了坟墓。怪只怪你不会做人宁折不弯，怪只怪你得罪了我得罪了威廉，不是我要你死，是威廉要你亡！

第二十三章

— 68 —

袁华脸上带着一丝浅笑欠身礼节性地和肖简握握手，然后身体靠在老板椅上，脸上浮现人事部特有的公事公办的表情。肖简本来还想和袁华调侃几句，见他摆出了职业的坐姿职业的表情，也不卑不亢地职业起来。

“杰姆斯给我打过电话，要我和你谈谈。可当时你在培训，我过后又忙了一阵子，所以一直拖到今天。”袁华说着目光透过镜片漫不经心地瞥着肖简身后的玻璃门。

“是。”肖简简短地应和，静等下文。

“我这段时间也和你们部门的人聊了聊，了解了一下情况。”袁华露出职业性的微笑。

找人了解情况？他找了什么人呢？这是我和威廉之间的战争，除了威廉和我本人，谁又能知道这里面的扑朔迷离和惊心动魄呢？

“怎么说呢——”袁华把身体往后仰了仰，椅背摇晃了一下。他放慢了语速斟酌着语句。“你们部门的人好像有不同看法……肖简，你是不是和王欣处得不太愉快？”

肖简的心咯噔一下，有些警觉地看着这个男人。袁华为什么要把我对威廉投诉的调查，引到我和王欣的个人恩怨中来？谁透露给了袁华这些误导的信息？他身为公司执法人员为什么一开始就带着这么强的倾向性？肖简有些不安。但她努力压抑着这种感觉，平静地说：“老袁，我和王欣工作配合上的确有些不愉快，这在我们部门也不是秘密。但原因很复杂，我也不愿意提及。而且我也不认为我和王欣的关系和我对威廉的投诉有什么本质的关系。但既然您问到，我也可以简单介绍一下。”肖简平和地介绍了她和王欣之间的一些工作矛盾。

“噢，王欣嘛，据我了解她虽然学历不高，但是工作非常努力，能力也很强。老板们对她的评价都挺高的！当然，你讲的这些东西嘛，可能也存在……不过嘛，王欣一个秘书工作做到这个地步也很不容易。你是经理，不用和她一般见识……”袁华一边说着，目光一边漫不经心地看着玻璃门外一个个掠过的身影。

肖简感觉很压抑。他这是干什么？为什么要把我向公司严肃的投诉故意扯到员工和员工扯不清的个人恩怨中去？好像自己是因为和王欣有过节才和威廉冲突的。一直听说袁华很圆滑很会看人下菜碟，但他毕竟也是个职业经理人啊？不管是原告还是被告，总不能偏听偏信只相信一边倒的证词吧？难道威廉和他之间有了什么默契？怎么感觉这么怪异？

“老袁，不好意思，我想问问杰姆斯给您打过电话吗？”

“哦，打过了。杰姆斯让我了解一下情况。所以我找了你们一些顾问聊了聊。也找了王欣，还有我们HR的魏晴。当然我也和威廉谈了谈。”

肖简听到这里，嘴角露出一丝不易察觉的冷笑。

“我们也听说威廉个性有些特别。他毕竟是个外国人，管理上可能比较美国化。对中国的经理多少有些操之过急，工作方法上可能没有考虑中国国情……这些我也批评了他……”

“不是工作方法，是政治迫害！”事到如今肖简明白不能寄希望于袁华了。半个多小时的谈话，他没有就肖简的投诉向她了解进一步情况，而是一味地为威廉解释开脱。这哪里是一个公正的HR老板应该持有的态度？

“肖简，你可能有些言重了，哈——”袁华似乎并不介意女人严肃的表情。他笑笑说：“HR是公正的。我们不会只听一方的意见。威廉也有他自己的看法和观点……”

“您能告诉我他是什么观点吗？”肖简目光炯炯地正视着袁华。

袁华避开肖简的目光，把目光投向桌上的文档，一边随意翻动着一边说：“威廉过去部门的Internal Control Manager（内部控制经理）很能干。他对你期望值很高。后来发现你不懂财务，一些旧账也没有清，对你的工作有些不满意。认为你的能力不太够……”

“那您怎么看？”肖简觉得心里涌动着一种幽愤。她努力克制着。

“我吗？”袁华笑笑说：“我们HR不了解你们的业务，有些时候也很难辨别清楚。”

“如果您不了解我们的工作，您怎么判断谁对谁错呢？”

“这个嘛——我也会听各方面的意见的嘛！”袁华不以为然地笑笑说：“肖简，我看你和威廉之间还要再沟通沟通。今天的谈话我会做个备忘录。不过我个人想给你一个建议……”

“您请讲。”

“可能的话，你还是多学学财务。威廉对你最大的不满意就是觉得你不懂财务，工作出了很多纰漏。我也不是没有问过你们部门的人。你这方面可能是弱一些。如果你能尽快熟悉internal control方面的工作，工作能力上去了，威廉自然会认可你。威廉几次请求我给你安排财务方面的培训，我会考虑的……”

在男人的侃侃而谈中，肖简心中那盆寻求正义的希望之火渐渐熄灭了。内心突然变得异常的平静。她淡淡一笑说：

"老袁，我今天是以一个投诉者身份来接受您的调查的。我希望您能公平地了解纠纷双方的立场观点和事实。不管您从威廉、王欣、魏晴那里获得多少我能力不强的论据，我也想告诉您一个事实，咨询部几乎所有的内部控制职能都是我上任以后建立或完善的。我也想让您知道，我有詹森亲笔写的关于我工作能力的评语；您从HR的记录上也可以看到詹森在我来不到半年就给我涨了工资；亚太去年业务大检查对我的内部控制工作给予了肯定和赞扬。我可以留给您相关的资料，帮助您了解一下我的工作能力和成果……"

肖简说到这里递上去亚太的业务检查结果报告。袁华职业化的脸上滑过一丝尴尬，但瞬间就消失了。表情从容不迫地说："简，对你的工作，HR会客观调查的。"

"老袁，如果HR真的想了解我的工作的话，我想您应该跟财务部、项目经理、亚太内部控制等相关联的人做一下认真了解。我会配合您的调查。"肖简不卑不亢地说。

袁华眉头不由地一皱，眉间滑过一丝不耐烦。但瞬间又微笑着说："简，我会找我认为合适的人调查。当然HR也没有必要把事情搞得这么复杂。也希望你能摆正心态。"

"老袁，能否明示一下，您需要我摆正什么心态？"肖简嘴角含着一丝讥讽，冷冷地说。

"这个嘛，我也说不好。员工的工作能力怎么样，你们老板应该最有发言权。OEE公司最讲究公平。相信你们老板对你的工作表现会有一个公正评价。"袁华声音不带任何感情色彩，一副公事公办的腔调。

"老袁，我不知道您说的公正的评价我从哪里去获得？"

"公司不是有Performance Appraisal(业绩考核)吗？你和威廉应该好好review(回顾)一下，争取对一些东西达成共识。我们HR也就好办了！"

"我们部门到现在为止还没有开始做Performance Appraisal(业绩考核)。但威廉已经向我宣布不给我涨工资了！我不太懂，没有做业绩考核没有Rating(打分)，他凭什么决定给不给我涨工资呢？"肖简冷冷地说。

"Rating(打分？)？你的Rating威廉已经交给我了！"袁华脱口而出。

"什么？他已经把我的Rating交给你了？"肖简难以置信地说："他连业绩考核都没有做过，怎么擅自Rating？这不是违背公司的policy(制度)吗？"

"噢，这个嘛……"袁华顿时后悔自己失言，但话溜出了口收回已经来不及了。只好说："Performance Appraisal(业绩考核)嘛，肯定是要做的！"

"威廉不是已经Rating了吗？再做又有什么意义？"肖简冷笑着问："老袁，如果不保密的话我倒很想知道威廉给我的Rating是什么？"

是什么？Not Accept(不能被接受)！还能是什么？这也是我现在坐在这里的原

因。袁华双臂抱胸,心情复杂地想着沉默了一会儿。然后抬起头,故作轻松地笑道,“威廉的 Rating 嘛,等做完 Performance Appraisal(业绩考核)再说吧……”

肖简再次冷笑道:“好啊,我恭候威廉来给我做 Performance Appraisal。但是老袁,我需要重申一下我的观点:我和威廉之间已经不是简单的老板和员工之间 Performance Appraisal 的问题了!我已经向总经理 complaint(投诉)了威廉!我希望公司能秉公处理!威廉的‘政治迫害’不仅仅是针对我的。我们部门斯蒂文、罗伯特……”

“这两个人好像能力都有些问题。”袁华打断肖简的话。

“每个威廉要迫害的人他都会说他们能力有问题!但我希望 HR 能公正地辨别这些东西。否则对这些人太不公平了!老袁,我很理解您的工作不容易!但请您站在公正立场上帮助员工。OEE 公司有自己的文化,HR 首先是这种文化的倡导者和监督者,对吗?”

“HR 肯定会公正的!OEE 公司文化当然要遵守!你放心,我会尽快把我们的谈话汇报给杰姆斯。”袁华笑容满面地向肖简伸出手,客气地向女人下了逐客令。

事已至此,肖简也觉得无话可说了。她和袁华礼节性地握了握手,起身向门口走去。

“简——”在肖简拉开门的一瞬间,身后突然传来袁华的呼唤。

肖简停住脚,转过身,看见袁华似乎想说点什么,但又欲言又止。

“您有事吗?”肖简礼貌地问。

“简,我有个 personal(个人)的想法……”

肖简发现袁华脸上的线条和目光开始变得柔和,刚才居高临下的职业经理形象消失了。

“简,你这么聪明能干,何必和威廉较劲呢?外面的世界这么大……”袁华小心翼翼地说,一边观察着肖简的神色。

肖简笑了。她诚恳地说:“老袁,我不会和他较劲的。我说了,我和威廉之间不是简单的工作冲突。他搞‘政治迫害’针对的也不仅仅是我一个人。咨询部的前途堪忧啊!我真心希望 HR 能认真关注此事。至于我,经历了太多的风风雨雨,我知道该怎么做!”

肖简说完,飘然离开了袁华的办公室。

望着女人落寞但坚定的背影,袁华的心情非常复杂。他明白自己的态度对肖简心理可能会有的沉重打击!作为一个被老板“追杀”的员工,她满心地希望获得公司的保护,希望 HR 能为自己做主。但是这个女人太天真了!所有像 OEE 这样的世界级大公司都是私人的公司。首先保护的是老板的利益。在劳资纠纷中公司判断的标准是纠纷的双方谁更有价值!因此和老板发生冲突的结局几乎百分之百是员工离开,公司顶多提供一些经济补偿。这也将是这个女人的结局!这种结局和是非无关。

袁华知道自己的行为有违良心和职业道德,因此心里多少还是有些不忍。但是环视自己端坐的这间舒适高贵的总监办公室;想起威廉对自己的承诺——把代总监的“代”尽快去掉;想起当上正式总监以后自己的月薪能上涨到1万多美元,这是任何一个人都无法抗拒的诱惑!想到这里,他马上心安理得了。

人不为己天诛地灭!古人尚且铭心刻骨,何况今人乎?

— 69 —

“简,我来了!”肖简身后突然响起一个熟悉而热情的声音。

肖简回头一看,是杰夫!望着笑眯眯的杰夫,肖简脑中瞬间浮现不久前他凛然斥责她不懂AR的情景。而此刻他好像什么事情也没有发生过地坦然。肖简于是笑笑说:

“杰夫,正式走马上任了?住在哪里啊?这次你是调到内地,不会还住酒店吧?”

“还住香格里拉。威廉说虽然成本高点,但那里比较舒服。先住着再说!”杰夫一副自得意满的样子。

“你的座位呢?以后每天和我们一起上班了,斯蒂文有没有在SHP给你安排好座位?”

“我不要在SHP Office办公!斯蒂文看到我会不高兴!”杰夫笑着指指旁边的隔板说:“刘新权隔壁有个空座位,我坐在那里办公!”

“好啊!和我们老百姓打成一片。”

“简,小青,该吃午饭了。走!我请客!”杰夫热情地连连抬手示意她们从座位上起来。

午饭的时候,杰夫的话匣子打开了就没有再合上过。尤其是刘小青的在场,使杰夫的神经更加兴奋。谈完政治谈历史,谈完历史谈经济,谈完经济又谈OEE公司的过去和现状,然后又谈SHP项目。但对威廉却只字不谈,似乎有意在回避。这顿饭吃得很友好。

回到办公区,杰夫似乎意犹未尽,又示意肖简到旁边的办公室,一副很诡秘的样子。

肖简估计杰夫要单独和自己解释上次发生的事,就笑笑进去了。

单独面对肖简的时候,杰夫似乎努力在找两个人过去轻松交谈的感觉。但有了上次的翻脸,两个人心里多少还是有些不自然。表面上不咸不淡地寒暄着,大脑里却在不时地闪烁着那场翻脸的镜头。虽然杰夫在努力挽回,而肖简也在努力地配合,但两个人的谈话还是像“雾里看花”。杰夫意识到如果不捅破那层窗户纸,这场谈话很难往深里进行,就主动引入话题。

“简,你的信我看了。有些东西威廉告诉过我,但有一些威廉没有跟我说……”杰夫尴尬地咳嗽了几声。

“是啊,我明白。威廉不太可能让你知道所有的事的。”肖简理解地笑笑。

见肖简表现出合作的态度,杰夫马上把椅子往肖简面前拉了拉,表现出一种亲近的姿态。然后就像过去一样给她分析 OEE 公司以及中国的局势,分析威廉的心态。

“喏,简,为什么威廉现在总要挑剔你的毛病呢？这是因为他过去部门的 Internal Control Manager(内部控制经理)非常能干,给他留下很深刻的印象。他认为你比不上那个美国经理。他还说香港、台湾做得也比你好,因为经理都是财务或技术背景的。当然你也有一些优点是他们没有的,比如说你能主动推动整个部门去努力完成目标。但是还有很多工作你需要 improving(提高)……”杰夫不仅耐心而且心平气和。

心里的不平再一次涌上心头。她努力控制着自己的情绪,尽可能平静地说:“杰夫,您觉得公平吗？评估一个员工好坏难道不考虑所处国家的社会、政治、经济、文化环境吗?美国、香港、台湾内部控制工作有多少年历史了?而内地这个工作职能是我来以后从零开始的。老板评价一件事只看眼前不看历史,您觉得合适吗？”

杰夫洞察到了女人强行压抑的怨愤的情绪。他温和地笑笑,继续有条不紊地说:“简,你讲得很有道理。但是呢,威廉是那种玩权术的人。他有两张脸:对他喜欢的人非常好;对他不喜欢的人非常坏!我猜啊,威廉这样对待你是要达到两个结果——”

说到这里杰夫停了下来。看到女人目不转睛地盯着他,就满意地笑笑说:“威廉希望你承受不了压力像罗伯特一样辞职;或者把工作做得比美国、香港和台湾还要高一个水平。”

“我想,威廉最想得到的是第一个结果!”肖简冷笑地说。

“简,其实我知道威廉对你做了些什么。因为他把你给他的大部分邮件发给了我。”

肖简感觉有些意外。既然杰夫已经知道了威廉对我做的事,他上次怎么还要为虎作伥呢?看来这件事远没有表现出来的这么简单……我还是沉住气,听听他说什么吧。

“简,其实威廉有时故意做错误的事情,因为他想给人压力!”

“故意做错事来给人压力?没听说过!新鲜!杰夫,您对威廉的理解怎么这么别出心裁？”肖简非常想知道思维如此缜密透彻的杰夫,何以选择做了威廉的“应声虫”?

“简,威廉有一个非常强的优势你可能不知道吧。”杰夫神秘地问。

“什么？”

“威廉在高层有非常强的支持！”

“是吗？我不太清楚。会是谁呢？”威廉如此有恃无恐，难道真的有强硬的后台？

“知道约翰吗？”杰夫说着从口袋里拿出一张照片，递给肖简说：“前排左边数第四个就是他。几个月前我到AP(亚太)参加培训，他来讲话后合的影。”

“这不是上次来中国做Business Review(业务大检查)和彼得一起来的那个大胡子老外吗？当时他很少说话，我都没有什么印象。他怎么会是威廉的后台呢？”

“听说是约翰把威廉从很多候选人中挑出来的。他对威廉很器重！他是亚太Consulting新来的VP(副总裁)，彼得也要report(汇报)给他！”

“是吗？”难怪威廉这么趾高气昂，连走路的腰板都好像有一根钢筋撑着似的。

“杰夫，即便约翰是威廉的后台，但难道约翰就不会明辨是非？难道威廉横行霸道他也会一味支持他？”肖简目光逼视着杰夫。

杰夫摇摇头说：“简，你还是太单纯。你别忘了，是非都是威廉说的。他可以对约翰和上边的老板批评你，而你不能！你没有机会！”

一句话点醒梦中人！肖简好像突然领悟到了很多。虽然隐隐约约地感觉到威廉有可能去上面散布自己的谣言。但总觉得自己人微言轻，威廉无端制造下属经理的谣言也得顾及一下自己的身份吧。但杰夫的话似乎在暗示肖简什么。不，不是暗示了，是警告！是警告一种后果！杰夫的话绝非空穴来风。难道威廉真的在不明真相的老板那里制造了对自己不利的社会舆论？以前光注意他误导周围的经理和顾问了，怎么没有意识到威廉首先会把上层老板的水搅浑呢？只要他成功地完成亚太老板们的舆论误导的话，下一步置自己于死地都是顺理成章的了！这个政客简直太可怕了！

“杰夫，虽然说他有后台，和上层关系容易沟通，但他总不能无中生有，去造谣没有发生过的事吧。”肖简皱紧眉头说。

“简，你怎么这么天真？我说了威廉是玩权术的政客。‘无中生有’‘浑水摸鱼’本来就是孙子兵法‘三十六计’的计谋。别说造谣了，光夸大歪曲就已经误导了舆论了！”

杰夫对此深有体会。前不久他从亚太一个朋友那里听说威廉在散布自己没有项目管理经验，都是书本知识，不懂实际操作。这种话一次两次你说我传的，渐渐地就主宰了人们的思维。这是威廉作为政客非常厉害也非常可怕的地方，因为这需要有厚颜无耻的勇气。这也是杰夫不敢得罪威廉的原因。得罪了他，他会不择手段毁了他在OEE公司的清名和前程。

杰夫的话让肖简在扑朔迷离的复杂政局中悟到了很多触目惊心的东西。她感到一种内心的震撼。

“简，威廉是希望我来证明你不行！除非你能improving(提高)，能赶上台湾和香港……否则……”杰夫语重心长地说：

“赶上香港和台湾？标准是什么？内地内部控制有很多工作已经超过了香港和台湾。比如说我们已经建立的正规的项目审计团队，已经开始定期项目审计；比如我们的网上 centre filing（中心档案）；再比如我们的一整套规范的项目管理程序和手册等等，据我所知他们都没有。”

“这个嘛……是……”杰夫脸上露出一丝尴尬，一时间犹豫该说什么了。突然有人敲门。

又是王欣！

“杰夫，威廉要和你讲话。他好像在香港呢。”

杰夫急急忙忙去接电话了。肖简回到自己的办公隔断里。

— 70 —

“Hello！威廉！我是杰夫。”杰夫快步走进威廉的办公室，抓起电话。王欣轻轻带上门。

“杰夫，我听戴安娜说你在和肖简谈话？谈什么呢？”威廉声音带着明显的审视。杰夫厌恶地瞪了一眼窗外正往里窥视的王欣。

“还是按您的意思在劝她。我跟她说她要想继续留在岗位上，她的工作必须做得和香港台湾一样好……”

“一样好不行！跟她说必须比香港台湾好很多！而且要马上！我没有这么多时间等她！”威廉急促地打断了杰夫的话。

“可是这……”杰夫想说：这样说合适吗？港台内部控制工作开展了五六年了！内地才一两年。要肖简“马上”超过港台，这不是明摆着逼她走吗？但听到电话里粗重的喘息声，他咽回了想说的话。

“这什么？我知道这不可能！我就是让她不可能！她做不到可以走啊！”威廉冷笑着说。

“可是威廉，我觉得对肖简是不是方法缓和点？关系弄僵了更不好沟通了！”杰夫小心翼翼地说。

“谁要你跟她沟通了？是要你给她压力！要她知道再不走她的压力将会铺天盖地而来！再不走她会死得很难看！”威廉有些歇斯底里。

杰夫觉得心里难受极了。威廉跟迫害狂似的不计后果地要他加压再加压。他怎么就不明白这个女人只能诱导，不能强攻。今天杰夫费尽心机巧舌如簧就是想让她面对现实，让她明白继续留在 OEE 公司是下下策；让她看到和威廉对抗只能自取灭亡。肖简是个理性的女人，你只能晓以利害，劝其知难而退。说心里话，这点连杰夫都不能保证能不能成功。因为所有的证据在肖简的大义凛然面前都显得那么无力。但杰夫还在想运用自己的智慧点化女人劝说她放弃。可这个疯狂的威廉总是用自己一厢情愿的强硬方法对付肖简。他不明白肖简这种女人是遇柔则弱，遇刚则强。上次杰夫的强硬已经引起了她强烈的反弹,不仅差点毁了自己和肖简建立的友好关系,还逼得肖简去杰姆斯那里投诉自己和威廉搞政治。杰姆斯又故意把邮件转给 GC 人力资源和迈克,搞得自己在 GC 的形象就像威廉的一条狗似的,极端地没有面子！今天自己费了好多口舌才小心翼翼地重新修补了和女人的关系,这才有了重新对话的机会。自己既要表明观点又不能惹翻了女人,已经很辛苦了。威廉他不理解也就罢了，怎么还改不了指手画脚的毛病？如果按他的方法干肯定没有好结果！

杰夫用沉默表示了自己无声的对抗。威廉感觉到了这种对抗,电话里喘气声越来越粗,显然他也在压抑自己的情绪。双方无声地对峙了一两分钟以后,威廉不耐烦地打断了寂静：

“杰夫,What's wrong? Are you listening?（怎么回事？你在听吗？）”

威廉的声音在杰夫的耳朵里是那么的刺耳和粗鲁。杰夫皱着眉,把话筒从耳朵上挪开了一点,压抑地说:“Yes, I'm listening……(是的,我正在听呢。)”

“那就过去跟她这么说！现在就去！马上！”威廉口气生硬地说完挂了电话。

听到电话里“嘟——”的挂机声,杰夫气得把话筒重重地摔在机座上,阴沉着脸走出了办公室。王欣叫了他一声,杰夫理都不理,虎着脸说了一句:“我没空,有事等一下再说！”

杰夫努力控制着情绪再次来到肖简的座位前,说:“简,我还需要和你开 10 分钟会。”

看见杰夫阴翳的脸,肖简有一种不祥的感觉。她重新走进会议室坐下,发现杰夫刚才脸上的开朗和友善已经荡然无存。

杰夫努力想挤出一丝笑但没有成功,索性也不笑了。他的目光盯着女人背后那面白白的墙壁,面无表情地说:“刚才我们谈过威廉要求你要和香港台湾一样。现在看来光和他们一个水平是不可能的！你必须有巨大的进步才行！仅仅保持 improving(进步)也是不行的！以后你不要再提 improving(进步)了！你必须 Jump a big step(跳一大步)！否则……”杰夫说到这里停住了口,目光瞥了一眼肖简忙移开,表情显得很烦乱。

杰夫再次翻脸了!完全推翻了十多分钟之前的善意!完全推翻了刚刚营造的理性谅解的气氛。而且又是在威廉的一个电话以后！杰夫已经不是一个正义、有独立思维、独立行为的人。他完全成为了威廉的“御用工具”。一个可怜的“看门狗”！面对出尔反尔的杰夫,肖简目光中充满着蔑视。她愤怒地冷笑地说：

“Jump a big step(跳越一大步？)? How(怎么跳？)? 请给我 vision(远期目标)、mission(中期目标)和 objectives(近期目标)。威廉为了逼我辞职他做了很多坏事!如果他的目的是希望我 improving(提高)或者跳跃一大步,为什么我请求他单独和我开一次会讨论内部控制工作他到现在都不安排？为什么我请求他设定工作目标他至今置之不理？”

在肖简咄咄逼人的质问中杰夫的脸色变得更加难看了。他生硬地说：“威廉没有时间！”

“没有时间？我可以给你看他发给我的所有的E-mail，你可以看看他每天要花多少时间在各种小事上找我的麻烦。对内部控制他除了质疑，提不出任何建议！他根本不懂Internal Control（内部控制）工作！”

“威廉不需要懂Internal Control！”

肖简用一种难以置信的目光看着杰夫。无法理解一向以儒雅、斯文著称的杰夫怎么瞬间变成一个混不讲理的市井刁民。她蔑视地看着杰夫，突然觉得他有些可怜。

“杰夫，如果你想来内地帮助和指导Internal Control（内部控制）工作，请你也听听我的立场，不要光听威廉的……”

“我不要听你说！你听我说！”杰夫粗鲁地打断了肖简的话：“你不是和威廉有过3个月之约吗？为什么又出尔反尔？”

“3个月之约？什么3个月之约？”肖简觉得莫名其妙。

“你年三十和威廉谈话不是答应威廉3个月离开吗？你自己现在反悔了又何必怪老板无情呢？”

“什么？3个月？我答应威廉离开？”

肖简愣住了。记忆瞬间被拉回到那个难忘的年三十下午……威廉无休无止地纠缠……自己厌烦却被迫疲于应付……威廉突然冲动地让她去别的部门找工作……然后他“强迫症”似地纠缠詹森为什么聘她，又表示对她财务工作不满意……自己终于烦了然后说了3个月——决定3个月提高部门财务管理水平达到威廉的要求让他无话可说。但威廉理解的3个月居然是……她突然明白了！控制不住地她哈哈大笑起来……

原来“3个月”的约定是一场可笑的误会！

原来年三十那天他冲动地让肖简离开并不是冲动，而是蓄谋！

原来他答应“3个月”并不是给肖简一个提高能力的机会而是要她离开的最后期限！

原来最近几个月他加大密度“强迫症”般的骚扰，尤其最近几场登峰造极的当众羞辱、“逼供”和公开示众，都是因为“限期”到了自己却没有知趣地滚蛋！

“哈哈哈！”肖简控制不住大笑。笑自己单纯；笑威廉处心积虑；笑杰夫为虎作伥。

“别笑了！”杰夫被肖简突然爆发出来的笑声搞得六神无主，不由恼怒地断喝了一声。

肖简止住了笑,看见杰夫脸都涨红了,突然觉得连气都生不起来了。她平静地笑笑,善意地说:“算了,杰夫,如果你还有些时间的话,我给你解释一下怎么回事。”

“我没有时间听你解释!我不需要听你解释!”杰夫气急败坏地喊了起来。

“那就算了!您忙,我先告辞了!”肖简不卑不亢地笑笑,站起身,拉开门离开了。

回到座位上,肖简双臂抱胸面对着窗外冷然地坐了很长时间。然后她打开一个新邮件,敲上了杰姆斯的地址,写下了标题:“William/Jeff Process Their‘Politic Strategy’(威廉/杰夫正在实施他们的‘政治战略’)。”

肖简详细叙述了今天杰夫和她的会谈。她一边写一边体会着杰夫说过的每一句话,每一个措词,每一个观点,每一种感觉。越回忆,她对威廉玩弄的若隐若现的阴谋有了越来越清晰的脉络。她对自己应该采取的防备和应对方式也渐渐明了起来……

她很清楚,在这场斗争中自己表面上是单枪匹马的。周围任何老板、同事和下属都不可能公开站出来支持她。但是从人心所向她并不孤独。威廉再强大也是倒行逆施的一方;自己再弱小代表的是人性的善良。她相信人们只要了解了事情的真相都会从舆论上支持自己。她相信 OEE 公司的企业文化是还她尊严和工作权力的希望。

但目前的形势似乎对肖简十分的险恶。威廉好像正在铺一张阴谋的大网,而杰夫正在帮助他猎杀网中的鱼。尽管她已经向公司投诉了威廉对自己的“政治迫害”。但杰姆斯至今没有任何辖制威廉的行为,袁华的态度更是耐人寻味。公司对自己的投诉究竟持什么态度呢?

肖简的脑中突然闪现古老的剧目《杨乃武和小白菜》。自己的结局会不会也一样呢?自己和杨乃武、小白菜一样都是小人物。小人物告大人物需要付出多少勇气多少毅力多少智慧呢?肖简不敢想,也不愿意想。无论她和威廉的这场战争最后演变成什么结果,肖简都别无选择!即便是小人物也有小人物的尊严!小人物同样有捍卫自己的权利!

她要原原本本地给杰姆斯再现杰夫的谈话。她要通过杰夫的口把威廉以为隐藏得很好的阴谋暴露在光天化日之下成为“阳谋”。这是对付阴谋家最好最直接的方法。

杰姆斯将会如何面对这一切呢?他会去阻止威廉的丑行吗?他会听任咨询部的局势继续恶化吗?他会为了自保置若罔闻吗?他能坐视自己的员工工作权利被剥夺?身心健康被摧残?

第二十四章

— 71 —

威廉铁青着脸盯着会议桌对面的杰夫;杰夫也满脸阴翳,恼怒的目光不示弱地直视着他。

突然威廉脸上露出讥笑的表情, 口气冷漠并带着嘲讽地说:“It's my fault! I overestimate you!(是我的错! 我高估了你!)”

“你——”杰夫一时间气得说不出话来,脸由青变红又由红变紫。

看到杰夫已经气得不知所云威廉却根本没有想住口。仿佛故意要激怒杰夫,他的话更加阴损,口气更加刻薄。

“杰夫,你不是跟我吹嘘简很听你的话吗?这么简单的事情,你要是不会办可以告诉我呀? 现在事情没有办成,却搞得满城风雨。因为你,整个 GC 都在看我的笑话! 你很有本事呀!”

威廉说到这里怒火中烧。原本让杰夫去劝退女人,没想到他成事不足,败事有余,反而把女人激怒得接二连三地向杰姆斯投诉。该死的杰姆斯居然巧妙地利用了此事,把肖简的投诉信都一一转发给了 GC 的 HR 总监艾米丽,还故意 Cc(抄送)给了总经理迈克。迈克专门开会点了威廉的名。警告各部门老板处理好员工关系,不要闹出劳资纠纷。一时间在 GC 搞得议论纷纷。威廉偷鸡不成蚀把米,还被政敌杰姆斯巧妙地利用了一把,搞得非常难堪。

“威廉,你——你这么说是不是太过分?! ”杰夫终于忍无可忍,憋出了一句话,也憋出了一头汗。

“我过分? 哈哈哈! 我过分? 还是你无能? 哈哈哈——”威廉突然爆发出一阵狂野的笑。

“你——你——”杰夫气得浑身发抖,羞愧得快要窒息。此刻,他恨自己。恨自己为了能在主人的脚下端一碗安逸的饭,放弃了书生的矜持和骄傲。可放弃的结果却遭受到这一辈子都没有受过的羞辱。他恨面前的男人,恨他逼迫自己放弃了做人的尊严,像一条狗一样去咬别人。不料没有咬着反而被人打了。主人不知道怜惜自己却掉头拿起棍子就来责罚自己。简直是一只没有良心的恶狼!自己居然认恶狼做主人,简直是瞎了眼!

“怎么？我说得不对吗？”看到一向矜持的杰夫乱了方寸失去了儒雅的君子风度，威廉内心荡漾出一丝快意。因为老板迈克的责怪引起的惶恐和懊恼，都随着此刻陷杰夫于羞辱难堪的成功而大大地舒缓了。

“威廉，你，你太过分！”杰夫哆嗦着嘴唇挤出这句话。

“我怎么过分？我倒想听听。”威廉跷起二郎腿，点着一支古巴雪茄烟狠抽一口，微眯着眼，带着一种猫捉老鼠的快意望着杰夫。

杰夫被威廉戏弄人的表情激怒了，感觉一股血“忽”地涌到了脑门。一时间他忘了贷款、忘了工作。唯一的念头就是要维护自己的尊严！他冲动地说：

“威廉，我跟你说过几次处理简的事不能用强硬的方法，强硬不会有好结果！是你不听我的建议，怎么反过来责怪我呢！这对我不公平！”

“公平？哈哈！公平？这世界有公平吗？我对你公平了，我老板对我公平吗？杰姆斯对我公平吗？你对简公平吗？哈哈哈——”威廉纵声大笑。他笑这个书呆子简直太愚昧了！

“什么？我对简公平吗？不是你让我这么干的吗？你，你倒打一耙！你血口喷人！你简直不可理喻！”见威廉居然倒打一耙指责自己对肖简不公平，杰夫简直不相信自己的耳朵。

“我让你干的？我让你劝她离开。我没有让你把老底都给兜出来！说我搞政治斗争！说我迫害员工！你他妈怎么和那个女人说的？让我在迈克那里怎么做人？让大家看我的笑话？What hell you doing(你他妈的搞什么名堂)！”威廉说着火气上来了，嘴巴里开始带脏字。

威廉居然敢骂自己？！杰夫瞠目结舌。他无法相信眼前的这一切是真的！平生第一次被人如此羞辱！而且被一个自己平生第一次想好好侍候的老板羞辱！而让人头皮发麻的是这个恶魔羞辱了人以后脸上居然还带着一种猫捉老鼠般的捉弄人的嘲笑，面目可憎又可怖！士可杀，不可辱！我杰夫忍气吞声也不过是为了妻儿的生存。但这也不能成为你肆无忌惮的理由啊！从今以后要杀要剐随你便！决不再忍受你的侮辱！

杰夫镜片下一双原本淡然矜持的眼睛此刻燃烧着怒火。突然他“忽”地站了起来，瞪了威廉一眼，重重地推开椅子，三步两步飞速走向门边。

正沉浸在捕获和玩弄猎物的快感中的威廉，突然看到奄奄一息的猎物居然舞动四肢奋力反抗起来，一时间呆住了。不明白一直压抑着个性逢迎他顺服他的杰夫怎么突然激烈反抗？他居然敢背离自己？但一瞬间恢复了感觉，意识到出了意外了。看见杰夫已经打开门并且把一只脚迈出了门外，忙本能地大喝一声“你给我站住！”

杰夫在老板的棒喝中本能地站住了，情不自禁地扭动了一下脖子想转回头。但很快他意识到此情此景，强行把脖子支在了坚硬的位置，并用巨大的毅力控制住想服从威廉命令的欲望。他沉默地站在门口，保持着一只脚迈在门外的姿势。

威廉突然觉得很懊丧,刚才胜利的感觉突然荡然无存。他后悔对杰夫戏弄得过了头。虽然杰夫把肖简的事情搞砸了,但他现在还没有失去利用的价值。尤其斯蒂文还没有整走，肖简也如眼中钉一样天天在眼前晃悠着，他还需要杰夫当手里的“枪”。但尴尬的是拳头已经打出去了,并且把杰夫打了个七窍出血,此刻又怎么收得回来？就杰夫那个清高的臭脾气,既然把他惹毛了那只有两个选择:要么继续往死里打让他彻底服输;要么马上就跟他道歉认错,还要给他一个刚才为什么侮辱他的理由。但此刻两种选择威廉都做不到。一时间他骑虎难下。他烦躁地晃晃脑袋,似乎想把烦恼晃掉。一抬眼看到还孤立不驯地站在门口等待他发话的杰夫,脑中突然冒出一股恨意,一阵冲动,一句说出来就让他后悔的话从嗓子眼冒了出来:

“你准备好！还有你的SHP！我要派艾米丽到内地去审计你的项目。还有Internal Control(内部控制),还有……”威廉故意顿了一顿,观察杰夫的反应。但杰夫既不回头也不搭腔。威廉恨恨地说:“你好好准备接受审计吧！”

杰夫浑身颤抖着，羞辱和愤怒达到了极限。这个混蛋老板居然让香港那个Internal Control(内部控制)才做了几天,连什么是审计都弄不清楚,前不久为了往上爬还一直对自己溜须拍马的艾米丽去审计自己的项目?!昔日风光辉煌的亚太检查官,今天居然沦落到要被一个屁事都不懂的黄毛丫头审查的地步,杰夫简直连死的心都有!

屋里屋外一阵沉默。杰夫知道威廉希望他求他。如果他求了,兴许他会放他一马。但是经过了今天灵魂深处蒙受的羞辱,杰夫此刻无论如何不想求他！何况事已至此求他可能会招致加倍的羞辱!这个老板已经因为权力而变态。既然以辱求生不得,那就随便吧!

杰夫凛然地把另一只脚也迈了出去。一甩手重重地砸上了门。

— 72 —

肖简两点钟准点来到威廉的办公室。看见袁华已经坐在威廉对面靠里的位置,就大大方方地和袁华打了个招呼。袁华冲肖简笑笑,然后看着威廉。威廉努力想对肖简挤出一个可亲的微笑,但运动了一下脸上的肌肉却没有成功,只好皮笑肉不笑地示意肖简坐下。

“简,今天我们来做一下你的Performance Appraisal(业绩考核)。”威廉拿出肖简的业绩考核模板,清了清嗓子,又看了一眼肖简身边的袁华,见对方会心地点点头,就开始振作精神,鸣锣唱戏。

他用手指点着第一条“GC业绩”说:“2005年GC业绩完成得不太好。”也没等肖简的反应,就不由分说地在模板的Rating(打分)一栏上打了个“Partly Met(部分满足要求)”。

肖简眉头警觉地一扬。艾瑞克在位的2005年GC的业绩在亚太一直排在前五名，威廉怎么说业绩不好呢？还没有容肖简说什么，威廉的手指又指向了第二条“China Performance”，自言自语地说：“China Performance也是Partly Met(部分满足要求)。”接着他的手指指向“CN Consulting Performance(中国咨询部业绩)”，兀自填了一个“Partly Met(部分满足要求)”。

威廉怎么敢这么做业绩考核？过去詹森评估GC、中国区和本部门的业绩时，都必须根据亚太公布的收入和利润数字，再根据设定的目标百分比，经过周密计算才得出是完成还是部分完成目标。威廉居然没有任何数据支持，不做任何计算，就擅自凭他一张嘴巴决定，完全违背了OEE公司的要求。

而此时，威廉已经把手指指向了肖简本人的第一条业绩考核目标“Consulting Internal Control Management(咨询部内部控制管理)”，抬头看了一眼袁华摇摇头，没有理会肖简，自顾自地用笔写下了评分Partly Met(部分满足要求)。一边写一边拖着长音说：“还有很多工作可以improving(提高)嘛——”

他又用手指敲敲第二条“PMS/HRS(项目管理系统/人力资源管理系统)”。故作沉吟了几秒钟，又摇摇头说：“嗯，有很多问题嘛！Not Met(没有满足要求)！”说完写下了评分。

他又开始把手指移向第三个目标……没有注意到对面女人的目光开始燃烧着愤怒……

肖简正淋漓尽致地体会着一种被轻侮被戏弄的感觉……作为被评估者，她明明在场，可威廉却视其为无物。无所顾忌地扮演着“法官”的角色。丝毫不顾及面前坐着的员工以及公司人力资源部总监。这哪里是在review(回顾)？他只是换了一种方式继续在行使对女人不公正的判决！而且这一切居然是当着袁华的面做的?！耐人寻味的是袁华居然不阻止他，反而坦然自若地看着威廉的表演。可见袁华和威廉之间已经达成了何等的默契！看着业绩考核模板上一个个已经排队的“Partly Met(部分满足要求)和Not Met(没有满足要求)，肖简冷笑了！多么狡猾的威廉。等每一项目标都被打上了Partly Met和Not Met以后，结论就顺理成章地成了Developing(需要提高)和Not Accept(不能接受)。那最后的结论就只能有两个“留公司察看”和“解雇”！

好阴险的政客！好恶毒的手段！坐在众目睽睽的OEE公平的审判台上，却如此冠冕堂皇地让你蒙受不白之冤。而人力资源总监却坐在一边置若罔闻。如此公开玩弄公司规章和企业文化于股掌之中简直让人难以置信！

威廉没有注意到女人的愤怒，依然自说自话地继续用钢笔飞快地在肖简的模板上打着Partly Met和Not Met的分。

“对不起，请停一下！”肖简冷冷地说。

威廉正沉浸在打分的快感中突然被打断，惊讶地抬起头。他看到了女人脸上的冷漠和凌厉,不由得赶紧把头扭向袁华。袁华虽然表情不动声色,但目光也带着一丝询问。

“这个业绩考核模板不能用来做我的 Performance Appraisal(业绩考核)!”女人的话石破天惊。

“Why?!”两个人几乎同时吃惊地问。

肖简淡淡地一笑,把自己手里的模板递给身边的袁华说:“请看艾瑞克在这个模板署名的日期:2005 年 11 月 2 日! 这个模板上设定的目标只能适合于 2005 年 11 月 3 日至 2005 年 12 月 30 日。2005 年 1 月 1 日至 11 月 1 日这段时间的工作不能用这个模板来考核!”

“What(什么)?!”威廉和袁华惊愕的目光牢牢地对视到了一起,瞬间变成了不知所措。

袁华率先用英语快速地对威廉说:“威廉,你们怎么回事? 为什么 2005 年初的 Objectives(工作目标)到年底才签字?这样不行啊!这样业绩考核没办法做下去了!”

威廉低下头,紧紧咬着下嘴唇,压抑地喘着粗气。然后抬起头又恨又恼地望着肖简说:“简,虽然艾瑞克是 11 月 2 日签的字,但也可以代表 2005 年啊! 让我们继续吧!”

“Sorry,威廉,不可以!我们不能违背 OEE 公司的 policy(政策)!你不能用 2005 年最后两个月的 objective(目标)对我的全年的业绩进行考核!”肖简语气断然地说。

“那你前 10 个月的 objective(目标)是什么?”威廉目光冒火,但语气压抑地问。

“我不知道。詹森没有来得及给我们做业绩考核目标。你恐怕需要去问詹森!”

原本这种业绩考核工作由于项目繁忙被老板拖延数月甚至半年在 OEE 不是新鲜事。HR 也是睁一只眼闭一只眼。但在眼前黑云压城的政治风云中,一向肆意妄为、蔑视公司规章的威廉突然主动要对肖简做绩效考核了,这引起了女人的警觉。直觉告诉她,这场所谓的绩效考核十有八九又是针对她的一场阴谋。而袁华也决不是能够秉公办事的人。临来前肖简仔细研究了自己那份绩效考核模板,并做好了充分的心理准备。如果这是一次正常公平的业绩考核,她一定好好配合;如果这又是一场威廉的阴谋,她一定要让他彻底破产。

而此刻,威廉的表演已经把这场所谓“绩效考核”里包藏的祸心昭然若揭,肖简决定用自己的智慧进行反击。

“那你 assume(假称)詹森想给你的 objective(目标)是什么?”威廉不甘心地问。

“威廉,我不是詹森,我如何能 assume 他想给我定的 objective(目标)呢?”肖简嘴角露出讥讽的笑。

“简,你看这样好不好。Performance Review(业绩回顾)是公司规定要做的。可能去年 Consulting(咨询部)太忙了没有按时签 objective(目标)。也是我的工作疏忽。但事已如此,我们只有补救了。今天我们暂时不做 review(回顾)了。你回去努力回忆回忆,想想詹森 assume(假称)的 objective(目标)是什么?写一个发给我和威廉。然后我们再来 review(回顾)。”袁华和颜悦色地说。

“我可以去回忆和假设詹森 assume(假称)给我的 objective(目标)是什么。但在做下一次 review 之前,我有几点意见要陈述,希望 HR 考虑。”肖简从自己的文件夹里取出一份事先准备好的文档分别递给威廉和袁华。如果今天没有要阴谋的话,她并不准备拿出来的。

威廉紧张地接过肖简递过来的文档,手都有些微微发抖。他不知道女人又给他送过来了什么“定时炸弹”。他急促地瞟了一眼:“业绩考核的老板应该具备的资格”,头顿时“嗡”地涨得要爆炸。他的心不由自主地狂跳,呼吸粗得如拉风箱。他目光颤抖着向下移动——

“业绩考核的老板应该具备的资格——

1. 应该具有一颗公平的心;

2. 应该具有诚实的品格;

3. 应该具有 OEE 公司做业绩考核的知识,并且具备做业绩考核的能力;

4. 主持员工业绩考核的老板应该在员工业绩目标考核周期内和该员工一起工作,了解该员工的工作情况并且有能力作出评估;

5. 该老板能按 OEE 公司要求,根据员工业绩考核目标定期进行工作沟通;

6. 该老板有能力了解员工每一项工作目标的含义、内容;

7.该老板了解业绩考核的目标和结果没有员工签字认可是违背公司政策的……”

洋洋洒洒十几条,每一条都如同利剑插进威廉的心窝。他真想破口大骂,把八辈子祖宗都好好地骂一遍。但他狠狠咬着自己的舌头,生怕一时没有咬紧,脏话从嗓子眼里伸出手来。

他恨恨地把这张纸往桌边一甩,用劲过大,纸飘然而落。

“威廉,文档掉了……”偏偏女人不依不饶,笑着提醒他。

“噢,噢,对不起,不小心,不小心!”明明内心已备受愤怒的煎熬,表面还不得不掩饰地解释。还忙不迭地低头、弯腰去捡这张需要千刀万剐的纸。威廉心里把这个女人千刀万剐了一千遍。捡起文档抬起头,愤怒和无措地望着袁华。袁华默默地看完女人的文档,无奈地望着威廉也不知道该说什么。

“我希望公司明白威廉是 2006 年 1 月 1 日上任的。他没有能力给我做 2005 年的业绩考核!”肖简平静地望着面面相觑的威廉和袁华说。

“简,也不能这么说嘛!虽然威廉不是你去年的老板,但他是你现在的老板嘛!”袁华息事宁人地说。

“是啊!简,虽然我们之间可能有一些误会,但我是公平地就事论事啊!希望你不要把事情想歪了！”威廉连忙不失时机地跟了上来。努力想在袁华面前扮演一个无辜者的形象。

“我想歪了！”这种情况下他居然还能倒打一耙?！一副不要脸的政客嘴脸！肖简再次被面前这个政客厚颜无耻的表演震惊。她决定要撕掉他的画皮。

“威廉是我想歪了还是你蓄谋已久?你不是刚上任一个月就让我到其他部门找工作吗？你不是刚刚上任就去香港 HR 调查詹森为什么要聘用我吗？”肖简口气凌厉地质问。

“我,我什么时候让你去找工作？我,我是问过艾米丽詹森为什么聘用你,但我没有去调查你！”威廉涨红着脸急切地解释着,额头上冒出密密的汗珠。他晕了,他彻底地晕了。这个女人居然当着人力资源总监的面揭自己不光彩的老底。威廉震惊中乱了方寸。

肖简见状笑了!原来他也知道自己做的事情不光彩,他也知道他的所作所为上不了台面。她笑这个色厉内荏的老板。她笑这个做了事却不敢承认的政客。在男人夸张的辩解中,她感觉面前的男人可怜而滑稽。她脸上带着蔑视的笑平静地说:

“威廉,你是个男人。男子汉说过的话应该承认！”

“是,是,我,我是,是个男人!我说过的话我,我应,应该承认!”威廉气急败坏却结结巴巴地说。说完这句话他看见了肖简的讥笑,也看见了袁华强憋着的笑,他马上意识到了自己的失态,恨得只想扇自己一个大嘴巴。他的脸涨成了猪肝色。当着袁华的面被女人百般戏弄他感觉无地自容。

“威廉,我觉得这些话你们应该单独谈！不应该当着我的面谈！”袁华看到平时趾高气扬的威廉居然被一个小女子搞得如此难堪,不由地内心升出一股轻蔑。内心深处他不得不佩服这个女人的勇气和智慧。也明白了威廉为什么非要置她于死地。一个老板在一个员工面前颜面全失,他能容得了吗？何况又是一个女人！但话又说回来。威廉再猥琐再下作毕竟也是老板,必须侍候好他。何况自己提级目前还需要他帮忙。因此他即便厌恶,却不得不捏着鼻子为弄巧成拙的威廉抹稀泥、擦屁股。

“你说得对,老袁。Performance Review(业绩回顾)本来就应该是老板和员工单独谈的。我也多次请求他单独听取我的工作汇报。可是他上任快一年了,却没有和我单独开过一次工作会议。”肖简笑道。

“胡说！我,我们单独谈过好多次！”威廉气急败坏地说。他没有想到女人也会巧借机会,把这变成了“曝光”的讲坛。

“单独谈?哪次单独谈你不是找我的麻烦!除了攻击和指责,你什么时候听过我谈部门的问题,谈建设性的意见？”女人冷冷地说。

“我,我没有找你麻烦!”威廉费力地说。万万没有想到,这一年来自己暗箱里操作的对付女人的政治手段,今天都被女人有预谋地在袁华面前曝光了。这一瞬间他有些后悔把袁华叫来。原来想一语定乾坤的,没想到如此大败!

“那好,明天我们单独约见一次,好好谈谈工作怎么样?”肖简笑道。

“不!我不跟你单独谈!”威廉歇斯底里地喊道,他完全乱了方寸。

“老袁,您听到了吗?员工需要和老板汇报工作可老板拒绝了!”肖简扭头看着袁华笑道。

“好了,好了!我看今天这会就开到这里吧,下一次再——”袁华正说着,手机响了。

袁华闪到一边去接电话。威廉双眉凶横地紧锁着,一双兀鹰般的眼睛死死地盯着肖简,紧紧地抿着薄薄的双唇微微颤抖着……他的全身仿佛插满了即将飞出的箭,虎视眈眈地准备飞向敌人……

望着面前夸张着愤怒的男人,肖简笑了。她笑得很可人。笑得很发自内心……

在女人轻松的笑中,男人感觉浑身如同泡在辣椒水里一样火辣辣地刺痛。这女人居然敢嘲笑和戏弄我!我一个大男人居然还在忍受一个娘们儿的讽刺!我,我要她死无葬身之地……威廉幅度很大地运动了一下全身的关节,分明感觉到一种难言的痛楚。他使劲甩甩脑袋,费力地咧咧嘴,狠狠地从牙缝里挤出一句话:“你,你……夏江说你不赞成张宣明培训……”

见威廉憋了半天挤出来的居然是这么一句前言不搭后语的话,肖简忍不住呵呵地笑了。真可乐!真是个小人!还玩这种离间人民群众的拙劣把戏!小儿科!

“是吗?夏江说过那样的话吗?好啊?要不要马上打电话问问她?”肖简笑道,把手机托在手心故作恭敬地递给威廉。

威廉被女人脸上强憋着的笑,以及她纤手上优雅地呈到眼前的时尚手机激怒得想爆炸。但他望望袁华,看看微笑的女人,他不敢发作。只觉得办公室的空气这么憋闷,简直要让人窒息。他难受得直咧嘴。而这时女人温柔的声音听起来却像炸雷般地在耳边响起:

“威廉,我建议你别玩花招了!我想提醒你,这里是中国,有中华人民共和国的法律。我希望你要什么阴谋的时候不要忘了这一点!”

“是,我知道中国的法律!我遵守中国的法律!”威廉说着,气得嘴唇在微微哆嗦。他把目光投向袁华,希望他马上结束电话。他要他们马上离开!他已经不能再忍受了!

“算了,算了!别说了,说这些东西伤感情!大家还要一起共事呢!今天先这样吧。等简把詹森 assume(假称)的 objective(目标)作出来,我们再继续吧!”袁华打完电话赶紧走过来给威廉解围。

肖简站起身,坦然地说:“好啊!我会给你们一份满意的答卷的。”说完她率先离开了威廉的办公室。她的心情感到很久没有过的舒畅。

— 73 —

威廉满脸堆笑和袁华握手，目送着他离开了办公室。门刚被带上，威廉就"呼啦"站起身，"咣当——"一脚踢翻了椅子。又一脚狠命踹向老板桌。一不小心被桌板重重地撞到了脚背，疼得他抱着受伤的脚单腿在屋子中央咧着嘴直跳脚。

痛楚中，威廉如同困兽一般跛着脚不停地在原地乱转。怒火如同熊熊燃烧的烈焰早已把他烧得完全没有了正常思考的能力。眼前不停地闪现着女人的轻蔑和嘲笑。"你是男人吗？""你不是个男人！""男子汉说过的话应该承认！"女人的羞辱犹如从天而降的冰雹，劈头盖脑地砸得他喘不过气来。"哗啦啦——"他愤然舞动右臂，把桌上的文件资料连同电话都一股脑扫到了地上。大脑不间断地闪动着"报仇"二字！

身体的痛加上心理的痛，真让威廉有一种痛不欲生的感觉。他想不明白，和袁华精心谋略好了必成的一个完美的计划怎么突然就改变了轨迹？怎么完全不受控制地跑向了南辕北辙的方向？羞辱、难堪、后悔、懊丧……什么形容词也无法描绘他此刻的心情。因为他居然输在了一个签字的日期上！一个他想都不会想到去防备的地方。如果说以前他不肯承认女人的智商的话，今天的事就是对他轻敌的惩罚。这么一个看上去没有一点漏洞的计划，居然能被女人一掌击破，连袁华都瞠目结舌。当着 HR 总监的面，堂堂一个 GC 老板被一个小女人玩弄于股掌之中，男人的颜面何在？尊严何在？威廉这一辈子何尝受过这奇耻大辱啊？

这场业绩考核的闹剧一百倍地强化了威廉对这个女人的刻骨仇恨；一千倍地强化了他不惜一切代价也要迅速毁灭这个女人的决心！女人再不除掉他会在意想不到中毁在她的手里；女人一天不除，他一天要生活在羞辱之中；他在杰姆斯和袁华眼里一天就是笑料！我要雪耻！

他困兽一般地在屋子打着转，脑子里涌现出一百个要女人死的办法。在他充满创造力地想着女人的死法时，一种深深的不安和恐惧又从他潜意识的黑洞里飘飘浮浮地涌现了出来。他让她死她就会死吗？他突然发现他根本不了解这个女人在想什么。他一直认为自己无所不知。以为对付一个小女人还不和掐死一只鸡一样简单？他从来都勇往直前，挥洒着自己的勇气，挥起权力的屠刀砍杀了多少不驯服他的人？可为什么自己使尽了百般兵器甚至都动用"原子弹"了，却掐不死一只弱小的鸡？左一刀落空，右一刀砍偏，再一刀反弹回来伤了自己。一个这么弱小的女人，怎么就把自己陷入了如此不堪的地狱？男人想破了脑袋想不明白。

原想罗织一个她工作失误的罪名就一封"解雇信"送她上西天！但这个女人业务上滴水不漏，自己和王欣掌握的数据和内部控制知识根本无法和她抗衡。以至于你打她一枪她还你一炮；你要让她当众出丑，她准把你的衣服也扒光。而 OEE 的狗屁文化和程序使解雇这样的女人要亚太层层批准，没有理由和罪名连袁华都不敢接招。

更让威廉猝不及防的是，自己的罪名还没有罗织完，她却让自己“刽子手”的角色家喻户晓。只要威廉和杰夫稍有举动，她马上以“政治迫害”的名义一而再再而三的向杰姆斯投诉。而蓄谋已久的杰姆斯，一次都不漏地把女人的投诉信转发给GC人力资源部和迈克，巧妙地借肖简的手把威廉陷于极度难堪和被动的境地。为了回避“政治迫害”的嫌疑，袁华好容易为他设计了巧借绩效考核的冠冕堂皇外衣，再行杀人的计谋。不料一个细节的不慎功亏一篑。也怪自己不懂得利用公司的繁文缛节。如果从一开始就利用这个考核，完全可以神不知鬼不觉地收拾了这个女人。没有想到一个疏忽贻误了战机，训练了敌人。一刀砍不死敌人，却教会了对方保护自己并有效还击的能力。

他和她之间两个人的战争被搬上了轰轰烈烈的闹剧舞台。杰姆斯心怀鬼胎地审视；袁华饶有兴趣地观赏；政敌们幸灾乐祸地取笑……人人可以参观，个个可以评论。杰姆斯之流随时觊觎着两人战争中的缝隙，猝不及防地给你横插一刀。战争的阴谋片段每一分钟都可能通过互联网传到GC传到迈克那里。威廉为了政治可以厚着脸皮装得若无其事，但是内心的恼怒和自卑的神经无时不被触动着。

威廉懊悔，无限地懊悔。脑中疯狂地闪动着杀人的画面。渐渐地他又开始亢奋。一双手攥紧了拳头松开又攥紧。他控制不住自己不停地在屋子里转着圈子。

这个该死的女人！我让她临死前再挣扎几天吧！躲得了和尚你躲得了庙吗？躲过了今天她躲得过明天吗？你可以今天躲开了我，我站在你的头上时时挥舞着宝剑，我难道就找不到一个杀你的机会?!

突然传来了轻轻的敲门声。威廉停住脚，屏息听了听门外的声音。猛然意识到什么，他赶紧把被踢翻的椅子扶起来，放回原位。又俯下身，捡起地上散落的文件，扶起身处异位的电话机身和话筒。然后他正了正衣襟，坐回老板椅，用威严的声音喊了一声：“请进——”

“威廉……是我……”王欣推门进来，怯生生地喊了一声。眼睛快速扫了一眼地面。刚才屋里“丁零当啷”的一阵乱响，把她搞得心惊胆战，不知道里面发生了什么事。但因为是肖简离开以后发生的事，因此她断言又是那个女人把老板惹得大发雷霆。除了肖简，还没有一个人能让威廉这么发脾气。她刚才几次想推门进去劝解一下，但又害怕劝解不成反而把老板惹得更怒。于是心惊胆战地一分一分地熬了半天，见屋里安静了才鼓足勇气敲了老板的门。

见是王欣，威廉绷紧的身体像突然松了的弹簧，一下瘫倒在老板椅上。在这个亲信面前，他不用掩饰。脸上带着挥之不去的烦躁，不耐烦地问：“什么事？”

王欣凑上去，小声地说了几句。

“什么？你说什么？杰夫和肖简已经谈了很长时间了？他们他妈的在谈些什么？”

威廉的声音突然变得尖利起来。一张长得有点像猫的脸,因为愤怒变得扭曲了。

"我也不知道他们谈什么。把门关得严严实实的,总不会密谋什么好事吧……"

杰夫关起门和那个女人谈什么?在杰夫违心扮演忠实走狗的时候,女人已经和他几次翻脸。最近两个多月听说连话都不说了。怎么突然前嫌尽释居然关起门来一谈就是两个小时?!

王欣小心翼翼地观察威廉的反应,故意吞吞吐吐地说:"威廉,这两个人知道的秘密太多了。他们要是联合起来,不会,不会对咱们不利吧……"

"对我们不利?!"威廉脑子里突然闪现出杰夫极度屈辱的脸。突然意识到正是他自己亲手把一个盟友推到了敌人的身边,犯了兵家大忌。对于政治家来说也是一个不理智的败笔。他心里突然涌出无限的悔意。而这一切情绪,都化成了对女人的刻骨仇恨。此女不除,势不为人!此仇不报,我不是爹生娘养!

威廉咬着牙发着狠。他向王欣挥了挥手,王欣急切地把耳朵凑了过去……

— 74 —

"这个老板呀!啊呀——简直太坏了!"杰夫终于皱着眉数落完几件威廉最近刚刚做的坏事,脑袋摇得像拨浪鼓似地说。

肖简表面微笑着听杰夫的故事,心里暗暗琢磨一直津津乐道地炫耀和威廉关系如何亲密的杰夫怎么突然明目张胆地大骂威廉?他葫芦里到底卖的什么药?是试探自己?还是又在帮威廉耍什么花招?

见肖简若有所思,杰夫诚恳地说:"简,坦率地说,前段时间我做的那些过火的事都是威廉逼的!这个变态狂前几天居然说:'杰夫,你和那个肖简关系很亲密,经常一起关着门说话,还吃饭聊天。'我说:'我们有很多工作要谈,需要在一起沟通。'他说:'杰夫,本来我让简 report(汇报)给你的,现在我不要了!你给简出主意对付我!你这个衰人!'"

"他怎么骂人?"肖简惊讶地说。

"他骂的很多话更难听,我学不出口。"杰夫脸上露出一种羞辱的恼怒。

"你们——不是关系一直很好吗?"肖简小心翼翼地问。

"是啊!我为他做了很多事。但是他什么都不懂,乱指责!不尊重人!还侮辱人!"杰夫脸上泛起一种难堪和痛楚的表情。

肖简明白了。威廉和杰夫翻车了!这两个人原本不该是一条道上跑得车。杰夫归根到底还是个书堆里泡出来的文人雅士,而威廉却是个野蛮的政客。他们之间即便暂时因为利益走到一起迟早也会翻车的。只是没有想到他们分裂得这么快!杰夫和威廉翻车以后马上来和自己示好,看来也是个有心理承受力的人。但他又何需这么快就来示好呢?他又在蕴涵着什么心机呢?肖简不得而知。

但肖简没有想到正是她写给杰姆斯的几封投诉信，被杰姆斯巧妙地先后转发到GC人力资源部和总经理迈克那里，才引发了威廉和杰夫的最终分裂。

肖简同样没有想到的是，和威廉的分裂使杰夫审时度势，明白下一步威廉要整自己一定会拿SHP开刀。SHP好像一个“死亡陷阱”，进来的人没有一个全身而退的。项目显形隐形的危机到处可见，每一个都可以置自己于死地。而他又亲眼看到，威廉和肖简这场战争打了快一年，至今拿这个女人没有办法，原因就是女人业务熟悉，和全国项目经理关系好。尽管财务数字千变万化，但威廉却很难找出肖简业务的漏洞。而自己则相反。业务不熟；和底下的项目经理交情不够；SHP业务的繁杂超出想象；人际关系的复杂更是匪夷所思。如果没有斯蒂文和肖简的帮忙，他连各个项目点的forecast（预测）都做不出来。这种情形下威廉整死他简直轻而易举。面对头上随时可能落下来的威廉血腥的“鬼头刀”，杰夫再清高也不得不厚着脸皮来找肖简，哪怕屈尊也必须和女人形成联盟！他要利用女人对项目的熟悉以及和项目经理的关系，尤其利用项目预测和财务控制知识，给自己增加一道保护的屏障。只有保护好自己才能对付敌人。他了解威廉，这是个不能冒犯的暴君。自己那天既然没有低下头颅，现在再低一百遍在他眼里也是不可原谅的叛逆。与其这样，不如联盟这个女人，共同对付威廉！凭自己多年的斗争经验，凭自己和彼得多年的信任关系，威廉也不敢拿他怎么样！

面对杰夫伸过来的橄榄枝，肖简毫不犹豫地双手接了过来。最大限度地联合朋友，打击敌人，这是基本常识。昨天的敌人在共同的利益下同样会变成今天的朋友。杰夫虽然具有一些香港人的劣根性，但是他毕竟还有读书人的文雅和清高。过去大家友谊基础也不错，应该能联合起来对付威廉。

在共同的目标下，肖简和杰夫仿佛过去从来没有发生过不愉快似的，开始交流与自身前途相关的问题。两个人谈得很融洽。没有注意到王欣的身影在玻璃窗外一次次地闪现……

第二十五章

— 75 —

忙活了一个多月的投融资谈判今天下午宣布失败，天雄的心情万分沮丧。天黑了，他却丝毫没有回家的心思。独自一个人绕着二环、三环、四环一圈一圈地转着，脑袋里翻江倒海。正在这时，天雄突然接到了“企鹅”的电话。自从那次毫无准备地疯狂爱欲以后，这是天雄第一次接到她的电话。这段时间女人好像失踪了一样，既没有电话邮件也没有上网聊天。天雄还以为女人因为那次性爱后悔了蒸发了。他也就很知趣地不再来往。“情书”事件的曝光，他更没有心思惹这种事了。现在看到手机荧光屏突然闪出“企鹅”的名字，他本能地按掉了电话。几秒钟后电话再次响起，他又按掉。如此执著地响了一遍又一遍。铃声中他眼前浮现女人丰满的胴体，激情的呻吟，疯狂的扭动……不由得他身体一阵亢奋。最后一次他几乎想按下接听键了，眼前突然浮现肖简的悲伤幽怨和愤怒。他缩回了手，有些烦躁地把手机摔在旁边的副座上。

手机铃声停住了，车里突然变得死一般地沉寂。快8点了，肖简没有来电话通知回不回家。可即便来了电话回了家又怎么样呢？“情书”事件以后，表面上两个人又和好了，大家也小心翼翼地不提那件事。但肖简好像变了个人似的，对丈夫所有的亲昵和依赖突然消失了。也奇怪，以前肖简依赖他总向他索取时间埋怨他不陪他时，天雄厌烦和躲避；但妻子突然停止了索取停止了埋怨甚至停止了亲热以后，天雄感受到从未有过的难受和压抑。他知道自己伤害了妻子。但既然已经过去了，为什么要没完没了呢？男人是有自尊心的。女人用这种无休无止的不原谅来惩罚男人犯的过失时，男人不仅受伤害，而且受侮辱。偶尔做爱，原本兴致勃勃地挥洒激情，不经意间看到女人眼里滑过的一丝厌恶，知道女人又想起了过去。他马上感觉一种强烈的屈辱。虽然女人马上掩饰，并表示激情；而男人也假装若无其事，曲意迎合。但一盘变了味的菜哪怕再五彩斑斓，又有什么味道呢？再加上项目资金问题根本没有进展，天雄目前事业和情感一片荒芜，每天感觉空洞洞的。

电话铃声再一次响起，还是“企鹅”的。天雄一把抓起手机，大拇指在键盘上方颤抖着。但无形中似乎有一根绳子牢牢地捆住了他的手指，让他无法动弹。他觉得呼吸就要停止了。

电话铃声又停住了。他感到有些失望，感到有些焦躁。

电话铃再次响起。他居然松了一口气。“企鹅”今天怎么啦？无休无止地打电话。作为网络情人她一直很守游戏规则。除了一次激情，他们谈情说爱都在网上，很少打电话。这种懂得游戏规则的女人很合天雄的口味。像今天这样不间断的电话绝对不同寻常。天雄抓起手机对自己说，“企鹅”一定有什么急事，出于朋友的侠义他也要接电话。他正准备按下电话接听键，电话戛然而止。一分钟，两分钟，五分钟，十分钟，电话再没有响起。天雄感觉有些沮丧，然后是一种深深的失落。他有些后悔刚才没有接电话。他想打回去。但眼前总是晃动着妻子的幽怨。他再次把电话扔到了一边。

电话铃又响了起来。天雄惊起，不由分说一把接起电话：“小‘企鹅’，你怎么了？出了什么事吗？”

“‘猎豹’，你不肯接我电话，我还以为你不要我了……”电话里“企鹅”居然抽泣起来。

像夏天的太阳灿烂得灼人的“企鹅”居然也会哭？天雄好生奇怪。连忙说“别哭别哭，到底出了什么事？”

“我，我实在烦透了我男朋友！他，他非要和我结婚。我们刚才大吵了一架。我，我再也不要理他了！我要和她吹！”“企鹅”居然放声哇哇大哭起来。

“唉，别哭别哭，怎么跟个孩子似的！”天雄又好气又好笑。

“‘猎豹’，你在哪里？我，我想见你！”

天雄有些心乱如麻，内心做着激烈的思想斗争。最近家庭事业诸事不顺使他心情郁闷，很想放松。但是理智告诉他不能去。潘多拉的匣子再打开必定会伤害妻子。可是他不去妻子就不受伤害了吗？他已经伤害了她。他已经无法挽回这个事实。即便他今天不去见“企鹅”，在妻子眼里他依然是个不贞的男人。他已经被钉在了“背叛”的羞耻柱上。天雄灰心地想着。

“‘猎豹’，你能来见我吗？我真的很难受。我需要你帮助。”“企鹅”可怜兮兮地说。

“那好吧！去哪里？”天雄下定了决心。他想见“企鹅”；“企鹅”也想见他。她需要倾诉；他也需要发泄。

“去我一个朋友那里吧！她去外地培训了，把钥匙留在我这里了！”“企鹅”把地址仔细地告诉给了天雄。约半小时以后见。

一见天雄，“企鹅”一头扎进了男人的怀抱，把丰满的身体紧紧地贴在了男人身上。

闻着女人的体香，感受着女人丰满乳房的挤压，男人浑身瞬间感觉热了起来。没有犹豫，他紧紧地抱着女人的身体。女人更加紧地依偎着男人，红殷殷的嘴唇充满渴望地向男人抬起。天雄犹豫了一下，肖简模糊而熟悉的面孔从脑中滑过。但还没有容得妻子的面孔变得清晰，“企鹅”的红唇已经贴住了自己的。仿佛触了电一般，男人控制不住地颤抖了起来。妻子模糊的面孔消失了，大脑只有火红色的欲望和激情……

男人和女人大口大口地喘着气。女人意犹未尽地把汗淋淋的身体使劲地贴向男人，白皙的双腿纠缠着男人的身体。

“我的‘企鹅’真是一只小母狼？又抓又啃的，快要把我撕裂了！啊——我现在全身都痛！”男人笑望着女人。全身在火辣辣地酸痛，但却透着一种爽快，一种淋漓尽致的放松。

“你才是狼呢！这么生猛，把我的骨头都要吃了呢！”“企鹅”娇羞地依偎着男人。

“唉，好久没有这么畅快了！这段时间我干什么都提不起精神。觉得自己都要不行了。”

“不行了？你妻子不跟你亲热吗？”

妻子？好像被人劈头盖脑迎面浇了一盆凉水，刚才妻子模糊的影像瞬间清晰得让他一个激灵。他本能地挣脱了依偎在怀里的女人，一骨碌坐了起来。

“哎，你怎么提起妻子就不高兴了？好，好，我们不提她！”女人连忙拉起被子要掩住男人赤裸的身体。

男人仿佛没有听见女人的话。仿佛被人迎头一盆凉水浇醒了，男人脑子里塞满了妻子重重叠叠的影像。他赤裸着身体呆坐着，本能地点了一支烟，狠狠地吸了几口。奇怪，所有的欲望一瞬间都消失了，消失得无影无踪。他知道自己铸成了大错。他知道自己已经无法挽回这个错误。可这分明是一个他心甘情愿想犯的错误啊！“企鹅”的电话只是一个偶然，他可以选择拒绝的。但他把这个偶然变成了必然，他有意去接受这个诱惑。妻子用不能忘怀来惩罚他的错误，而他用继续犯错来惩罚妻子的不能忘怀。事实上，谁又惩罚了谁呢？

“‘猎豹’，你后悔了吗？我，我今天不该给你打电话吗？”看到男人突然变得如此孤立和冷漠，女人心里难受起来。她委屈地说：“虽然我们没缘成为夫妻，但我们毕竟也肌肤相亲。你不还是我网上的丈夫吗？在我的心里，你是我心灵的朋友，不，比心灵朋友还亲……”

男人有点清醒了。他望了望伤心的“企鹅”，顿时觉得自己有些过火。不管怎么说“企鹅”也和静苑一样对自己付出了真诚和信任。虽然谈不上感情，但即便是短暂的美丽也是真诚的。这样的女人，他怎么忍心去伤害呢？想到这里，他躺下来，把女人重新搂到自己怀里，温柔地抚摸着她光滑的背，叹了一口气说：

“别想这么多了！没有什么该不该的。做了就做了，没有什么可后悔的。”天雄心想：好在一切妻子都不知道。她永远也不会知道。无论如何他不会让她知道。

“我觉得你挺爱你妻子的。那你为什么要和我……”“企鹅”小心翼翼地问。

“我以前不是说过吗？这是两回事！”天雄突然变得有些不耐烦。心想:女人的思维怎么都这样？把不相干的事情总往一起扯。

“两回事？那你不爱我吗？”这个“企鹅”今天怎么啦？她不是一个开放、新潮、敢挥洒激情爱欲的外企女人吗？怎么今天也跟老婆一样不依不饶起来？

天雄干脆闭上眼睛不说话。心里开始感到烦躁。什么爱？为什么女人动不动都往爱不爱上扯？爱如何？不爱又如何？

“‘猎豹’,你以后还会见我吗？”“企鹅”依恋地把头贴在男人的胸脯上。

会见吗？应该见吗？潘多拉的黑匣子好容易关上了又被魔鬼打开了。以后会怎么样？天雄不敢想也不愿意想。

“你,你不想见我吗？”“企鹅”见男人半天不肯回答,有些委屈地问。

“想,当然想。找机会吧。”天雄心里有些烦乱,他含混地敷衍道。

“太好了！”女人的脸瞬间阳光灿烂。她热情地在男人脸上狠狠地亲了一下。

天雄安慰地拍拍女人棉花般温暖丰厚的背,心想“企鹅”这种女人真好哄。心思简单,直奔主题。能让男人不用动脑子,很轻松。真是男人焦躁时的安抚剂。

“那你又不怕你妻子知道了？”“企鹅”撒娇道。

天雄皱皱眉,心想“企鹅”今天吃错药了？怎么哪壶不开提哪壶？他突然想起他来的原因,就问:“你说你老公怎么啦？”

“唉,别提了！”一提到她男朋友,“企鹅”的情绪一下子沮丧起来。

“到底怎么啦?你火急火燎地叫我过来,不是因为你男朋友吗?还是嘿嘿……你想吃我了不好意思说找了这么个借口？”天雄呵呵地逗她。

“你,你,死‘猎豹’！谁想吃你啦！不要脸！姑奶奶这么难过你还逗我！”“企鹅”假装气呼呼地鼓起丰厚的嘴唇,狠狠地拧了一下天雄的屁股。

天雄哈哈大笑。这个小姑奶奶特像大杂院里的小姑子。偶尔冒出来的俗气还挺有意思。被她这么一折腾,天雄下午投资谈判失败的郁闷还真减轻了不少。他笑着拉住女人乱掐乱拧的手,连声说:“好好,说正事说正事。”

“唉……你不会理解的。”“企鹅”长长叹了一口气说:“他等了我十年。我知道他真的爱我。可我一直不敢结婚。一想到结婚以后生活的沉重就要全部压到我的身上,我就觉得害怕,觉得前程渺茫……”

“结了婚不就两人一起承担家庭责任了吗?怎么会全部压到你身上呢?”天雄很奇怪。

“那是女人找到了你这样的优秀男人！我,我哪有这样的福气！”“企鹅”脸上突然露出天雄感到陌生的自卑。

“小‘企鹅’,我觉得你挺棒的！你不还是白领丽人吗？怎么这么没有信心呢？”

“你不了解。我家穷,没有上过大学。我在这个公司是从最底层的临时工做起来的。唉,你想象不出我吃了多少苦。”“企鹅”声音有些哽咽。天雄安慰地拍拍她赤裸的背。“企鹅”吸了吸鼻子说：“挣到今天的位置我不容易啊！付出了多少血和泪？没有节假日，没有按时下过班，就是年假我都不敢休息，生怕我不在出什么事丢掉我苦苦煎熬了近10年的位置。”

“企鹅”说着动了真情。她眼眶潮红了，吸吸鼻子说：“唉，我说这些干吗？你们这些天之骄子不会理解的。什么白领丽人？指的不是我这样的人。我算什么？一个高级打杂听喝的。我和男朋友是大杂院里一起长大的。他给领导开车，虽然工作稳定，但哪有社会地位？”

“小‘企鹅’，凭你的条件，虽然咱不能找一个龙子龙孙，但好像也不至于找个司机吧！太委屈你了！”天雄听到这里真的动了恻隐之心。

“我也委屈。我也想找一个像你这样有身份地位的。但是我没有学历，家里父母穷得都养活不了自己。还有两个兄弟也没有什么像样的工作。我自己有自知之明。我也就是在我男朋友眼里是美女。哪有绝色天香的姿色去换取有钱有地位的男人亲睐呢？”“企鹅”此刻的神色充满着理性，露出了精明女人的实际。“‘猎豹’，你不会懂的。说句良心话，就你的情况，就算你认为我爱你爱到肯为你做牛做马，你会不会丢掉你的妻子来娶我？”

不会！天雄心里马上回答。“企鹅”和肖简一个是乌鸦一个是凤凰，岂可同日而语？有身份地位的男人娶太太和找情人是两个概念。太太是给男人增光添彩的。这就是为什么古时候富豪之家娶太太一定要名人之女门当户对，而小妾则可以是烟花女子。“企鹅”这种女人，除非拿到了大学的入场券，自己混出个社会地位来，否则她永远逃脱不了阶级的烙印。有身份地位的男人哪个没有虚荣心？说出去找个高中生做太太而且还不漂亮，怎么说得出口？

“你不会的，对吗？‘猎豹’？因为你也爱面子。你也就是玩玩我。”“企鹅”见天雄沉默不语，显得有些伤心。

“哎——哪里的话？小‘企鹅’，可是你玩我啊？我们不是说过的吗？网络情感是有游戏规则的，大家在一起快乐潇洒就行了！何必想这些不着边际的东西苦恼自己！想开点，及时行乐！谁又能主宰命运呢？”

天雄心里暗暗泛起担心：这小姑奶奶可别爱上自己了。她真要有什么想法可就麻烦了！和她交往是激情游戏，连感觉都算不上。看来人真是有档次之分的。静苑和紫薇能激起天雄对她们的尊重和爱恋，“企鹅”就是一种激情的宣泄。

“放心吧，‘猎豹’。我很了解这个世界！也了解你们男人！‘猎豹’，我真的羡慕你妻子。有你这么优秀的老公！而我也是个需要优秀男人的女人啊！可是你说我能有这样福分得到你这样的男人吗？如果你告诉我我有这个福分，我愿意为你付出我生命的代价！你信吗？‘猎豹’？”“企鹅”突然仰头期待地望着男人，双眸射出一种慑人的欲望的光芒。

天雄的心一惊！警觉地看了一眼怀里的女人。正好淋漓尽致地窥到了女人眼中的欲望和贪婪。这一瞬间，男人刚才对“企鹅”所有美好的感觉都烟消云散了！他一直以为“企鹅”单纯甚至傻气。今天才明白他遇上了一个可以拿出感情和生命来交换她所要的荣耀前程的女人。这种女人男人一般是不敢轻易招惹的。就怕像橡皮膏一样粘上了就去不掉了！这种女人的时尚和潇洒都是渴望欲望的伪装。她要的时候不顾一切；不要的时候弃你为敝帚。天雄突然感觉有些后怕。“企鹅”和静苑、紫薇都不一样。这个女人是决不能进入自己现实生活的。一点儿都不行！他暗自庆幸到现在为止，他不知道她的名字，她也不知道他是谁。要不是今天突然的醒悟，再肌肤相亲两次，非被她缠上不可。想到这里，天雄不禁头冒冷汗。心想赶紧撤退吧！要不然肯定要闹出事来！这可是个不顾一切的女人啊！

“‘猎豹’，你怎么不说话？你说我该怎么办？你不关心我吗？”“企鹅”见天雄心不在焉的样子，伤心地问。

“我怎么会不关心你？可你们两口子的事你还是得自己面对，自己解决。我也没有办法帮你呀！”天雄叹了口气，拍拍女人的肩背：“你还是好好和老公谈谈吧。”

“谈什么？谈我对他不能出人头地的失望吗？谈我因为他钱挣得少不愿意嫁给他吗？”“企鹅”赌气地说。

这女人真俗了！这是天雄和简永远不会讨论和苦恼的话题。天雄心里转着如何找借口离开的念头，一边漫不经心地说：“事实上不是这样吗？”

“是这样也不能这么说啊？”“企鹅”认真地说：“那不是伤人吗？”

“可这么想就不伤人吗？”天雄想如果是简绝不会表里不一。她会因为感情受伤而痛苦，但不会因为爱人不能出人头地不能挣钱而苦恼。静苑不会，紫薇也不会。俗，还是俗！

“唉，我也没有办法啊！你不会理解我的。”

“‘企鹅’，已经深夜了，我该走了。”天雄越想越心烦，干脆借口也不找就起床告别了。

“可我已经回不去了。‘猎豹’，你不能陪我一个晚上吗？”“企鹅”失望地说。

“‘企鹅’，对不起。我没有和妻子说不回家。我要不回家她会怀疑的。”天雄一边说一边开始披挂起来，不一会儿他又变成了风度翩翩的男人。

“‘猎豹’，如果我和我男朋友吹了，你会要我吗？”“企鹅”突然问。接着又补充一句说：“我会比你妻子还爱你的，你信吗？”

天雄心里越发地惶恐，恨不得长了8条腿逃离。但他依然面不改色，有条不紊地整理衣服鞋带。然后温柔地在床前欠下身说：“‘企鹅’，别给我出难题。我们说好的，我是有家室的，你也爱你的男朋友对吗？我们都有家庭责任，对吗？你好好睡。下次我们再聊好吗？”

女人脸上露出深重的失望。但她努力压抑住自己的感觉，故作潇洒地一笑说：“好啊？‘猎豹’，我们什么时候再见面？”

“有时间我们再约好吗？”男人挥挥手准备离开。

“‘猎豹’，你想知道我的名字吗？”女人期期艾艾的目光把天雄搞得心很乱。他真正感到了一种被纠缠的恐惧。

“下一次，好吗？让我们各自给对方留一点儿悬念吧！”天雄说完大步离开了。

女人用一种复杂的目光目送着他。

— 76 —

天雄回家的时候小区里的路灯都关得只剩下几盏夜灯了。

他进屋后没敢开灯，摸着黑小心翼翼地推开卧室的门，蹑手蹑脚地向床边走去，手轻轻地摸向妻子的被窝……咦？怎么是空的？天雄一惊，打开灯一看，被窝整整齐齐地铺着呢。

简居然还没有回家！已经快12点了，她怎么还没有回来？天雄和“企鹅”在一起刚放松的心又揪紧了。最近肖简和老板的冲突似乎愈演愈烈，情绪也很不稳定。每天回家都很晚。回家后也情绪寡然。“情书”事件已经在各自心里深埋了一块不能触及的痛。过去卿卿我我的情景仿佛已经成为久远之事。

可妻子以前是个多么可人的女孩，清纯得让人怜惜。自从去了那个OEE公司，变得理性得让他越来越找不到感觉。天雄承认简内心深处很爱他，依恋他。但面对一个思路清晰、独立自信的女人，天雄越来越难找到大男人宠小女人的感觉。上网玩了几把“婚外情”，无非是枯燥生活的一种调剂。可谁又想到居然闹得头顶上的屋檐都摇摇欲坠了呢？辞职的事至今还瞒着妻子；新公司的融资至今没有结果。天雄的心情别提多郁闷！

天雄突然觉得前所未有的累，索性去了浴室，洗了澡，钻进了被窝，准备睡觉。

刚刚躺下，突然听到大铁门“咣当”响了一下。他“腾”地从被窝里坐起身，竖起了耳朵。果然是老婆回来了！他从被窝里跳起来，小跑向卧室门口，刚要开门迎出去，突然感觉一阵惶惑。他停住了。犹豫地在门口站了一会儿，最后还是退回到床上，把自己严严实实地蒙在被子里，闭上眼睛假装睡觉。

卧室的门轻轻被推开了。肖简带着一股凉风悄悄地进来了。她走到床前，默默地看了天雄好长时间。她似乎几次把手伸到天雄的面前，带过来一阵阵凉风。凉风轻抚着他露在被窝外的半张脸。天雄特想一把捉住女人的手，把女人拉入自己的怀抱。但是天雄不敢。他心里突然泛出一种难受。凉风消失了。女人的手从自己的头顶离开了。天雄的心里更加难受了。要是过去，她早像一个淘气的坏丫头，不是把冰凉的手伸进被窝把天雄冰得夸张得大喊大叫；就是把热乎乎的唇送过来狠狠地吻住天雄吻得他喘不过气来大喊救命。然后就是一场嘻嘻哈哈的打打闹闹；再然后就是一场男人女人的昏天黑地……

但今天，肖简只是静静地站在床边。

夜，静得听得见两个人的心跳和呼吸。静得让天雄紧张得有些窒息。

终于，女人带着一阵凉风又出去了。很快浴室又传来一阵水声。天雄把头伸出被窝，五官高度警觉地捕捉着卧室外传来的声音……

肖简穿着睡衣，蹑手蹑脚地进了卧室。在上床的时候，她犹豫了一下。床上躺着两床被窝。右边的那床裹着男人的身体高高地耸着，像一座起伏的小丘陵；左边的那床瘪瘪地平躺着等着女人去拥抱它。要是以前，肖简肯定会像个野丫头那样先不管三七二十一拉开男人的被窝，滚进男人的怀抱，和男人在被窝里嬉闹一番。直到男人焐热了自己的手脚，直到女人依偎够了男人的怀抱，直到女人的身上沾满了男人的气息，她才会依依不舍地回到自己的被窝。经常，身体在自己的被窝里，脚还会伸进天雄的腿间继续摄取男人的体温。有时半夜惊醒，肖简下意识的反应就是一骨碌滚进男人的被窝，像小猫一样钻到男人的怀里。这时候的肖简，总是让天雄疼爱不已。

现在肖简站在瘪瘪的被窝前，心里有一种刺痛。她多希望男人突然从被窝里伸出手，一把把她抱进被窝，不由分说地拥她入怀。什么不快什么芥蒂，一切都会消失在肌肤相亲的不言中。但是，天雄没有。天雄此刻就像一个没有生命的静止的雕塑，以一个不变的姿势侧躺在床上，留给女人一个模糊坚硬的高墙。她穷尽双目也难以看清墙外的风景。可看清了又怎么样？对这个爱和痛都已经深入骨髓的男人，肖简穷尽了一个聪明女人的全部智商，可是却没能挽留男人生命激情离去的步伐。她又能怎么样？是的，她向往男人生机勃发的身体。她多么想立刻掀开被窝，分享男人火热的生命。但是男人已经拒绝了她；男人不愿意和她分享生命；男人已经背叛了她视之为生命的爱情；男人如此冷酷地用一盆盆冰凉的水把女人生命的火焰浇灭。如今女人的心满是创伤，她哪还有能力启动男人生命的激情？

于是女人毅然把目光从男人伟岸的身躯转向旁边那个空寂孤立的瘪瘪的被窝。此刻，这就是女人无可选择的归宿。不被打扰，没有希冀，也不会受伤。但决定选择这个孤独的被窝的时候，她的心充满了受伤和失意。她轻轻地钻进自己的被窝，轻轻地在被窝里放平自己的身体。她的身体无意中碰到了男人的身体，她赶紧移开自己。受伤的心流着凄苦的眼泪。她把自己的头蒙在被窝里，开始抽泣起来……

— 77 —

凌晨的时候，肖简从噩梦里哭醒了过来。她梦到天雄挽着一个看不清脸孔的女人从自己身边飘然而过。肖简大声地喊天雄，但男人却置之不理。肖简拼命地在后面跑啊追啊,却总也追不上他们悠然的步伐。她哭着喊着男人的名字嗓子都哭哑了男人却连头都不回一下……

肖简惊醒过来的一瞬间习惯性地扑向男人的怀抱，却碰上了一堵坚硬的墙——男人裹着被窝的冰凉的脊背……女人一下子清醒过来。昨晚男人的手机一直关机,她的感觉坏透了。加完班兀自到酒吧坐到快12点。一晚上满脑子闪现的都是男人偷情的镜头和画面。“情书”事件虽然过去很久了,但那些火辣辣的文字勾勒的情色画面已经无法磨灭地刻在了她的脑海里,经常不可控制地闪现,让她陷入一种难以名状的痛苦和厌恶。想起多少个孤独的夜晚男人在和别的女人偷欢;想起为了把男人留在家里无数次争吵;想起男人无数次用工作的借口早出晚归,却是把大把的时间和精力放在其他女人身上……所有这些“想起”都会让女人心像针扎一样痛。

“情书”的阴影让两人以前美好的夫妻生活变得尴尬起来。好几次欲望已经激起,女人脑中会突然划过陌生女人娇喘吁吁的身形,顿时如同掉进了冰窟里,瞬间失去了兴致。但为了不让丈夫扫兴,她经常强忍着内心的厌恶勉强应付,不得不装做感觉很好的样子。但女人知道,聪明的丈夫同样心知肚明。每当女人强压厌恶的时候,总是很快伴随男人的疲软。虽然大家都会勉强继续,但这样的做爱味如嚼蜡。两人的关系变得微妙而敏感。

女人知道男人希望忘却;女人也希望永远不再回忆那些不堪的东西。但女人无法欺骗自己的心灵。她知道自己内心至今无法原谅丈夫。她无法理解一个还爱自己的男人能够如此廉价挥洒激情。爱是神圣的。爱是女人永远珍藏在心灵最深处的梦想。但神圣的爱被玷污了,女人的心从此变得空落。但令人痛苦的是她割舍不下这份感情,却又不知道如何保留她。而男人面对伤口未愈的女人的焦躁和不耐烦更让她内心里无法信任和接受这个男人。事发后男人有过简短的忏悔。但他并没有用一颗爱心和耐心去安抚女人尚未痊愈的心。如果他这么做了,也许女人会慢慢忘记自己的伤痛,在男人忏悔的爱心中重新找到第二次爱的感觉。但男人没有。他只是小心翼翼地守护着自己的自尊心,不敢去面对女人的伤痛。对女人没有恢复的伤心充满焦躁和失望。而事实上砸碎的花瓶就算用万能胶粘起来也会留下累累疤痕,何况一个有血有肉的人?被人割得伤痕累累却不能喊痛,伤害了女人却不耐烦面对女人的伤痕。女人觉得这个男人不是过于自我就是过于自私。这个男人只爱他自己,并不真正在乎他的女人。

这一两个月,女人度过了无论是一个妻子还是职场女人最困难的时光。和威廉的腥风血雨几乎耗尽了她全部的精力。回家来她多么希望男人能给她爱的怀抱,给她爱的呵护。但自我的男人似乎完全沉浸在因为自己没有被原谅而抑郁的感觉之中,完全不在意女人目前如此艰难的生活状况。女人多少次在疲惫中晚归,他欲言又止好像找不到话题过问。即便过问也是轻描淡写,还不等你回答就把目光移向别处。渐渐的女人也没有了说话的兴致。

想到这女人的心落到了冰凉的海底。和天雄那场轰轰烈烈的恋爱仿佛还是昨天的情景。为什么新娘的婚纱还泛着热气，她和天雄的爱情却走进了冰凉的古墓？那个当时为了给肖简摘一束野花而冒死爬悬崖的惊心动魄的男人，什么时候成了一块没有活力的坚冰？

那个恋爱的火热夏天，天雄带着肖简骑了整整一个星期自行车以后，坐在山东境内的一座山下休息。肖简望着悬崖上怒放着的一束美丽极了的无名花笑着对天雄说："我从来没有见过这么美的花。要不是在悬崖上，我一定要把它采下来。"话音刚落，天雄就站起身，向山上跑去。肖简在后面连喊带叫地要阻止他，但男人雄健的身体很快消失在丛林中。肖简在山脚下坐立不安地等了快一个小时，没有看见男人的身影，却看见悬崖上的花不知什么时候已经没有了。肖简越等越怕，对着悬崖，咧着嘴就哭。不知哭了多长时间，模糊的眼前出现一片绚丽。还有她痴迷的熟悉的体味。她用衣袖擦干眼泪，看见这一大束美丽的野花后面，站着满脸带着血痕，衣衫被撕得褴褛的男人。她抢过花，扔到地上，扑到男人怀里就哭。男人捡起花，塞到女人的怀里。然后连花带人一起搂住，说："小东西，别哭。只要是你喜欢的东西，我上刀山下火海爬悬崖下地狱都会给你找来。"

想到这里，肖简的眼泪簌簌落下。天雄，当年的你点燃了我人生中晦暗的生命，让我在生命的激情中和你一起高唱生命最美丽的歌。既然你点燃了我，为什么又要熄灭我？我和你的生命已经融为一体，为什么你不让我摸到你生命的脉搏？天雄，我爱你！为什么你不要我！

曾经有过多少生活的乐趣；曾经有过多少难忘的画面；曾经有过多少深情的表白；曾经有过多少生命的激情。可什么时候这一切如同筛子里的沙子，一天天地流失了生活的欢趣。而幽怨却犹如漏网的鱼，无所顾忌地畅游在两个人婚姻生活的大海里。这一两年，肖简感觉爱情的屋檐被看不见摸不着的"白蚁"一天天地吞噬出一个巨大的空洞。感觉着寒风的凛冽，但却看不见裂口在哪里；感觉着爱人的心在屋檐外游移，却不知用什么办法才能拽住爱人的心。一个原本现实存在的爱情大厦，却好像空气中漂浮的五彩的肥皂泡沫，突然间会失去全部的美丽。可她多么留恋这种美丽，多么不愿意失去这种美丽。

天雄给了她燃烧的生命激情；天雄已经成为她生命的全部；她留恋天雄犹如留恋自己的生命；她依赖天雄犹如依赖自己的思想。天雄就是她的生命。天雄就是她的思想。不管天雄目前如此地伤害了她，可是她还是留恋他，她不想离开他。她多希望天雄从此能用心弥补爱情屋檐的裂洞，能重新爱她！

想到这儿，肖简隔着被子轻轻地用脚向天雄的身体小心翼翼地移动。当脚触到天雄坚硬的身体时，肖简缩回了脚。她屏住呼吸，感觉着男人的反应。见男人的被窝纹丝不动，她又伸出脚，轻轻地用脚指头推了他一下，赶紧把脚缩回自己的被窝。等待了一下,发现天雄还是没有反应。肖简小嘴一噘,一伸脚,直接伸进了天雄的被窝。探索着,探索着,小脚塞进了天雄的双腿之间。天雄依然浑然不觉。肖简用脚拇指挠了挠天雄的腿。男人的身体动了一下,从鼻孔里发出一声重重的呼吸,仿佛被人从沉睡的梦中唤醒。突然他好像感觉到什么,伸出温暖的大手一把握住了女人冰凉的小脚,轻轻地抚摸着,抚摸着……

感觉着男人的体温,感觉着男人大手的粗糙有力和温柔,肖简的心里有一种既幸福又酸楚的感觉。她轻轻地动了一下脚。男人终于彻底苏醒了。他把一双大手伸出被窝,搂住女人的身体,把女人拽进了自己的被窝,拽进了自己的怀抱。一股热乎乎火辣辣的男人体味拂面而来。一股热流同时在男人和女人的身体里荡漾……还没有等女人的欲望升腾,男人已经占领了女人的身体。于是,没有准备地,女人的爱与欲不可抗拒地同时被男人激起……

"你终于肯爱我了!"男人爱抚着娇喘吁吁的女人,脸上露出满足的表情。

"我什么时候不爱你?是你不爱我!"女人脑中又闪现出那些男女纵情的画面,心里顿时一阵刺痛。她强迫自己把这些刺激的画面挤出脑海,强迫自己紧紧地依偎着男人的身体。

搂着终于恢复温情的女人,男人放松地再次沉沉地睡去。

女人虽然身体疲惫却迟迟难以入睡。窗帘逐渐泛起晨曦的白。但今天是周六,不需要起早上班。于是女人强迫自己闭上眼睛再睡一会儿。但不知为什么脑子里充满着乱七八糟的东西,无论怎么努力还是难以入眠。

身边的男人开始打起了呼噜。

女人觉得有些心烦意乱。小心翼翼地撑起身体,轻轻地掀开被窝,把身体缓缓地滑出去。一边滑一边观察着男人的反应,生怕惊醒了他。男人呼噜声突然停止了,女人吓得赶紧停住,两只胳膊撑着床,肌肉紧张得不敢动,眼睛紧盯着男人的表情。男人哼哼了几下,吧唧吧唧嘴,突然把侧躺着的身体整个趴在被子上。正是数九寒天,肖简怕天雄冻着了,就小心地去扯他身下的被子。男人不乐意地扭动了一下身体,把脖子扭向了女人,继续呼呼大睡。看男人憨态可掬的样子,女人觉得有些好笑,不禁唤起了一丝母性。灿烂的阳光透过奶白色的窗帘,照在了男人身上。女人温柔地用目光从上到下抚摸着赤裸的男人:密密的头发;浓黑的眉毛;紧闭的眼睛;厚实的唇;轮廓分明的脸颊……

突然,女人的目光紧紧盯着男人的肩膀,呼吸变得急促起来。浑身的血瞬间涌上脑袋——怎么有个牙印?很明显的牙印!?男人的肩膀上居然有两排清晰的牙印?!发生了什么事?男人肩膀上为什么会有这样的印子?她颤抖着伸出手,轻轻地抚摸着这个微微凸起的印子,觉得胸口憋闷得要爆炸!在没有发生"情书事件"之前的很多次激情时刻,天雄的肩膀上也被肖简留过这样的印子。两个人为此还互相打趣。如今这样的激情印痕突然出现在男人肩膀上,而他们之间很久没有这样激情的机会了。这说明什么?

女人被压抑在内心深处的痛，因为这个小小的牙印突然排山倒海般地涌了出来,溢满全身,每一个毛孔都因这个发现而痛。女人坐起身,睁大眼睛继续扫射男人身体的其他部位——肩膀、后背、后臀……天哪,这么多地方,居然都有深深浅浅的指甲抓痕。女人浑身的血都快要凝住了。她痛苦地闭上了眼睛,不想再看了!男人身上的激情伤痕，活灵活现地揭示了可能不久前刚刚发生的一场疯狂热烈的肉欲之爱。怪不得天雄昨晚深夜不归。怪不得他要关手机。怪不得刚才的激情做爱他带着歉疚的温情,几次呢喃:宝贝,对不起……女人还以为他在为过去抱歉呢。原来刚刚发生了一场暴风骤雨。

盯着男人肩上的牙印，一百种情绪如滔滔洪水般一时间铺天盖地对女人迎头痛击。愤怒、痛苦、沮丧、惶惑、羞辱、绝望……一颗心在难以逃避的痛苦中被撕裂了揉碎了踩烂了,再也无法扶起了……

心灰意懒。

男人。这就是我嫁的男人。

这就是我倾注了我生命的全部情感去爱的男人。

这就是我想托付终身的男人。

什么爱情。什么夫妻。什么白头偕老。什么歉疚。什么对不起。什么重新开始。都是谎言。都是欺骗。没有一句是真话。

女人充满着沮丧绝望愤怒的目光死死地盯着牙印盯着激情伤痕，难以言表的悲愤如滚滚潮水一波过去一波又起。她不知道她该怎么做?把男人从梦中揪起?把自己的愤怒的潮水铺天盖地地泼洒给他?但是这有用吗?他肯定会抵赖。他会用一切理由否认这铁板钉钉的一切。只要没有抓住现行,天雄不会承认的。

再次容忍?再次咽下这口气?一份感情怎么容得了一次再次的伤害?!一个践踏感情,践踏承诺的轻浮男人,如何还能与之相处?如何还能欺骗自己的感情?那离婚?仅仅凭一些牙印和抓痕,如何说服自己,说服父母?

女人越想越难受,越想越伤心,越伤心难受她越想不出该怎么办。望着赤裸的男人,想起几小时前他和那个陌生女人的情欲翻滚,女人厌恶地掀开被子下了床,紧紧关上卫生间的门。

半小时以后,女人穿戴整齐地站在依然酣睡的男人床前,冷冷地望着这个自己一直一厢情愿想视之为生命的男人。她想哭,却没有了眼泪。咬咬牙,她扭身离去。

“宝贝,你要去哪里?”天雄突然醒了,看到穿戴整齐的妻子,不解地问。

“我……我……”肖简咬着牙,眼泪夺眶而出。她抬腿就往外走。

“宝贝,你怎么啦?刚才不是好好的吗?”天雄见状,被子一掀跳下床,一把拦住了女人,然后把女人拦腰抱上床,三下两下剥掉女人的外衣,抱进被子,抱进怀里。

女人任其摆布。但目光是冷的,心是冷的,浑身每一个毛孔都是冷的。

“简，你怎么啦？生气了？是不是怪我刚才没有陪你说话？唉，我刚才太累了！”

是太累了！不到六七个小时，连着两次做爱能不累？女人的脸被男人焐在热乎乎的胸口上，心里感觉那么的痛。她挣扎了一下，强行翻转身体，把脊背给了男人。

“简，你说话啊？怎么了？没有不舒服吧。”男人从背后搂着女人不安地问。

“说什么？有什么可说的？”女人冷冷地说。

“算了算了，睡觉睡觉。”男人终于感觉出女人有些不对劲。他不想在两个人刚刚恢复温存关系以后再发生冲突。于是聪明地撤离，闭上眼睛。一会儿呼噜声又响了起来。

女人的身体被男人紧紧抱着。但女人的灵魂却早已出了窍。飘飘忽忽，游移到空中……

一切都变得这么混沌。世界。生命。情感。肉体。精神。情与爱。怨与恨。

深重的痛。

虚空的魂。

还有无边的迷茫。

第二十六章

— 78 —

尽管事先有心理准备，但威廉一手掀起的洪水猛兽向肖简铺天盖地而来的时候,她还是被他手段的阴毒震惊了!

吃完午饭回来,肖简打开电脑收件箱,看见威廉的名字一个挨着一个排着队,仿佛张牙舞爪龇着寒光的狼牙。她的心顿时狂跳起来,一种不祥的感觉涌向心头。所有的邮件都是针对肖简上午刚刚发给全国项目经理的催收应收账款的邮件。这是年底前唯一可以防止咨询部出现不可弥补的亏损大窟窿的方法！威廉有什么可以发难的呢?

今天已经是 10 月 12 日,离年末还有两个半月。全球审计将在 12 月的最后一周到中国审计。这两个月上自总经理杰姆斯,下至各部门总监们,个个焦头烂额地忙着两大项工作:收入和应收账款催收。上午财务部发过来的最新的应收账款报表表明,咨询部全年的收入居然三分之一是应收账款,高达 250 万美元(2500k)。如果年底前这些应收账款收不回来，财务部就要把 250 万美元的收入从咨询部的收入账上扣除。那原本盈亏相抵都困难的咨询部将会出现可怕的亏损大窟窿?!

处于一个职业经理的责任心,肖简把财务部发来的应收账款细目,重点摘录出 90 天、180 天、360 天账期的应收账款,并一一注上项目经理的名字。她把电子邮件的标题前加注了红色的“！”。这是公司对最紧急邮件的警示符号。邮件的标题同样醒目:“年底快到,请紧急进行现金催款!！”邮件里,她严肃地写道:

“由于项目经理们怠于催款,导致部门应收账款多达 2500k,其中 180 天以上的就有 1600k。如果这些款项再不收回来,这些收入将要被财务部从今年的收入里扣除,会给我们部门的业绩带来极大的负面影响。希望大家不能再掉以轻心!必须马上开始催款！我将每个星期公布催款情况。”

肖简的邮件发出去才两个多小时,现 BBW 项目经理,前“飞雪”电力公司项目经理江川就回复了邮件:

“‘飞雪’电力公司的应收账款已和客户确认将在两周内支付。但是欠款数额不是 50 万人民币,而是 28 万。客户希望尽快和财务部确认欠款数额。”

肖简突然看见江川发过来的邮件,同时也 Cc(抄送)给了威廉和比利,顿时有一种不祥的感觉。她连忙到财务部核实了“飞雪”电力的欠款的确是江川说的28万。50万是财务部刚离职的王小姐工作失误多记了一笔账。肖简让财务部更正后立即通知了江川。但心里隐隐不安的感觉一直萦绕在心里。

果然,还不到一个小时,威廉就大加利用江川这份常规抄送给他的邮件掀起了一场血腥险恶的战争！点着肖简的名字气势汹汹地斥责:

“肖简，你发这些数字之前为什么不去财务部核对一下数字?！要知道江川是BBW的项目总监,他非常忙。为了核实这些数字,他需要打多少个电话？你以后发数字之前能不能核实好了再发？你不要浪费项目经理们的时间!!”

Receiver(收件人)地址处一片密密麻麻——威廉竟然把这封指着鼻子无理责骂肖简的邮件发给了全国所有的项目经理、经理包括王欣!

一股愤怒从心的最深处涌了上来。这个政客为了寻衅挑事,竟然置咨询部的生死于不顾,不去敦促项目经理尽快收回欠款,却借江川的一个核实数据的错误来指鹿为马、混淆视听。这样的邮件只能让项目经理们把注意力都集中到肖简有没有把数据搞错,谁还会意识到此刻现金收款已经迫在眉睫?!

突然,肖简睁大了诧异的眼睛。目光难以置信地盯着Cc(抄送)人最后那两行同样密密麻麻的邮件地址。她简直无法相信眼前看见的事实！威廉居然把邮件发给了GC总经理迈克?!!还有亚太地区咨询部副总裁约翰!亚太地区咨询部总经理彼得、财务总监乔治、GC财务总监安德鲁，中国总经理杰姆斯、中国财务总监保罗……甚至连GC人力资源总监艾丽斯、中国人力资源总监袁华都没有放过!

怎么回事?这个政客他要干什么?他为什么要把这么一件芝麻大的小事故意歪曲误导夸张到了恨不得让全世界毫不相干的老板都知道?和名单上的老板相比,肖简的职位简直微不足道。迈克、约翰他们根本不知道肖简是何许人也！威廉居然连越数级把一个名不见经传的经理的“错误”如此夸张地展示到GC最高审判台?！他用心太险恶了!

他这是把自己放到“人民公敌”的位置,让全世界的人共诛之啊!

肖简浑身的血汹涌澎湃,大脑在电闪雷鸣。威廉用大炮打蚊子的方式把一件小事激化到了广岛原子弹爆炸的地步,他意欲何为?里面埋藏着什么不可告人的险恶动机?肖简的目光一遍遍地从这一行行熟悉的陌生的名字上掠过,眼前跳动着一个个纷乱的画面。慢慢的,威廉的动机从众多头绪中理了出来。

动机一:转嫁危机,嫁祸于人。巨额欠款会使中国咨询部乃至中国区甚至GC业绩受到严重影响。老板约翰、迈克的仕途都会受到影响。威廉难逃其咎。为了逃避责任,他必须找“替罪羊”。肖简负责财务预测和控制与数据库管理,把责任推到内部控制经理身上合情合理。即便不能全推掉,威廉也是被下属蒙蔽。错在内部控制经理工作不力,欺上瞒下。

动机二:向所有老板级人物传递一个信息,他作为老板对这个叫肖简的经理十二分的不满意。不要小瞧这种貌似顺手拈来的传递。今天的传递就是明天的通告。不知不觉中在老板们心里埋下了伏笔,哪天需要对女人下刀子的时候,老板们就不会觉得惊讶了。也就默许了。

动机三:激怒老板,借刀杀人。比如迈克、约翰。听说这两个人都属于性格比较暴烈的人。管理方式也是顺我者昌,逆我者亡。这点和威廉完全相似。如果员工和老板发生纠纷,大老板们的立场百分之百都是站在老板级高层管理的一边。不是因为对与错,而是因为老板比员工重要。如果威廉不断传给他们信息——这个女人很麻烦,这个女人会影响中国公司的运行,影响中国的业绩之类的话,迈克、约翰一怒之下完全可能下令解雇她。

肖简越思考心里越清晰,越清晰心里越感觉阴冷。威廉的几次行为貌似鲁莽,但每次都蕴涵着阴毒的杀机。他这次利用一个江川的邮件把本不相干的大大小小的老板们拉进他和肖简生死矛盾的漩涡!威廉的屠刀离自己的头顶越来越近!他在使尽一切机会和手段为行刑时刻做上层舆论的准备!他今天甚至敢走险棋,拿迈克、约翰做赌注,来试探老板们的反应。他是在向肖简展示老板们的"强权",再次逼肖简就范!

好一个歹毒的政客!

好一场血腥骤雨!

威廉左手拉着导火索,右手举着火把。迈克会怎么办?约翰会怎么办?还有彼得、杰姆斯、袁华等等其他大大小小的老板会做何反应?迈克、约翰会干预吗?他们会不分青红皂白一纸解雇信助纣为虐吗?杰姆斯会怎么样?他答应过会保护他的员工,但如果他的老板给他压力,他会袖手旁观吗?

还有,我该怎么办?

惊雷在头顶炸响以后,肖简渐渐归于平静。威廉的导火线已经拉出来了。是点燃引爆,还是引而不发,肖简无法控制。她甚至没有机会去触摸这个高高在上的"权力阶层"!既然这样不如坦坦然然,笑对一切该来的后果。

肖简平静地用鼠标点中"Reply All(回复所有人)"键,他开始给包括威廉、迈克、约翰在内的名单上的所有人回信:

"威廉:我今天上午刚刚收到财务部的应收账款数据。我们已经敦促项目经理开始现金催款。江川提出的欠款数据也已经和财务部确认。您不用担心,我们会和财务部协同工作,保持和项目经理的密切沟通。尽快推动咨询部的应收账款催款工作。我会及时向您汇报。"

肖简邮件里平静坦然的情绪和职业化的语言,和威廉无端谩骂的指责形成了鲜明的对比。她相信金字塔上层的老板们会清晰地看见两幅截然不同的画面:威廉的那幅张牙舞爪、山呼海啸;肖简的平平静静,棉里藏针。对比之下再糊涂的老板也能看出威廉的无理取闹,而内部控制在处理此事件上工作无懈可击。

肖简点开第二封邮件。深圳华正证券的项目经理肖光辉在收到肖简的催款邮件后礼节性地回复说他已经和客户联系了几次，会尽快给她回复。这只是一份礼节性的邮件，但威廉的反应却仿佛一个憋足了气突然爆炸的气球，跳着脚嚷嚷不说，还把邮件发到了亚太老板那里。

“肖简，项目经理非常忙。为了核对你的数据肖光辉他上午打了好几个电话给客户。我希望你懂得珍惜项目经理的时间，数据上不要再出错！”

好一个无中生有的恶棍！这不是想故意挑动项目经理和肖简的矛盾吗？那些繁忙但不明真相的老板和经理们如果没有看一下肖光辉的原件的话，都会以为老板在训斥一个经常出错，不负责任的不称职的经理。

肖简冷笑了一下，同样点击了“Reply All(回复所有人)”键：

“威廉，肖光辉收到我发过去的财务部应收账款数据后已经和客户进行了核实。他表示很快会有回话。别担心，我会及时通知您。”

面对一个歇斯底里的老板，简简单单，平平静静是在老板们众目睽睽之下的最好方法。

打开威廉的第三个邮件的时候，威廉再次气势汹汹地发作道：

“肖简，江川不是已经说了‘飞雪’电力的应收账款不是50万人民币，而是28万吗？为什么你的表格上还是50万？为什么你不更正数据？！”

肖简今天算是见识了政客制造战争又渲染战争的场面了！可你要渲染，我偏要淡化。让你一个人在自己制造的战争中无聊地独舞！肖简淡淡一笔带过：

“威廉，对不起！我发给大家180天以上应收账款数据是10点10分。江川更新数据的时候是11点20分。您会在我明天早上的应收账款更新数据邮件里看见‘飞雪’电力的更新数据。谢谢！”

看到这封邮件，杰姆斯他们不偷着乐才怪呢！威廉活像一个丢了钱包不由分说当街随便揪着一个人的衣领就说人家是小偷。没有看准目标就乱放箭，难道也是老辣政客的伎俩？

今天迈克、约翰、彼得们肯定一个个捏着鼻子、皱着眉眼花缭乱地看着这个大要威风的威廉大老板和名不见经传但也桀骜不驯的小经理满世界的E-mail飞来飞去。心里别提多烦了！烦的结果最后是什么？肖简已经不关心了。

肖简累了。她准备关掉邮件信箱，从威廉的战火硝烟中休息一下。突然，又一个威廉的新邮件跳了出来。她皱着眉打开邮件，一看不由得一股愤怒再次涌上心头！

这是一封单独发给肖简的邮件。威廉在观众席里删掉了所有几十个老板和经理的地址。

看来他轰轰烈烈地在亚太、GC、中国区掀起声讨肖简的批斗会还不满足，他还要单独对女人进行精神折磨和攻击？

“肖简，非常感谢你的‘帮忙’。你把应收账款拖欠的原因归结于项目经理‘怠于现金催款'，难道是想推卸你应该承担的责任吗？像'飞雪'电力，深圳华正证券这些有180天以上应收账款的老单子，你为什么以前没有汇报给我呢？"

又在信口胡说！肖简每个月初都会把财务部发的咨询部应收账款报表一一核对后，分类并摘录给项目经理催款，同时抄送给威廉。于是她回复道：

"威廉，我无意'推卸'责任给任何人。项目经理'怠于现金催款'是不可辩驳的现实，已经给咨询部的业绩造成巨大的损失！希望能引起您极大的重视！至于'飞雪'电力，深圳华正证券这些180天以上的老单子我7月份给您发过邮件，还打印出来用荧光笔勾勒出重点亲自交给您。如果您找不到了，我可以再给您发一遍！"

显然威廉被肖简的绵里藏针激怒了。他马上回复了邮件：

"肖简，帮助项目经理难道不是你的职责吗？如果你7月份发过'飞雪'电力这些欠款信息给我，我没有回音你为什么不在8月发？8月我没有回音你为什么不在9月发？9月没有回音你为什么不在10月继续汇报？直到解决问题？希望你能懂得最基本的做事方式！希望你做个称职的内部控制经理！"

看到这一连串的Why(为什么)，肖简肺都气炸了！威廉刚来的时候应收账款并不多。肖简数次提出设立奖惩机制把现金收款纳入项目经理的业绩考核。但威廉为了逼肖简走，不肯采纳她任何一条合理意见。于是这一年应收账款账期从30天变成了90天，180天，甚至360天。内部控制催不动；威廉为了整治肖简决不表示对她的支持。现金收款不是项目经理的硬性考核指标，做了不会有奖励，没有做也不会有惩罚。忙碌的项目经理疏于现金收款使咨询部今年的收入居然有三分之一是应收账款！这几天杰姆斯和GC财务总监都急了，频频催促咨询部收款。万万没有想到，肖简一个尽职尽责的催款行为居然引出这么大的风波！世界上居然还有这么不讲理的老板！肖简终于忍无可忍！

她丢掉了英文语言中所有刻意的客气和矫饰，第一次用直率、激烈的口气痛斥老板！

"为什么？你应该知道为什么！作为老板，你原本应该用公司企业文化凝聚咨询部团队，而你唯恐天下不乱！到处制造矛盾，转嫁矛盾，推卸你作为老板该承担的责任。你的行为严重违背了OEE公司的核心文化——信任、尊重和忠诚！影响了你在咨询部团队的威信！

中国咨询部9月份收入只有310k、10月的收入更少得可怜才150k。成本远远高于收入，应收账款竟达2500k!这么差的业绩难道你不揪心吗？为什么都到年底了你还不集中精力领导咨询部增加收入和利润？为下一年度开拓更多的新业务？到这种危难的关头你为何还把大量的时间和精力投入到政治斗争中去？每天我有大量的工作要做，却不得不花大量的时间去应付你的大量的批评、挑剔和谴责我的邮件。

作为内部控制经理，我多么希望你能支持我，最低限度是不干扰我的工作。但你却想方设法控制我的职能，限制我的发展，削弱我的权力，压制我的潜力！你故意让很多内部控制工作停滞，然后又谴责我不尽职。你这样公平吗？你这样伤害的难道不是你自己的业绩？而且你认为你能达到目的吗？

威廉，我无法阻止你对我的图谋！但希望你顾全大局！不要一意孤行毁掉咨询部在中国市场创下的大好业绩前景！谢谢！”

肖简发邮件的时候真想给杰姆斯也抄送一份，但想了想还是强行忍住了。这封信会让威廉的面子扫地。不到被逼到墙角，她实在想与人为善。她单独把邮件发给了威廉，希望能暂时遏制他今天不可控制的疯狂。

果然，邮件发出去以后威廉死一般地沉寂，不再回复。

今天这场轰轰烈烈的 E-mail 战争终于在肖简忍无可忍的激烈反击以后结束了！

但目睹了这场疯狂的电闪雷鸣，迈克、约翰、杰姆斯他们会做何反应？

— 79 —

威廉紧抿着嘴唇坐在沙发上，脸色铁青地一支接一支地抽着古巴烟。杰姆斯的办公室烟雾腾腾。

杰姆斯终于忍耐不住了！他重重地推开办公室的窗户，没好气地说了一句：“威廉，OEE 公司规定办公室不让抽烟！”

威廉斜了杰姆斯一眼，喘着粗气把才抽了几口的烟在烟灰缸里掐灭。

“威廉，你说怎么办吧！这件事总不能没完没了地讨论下去吧！我们已经讨论了整整三天了！”杰姆斯不耐烦地说。

“我还是那个观点，比利当 PD(总监)，肖简滚蛋！”威廉朝杰姆斯不耐烦地挥挥手。

“威廉，你简直不可理喻！这是 OEE，不是你家！我是中国总经理，我有权否决我认为不合适的聘任！”

“我没有觉得不合适！你百般阻挠是什么居心?!”威廉的怒火腾腾地往上冒着。想起上任一年来杰姆斯和自己处处制肘，让自己的仕途之路如此辛苦。这次他居然巧妙地利用了肖简关于应收账款的那几封邮件到迈克那里狠狠地给自己参了一本！

“威廉，我不想再和你纠缠了！迈克让我们俩拿方案，我们都扯皮三天了！你既然无法商量，我也不想谈了！我们各自去找迈克拿方案好了！你是知道迈克脾气的！自己看着办吧！”杰姆斯摆出一副下逐客令的样子。

威廉见状态度软了一些，但还是故作怒气冲冲：“谁说我不商量了！我不正和你商量吗？”

“威廉,你这是商量的态度吗?我今天也把话给你说白了。这些事情要想达成协议,我们两个必须都让步!否则不会有结果的!你应该很清楚,我是中国公司总经理。如果我想保护那个女人,你赶不走她!你想想清楚,想不想合作自己看着办吧!如果今天还谈不出结果,明天我肯定和你一起去见迈克!”

听到杰姆斯这席话,威廉内心不由得泛起一阵紧张,知道不能再逼杰姆斯了。不管自己多么讨厌这个绊脚石,但没有他的合作自己恐怕年底过不了关。这次应收账款事件原本想借题发挥,为下一步驱逐肖简制造一点上层舆论。不料肖简临阵不乱,而杰姆斯将计就计,给威廉造成了极其恶劣的影响。连一向宠信他的约翰都不咸不淡地说:“威廉,别的事都好商量。但 performance(业绩)不好,我这里能过关,我老板那里也过不了!PMS 数据库里的财务数字是全球共享的。每一个老板打开数据库都能看见你的业绩。到了年底如果数字还不好,你自己斟酌怎么跟 Global Audit(全球审计)解释吧!”这席话说得威廉冷汗直流。第一次感觉到屁股下面的椅子摇摇欲坠。他也是上任以来第一次感觉到了恐惧。迈克虽然没有发脾气,但在香港办公室听取杰姆斯和威廉汇报应收账款的纠纷时,脸色阴翳。最后意味深长地说了一句:“威廉,赶紧处理好 China 的事。Year-end(年末)马上要来了。AR(应收账款)要催,revenue(收入)要催,margin(利润)不要再拖 GC 的后腿!”这席话说得威廉的脸红一阵白一阵的。虽然 GC 咨询部的业绩在亚太排行榜上一直名列前茅。但包括迈克在内的所有人都认为 GC 咨询部的业绩都是香港的华尔森和台湾的琳达创造的。而威廉作为中国大陆代总监,上任以后几乎月月亏损,迈克已经对自己没有耐心了。威廉真是百口莫辩!一切迹象都表明如果年底咨询部还亏损,迈克饶不了他!约翰饶不了他!恐怕所有的老板都饶不了他!但离年底只有两个来月了。那 Q3(三季度)提前确认的 600k 收入客户至今不肯签单,现在肖简又把 2500k 欠款的事炒得人人皆知。威廉现在即便是孙悟空也变不出光辉灿烂的数字。唯一的办法就是和 Q3 一样冒险再 play(玩)一把 number(数字)!而要 play number(玩数字),就必须先把控制着咨询部财务数字的女人干掉!同时把比利扶上总监的位置,以比利的名义去玩。只有这样才能暂时保全自己。但是所有这一切如果没有杰姆斯的认可和配合无法实现。因此愤怒归愤怒,理性不能没有。政治家快乐和愤怒都是谈判的手段和武器。

想到这里,威廉强压怒气,脸上居然还强挤出了一丝笑意。说:“那你说怎么办?”

“好,你的条件是什么?”杰姆斯强压厌烦又一次坐到威廉对面的沙发上,耐着性子问。

“我说了,让肖简离开!让比利当 PD!”威廉一挥手坚决地说。

“可以!但是你必须满足我的条件!”杰姆斯口气强硬地说:“我再重申一遍我的条件——第一,你退回 GC 当你的老板,不要再干涉中国大陆的事情!第二,比利当总监必须同时服从我的领导！第三，Consulting（咨询部）的大项目我有监督的权力！”

“比利业务上应该report(汇报)给我！我是他的老板！”威廉愤怒地说。

“我是中国总经理，我也是他的老板！”杰姆斯也双目喷火。

“大陆是我的地盘，我不可能不过问！”想起要失去自己苦心经营的土地，威廉觉得心有一种被扯裂的感觉。

“你可以过问，但不能干涉，更不能control(控制)！一切按照公司的policy(政策)来过问。不能一手遮天，影响我的strategy(战略)。你是GC的PD(总监)，不是大陆的PD！你明白吗？”

“但是……”

“没有但是！这是Deal(交易)！不同意我们就找迈克，不必谈了！”杰姆斯强硬地说。

威廉双目如炬地怒视着杰姆斯，恨不得把他给生吞活剥了。但是政客的理性让他把想喷薄而出的宣泄强压在喉咙底下，因为他清楚杰姆斯已经到谈判底线了。除非威廉准备和他彻底翻脸。可现在自己还有翻脸的资本吗？事到如今，真后悔当初自己心慈手软，没有一不做二不休，管他什么公司文化、规章，先杀了那个女人。如果一开始就杀了她，约翰因为对自己的期望高，应该也不会怎么样。而现在女人躲到了杰姆斯的保护伞下，杰姆斯拿出总经理的权威来保护她，威廉根本无奈他何！既然是deal(交易)，不“舍”是无法“得”的。威廉决定暂时让步。先让女人滚蛋，让比利坐上PD的位置。然后再来收拾杰姆斯。退回GC？退回GC又怎么样？有比利这个小傀儡在，还不是我说什么是什么？

“好吧！Deal就Deal！我马上announce(宣布)比利任大陆的PD。你让肖简还有那个斯蒂文马上滚蛋！”威廉一挥手，口气生硬地说：“还有，中国的大项目我要亲自管！”

“你既然答应退回GC，为什么还要亲自管中国的大项目？威廉，你怎么不明白，你不懂中国国情，为什么非要在中国客户那里横冲直撞出怪露丑呢？你在中国给我们闯的祸还不够多吗？SHP项目你非要在收尾的关键时刻撤掉斯蒂文！现在怎么样？还不到一个月出了多少事？你躲到香港去了，我在这里给你擦屁股！你搞没有搞错啊？”杰姆斯脸一沉说。

“杰姆斯，你，你什么意思？斯蒂文已经撤掉了，你还说什么斯蒂文？我没有听说SHP出什么事了？你为什么不，不找杰夫？”威廉气得连话都说不利索了。

“别给我提那个杰夫！他才来几天懂什么？客户问他什么他马上转身就去问底下的项目经理。项目经理转身就去问斯蒂文。斯蒂文转身就过来问我什么意思？为什么撤了他的职还要他来行使职责？这段时间这个乱啊！我说威廉，你要撤斯蒂文的时候你有没有想过后果?！”杰姆斯面带讽刺地瞪着威廉说。

望着面前这个把自己当猴耍的杰姆斯，威廉心里那个气啊！觉得“食其肉，寝其皮”也难解他心头之恨。但他却毫无办法，因为他恨他此刻却离不开他。于是他只有用仇恨的眼睛死死地盯着面前的敌人。

看见威廉的表情，杰姆斯觉得有些哭笑不得。他摇摇头说：“威廉，到此为止吧！你再固执下去不会有结果的！Year-end（年末）没有几天了！Global Audit（全球审计）马上就要来了。别忘了你还有 600k 的 timesheets（时间和工作量表）没有签单呢！你是不是还不知道你们 Q4（四季度）的 margin forecast（利润预测）啊？-40%！明白吗？你亏损 40%！！”

“不可能！谁报的数字？不可能！绝对不可能！！！我 Q3（三季度）的 margin（利润）37%，Q4（四季度）怎么可能-40%！”威廉歇斯底里地嚷嚷道。

“我说威廉你是骗鬼啊，还是骗你自己？你 Q3 的 37%怎么来的？你提前确认了 SHP、T-electric 和 Westinfo 四季度一共 600k 的 revenue（收入），才有你那个金光灿烂的 37%！现在都 10 月份了，你承诺我的 600k 客户签单呢？财务部可是还挂着你的账呢！你不赶紧把这些 timesheet 让客户马上签回来，这 600k 还得从你三季度扣掉！你四季度哪里还有什么 revenue？我还没有算你 2500k 的 AR（应收账款）怎么处理呢！”杰姆斯厌恶地挥挥手说：“威廉，我真奇怪你现在还有闲心思去弄那个肖简。Consulting（咨询部）的 Performance（业绩）这么差！Global Audit（全球审计）来了怎么交待。你怎么就不担心呢？”

“不担心？谁说我不担心？”说起 Global Audit，威廉顿时觉得太阳穴胀痛得突突直跳。还有两个多月了！年底不仅 Global Audit 要来，威廉个人的 Performance（业绩）也要被亚太和 GC 老板 Review（回顾检查）。而自己头上这一堆堆烂账。600k 的 timesheets（时间和工作量表）不知道客户什么时候给签？那 2500k 的 AR（应收账款）威廉就是长出几双手几条腿也收不回这么庞大的欠款。唯一可以动脑筋的就是再冒险玩一次数字游戏。这正是威廉必须让肖简马上滚蛋的重要原因。她在一天，威廉玩什么都逃不过她的眼睛。但玩任何数字都必须获得杰姆斯的政治联盟。尽管他们之间互相厌恶，但是从中国利益来说是一致的。咨询部业绩不好，中国区就好不了。杰姆斯的业绩也会被上司质疑。于是工资、奖金还有升职等等都成了水中月镜中花了。搞得不好还会像前任托马斯那样被迈克干掉。因此利益上的一致才会使两个风马牛不相及的政敌坐到一起，各自怀着鬼胎捏着鼻子痛苦地谈着合作。愤怒着，妥协着，斗争着，让步着……直到达成协议。

在无奈的局势面前，威廉终于不甘不愿地让步了。

“好，我答应你的条件。我回 GC，我不直接管中国的大项目。我让比利管！那斯蒂文、肖简什么时候可以滚蛋？”威廉逼视着杰姆斯。

“斯蒂文好办！你如果非要他走，我已经让‘正威’公司请他去做运营总监了！但这个肖简还确实麻烦。”杰姆斯面色有些沉重地叹了口气。

“有什么麻烦？让她走不就行了吗？”威廉不耐烦地说。

“要这么容易你怎么弄了她快一年还没有让她走？OEE 是我家还是你家？莫名其妙！我是总经理。我让人家走也是要给公司一个说法的！”杰姆斯生气地说。说心里话尽管他过去处理过很多员工离职的事，可不知为什么他潜意识里非常不愿意对那个叫肖简的女人做这些事。一种深深的不安让他突然觉得有些沮丧。不由得对面前这个男人痛恨起来。痛恨他给自己出了这么个大难题。

“可你是总经理啊？她不是向你投诉了吗？你让 HR 调查说她工作能力不行，不能胜任工作解雇她嘛！你有这个权力啊！”

“工作能力不行？证据呢？你和袁华连她的 performance apprisal(业绩考核)都做不出来。怎么证明她的工作表现和能力不行？”

“我给她 rating(打分)了。Not Accept(不能被接受)！”威廉气呼呼地说。

“她签字了吗？没有吧。她不会签字的！她要是不签字你的 rating 只是你个人的评估。按 OEE 公司的 Policy(政策)是不合格的。她还可以投诉你迫害她呢！”杰姆斯冷笑道。

“那怎么办？”威廉苦恼地望着杰姆斯。一时间忘了对方和自己的对抗关系。

“怎么办？我怎么知道？我需要想想。”杰姆斯烦躁地说。

“可是得快啊！Global Audit 快来了！”

“你为什么不等 Global Audit 走了以后再让她走呢？她可是 Internal Control Manager(内部控制经理)！Global Audit 来她需要唱主戏的！她要走了谁能应付得了 Audit(审计)？说心里话 Consulting(咨询部)这么多麻烦，这么多项目的情况你们能 handle(把握)吗？我看还是让她把 Global Audit 应付完再让她走吧！”杰姆斯善意地规劝威廉。

杰姆斯话音刚落，威廉就如同坐在弹簧上一般腾地惊跳了起来。急切地嚷嚷道：“不行！她必须马上走！在 Global Audit 来之前走！否则肯定有麻烦！她知道的太多了！王欣说她已经威胁过 600k 的事。说我们 cheating (欺骗)！说要跟 Global Audit 投诉！杰姆斯，这件事你可是有份的！要 cheating 是我们俩一起 cheating 的！连迈克都逃不了干系！”

杰姆斯沉默了。拧紧的双眉、凝重的表情说明了他内心的翻江倒海。不论他内心里多么憎恨威廉，又是多么同情那个女人，但在共同利益上他不得不和政敌威廉坐在同一条船上，不得不共同对付无辜的女人。这就是政治。可恨的政治。不得不服从的政治。

一时间杰姆斯觉得自己是那么的悲哀。他长长地叹了一口气说：“威廉，我算是被你拉进地狱了！给她点经济补偿吧！没有别的办法了！我这两天就和她谈。劝劝她主动辞职。这样对大家都好……”

“对对对！”威廉连声说。

“但如果她不愿意,那就要大费心思了……”杰姆斯叹口气烦恼地说。

“那怎么办？”威廉紧张地问。

“她的 Performance Apprisal(业绩考核)什么时候再做？”

“唉——上次生生地让她给搅黄了！她居然说詹森没有给她做 objective(工作目标)!不知道那个詹森怎么做管理的！”威廉不屑地说。

“你别说人家詹森了！人家管理再怎么样 performance(业绩)也比你强多了！至少詹森离职前咨询部没有亏损。据我所知你 acting 中国的 PD 也快一年了,月月亏损不说，管理上你又做了什么事？不是到现在也没有给任何一个员工做 objective(工作目标)吗？”杰姆斯冷笑了一下不客气地说。

“我忙啊！你看我哪里有时间？”威廉不服气地辩解道。

“你成天忙什么你自己最清楚!算了,我没有兴趣和你讨论这个。我要你尽快再安排做 Performance Apprisal(业绩考核)。争取让肖简签字。哪怕做一下让步,给她 Rating(打分)一个 Improving(工作需要提高)呢！”

“为什么？”威廉不解地问。

“然后嘛……”杰姆斯没有理会威廉,沉思着说:“然后你马上和她做一个 Internal Control Manager(内部控制经理)2006 年 Objective(业务目标)。你可以把目标设定得高高的,让她望而却步。如果她不肯签字,就意味着她完不成工作目标,可以辞职;如果她签了,马上可以拿最难的目标考核她;如果她完不成,你也就有据可依了……”

“好好,高明！高明！袁华出的也是这个主意！我尽快安排！我让香港台湾按他们高水平的目标做！”威廉兴高采烈地说。

“但也不要太过分。不要太和她过不去!达到目的就行了,不要太过伤害人家的自尊。经济上多补偿她两个月的工资。唉……也只有这样了！”杰姆斯脸上露出矛盾的心态。

“好好好！你费心了！费心了！”威廉脸上终于露出了笑脸。他拍拍杰姆斯的背说:“你放心!我不会让你一个人孤军奋战的。我在上面都已经安排了……嘿嘿……放心吧,这个女人活不长……”威廉卖弄关子地把话咽了进去。

杰姆斯厌恶地闪开身体。内心闪出“同流合污”四个字。他挥挥手让威廉离开。然后把身体陷坐在老板椅上,双手抱头,感觉太阳穴突突直跳。

下午两点左右,刘新权突然把一个灰蓝眼睛、黄头发的老外带到肖简身边。

“Hi, Edward,this is Jane,Consulting Internal Control Manager(您好,爱德华,这是简。咨询部内部控制经理)。”刘新权指着肖简介绍道。

“简,这是爱德华,亚太咨询部资源总监。说有事要找你谈谈?”刘新权用一种奇怪的眼神望着肖简,低声用中文嘀咕说:“奇怪,他和你谈什么?”

爱德华温文尔雅地和肖简握握手,目光带着那么一种审视、探究、专注,飞快地用英语说:“简,你有没有空?我们可不可以开个会?”

开会?肖简问爱德华刘新权参加吗?爱德华摇摇头。刘新权显得有些不安,忙咳嗽了几声掩饰着,讪笑着冲爱德华挥挥手离开了。

肖简疑惑地拿着笔记本,尾随着爱德华向会议室走去。难怪刘新权要疑心。爱德华是刘新权负责的转包资源管理的亚太顶头上司。中国任何一个需要派入转包顾问的项目,都必须经过爱德华最终批复。没有他的批复,迈克不可能批准。肖简只是负责在转包项目批准后,和转包商签合同,然后每个月监控项目成本并及时付款。因此爱德华和肖简没有什么工作上的直接联系。现在他突然要求和她单独开会显得很不同寻常。

肖简心潮起伏但表面平静似水地和爱德华进了会议室入座。

爱德华又向她投来了审视、探究、质询的目光。

肖简笑了,把一种坦然、平静、自信的目光迎了上去。

“简,中国咨询部现在一共有多少个转包合作伙伴?”爱德华开始提问。

“一共25个。比较密切合作的有十来个。”

“哪几个合作伙伴转包的单子大?”

“正威、黎明、昆山和浩海是4个最大的转包商。我们部门百分之八十的转包项目都给他们做了。

“昆山做了哪些项目?还剩多少个没有做完?”

“几个大项目昆山都派了顾问。T-electric最多有12个转包顾问在广州、上海、北京的项目点;SHP以前有十多个人,现在撤出了一些,还有三四个;BBW是个新项目,目前有他们的顾问6个,如果山东、江苏的扩展合同签下来,可能还得派几个人进去,还有……”

“OK!”爱德华冲肖简挥挥手,打断了她如数家珍般的转包项目情况介绍。又提了新的问题:“你们现在转包合同用的是什么模板?合同签署的程序是什么?”

“我们用的模板是您今年7月份发过来的亚太最新标准化模板。”肖简平静地回答,但内心觉得很疑惑。这个谈话怎么像考试?这些问题为什么不去问负责转包资源调配和管理的刘新权?爱德华第一次正式和我谈话怎么这么奇怪?肖简想着表情却依然镇定自如地回答爱德华的问题:

“我们转包合同签署的程序是……”肖简用10分钟时间介绍完程序后,还对几个大的转包合同项目的财务控制和盈亏情况进行了分析。

爱德华静静地听着,一双智慧的蓝眼睛始终专注地望着肖简。但敏感的女人发现,蓝眼睛里的目光不再审视、不再尖利、不再质询。相反,蓝眼睛传递了一种温和、欣赏和好奇……

终于肖简停住了口，目光正视着男人，似乎再等他继续提问。

“Good!Good!ha-ha-ha!You are smart!(好！好！哈哈哈！你很聪敏！)”爱德华突然哈哈大笑。笑得很开朗很灿烂，露出一口洁白的牙。他突然停住笑，身体前倾，若有所思了一会儿，说：“我看你转包业务的程序和管理很清楚很职业的嘛！不像他——说的那样……”

爱德华说到这里仿佛意识到什么话音突然戛然而止，把下面的话咽了回去。肖简心里“咯噔”了一下。随即大脑一阵透亮。她瞬间明白了为什么爱德华此刻坐在这里？为什么他一开始目光里有这么多的审视和质疑？女人感到震惊和愤怒。不久前杰夫说的这些话此刻仿佛如雷贯耳：威廉有后台……威廉有上层关系……威廉可以轻易把他的思想灌输给周围的老板……威廉精通“无中生有”“浑水摸鱼”的政客之术……女人一直以为这是威廉通过杰夫对自己的警告。但万万没有想到，那个可怕的阴谋家居然真的为自己罗织了一张不知用了多少无中生有的罪名编织而成的大网，先入为主地罩到了那些肖简永远不可能知道是谁，但是都可以决定自己生死的老板们身上。如果连爱德华这种只和自己有一点间接联系的老板都已经被渗透了心理定势的话，很难想象威廉往那些只闻其名、未见其人的亚太和 GC 老板思维意识中灌注了多少混淆视听、误导舆论的东西?!

真是一个无耻的阴谋家无耻的政客无耻的流氓行径！

真是一场触目惊心的政治斗争教育课！

这一瞬间，女人再次领略了什么叫政治，什么叫政治的不择手段！

“简，你在想什么?”看见女人突然变得决绝的表情，爱德华感到迷惑。一双蓝眼睛探究地望着女人。

肖简突然清醒过来了！顷刻间，内心静如止水。她的头脑似乎从来没有像此时这么清醒。她从现在开始明白了自己该怎么做了！

她要反击。

她必须反击！

她知道如果她不反击她将很快没有机会反击。那有朝一日她失去的不仅仅是工作，还有一个职业经理人的尊严和名声。即便走，也要走得清清白白，光明磊落！

你要阴云蔽日；我要拨开乌云见太阳。

你想无中生有制造混乱，我偏要揭露事实，让你的阴谋曝光！

肖简突然笑了。笑得很灿烂。笑得爱德华脸上的迷惑更加深重。女人脸上露出一种调皮的表情，说：“爱德华，我很高兴你能来这里给我提了这么多的问题，给了我一个展示自己的机会。我见过你很多次，但还是第一次有机会和您聊天呢！”

爱德华扬扬眉，耸耸肩，往下撇了撇嘴角，做了个自嘲的表情，也呵呵地笑了。

肖简浅笑了一下，表情突然露出一种深深的忧虑，说：“爱德华，我知道您来这里是因为您获得了一些关于我的不太好的信息……”

爱德华含混地唔了一声，表情不置可否。但目光却在鼓励女人说下去。

“爱德华，我老板威廉在搞政治斗争，对我进行政治迫害。我已经向公司正式投诉他了！

“What? I never heard it!Is it real? What's wrong?!(什么？我从来没有听说过！是真的吗？怎么回事？)”爱德华露出惊愕的表情。

肖简点点头。开始平静地讲述这近一年经历的一场场散发着血腥味的战争……

爱德华专注的目光紧紧地盯着女人，眉头时而展开时而蹙紧。看得出他内心也翻江倒海。

女人讲完了，目光平静却带着一丝期待地望着蓝眼睛的老外。

爱德华叹了口气，垂下眼沉默了一会儿，抬起头说：“简，我很抱歉听到这些。我很惊讶！你真的很不容易！我不明白威廉为什么要这么做。但我要告诉你的是，如果一个老板这么做事的话，他是不会有好结果的……”

听到这些话，肖简的心里突然流动着一种感动。爱德华可以说是一个素昧平生的外国人，却敢于直接大胆地表达自己的善恶。

“其实，简……”爱德华欲言又止，但还是坚持把话说了出来：“其实我是彼得派来了解情况的。中国的数据库确实很乱。威廉没有说戴安娜的事。我们也不知道他利用她让你无法工作。他说是你能力太差把内部工作做得乱七八糟。我们不知道你的处境。很抱歉……”

“简，你需要我帮你什么？”爱德华关切地问。

肖简笑着摇摇头说：“暂时还不需要。我只是想让您知道真相。威廉利用自己的上层关系不负责任地造谣撒谎，目的就是要为赶我走制造舆论。走，没有关系。但作为一个人，我要我做人的尊严！我不能容忍他污辱我的人格、诋毁我的能力。”

“我明白。简，你放心。我回去会尽快和彼得沟通，看看彼得的意思。”

肖简感激地点点头。

爱德华走出了门，又转回头对正站在门口目送他的女人伸出了右手的大拇指说了一句：“忍住！坚持住！”

肖简点点头。眼眶里有一种潮潮的感觉。

“你说什么？爱德华把肖简找到会议室谈了很长时间？他们谈什么？”威廉电话里的声音有些神经质。

“我不知道！他们故意跑到离Consulting最远的会议室，一直紧紧地关着门。我还看见爱德华出门时不知为什么冲肖简伸大拇指呢……”王欣小声地说。

“什么？伸大拇指？为什么要伸大拇指？”威廉紧张而焦躁。

“不知道呀！但按中国人的习惯，伸大拇指就是赞扬……”王欣小心翼翼地说：

“可是爱德华为什么要赞扬肖简呢？他和她不熟啊？难道肖简又跟他说了些什么？”

电话里沉默了。传出来的呼吸声却越来越粗重。

王欣知道威廉又生气了。不知为什么威廉这么容易因为肖简生气。真不知这个女人是不是血肉之身，怎么刀枪不入呢？威廉也算是钢筋铁骨了，怎么到现在还拿这个女人没有办法呢？这个女人一天不死，自己一天不会有活路。可威廉为什么就下不了狠心让这个女人马上滚蛋呢？王欣真有些着急，不知道威廉葫芦里卖的什么药？想到这里王欣决定再烧一把火。她故意露出害怕的样子，声音颤抖地说：

“威廉，肖简不会说什么对我们不利的事吧？”

“不利？她会说什么不利的事？”威廉压抑的声音有些嘶哑。

“比如把那600k的事告诉爱德华。听说爱德华和彼得关系非常好，要是告诉了彼得，彼得又告诉了约翰，那就要出大事了……Global Audit（全球审计）里有不少彼得的朋友……”王欣小心地说着，心脏怦怦直跳。她知道自己在玩火。因为她斗胆把手伸进了老板的喉咙里戏弄地拨拉卡在他喉咙里的那根刺——爱德华、彼得、肖简都是卡在威廉喉咙里的刺，只要轻轻一拨拉就会让他痛得哇哇大叫。但是如果她不刺激他，如何能逼他痛下杀手？

果然，王欣话音未落，威廉就如同受伤的野兽一般咆哮了：“别说了！让她滚！赶紧让她滚！这个女人，这个丧门星！她再不走，我会毁在她手里！”

王欣一声不吭，窃喜着听老板在电话里吼叫。然后小心地问：“威廉，那……怎么办？”

“什么怎么办？让她滚！马上滚！”威廉厉声地吼道。

王欣装作很害怕的样子，心脏高兴得简直要跳舞。

“戴安娜，你想办法问问刘新权，爱德华和肖简谈了些什么。这个阶段太微妙了！我们要小心啊！”威廉最后忧心忡忡地说了一句挂了电话。

第二十七章

— 81 —

“威廉,Finance(财务部)来催 Global Audit(全球审计)的 Qustion List(问题清单),您看……”王欣拿着问题清单小心翼翼地问威廉。

“那你准备得怎么样了?”威廉抬起眼皮看了王欣一眼,又低下头敲打着键盘。

“准备了一部分。其他的……我……我没有 number(数字)……”王欣支支吾吾地说。

“你为什么没有 number? 不是肖简有的你都有吗? 你不是每个月都给我 Forecast(预测)和 expense accrual(费用预提)吗?”威廉抬起头,敏锐的目光投向她。

“是,不过……”王欣的手心开始出汗。

“唉——戴安娜,你也知道我对你的器重。我希望你尽快能把简的工作担当起来。但是简的一些工作方法你也是可以学的……你没发现给她的压力越大她进步越快吗?”威廉有些不耐烦地说。

“是的,我……学……您放心,我会学。”王欣明显感觉出老板的不满意,吓得额头冒出了虚汗,双腿也不由自主地开始发颤。

威廉有些懊恼地望着战战兢兢的亲信,一股烦恼涌上心头。在 OEE 公司,内部控制是老板的命根子。number(数字)决定仕途,决定每一个想爬往 OEE 老板们的命运。这就是他处心积虑要置肖简于死地,控制内部控制的原因。这也是他为什么要把杰夫从 GC“钦差大臣”的位置上强拉下来去做 SHP“县官”的原因。他非常希望忠心的王欣能像肖简一样把内部控制工作有序地管理起来, 完全按自己的意志办事,成为自己的御用工具。但王欣忠心有余,却能力不足。玩数字游戏稍有不慎是要玩出事的。唉,毕竟是个高中生! 强求她也没有用。思维水平和工作能力的确连刘小青都比不上。看来要让肖简走,还得让刘小青赶紧接上工作。完全把宝押在王欣身上恐怕要出问题。刘小青这孩子虽然是肖简的人,但很单纯,不会中肖简的毒太深。只要自己加以引导,并多施恩惠和利诱,没有不上钩的。自己虽然喜欢王欣,但在数字上他可不敢拿自己的仕途开玩笑!

“这个 Qustion List(问题清单)你什么时候能完成?”威廉的目光阴翳地望着她。

“我……我尽快吧……”王欣心虚地答应着。

“算了！你让比利和刘小青过来!”威廉眉头一皱说。

“刘小青？您说刘小青？”王欣以为自己听错了。

“是的，刘小青！快点儿！”威廉不耐烦地说。

几分钟以后，比利和刘小青走进了本来应该是新上任的咨询部总监比利的，但至今还被威廉占据的办公室。王欣跟在后面，盯着刘小青的背影，目光充满怨毒。

威廉看见刘小青，马上满脸堆上了亲切的笑。连声说：“小青，快坐快坐！瞧我们小青，越来越漂亮了！哈哈哈——”

比利也呵呵笑着迎合着。王欣难堪地拉了一把椅子坐在刘小青侧后方，强行把脸上僵硬的肌肉摆上笑的姿势。但内心只想痛哭。

“比利，你现在是 PD 了，Global Audit(全球审计)Qustion List(问题清单)应该你来负责了。你英文好，先快速看看有没有问题。”威廉递给比利一份长达 10 页的问题清单。然后把头扭向刘小青，笑眯眯地说：“小青，你这半年多工作挺努力也做得挺不错的。我想让你进一步参与 Internal Control(内部控制)的工作……”

“简已经开始教我做 Forecast(预测)了。”刘小青笑着插了一句。

“好啊！你好好学！”威廉心里暗自高兴。心想这个肖简也真是缺心眼。明明看到了我准备重用刘小青来取代她，居然还把看家的本事交给她。这不是给自己挖坟墓吗？简直没有一点政治斗争经验。看来用刘小青这步棋子是太正确了！肖简和王欣是死敌，不可能把任何东西教给王欣，却可以对刘小青毫无保留。如果刘小青尽快把肖简的工作学会，下个月威廉解雇肖简就没有后顾之忧了。肖简走了，刘小青就好调理了，还不是自己说什么她做什么？

“好好，小青，我想让你担点任务。你协助比利完成这次 Global Audit(全球审计)的资料和数据的准备工作。这对你日后做 Internal Control(内部控制)工作是非常有用的。”威廉笑着对王欣说：“戴安娜你打印一份 Qustion List(问题清单)给小青好吗？”

威廉居然让自己伺候这个黄毛丫头？居然把部门最高机密交给这个她都没有正眼看过的丫头，王欣蒙了！她不知道老板怎么说翻脸就翻脸？难道就因为自己没有完成好这个审计清单就从此不信任自己，改去宠信刘小青了吗？天呀！自己耗尽了青春为老板呕心沥血怎么就敌不过一个黄毛丫头？老天爷怎么这么不公平?！王欣一边打印一边泪水控制不住地往下流。文档打印完了，她强忍着痛苦，强笑着进了威廉的办公室，把文档递给刘小青。

比利翻着 Qustion List(问题清单)眉头微微皱起。刘小青也面呈难色。

“怎么样？有问题吗？”威廉关心地问。

“恐怕有问题。这里面大部分问题都需要 Financialnumber(财务数字)，我没有啊！恐怕……”比利有些难为情地说。

“那小青你呢？你不是一直在做 Internal Control 吗？你能给比利提供 number 吗？”威廉急切地问。

“我没有这些数字。我来还不到一年，主要做 HRS 数据库。Financial（财务）方面我都是协助简做的。威廉，不好意思，好多问题我好像都看不懂。您看，这个，这个，还有这个，什么意思呀！”刘小青用手指点了几个问题给威廉。

威廉也没有看过问题清单。看他们一个个皱着眉头，就接过来粗粗浏览了一页，没看几个问题头就大了。Global Audit（全球审计）原来这么麻烦啊！这都是什么问题呀！什么最近几个月有风险的项目合同总价值是多少？保证你们项目收入确认的关键控制点是什么？如何控制顾问能在数据库里按时输入他们的成本和费用数据？中国的标准付款条款是什么？……别说比利，连他自己都回答不出来。这 Qustion List（问题清单）居然足足有 10 页！难怪王欣做不出来了！看来自己错怪她了。他瞥了一眼王欣，见她眼圈红红的，满眼都充满着委屈，安慰地冲王欣笑笑说：

“看来这些问题不好回答啊！戴安娜还不错，已经回答了一部分！比比利强嘛！哈哈哈！”

听此言，王欣忙低下头强忍着泪水不要流出来。但一颗心已经安然放进了肚子里。很快她平息了自己的心情，抬起头正好和老板含笑的目光对视。她羞赧地一笑，脸上恢复了开朗。威廉会意地点点头对她说：“戴安娜，你去把简叫来。”

肖简进来的时候看见刘小青感觉很意外。不明白为什么她会和比利、王欣在一起。威廉又在玩什么花招？但不容她多想，威廉就把一沓厚厚的文档递给了她。

“简，这是 Global Audit（全球审计）Qustion List（问题清单），你这几天必须尽快弄完。比利刚上任，有太多事情了，不可能亲自准备这些细节问题。我看你配合一下，不懂的就请教比利。完成以后先交给比利，比利审核完以后再交给我。小青和戴安娜都配合……配合比利。”威廉本来想说配合肖简的，但话到嗓子眼改成了比利。话音刚落他发现了刘小青脸上的窘迫和王欣的得意，马上意识到自己的高明。工作要肖简做，功劳却是比利的。让小青和王欣配合比利其实是把肖简置于比她们还要低的位置。这无非是变相羞辱肖简罢了。

肖简如此聪明怎能不知道威廉的用意？但她什么也没有说，道了声谢谢就离开了。

威廉笑着让王欣和比利先离开，而把刘小青单独留了下来。

王欣敏感的神经却马上提到了嗓子眼，心里难受得翻江倒海。威廉又要干什么？难道真要对刘小青赋予重任？难道快出虎口又要进狼窝？肖简走了，难道又要来一个刘小青？上帝啊！你可别这么和我过不去！

“小青啊,我把你留下来是要告诉你,这次我准备多给你涨点儿工资。你现在是4200元,我准备给你涨到6000!你工作表现不错!”威廉脸上的每一条皱纹都是灿烂的笑。

刘小青听此言大吃了一惊!她已经获知肖简不仅没有被涨工资,还被威廉打了个Not Accept(工作表现不能接受)。自己作为她的助理,不但涨工资,而且工资涨幅达到40%多?!OEE公司特别杰出的员工也不过涨20%,何况我来还不到一年。这也太离谱了!太匪夷所思了!她不仅没有欣喜的感觉,反而觉得心里非常不安。不知道威廉此举又包藏什么祸心?

见刘小青目不转睛瞪着自己,威廉有些好笑。心想这些孩子真是好骗,区区一两千块钱就被吓傻了!太单纯了!如果她肯臣服自己,好好培养真不知要比王欣强多少倍!

“小青,内部控制就像我的眼睛和耳朵,非常重要。你年轻又聪明,我想好好培养你。希望你以后能发挥大作用。小青,你明白我的意思吗?”威廉语重心长地说:“我对你的希望可不是让你做一个助理啊!我希望你能担当起内部控制工作的重任!”

对威廉暗示性这么强的话,刘小青岂能不明白?毫无疑问这个冲自己头上砸下来的馅饼还是针对肖简来的。钱很可爱,自己也需要钱,但是朋友的情谊更是无价的。我刘小青绝对不会为了名和利置朋友于水火。威廉冲我使这一招真是瞎了眼了!此刻她心如明镜,却不得不小心应对。她不能公开得罪威廉,否则他会把账算到肖简的身上。她的生存环境已经恶劣到了极点,作为朋友决不能给她增加新的负担。但接受这个工资,则把自己陷入不义。这么多项目经理辛辛苦苦在第一线,大部分人工资也就涨百分之十几。自己何德何能无功却受禄?她大脑急速转动了一会儿,展颜一笑说:

“威廉,谢谢您的器重。我一定会好好工作,不辜负您的期望。至于涨工资嘛,我当然希望能涨一些,但是您刚才给我的太多了。我怕别人知道了埋怨您处事不公。您还是按照公司规定给我涨吧。但我会记住您的教导好好工作的。”

一席话说得威廉对女孩刮目相看。果然与众不同!相比起来王欣就太俗了!但威廉一点儿也不生气。他把刘小青此番话看成是接受了他的美意,同时又能设身处地为他着想。虽说把她培养成王欣那样的亲信为时还太远,但威廉相信自己能做到。他笑笑说:

“小青,你能这样想我真高兴。看来我没有看错你!好好干!我会给你创造机会的!”说完热情地向刘小青伸出手。刘小青强笑着勉强伸出指尖握了握威廉的手,快步离开了。

刘小青一回到办公区就赶紧把刚才的事小声告诉了肖简，脸色惶恐不安。

“简，我怎么感觉越来越不对啊！他们为什么这么对你呀？威廉说我工作好，要给我涨这么高工资。可我是你助理，是你一手教出来的呀！说我好，却把你说得一文不值，这也不合逻辑呀！他们到底要干什么？”

“唉，小青，真的一言难尽！现在的局面很复杂，我没有想到威廉这么卑鄙，会利用你的单纯……唉，我怎么跟你说呢？”肖简敏感地看了看周围，小声地说：“这样吧，你到楼上销售部那边去找一个会议室，我过5分钟去找你。这里不便多说！”

几分钟后，肖简来到了楼上小会议室。她用平静的口气，把这一年发生的事叙述了一遍。最后叹了口气说：“唉，原来想推荐你到世界大公司锻炼锻炼，没有想到把你引进了狼窝……”

“简，如果不是你亲口告诉我，我真以为这是天方夜谭故事啊！”刘小青郁闷地说。

“小青，我一直不愿意告诉你这些。但事到如今你恐怕会被他们卷进是非里来，成为他们的一颗‘棋子’。”

“我不懂……什么‘棋子’？”刘小青脸上露出不知所措的表情。

“威廉是个政客。他要清洗中国管理团队。但他杀人之前总是要找接替者的。比如比利替代了罗伯特和张宣明；又用张宣明替代了刘新权在BBW的位置；现在杰夫又取代了斯蒂文SHP的总监；听说他现在拼命拉拢牛家华手下的谷长春，有人分析威廉搞不定牛家华，可能会让谷长春取代牛家华；我的职位，威廉一开始可能想让王欣来取代的。但说心里话，王欣不行。虽然她对内部控制工作很熟，但她根本不具备有效管理和监控的能力。威廉要整走了我也会去聘别人。但招聘这个职位不是那么容易的。而这个工作任何时候都不能缺。因此你当然是最合适的人选了！她不用你用谁呢？”肖简理性地分析着。

“简，威廉怎么这么可怕？他干吗要把事情搞得这么复杂？他来之前咨询部的业绩不是好好的吗？这些业绩不都是这些他要整走的人创造的吗？他到底想干什么？”

“我说了，威廉和詹森不一样。詹森是技术出身的老板，但威廉是个政客，政客对‘控制’的欲望和担心是最强烈的。威廉到中国以后一定觉得控制不了我们这些经理。而控制不了他怎么可能有安全感呢？拿王欣来说，她能力这么差，威廉居然把代签字权都给了她，这说明什么？说明王欣给了他极大的安全感。以至于他信任王欣胜过信任刘新权、孙建武这些高级经理。同样，你虽然是我的人，但是你年龄小经验少，人很单纯，工作上手也快。我对你又信任并且毫无保留。因此他觉得你是他能掌控的。你基本上还能给他安全感的。”

“可他不能给我安全感！他也只是这个阶段利用我！哪天把你整走了，王欣饶得了我？我才不信呢！"刘小青激愤地说。

"这也是我担心的。王欣在OEE公司苦大仇深地爬到今天,她把今天获得的地位看成自己的生命。谁侵犯了她都会不顾一切地去拼命。我落到今天的结局她有巨大的功劳！这个局势太复杂了,真的难为你了！"肖简心疼地拉住小青的手继续说："不过,从朋友角度,我觉得你也不要轻易下结论,再观察一下看看。威廉虽然坏,但OEE是好公司。其实我也舍不得离开。而且威廉一段时间内会很器重你,这未见得不是一个机会。我希望你不要过多考虑我的因素,理性地作判断和结论。"

"简,我虽然单纯缺乏经验,但我并不傻。说心里话我也挺舍不得这个工作的,但这是因为有你在,我和你在一起能学到很多东西。如果你有一天真的走了,我的生存环境肯定会非常恶劣。我必须仰威廉和王欣的鼻息才有生存的空间。有一句话'志不同不相为谋'。我和他们根本不是一路人。因此,简,只要你走,我肯定走！"刘小青断然地说。

"唉,小青,不是那么简单的。放心,你现在是安全的。威廉要逼我走肯定要拉拢你。他们会对你很好。既然他们要用你当一支'杀'我的枪。因此在我死之前你是绝对安全的。"

"简,不许说这么吓人的话。我是人,我不是'枪'。我虽然不会多说什么,但我不是那么容易被人利用的！"刘小青好像一瞬间突然成熟了。她反过来安慰肖简说："简,没事！我们靠自己的能力吃饭。工作是临时的,丢了一个再找就是了,但朋友是可遇而不可求的。我不会为了一份说不清是祸是福的工作把我的好朋友丢掉的。再说了,OEE公司又不是威廉他们家的。我们既然已经向公司投诉了,杰姆斯不会不管的！到时还不知道走的是谁呢！"

"小青,你太天真了！"肖简苦笑地摇摇头说。

"嗨！管它天真不天真呢！今天晚上我请你吃饭。记住,我请你,我埋单！"说着亲热地拉着肖简的手说："以后你就不是单枪匹马和威廉斗了！有我呢！"

肖简感激地握握小青的手。

— 83 —

周二上午上班不久,肖简就收到威廉的E-mail说："简,下午3点请到袁华的办公室来,让我们继续上次没有做完的绩效考核。请马上把你认为詹森可能会为你设定的2005年工作目标发给我和袁华,我们下午将进行评估并签字。我在附件给你发了你的'Job Description(职位描述)'。我们下午还需要讨论和签署你2006年Objectives(工作目标)。"

肖简发现,这封邮件除了发给袁华,不知为什么还发给了杰姆斯。

她打开威廉发过来的Job Description(职位描述)看着看着神色突然变得凛然。

一场暴风雨又要来了！她站起身，走到落地玻璃窗前，双臂抱胸，目光望着落地窗外那一栋栋的摩天大楼思索着。

刘小青走过来轻轻拍拍她，担心地问："简。怎么啦？他又找你麻烦了？"

"没事，他的阴谋不会得逞的！"肖简回过头笑笑说："小青，知道吗？威廉现在急着给我做绩效考核呢！他急，我偏不急！我不急，他就急！"

"他急什么？他又不准备给你涨工资？"

"他急着要解雇我的理由啊？我要不配合他做绩效考核，不在 Not Accept（不能被接受）上签字，他凭什么以公司的名义给我罗织罪名呢？他想利用 OEE 公司的 Policy（政策）编织出他实现政治目的冠冕堂皇的理由，我也可以以其人之道还治其人之身啊？"

"那你怎么做？"刘小青好奇地问。

"下午做完绩效考核我再告诉你！"肖简冲她调皮地笑笑，挤挤眼。

"简，能和你说句话吗？"身后突然传来一个温柔的声音。居然是杰姆斯的秘书安娜。

"有事吗？"

"简，杰姆斯请你中午 12 点在他办公室见面。你早点儿吃饭去吧！"安娜挥挥手离开了。

杰姆斯主动约见我？是不是我对威廉的投诉有了回复？

"杰姆斯，简来了！"安娜敲敲门推门进去，小声对正眺望着窗外风景的杰姆斯说。

杰姆斯回过头，额头嘴角都是深刻的笑纹。他热情地把肖简引到沙发上坐下，又亲自为她沏上茶水，然后在肖简对面的沙发上坐下，笑容可掬地望着她问："怎么样？"

什么怎么样？肖简心想，杰姆斯好奇怪。就微笑着一语双关地说："还活着！"

杰姆斯突然把头仰天哈哈大笑，连声说："好，好好！"

肖简感觉更加奇怪：有这么好笑吗？杰姆斯为什么这么夸张？

"你最近和威廉关系处得怎么样？"杰姆斯说完端起茶杯，垂下眼，故意躲开女人目光的直视。

"杰姆斯，我不是一直在给您写信投诉威廉对我的迫害吗？上次威廉借 AR（应收账款）的事在中国 GC 掀起的 E-mail 大战，混淆是非，差点儿把天都捅一个窟窿！这不就是一两个星期以前的事吗？"肖简淡淡地点了一句。

"对对对！"杰姆斯连声说。脸上露出一丝尴尬。

"杰姆斯，你找我来有事吗？"肖简见杰姆斯目光闪烁，心里有一丝警觉也有一丝不安。

“噢,有事。哎,也没有什么事。”杰姆斯眉头微微皱起,脸上露出一丝烦恼。他掩饰地起身,假装倒水,心里如同有一只小兔子在翻腾。不知为什么,处理过无数劳资纠纷的杰姆斯,是如此不愿意地说出他今天希望表达的话。眼前的这个女人不知为什么撩起了他很多复杂的感觉。从内心说他欣赏这个勇敢智慧的女人;他痛恨那个心术不正的威廉。但是残酷的是他和威廉是利益共同体,而这个女人又恰恰是一个影响这个利益共同体的不可调和的因素。那天威廉一个 Cheating(欺骗)刺痛了他。那个违规确认的该死的 600k 收入,成了一根卡在喉咙里咽不下去的刺,天天扎得他生疼。万一 Global Audit(全球审计)来之前威廉无法让客户在 timesheet 上签字,那他只有和财务部的保罗想方设法不要让审计发现那些没有签字的单据。也许是一种侥幸心理,可事到如今又有什么法子?但是万一这个女人给揭露了,那将会引发一场大“地震”。因此不仅仅是为了政治的需要,哪怕是为了自保,他也只有痛下杀手。可是内心却受着强烈的良心谴责。这不过是个弱女子,她已经向他这个顶天立地的大男人寻求保护,可自己却要昧着良心把她送入虎口,于心何忍?可不忍又如何?政治就是政治。我今天的不忍可能换来我政治生涯的毁灭。想到这里,他又渐渐变得坦然了。

他倒完茶水,回到沙发的时候,面色已经平静,并且恢复了总经理的自如和气魄。他挥挥手说:“哦,我听说你们下午 3 点又要做 Performance Apprisal (业绩考核)?”

“是。”肖简简短地问答。不知道这个总经理葫芦里卖的什么药。

“威廉这个人啊,不懂中国国情,还自以为是!你看他来中国快一年了,干了些什么?”杰姆斯摇摇头说。

“是没有干什么正事!”肖简应了一句。对杰姆斯让自己过来的意图更加不解。他总不是让自己过来听他说威廉怎么不好的吧。

“简,你知道你和他之间像什么吗?”杰姆斯笑着说:“你是兔子,他是乌龟。”

肖简不解地望着总经理,不知他想表达什么。

“你明白我的意思吗?”见肖简摇摇头,他说:“兔子跑得太快,乌龟追不上。所以不是一路人!”

肖简笑着点点头,静听老板下文。

“你和威廉不是一个路子,永远都不是!你明白吗?”杰姆斯充满期待的目光望着女人。希望女人明白他的画外之音。

肖简点点头,没有说话。杰姆斯抬头冥思了几秒钟,又说:“简,你很能干,很聪明。你到哪里都不发愁的。你明白吗?”

肖简感觉到一丝异样的滋味了。她警觉的目光望着杰姆斯,没有说话,默默地静听下文。

杰姆斯突然觉得喉咙有些发干。他一连喝了几口水,还是觉得嗓子涩涩的。他装作不经意地瞥了一下女人，发现女人平静如水，看不出来她有没有明白自己的意思。心里不由得暗暗烦躁，但表面还故作轻松地说："你知道斯蒂文要走了吗？"

"是吗？去哪里？"肖简吃惊地问。

"去'正威'。我让李总给他安排的工作。"

"正威"是OEE中国公司一手扶植起来的合作伙伴。肖简来公司的时候，"正威"才几十个转包顾问。在OEE咨询部的扶持下才短短一年，"正威"已经成为年销售额几千万，转包顾问近两百人的公司。目前咨询部百分之五十的转包合同都是他们实施的。

"简，其实斯蒂文离开了也算是解脱了！天天和威廉这么剑拔弩张的伤身体，也伤人心智啊！"杰姆斯感慨地说："斯蒂文前段时间和威廉打得很厉害。他们经常在袁华的房间吵。斯蒂文嘴上说无所谓，心情其实很糟糕。这种工作环境对人的身心都是一种伤害啊。"

肖简渐渐地品出点味道来了。杰姆斯看来是在"劝降"自己呢！肖简心里感到一阵刺痛。万万没有想到自己如此信任和依赖的总经理居然也在充当威廉的劝降者?！难道AR(应收账款)风波以后，这是威廉和杰姆斯两个政治阵营达成的妥协？难道员工眼里山一般可以依靠的总经理居然也是一根随风摇摆的墙头草？可两个月前，他不是已经承诺了对正义的捍卫以及对威廉邪恶行径的厌恶吗？什么时候乾坤颠倒了？他们之间做了什么交易？难道他们都不在乎OEE公司门口闪着金光的企业文化？杰姆斯真的忍心向一个无辜的员工下杀手？

心中翻江倒海着无数个问号，但表面上女人依然平静如水。一年政治斗争的磨难已经让一个原本单纯软弱的女人变得坚强，变得沉着，变得智慧。既然已经窥破了总经理的用心，自己还有什么忐忑不安的呢？无非还是一个"死"字！既然没有正义可言了，与其躺着死不如站着亡！这就是这个小女人的倔犟！因为这就是这个小女人的尊严！你们可以剥夺我的工作权利，你们无法剥夺我的尊严！

女人的目光变得决绝，表情变得凛然。她默默无语的身体已经传递了无声的反抗。

感觉到女人无声的声音，不知为什么原本还想再挑明了劝肖简几句的杰姆斯突然觉得张不开口了。但女人却还执拗地望着他，他只有打着哈哈说："简，你下午好好和威廉谈。争取能把Performance Apprisal给签了！还有嘛……"杰姆斯不自然地看了一眼女人，困难地说了一句："还有，好像他们还需要你签一个2006年的Objectives(工作目标)。你认真看看。能签就签。不能签嘛……我看也不必勉强……唉，我也很理解你啊！不容易！在威廉这种老板底下工作不容易啊！"

女人突然说："杰姆斯，如果公司有合适的部门，我愿意和斯蒂文一样transfer(调动)。"

杰姆斯一愣，这可不是deal(交易)中的设计！不可能！决不可能！威廉不可能同意的！他要肖简死！他怎么可能容忍肖简依然在OEE公司，成为他身边一颗随时可能爆发的定时炸弹？这个女人怎么这么不明晰呢？死到临头了，她怎么还有继续留在公司的侥幸心理呢？真想点破她，让她彻底死了这份心！可是如何点破？点破意味着承认自己参与了一场肮脏的阴谋！点破意味着自己总经理的颜面尽失！点破意味着承认自己是威廉的走狗和帮凶！唉，千不该万不该不该帮威廉提前确认那600k的收入，生生地被他拉进了烂泥坑。现在自己即便想跳出来也是一身的泥。这个女人要是知道自己的难处是不是会少恨自己一点呢？

想到这里，杰姆斯站起身，笑着对女人说："简，放心，我会帮你问问其他部门有没有你合适的位置。你也好好想想我今天说的话。等你下午会开完以后，我们改天再讨论。"

杰姆斯笑容可掬地送走了女人。关上门，感觉浑身乏力。

— 84 —

"简，我们想要的只是一个简单的assume（假设）的詹森的Objectives（工作目标），你，你给我们这么多，我，我们怎么弄呢？"坐在老板台后的袁华微皱着眉，"哗哗"抖着手里的文档苦笑着说。

"是啊，是啊！我们只要一个简单的。给我这么厚一沓，我，我都不知道从哪里看！"肖简旁边的威廉连忙接过话，同样满脸是苦笑。

"威廉、老袁，不是您们二位让我assume（假设）詹森的Objectives（工作目标）吗？我认真review（回顾）了2005年我完成的Internal Control（内部控制）工作，还没有全部列进去呢！"肖简笑着说。

"可是，可是，这也太多了！简，整整七八页啊！"袁华露出匪夷所思的表情。

"是啊！简，一页就够了！怎么这么多啊？我们怎么看啊？"威廉郁闷的脸上的肌肉似乎都皱成了一团。

"是啊，威廉，我这一年做了太多的工作，所以总结起来才有这么多页的！因为您不了解我上一年做了什么，因此容易被人误导，以为我什么也没有干呢！这不，为了让您了解，我把我做过的大部分工作一一列出；为了让你信任，我提供证据给您。两位请看，我这张表格是按月列的。而且每一项工作任务都列明'我参与前的实际情况'、'我的工作完成情况'、'工作证明'、'自我评估'、'备注'。因此你们可以非常清晰地了解和评价我的每一项工作。"

看着威廉说不清是尴尬还是阴沉的脸，肖简笑着继续说："为了让你们了解得更清楚一些，我还把中国大陆和香港、台湾地区进行了对比。你们可以看到有些工作港台地区的确比内地做得早，比如PMS系统。但是有的工作我们比港台地区甚至东南亚其他国家都早，比如中国大陆项目审计团队建立，比如HRS系统的实施。”

威廉和袁华都郁闷而木然地把肖简用Excel表格做的几张密密麻麻的工作总结从第一张翻到最后一张又从最后一张翻到第一张,却一副不知从何下嘴的样子。

袁华翻着翻着突然把文档往桌上重重一拍，烦躁地对威廉说:“哎——你们Internal Control(内部控制)的事我也弄不清楚。这些东西还是你们自己来review(回顾)! ”

“您说得对!我也认为威廉和我应该单独来回顾和讨论我们自己的工作!”肖简笑着说。

“不要! ”威廉失态地喊了起来:“不要单独! 我们一起review(回顾)! ”

“那行!威廉您就review(回顾)吧!咱们从哪里开始? ”肖简笑着非常配合的样子。

威廉左右忙乱地翻着肖简的工作汇报，从第一张到最后一张正过来倒过去翻了半天还是无处下嘴。最后他苦笑地把文档往桌上一扔说:“简,难道你认为你的工作做得很好了吗? ”

“威廉,好不好您看明白我的工作回顾自己评价吧! ”肖简不冷不热地说。

“还是有很多工作需要提高的嘛!你看,我的老板也在不断给我提要求,我也在按老板要求不断改善工作啊? ”威廉一边说一边目光只瞥着袁华。

“威廉,您运气很好啊!所有人都知道您老板约翰和迈克非常信任您,给了您这么大的信任和支持! 对吗? ”肖简微微歪着头,直视着威廉的目光。

“啊——哦,是是是!我的老板是非常支持我!信任我! ”威廉觉得味道不对,担心中套,但他不敢说他老板不支持他。

“是啊!如果我的老板肯这样信任和支持我,我会干一切我能奉献的工作!也相信能把内部控制工作提高到一个新的水平! ”肖简淡淡地说。

威廉听出了女人话里的刺,极不舒服地咧咧嘴,想说点儿什么,但一时不知道说什么。

袁华在一边压抑着不耐烦,半讽刺半调侃地笑着说:“哎,威廉,我觉得这些话你们是不是该单独关在办公室自己谈,不应该当着我的面谈啊? ”

“我没有问题! ”肖简耸耸肩说。

“不用不用! 就这里谈! 就这里谈! ”威廉连忙说。

“那怎么办? ”袁华看看肖简,看看威廉说。

威廉吃力地扭扭脖子,不吭声。

“简,威廉给你Rating(打分)了Not Accept(不能接受),你同意吗? ”袁华不想拐弯了。

“作为老板,他有权按自己的意志给我Rating任何分数。这是他的权力!但是根据公司的Policy(政策),绩效考核需要老板和员工坐下来回顾员工上一年的工作表现，双方共同评分，然后双方签字。威廉不是我上一年度和我共事过的老板。我不认为他有资格不顾事实真相地评估我的工作；更不认为他 Rating 我 Not Accept（不能接受）是出于一种公平、对公司负责的心态。我坚决不会接受！而且我现在向公司提出正式投诉！”肖简压抑着自己的愤怒义正词严地说。

“那 Improving（需要改进工作）？你该可以签字了吧！”坐在肖简旁边的威廉突然插了一句，然后瞥了袁华一眼，做出一副你看我都让步了的架势。

“抱歉！我不能同意！”肖简冷冷地说。

“为什么？难道你不认为你的工作有需要提高的地方吗？”威廉很不满意地说，一边频频地看着袁华，希望获得他的支持。

“是啊!简，你能接受 Improving（需要改进工作）吗？我们都有需要改进工作的地方嘛!”袁华帮腔道。

“那请问二位，你们看我的工作总结，认为我哪一条需要改进呢？”肖简淡淡地笑着说。

“有啊！PMS 啊！这么多问题，难道不需要改进吗？”威廉头一扬，理直气壮地说。

“PMS 是王欣负责。您说过她只跟您汇报，不需要跟我汇报。您既然要亲自当她的老板不让我染指，那 PMS 系统出现问题是不是应该您来负责呢？而且我听说王欣的工资您给她涨了 20%！您要是对系统不满意怎么会给她涨全部门最高的工资呢？”肖简嘴角露出讥讽的笑。

“这个嘛……王欣负责很多事！她很辛苦！她工资也很低！简，你的工资已经很高了！再说给你 Improving（需要改进工作），工资最多也就涨 5%，你在乎这么一点儿工资吗？”威廉憋了半天，挤出这点理由，但连自己都觉得没有说服力，心里很不爽。

“就是啊！简，你在乎这几个点的工资吗？我看你还是直说吧！你认为你应该 Rating（打分）多少？”袁华不耐烦地说。

“我认为我应该 excellent（优秀），至少应该是 Good（良好）！”肖简举起工作总结说：“如果你们两位肯耐下心认真读一下我 2005 年做过的工作，你们会同意给我这个评分！”

“威廉，你同意吗？”袁华把目光投向威廉。

“我最多只能给 Improving！”威廉摆出一副“一口价”，好歹都是它了的架势。

“简，你怎么说？”袁华目光直视肖简。

“我拒绝签字！而且我保留向亚太、GC 投诉的权利！”肖简坚决地说。

威廉还想说点儿什么，袁华一挥手阻止了他。他已经厌烦了这种无休无止的谈话。他很明白女人是有备而来。说白点儿，威廉以为精心设计的东西早已被这个女人看穿。今天和那天一样，这个女人对威廉做绩效考核并要她签字的目的洞若观火。那天搅了局，今天同样也要搅局。用一句政治预言：她不会让威廉的阴谋得逞的！因此再耗下去没有一点儿意义。

“好！简，2005年的绩效考核我就归档了。你可以保留向上投诉的权利。”袁华表情和语言都一副公事公办的腔调。

“老袁，我希望HR把我的情况向上面汇报。而不要在中国被锁进布满尘土的档案室。”肖简对袁华今天小骂不帮忙的样子发自内心地讨厌。

“这是我们HR内部的事！”袁华对肖简摆出一副你不用多事了的样子。

肖简见状起身准备告辞。

威廉赶紧对袁华说：“还有2006的Objectives(工作目标)！”

“对了，简，你看了发给你的Job Description(职位描述)了吧，你看你能签吗？”袁华忙拿出给肖简的Job Description(职位描述)。

“老袁，难道这个Job Description就是2005的Objectives了？”肖简讥讽道。

“差不多，差不多！你可以理解成2006的Objectives(工作目标)！”威廉赶紧抢过话头说：“你看你能不能完成这些工作？行的话你就签字；不行的话你也不用勉强。”

事到如今肖简对威廉和袁华演的这并不高明的“双簧”已经体会得淋漓尽致了！签字？里面有多少条故意设得很高根本不可能完成的目标。我签了字你们马上就有了我没有能力完成工作解雇我的理由；如果我不签，说明我主动承认没有能力，主动放弃工作权利，那就请辞吧！我不会让你们的阴谋得逞的！

“不好意思。老袁，一来呢你们发过来的Job Description(职位描述)我还没有来得及看呢！二来呢，现在离2007年也就两个来月的时间了，我不知道签这个快要过去2006年的工作目标还有多大的意义？不过我认真看完后还是会给二位回复的！”肖简笑道。

“什么时候看完？”威廉急切地问。

“不知道！看完我会给二位回复！”肖简说完站起身，昂头挺胸地离去了！

留下袁华和威廉沮丧地面面相觑。

一场由袁华、杰姆斯主策划，威廉导演的剧目再次被女人搅局了！

威廉望着女人的背影，牙根咬得直疼。

“威廉，这样不行啊！我们不能总被她牵着鼻子走啊！”袁华不满地说。

“我看她是存心让这个review(回顾)做不下去！”威廉恨声说。

“威廉，不是我说你，你也应该有点儿应对措施啊！不能她随便扔一个砖头就把我们砸死啊！比如她说给她的Job Description(职位描述)里有Region Manager(大区经理)的function(职能)。这不是显得我们存心陷害她吗？威廉，你发给她之前没有看看吗？”

“唉，除了彼得，谁弄得清楚他们Internal Control(内部控制)的东西。搞得这么复杂！”威廉不服气地嘟囔着。

“杰姆斯让我今天解决。就这样我怎么解决？”袁华不耐烦地说。

“老袁,你有什么办法吗？”

“我有什么办法！只有等她的回复。但恕我直言,她又会让你 surprise(惊讶)的！等着瞧吧！哼！”袁华摇摇头。

“不会的！肯定不会的！我有安排！”威廉连忙表白,生怕袁华不帮他了。

“你让肖简走了,你安排好接替她的人了吗？王欣她行吗？”

“安排了！当然安排了!不是王欣。我安排刘小青来接替她！但是我也需要你配合……”威廉神秘地把头向袁华靠近,压低声音说了很长时间。

“好,就这样吧！我试试约一下刘小青,作一下判断吧！”

第二十八章

— 85 —

王欣望眼欲穿地盯着聊天室，渴望看到那个熟悉的名字。魏晴几次打电话催她下楼吃“小肥羊”火锅，王欣都借口工作没完一推再推。但内心因为求而不得的失望越来越焦虑。她在网上执拗地等了他十多天了！他为什么这么长时间不来？以前他隔一两天肯定要上来找她聊天，自己还爱搭不理的呢。从什么时候开始，渴望和等待都颠倒了？自己的脑中天天闪现他的名字；天天渴望见到他。应该说那次网上亲热勾了她的魂！这个男人太刺激！太会玩了！他简直会把女人的魂都玩掉！

说心里话，王欣以前对网恋是不屑一顾的，觉得都是小儿科的游戏。她宁可把时间花在伺候威廉，琢磨威廉上。她是在一次极偶然的机会上了“激情恋人”聊天室。那天她很无聊，心里希望遭遇激情。于是遇到了“猎豹”。那天她伶牙俐齿地和“猎豹”讨论情感问题，很快被这个幽默有趣还不时送你点儿温柔的男人吸引了。以后王欣有空就会上网来找他。他中午一般都在。两个人不咸不淡地玩着不温不火的情感游戏。和“猎豹”相比，男朋友刘正明的文化层次就太低了。除了对自己忠心耿耿，可以舍身为她之外，简直没有可以和“猎豹”比的地方。但王欣也并不糊涂，网络是虚拟的，没有感情可言。虽然“猎豹”让自己动心动情，但是她不会为了一个虚拟的影子放弃刘正明奉献给自己的实实在在的爱。也不会为了这个影子忘了自己在职业生涯必须达到的使命。因此头几个月，尽管“猎豹”在网上竭尽挑逗之能事，她都不接招。有时间就聊两句，发个小女人期期艾艾的E-mail，没有时间就十天半月不上网，把“猎豹”的名字忘得一干二净。但是一两个月前那次网上游戏改变了一切！这个男人把她的魂给勾起来了！她对这个男人是如此的好奇。从网上走到网下的过程是如此的自然。而网下的“猎豹”简直让她为之癫狂！“猎豹”如此的优秀，相貌、学识、财富都远远在自己之上，完全不是人们传说的“见光死”。而这么优秀的男人却丝毫没有嫌弃自己。

网上亲热让王欣初尝了“猎豹”爱情的“海洛因”；网下性爱却让她真正上了瘾。她天天情不自禁地回味和他的激情，渴望再次激情。但不巧这一个月，威廉和肖简的斗争已经“白热化”，不是你死就是我活！威廉从来没有像现在这样需要自己，而自己也真正看到了出头之日即将来临。为了自己的前途，她必须全力以赴配合威廉。白天几乎没有一分钟时间去想这个男人,可晚上一上床这个男人就没有一分钟不在陪伴她。甚至和男朋友做爱的时候满脑子都是“猎豹”。于是激情澎湃,把男友迷得恨不得为她融化了自己。

威廉开始了逼女人滚蛋的“三部曲”！男朋友刘正明也在这个关口突然中了邪似的天天和王欣谈结婚结婚。吵了几次架没有用就开始生闷气,把王欣烦得无以复加。这种情况下她加倍地想念“猎豹”。想念这个潇洒、迷人、学识丰富的男人。有时也不免自哀自怜,为什么“猎豹”不能是自己的?“猎豹”的妻子何德何能凭什么能拥有这样的男人?他的妻子能像自己这么爱他吗?愿意为他付出一切吗?王欣也知道自己不该这样地妄想,毕竟网上情感是虚拟的。但是王欣又找了一百个理由说服自己:既然已经走到了网下,进入了现实情感生活,凭什么不是天赐良机?这个男人每次都积极赴约,分明对自己很有兴趣。而且从男人零星谈话中,好像和妻子的情感生活也隐藏着问题。他那次居然说自己不行了。难道他和妻子已经分居了吗?否则他怎么会不行了?他为什么一谈起妻子表情这么凝重?如果他们夫妻恩爱他怎么可能有这么多时间网上调情不回家?怎么可能晚上一招呼就马上过来约会?他们约会都是九十点以后,如果他们夫妻关系正常,他妻子怎能不管他?

这一系列推测让王欣心中产生了无数的念想。上次约会以后这种念想如同滚滚的浪潮挡也挡不住。如同她为了实现职业野心可以绞尽脑汁流血流汗,不惜一切代价达到目的一样，最近她一直在思考，是不是也应该为了得到这个男人舍生忘死?如果她想,那另一个以爱情为主题的战役又要拉开序幕了！最近这个男人工作时间也会钻进她的脑子,她知道自己真的喜欢上这个男人！没有这个男人的人生绝对是遗憾的人生。嫁刘正明做一个司机的妻子,自己真的不甘心！现在“猎豹”是自己生活中活生生的爱人。而“猎豹”背叛妻子显然他们夫妻情感有危机。这,不是老天爷给她的机会又是什么?

王欣想到这里热血沸腾。她要这个男人！她要为了得到这个男人不择手段地奋斗！她要了解这个男人的一切,包括他的妻子！

可20多天了,男人好像失踪了,再也没有在网络上出现过。王欣天天中午在网上找他找不到;打电话又停机了;发电子邮件也不回。他好像从人间蒸发了！王欣快疯了！她不相信这个刚刚肌肤相亲过的男人会抛弃自己。她宁愿相信男人出了远门。因此她每天都在等他！

突然王欣的心一阵狂跳。“猎豹”?！是他！他来了！他一定是听到我的召唤来了！王欣喜出望外。等待了近一个月,他终于来了！还是“激情岁月”聊天室,还是这网名。今天自己一定要问清他的真名字,问清他的真实身份。她要和他从此真实相处！

企鹅:(噘嘴)你去哪里了？人家等了你这么长时间！

猎豹:哦,怕你呗!怕被你吃了,躲起来了!

企鹅:你又气我!你要真怕我,今天干吗又上来?

猎豹:哦,手痒了!嘴痒了!

企鹅:流氓!那你又不怕我了?

猎豹:嘿嘿,在网上我怕什么?看不见摸不着,虚拟世界,谁怕谁啊!

企鹅:可是你到过我家!

猎豹:可你没有到过我家啊!

企鹅:你真坏!那哪天你带我去你家?

猎豹:等我妻子不在的时候。

企鹅:你妻子什么时候不在?

猎豹:下辈子!

企鹅:哎呀!死"猎豹"你怎么说话总这么不正经呢?人家跟你说正经话呢!

王欣写到这里觉得浑身麻酥酥的,说不清是痒是爽还是涩。这个男人怎么时而亲近得像自己人;时而又滑得像个泥鳅,怎么抓也抓不着。这也就是这个男人有味道的地方。若即若离,欲擒故纵。女人即便识破了也愿意上钩。

猎豹:小企鹅,我也在和你说正经话呢!

企鹅:难道你不想我吗?

猎豹:意淫不是更有味道?网恋可是比俗人的正常恋爱更加吸引人啊!企鹅,说句心里话,你要不想失去我,我们还是网恋吧!

企鹅:我们是在网恋啊!

猎豹:我说的是真正的网恋!否则,我明天就消失,你再也找不到我了!

企鹅:不要不要!猎豹,我答应你还不行吗?网恋就网恋。每天能见到你,怎么着都行!

见"猎豹"以消失相威胁,王欣真的害怕了!她已经无法忍受这个男人从她的生活中消失。何况她刚刚失而复得,怎么能让他再失踪?她想得到这个男人,为了得到男人她将要谋略的计划还没有开始呢!只要他还在她的生活中,她就有得到他的机会!就像对付肖简一样,一个完全不可能的开始,已经因为自己的智慧产生了意想不到的结果。历史就是这样改写的!关键是要让男人感到自己的吸引力和存在的价值。想到这里,她写道:

企鹅:猎豹,你放心,我一定听你的话,按你的意思做。除非你邀请我,我一定遵守网络游戏规则。

猎豹:这才是乖孩子!

企鹅:我会的。我会让你开心的,你闷了就上网来找我好吗?我每天中午都会在这里等你!

猎豹:哦,我好像找回点儿感觉了!

企鹅:我,我不太明白!

猎豹:你不用明白。哎,女人嘛还是单纯点儿好。复杂了让男人害怕。

企鹅:是的。我愿意做你傻乎乎的小企鹅。

猎豹:傻点儿好!太聪明了男人害怕。要都像我老婆那么聪明男人都只有跳楼了!

他提他老婆了!他第一次主动提他老婆了!他居然第一次主动对自己表示对老婆的不满!这说明什么?说明他和他老婆真的有问题!他刚才说喜欢女人傻。王欣突然想起来上次约会自己说了很多奋斗的辛酸苦辣,难道自己给了这个男人不单纯的感觉?看来优秀男人不喜欢女人比自己强。看来以后要牢牢地管住自己的嘴巴,决不能把这里的腥风血雨让他知道。否则他要知道自己对付威廉和肖简的心机和城府,绝对会离自己而去的。

企鹅:猎豹,我明白了!我一定听你的话,乖乖做你的傻女孩!

猎豹:嗯,今天真乖。也许你骨子里还是有单纯的一面的。

企鹅:那你还要我吗?

猎豹:你要乖乖做我的网络情人,我干吗不要?

企鹅:哎——猎豹。

猎豹:什么事?

企鹅:你什么时候过生日?

猎豹:有事吗?

企鹅:瞧你,别把阶级斗争的弦绷这么紧。人家想在那天在网上给你一个惊喜嘛!

猎豹:哦——今年生日已经过了,6月6号,好记。明年吧。如果我们有缘分还来往,明年好吗?

企鹅:(乖乖地)好啊!明年你生日我一定在网上给你送铺天盖地的玫瑰花……

猎豹:好,我有事了,下次再见!

王欣想喊住她,还想问他的年龄,问他姓名电话,问他家庭地址,问他什么时候可以再见到他,问他这段时间有没有想过她……但是她什么也没有敢问。她不能失掉今天好容易捡回来的机会。她相信这个男人今天已经回来了。

来日方长。

她会得到她想要的东西！

— 86 —

威廉握着话筒，满脸的肌肉都笑得挤成了一条条缝。想到这个周末就可以和这个风情万种的女人颠鸾倒凤了，浑身都热乎乎的，情不自禁地说："宝贝，我真是想死你了！"

"那你现在就飞来！我躺在被窝里等你……我什么也不穿……"尹娟在电话里热辣辣的撩拨把威廉煽乎得浑身的血都在身体里乱窜，呼吸都有些急促。

"小妖精，你别逗我。看我现在就飞过来！"想起尹娟白嫩的肌肤，威廉真有点儿抑制不住地冲动。

"好啊！拿1万块来！"尹娟吃吃地笑道。

"1万块算什么？我一年让'远大'吃两个项目，几百个1万块都有了！还不够你吃的？"

"快别提你的项目了！你上个月拉来的项目才用了3个技术顾问。还有十多口子闲着呢！乔伊斯这几天老跟我发牢骚。说早知道这样，他才不会聘这么多人呢！现在解雇了又怕你这里突然来项目，可留着人每个月银子"哗哗"地往外流让人胆颤。他还让我和你吹吹枕边风，问问你大项目到底什么时候能来？他说再不来项目，他就裁人关公司了！"尹娟说到这儿鼻子好像被捏住了似的声音突然变得漂浮起来："威廉，按理你是GC老板，让谁做还不是你说了算？我不懂你怎么就这么费劲呢？"

"不费劲你来试试！OEE有procedure（程序）！哪是你们想得这么简单？！简直是幼稚！"

尹娟这番话好像一盆迎面泼来的冰水，把威廉腾腾燃烧的情欲瞬间浇灭了。他的情绪突然恶劣透顶。"告诉乔伊斯，项目会有的！别吃饱了瞎操心！"说完重重地放下了电话，靠在椅子上呼呼地喘粗气。

这时，传来敲门声。

"进来！"威廉没好气地粗声低吼了一声。

是王欣。说杰姆斯让他马上过去。

威廉一进杰姆斯办公室，杰姆斯就嗓门很大地冲他嚷嚷起来。

"我说威廉，你们部门10月怎么又是亏损？-25%啊！你上个月也是negative（负数）了！你知道你Q4（四季度）的margin是多少吗？-40%！你创了中国区的历史纪录了！你这样的performance（业绩）是要把中国区都毁掉啊？！Consulting到底怎么回事？Q3我已经帮你转掉了几百k的cost（成本）给Sales（销售），你怎么Q4还一屁股烂账？"

“negative(负)25%？不可能！戴安娜没有告诉我 negative 啊！”威廉情绪激动地说。

“戴安娜！戴安娜！你一天到晚戴安娜！我看你迟早要毁在你这个戴安娜身上！她一个高中生懂什么？你怎么不问问肖简 number(数字)到底怎么回事？”杰姆斯生气地说。

“为什么要问她？她不是马上要走了吗？”威廉几乎要从沙发上跳起来。

“Come on，威廉，肖简不是现在还在吗？你能不能头脑清醒一点儿！我知道你不能接受肖简总是给你带来坏消息。但是她的 number 基本是对的！戴安娜投你所好，但她会误事的，你懂不懂！你怎么连自己的 manager(经理)都不信，就信一个小秘书呢！你去问问刘新权、孙建武、牛家华，问问他们的 forecast(预测)是什么！”

威廉听着杰姆斯的责怪，脸红一阵白一阵的。这些该死的中国人，居然敢勾结杰姆斯，吃里扒外！他们怎么就不能有戴安娜一丝的忠心呢？

“我会让比利处理这件事的！”威廉不耐烦地说。

杰姆斯皱着眉提高嗓门说：“威廉，你有没有搞错？！比利能解决 Consulting 的 margin(利润)吗？你头脑清醒一点儿好不好！Global Audit(全球审计)马上就要来了，你怎么办？我们怎么办？你答应的 600k 什么时候客户能签 timesheets？那些 AR 能收回来多少？没几天就要月底了！还有一个多月 Global Audit 要来了！你不能毁了我啊！”

“戴安娜说 600k 月底前能签！你不用操心！”

“胡说八道！我亲自问了江川、杰夫、牛家华，连 11 月底都没有一个人敢保证能签！都说年底了，客户都不愿意付钱，都在找理由拖延！你怎么心里这么没有数啊！”杰姆斯觉得肺都快气炸了。

威廉心里那个难受啊！他何尝不知道杰姆斯说的都是对的。

这几天他为了这 600k 急得像无头苍蝇。上个月为了让 Q3 数字好看，不让约翰失望，威廉信誓旦旦地向杰姆斯保证只挂账一个月，10 月份客户肯定签 timesheets(时间和工作量表)。哄得杰姆斯和保罗终于同意财务挂账，提前把这 600k 放进了三季度的业绩里。但这几个大客户好像事先商量好了似的今天拖明天，明天拖后天就是不肯签单。项目经理透底说他们是不会赖账的，就是年底资金紧张，一签了 timesheets 马上就要付款。他们想拖到过年以后。可他妈的他们能拖我怎么拖？Global Audit 马上要来了，这不是要逼得我跳河吗？！

给威廉带来金光灿烂的三季度数字的 600k，完全可能因为 Global Audit(全球审计)的到来成为一场大地震的导火线。威廉表面上在杰姆斯那里装傻充愣，但心里明镜一般。这几天他满脑子转的都是如何躲过这场劫难。其实答案很简单：要么让客户马上签单，把这个窟窿堵上去；要么就是瞒天过海，别让全球审计查着账。面对第四季度越来越没有把握实现的危机，这两天威廉成天躲着琢磨瞒天过海的办法。但是要想瞒住全球审计,必须在 Q4 的数字上做手脚。因此首先要让那个女人消失!她要不消失,所有的数字游戏都逃不过她的眼睛。更恐怖的是如果她借全球审计这个机会投诉威廉,把中国的真实情况,尤其是那些桌子底下的交易给揭露出来,到时候恐怕走的就不是她而是威廉自己了!

对赶走女人这点上,威廉和杰姆斯已经达成 deal(交易)。关键是怎么让女人走?杰姆斯想用绩效考核和设定 2006 年高工作目标找出让她走的理由,不愿冒险采取过激行为,闹出劳资纠纷。可是这个女人却利用公司政策和威廉打起了"太极拳"。这边威廉、杰姆斯等着要她的签字;那边她故意借准备全球审计的 Question List(问题清单)一拖再拖。而这个 Question List 除了肖简,比利和王欣都做不出来。因此威廉即便生气也只有强行按捺着焦躁。耐着性子等她完成审计准备工作。日子一天天流逝,威廉惶惶不可终日。他明白不能再等了!这个女人必须两周之内滚蛋!否则错过了 11 月底,想玩瞒天过海的游戏也没有机会了!只要 11 月底的 number(数字)玩好了,12 月底前全球审计来就能高枕无忧了!即便审计出一些问题,都可以往肖简身上推了!反正查无对证!就让她好好地当"替罪羊"吧!

威廉盘算着,但却不想马上和杰姆斯点透。自己在杰姆斯手里的把柄够多了!不能再给政敌提供未来可能会毁掉自己的弹药了。对付杰姆斯最好的办法就是拉他下水。但是他还没有策划好拉这个总经理下水的周密方案,于是他继续表面佯怒以掩盖内心的不安。

"好,我知道了!我和比利商量以后再给你答复吧!"

杰姆斯不耐烦地挥挥手示意他离开。

威廉半个身子都走出门外了,又折回来对杰姆斯说:"杰姆斯,肖简这边你要抓紧啊!"

"我抓紧,还是你抓紧?我该谈的话都已经和她谈过了!你连个 performance review(业绩考核)都搞不定。她不签字我怎么让她走?"杰姆斯火冒三丈地说。

"可你是总经理啊!总有办法吧!"威廉尽量压住火,脸上还勉强带上了一丝笑。在这件事上他可不能和杰姆斯闹翻。否则这个女人可真就麻烦了!

"你们赶快安排讨论 2006 年 Objectives(工作目标)吧。我再看怎么办!

"好好,我这几天就安排,就安排!"威廉点头哈腰地离开了。

— 87 —

周五傍晚肖简有事刚走了不到 10 分钟,魏晴突然过来皮笑肉不笑地对刘小青说:"过去吧!老袁要找你谈谈!"

"老袁找我谈?是找简吧!可她已经走了!"刘小青笑着说。

"知道她走了才找你的!你紧张什么?你的好运到了!快点儿吧!"魏晴不耐烦

地催促道。

“那好吧。你先走，我把最后几个数据输进去，马上过来！”

魏晴一走，刘小青马上给肖简打电话，小声说：“简，魏晴刚才过来说袁华马上要找我谈话。简，我有些害怕。袁华要和我谈什么呀！我和他有什么好谈的？”

“小青，袁华是HR的总监，他要找一个小秘书谈话的确不同寻常。八成与我有关。你不用担心，只需如实回答。也不用为我说什么话。记住，你只需如实回答！”肖简坦然地说。

“那好吧。我回头给你电话。”

刘小青忐忑不安地来到HR。袁华笑容满面地让刘小青坐下，吩咐魏晴给倒了一杯茶。

“小青，怎么样？你到Consulting(咨询部)快一年了！感觉怎么样？”

“挺好的。”刘小青观察着袁华，小心翼翼地轻声回答。

“平时你都干些什么呀！”袁华好像唠家常似的，想让刘小青放松下来。

“我主要负责HRS系统，还帮简做一些forecast(预测)、AR(应收账款)的催款工作。还有好多，总之每天很忙，但也很充实。”说到工作刘小青渐渐平静下来了。

“简平时教你吗？”

“当然教！而且是无保留地教。说心里话，这点我很感谢简。一般做经理的哪会把自己的看家本事都拿出来？外企竞争很激烈，谁都会留一手的。从这一点来说，我很佩服简的。”

“是啊！要不是这样，你也不会来OEE啊！我们都知道你来是因为简嘛！”袁华打哈哈说。

“我是简推荐的。我非常信任她的人品。因此才放弃我那边的高工资过来的。”

袁华暗暗欣赏女孩的坦然和诚实。看来威廉为人虽然dirty(肮脏)，但在刘小青这件事上还是很有眼力的。这个女孩的确比王欣不知道强多少倍。明明知道老板不喜欢肖简，她不仅不落井下石，而且非常仗义地替肖简说话。难道她真的不知道肖简的倒霉正是她晋升的机会吗？在外企这种人情相对冷漠自私的环境，刘小青真的纯洁到不图名不图利吗？

“小青，你做得不错啊！威廉对你印象很好！你知道吗？今天我也是受威廉的委托来和你谈话的。威廉要大大地重用你啊！”袁华说完暗暗观察刘小青的反应。

她听了这句话不仅没有欣喜若狂，相反脸上居然出现忧虑的表情。这个女孩好生奇怪！

“老袁，我很感谢老板的器重。但是如果说威廉对我的工作还算满意的话，这首先要感谢简的指导。我来的时候连数据库都没有见过，是简手把手一点点把我教会。财务也一样，我以前对数字没有一点儿概念，简从财务报表教起。所以功劳首先是简的！”刘小青说这些话的时候满脸的真诚坦然，没有一丝客气虚夸的成分。

袁华暗中对女孩鼓掌。真是个好女孩！没有踩着落难的主子往上爬。威廉把机会的天梯都放在她的脚下了，她却要把落难的肖简往上推，真正冰清玉洁的品格。找到这样的朋友和助手，肖简真是好眼力。

“你对你们 Internal Control（内部控制）的工作怎么看？”

“我觉得这是一项很重要很有意义的工作。但这个工作的确千头万绪，非常繁杂琐碎。财务数据浩如烟海。如果不能力求准确，数据库管理就是一句空话。但要求准确又不是那么容易的，需要老板的大力支持。”刘小青的表情出现职业女性的理性。

“你说的老板是威廉吗？”

“是的。”

“他不支持吗？”袁华尖锐地问。

“这个……我不清楚。但是王欣那边的确很不配合。而且好像……她是老板秘书，我们也没有办法……”刘小青小心地挑选着措辞，尽量不触及敏感的话题。

这个女孩并不愣嘛，知道什么该说什么不该说。袁华感觉女孩对威廉和肖简的冲突决不会一无所知。但是她努力采取回避态度，说明这个女孩不是一点儿心计都没有。

“你对肖简怎么看？认为她是一个称职的经理吗？”袁华双眼直视着刘小青，话题直逼尖锐的主题。

“是！我认为她是一个非常称职的经理，更是一个敬业忠诚的员工。Internal Control（内部控制）工作在中国是从零开始的。简上任以后一个一个项目地整理过去的历史数据，整整花了半年多时间，给部门整出了一个基本准确完整的项目管理数据库。她做了很多内部控制管理程序，我们内部控制的工作才能有序地进行了！只可惜……”刘小青欲言又止。

“可惜什么？”袁华追问。

“可惜威廉不知道这些东西的价值。好像……好像事事听王欣的。所以有些东西我们也没有办法……”刘小青小心地看了袁华一眼。

这个单纯的孩子！不是威廉要事事听王欣的，而是威廉根本控制不了肖简，他不敢听肖简的。这是政治！不是谁正确就要听谁的。就像我，我何尝不知威廉在整无辜的肖简？我何尝不知肖简的能力？她没有能力能搞得威廉到现在还没有办法？要知道，威廉也是一个老政客了！可是公司政治就是这么残酷！威廉一个外来的和尚没有自己的人，他玩得转吗？所以他觉得威廉的所作所为并非全无道理。但他并不欣赏威廉斩尽杀绝的政治手法。都杀光了谁给你干活？这点威廉绝对不如杰姆斯。杰姆斯上任以后把托马斯的旧部笼络得非常好。比如销售部、技术部、售前那几个总监现在都成了杰姆斯的亲信。这才叫政治家的高明！就像威廉这样杀鸡取卵，谁看了都心寒。这么杀杀杀的，人都杀光了，他也没有准备好接替者啊？就像对这个刘小青威廉显得这么有把握，好像一说把肖简干掉，人家就会欢呼着踩着肖简的身躯去拥抱他的赏赐似的。可刘小青给袁华的完全是相反的感觉。再说那个比利，明摆着傀儡一个，和詹森相比一个天一个地。难怪 Consulting 的 margin（利润）越来越低呢！Consulting 的黄金时代看来真的要随着詹森的离开彻底过去了！也奇怪约翰到底看上威廉什么了？袁华暗暗叹息。这就是大公司！如果用人不当，老板的信任和授权可能会毁了一个部门。想到这里他决定直奔主题，马上结束和小青的谈话。

"小青，如果有机会让你负责 Internal Control（内部控制）工作，你愿意吗？"

"我愿意更多参与 Internal Control 的工作，但是我没有能力负责。Internal Control 千头万绪，不是我和王欣这样资历的人能负责的！"刘小青的目光清澈明亮。

袁华真要对这个女孩刮目相看了。他站起身，向刘小青热情地伸出手，握住女孩的手。然后诚恳地说："小青，你好好干吧！好好利用老板给你的机会！你会大有成就的！也好好珍惜你和简一起相处的机会！以后我们多沟通！"

目送着女孩轻盈的身影离开以后，袁华拨通了威廉的电话。

"威廉，我觉得刘小青不错！素质人品都很好。经过一段时间学习应该能行！比王欣素质高多了！但是我怎么感觉她并不想干这份工作啊！我想还是提醒你一下，她是很崇敬肖简的能力和人品的。恐怕……你们部门持这种想法的人不少啊！你还是注意一下舆论导向吧！你们部门这一年高层管理流动太大了！肖简走后，我希望你们一段时间内保持一下管理团队的稳定吧。否则我们 HR 的工作也不好做啊！"

放下电话，袁华真觉得对这份工作有一种发自内心的厌烦。

第二十九章

— 88 —

袁华双眉紧锁，神色凝重，双手不耐烦地哗啦哗啦翻弄着手里的文档。

威廉则皱着眉，无头苍蝇一般地在袁华办公室巴掌大的空地转着圈踱步。

相比之下，肖简淡然地微笑着坐在袁华对面，表情是轻松的，身体的姿势也是轻松的。

“那——怎么办？”踱了一会儿步，威廉突然停下来，盯着袁华问。

“我能怎么办？这个东西怎么 review(回顾)？”袁华抓起桌上那沓大约有十来页的文档晃了晃，嗓门不由地提高了：“你们 Consulting(咨询部)的事情怎么搞得这么复杂？”

“简，你，你为什么总要把事情搞得这么复杂？”威廉一步冲过来，从袁华手里接过那沓文档捧到女人面前，用一种难以置信的表情摇着头，从牙缝里挤出这句话。

“威廉，是我复杂还是您故意用这个 Job Description(岗位描述)来为进一步迫害我制造借口？”肖简眉毛一扬，口气凌厉地说。

“你，你说什么？你，你说，说我迫害你？”女人突然不打太极拳了，一针见血地揭穿了他的用心，威廉一时间惊讶得口吃了。

“难道不是吗？您知道您发给我的 Job Description 里有多少条是 Region Internal Director(大区内部控制总监)的职能吗？甚至还有部门总监的职能！我只是中国的内部控制经理，你拿大老板的职能标准来考核我这个小经理，不是迫害是什么？”肖简冷笑着说。

“什么？不可能！”见自己精心设计的阴谋再一次被女人点破了，威廉有些气急败坏。袁华不满地瞪了一眼威廉。威廉在袁华的目光下也多少有些尴尬，却还强行辩解道：“这是台湾的翠西给我的 Job Description(岗位描述)！不可能的！”

“不好意思！威廉，我已经和翠西通过电话了！”肖简冷冷地说。

翠西和肖简一起在新加坡做过培训，两人很谈得来。这次威廉要翠西帮忙准备国家级和地区级的内部控制经理和总监的职能描述，但对要这些资料做什么却忌讳莫深。肖简从翠西给她的网址里找到了亚太对不同级别的内部控制经理和总监的职能要求，然后拿着威廉给肖简制定的新的岗位描述一一核对，发现这是一个威廉精心炮制的“大拼盘”。

肖简花了两个晚上的时间把威廉给的岗位描述一一查明出处；点明每条适应于哪个级别;是不是属于自己的职能要求……总之最后的结果是,经过肖简对这份岗位描述的解剖分析,不仅揭示了威廉炮制的这个所谓岗位描述的荒谬,而且通过这一项项工作分析也把中国咨询部的内部控制工作来了个内情大曝光。这种情况下再去强迫女人签字还是不签字都显得是那么滑稽。

袁华从来没有像此刻这么厌恶威廉,厌恶眼前这个工作。虽然自己一直在政治斗争的大染缸里已经被泡得没有感觉了。但眼前这场旷日持久的“战争”明摆着女人的力量是这么弱小,而威廉有整个OEE公司支持他,可为什么这个威廉占绝对优势的“战争”却总也赢不得胜利?

现在只剩下“强权”一条路了！但这么干多么dirty(肮脏)！在袁华的职业生涯里,处理过多少辞职和劝退的员工,最后都能巧妙地让他们主动离开。也开除过人,但都是有明显侵害公司行为或违法乱纪的。像这样明摆着是威廉玩政治搞迫害,自己还不得不绞尽脑汁助纣为虐的,袁华从来没有干过!

“简,那今天这个Objective(工作目标)你能不能签？”袁华皱着眉问。

“威廉不回答我对每一个职能描述提出的问题，我怎么能决定签还是不签呢?比如您看看第五条‘风险管理’。我上面讲到——项目风险可能会发生在以下两种情况:一是在OEE和客户签合同前,我们就提供了服务;二是在实际服务天数已经超过了合同天数,以后没有签续约合同就继续提供服务。如果以上两种带风险的服务都是老板批准了的但没有签合同,最后导致OEE公司为客户承担超出合同天数的成本,那作为内部控制经理又如何能控制风险呢?我们部门就经常有这种情况。”

“这种情况我们不签就会丢单！不批准怎么办？”威廉生气地辩解道。

“所以这样的风险你让内部控制如何控制?因为风险是来自老板您啊!”肖简笑道。

威廉气得直咧嘴，但一句话也说不出来。心里对这个女人只觉得一股股的寒意。她对业务太熟悉了!她知道每一个可能会违规操作的细节。如果她在全球审计那里只需要把刚才那番话说一遍,威廉马上又多了一个不可饶恕的罪名。

这个女人必须死！马上死！不惜代价地死！威廉暗中发着狠。

“威廉,我看今天先这样吧!简,你给的文档内容太多,我和威廉好好研究一下,改天我们再开会！”袁华笑着说。

肖简离开后,袁华没好气地说:“威廉,我们也别坐着干生气了！我要去找杰姆斯汇报一下。他布置的工作我是完成不了了！你也叫比利一起去吧。”

“哎——老袁,不要这么想嘛！我们去好好商量一下吧！会有办法的！”威廉安慰地拍拍袁华的肩膀。

— 89 —

杰姆斯办公室。

杰姆斯面色烦躁地说:"我就无法理解，你们两个高智商的老板居然对付不了这么一个小女人?!"

"她太麻烦了!动不动给你一沓报告,把你做事的动机分析得淋漓尽致。何况我们这件事的确做得不怎么光彩,怎么和她理论呢?这个女人真不愧学社会学的!"袁华摇摇头说。

"杰姆斯,你还有什么办法吗?"威廉满脸堆笑,讨好地问杰姆斯。

"我能有什么办法?她非不走,你又没有合理的理由解雇她!让你们找理由你们又找不到!"杰姆斯没好气地说。

"可是杰姆斯,Global Audit(全球审计)还有一个多月就到了!再不让她走我们就没有机会了!"威廉满脸的担忧都挂在脸上。

"什么机会?"杰姆斯皱着眉问。

"唉,事到如今,事关你我和大家的共同利益,我也就直话直说了!"威廉决定倾囊而出。经过这几天的思考,他非常清晰地明白唯一拯救自己和杰姆斯的路就是利用 11 月底最后一个机会玩好数字游戏,让四季度的数字好看。明年头几个月再做一下手脚填平账目,神不知鬼不觉地就把这一劫难躲过去了!

他把这层意思说出来以后,杰姆斯脸色铁青。他用一种讽刺的口吻说:"威廉你真不应该来中国。你应该去联合国。你去搞政治外交绝对能把黑的说成白的,白的描成黑的。"

威廉宽容地冲杰姆斯笑笑,摆出一副不和他计较的样子。

"你是要把我拖到泥坑里去啊!威廉,我真后悔 Q3 听你的话让你提前确认的那 600k 的 revenue(收入)!现在 timesheet 客户不给签单,欠款收不回来。我现在怎么着也逃不脱 cheating(欺骗)的罪名了!"杰姆斯说着内心痛悔难当。

"杰姆斯,话也不要这么说嘛!这不也是你的 performance(业绩)吗?否则你为什么要帮我呢?帮我也是帮你自己嘛!现在也是一样啊!"威廉皮笑肉不笑地说。

"要是我知道是这个结局，我宁可我的 performance 差一点我也不会帮你这个忙!"杰姆斯气愤地用手指点着威廉说。

"唉,现在说这些有什么用?看看怎么办吧!"威廉息事宁人地笑笑。

"威廉,解雇员工在 OEE 是件很大的事。总是要有理由的嘛!我看那个女人的聘用合同明年 2 月份就到期了。到时不续约不就行了吗?何苦现在大动干戈,大家都有风险。"袁华说。

"老袁,如果不马上让她走我们所有的人都可能活不成!"威廉面色沉重地说。

“怎么讲？”袁华问。杰姆斯则在一边皱着眉踱步，但竖着耳朵捕捉他们的每一个字。

“Global Audit(全球审计)要来，Consulting(咨询部)主要是谁会去接受调查？是肖简！Global Audit要问的项目财务问题，问得最多的是谁？还是肖简！我想问各位，你们谁有把握她不会借这个机会投诉我们？”威廉耐心地分析。

“是投诉你，不是我们！”杰姆斯冷冷地打断威廉的话。

“就算是我，那600k没有总经理批准，我提前确认得了吗？还有咨询部的这么多违规项目操作，没有你杰姆斯批准，能进行吗？包括你，袁华，所有这一切你都知情，可是你不还是参与了肖简这件事吗？你逃得掉干系吗？杰姆斯，Global Audit(全球审计)来的可都是美国人，很难理解中国国情的！肖简刚才已经警告过我们了！”威廉说着拿出一支古巴烟，摸出打火机要点。比利连忙凑上去要帮威廉点火。

“别在我这里抽烟！”杰姆斯低吼了一声，吓得比利赶忙把身体缩回沙发，讪讪地笑着。

“不过杰姆斯，肖简刚才的确谈到了项目违规操作的事。她知道的是够多的！”袁华说。

“而且杰姆斯，你也和肖简谈过话劝她离职了！肖简何等聪明，还能不知道你的屁股已经坐到我的板凳上了？她不会坐以待毙的。Global Audit是她的最后一个机会了，她不会不利用的！戴安娜说肖简已经和爱德华私下谈过话了。爱德华和彼得是好朋友。我看中国的那些事很快AP(亚太)都会知道……所以我着急啊！”威廉说到这里一副猫抓心的样子。

杰姆斯长叹了一口气，转过身面对着大家，缓缓地问：“可是你们有没有想过，真的让她走就没有风险了吗？”

“她走了还能有什么风险？”威廉耸耸肩，故作轻松地冲大家笑笑。

“难道她还能闹出个劳资纠纷？”袁华皱皱眉头说。

“难道不可能吗？”杰姆斯烦躁地说：“这会大大影响OEE公司形象的！上面很不喜欢这种事情出现！”

“但至少她不会影响Global Audit(全球审计)！劳资纠纷是在OEE公司外部。但是Global Audit是在公司里面。外部的东西总好打点。但Global Audit会要我们的命！”威廉语重心长地说。

杰姆斯沉默不语。内心在作激烈的思想斗争。两害相比取其轻，他知道自己已经别无选择。他双臂抱胸在屋里踱着步，最后踱到比利面前，低头望着比利。

“比利，你说说你的意见。”

“我——”比利情不自禁地把目光投向威廉。威廉冲他使了个眼色。他会意地微微点头，望着杰姆斯笑笑说：“威廉的担心我认为是成立的。我看，还是多给肖简一点儿经济补偿吧……”

“唉！就这样吧！我累了！你们周密策划好。确定一个时间吧。”杰姆斯满脸倦怠。

“最晚不能晚于11月20日。否则我们想操作都没有时间了！”威廉赶紧说。

杰姆斯挥挥手示意他们离开。

— 90 —

“仿膳斋”富丽堂皇的船舱里，咨询部全体经理围坐在镀金锲龙的餐桌上。身穿清朝宫女服装的服务员白嫩的脸上涂着好看的红晕，娉娉婷婷走过来递过菜单。王欣和夏江一左一右地报着菜名，“小宫女”不时见机地用莺歌燕舞的嗓子推荐几道据说是“老佛爷”钟情的昂贵佳肴，并流利地唱出水彩画一般美妙的菜肴历史。

在漫长的点菜过程中，肖简一直和比利谈文学、历史、人性谈得神采飞扬，五官也组合出各式各样的表情，丰富得让坐在女人对面的威廉目不暇接。女人聪明、机智、幽默，比利虽然因为老板时而漂浮过来的目光而努力绷着笑，但稍不留神还是没有绷住。有一次甚至仰面哈哈哈，笑了大半截了突然看见威廉投过来的压抑的目光，于是戛然终止笑声。但脸上的肌肉还迟迟堆积着笑的表情。

不知为什么，面对此刻活泼幽默的女人，威廉心里泛起了阵阵的失落。她怎么笑得这么灿烂、这么淘气简直像个孩子。即便是一个凶狠的屠夫此刻也有一丝犹豫：这个女人其实不乏可爱，我难道非杀不可吗？作为女人，她偶尔会唤起他一些内心深处的莫名感觉，有时候想起她不得不死的时候也想掉一两滴鳄鱼的眼泪。说心里话，这个女人不过是一匹没有驯服好的“烈马”。如果她不是坐在内部控制经理的位置上，只是一个项目经理和顾问，威廉会很有兴致去驯服这匹“烈马”。他年轻的时候喜欢驯马。越野的马他越有兴致。驯服了，他会视其为心爱的宠物。有一匹马他使尽了全身的解数也没有驯服，就花钱买了它，然后把它杀了。威廉至今依然不肯承认他驯不服肖简这匹“野马”。但遗憾的是驯服这匹“野马”可能要花他很多的时间和精力。而当“驯马”成为政治任务而不是休闲娱乐的时候，他就要权衡值不值了。坐在庄严的GC咨询部老板这把交椅上，所有的女人都不是女人。她们只是威廉棋盘里的棋子，留与不留全看是否有用。这块浩大的疆土，有太多价值高昂的野马需要他去驯服，比如香港的总监华尔森和台湾代总监、GC鼎鼎大名的“大姐大”琳达。和他们相比肖简太无足轻重了！不值得花精力去驯服一匹价值低廉的“烈马”。一下两下抽不服，拉出去砍了重新换一匹驯服的就是！何况这“烈马”已经严重扰乱他的心智打乱他的布局。

“哈哈哈——”女人突然爆发出清脆的笑声。威廉突然感觉一种强烈的不安。这个该死的女人总是如此大胆放肆，桀骜不驯。为什么她浑身上下每一个毛孔都要透着如此的高傲和坦荡？衬托得自己内心阴暗和龌龊，她的自尊和不屑，使天性冲动暴戾的威廉就像站在肃穆而优雅的歌剧院表演的小丑，无论怎么努力都端不出尊贵的形象。为了自己的自尊，他必须杀了这匹"烈马"……

想到此，威廉内心小小的惆怅顿时荡然无存。他的思维和目光又变得冷酷和理性。可是当他的目光一瞥到女人脸上，他又陷入一种深深的困惑：这个经历了这么长时间血光剑影的女人怎么还笑得出来？这个不可能不知道自己已经陷入死亡困境的女人怎么还能眉飞色舞谈笑风生？！面对近在咫尺的死亡沼泽她是否恐惧？为什么从她的脸上看不出一点点恐惧的痕迹？威廉觉得用尽心力却连女人的一根毫毛都猜不透，不由得心中生出莫名的苦恼。

这时几个"清宫女"排着队，右手高举着托盘，左手挥动着手绢，踩着松高鞋袅袅娜娜地走了过来，把一盘盘花花绿绿的菜错落有致地摆在古色古香的黑漆大圆桌上。

"啊呀上菜了！饿坏了，饿坏了！威廉，国家大事让主席考虑吧。您赶紧发表宴前演讲，讲完赶紧动筷子吧！您不动我们没人敢动啊！"琳达看见菜舞动着筷子大呼小叫起来。

"好好！哈哈哈——"威廉举起杯子站了起来，满脸堆笑地说："今天我们在这里开经理会议，一是犒劳大家的辛苦；二也是庆祝比利就任 Consulting(咨询部)的新老板！我很高兴请来了'大姐大'琳达，她会经常过来帮助比利工作！让我们欢迎比利上任！"

威廉望着有些羞涩的比利使劲鼓掌，脸笑成了一朵花。在座的经理们一个个起身，脸上露出殷勤的笑，举起酒杯频频向比利点头。但每一个人心中对比利都不以为然。一个投标经理不到一年就变成上海地区经理又变成部门老板，坐火箭都不可能这么快！要不是有威廉，他算什么？但每个人都把不满深藏在心里，热情地轮番举杯给比利敬酒。

威廉又满上一杯高高举起，笑吟吟地望着刘小青，用洪亮的声音对大家说：

"今天我还请来了一个客人——来，小青，你是我们今天 Manager Meeting(经理例会)的特约嘉宾。我敬你一杯！"说完一口把一杯"茅台"一饮而尽，响亮地咂了下嘴，把杯底亮给了刘小青。

大家见状哄笑起来。起哄道："小青啊，老板为你都干了你还不干？快快快，干了干了！"

刘小青白皙的脸泛起了红晕。她推托了几下。但她越推托，经理们起哄的情绪越高涨。她求救地看看身边的肖简。肖简笑望着她，轻轻说了句："喝吧，别辜负老板的好意。"刘小青在大家的哄笑中，带雨梨花般地举起了酒杯，一闭眼干了一杯"茅台"酒。辛辣的酒把她呛得直咳嗽，眼泪也把一双大眼睛淹得水盈盈的。威廉见此景舒坦得哈哈大笑，站起身连连给刘小青夹菜。几个男经理在一边神情暧昧地拍手起哄，刘小青的脸更加绯红了。

待笑声停息了,威廉笑眯眯地望着刘小青说:“小青虽然来的时间不长,但很聪明,学东西很快。使 Internal Control(内部控制)的工作起色不少!我看很快她就能把 Internal Control 的工作都管起来!你们大家要支持她!”

威廉说到这里故意停住口,把目光转向肖简意味深远地停留了很长时间。然后又意味深长地望着刘小青说:

“小青啊,AP(亚太)有一个 Internal Control 主管的 training(培训),我已经推荐你去了!在澳大利亚!小青啊,你还没有出过国吧!这次好好出去看看,学学人家怎么管理的。戴安娜,你帮小青办一下签证。比利,你要好好培养小青!Internal Control 工作以后就全靠她了!”说完威廉恶毒的目光充满快意地盯着肖简,嘴角露出一丝讥笑。

饭桌上的气氛在威廉的一席话以后发生了微妙的改变。威廉身边的王欣表情先是惊讶之至然后又难堪之至最后又痛苦之至,她已经无法掩饰自己内心的翻江倒海,怨毒的目光像钩子一样地盯着刘小青;孙建武的目光故意漫不经心地投向了天花板;张宣明装作没有注意到周围的一切微妙有滋有味地低头品尝着美味佳肴;刘新权故作若无其事地拿出手机查电话号码,目光却不时地瞥着威廉;刘小青脸色绯红,神情极度尴尬和不安,忧心忡忡地望着肖简;琳达的手机适时地响了她连忙出去接电话;只有比利神情冷静地关注着一切,洞察着一切,配合着威廉的行动……

威廉望着刘小青绯红的惶恐的神情,面呈得意的微笑。他已经和杰姆斯达成最后的协议,让这个该死的女人 11 月 20 日前离开!这个女人活不了几天了!刘小青此刻不仅是他对付肖简最有力的武器!同时对在座的整个管理团队都是一种振聋发聩的威慑!刘小青以内部控制接班人的身份出现意味着肖简走到尽头了!肖简的危在旦夕意味着每一个经理都面临着不安全。威廉就是要制造这种人人自危的感觉。人人都感到不安全了,那威廉就安全了。这就是政治手段。威廉就是要利用刘小青“一箭三雕”:一是向整个经理层暗示肖简即将不保;二是暗示刘小青将取而代之达到击垮肖简心理防线的目的;三是让刘小青对他的恩宠感激涕零,分化和瓦解她和肖简的亲密关系。刘小青在懵里懵懂中已经成为威廉对付肖简的一个杀人不见血的武器。此举将让肖简以及所有经理包括王欣都惶惶不可终日。

而肖简在经历了一浪压过一浪的血光剑影以后,终于看到威廉公开向自己发出了行刑前的黄牌警告。她内心平静得没有一丝涟漪,嘴角含着讥讽静静地笑望着威廉。

餐桌对面,威廉直射过来的目光充满着居高临下的挑衅,还带着一种饶有兴趣的好奇。给肖简的感觉好像一只猫要把老鼠追得筋疲力尽最后逼到了墙角,然后带着稳操胜券的悠然想探求一下老鼠被死亡追杀的感觉……

肖简的目光中透出一种决绝。她突然把黑亮的头发往身后一甩,站起身举起杯,笑吟吟地望着威廉说:“威廉,我来敬您一杯酒吧!”

肖简此言一语惊人，不仅威廉一怔，在场的人都愣了一下。大家脑海里同时浮现不久前那个下午她受辱却不屈的一幕。所有人都进入了一种奇异的兴奋状态。刘新权、孙建武同时击掌叫好说："好！好！简，敬老板酒必须一口干掉！"

肖简一袭紧身黑衣映衬得脸上的肌肤格外的白皙。两块浅浅的红晕如同天边妩媚的朝霞，带给人无法抗拒的遐想。她站起身，拿起一杯"茅台"酒，步态轻盈地绕过半圈圆桌，走到威廉的身边。周围的哄笑声更大了，每一个人的眼睛都放着光。琳达在一边敲着象牙筷子，把气氛煽忽得像快要煮沸的开水。肖简黑亮的眼睛泉水般清澈地望着威廉，举起了酒杯。

威廉在众人的哄笑声中有些局促地站了起来，举杯面对着肖简，脸上似笑非笑的表情。

"干！干！"面对高矮差不多举着酒杯站着很近的两个人，周围的情绪越来越高涨。

肖简灿烂地笑着，双眸亮晶晶地凝视着威廉闪烁的眼睛，用圆润动人的声音说："威廉，我想借用白居易的《琵琶行》里的一句辞作为我的敬酒词：'此处无声胜有声'……"

大家哄地笑了。笑声中肖简把酒一饮而尽，向大家亮了亮杯底。然后笑望着威廉。

威廉在大家的哄堂大笑中表情突然变得很紧张。他握着杯子，目光茫然地左右不停地扭动着脖子，看看笑歪了脖子的这个，望望笑咧了嘴的那个，一遍一遍地问："什么意思？什么意思？她在说什么意思？"

肖简的祝酒词固然给了大家一些暧昧的想象空间，但威廉紧张无措一副害怕上当的表情却让大家真正找到了可以放开大笑的理由。于是周围的哄笑声更大了。琳达笑得捂住了肚子；比利笑出了嘹亮的声音；连不苟言笑的张宣明都控制不住裂开了大嘴。

"什么意思？什么意思？她到底什么意思？"威廉更加不安了。众人笑得已经不成样子，而中文只有小学毕业水平的自己却不理解大家在笑什么，威廉感觉自己像个傻子。但即便被人当成傻子，此刻他也想知道女人惊人的敬酒行动下赠给自己的惊人的祝酒词究竟包含了什么让这群人如此哄笑。

"琳达，告诉我什么意思?！"威廉讪笑地看着琳达尴尬而急切地问。

琳达一边揉着肚子一边断断续续地笑着说："她，她的意思是她知道你心里在想什么？"

见琳达对古人的名句如此歪解，大家爆发出更大的笑声。刘新权笑得喘不过来地说："威廉，她，她的意思是说你们俩心，心有灵犀，您不，不说话，她，她也能知道您想干什么……"

"她是说你们俩互相知道对方的心思……"琳达笑歪了身体又抢着补充了一句。

“也就是说她是你肚子里的蛔虫……嘀嘀嘀……”孙建武笑得直晃脑袋。

其他人也开始你一句我一句地抢着补充。只有比利没有说话。只有比利注意到威廉的脸越来越阴沉，一瞬间露出一股杀气。但很快他掩饰住了转瞬即逝的表情，什么也没有说，一仰脖子，一杯酒一饮而尽。然后目光凌厉地盯了肖简几秒钟，向她亮了亮杯底。然后坐下，脸上摆着笑的表情，但好半天没有说一句话。

肖简回到座位上，决绝的表情成为她今晚淡然的脸上无法褪去的一道风景。

威廉多少次故意在众人面前毫不遮掩地向肖简亮出了明晃晃的大刀，她的任何惶恐、躲避、退让、容忍、乞求都只会自取其辱。俗话说兵来将挡，水来土屯。事到如今，肖简倒想看看握着重兵利器的威廉将怎么砍杀手无寸铁的女人。

除了比利，没有人注意到女人的决绝。女人的每一个细微表情的变化都没有逃过比利的眼睛。从女人呼吸的急促和频率加快的睫毛抖动中，他知道女人的心在承受着极大的压抑和忍耐；从女人面对威廉无论愤怒，还是讥笑还是含沙射影的漠然中，比利感受到这个女人有一种让强大的威廉无奈的力量。从第一次见这个女人开始，自己就被威廉从一个局外人推到了“同谋人”的位置，比利有机会深刻地窥到了一个强大的男人和一个同样的强大的女人的内心较量，他感觉到一种深深的震撼。内心深处他对这个女人有一丝钦佩，也有一丝怜悯，但是看到威廉近乎于狼性的表演，他心里对女人那些惆怅的感觉都跑到爪哇国里去了。强烈的理性告诉他，他决不能为了一个毫无瓜葛的女人得罪威廉。得罪了他就等于把自己的脑袋送到了狼的血腥大嘴里，除了惨死不会有好下场。更不用说眼前这个野性的老板已经把一个自己奋斗一辈子也不可能实现的飞黄腾达送到了他的面前……因此比利即便善良也无法抗拒当威廉身边一条忠实的狗——没骨气但是可以给他带来本不属于他的荣华富贵。

而其他人在此刻柔美的灯光、飘香的美酒、五彩的佳肴、悠扬的音乐中，努力地寻找着与这种奢靡的气氛相配的关于女人色情的黄段子。而刚才肖简送给威廉的敬酒词恰恰给了大家一个可以借题发挥的想象空间。于是话题在嬉笑声中转到了肖简身上。

“哎——人家肖简都到了‘此处无声胜有声’的地步了，能看透你们的五脏六腑。你们有些什么见不得人的个人隐私，比如说养了个‘二奶’什么的，还不当着简的面交代了！免得简等一下把你抖搂出来！”刘新权说着冲肖简挤挤眼。

大家夸张地起哄着。琳达仰着脑袋爆发出一阵“嘎嘎”的笑。一头在美容院专门吹出来的酒红色的呈爆炸式的短发伴随着笑声花枝乱颤。

威廉“嘿嘿”干笑了一声，看了一眼肖简，脸上的表情变得很复杂。他努力调整脸上的肌肉想摆出一个笑的表情，但他实在找不到想笑的感觉。相反刘新权刚才说的话让他胃都觉得痉挛。他眼前浮现尹娟的身影，马上掩饰地低下头。琳达和其他人一边说着笑着、一边频频地关注着他的表情，希望自己的笑话能引起老板的共鸣。威廉了解下属的心态,也想和他们一起由衷地笑。但是他们不懂刚才他们关于"此处无声胜有声"的注释是如何地刺激得他发疯发狂！一种强烈地被女人在公开场合当猴子一般戏耍了的屈辱让他怎么可能笑得出来?!

而戏耍了自己的女人似乎还想激怒自己!居然在自己如此万般难受的尴尬下,故意千般机敏、万般可爱活泼、娇憨地挑逗那些男经理,和大家唇枪舌剑、嬉笑怒骂,不时地说几句含沙射影讽刺自己的话刺激得威廉头皮都发麻!此时的肖简仿佛带着一种强磁场,吸引得喜欢她和讨厌她的人随着她的激情奔放体会着被电击、被刺痛、被扰乱、被挑逗的舒适和不舒适的感觉。威廉内心突然岩浆滚滚,酒精更是不断膨胀着。他想当众提前向女人宣布"死刑"!他疯狂地想看见女人在当众被宣布死刑以后,是否还潇洒,还无所谓,还跟自己较劲！威廉一口气往喉咙里倒了四五杯酒。体内怪异的野性和冲动更加熊熊燃烧。但有一缕游丝般的理智还在吃力地拉着他。他左右挣扎。终于他感觉这根游丝快要挣断了,他赶紧借口上厕所逃离了座位。

过了很长时间,威廉红着被酒精浸红的眼圈和被冷水浇白的脸回到了座位。他闷闷地往肚子又倒了两杯酒,突然"忽"地站起身,一双兀鹰般的眼睛死死地盯着肖简,向女人高高地举起了一杯酒。宴席间鼎沸的人声突然消失了,所有人的目光都带着好奇和亢奋盯着威廉。

"简,我也敬你一杯酒！"威廉脸上是似笑非笑的表情。

"好！简——赶快！老板敬你酒呢,还不赶紧站起来！"刘新权大呼小叫地站起来,端起那瓶"茅台"酒三步两步走过来,为肖简斟上酒。琳达在旁边眉飞色舞地起着哄让肖简赶紧站起身举杯应战。

"碰杯！碰杯！"大家在一边起着哄。

在大家的起哄声中,威廉脸上突然露出一丝犹豫。肖简却已大大方方地站起身,满脸微笑地举起杯走到威廉面前。

两个酒杯离得越来越近……刚要碰上,琳达突然尖声地打断了他们:"不行!不行！威廉,刚才简有句敬酒词,你也要有一句！"

"对！对！"一句话把大家煽忽得群情激荡。

威廉酒杯已经举到半空了,突然听到琳达的话愣了一下。嗓子门口奔腾着想涌出来的祝酒词就是"Go to Hell(下地狱去吧)！"他下意识地赶紧用手捂住嘴,使劲把这句说出来果真要天崩地裂的话牢牢地压在了舌头底下。他故意动了几下脖子,做出打嗝难受的样子。一边努力搜刮着脑袋,想说一句类似"此处无声胜有声"的文雅但又有杀伤力的祝酒词。但努力半天却怎么也想不出来。他的头开始冒汗,但举在半空的酒杯却无法收回来的,脸上不由得露出尴尬的表情。琳达这时也意识到自己的冒失,赶紧打岔说:"威廉,别想诗了,快碰杯吧！简,赶紧碰杯！干了啊！"

"不行！我不能干！我已经喝多了！"肖简听了琳达的话赶紧缩回胳膊道。

"不行！干了！一定得干了！"刘新权和孙建武在一边起哄说。

“真的不行！刚才我已经和你们干了好几杯了。不能再干了！”肖简坚持道。

“你喝三分之一吧！”威廉见肖简推三阻四地不给面子很是恼火。自己以一个老板之尊难道就这么傻傻地站着等着他们决定女人喝多少？他开始后悔一时冲动想通过给女人敬酒表现一下自己做老板的大度和潇洒，挽回点儿刚才的失态。但这该死的女人却又一次把自己陷入了窘迫的境地，他只想砸了酒杯甩袖而去。

“好！就喝三分之一！”肖简两颊绯红得像两朵娇艳的红牡丹。她笑着举起杯，迎向威廉有些颤巍巍地伸过来的杯子。

一声悠长清脆的“咣当——”声，两个玲珑的小酒杯在头顶射灯映照下清脆地碰撞，闪着迷离的光芒。威廉举起杯一饮而尽，咂咂嘴向肖简亮亮空杯。肖简小心地把杯举到唇前，皱着眉抿了一大口。

“好！好！”周围一片喝彩声。

肖简被酒辣得龇牙咧嘴的。睁开眼看了一眼酒杯。发现喝得只剩下一个底了。连声说：“糟糕！我亏了！亏了！我怎么喝多了！”一边说一边笑着回到座位上。

“哈哈哈——”威廉突然爆发出一阵野性的狂笑。

肖简夹了口菜正往嘴里送，威廉突然爆发的笑声差点儿把她筷子上的菜惊掉。她放下筷子，用惊异的目光看着他。

身边的几个经理或端着杯品酒或夹着菜正往嘴里送呢，在威廉的笑声中也纷纷放下了酒和菜，把惊讶的目光投向他。

在一片目光织成的网里，威廉盯着肖简的表情突然变得很诡秘。渐渐地诡秘中又带了几分深意，几分得意，几分古怪。肖简望着威廉的目光不由得变得困惑起来。

威廉用这种复杂怪异的表情在众目睽睽之下盯了肖简一二十秒钟，然后脸上又露出一种怪笑。他意味深长地向肖简举举空杯，用低沉的声音一字一顿地说：“简，你——forecast(预测)不准——不——要——怪——我！”说完他又爆发出一阵野性的狂笑。脸上呈现出“狩猎人”面对枪口下的“猎物”得意的表情。

大家笑了。大部分经理都把这句话理解成威廉对肖简不小心喝多了酒的戏谑。

但张宣明、比利、刘小青和王欣都听出了这句话中的腾腾杀气。只有他们了解这句一语双关里的血腥味道……

肖简仿佛看到了威廉话中的刀光剑影。威廉已经把明晃晃的大刀架到了她的脖子上。

而事到如今，她又何所畏惧？

女人忽地站起身，凛然而平静地笑望着那张面目可憎的脸。她傲然地一字一顿地说：“威廉，酒桌上我没有经验！但对您的forecast(预测)我绝对不会出错！不信，您敢跟我打赌吗?！哈哈哈——”

威廉“狩猎人”的得意生动地僵在了他变得扭曲的脸上。

肖简夸张地朗声大笑，声音清脆而自信，让在场的人都感觉意外。

第三十章

— 91 —

我不能坐以待毙！我要抗争！

肖简和王欣两个人心中涌动着同样的呐喊，外表却用若无其事掩饰着汹涌澎湃的心潮和激愤的情绪。一起搭乘一辆车从富丽堂皇的“仿膳斋”回到了空空荡荡的办公室。肖简往西,王欣往东,各自回到自己的座位。

肖简打开电脑。

狼终于伸出吃人的獠牙了!最可恨的是周围的政客们助纣为虐,想把无辜的女人引入陷阱,送进狼的獠牙!

王欣、魏晴这些势利女人从来都是踩着别人的身躯才能往仕途的天梯上艰辛地挪动一步。虽然可恨但是可悲可怜!

但杰姆斯、袁华,头上顶着世界级著名大公司灿烂文明的华盖,却为了桌子底下的政治交易出卖自己的良知。这又是何等地让人寒心?!

自古云:得道多助,失道寡助。怎么在光辉灿烂的西方文化下,演绎的却是相反的伦理和逻辑?难道就因为“失道”者拥有“强权”?难道我们依靠“强权”生活就必须畏惧“强权”? 丢掉自己正义的灵魂?

OEE 公司,一个多么著名的国际品牌。圈外人仰慕它的光辉,白领渴望跻身其中成为 IT 行业令人尊敬的一员。这么好的公司为什么会容得威廉这样的流氓老板横行妄为?

我这么一个小小的女人,就是因为不畏“强权”,居然要被老板推到“人民公敌”的地步！还有公理吗?!

肖简默默地眺望着落地大玻璃窗外闪着万家灯火的摩天大楼，内心深处荡漾着深重的悲愤和苍凉。不知道身边的这盏台灯,还能在她 OEE 的人生驿站上亮多久?但不管亮多久,只要还有能量,就必须让自己这段人生之路光明亮堂!决不能违背正直、公理和良心做出让自己遗憾,让同仁扼腕,让亲者痛,仇者快的事。

威廉这种公司败类应该被惩罚!即便是自己因此成了“先烈”,成了政治斗争的牺牲品,也不能让这种败类认为“邪”有“强权”的支撑就能变成“正”,“正”违抗了“强权”就成了欲加之罪的“邪”。我只是一个小女子。但从小父母教我做一个正直的人。"正直"两个字很好写。但人生中多少诱惑会让人偏离"正直"的道路？也许"邪"能让人活得荣荣耀耀，而"正"却让人一生辛苦。但一个小人物的良心是一生快乐和平安的精髓。

威廉数不清的欺骗行径，就像白蚁一样，一天天侵蚀着OEE宏伟的大厦。而坐在大厦最顶层的老板们，根本看不见蛀虫们为了自己的利益在吞噬大厦的地基。作为一个内部控制经理，其职能本来就是监控项目和部门运作过程中的违规违法行为。哪怕丢掉这份工作，也不能违背自己的职业道德。

肖简打开邮件信箱，点击了亚太咨询部内部控制总监乔治的地址。OEE中国已经成为权钱交易的场所，女人已经不再指望那眼里曾经高大伟岸的总经理杰姆斯能秉公执法，保护自己的员工。她要越级向上投诉和汇报。她不相信这世道都是恶狼当道。她相信像爱德华那样的老板在OEE公司不止一个！

"乔治，作为中国的内部控制经理，不管是用正式或者非正式的方式，我需要向您汇报中国目前严峻的现状和问题。因为我汇报的问题涉及一些敏感的关系。这就是我一直犹豫没有给您发邮件的原因。

"但是现在，中国的情况已经非常严重——财务数字严峻地表明了中国的现状——Q1利润率-6%；Q2为-4%；Q3的利润率应该是-30%，经过威廉玩弄数字游戏，违规操作账目，把利润率变成了37%！Q4如果按现在的预测将会亏损40%。目前中国的项目，90%是当时詹森开发的，威廉上任后很少开发什么新项目。而我们的现行项目85%以上将在两三个月之内结束。我并不认为现有的和潜在的项目能够承担咨询部所需的费用，更不用说为明年创造良好的利润了！目前员工的辞职率为45%，已经达到历史最高水平。半数的经理因为威廉的政治斗争已经离职或被强行转岗。而我也正经历着被威廉政治迫害的艰难过程。

"下面，我将详细向您汇报中国内部控制目前的主要问题，以及威廉在中国搞政治斗争的所作所为——"

肖简花了巨大的篇幅详细汇报了中国的情况。最后她写道：

"在一个邮件里描述这场复杂惨烈的政治斗争是很困难的。感谢你的耐心和理解。我热爱OEE公司、热爱咨询部这个团队。我希望您能够支持我！"

肖简邮件发过去后大约半个小时，乔治就给她回复了邮件——

"简，对于你提供的信息，我感到非常震惊！如你所说这是非常敏感的。我现在还不能确定什么是解决问题的最好方式。可以想象你和威廉目前相处关系非常困难。也许新的PD(总监)来了以后可以使你的工作容易些！我非常欣赏你提出来的中国内部控制工作的问题。希望我们能够想出办法来解决这些问题。也许最好的办法是明年三四月我来中国做业务大检查时，借这个机会认真审核你提出的问题。最近你可以随时给我电话！"

看了邮件，肖简感觉心里很温暖。刚才发邮件的时候她并没有把握乔治会不会理会。毕竟这是越级汇报。而自己和乔治没有私下交情,论级别威廉还略高于乔治。乔治完全有理由明哲保身。但是乔治显然和爱德华一样正直仗义。尽管从邮件看他也非常谨慎,暂时也提不出什么可行的办法。但显然他信任她也愿意帮助她!

肖简正想回封邮件对乔治表示感谢,乔治又发来了第二封电子邮件——

"简,我又仔细考虑了一下你的问题,我有以下两个建议供你参考:第一,如果我们把这些问题上报给约翰和迈克,他们将会考虑你的评论。但是他们也会非常强烈地被威廉所说的话影响。虽然中国的数字非常不好,但是由于香港的华尔森非常能干,台湾的业绩也还说得过去。因此 GC 总的数字还不算太差。我认为约翰和迈克会选择继续相信威廉并支持他。这样你的处境会非常非常困难。

"第二个选择是你继续努力做你的工作,并且试着对威廉提出不满和批评的任何方面去努力提高。我差不多可以确定对中国的业务大检查很快就可以开始。甚至可以让它提前到 2 月份前。检查小组对你提出的许多问题都可以进行重点回顾。如果威廉已经制造了很多问题,检查小组将在检查中提出独立的意见和报告,并能够独立不受干扰地向上汇报!

"我建议你平缓地往前走。因为如果你试着和威廉直接冲突,你将差不多可以确定会输掉!而我认为你的确应该继续在内部控制的岗位上继续工作!"

乔治的电子邮件让肖简感到非常震动也非常感动。如同爱德华一样,黄头发蓝眼睛的乔治和肖简素昧平生,只是因为一种正义,他远隔千山万水向一个小小的中国经理伸出了友情之手。不仅没有因为政治而逃避,反而主动置身其中!还有爱德华,回去以后几次给肖简发电子邮件,鼓励她支持下去不要后退。告诉她善良必定要战胜邪恶!这些黄头发蓝眼睛老板们,让这个中国女人深深地感动着……并坚定了她与邪恶斗争的决心。

她突然想起乔治邮件里的那句话,新来的 PD(总监)"will make life easier for you"(将能使你的生活容易些)。自己怎么没有想到这一点呢?比利似乎是一个很 nice(好)的人。虽然他是威廉的亲信,但他给人的感觉非常和善。现在威廉已经退回 GC 老板的位置,中国的老板就是比利。自己是不是应该找时间和比利沟通一下呢?

肖简看看表,已经深夜 11 点了!她感觉很累很累。窗外依然是万家灯火,高楼林立。也许借着夜幕收拾好东西,然后悄悄地离开是 OEE 所有绞尽脑汁对付她的老板们明天一早最希望看到的结局。这也是她最容易走的路。在附近富丽堂皇的高楼大厦里重新找另一盏灯对她不是难事。手里也捏着几个长期跟踪她的猎头的机会。她累了!她想要一份稳定的工作。她想要一个温馨的家。

家?我有家吗?想到家,肖简感觉心里一阵刺痛。脑中瞬间浮现男人肩上那个泛着红色的牙印。那就是我付出了我全部的情感和尊敬仰慕的男人;那就是曾经信誓旦旦终身爱我保护我的男人;那就是告诉我要和我执手到老的爱人……女人的心在滴血流泪。曾经看到窗外的万家灯火,就会想到有一盏为自己而守候的灯以及灯下那个等待自己的男人。如今那盏灯在哪里闪亮?那个男人为谁守候?原来爱情也是政治,可以翻手云覆手雨。哪有什么永恒?!

女人带着满心的沧桑,缓慢地走在空空荡荡半明半暗的办公区。走到拐向电梯的过道时,她看见最东头孤独而执著地闪亮的一盏灯——王欣还没有离开。

— 92 —

此时的王欣,情绪依然沉浸在极度激愤中。她正在网上和"猎豹"情绪激动地倾诉着晚上发生的一切。

企鹅:(祈求地)猎豹,你在听吗?你别烦我。我通常不跟你说公司的事。可是今晚我不说我非得疯掉!

猎豹:(宽容地)你说吧。没事。反正我老婆到现在也没回家,我也心烦着呢!听听你的烦事,发现一个比我还烦的人,可能我就不烦了!

企鹅:(气恼地)臭猎豹。人家快疯了,你还开玩笑。

猎豹:没开玩笑。最近小企鹅表现挺乖的,我有点儿喜欢你了。你尽管说吧!

企鹅:猎豹,和我对头的那个女人快被老板赶走了。我以为我终于熬出头了!谁知道今天又冒出来一个小丫头。

猎豹:小丫头你怕什么?还有我的小企鹅厉害?

企鹅:她当然没有我厉害。但是老板把她捧上了天!居然说她是这摊工作的继承人。居然要派她去澳大利亚参加主管培训班!我……

王欣写到这里眼泪夺眶而出。不是为刘小青的好运气,而是为威廉的无情。自己这一年为他付出了多少血和泪,没有节假日没有星期天。甚至为她付出作为女人全部的感恩和情感。有一个下雪纷飞的星期天,零下十几度的寒冷。男朋友的车出故障送去检修了,外面出租车也打不到。但因为威廉在北京,担心他可能会心血来潮去公司。她几乎在凛冽的风雪中徒步走了三站路,摔了好几跤才坐上一辆小巴。刘正明说她疯了!她也觉得自己疯了!但是她还是来了。一个人在空空荡荡的办公室等了一整天。当夜幕快降临的时候,威廉那矮胖的身材果然出现在自己的面前,她委屈激动得想哭!感觉那一天的辛苦和付出都值得了!这样的例子多得像家常便饭。王欣已经习惯于为威廉付出,而威廉也习惯于接受自己的付出。两个人亲切得像自己家人。威廉明里暗里给王欣传递过无数信息,肖简一走,内部控制将是王欣大权在握。在经理们心目中王欣就是肖简的接班人。苦熬了10年,该熬出头了!

谁知道,今天居然又冒出来这个刘小青!威廉居然不顾王欣的感受。他在把刘小青吹上天的时候,完全忘记了那个为他默默付出了全部感情和心血的女人。王欣想着伤心的眼泪如同断线的珍珠不停地落下。

猎豹:(担心地)企鹅,你怎么啦?怎么不说话?不会哭了吧!

企鹅:(伤心地)是……

猎豹:唉,真是傻孩子,哭什么!不就点儿工作的破事嘛!干得不顺心,换一家不就行了吗?还外企小姐呢!这么不潇洒啊?

企鹅:猎豹,你不会懂的。古时有一年闹灾荒百姓尸横遍野。大臣和皇帝汇报灾情,皇帝奇怪地说:"没有粮食吃,那老百姓为什么不吃肉?"

猎豹:哈哈哈——小企鹅也会幽默了!

企鹅:(伤心地)本来就是。你们是天之骄子,哪里会理解我们生存的艰难。我一个高中生要是离开这个公司,哪里还会有机会进入这种世界顶尖级公司?不可能!你说我能不珍惜吗?

猎豹:唉,你也不容易。

企鹅:可那个小丫头片子太容易了!她才来一年。没有付出过任何艰辛,却能一步登天!不就因为脸蛋子漂亮吗?

猎豹:可咱们小企鹅还性感风骚呢!谁比得了?

企鹅:(气恼地)猎豹,你,你,你存心气我!

猎豹:(挑逗地)你说是不是啊?说心里话,我们小企鹅的功夫可是了得。没有牛一样的体魄可对付不了!那丫头片子行吗?所以啊,别动气了!好歹有我欣赏你呢!

王欣的心弦好像突然被拨动了,浑身感觉热乎乎的。眼前突然跳动出男人和自己绞动在一起的身影,不由得心旌荡漾。身体的每一个毛孔都生出一种渴望。

企鹅:猎豹,你,你说的都是真的吗?你,你真的欣赏我吗?

猎豹:当然真的!你最近在网上还是很可爱的。

企鹅:你欣赏我什么?能告诉我吗?

猎豹:小企鹅率真热情放荡……天使荡妇泼妇女强人卖菜的……好像都沾点儿边。小企鹅挺生动的。

企鹅:猎豹,既然欣赏我,何必在网上?我给你一个活生生的人不好吗?

猎豹:……

企鹅:你愿意现在来见我吗?我想要你!我要你给我!你不想要我吗?

猎豹:(犹豫着)小企鹅,我想要……但是,唉,还是算了吧!我说过我们还是做网上情人。这样对大家都好!

企鹅:网下的恩爱并不妨碍我们做网上情人啊!

猎豹:是不妨碍。不过……还是算了吧！以后再说吧！

企鹅:(伤心地)猎豹,你为什么怕见我！

猎豹:我不是见过你吗？怎么会怕？唉,我有些心烦,没有心思！

企鹅:你烦什么？还为了你太太？

猎豹:为什么要为她？

企鹅:你刚才不是说她还没有回家,你烦着呢！

猎豹:倒不是为她没有回家烦。

企鹅:那为什么？

猎豹:这个……

王欣对这个男人的好奇心再一次被勾了起来。他有个什么样的太太?为什么他一提起太太就好像很压抑和惆怅？他的家庭生活是不是不幸福？他为什么不离婚？如果他能离婚自己也许能成为他的女人……王欣想到这里心怦然一跳。多么美妙的远景！多么大胆的思维！是不是自己有些异想天开？可是为什么不呢？多少聪明有心计的女人的美好婚姻不都是设计出来的?坐以待毙永远没有机会。自己和猎豹已经是肌肤相亲的情人。情人离夫妻本来就是一步之遥。可是,自己的情敌到底是什么样的女人？王欣一无所知。一无所知怎么可能实现目标？王欣想知道。她今天一定要知道。由刘小青引起的妒忌和难堪已经被猎豹撩起的情欲爱欲彻底冲淡了。她现在只想知道猎豹的女人。

企鹅:好吧。我听你的。我们不见面了。我们还是聊天吧。只要你喜欢,我愿意做你乖乖的小企鹅。你是我最崇拜的男人……

猎豹:嗯,这才是我喜欢的小企鹅。

企鹅:你本来就值得女人崇拜嘛！哎——你太太一定很崇拜你吧！

猎豹:有什么好崇拜的?

企鹅:你这么优秀的男人还不值得崇拜吗?

猎豹:我太太也很优秀啊！

企鹅:她长得很漂亮吗?

猎豹:说不上漂亮,但挺好看的。挺甜的。挺讨男人喜欢的!

企鹅:看来你挺欣赏你太太的。

猎豹:是,她的确是一个有魅力的女人。

看到猎豹如此不忌讳地夸奖自己的太太，王欣心里情不自禁地冒出一种酸溜溜的感觉。看来这个女人在他心里还很有位置。看来自己的对手还很强大。

企鹅:你说过她很聪明的。

猎豹:太聪明了!让人累得慌。

企鹅:聪明不好吗? 怎么反而累?

猎豹:把你什么都看穿了,怎么不累? 男人可不喜欢在女人眼里不穿衣服的感觉。

企鹅:这个不应该啊。聪明的女人任何时候都要给男人面子的。要学会装装傻。

猎豹:你这几句话我爱听。唉,我老婆要是也像你这么想就好了!

企鹅:你太太爱你一定会这么想的。

猎豹:这跟爱没有关系。我老婆肯定是爱我的。但她爱我也累。

企鹅:为什么爱你会累?

猎豹:需要你全部心思都在她身上。需要你陪她、想她、理解她、生气了会哄她、在她需要的任何时候都支持她……你说累不累?

企鹅:那她感情太不独立了。女人爱一个男人就要给男人自由。我会让我的男人干任何他想干的事。

猎豹:(坏笑)包括和你这样的女人做爱?

企鹅:(诚实地)当然最好不要喽。但如果有了,我想,我还是会理解他,宽容他,等他回来的。

猎豹:小企鹅,你这么想真好! 要是所有女人都这么宽容、通情达理就好了!

看到猎豹这么由衷地夸奖自己,王欣有些喜不自禁。看来这个男人是需要自己这样的女人的。他会喜欢自己的。

企鹅:唉,你太太真不惜福。有这么好的老公还不珍惜,还不知足。那她想要什么样的男人呢?

猎豹:她也没有想要什么样的男人。她挺爱我的。就是。唉,总不高兴! 真烦!

企鹅:你好像还挺在意你太太的。你很爱她吗?

猎豹:我老婆我当然爱!

企鹅:可是她不是挺让你心烦、伤心的吗?

猎豹:在乎她才心烦。

王欣心里除了酸,居然还冒出了一点儿不服气。这个女人有这么好吗? 既然这么好"猎豹"为什么还和自己这样? 苍蝇不叮无缝的蛋。我不信他们夫妻之间没有危机。否则"猎豹"有这么多时间在网上和其他女人泡? 敢这么坦然地背叛老婆? 像我那刘正明借他十个胆子也不敢! 于是她跃跃欲试地试探道:

企鹅:猎豹,为什么不试着找一个轻松的老婆呢? 人生苦短,干吗这么累?

猎豹:优秀的女人有几个不累人的? 我认命了!

企鹅:是舍不得吧。

猎豹:哈哈! 也对! 是有些舍不得! 我老婆还是挺有魅力的。她要不闹,挺可人的。

企鹅:(赌气地)可人女人全世界又不只是她一个!

猎豹:女人很多,我老婆可是独一无二的!

"猎豹"越夸老婆,王欣心里越感觉堵得慌。心想那是个什么女人? 能把男人迷成这样? 我真还不信那个邪了!

企鹅:你老婆这么好,那你还背叛她?

猎豹:唉,怎么说背叛?不是跟你说过嘛!那是两回事!男人的老婆永远是老婆,外面再花也是老婆!

企鹅:那你如果在外面遇到一个比你老婆好的呢?

猎豹:难!我老婆已经是女人里的精灵!我见过这么多女人,还没有赶过我老婆的。

猎豹在那里津津乐道地夸老婆,王欣在这边越听心里越难受。这个"猎豹"简直疯了! 在一个与自己肌肤相亲过的女人面前左一个老婆好,右一个老婆好的,怎么丝毫也不考虑别人的感受?难道他和我的激情恩爱都是在做戏?好一个薄情寡义的男人! 好像我是个没有感情的白痴? 好像我是他的玩具? 这也太过分了! 王欣突然感觉心里有一股火控制不住往上冒。她努力克制着,克制着……

猎豹:你怎么啦? 这么长时间不说话?

企鹅:哦,没事,我在想你的话。

猎豹:我的话有什么好想的?

企鹅:猎豹,你太太干什么工作的?

猎豹:和你一样。外企白领。

企鹅:也当秘书?

猎豹:她怎么可能当秘书?她管秘书!我老婆这么聪明,怎么可能当秘书?她是经理!

秘书怎么啦? 秘书不是人啊! 她老婆当经理有什么了不起的? 我虽然是秘书,我还能把肖简这样的高级经理整走呢! 他老婆这么好,干吗和我泡? 玩我呢! 再夸他老婆,我非挖地三尺把他老婆找出来,看看她和我王欣比到底我哪里不如她！不知为什么,王欣突然对这个男人充满了怨恨。这个男人简直太自负了！太不给我面子了！好歹一日夫妻百日恩哪。他怎么这么无情无义的！她真想大开骂戒了！姑奶奶哪里受过这种气！可是她还是努力压抑着内心的难受。她的目的还没有达到,怎么能轻易失控?!

企鹅:猎豹,我好伤心！

猎豹:小企鹅,你怎么啦?

企鹅:落花有意,流水无情啊！

猎豹:我不是无情,而是无奈啊！

企鹅:两情相悦,有何无奈?

猎豹:小企鹅,你可不要走火入魔啊！我可是有老婆的！

企鹅:我们难道没有夫妻之实吗?

猎豹:那是两回事。

企鹅:对女人,爱了,都是一回事！

猎豹:千万别提爱字！我从来不言爱。不要玷污这个字！

企鹅:你什么意思?难道我不配有爱吗?

猎豹:小企鹅,这不是我们今天该讨论的问题吧！咱们不过是网上情人。虚拟的情感何必当真?

这个男人说什么?何必当真?好像有人拿刀在她心上深深地捅了一刀,王欣感到一种钻心的痛。自己这么痴情爱的男人居然对自己说何必当真?他真把自己当玩偶啊！可我是女人！一个有感觉、有思想、有欲望的女人。他不爱我也罢了,居然对我付出的真情说一句"何必当真"?王欣有一种被羞辱的感觉。这个男人太过分了！他以为他是谁?他真以为我是一个可以任他搓揉的乖乖女吗?我是想做他的乖乖女。但是你也得爱我啊！不愿意要我做老婆,你也不应该羞辱我啊！没有爱情也有过激情啊！他怎么能如此随意?他怎么能把我的感情当成垃圾,想扔就扔！可我王欣不愿意！这是什么世道?人怎么都这么薄情寡意?威廉为一个乳臭未干的刘小青毫不留情地伤害我;这个"猎豹"视我为无物,为一个冷落他的女人百般羞辱我。这些臭男人凭什么总是看不起我?!

企鹅:猎豹,网上情人也是人啊！我不是虚拟的！我的感情也不是虚拟的！你怎么能说"何必当真"?

猎豹:(不解地)小企鹅,你今天怎么啦?怎么净钻牛角尖啊?咱们不是说好了吗?

企鹅:(生气地)说好什么?说好你想玩就让你玩?我是一匹贱马啊?你什么时

候想骑我就让你骑？

猎豹：(惊讶地)你，你，你怎么话说得这么难听？你怎么这么俗！

企鹅：难听？你说的话不难听吗？俗？俗你还玩我？玩我还羞辱我！你把我当成什么了？

猎豹：你，你，我羞辱你什么了？莫名其妙！你，你简直疯了！

企鹅：我是疯了！疯也是你逼的！在被你玩过的女人面前没完没了地夸老婆？你考虑过我的感觉吗？！

猎豹：不是你问我老婆的事吗？怎么又扯你什么感觉了？莫名其妙！

企鹅：你才莫名其妙！人家对你白用心了！我忍了你这么长时间。你要我乖我就乖，多一句话都不敢讲。不就为了讨你高兴吗？你居然毫无感觉！这么不把人当回事！

猎豹：谁让你对我用心了？从一开始我就跟你讲得清清楚楚，你用什么心？

企鹅：(伤心地)我是女人，对你用心有什么错？

猎豹：你愿意用心是你的事，扯我干什么？

企鹅：是为你用心，不扯你扯谁？

猎豹：你太可怕了！这才是你的真面目，是吗？感谢上帝！让我赵天雄看见了你的真面目！真恐怖！

赵天雄？怎么叫赵天雄？王欣突然愣住了！这么熟悉的名字！赵天雄？肖简的老公不也叫赵天雄吗？过去肖简一天要念叨好几遍，满脸荡漾的甜蜜好像想把人淹死，生怕大家不知道她的幸福。以至于王欣一听到她说赵天雄就烦就难受。这个“猎豹”难道会是肖简的老公？王欣突然觉得全身的毛孔都竖起来了！怎么这么恐怖？不会！不会的！哪有这么巧的事？一定是同名同姓！可是……不对啊，他说他老婆也是白领也是经理啊！长得好看、可爱、聪明、有魅力，怎么越想越像肖简？！王欣越想心里越发毛。我怎么会跟他……跟这个女人的丈夫……这也太可怕了！她突然感觉浑身发软。放在键盘上的双手也开始微微发抖……我干了什么呀！我说了些什么呀！我，我怎么会和这个男人……她咬咬牙，努力让自己打出下面的字。

企鹅：(后悔地)猎豹，刚才我气昏头了！是我不对。对不起！原谅我好吗？

猎豹：(咬牙切齿地)原谅你？莫名其妙我又要原谅你？你是变色龙啊？怎么一会儿一变？

企鹅：你太太又是白领又是经理又有你这么优秀的丈夫，长得又好看，我，我妒忌！

猎豹：她又不招你，你妒忌得着吗？莫名其妙！

企鹅：猎豹，你太太怎么还不回来？她上班的地方很远吗？

猎豹:远什么？世界贸易中心。才几步路？打车十几分钟的事。

王欣的头嗡的大了！世贸中心！居然也是世贸中心！她的心开始绝望地沉向海底……

企鹅:世贸中心？他们公司怎么这么牛啊！居然在世贸中心？

猎豹:世贸中心怎么了？他们公司就是牛！世界数一数二的大公司！怎么了？就兴你在大公司？我老婆不配？

企鹅:那她,她挣的很高工资吧。

猎豹:是很高！高怎么了？是人过的日子吗？碰到一个流氓老板挣再多又有什么意思！

王欣都快喘不过气来了！天呀！世界居然这么小！我和她耗尽了心智地争一个老板,争一个饭碗。一直以为"猎豹"是我腥风血雨中的一块世外桃源。万万没有想到造化弄人,昨日希望的绿洲今日居然成了死亡的沼泽地。在我自以为属于自己的感情世界居然还要和她争同一个男人！我到底造的他妈的什么孽？这个女人怎么跟鬼影一样我走到哪里她跟到哪里？我怎么永远也摆脱不了她的阴影?！那个女人,还有那个女人带来的刘小青,让我在苦涩的海里挣扎了快10年还浮不出海面！这个男人,这个"猎豹",如此玩弄我,唤起了我从来没有过的渴望和激情,却原来是这个女人玩剩下的！而他刚才居然因为这个女人百般羞辱我！这个女人快滚了,原本是我人生中最快乐的事！因为这个赵天雄,我还有什么胜利的喜悦可言?！我好恨啊！我居然下贱到这么长时间为了得到这个男人如此卑躬屈膝,如此低三下四。我王欣虽然卑微,除了老板还没有向任何人低过头！可这个男人,这个肖简的男人,居然让自己如此地没有尊严！真是奇耻大辱啊！王欣用尽全身的恨重重地敲击着键盘:

企鹅:猎豹,我恨你！我恨不得杀了你！

猎豹:天呀！你怎么又变了！真是个恐怖的变色龙！

企鹅:我没有变！是你毁了我的生活！我恨你！我要你记住我恨你！我会报复你！

猎豹:你真是一个恶毒的疯女人！我真庆幸看清了你的真面目！

企鹅:晚了！猎豹。你不知道你已经铸成了大错！你毁了我,我也毁掉你最心爱的东西！

猎豹:你这个恶毒的女人！你的诅咒实现不了！

企鹅:实现不了吗？哈哈哈！猎豹,你等着吧！我会让你们永远因为我的存在而终身痛苦！

猎豹:企鹅,这是我和你说的最后一句话:你这么恶毒,你不会有幸福的人生的!你这种女人跪着求我我都不要!

企鹅:(冷笑)还不知道谁没有幸福的人生呢!

王欣最后一句话发过去,屏幕显示“猎豹”已经下线了。不,是赵天雄已经下线。这个男人走了!永远地走了!他曾经给了她美丽生活的希望,但一夜间因为那个叫肖简的女人,他残酷地把她的希望踩在脚下,碾得纷碎!望着毫无希望的屏幕,王欣浑身燃烧着熊熊的烈火。她仿佛是一个复仇女神!她要向她的敌人复仇!

肖简,赵天雄!你们等着!我会磨好最锋利的刀子,一刀就把你们扎死!就一刀!

— 93 —

肖简在上班的路上接到刘小青的电话,说上午有急事想请假。肖简不假思索就同意了。万万没有想到,她一到公司打开邮件信箱居然接到了小青发来的邮件——“我的辞职申请!”

邮件的内容很简单:“由于个人原因,经过慎重考虑我决定辞职。希望批准。感谢各位过去工作上给予的支持!”

肖简非常震惊。刘小青为何不跟自己打招呼就匆忙决定辞职?她再仔细一看,小青的邮件上“发送人”是威廉、比利和袁华的,只是抄送给肖简。也就是说她并不想事先知会肖简以免自己的决定被阻止。可她为什么突然作这样的决定?肖简郁闷地坐着,越想越不安。几次给小青打手机,她都关机。

正在肖简心急如焚的时候,突然看见比利匆忙地过来找刘小青,说威廉马上要见她。显然威廉也被小青的辞职陷入震惊之中。小青已经成了威廉对付肖简精心布下的棋子。现在棋子不翼而飞,肖简甚至能想象威廉面对辞职信的沮丧和愤怒。

见刘小青不在比利显得非常失望,正要讪讪地往回走,肖简突然想起乔治让她和新PD沟通的建议,就笑问比利有没有时间谈谈?

比利笑着和肖简进了旁边的会议室。肖简用了差不多一个小时细致地叙述了这一年来和威廉的恩恩怨怨。比利一直平静祥和不动声色地听着,没有表现出任何的心理活动。

听完肖简的叙述,比利理解地笑笑,温和地说:“简,谢谢你的信任。你刚才说的有的我知道一些,有的我也不清楚。但我是理解你的。同时我也希望你能理解,威廉是我的老板,我也不方便去评价我的老板……”比利诚恳地说:“但有一点你要相信我,我希望你工作得愉快,希望你能在你的岗位上发挥你的才能。”

肖简点点头。比利是因为能当傀儡威廉才把总监的机会给他。因此即便他知道真相也不会因为威廉是肮脏的政客而改变立场站到女人这边来。毕竟威廉是他的衣食父母,他必须仰他的鼻息才能站稳脚跟。但肖简在目前的困境下也不得不赌一把比利人性的善良。希望他在了解真相以后能和威廉作一些协调,希望比利成为威廉和肖简之间的一座桥梁,能缓冲她和威廉短兵相接。按 OEE 公司惯例,有了部门总监后,威廉不应该再越过总监直接和肖简这样的经理沟通,肖简他们也不应该越过比利直接接受威廉的领导。如果比利上任后能规范地按公司管理规程办事的话,也许能像乔治说的自己的生存状况会有所改变,自己也许还能在这个位置继续发挥能力。OEE 是个好公司,只要有可能肖简并不想失去这个工作。于是她笑笑说:

"我理解。比利,我只想知道,在需要的情况下你会保护我吗?"

"我部门的员工我都会保护!"比利小心地选择着措辞但语气肯定地回答。

"谢谢你!比利。希望你能帮助我和威廉沟通一下。内部控制工作关系重大,不能掉以轻心。威廉听不进去我的话。如果你从中沟通,也许能帮我和威廉消除一些误会。"

"我会尽力的!简,放心吧!"比利温和地笑着说。

肖简欣慰地笑了。在她单纯的理解中,比利已经承诺了对自己的保护。作为威廉的亲信,他如果能从中斡旋,也许一切还有机会重新开始。

肖简满怀着对比利的信任起身告辞。比利突然问:"简,你知道小青为什么辞职吗?"

"我不太清楚。我也是刚知道这件事的。她下午来上班我会问问她的。"

"简,拜托你下午小青一来马上让她找威廉一趟好吗?你最好也能劝劝她!她很聪明很有前途,为什么要辞职呢?"比利期待地说。

"没问题!"肖简笑着告辞了。

"简,我来了!"刘小青轻轻拍拍肖简的肩膀。

"小青,你怎么回事?"

刘小青连忙示意周围隔墙有耳。小声说:"我赶回来请你吃午饭!走,我们吃饭谈!"

离公司不远的一家叫"绿轩"的台湾餐厅,被一排排竹林和绿色植物隔成了相对独立的一个个雅致的空间。她们选择了一个最靠里面的,要了几个菜点。

"到底怎么回事?小青,你为什么不和我商量就辞职了?"

"简,我要和你商量了,你恐怕会阻止我!至少你不会同意我现在辞职的!"刘小青笑嘻嘻地说:"所以啊,我就先斩后奏了!"

"可你为什么?还没有到一定要辞职的时候嘛!至少你应该再看一段时间……"

"简,我再也受不了他们利用我来逼你走了!仿膳斋惊心动魄的一幕我想起来就心惊肉跳!这些人处心积虑地要折腾你,作为朋友我怎么能坐视不管呢?"刘小青情绪激动地说。

“唉，小青，我哪有这么脆弱？”

“简，袁华的谈话，加上仿膳斋那一幕我是彻底看明白了：威廉的确要利用我做一支杀你的枪！可恨的是袁华居然也为虎作伥！简直没有公理了！作为好朋友，我无法忍受他们这么做！他们觉得有了我，内部控制工作就有人撑着，就可以肆无忌惮赶你走！他们太可笑了！我不能让他们利用我来对付你！”刘小青稚气的脸泛着光：“我辞职了，这摊工作没有人做，他们可能就不会这么折腾你，也许也不会赶你走了！”

“傻孩子！你真的太幼稚了！你的牺牲换不来我的生存！你走了，他们一样不会饶过我的！这是威廉的政治！更是这个政客的秉性！你看斯蒂文都被削职为民了，威廉饶了他吗？还不是斩尽杀绝了?!只要他把你划为敌人以后，他不铲除决不会罢休的！”

“好，既然你必须走，那我们一起走！我说过我是冲你去的！你要走了，我决不会在那种环境里和他们同流合污！”刘小青非常诚恳地对肖简说：“简，我虽然幼稚但不傻。这种染缸决不是我生存的土壤。虽然说威廉现在为了拉拢我给我高工资。但是如果你真的走了，他稳定了局面以后，依他狐疑的本性，他会怀疑你告诉我他迫害你的真相，你想他会饶得了我吗？再说，王欣会容得下我吗？花我美好的青春时光和她这种人争斗，我觉得跌份！不值得！”

“可是小青……唉，都怪我拖累了你！”肖简心里觉得很难过。

“简，你别劝我了。工作可以换，但朋友是永远的。我宁可交你这个永远的朋友。”刘小青轻松地笑笑说：“你别替我担心了。你知道我上午干什么去了吗？”

“干什么？”

“我面试去了！其实最近我一直在暗地里找工作。这家已经见过我两次，两周前就给我 Offer(聘书)了。但我一直犹豫，不忍心留你孤军奋战。这家也是 IT 公司，虽然没有 OEE 有名，但是工资和机会都不错。嘿嘿！还是一个主管呢！”刘小青调皮地冲肖简挤挤眼睛。

“但小青，我还是觉得 OEE 公司非常不错！很难得的机会！你看这样好不好，下午和比利、威廉谈谈再最后作决定……”肖简把今天和比利的谈话告诉了刘小青，最后说：“比利为人应该还厚道。如果他做老板，威廉不直接在中国掺和，也许我们还能有机会。如果我能活着，我希望你能一起做事……”

“行！只要你在，我还是愿意和你一起做事！”

“小青，谢谢你在我这么困难的时候支持我！说心里话，外企是一个冷漠的社会。大家明哲保身。很多同事其实关系都不错，但看到威廉这么对我，也不得不回避和我的接触。有的时候我真觉得很孤独……”肖简的心被仗义的刘小青感动了。她拉着小青的手，内心感受着一种温暖。

吃完饭刚回到办公室，王欣就让刘小青马上去见威廉。

“小青啊！你为什么要辞职啊！有什么事情我们可以好好商量嘛！”刘小青一进屋，威廉马上满脸堆笑地迎上来，亲自招呼刘小青坐下，然后亲自出门吩咐王欣给小青倒茶。

王欣递过茶水的时候，用怨毒的目光瞪了刘小青一眼，不情愿地退了出去。威廉让她带上门，她诺诺答应着，退出去以后故意不小心留了一条缝。

“小青啊！我们可不可以好好谈谈？”威廉用期望的目光看着女孩。

刘小青点点头说：“威廉，谢谢你对我的关照。我也挺愿意在OEE做的。但有些个人的原因我不得不辞职。”

“是不是家里有事？有事你可以请假！请多少天都行！”见刘小青摇头忙说：“还是你需要钱用？我说过了，我可以把工资涨到6000块！要是觉得工资还低，我们可以再商量！”

威廉的表达急切而诚恳。说心里话，要不是亲眼目睹他对肖简做下的一切，刘小青真会为他求贤若渴的表现感动。但因为知道了他屈尊做这一切隐含的动机，她感觉这个男人为了达到目的真能不择手段！让人恐惧！

见刘小青笑而不答，威廉心急如焚。让肖简滚蛋的时间就定在下星期！而刘小青的走无疑会给动荡的内部控制带来难以料想的麻烦。月底转眼就到，全球审计下个月就来。如果肖简走了，没有人接得上她的工作，不知会出多少娄子？虽然王欣也能做一些内部控制的工作，他也发自内心愿意提携这个像狗一样忠实于自己的女人。但是作为一个理性的政治家，他还是决定不把自己锦绣的前程和命运押在这个素质不高的女人手里。他已经决定选择王欣的对头刘小青。这对王欣的确有些残酷。威廉深知她为了获得这个位置付出的何止是血和泪的代价！可是政治是六亲不认的啊！威廉用刘小青还有一个原因，就是肖简电脑里的财务和项目管理数据库，这是咨询部内部控制的命脉。威廉虽然不喜欢肖简，但是他非常明白她拥有的数据的价值。肖简绝对不会把数据留给置她于死地的王欣。而且肖简浩如烟海的数据如果她不给接替者做交接，即便拿到数据王欣也弄不清楚来龙去脉。但是如果是刘小青接替，凭她们的交情，肖简绝对不会和刘小青过不去。如果要求她把笔记本电脑转给刘小青，电脑里的内部控制的数据资料也就名正言顺地转到了她的手里。小青熟悉肖简的运作思路模式和数据，肖简也不会不培训小青，这样内部控制的工作因为刘小青就能轻而易举地交接过来了。刘小青年轻幼稚，很容易搞定。退一步说，即便暂时搞不定，只要她帮着先渡过眼前的难关，威廉可以轻而易举再找合适的人把刘小青换掉！

可谁能想得到，这个乳臭未干的女孩居然把自己全部的美妙计划瞬间打破了！她怎么会这么烈性？她居然能面对王欣呕心沥血想得到的高工资、高职位无动于衷?！她居然用辞职的壮举表示了对自己的拒绝！在决定自己前途和命运的全球审计眼看就要到来的节骨眼儿，这不是落井下石、雪上加霜吗？！

看到刘小青的辞职信，威廉第一个想掐死的就是肖简！他断定是这个女魔操纵了女孩的心智！否则他不信这么一个幼稚的女孩，会使这一箭击中靶心的狠招！他也不信这个女孩会放着远大的前程不要，去主动下岗！可是为什么这么一个聪明的女孩会俯首帖耳地服从肖简的安排？真是无法理解！这个女孩脑子里想什么？她要什么？威廉绞尽脑汁也想不明白。可以说，刘小青的辞职对他是致命的一击！而且击倒的是他的信心！那一刻他几乎要怀疑自己的判断力。怀疑自己不是那个女人的对手！因为她总是让他猝不及防。总是一打打在他的七寸上。他简直无法预测这个女人会怎么出牌。因为她似乎从来没有章法却永远出其不意！肖简简直就是威廉失败的象征！而雪耻的唯一方法就是让这个女人滚蛋！让她滚得很惨！

"唉，小青啊！你知道，我和简关系没有处好……但简实在性格太刚烈了！业务能力又和台湾香港差得很远。你要理解，很多事我也是迫不得已啊！"威廉摆出一副掏心窝的样子。他明白肖简是挡在他和刘小青之间的一堵墙。肖简一定给她灌输了很多不良的信息。如果不解释清楚肖简的事，估计很难挽回小青的心意。

"威廉，我知道您也不容易！不过既然要走了，我也想说一句发自内心的话。中国大陆的情况真的和港台地区不一样。他们 Internal Control(内部控制)工作做了四五年了。而中国大陆几乎是简来后从头一点点做起来的。如果您能多给我们一点时间，我相信我们能做得比港台地区好！"她怀着最后一丝希望，希望威廉能在最后一瞬间放下屠刀。如果是这样的话她不会离开这么好的公司。但是威廉的一番话彻底熄灭了她最后的期望。

"小青，大陆的情况我比你了解！坦率地说肖简给了你一些不好的误导。但我可以向你保证，如果你愿意好好配合我工作，我会全力以赴支持你！会给你时间。至于简，你也知道，一个关系破坏了，再修复也不可能没有痕迹。Internal Control 是我的眼睛，我不敢冒这种风险。小青，留下来，我信任你！我知道你很能干！你会比简干得更好！你忘了？下个月我还要送你去澳大利亚参加主管培训呢？"

"威廉，真的不好意思！我有不得不离开的原因。请您理解！"刘小青不卑不亢地说。

"小青这样好吗？你不要辞职，先 annual leave(休年假)。好好考虑两三个星期。等你休完假，如果决定还是要走，我尊重你的选择！"威廉想等女孩休假回来，看见肖简走了，女孩没有人在后面出谋划策了，自然会面对现实。到时再给她一个好条件，不信她不上钩！

刘小青想起肖简关于比利的谈话。心想也许再等几个星期，看看比利工作做得怎么样也无妨。万一他能说服威廉不要逼肖简走，小青也并不真想离开 OEE 这么好的公司。于是就点点头答应了。

威廉暗暗长长地松了一口气。看来这个女孩要走的决心并没有那么坚决。一定是肖简设计鼓动她离开的。这个诡计多端的女人!竟然给我玩了"釜底抽薪"这阴毒的一计。可是,哼哼,我威廉岂是被你轻易玩弄之辈?到最后谁玩谁还不一定呢!但望着刘小青离开的背影,不知为什么威廉突然有一种阳痿的感觉。他不服气地甩一甩脑袋,冲着大门阳刚气十足地喊了一声"戴安娜!"

王欣听到老板一声招呼忙不迭地小跑进来,神色不安地望着威廉。她午饭前刚刚听说刘小青辞职了,还没有来得及狂喜呢,威廉又把刘小青请到办公室,关着门谈了一个多小时。虽然她有意留了一个门缝,但还是听不清楚一句完整的话。但从玻璃窗里两个人的表情看,威廉似乎一直在讨好和请求刘小青。王欣心里又嫉妒、又酸楚、又担忧。她真害怕威廉打动了刘小青收回了辞职的决定。如果是这样自己这一年多为威廉付出的血泪算是白流了!想起这些她连死的心都有。此刻她心慌意乱地望着老板,她如此惶恐地等待着老板对她命运的裁决,觉得心都要跳出胸膛了……

"让她滚!星期一就让她滚!我一天都不想拖了!"威廉声音洪亮中气十足地发着命令。

"您说的是……"王欣心脏突然狂跳起来,她努力强迫自己镇静。

"戴安娜,肖简的事安排在大后天!就星期一!我也不等20号了!马上快下班了,你赶紧去HR找袁华把我的决定告诉他!你和魏晴把每一个细节都合计好,不要出事!记住,她的电脑!她电脑的资料!必须给我拿到手!把比利给我叫过来!我要和他好好商量一下!"

王欣频频点头,有一种喘不过气来的感觉。浑身每一个细胞都控制不住地跳舞!

终于等到这一天了!终于熬出头了!肖简要滚蛋了!肖简终于要下地狱了!王欣长长地呼出一口气,胸膛不由地挺了起来。刚才因为刘小青而郁闷的心情瞬间因为这个喜讯冲淡了!不管怎么说肖简才是压得她喘不过气的三座大山。刘小青无非是一块被威廉一厢情愿摆在自己面前的绊脚石而已。连肖简这样的大山自己都能凭智慧搬掉,刘小青又算得了什么?就算她坐上了内部控制的位置,凭自己的政治斗争经验,几个回合就让她知难而退主动走人!

"还有,戴安娜,马上让刘小青填一下年假单子,给她三个星期时间。哼!跟我斗,看看谁能斗得过谁!"

听此言,王欣刚才为刘小青悬在半空的心差不多落下了。看来威廉刚才并没有说服刘小青留下,不过用了一下缓兵之计。让刘小青休假,赶走肖简,再把刘小青请回来。王欣心里暗笑,看来威廉此番对刘小青的安排无非是一厢情愿。他不了解两个女人的亲密关系。如果肖简走了,刘小青决不会留下!哈哈!肖简的位置终于是我王欣的了!下周一!11月13号,一个不吉利的日子!那个女人倒霉的日子!也是自己雪耻的日子!

肖简,还有那个该死的赵天雄,我让你们死无葬身之地!

第三十一章

— 94 —

一缕晨光惊醒了正沉浸在春梦里的天雄。他一睁眼，目光就捕捉到了正斜倚在高大的落地窗前的肖简。

肖简正被一片柔柔的晨光包裹着，浑身弥漫着一种灿烂。她身着奶白的西服套裙，懒懒地依偎着窗边墨绿色的窗幔。犹如一汪碧水中漂浮着的绿叶捧出的一朵不胜娇羞的花心。天雄心里一动，一股柔情从内心深处泛起。他情不自禁地走上前，爱怜地从背后揽住了她。

正全神贯注地沉浸在遐想中的肖简，被冷不丁从背后伸过来的大手吓了一跳。她微皱了一下眉，但没有回头。目光依然投在落地窗下密密麻麻的如同蚂蚁般繁忙的车水马龙。

那双大手却仿佛被无声地鼓励了一般，顺着她微敞的领口开始往下探索。冒着热气的厚实的唇一下一下地落到了她的颈后、耳垂。

"别闹了！上班时间快到了，我马上要走！"肖简脸上本能地露出厌恶的表情，躲闪着。

"简，别拒绝我……你已经很长时间没有理我了……连周末都不理我。刚才我梦到我们俩亲热……来，我要你……一会儿我送你上班……来得及……"肖简的左躲右闪使天雄的呼吸变得越发粗重，他觉得有一团火正从小腹烧上胸口。他一把把肖简拥到怀里，热烈地向她吻去。肖简越挣扎，他的火烧得越旺，他的吻越狂乱。

肖简见上衣正被撩起，男人的大手已肆无忌惮地侵入，不由恼怒起来。她用力挣脱男人的怀抱，走到梳妆台前，捋了捋头发，拎起手袋就要离开。

"简，你别走！我送你！"天雄一边喘着粗气，一边急急忙忙地穿衣服。

"不用了，时间还早，我可以坐地铁去。"肖简头也不回地说。

"简，不许走！"天雄过去双手一把揽住她的肩说："简，你最近怎么啦？为什么总在躲我？我们不是说好了重新开始吗？你为什么连老公送你都要拒绝呢？"天雄脸上露出痛心和烦恼的表情。

肖简不再挣扎，但眼前再一次控制不住地浮现那个醒目的牙印。她的身体本能地绷紧了，脸上也写满了抗拒。

天雄苦恼地松开她，郁郁地说了一声："等我 10 分钟"，就到盥洗室了。

肖简重新回到落地窗前，望着窗下蚂蚁般的车水马龙心情有说不出的压抑。

这个家怎么办？这份情感如何是好？一个牙印熄灭了一份重新燃起的感情，毁灭了一个感情重建的希望。但面对这个精心雕琢起来的温馨的家，我如何下得了决心去毁灭它？可不毁灭，家虽真实，感情充满着欺骗和背叛。天天生活在谎言里，我如何去面对我自己的感情？我天天早出晚归，连周末都要找理由出去。可我又能躲到几时？

这个男人，他口口声声爱我在乎我，他为什么要背叛我？为什么背叛了我一次还要背叛第二次？如果不离开他，我如何去面对他的背叛？

女人越想越感觉痛苦，突然有一种想逃离的感觉。一把抓起桌上的坤包，快步往外走。正好在卫生间门口撞上了正走出来的天雄。

"简，你收拾好了？好，我们走！"天雄赶紧抓起公文包，跟在女人后面走向电梯。

周一的三环路上塞车很厉害，走几步停几步。车里，肖简紧抿着双唇，一副不想说话的架势。天雄烦躁地看看前面堵成长龙的车流，不时用余光瞥瞥阴沉着脸的老婆。车里的空气很压抑。

"简，你最近公司有什么事发生吗？我看你心情好像很不好。"天雄先打破了寂静。

"我公司哪天没有事？我的生活状况你想知道吗？你关心吗？"肖简冷冷地说。

"简，你说话为什么这么冲呢？你是我妻子，你的生活状况我会不关心吗？"天雄难受地沉默了一会儿，好像下了很大决心，尽可能放平口气说："简，我知道你现在工作很艰难。有的时候我都怪自己不是男人。没有办法给你挡风遮雨。我，我一直瞒着你，我和老板闹翻了，已经辞职几个月了。我心里也很难受。我一直想自己融资做自己的公司，我想挣钱养活自己的老婆。但是……唉，至今资金没有着落，我心里这个难受……唉……"

不知为什么，肖简的心弦就这么轻易被这个男人的一番话轻轻地拨动了。这爱面子的男人要说出这番话不知要积蓄多少勇气！这似乎也是这男人和她相识以来第一次在她面前承认自己的软弱和无能。自己这一年和威廉腥风血雨，已经无暇关心自己的丈夫。难道他是因为压抑、痛苦和寂寞才越轨？因为不愿意向自己的妻子示弱？因为没有得到妻子的关心？可自己感情上一直是这么地依赖他；一直希望和爱人有一份相濡以沫的感情；自己的心门一直都向丈夫完全地敞开着。男人的挫折能成为男人背叛的理由吗？能成为女人原谅的理由吗？女人内心一种复杂的情愫从心底如沉渣泛起……瞬间，男人的压抑、郁闷、烦恼，还有男人身上的牙印等各种画面交织出现在脑海里，一时间她不知如何是好。

"简，我不是个好丈夫。但是我对你是真心实意的，这点任何情况下你都不要怀疑。你是我妻子。我们是一家人！"天雄声音有些颤抖，似乎是动了点儿感情。

不知为什么，听了男人这番话，女人有一种想哭的感觉。男人乘势把厚实的右手从方向盘前拿下来，轻轻地放在女人的左腿上，柔柔地柔柔地抚摸着……这一瞬间女人感觉委屈如潮水般袭来，泪水终于夺眶而出……

男人体贴地递过一张纸巾，安慰地拍拍女人的腿，平和地说："宝贝，一切都会好的。只要你没事，我就没事。困难都是暂时的。我相信我的能力。也相信你的。"

女人觉得心里的坚冰正在不情愿地慢慢融化着……融化着……为什么，为什么这个男人这么容易融化自己？他犯了女人不可饶恕的错误，而且犯了一次又犯第二次，可我为什么，为什么还想原谅他。女人一边压抑地哭着，一边和自己的心作着复杂的斗争……

一段不长的路，走了快一个小时。这一个小时里，女人的心态发生了微妙的变化。自从发现牙印以后的一个多月里对这份婚姻的绝望、困惑、迷茫以及彷徨各种情愫，似乎因为今天这个男人一点小小的真情吐露，在缓缓地驱散……

这么长时间以来，她一直在痛苦地寻找一个理由。一个原谅男人接受男人的理由。或者找到一个可以离开男人结束自己感情的理由。

今天，男人似乎给了她一个可以试着说服自己的理由。

但是那个牙印呢？是那些"情书"事件里继续延伸的故事？还是男人又谱写了新的"情书"篇章？

在剪不断，理还乱的思绪中，女人来到了公司。

— 95 —

上班后不多久，王欣突然笑容满面地来到肖简的办公隔断前。

"简，忙吗？"

"有什么事吗？"

"没事，经过这里看你一眼。"王欣笑眯眯地说。

肖简疑惑地望着王欣。这个姑奶奶从来无事不登三宝殿。平时整天和自己苦大仇深的，哪里会有心情和自己聊天？她今天满脸泛光，好像有什么喜事？戴着一条她在类似公司年会这样的重大场合才舍得戴的珍珠项链和珍珠耳环；穿了一套崭新的奶白色"宝姿"套装；好像周末还去新烫了一个时尚的发式；脸上每一块肌肉都溢满控制不住的喜悦。

"中彩票了？这么高兴？"肖简开玩笑道。

"算是吧！"王欣神秘地笑笑："你傍晚就知道了！"

"哦？你傍晚准备开新闻发布会吗？"肖简觉得王欣神秘兮兮的有些好笑。

"差不多吧！"王欣今天特有淑女风范，点到为止。

"好，到时听你的重大新闻！"肖简把目光回到电脑屏幕上，继续看电子邮件。

但王欣并没有离开，还把双臂搭在肖简的办公隔板上，笑问："简，你中午有时间吗？"

"什么事？"

"我想请你吃个饭。"

肖简惊讶地望着她，觉得今天太阳真的从西边出来了。这个姑奶奶怎么啦？真的中了彩票了？即便中了彩票请谁也不该请自己吃饭啊？

"哎，简，我没有别的意思。咱们过去可能有些误会，也没有机会好好聊聊。也许我们需要沟通沟通……"王欣满眼真诚地说。

"行，没有问题。但你不用请我，咱们AA吧！"肖简心想兴许这个女人最近悟到了什么哲理，懂了些做人之道，希望和自己消除过节。都是为了工作，有什么结解不开的？

中午，还是那家安静情调的台湾"绿轩"餐厅。还是几天前和刘小青坐的那个隐秘在绿色植物和翠竹中的位置。王欣居然还要了一瓶长城红葡萄酒，先给肖简后给自己斟了一杯。然后主动举杯和肖简碰了碰，率先一饮而尽。

"王欣，少喝点儿，下午还上班呢！"肖简只抿了一小口就放下了杯子。

"没事！我难得这么高兴！喝上三五杯醉不了！"王欣说完居然又一连喝了两杯。她的脸很快就红得泛光，目光也变得迷离。

肖简充满疑惑地望着有些失态的王欣。

"简，你别这么看我。我喝几杯好和你说话。"王欣说完又喝了一杯。

"王欣，别喝了！和我说话不需要喝酒壮胆！"肖简开了个玩笑，一把抓过酒瓶，放到旁边掩映着树叶的仿古的木质窗台上。

"简，你说对了！我就是借酒壮胆！你知道吗？自从你来了以后，经常搞得我心惊肉跳。有时候听你说话，我都觉得血压升高，心跳过速……"王欣说着露出白白的牙冲肖简笑笑，但似乎并没有讽刺她的意思。使肖简几乎相信了这个女人今天真想和自己掏心窝子了！

"王欣，有这么夸张吗？我可不是母老虎啊！"

"简，你可比母老虎还凶啊！"王欣举起酒杯和肖简碰了碰，但只抿了一小口就放下了。笑着继续说："母老虎啊，凶在外，是可以防备的；你啊，凶在内心，让我防不胜防啊！"

"王欣，不就是工作嘛，哪有这么复杂的？"王欣的话虽不中听，但肖简没有生气。这两年多的矛盾冲突和误会哪里是几句话能解决的？听她把话都讲完再看以后怎么调理吧。

"简，你知道我得到这份工作容易吗？当年我进公司的时候只是个临时工，那个坏脾气的老板哪里把我们临时工当人？一个月才挣几百块钱，却要干十二三个小时。什么人都可以使唤你,什么人都可以指责你。稍微出点儿错老板张口就骂！什么难听的话都骂！我天天躲在厕所里哭,可出来还要含着笑继续被人使唤,替人打杂。多少次当我的尊严被踩在脚下的时候,我真想甩手不干了！但是我一次次地忍下来了。这一忍就是五六年啊！后来我那个老板良心发现了,transfer(调职)之前给我转成了正式工。推荐我做了售前部门秘书。但还是被人喝三喝四。直到詹森来了,我调到 Consulting(咨询部)才算开始过人的生活。"王欣说到这里使劲吸了吸鼻子,眼圈也有点儿红。看得出她今天动了真感情。

肖简给她递了一张纸巾,很同情地听着她的述说。

"詹森是第一个把我当人看的老板。我在他手下第一次有了做人的尊严。虽然还是秘书但我已经是一个有尊严的秘书。也是从帮詹森开始,我第一次有了明确的人生目标:我不要永远当伺候人的秘书！我要做被人伺候的经理！我必须要做人上人！詹森给了我这个机会。他把内部控制的很多工作让我帮着做。还亲自教我 forecase(预测)、payment(付款),教我一些电脑的知识。虽然我很累,但是我活得充满信心,充满着理想。要不是你来,简,我不会现在还是秘书！我应该是内部控制的主管了！简,你的机会是我的地狱啊！"

我的机会是她的地狱？话虽说得不讲理,但是从王欣角度可能并没有错。外企是个残酷的社会。适者生存的规律在外企表现得就是这样的淋漓尽致。肖简的到来制造了王欣生存的不容易,而王欣为了自己的生存又折腾得肖简没有活路。难道这是一场有意义的竞争？

"王欣,我真的非常理解你！但是我们无需如此拼杀,我们可以联手找到双赢原则的啊！"肖简诚恳地说。

"简,是你幼稚还是我天真？机会就一个,有你的就没有我的,没有了你才可能有我的。世道不就这么残酷吗？"王欣摇摇头,脸上露出冷漠的表情。

"王欣,我理解你的话。但是这个世界不是非要这种活法的。人不能总是你死我活地拼杀。很多时候成功是联合的结果!"

"简,经理能联合做吗？两个女人能共享一个老公吗？"王欣说到"老公"眼前马上浮现了"猎豹"的形象,脸上不由自主地露出了扭曲的表情。她努力控制着自己的情绪,把那句可以置肖简于死地的话暂时牢牢地压在舌头底下。

肖简暗暗叹息。一个像王欣这样女人的野心不知道是造就了她还是害了她。

"简,你这样的天之骄子遍地都是机会,你是不会懂机会对于我们这样的人有着何种意义的！你没有了 OEE 转眼可以去另一个公司挣更多的钱。我们呢？你抢去了我的机会你有没有想过我可能从此没有出头之日？你不会懂的是吗？"王欣说完把杯里的酒一饮而尽。

"算了,王欣,这些事情都不要说了。我理解你不容易。以后我们好好配合吧！"肖简实在不知如何和王欣在这种思维层面对话。

“以后？哈哈哈——”王欣突然大笑起来，一边笑一边努力控制想马上道出真相的冲动。

“王欣，我这句话有什么错吗？你笑什么？”肖简觉得这个姑奶奶今天表现很古怪。

“简，你太幼稚了！人能有多少以后？人能对未来抱多少希望？人能对别人抱多少幻想？”王欣想起“猎豹”，哀怨、愤怒、痛苦、伤感、羞辱……种种感觉一瞬间涌了出来。而这一切都是因为面前这个楚楚动人的女人。王欣想着怨毒的目光狠狠地扫向女人光滑清秀的脸。

“王欣，你怎么啦？”王欣的表情和眼神让肖简感觉很不舒服，不知道她又在琢磨什么？

“简，你很讨厌我是吗？觉得我没有档次是吗？可我也是个女人啊！我也渴望优秀的男人爱我。我也希望和你一样拥有一个爱你、宠你的、有档次的男人啊！”王欣说着“猎豹”的影像瞬间扑向眼帘——笑的、叫的、嬉闹的、调侃的还有喘息的、激情的……一股阵痛涌上心头！

“王欣，刘正明多爱你啊！对你多好啊！你怎么会觉得没有人爱你呢？”肖简笑着说。

“我是有爱我的刘正明。可你们看得起他吗？你们看得起我吗？一个司机。一个没有档次的男人正好配我王欣这样的女人是吗？你们是这么想的对吗？可这公平吗？我甘心吗？”王欣情绪激动地说。

“王欣，爱人是自己找的。是一种缘分啊！强求不得的！”肖简不明白王欣又受什么刺激了怎么突然发泄起来。

“是自己找的。但也要对方愿意对吗？缘分？什么是缘分？简，一个男人都要了你，在你怀里获得了激情，这是缘分吗？”

“应该……是吧！”

“这个男人和你情书连绵。他在床上的激情恩爱和照顾让你觉得你是天下最幸福的女人，这样的男人你能说没有缘分吗？”

王欣脸上露出一种痛楚。肖简暗暗吃惊。难道她爱上了什么人了？可自己和她一直是对头，她为什么要把这么隐秘的事情告诉我呢？

“简，一个男人如果在身体上这么渴望你难道他在精神上能不需要你吗？”王欣的心和情绪都真实地沉浸在“猎豹”带给她的屈辱以及失去“猎豹”的痛苦中。

“他应该需要你的。”肖简同情地望着她。

可他不需要我！他只是玩弄我！王欣强行压住嗓子眼的呐喊。她无法忘记那天那个男人带给她的蔑视；她无法忘记那个男人为了眼前的女人是怎样的羞辱她；她无法忘记那个和她情意绵绵了半年多的男人为了眼前的女人干干净净地抛弃了自己消失得无影无踪！她恨“猎豹”！她恨眼前这个女人！她要复仇！她要毁了那个男人！她要毁了面前这个女人的幸福！这是她今天的使命！是她几乎用了全部的生命等待的机会！

“是啊！他也说需要我。简，他比刘正明优秀一百倍！你知道躺在他怀里那种幸福的感觉吗？我愿意为他去死！真的。这个男人有学问、有能力、有钱、还会温柔。简，你结过婚不要笑我，他，他床上功夫还好……”王欣脸上极力表演出甜蜜和幸福，但内心却分明流淌着失去这个男人的痛苦失意和恼怒。

“王欣我替你高兴！”肖简真诚地说。

“简，他说他很爱我。他说我真诚、率真、热情。他说我能让他放松，而她老婆让他太压抑！”王欣故意满脸陶醉的表情。

“老婆？他结婚了？那你……”肖简惊讶地看着表情丰富的王欣。

“是的。他有老婆，但他婚姻不幸福。她老婆根本不懂他，不知道她丈夫要什么！切！还研究生、还经理呢。还不如我一个小秘书知道给男人什么。”王欣脸上露出不屑的表情。

“婚姻不幸福为什么不离婚？把这些夫妻之事说给别的女人听不太合适吧！”肖简心想这个男人怎么这么没劲？在外面找女人还要诋毁自己的妻子，素质也太低了！

“简，我是他的红颜知己啊！他心里不痛快不说给我听说给谁？离婚？我相信他迟早都会离的。但这么优秀的男人他老婆会舍得放手吗？所以我要给他时间……”王欣露出痴迷的样子说：“简，你也体会过爱一个人的感觉。当你躺在爱人的怀里，抚摸着他身体，享受着他的激情付出，体会他雄性的力量，你会怎么样？”

“唉，王欣，那男人再好，毕竟是别人的丈夫。你何苦惹这种事……”肖简突然联想起天雄那些事，心里感觉很不舒服。她真的不想再听王欣的艳史了。就打断说：“哎——王欣，Global Audit（全球审计）什么时候……”

“哎——简，我差点儿忘了告诉你了……”王欣打断了肖简的话，表情兴奋地说：“简，我这个情人好像和你老公同名同姓哎……”

“什么？”肖简愣了一下。

“赵天雄！他叫赵天雄！哎——你老公不是也叫赵天雄吗？哎，怎么这么巧？”

肖简头上好像被人打了一闷棍，感觉脑袋“嗡——”的一声。她有些不知所措地望着正眉飞色舞的王欣。

“简，你说他们该不会是同名同姓同日同月生吧！哎——你老公什么时候生的？我看了我情人的身份证，6月6日哎，你老公呢？不会也是6月6日吧……还有，我情人当过游泳运动员，搞过摄影，对了是做电器生意的，好像学的也是电子专业……哈哈哈……”王欣说到这里终于控制不住哈哈大笑起来。笑得花枝乱颤。笑得头发颤动、乳房颤动、身上的肉也在颤动。

在王欣放肆的狂笑中，短短几秒钟，肖简的表情仿佛跨过了几个世纪：从迷惑到惊讶到猛然醒悟——

在肖简终于清醒过来那一瞬间的感觉如同红字永远刻在了女人的心上。那种震惊,如同突遭雷击,身体的每一个器官和细胞都僵死在凝固里;那种绝望,如同被人扔进了沼泽地在求生的挣扎中无望地陷入死亡;那种屈辱,如同被男人当众扒光了衣服在众目睽睽中展览;那种痛楚,如同被人用千万根钢针扎在太阳穴上……那是一种天崩地裂的痛……痛楚中,她的眼中一片迷茫和无措。感觉灵魂在萦绕于耳边放肆的笑声中渐行渐远……心,陷入死一般的沉寂。没有一点儿声音。没有一点儿动静。空气凝结了。时间也凝结了……

王欣的双眸一刻也没有离开过肖简的脸……带着一种亢奋,带着一种好奇,带着一种贪婪,仔细捕捉和品味着女人脸上滑过的每一丝表情女人呼出的每一缕气息。想象并享受着女人此刻正经历着的撕心裂肺……"猎豹",你带给我的痛苦和难堪我现在正在你心爱的女人身上加倍地讨还!你知道吗?你感受到了吗?不是说爱人之间有心灵感应吗?此刻你感到心痛了吗?猎豹,你从来不肯体会我的心痛。你看不起我。那你爱人的心痛呢?你感应到了吗?即便你感应到了,即便你此刻飞奔到了你的爱人面前,即便你拿出全世界最好的灵丹妙药,你能救得了你的爱人吗?你能救得了你们的爱情吗?你能救得了你自己吗?肖简,威廉杀不死你,工作杀不死你,可是,我,加上你的男人——我的"猎豹"就能杀死你!

"简,你没事吧。"对面笑得春风满面的女人伸出了一只手,在肖简一双空洞的眼睛前面晃了晃,脸上露出了一种猫捉老鼠的饶有兴趣:"哎——要不要我给你叫一辆救护车?"

肖简清醒了。

她坐直了身体。

她把扎在心上那一片片崩碎的玻璃血淋淋地拔了出来。

她给自己流着血的伤口上浇上了酒精。

她依然痛得天崩地裂。

但是,她痛醒了!

她迅速扯过坚强的外衣,裹住了血淋淋的身体。一缕微笑随即浮在了脸上。

"放心,我还活着。不用救护车!"女人用平和的语气吐出掷地有声的话。

王欣的笑凝住了。她仔细打量着对面的女人,打量着她脸上每一个细部的表情。女人在她审视的目光中瞬间恢复了天之骄子的神情,居然对她粲然一笑。王欣突然有些惶然。事先她设想了无数女人崩溃的情节和画面,也设想无数让女人雪上加霜的语言。但是她没有设想如何应付女人瞬间恢复过来的平静。

"王欣,记住,我还活着。而且以后还会活得很好。至少会活得比你好!"肖简收住笑,用一种蔑视的眼光看着一时间有些无措的女人。

肖简的冷漠和傲气激怒了王欣。她"腾"地从椅子上跳了起来,又"忽"地恨恨地坐下说:“你,你牛气什么？你的老公都跟我睡过了,你还有什么得意的？”

“哈哈哈——”肖简笑了:“王欣,我老公和你睡了我公开说还能赢得社会舆论的同情。你跟我老公睡了你敢公开说吗？你一个未婚女人,跟别人的老公睡觉也值得炫耀吗？”

王欣一下被噎住了！脸气得红一阵白一阵。想还击却说不出一句有底气的话来。

“还有,王欣,问问赵天雄,他要你吗？即便你跟他睡一百次他肯要你吗？即便我和他离婚了,他会要你吗？”

王欣瞬间耳边回响着“猎豹”临走前留下的最后一句掷地有声的话:“你这么恶毒,你不会有幸福的人生！你这种女人跪着求我我都不要！”

“不要就不要！谁稀罕！你们有什么了不起的！”王欣突然歇斯底里地嚷了起来。

“王欣,别激动！今天不是你刻意安排的吗？你精心设计的这流连忘返的一刻你自己为何不好好享受？不好好欣赏我的绝望愤怒和崩溃？”肖简讥讽地笑着举起酒杯说:“怎么样？还要敬酒吗？我还想敬你一杯谢谢你呢！”

“你谢我？你凭什么要谢我？”王欣双眸充满敌意地盯着肖简。

“谢谢你帮我作了一个决定！”肖简说完又粲然一笑,把酒一饮而尽。

“什么决定？”王欣冲着肖简的背影追问。

“问赵天雄去吧！”然后冲王欣讥讽地一笑,从手袋里拿出100元钱放在桌上。然后起身拿起手袋,准备离开。

王欣此刻又惊诧又恼怒。她不明白这个女人面对晴天霹雳,面对心爱男人的背叛怎么会瞬间若无其事？她为什么对这么离奇的故事问都不问一下原委难道她连点儿好奇心都没有？这简直是对她极大的蔑视！她知道此刻她最好什么也别说。说了可能自取其辱。但是她还是控制不住地尖声嚷嚷道:“肖简，你的心是不是肉长的！你为什么不问赵天雄为什么会和我好？”

“他和你好了吗？他要真和你好了你还用给我摆这场‘鸿门宴’吗？他也就玩玩你而已。王欣,你真可怜！”

肖简头也不回地飘然而去。

王欣望着女人的背影牙关紧咬,双手死死地揪着桌布。面前刚刚满上的一杯红葡萄酒倾倒了。红红的酒顺着桌布的纹理慢慢地向王欣方向渗透过去,然后一滴一滴地滴向她奶白的高贵裙子……

— 96 —

肖简强撑着职业的微笑,走过OEE公司关于尊重信任的金字招牌;走过楚楚动人的前台小姐;走过长长的办公区过道。一路上,强行对迎面遇上的一个个熟悉的面孔堆出轻松快乐的笑。终于,她走进了属于自己的办公隔断了,她突然有一种虚脱的感觉……

女人虚弱地把椅子拉近电脑前,想把上午没有完成的财务报表做完。但一阵眩晕,屏幕上的数字都变得飘浮闪烁。她努力控制这种眩晕的感觉,把转椅拉向巨大的落地玻璃窗边。目光投向窗外那一片片高耸入云的摩天大楼……世界仿佛在一瞬间定格了。简感到一种凝结。刚刚发生的一切仿佛一块被击中的玻璃,一点一点地开始裂开,崩碎……碎片一片一片地划开了简的每一寸肌肤,切开心脏的每一根血管。一种血淋淋赤裸裸的疼吞噬着她坚强外衣里的一切……

"肖简！肖简！你怎么回事？上班打瞌睡呢？"

一阵不耐烦的叫声,把肖简从恍恍惚惚中唤醒。她回过头定了定神,见是魏晴,正不耐烦地站在隔板外瞪着她。

肖简彻底清醒过来了。

"魏晴,什么事？"

"老袁让你去 HR 一趟,有点儿事情。"魏晴目光有些闪烁。

肖简警觉地看着她,平静地问:"有什么事？"

"我也不太清楚,你去了就知道了！"说完她扭头离开了。

肖简默默地又坐了一分钟,把破碎的心情匆匆包裹好,让自己重新披上坚强职业的外衣,这才走出了自己的隔断。临走时还带上了一个笔记本。

走到 HR,魏晴起身把肖简引进里边的一个会谈室。肖简看见,除了袁华,比利也在座。肖简顿时有一种不祥的感觉。她强迫自己冷静。就淡淡地冲他们笑笑,在对面坐下了。

袁华笑着说:"今天有些事大家需要通告一下。等下就由魏晴代表 HR 说一下。我马上有个面试,先离开了！"说完冲肖简点点头,有些忙不迭地匆匆离开了。

魏晴用含笑的目光把袁华送出门,脸上马上堆上了"冷面娘子"经典的公事公办面孔——面无表情而且倨傲冷漠。她从文件夹里拿出一页纸,用漠然的声音说道:

"由于 AP(亚太)机构重组,缩减管理人员,减少运营成本的政策,China 都被列入机构重组计划。Consulting(咨询部)的 Internal Control(内部控制)non-billable(非营利)的人员需要削减。HR 正式通知:肖简从 11 月 14 日起不再聘用!作为补偿,发给肖简两个月工资的补偿以及一个月的提前通知补偿金。"

魏晴宣读完肖简的死刑判决书后,故意傲慢地高高翘起下巴,隔着会议桌,用一个漂亮的抛物线动作,把刚才念的那页纸扔给了肖简。用比冰还凉的声音掷地有声地说:"肖简,总经理杰姆斯已经签署了这份文件！请你在上面签字吧！"

威廉的屠刀终于落下来了！落得如此猝不及防！死,这本在意料之中。但让女人震惊的是,总经理杰姆斯在对肖简的投诉没有任何调查结论的情况下就冷酷地签署了“死亡行刑书”！他居然去当威廉这个刽子手的帮凶?！让人心寒的是他竟然还以公司的名义帮助凶手把杀人的行为合法化！什么“机构重组”?如此冠冕堂皇的行刑理由！原来袁华、杰姆斯还有比利早就在传送杀人的“接力棒”。为了迅雷不及掩耳，他们居然联合起来要心眼麻痹自己。比利几天前还坚决地说他会保护自己的员工！杰姆斯前几天遇见她还说正在和市场部沟通看能不能把肖简 transfer(转调)过去。而市场部总监前天也给肖简打了个电话说这周要安排一次面试。好一个骗局！为了一个小女人，OEE 堂堂中国总经理和总监们居然花这么大精力来精心编织骗局。除了肖简蒙在鼓里，多少人在为这个阴谋绞尽脑汁？怪不得王欣故意安排了今天中午为我摆上惊心动魄的“鸿门宴”?！怪不得她要选择这个时刻夸张地炫耀她和赵天雄的私情。她是想在今天雪上加霜彻底击垮我！毁灭我！要我崩溃！原来所有这一切都是密谋！什么 OEE 尊重、信任、诚实的企业文化？原来不过是一件炫目的外衣！包裹着多少见不得人的龌龊?！机构重组？一个不知经过多少次密谋才产生的冠冕堂皇的罪名！耐人寻味的是，一直口口声声我工作能力不行的威廉和袁华，到最后也没有敢以这个罪名送我上刑场！原以为威廉是滥杀无辜的刽子手，原来杰姆斯、袁华、比利这些 OEE 中国公司的最高长官们也如此草菅人命！

可你们宣布我死刑我就得死吗？即便是死，我也要死个明明白白！我要让口口声声要保护自己员工的杰姆斯亲自来宣布我的死刑！

此刻的肖简神色决绝但头脑冷静异常。她目光冷凝地盯着比利。比利目光闪烁地勉强笑了笑，装作翻看桌上的文件躲开了女人炯炯的目光。女人又把目光投向魏晴，“冷面娘子”冰霜一样的面孔上居然露出了一丝幸灾乐祸。见女人的目光投向她，脸上马上摆满讥讽，还不屑地用手指敲敲桌面上的文件，潜台词：你为什么还不签字？

一种野性的烈火在女人体内熊熊燃烧。

她冷笑着把魏晴抛过来的文档往边上一推。对魏晴说：“请你暂时回避一下，我有话要和比利单独谈！”

“请你先把字签了再谈！”魏晴的脸上带上了一丝蔑视，她再次把文件推到肖简的面前。

魏晴的举动激怒了肖简。她不客气地把文件往魏晴面前重重一扔，提高嗓门严厉地说：“魏晴，请你出去！在我和比利谈话之前什么字我都不会签！”

比利见状忙笑道：“简，别急别急，有话好商量嘛！魏晴，麻烦你先回避一下。”

魏晴气得脸色发青。她“哼”了一声，瞪了肖简一眼，重重地推开椅子，重重地摔上门。

“简，你，你有什么问题吗？”比利依然目光闪烁地望着肖简，声音显得很没有底气。

“比利，请转告你的老板威廉，还有总经理杰姆斯，我不会签字！我拒绝签字！因为这是政治迫害的延续和升级！”

“简，请你理解，我，我也很为难……你，你知道威廉……”比利苦着脸说。

“那你让威廉来跟我说话！”

“威廉他不在，他在香港……”

好狡猾的威廉！故意躲在香港，把傀儡比利推在前面。出了什么事可以由比利为他挡着。

“比利，这是一场政治迫害！我已经跟公司投诉了威廉！你不是Consulting(咨询部)的老板吗？不久前你不是亲口承诺过会保护自己的员工吗？”肖简一字一句掷地有声。

“是……可是……简，也许有一天我会把事情的真相告诉你。但是现在，现在我无能为力……”比利面呈苦恼地说。

“那杰姆斯呢？杰姆斯也答应过保护自己的员工，他为什么也和威廉一起迫害自己的员工？他们之间达成了什么交易？”肖简的口气咄咄逼人。

“简，其实我是理解你的。我知道这里面有很多政治的因素。我知道你很委屈。但是，简，我也无可奈何。你知道威廉是我的老板，我只能服从他的命令。”比利诚恳地说。

“那正义呢？难道错误的命令你也要服从吗？比利，换位思维，如果今天你是我，你会怎么样？”

“我，我真的不知道。”比利沉默了一下，诚恳地望着肖简：“其实简，我也不希望你走。更不喜欢用这种方式。但是没有办法……情况紧急，事出无奈啊……”

“怎么情况紧急？我不明白！”肖简警觉地问。

“简，Global Audit(全球审计)马上就要来了，所以威廉着急……”比利脱口而出，但他突然意识到失言了，马上住了口。

“Global Audit来和我走有什么关系？”肖简话音刚落，大脑仿佛被一阵闪电袭过。她突然悟到了什么。“比利，你刚才说什么？威廉着急Global Audit要来？”

“哦，其实也没有什么关系。大概威廉到那时没有时间处理你的事了吧……”比利忙掩饰地咧开嘴笑笑，马上转移了话题：“简，其实你也没有必要和威廉较劲。你的能力是有目共睹的。离开了OEE你很快能找到一个更好的工作！”

肖简冷笑起来。她明白了！她彻底明白了！原来威廉和杰姆斯他们那急急忙忙让她走是因为Global Audit！他们害怕！原来他们害怕自己把部门那些欺上瞒下的勾当给揭露了！怪不得杰姆斯也会签字。在这一点上他和威廉是绝对的共同利益体。

肖简冷冷地收拾起桌上的笔记本，站起身，鄙视地看着威廉这个政治傀儡，冷然地说：“比利，既然你没有能力处理我的事，请通知你的老板威廉或者杰姆斯，我要和他们谈话。今天我不会签字！”说完她站起身，推开会议室的门离开了！

"肖简,请你签完字再离开!"经过魏晴座位的时候,魏晴声音严厉地叫住了她。

"魏晴,你听着!今天我什么字都不会签!我需要考虑一两天,我会再和 HR 面谈!"说完肖简头也不回离开了 HR 的办公室。

— 97 —

回到自己的办公隔断座位上,肖简感觉浑身燃烧着熊熊的烈焰,烧得她快要丧失思想。她强迫自己冷静再冷静,大脑飞速地思考着对策。

杰夫不久前提醒的没有错!威廉和杰姆斯显然已经达成了政治交易。没有这个交易就不会有比利的上任,也不会有威廉名义上退回 GC,以及斯蒂文和自己的离职。中国地区高层政治集团已经和威廉为了某种共同的利益关系在对待自己的问题上达成了一致。所以才会有杰姆斯的签字。所以才会有今天的"逼宫"。比利无意中透露的 Global Audit(全球审计)是他们必须尽快实施死刑的原因。Global Audit 还有一个多月就要来了。除了大量的亏损数字,威廉的账还挂着 600k 虚假的收入账目。为了应付 Global Audit,他们必须再次玩数字游戏。而这个月底是唯一的一次调账机会!退一万步说,如果账目上有什么问题,已经走了的自己就是承担一切罪过的"替罪羊"!什么脏水都可以往自己身上泼,而自己即便有百口也没有机会辩白了!

好一个充满着政治智慧的阴损的招术!

这里的高层已经是一个政客的污泥浊水,再去和刽子手探讨该不该杀人没有任何意义!

唯一的办法就是向上投诉!通过乔治和彼得向亚太投诉!即便是走也要让公司知道真相。要让公司知道这里正在上演的一场肮脏的政治交易!让公司看见有一些蛀虫正在吞噬 OEE 中国坚实大厦的地基!再不阻止这些蛀虫的行为 OEE 宏伟的大厦可能会遭遇倾覆!

肖简刚拿起电话,魏晴阴沉着脸过来了。冷冷地说:"肖简,请你马上回到 HR 谈话!"

"魏晴,我已经跟比利说了,今天我不签字也不想谈话。我需要时间好好想想。我明天过来找你谈行吗?"肖简努力压制住怒火,尽可能用客气的语气说。

"可以!那你先把你的 badge(工牌)交给我!"魏晴的脸冷得像霜。

"你说什么?"肖简感觉野性的烈火又开始在身体里熊熊燃烧。

"你已经不再是 OEE 公司的员工了!"魏晴的声音因恼怒而有些歇斯底里。

肖简愤怒地拍案而起,她盯着魏晴那张势利的脸,一字一句地说:"魏晴,你给我离远点儿!你以为你是谁?我是不是公司的员工还轮不到你来下定论!给自己积点儿德!小心遭恶报!"

魏晴气得嘴唇都在哆嗦。她伸出手指着肖简气急败坏地说:“好,好!哼!你等着瞧!”说完一甩脑袋离开了。

肖简开始给乔治写邮件——

“乔治,我要控诉威廉继续玩政治游戏,对我迫害升级。为了完成他的政治目的,他公然违背 OEE 公司的程序,违背公司文化,公开逼我离职!他们为了掩盖错误,不惜损害咨询部团队利益,欺上瞒下……”

肖简简要地叙述了刚刚发生的一切,最后呼吁:

“乔治,希望您能把我的邮件尽快转发彼得,并向亚太相关部门汇报。中国的事情很紧急。我担心他们会利用 Global Audit(全球审计)做文章,损害公司利益,损害股民利益。我个人的处境很困难。我相信他们不会善罢甘休。请尽快给我回复!”

肖简写完点击了一下 Send(发送)键。

不料,屏幕出现“没有这个账号”的字样。肖简一惊,赶紧抓起电话,飞快地拨乔治新加坡的号码。电话里传来语音提示“你没有权力使用这个功能”。

一股血直往女人的脑门上涌!这些无耻的政客!他们居然吊销了她的 E-mail 账号和长途电话账号!他们居然如此迅速地隔断了她与外界的联系!他们害怕!他们居然如此地害怕!他们害怕自己揭露他们的丑行!他们的丑行见不得阳光!

肖简愤怒地站起身,又努力让自己克制着坐下。她的大脑以光速的速度思考,但是愤怒已经让她几乎要丧失理智。她起身,准备去洗手间,想用凉水去清洗一下发热的大脑。

不料刚离开座位几步,两个保安挡住了她。

“你们要干什么?!”肖简愤怒地问。

“我们,我们,小姐,我们受命问您,您不要生气……您去哪里?”其中一个保安认识肖简,平时上下班还问候一句,此刻表情非常尴尬。

“我要上厕所!你去请示一下总经理杰姆斯,要不要跟我进女厕所去!”肖简手指着杰姆斯办公室的地方,大声质问。

路过的一个下班的员工惊讶地看看他们。两个保安对视了一下,不好意思地异口同声地说:“对不起,小姐,您请,您请。您别生气,我们也是受命……”

“受命?受谁的命?下一步怎么样?准备搜我的身?抢我的电脑?还是让公安局来拘我?谁的指令?是杰姆斯吗?好!我现在就去找杰姆斯!”肖简愤怒地向总经理办公室走去。

肖简满身满脸满眼都仿佛燃烧着烈焰,把坐在总经理办公室门口的安娜吓了一跳。她迎上去,要进去通报。肖简用不容置疑的表情请她让开,径直推开了总经理的门。

总经理办公室,除了杰姆斯,居然袁华和比利都在。看来这些密谋者们都在紧张地关注着事态的发展。

看见突然闯进来的肖简,所有人都面呈惊讶,然后就是一种尴尬。

杰姆斯赶紧笑着迎上去。

肖简愤怒地手指着他们,厉声地说:“你们怕什么?啊?杰姆斯?袁华,还有比利,还有你们那个躲在后面不敢出来的威廉?你们害怕什么?”

“简,你冷静点儿!”杰姆斯赶紧说。

“你们说,你们怕什么?为什么吊销我的E-mail账号和长途电话?你们害怕什么?害怕你们的丑事曝光吗?如果你们没有干什么见不得人的事,你们有必要害怕一个弱女子吗?”

肖简仿佛一个复仇女神,在愤怒的烈焰映照下,脸上闪动着一种震人心魄的光芒。她手指着面前这几个个子远远高出她的中国公司最高的权贵,义正词严地质问着。而这几个OEE中国公司全体员工仰视的权力人物,在一个身高不过一米六,娇小玲珑的小女人面前,居然不由自主地低下了他们一向倨傲的头,神色闪烁,面呈尴尬,支支吾吾,不知道如何应对。

杰姆斯懊恼地张开双手,伸向女人的肩膀,试图想安抚她。女人厌恶地闪开了。杰姆斯尴尬地说:“肖简,你冷静点儿,不要冲动!有话好好商量!”

“好好商量?你们何时跟我好好商量了?我犯了什么罪?杰姆斯,您是法官,我已经向您投诉了威廉对我进行政治迫害,您调查了吗?向上反映了吗?有公正的结论了吗?您因为什么签署了我的死亡行刑令?您签字的时候就没有受良心谴责吗?您跟我好好商量了吗?”

“简,这是公司Policy(政策)嘛!我们也没有办法啊!你要理解!”杰姆斯手一摊,苦着脸一副无奈的样子。

“公司Policy?你把Policy拿出来我看看?Policy上有可以违背公司文化吗?Policy上有可以在员工还没有签署离职信的时候就要被当成犯人一样对待吗?我犯了什么罪?刚刚给我宣读完所谓HR的决定才几分钟,就要收回我的badge(工牌)?!就吊销了我的E-mail!掐掉了我的长途电话!Policy上有员工还没有接受离职保安就要监视,甚至连上厕所都要审问吗?”肖简眼中的怒火要把几个老板吞没。

“什么?保安?哪里来的保安?”杰姆斯惊讶地把目光投向袁华和比利。

比利赶紧低下了头。袁华赶紧挤出勉强的笑,面呈不安地解释说:“不会吧,不应该吧。谁这么做的?怎么能这么做?我回去马上查!”

杰姆斯瞪了袁华一眼。

“我告诉你们!我要投诉!我要投诉你们用罪犯的手段对付自己的员工!我要投诉你们在中国干的那些骗人的勾当!我倒要看看邪是否压得住正!”肖简说完转身往外走。

“肖简,唉!怎么会这样?!”杰姆斯焦虑地望着女人凛然离去的背影不知如何是好。

女人在推门出去的一瞬间停住脚步，她缓缓地回过头，一脸不可侵犯的样子望着几个焦急无奈的老板一字一句地掷地有声地说：

“我要离开了！你们可以让保安来抢我的电脑！来搜我的身！还可以让保安把我押送出世贸中心！我等着！”

“不会，不会，简，你先回去。我们回头和你联系！”袁华忙不迭地说。

肖简哼了一声，重重地摔门而去。

肖简回到自己的座位开始收拾东西，整理文档。整整一个小时，没有一个人过来打扰她。

一个小时以后，她高高地昂着头，拎着笔记本电脑，脸上带着决绝的表情，一步一步走出办公区，走向电梯。

奇怪的是，所有的保安仿佛全部消失了。没有一个人过来阻拦她！

肖简不知道，她刚才冲进总经理室大声斥责杰姆斯他们的行为震撼了这几个权贵。以至于他们不再敢继续他们原来精心策划好的计划：派 IT 部门的人来接管电脑；派王欣来接管所有的文件资料；派行政部来接管所有的公共财产；派保安把她礼送出境……

没有人再敢这么做！

他们不再有胆子这么做！

第三十二章

— 98 —

宗民打开门,惊讶地望着拎着电脑满脸疲惫的肖简。

"宗民,你能收留我几天吗?我没地儿去了……"

看到女人惨白的脸，宗民想起几个月前那天深夜女人像受惊的小兔来到自己身边。虽然女人一直到离开也没有挑明原委,但宗民知道是男人的背叛伤害了她。今天女人又来到了自己身边,脸色还是那么惨白,只是不再有凄然的表情,有的只是一种决绝。又发生了什么事?难道她的男人又背叛了她?如果是那个男人再次伤害了他,宗民这次决不饶他!他再不能允许那个男人如此一而再再而三地伤害自己深爱着的这个女人。

宗民连忙接过女人的电脑,把她引进门。

"没吃饭吧！我这就给你做！"女人一身职业装束,显然刚刚下班。宗民把女人安顿在沙发上,起身要去做饭。

"等一下！宗民,我需要用一下你的书房！我要发个电子邮件！"女人脸上还是决绝的表情。

"简,吃完饭再发不行吗？"

"不！我现在要发！马上！美国那边很快要上班了！我必须在他们上班前发出邮件！"女人说着向书房走去。

肖简打开自己的雅虎电子邮件信箱。痛苦悲怆和愤怒一瞬间纷至沓来……刚刚发生的屈辱如此强烈地刺激着她的大脑皮层。这些无耻的政客!你们以为吊销了我的电子邮件和长途电话就能掩耳盗铃了吗?这已经是网络世界！没有公司网络，我就不能把你们违规的信息传出去吗？简直太可笑了！

肖简在新邮件地址栏重重地打上亚太总经理尼克的邮件地址。

然后她开始奋笔疾书——

"尼克,这份邮件来自 OEE 中国咨询部内部控制经理肖简。我要控诉前中国咨询部代总监威廉,他为了实现他的政治目的,在中国玩政治游戏,违背 OEE 公司文化,违背公司政策和程序,损害团队利益,欺骗公司高层管理。

"我也要投诉几个中国公司高层管理人员——他们对待我像罪犯——在我还

是 OEE 公司员工的情况下,吊销我的电子邮件账号和长途电话账号,收回我的工牌,让保安监视和质询我……我无法相信,我突然被剥夺了工作的权利,在我和 HR 还没有履行任何离职手续情况下我实际已经被中止了工作!”

写着写着肖简仿佛又回到了那种难言的屈辱和愤怒之中……

“作为中国的内部控制经理,我知道威廉害怕我,因为我知道中国咨询部所有的业务和财务状况;我知道所有威廉干过的违背公司政策和程序的事情;我知道威廉在欺骗!

“中国咨询部的现状非常严峻——低收入,低利润,高费用,应收账款高达 2500k,其中 180 天以上的占全部应收账款的 50%以上。我不清楚威廉 Q3 咨询部明明是重大亏损,财务报告上威廉提交的数字居然是 37%的利润率。我目前还不知道威廉给您报的第四季度的利润率预测是什么?但根据我对所有现行项目的逐一预测,中国咨询部第四季度的利润率将为负 40%!更为严峻的是咨询部 90%的项目都来自詹森,都将在几个月之内结束。而这一年威廉忙于搞政治斗争无心开拓新项目,因此咨询部很快会陷入无项目可做的窘境。

“在这一年威廉制造的政治斗争氛围下,咨询部的员工们人人自危!员工流失率已经高达 40%多!

“全球审计即将来临,在这种关键的时刻,威廉和比利用这种违反中国劳动法的不寻常的激烈手段逼我离开,他们害怕什么?我同样不理解为什么中国公司总经理杰姆斯他们会支持威廉这种明目张胆侵害公司利益的蛀虫?!

“尼克,OEE 公司是个世界大公司。她有很好的公众形象,有优秀的企业文化。在这种文化下每一个员工都应该被公平对待,而不应该成为任何政治游戏的‘替罪羊’和政治交易的牺牲品!我也决不会允许威廉和公司把我当成‘替罪羊’!我寻求您的帮助以及公平对待!等待您的回音!必要的情况下我会寻求法律的保护!”

肖简义愤填膺地写完邮件,发了出去。接着又把邮件转发给了乔治和彼得。

肖简深吸一口气,集中精力开始准备另一个重磅炮弹——一封发给美国总部全球审计小组的信!

威廉、杰姆斯他们今天所做的一切其实都是因为惧怕全球审计发现他们虚报收入,做假账。为了掩盖他们的财务违规行为,他们不惜以侵害公司的利益为代价,不惜以侵害员工的生存权利和名誉为代价,精心制造了下午这场严重侵犯员工尊严的事件。是可忍孰不可忍!

他们以为把女人驱逐出 OEE 公司,就可以翻云覆雨、欺上瞒下。

肖简要让他们明白乌云遮不住太阳,邪恶终归要受到惩罚。

她要向全球审计揭露威廉欲盖弥彰的违规行为!

但一个无名小卒的投诉信,很难引起 OEE 养尊处优的高官们的注意。

而无名小卒因其位微言轻,如果有一个小小的细节引起检查官们的疑惑可能会引起他们对全部投诉内容的质疑。

对于每天能收到来自世界各地数百上千封信件的检查官们完全可能把视线跳过无名小卒投到他们认为更重要的议题上。

因此发给全球审计的信必须振聋发聩！

女人决定写一封对威廉本人的控诉信。标题掷地有声，振聋发聩——我对威廉的忠告：不要欺骗全球审计！

邮件的“收件人”不是全球审计小组负责人而是威廉本人。

邮件是用Bcc(密送)的方式送到全球审计小组。

“威廉，我严肃地忠告你——请不要欺骗全球审计！不要试图隐瞒事实——你违背OEE公司文化以及项目风险控制的程序，你把咨询部业务置于风险之中，你让员工面临道德困惑！

“我劝告你——不要试图把我当成‘替罪羊’——你和比利用不同寻常的激烈手段强迫我在全球审计到来之前匆忙离职，你害怕什么？你是不是担心亚太和中国咨询部员工知道你迫害员工，欺上瞒下的事实？

“作为中国咨询部内部控制经理，我知道部门所有的财务数和项目的盈亏。我也知道你为了个人业绩违背公司财务制度违规操作的事实。

“作为中国咨询部代总监，你违背了公司收入确认程序。今年第三季度你为了创造漂亮的利润数字，在没有客户签字的前提下，把本应该在第四季度才能确认的SHP，T-electric，BBW共600k的收入提前确认在第三季度——中国因此在亚太排行榜排名第三！你向你的老板显示你在中国创造的‘伟大’奇迹！你把四季度的收入提前确认在三季度，那你四季度到哪里去寻找额外收入来填补40%的亏损？难道你还准备再提前挪用明年一季度的收入吗？你有太大的窟窿需要填补了！除此之外，你还在有合同风险的情况下确认过300k的江苏佳能项目收入。今年5月份以前，你还有800k的客户签单到现在没有完成呢！你怎么敢在三季度又提前确认600k的收入？所有这些数字漏洞是全球审计非常容易查出来的。你即便逼走了我就能自保吗？你就能把中国财务部的账本都修改掉吗？

“我向你汇报过很多内部控制的问题。比如PMS系统数字不准确，会影响咨询部的业务分析和成本跟踪。例如T-electric项目到目前为止实际项目实施的天数是3150天，但是在系统里却是5241天，连客户付款的天数都已经达到了4733天，有1200—2000天的差异。这意味着什么？意味着我们的系统记录和实际之间有几百万美元的差异啊！这样的数据库我们怎么能跟踪成本？但是你永远不采纳我的建议。你实际上早就剥夺了我作为系统经理管理系统的权利！

“现在全球审计要来了。请记住不要试图用我做你的‘替罪羊’！不要把你的错误和该负的责任转嫁到我的头上！永远不要认为我的离开就是你转嫁错误的机会！请不要再损害我的名誉！不要用撒谎掩盖你的错误！你和比利今天对我做的事侵犯了我的尊严！在必要的情况下我会用法律的手段控告你！”

这是一封写给威廉的控诉信。这是一封历数威廉劣迹和罪恶的清算信。如果直接发给审计小组，这封信里面哪怕只有一个细节失误，威廉都会用资深政客的手腕说服审计小组这封信里其他的事实也是不真实的！而如果这封信是发给威廉本人的，里面哪怕只有几个事实可以获得确认，全球审计就会相信这封信的真实！

因为这封信是 Bcc(密送)给全球审计的，电子邮件界面上并不显示密送人的地址。因此当威廉收到这封邮件的时候，他看到收件人地址上显示的只有威廉本人。也就是说当可怜的威廉明天起床看见这封邮件时，还以为这个被他终于赶出了 OEE 的女人在用平生最后一点力气发泄对他的不满呢。他不会知道他的丑行早已漂洋过海传遍了 OEE 全球。这个无耻的政客将要为自己的丑行付出代价！

— 99 —

女人关上电脑站起身，突然感觉一阵眩晕。她扶着椅背，闭上眼，等这种眩晕的感觉过去了，这才慢慢地往门口走去。

打开书房门，突然发现宗民手指夹着烟，皱着眉，正在门口来回踱步。

看见女人出来了，宗民忙迎上去。女人的脸色这么惨白，神情这么疲惫，好像刚刚经历过一场心灵的浩劫。究竟发生了什么事？为什么她每次过来都好像埋藏着巨大的秘密，忧伤的秘密？简虽然内心永远有他看不懂的一块，但是她从前是快乐的。尽管这种快乐外面总仿佛披着一层淡淡的幽幽的面纱。简的伤感让男人心痛。这个女人已经融入他的灵魂他的血脉，他无法不要自己的灵魂，无法换去全身的血液，因此他无法忘却这个女人。不管他的身边躺着多少喜欢他的女人，她们无法进入他的灵魂，他的血液，因此她们无法取代简。简爱上那个赵天雄以后，每年见宗民的机会并不多。但是不管是否能见这个女人，不管见这个女人的时间多么的短暂，这个女人都是他心中永远牵挂的痛。而这一年还多了很多的不安。她感觉女人的生活在发生着什么变化。感觉女人不幸福。而女人竭力在他面前掩饰自己的痛苦。因此男人越发地难受和担心。

女人看见宗民，脸上勉强地挤出一丝笑。宗民真实地感觉着自己的心痛。他拉着女人的手，把她带到饭桌边，桌上摆着几盘五颜六色的菜和一碗西红柿鸡蛋汤。宗民让女人坐下，说：“菜都凉了，我去热热。”

“不用了！我不饿。”

“你这孩子！都 9 点多了怎么可能不饿？你等着！我去热菜！”宗民嗔怪地说。

“我真的不饿。”

“不饿？你中午吃什么了？难道你中午吃了一头牛啊！这孩子！”宗民开玩笑道。

中午？一说到中午，女人被政客们一下午的恶战强行压抑的记忆闸门突然被强行拉开了！另一场惊天动地的痛苦苏醒了！记忆如火山喷发一般排山倒海地袭向女人！她的脸上突然露出猝不忍读的痛。所有的坚强在这一瞬间土崩瓦解。她身体和面部都在努力挣扎着，希望继续撑住那点可怜的坚强。但是她感觉好累好累。不过是一根求生的柔弱小草，刚刚经历的那场狂风暴雨想把它连根拔起……为了活着她已经用尽了全身最后一点儿力量。此刻，她的坚强如此溃不成军，她没有力量重新把破碎筑成坚强……她的心被一把锋利的刀无情地割着，流着血流着泪……望着男人期望的目光，她多想告诉自己，告诉男人，我没事，我好好的，别为我担心……但是她的嘴唇哆嗦着颤抖着却一个字也说不出来……

"简，你怎么啦？到底发生了什么事？你为什么这样！"男人被女人突变的表情吓着了！为什么一句玩笑话就仿佛把女人带进了炼狱。为什么?!

"我……我……"女人的嘴嚅动着，颤抖着，但是却依然说不出一句话。

"简，简，你怎么啦？宝贝，发生了什么事？告诉我！我是你大哥呀！"宗民冲过去，蹲在女人面前，双手抓住女人的手，轻轻晃动着。

女人终于"哇——"地伏在饭桌上放声大哭起来。这是宗民从来没有听到过的哭声。不仅仅是委屈——委屈男人可以去安慰；不仅仅是发泄——发泄男人可以去接纳；不仅仅是痛苦——痛苦可以触摸可以抚慰……那是一种无法形容的感觉——让男人手足无措！

男人唯一可做的就是把女人拉进自己的怀里，轻轻地，轻轻地抚着她的背，就像抚慰一个受惊的婴儿。

女人哭啊哭啊，哭得惊天动地。哭得淋漓酣畅。哭得男人心惊胆战，紧张得心脏都快停止了跳动……

终于，女人的哭声变成了抽泣声。

终于，女人从男人怀里抬起了头。

终于，男人微微弯下腰柔声说："宝贝，不想吃就不吃了！咱们喝点儿汤。我把汤热热。等我几分钟啊！"

等宗民端着热腾腾的西红柿鸡蛋汤过来的时候，惊讶地发现女人已经平静地端坐在餐桌前。脸上凝结着一种决绝，迎着男人的目光仿佛一滩死水，看不到一丝涟漪……

宗民替女人盛好汤，轻轻地放在女人面前。

"简，先喝汤，有什么事一会儿再说。"

肖简点点头，接过汤勺，一口一口轻轻地往嘴里送着。

宗民目不转睛地望着女人，心中荡漾着难以言明的难受。面对一个和自己的灵魂息息相关、血肉相连的女人，明知道女人正经历着深重的痛苦，自己却不敢问，不能问，不能去安慰这个受伤的灵魂。这是怎样一种伤感和压抑啊！此刻他真想对女人说："回到我身边来吧！我虽然不能给你激情，但我不会让你受伤。我会像呵护一个宝贝一样地给你怜惜,给你安全……”他在内心一遍一遍地呼唤着女人的灵魂,但是表面上他不得不像放马奔驰的骑手一样,牢牢地勒紧自己如同火山一般喷发的情感缰绳。

女人喝完了一碗汤。宗民赶紧接过空碗要再给女人盛碗汤。女人用手捂着空碗,摇摇头。

“简,你吃这么少怎么行?听话,再喝一碗汤吧,好吗?”男人哄孩子一样地强行把碗从女人手里抢过去,又盛了一碗汤给她。女人勉强又喝了几口,再也喝不下了。

“那就坐到沙发上去吧。吃点儿小点心。”宗民牵着女人的手,把她带到沙发上。

“你先坐会儿,我去切点儿水果。”

男人从冰箱里各拿了个苹果、梨、香蕉还有哈密瓜。洗干净以后小心地切成小块小块的,放在果盘里端出来。可他惊讶地发现,女人蜷缩在沙发上睡着了……

他蹑手蹑脚地走过去,把落地灯拧到最小。然后轻轻地坐在女人躺着的沙发边的地毯上,表情复杂但目不转睛地打量着女人:几根散乱的头发被含在了嘴角,眼角似乎还有一滴未干的泪。她睡得似乎很不安宁。双眉不时微微地皱着。脸上不时出现一种受了惊的抽搐。呼吸时而平缓时而急促。不知过了多长时间,女人突然惊恐地睁大眼睛,急促地坐了起来,双眸如同受惊的小鹿般四面张望,显得不知所措……

“简,简,你怎么啦?做噩梦了吗?”宗民赶紧拉着女人的手,轻轻拍着。

“谁?我在哪里?”女人本能地打开男人的手,身体向后缩着。

“简,是我,别怕,是宗民……”男人连忙站起身把落地灯大大打开。

屋子里一下敞亮了。女人看见了面前站着高大宽厚的男人,她长长地嘘了一口气,身体一下松软了。她重重地把身体扔回到沙发上,右手扶在胸口上,一副惊魂未定的样子。

“简,你怎么啦?做噩梦了吗?”宗民在肖简的身边坐下。

“我梦到天雄他……”女人似乎突然意识到身边坐着的是另一个男人,不由地住了口。

“天雄他怎么啦?”宗民用温和平静的语调不动声色地问。他要让女人说。他要女人疏开那个淤积已久的情感河渠。

“天雄他拉着一个看不见面孔的女人的手从我身边经过。我使劲喊他他都不理我……拉着那个女人的手从我身边飘飘而过……我追上去,却看不见他了……我想给他打电话,但总拨不对号码……我想不起来他的号码……我着急……”女人说着说着眼里流出了一滴滴的眼泪……她连忙用手背擦掉。但刚刚擦完,新的眼泪又流了出来。

唉——男人深深地叹息。他一把把女人搂在怀里,轻轻地拍着女人的背,颤抖着声音说:“宝贝,你想哭就哭吧。痛痛快快地哭吧!”

女人没有挣扎。依靠在男人温暖的怀抱里，她努力释放着自己全部的委屈……她想哭，她想好好地哭一场。她努力让自己的脑中充满丈夫天雄的影像……然后，她努力把那个叫王欣的女人丰腴的身体叠加进来……她努力寻找着这两个影像疯狂地纠缠在一起带给自己撕心裂肺的感觉……她耳边努力回响着“情敌”面孔带着憧憬充满丰富感情说的话：“你知道躺在他怀里那种幸福的感觉吗？我愿意为他去死！真的。这个男人有学问有能力有钱还会温柔……他，他床上功夫还好……”如同电影“蒙太奇”，镜头突然一转，眼前出现那个女人控制不住爆发的哈哈大笑。笑得花枝乱颤。笑得头发、乳房和身上的肉都在抖动……她努力让不堪的回忆如排山倒海般喷泻。女人在一个个把自己包裹得严丝无缝的不堪回忆中，努力孕育着撕裂和痛苦的感觉。她想蜷缩在痛苦的毁灭中放任自己的眼泪。但不知为什么她突然没有了哭的感觉。泪腺仿佛突然成了一口枯竭的井，没有一丝水痕。而且奇怪的是，面对这一切不堪的回忆，她甚至找不到痛苦的感觉。她掐了一下自己的腿，有痛感，可为什么却没有心痛？她再次把丈夫的影像和“情敌”的纠缠起来，赋予他们疯狂的激情……但是她还是感觉不到痛苦。相反，一种滑稽感突然升起来，她有些控制不住地想笑……

“简，你怎么啦？”看到怀里的女人脸上似笑非笑的表情，宗民还以为女人受了刺激，忙着急地轻轻地摇晃着她。

肖简轻轻地挣脱宗民的双手和怀抱，坐到了宗民旁边的沙发上。神色平静而且还带着一丝笑说：“宗民我没有事。真的，我没事了！”

“小祖宗，你到底怎么啦？一会儿哭一会儿笑的。我的心脏可承受不了！”宗民看见女人抓起茶几上的水果往嘴巴里送，感觉女人似乎真的暂时没有事了。一颗悬着的心稍微落下一些。

“宗民，我没事了！真的。这一天似乎经历了一个世纪。我能活着我就没有事！”

女人平静地讲述了这一天发生的全部故事。男人在女人的讲述中经历着山呼海啸般的跌宕起伏。

女人讲完了，依然平静地望着男人。

男人的情绪却深深地沉浸在女人的波澜起伏中久久不能平静。

时间在沉默中一分一秒地过去。

男人突然站起来，情绪冲动地往外走。

“宗民，你去哪？”女人站起身叫住他。

“我去找他们！”男人呼吸急促地边走边说。

“找谁？威廉？还是天雄？去哪里找？找他们说什么？”

男人停住了脚。是啊！找谁？到哪里找？找到他们说什么？

“那下一步你准备怎么办？简？”男人转过身，满眼痛惜。

“破碎的就让它破碎吧。太阳明天还会照常升起……”女人疲惫地淡然一笑，飘飘地走向落地窗前，拉开窗帘。

窗外，是一轮明月。盈盈地抛出冰冷的白纱，轻轻地笼在女人身上。

女人单薄的背影在月光下孤独而倔犟。犹如白雪重压下的小草，分明已经不堪重负却强撑着一份坚强，努力昂着头挺立着……

望着女人的背影，男人心如刀绞……

— 100 —

这一觉睡得真沉。等肖简醒来的时候，已经中午了。昨晚是她在 OEE 工作以来第一次晚上关手机。很久很久了，没有这么放松地睡，这么昏天暗地地睡，这么没有电话打扰地睡，这么醒来了还能慵懒地躺着。

女人静静地望着柔柔地垂着的窗帘。窗帘上透着温暖的阳光，把白底窗帘上点缀的蓝花儿映衬得充满灵性。这个窗帘还是多少年前肖简为宗民亲手缝制亲手挂上的。在这个素雅的窗帘下也曾演绎了一段虽不惊心动魄但温馨平和的情感故事。多少年了，宗民都不肯换掉它。似乎留着它就能让一段爱情永存。

但爱情能永存吗？

或者说永存在男人女人心间的是爱情吗？

爱情是男人女人共同合作的产物。仅仅是一方的情感哪怕惊天地泣鬼神，那也只能称之为单恋。是一个注定悲剧的恋爱。

多少文学作品讴歌那些惊天动地的爱情。而现代哲人们一针见血地指出那是激情，不是爱情。男女之间的爱情只有 18 个月。然后要么转化成亲情，从此如左手右手般相携一生；要么反目成仇，老死不相往来。然而每一个恋人都希望自己的爱情是一个例外，因此付出了多少渴望。但是结果呢？哪一个逃脱得了例外？

女人的脑海里再次把丈夫天雄的影像拉过来，努力想看清这个自己曾经爱得几乎丧失了自我的男人。女人又把那个在职场上置自己于死地的“情敌”王欣叠加到男人身上。她又让脑子里不断闪现那一份份曾经带给自己淋漓尽致痛苦的情书。她让自己的影像、天雄的影像和那些鲜活的激情男女们的影像在一个个活灵活现的电影“蒙太奇”影像中肆舞……她仔细地体会着自己面对这些血淋淋回忆的感觉。

她发现自己的心平静如水，没有泛起一丝涟漪。

一切都已经是昨天的故事。

曾经有过的是昨天的爱情。

过去的存在是真实的。

今天的遗失同样是真实的。

不管这份爱是为什么遗失的？遗失到了哪里？将会在哪里生根发芽？

都已经和今天没有关系。

女人不想知道原因。不想知道结果。也不想知道未来。

她只知道,自己原来以为失去了就会天崩地裂的情景没有发生。

她只知道,人只要想活着他就能活着。

她只知道,有些美好丢失了就不必牵挂。

她只知道,丢失了的美好不必去探究丢失的原因重新让自己受伤。

她要活着。要好好地活着。灿烂地活着。

女人飘飘地起身,感觉有些眩晕,就轻轻地依偎着窗边闭着眼睛沉静了几分钟。她睁开眼,轻轻地掀开窗帘的一角,惊诧地发现窗外居然是一片银白的世界。昨晚的一场大雪把整个院子、屋顶、树挂上面都披上了如此炫目的银白。世界显得那么洁净。

女人觉得心里一朗。

她拉开全部的窗帘,让这片银白的世界点缀了自己渴望洁净的心。

许久,她恋恋不舍地把目光从那片银白收回来。她回过头,用目光寻找自己的衣服。突然她看见床头柜上放着一套折叠得整整齐齐的银灰色休闲服。她心里一热。那是当年她穿过的衣服。男人居然珍藏到今天。居然如此细致地把它呈现在这个特殊日子。

今天肖简不用上班了!

昨天的职业装如果今天披挂在休闲的身上,会带给女人触景生情的伤感和难堪。

一套休闲服,是女人崭新心情生活的开始。

休闲服上的纸条,告诉女人男人去上班了;下班会去买菜;晚上会给女人做好吃的;桌上已经做好的午饭,只需要放进微波炉里热热;水果在冰箱里,已经洗过了;下午好好睡一觉……望着这些琐碎的叮嘱,女人心里泛起一阵热热的感觉。

多少年来,她一直渴望和丈夫天雄能有这样的一份琐碎和牵挂。但丈夫的世界要的是绚丽多彩,要的是惊心动魄,哪里容得下温馨的鸡毛蒜皮?

可自己当年为什么会丢掉宗民的温馨毅然投进天雄的情天恨海?

那今天自己跳出了那场孽爱,有没有可能重新回到这个温馨男人的怀抱?

女人努力想象这个叫宗民的男人的甜蜜缠绵温馨。想象自己在这个男人的怀里甜蜜沉醉安宁……但是为什么?为什么心里感觉如此空落感觉如此不安?感觉内心虚空得就像踩着天上的浮云?宗民是温馨男人他会带给自己终身的安宁和幸福,自己为什么会空落不安呢?

女人迷惑了……我究竟要什么?

女人带着深深浅浅的迷惑和忧思在窗前站了很久很久。最后怅然地发现,人生中很多东西不是靠某个凝结的瞬间就能想明白的。深刻永远伴随着残酷的时间老人。

她无奈地摇摇头。走到床头柜前,拿起手机。

手机刚开机,财务经理王亚红的电话就挤了进来。

“简,你怎么才开手机啊?你知不知道,你把天都捅破了!”电话里声音急火火的。

“出什么事了?”肖简猜到了几分,她努力平静地问。

“你知道你把邮件发给谁了吗?”

“我发给 Global Audit(全球审计)了。从 E-mail 上找的名字,不知道是谁。”

“嘿!简,你都 complain(投诉)到史蒂夫那里去了!史蒂夫!OEE 的 CFO!美国总部的二号人物!查尔斯已经知道了!听说早上一上班杰姆斯就被美国老板训了!我老板保罗也被杰姆斯叫去到现在还没有回来呢!简,你真行!真有勇气!我真佩服你!”

“亚红,别这么说,我也是被逼无奈!”

“简,其实大公司政治本身并不新鲜,但是威廉玩得太过火了!我看他就是不把中国人放在眼里!哪个部门的老板不烦他?知道吗?简,你发给 CFO 的 E-mail 被美国总部转回中国后,不知道又被谁把邮件转发给了 China 所有的老板。大家都偷着乐呢!”

“真的?!那威廉呢?”肖简有些好笑。看来自己的邮件也成为老板间斗法的武器了。

“不知道。好像还在天上飞呢!我老板给他打了几次电话都是关机。我看王欣的脸都绿了!哈哈!简,你真行!真解气!”王亚红急火火地说:“简,我不多说了!AP(亚太)GC 的 CFO 来了好几个 E-mail 让我们马上核实你投诉的数字!这下有的忙了!听说查尔斯已经下令 Global Audit(全球审计)马上飞过来审计!我一有消息就告诉你!你也赶紧 check 一下 E-mail,说不定也会给你发邮件的。”

王亚红挂了机。肖简走进书房,打开电脑,进入自己的雅虎邮件信箱。一串外国人名字的新邮件赫然地一个挨着一个排列着。女人的思维瞬间跳回了那个惨烈的职场世界。

AP 总经理尼克的回复醒目地排列在第一位。

亚太地区内部控制总经理彼得,亚太内部控制财务总监兼内部控制总监乔治,还有亚太和 GCHR 总监的名字,依次排列在后面的邮件队列里……

真是一石激起千层浪!

肖简打开尼克的回信——

“我已经看到了你的信。我可以认为我们的一些经理的行为是不合适的。对你投诉的财务问题,全球审计正在来中国的途中。审计小组会认真审计你提出的问题。你可以相信你绝对不会成为‘替罪羊’……”

女人长长地吁了一口气……没有想到自己无意中发给OEE首席财务执行官的邮件，拨动了公司最上层高度敏感的心弦！财务数字弄虚作假可能会导致一个上市公司瞬间“崩盘”！越居公司“金字塔”尖的老板越不能容忍这样的行为！邮件发出不到10个小时就在OEE全球老板之间掀起了“多米诺骨牌效应”，可见自己的投诉击中了公司的要害！亚太地区最高长官尼克已经明确地承诺自己不会成为“替罪羊”！威廉的财务问题会被认真审计！

但是自己遭到的政治迫害和带羞辱性的离职呢？显然只能作为既成事实了。尼克邮件里一句轻描淡写的“their behaviors are improper(他们的行为是不合适的)”就把那些政客们的丑恶行为盖棺定论。在这一点上威廉们的确是摸透了公司政治的精髓。只要员工的解雇已成既成事实，哪怕员工是无辜的，但一来涉及到公司的脸面；二来一个小小的员工无足轻重，因此老板宁愿选择将错就错，不会去大动干戈地平反昭雪。因此就拔掉肖简这个“眼中钉”而言，威廉成功了！而尼克的信再次证明了政治是残酷的。在政治斗争中没有是非。强者为王，败者为寇！

而随后彼得、乔治以及亚太总监们的邮件，都不过是为尼克的信做进一步注解和承诺。比如彼得的“我相信你能很快找到一个很好发挥你能力的地方，我们会祝福你……”云云。

肖简笑了。这便是亚太对自己的结局了。这也是肖简意料之中的结局。在这场惊心动魄的政治斗争中，自己无意中充当了一枚举足轻重的小卒子。“丢卒保车”是中外政治家、军事家都玩得娴熟的东西。惩恶不能扬善也算是一个不错的结局。

那个坏事做尽的威廉，他必定要为他的行为付出惨重的代价！

手机铃声又响了。手机屏幕上出现那个这些年来爱得昏天暗地也痛得撕心裂肺的男人的名字——赵天雄，她的男人！她的丈夫！

肖简定睛盯着手机荧光屏上这个闪动的名字，却发现自己此刻心中不再有痛，只有迷离和惆怅。一种将要告别一种铭心刻骨历史的怅然……

她没有接电话。

铃声响了一遍又一遍，执著地，固执地。似乎认定了女人一定会接这个电话。

面对这企图撼动女人情感的铃声，女人有些伤感但平静地一遍遍看着屏幕上的名字。

终于，她把手机往窗边的沙发上一扔。

等处理完一切，她会去面对这个男人。

终于，铃声停止了。

女人缓缓地来到窗前，一颗心轻轻地抚摸着那满目的银白。突然她有一种想拥抱这种银白的冲动。她跑到宗民的卧室，打开过去属于自己的那个衣柜。果然，那件米黄的大衣还挂在那里。她急切地穿上，拿起手袋，飞快地跑出去……

她终于把自己完全融入了这片银白色的世界。

天上又纷纷扬扬地飘起了鹅毛大雪……女人张开双臂,仰面拥抱着雪花,让一片片冰凉翩然落在自己温热的脸上。雪花融化了,片片甘露滋润着肌肤,给女人带来一片晶莹。

她感觉心是那么宁静。

在这片银白世界的宁静中她的心灵在被荡涤。她流连忘返。她忘记了时间和空间。忘记了一切……

新的生活会像这片片雪花一样给自己带来晶莹透亮吗?

女人想着飘飘地来到楼下落满雪花的报亭,一连买了几份《京华早报》、《京城晚报》、《人才招聘报》,一边走一边浏览招聘信息。

回到屋里,脱下大衣,挂入衣柜。无意中又看见了自己当年留下的衣物。不由地记忆又回到当年的琐琐碎碎点点滴滴,心中又升起无限的惆怅……

一边享受着记忆的畅想,她一边把午饭放在微波炉里热着,一边随意浏览着招聘信息。

这时手机铃声又响了,屏幕显示的是 OEE 公司的电话。

肖简按下接听键。居然是理查?!

在美国和亚太的高压下,中国公司准备和女人谈判了!

理查作为 OEE 中国公司联盟部总监,是杰姆斯的好朋友。虽然是部门老板,但和咨询部的经理们的关系都不错。因此受杰姆斯委托,代表总经理和女人进行沟通,并安排肖简和杰姆斯的见面。

但是,对这场迟来的谈判,女人已经非常坦然和淡然了。

她在 OEE 公司的职业生涯虽然已经画上了句号,但那场因她而起的战争却因为全球审计的到来刚刚进入另一轮的“白热化”……

第三十三章

— 101 —

整整4天了,肖简如同人间蒸发了一般再也没有了踪影。手机晚上关机但白天都开着,说明妻子理性地生活在这个世界。但天雄打爆了手机也给肖简发了十几条短信,肖简不接电话也不回短信,说明妻子已经把自己驱逐出了她的世界。他一遍遍地打电话到肖简公司的座机,电话永远畅通但永远无人接听。他无数次打电话到前台,询问肖简的情况,前台小姐永远都用甜美的声音把电话转接到座机。

已经整整4天了!天雄无法理解也无法接受妻子再次失踪的事实。他想亲自到公司去找妻子。但担心贸然前去成为公司的笑柄。那妻子岂不是更不能原谅自己?

整整4个晚上,天雄辗转反侧,想破了脑袋也想不出妻子离开的理由。但一种强烈的直觉告诉她,妻子的再次离开一定是又发现了他的什么秘密。可他绞尽脑汁也想不出他什么秘密会被肖简发现,导致她离家出走。

这4天,他第一次回顾了自己这么多的秘密,惊恐地发现这每一条秘密都可以是婚姻的杀手锏。而他也第一次突然开始痛恨自己的秘密。和上次妻子的出走不一样,上一次,冥冥之中他感觉有一根斩不断的情丝牵挂着女人。女人只是暂时逃离,她肯定会回来,他肯定能说服她回来。她果然如他所料回来了。但这次,强烈的直觉告诉她,女人要走了!真的要走了!不管她发现了他什么秘密,都是一把斩断情丝的利剑。可也正是在这个时候,男人突然发现自己珍藏的丰富多彩的秘密,和要失去这个女人相比都是那么的无足轻重。如同他一向的观点:欣赏彩云必须有稳固的婚姻地基,有为自己遮风挡雨的屋檐。如果地基没有了,屋檐撤掉了,再美丽的彩云也只是海市蜃楼。只可惜,长期以来妻子对自己的情感依赖和爱恋让自己感觉这个婚姻的地基和屋檐太稳固了太安全了!她似乎永远在期待他的回归、盼望他的陪伴。不管风吹雨打,只要他回来了,施舍一下阳光雨露,一切都会风调雨顺。他可以尽情挥洒青春和情感。他是如此游刃有余地游走在妻子对自己永远的期待中。他只需在妻子的幽怨快到底线的时候做好"救火队员",几乎每一次都能把女人失落的心重新拾捡回来。男人对妻子的感情是这么的自信。因此他骨子里有意无意地带着一种居高临下演绎着情感的若即若离,在朦胧中尽情地展示着美丽。

但当今天屋檐突然空空,没有了女人的气息的时候;当你闻到了一种爱情死亡的味道的时候;当你以为牢牢把握在手心的东西突然消失的时候;当你几乎可以确定你期待的东西不会再回来的时候……一切都不一样了！一切原来以为美丽的东西都突然变成了哈哈镜里的变形影像,没有美丽只有怪诞!

但男人不甘心。他不想相信女人已经离开的现实。他宁愿相信这是女人和丈夫一场短暂的怄气。他宁愿相信只要找到这个女人,再好好和她解释,从此一定好好和她过日子,一切又将重新开始。

于是继续不停地给女人打手机打座机。没有人接,就留言;留言满了,就再打电话。

第五天,也就是星期五下午,他心神不定地在外面跑了半天,傍晚回到家抓起电话又开始给肖简打。打了几遍手机没有人接,就把电话打到了肖简办公室的座机。连着响了几遍以后,突然一个职业的女声接起了电话。

“喂,OEE公司。您找哪位?”

“是肖简的电话吗?我是他先生!我找肖简!”几天以来第一次有人接肖简的电话,天雄喜出望外。他紧紧握住电话,生怕丢掉电话里的声音。

“什么?你——你是他的先生?!”不知为什么,电话的声音带着一丝紧张的颤音。

天雄生怕电话断了,连忙说:“是是是,我是他先生。我找肖简!”

“找肖简?你不是她的先生吗?你怎么会不知道她在哪里?”电话里声音变得有些古怪。

“不好意思,我,我,我不知道!我,我,我出差了,刚,刚回来……”面对质问天雄难堪之至。因为电话里是肖简的同事,他绝对不敢说妻子已经四五天没有回家不知去向了。

“是吗?那她没有给你打电话吗?她这两天怎么会不给你打电话?”电话的声音带上了一种诡秘的味道,让天雄有一种不祥的感觉。

“小姐,不好意思。可能我这几天开会经常关机。她可能也不好联系。可不可以麻烦你叫她一下?”天雄几乎有些低声下气。

“她不在公司。”电话里的声音有些欲言又止。

“麻烦你告诉我她在哪里好吗?出差了吗?还是在开会?”天雄急切地说。

“你妻子在哪里?这个问题很复杂。原本我不想管这个闲事,但既然你是她先生,她看来没有把她的情况告诉你,我有些不忍心。这样吧,晚上我加班完以后,你请我喝咖啡,我告诉你你妻子发生了什么事?”电话里的声音突然变得有些轻飘飘的。

“什么?她发生了什么事?我现在马上过来行吗?”天雄的心顿时被拽紧了。

“我现在没有空。你要没有兴趣知道你妻子的事,我也就不多管闲事了!”电话里的声音突然变得非常冷漠。

“好好好，就晚上。几点？10点？可以可以。就世贸中心‘星巴克’！我不认识你啊！什么？你穿着黑色套装？好好，小姐贵姓？姓王？好好，我们晚上见！”

— 102 —

“星巴克”空空荡荡，只有角落里坐了两三对聊天的朋友或情人。

坐在最里头的王欣再次从坤包里掏出小镜子，认真照了照脸。肖简掀起的“星球大战”已经搅得整个公司的老板们多少个晚上夜不能寐。秘书自然首当其冲，眼睛熬出了血丝，眼袋也出来了。王欣拿出粉饼，又细致地往眼睛四周抹了点儿粉。随后掏出口红往已经很红润的唇上又抹了一遍，抿抿嘴，又认真端详了一遍，这才把化妆品放回手包。伸长脖子目光有些着急地往门口扫射。

怎么还没有来？她皱皱眉。但一看表，不由自嘲地一笑。瞧自己急的！离10点还有20多分钟呢！

赵天雄，这个自己又爱又恨的男人！这个自己以为永远也见不到的男人！这个毁了自己半年多来精心筑起的情感家园的男人！这个竟敢玩弄自己的情感的无情的男人！居然奇迹般地又出现了！

为了准备全球审计，威廉、比利和她这两天疯了似地准备数据资料。但因为肖简临走时带走了电脑里的全部数据，而全球审计完成之前也不敢让她过来交接，搞得威廉苦恼之至。王欣傍晚再次来到肖简的座位上，把文件夹、档案柜都里里外外好好地搜了搜，希望能找到那些珍贵的财务数据和项目管理资料。资料没有找到，但肖简桌上的电话一次一次响得如此执著扰人心烦。于是她不耐烦地抓起了电话。没想到居然冥冥之中再次隔着电波遇到了梦回萦绕的“猎豹”——自称为肖简丈夫的赵天雄！

更让王欣惊讶的是，赵天雄居然不知道肖简已被驱逐。显然肖简已经4天没有回家也没有和他联系了！也就是说自己果然用惊爆桃色新闻的方法拆散了这对苦命鸳鸯？可怜的是那个男人失去了妻子居然不知道因何缘何？更不知道他轻视玩弄别人的感情已经遭到了报应！真是恶有恶报啊！只不过这个报应来得也太快了！快得王欣还没有时间和精力去品味这突如其来的胜利！

女人走了，离开了自己觊觎了一辈子的位置也离开了自己做梦都想得到的男人。王欣耗尽心机终于迎来了日思夜想的结局。

11月13日！这个王欣似乎用了一辈子在等待的日子。她像那个被囚禁在深山里的白毛女一样，终于要在这个日子翻身求解放了！她终于有机会让那个压得自己喘不过气来的女人用心灵匍匐在自己的脚下。为此，她精心设计了那场“鸿门宴”。她要用自己和赵天雄的孽情击垮作为妻子的肖简骄傲的心灵。可让王欣至今无法理解的是，那个女人的心分明已被王欣这致命的一刀扎得支离破碎，她何以在那可怕的瞬间支撑她挺拔的脊梁?女人的灵魂在那一刹分明已经倒下,她何以瞬间重拾旧河山,如同一尊不可侵犯的神高高地屹立在自己的面前?于是乾坤颠倒,雪耻变成了屈辱;复仇变成了受伤。那场“鸿门宴”,她不仅没有享受到被奴役者奴役别人的快乐,反而让她看见了自己心灵无可救药的卑微!

那场“鸿门宴”让她羞辱难当灰头土脸。屈辱和愤怒让她的心变得异常狂躁。快步如飞地回到公司,她带着一颗比过去坚硬十倍的心,对远在香港的威廉一番煽风点火后,威廉通过越洋电话果断下达了行刑令!王欣代表老板要求HR开始这场“强权”镇压“犯上”女人的剧目。不料女人不肯就范凛然拒绝签字。获知消息,她的心都在战栗。她是如此地害怕,害怕命运女神突然翻脸,最后毁灭的是自己!她有些歇斯底里地把她的恐惧夸大了十倍转移成了威廉的恐惧。威廉在电话里喘着粗气沉默了很久,显然也是手足无措。那个隔着越洋电话沉默的几分钟如同几个世纪。王欣担心威廉在沮丧中放弃了计划,于是心一横,建议威廉一不做二不休“先斩后奏”……于是,十多分钟后,上演了魏晴收取肖简工牌,吊销账号,派出保安的一幕,企图强行驱逐女人……随后的经历让她今天想起来还心惊肉跳。女人如同一头愤怒的母狮,冲到了总经理室。听安娜说把包括杰姆斯、威廉、比利、袁华在内的人都一顿臭骂,骂得那几个平日里高傲尊严的老板一个个难堪不安。最后在杰姆斯的严令下,所有的保安都销声匿迹。肖简手里那个装着部门全部财务数据资料的电脑终于没有按原计划由保安收缴。王欣想通过强行缴获肖简的电脑以获得所有财务数据的完美计划破产了!

于是巨大的麻烦这两天野火一般疯狂地烧了过来。这个被OEE驱逐了的女人,居然给威廉和自己在全球烧了一把轰轰烈烈的复仇之火。威廉和王欣的名字一夜间在OEE全球臭名远扬。北京公司内部更是被传得人所周知。这几天,她走在公司的办公区都明显地感觉到员工看她的眼光背后都藏着讥讽。她感觉自己好像被人当众扒光了衣服似的,心灵遭受着前所未有的煎熬。更让人措手不及的是,原计划一个多月以后才来的全球审计如同“天兵天将”明天就要降临!因为没有拿到肖简电脑里的财务数据和资料,王欣这几天被威廉被财务逼得每一分钟都在电脑前绞尽脑汁做“无米之炊”;却一次次因为数据不全被威廉骂被财务责怪。自从肖简离开以后,她没有一个晚上睡过安稳觉。

原以为是一场胜利的“满汉全席”,直到今天她才明白自己是在刀尖上跳舞。稍有不慎就将掉入万劫不复的地狱……

王欣怨愤交加。她恨啊!恨这个阴魂不散的女人!恨这个不公平的世道!

这时她接到了赵天雄寻找妻子肖简的电话。

接到电话的那一瞬间,王欣终于淋漓酣畅地体会到了一种发自内心的快意!

哈哈!这个羞辱自己的男人遭到报应了!那个该死的女人沾沾自喜的幸福之家烟消云散了!痛快!王欣觉得酣畅淋漓的痛快。那一瞬间她痛快得要飞。她真想马上告诉男人他心爱的妻子被扫地出门，被老板赶走了，OEE 已经不要她了！她真想告诉男人他妻子正是被他看不起的“情敌”王欣高举着胜利的红旗取代了！她真想告诉男人他完了彻底地完了，即便太阳从西边出来，他的妻子也不会容忍丈夫搞上了置她于死地的职场敌人！但是，不知为什么她死死地把那一连串急着从喉咙口跑出来的恶毒的话牢牢地压在嗓子眼儿下。她决不能让男人痛苦得这么短暂！想起这半年自己为这个男人付出的情感和期望，而这个男人却如此地轻慢和羞辱自己，她满腹的积怨如滔滔江水滚滚而来。她要让这个男人痛苦。她要亲身品味男人的痛苦。她要消遣男人的痛苦。她要让男人失去心爱的女人以后，再陷入失去自己人格的痛苦。

当然……还有一丝跃跃欲试的潜意识在心的最深处萌动。他心爱的女人走了，自己是不是会有希望？如果这个男人就此对肖简死心，并且还能念和王欣的旧情，她兴许可以原谅他。兴许他们可以重新开始……从内心深处，她想要这个男人。毁他也是因为想要他而不得。所谓爱之越深恨之越切。其实说爱可能太俗了。这个世道，什么爱不爱的。男人和女人说到底就是相互需要。她需要这个男人，不是因为爱，而是因为这男人能把她带进一个崭新的档次。这个男人能够让她摆脱羞于见人的情感。这个男人能让她活得更加灿烂！还有占有了这个男人才是对肖简的最后胜利！

何去何从取决于这个男人对自己的态度。如果男人接受她，那将是一个皆大欢喜的结局；如果男人再次拒绝她，她绝对要让男人为他酿下的苦酒痛苦终身！

王欣想着傲然地昂起头。

10 点钟了！王欣抬起头，用目光搜索着门口。赵天雄果然准时来了！他穿着一套银灰色的西服套装，显得格外精神。王欣心里一热，情不自禁地站起身，走上前，迎了个满怀。

“‘猎豹’？是我！我是‘企鹅’！”王欣掩饰不住兴奋，满脸泛着红光。

“什么？”天雄一愣，定睛一看，居然是“企鹅”，不由得一阵慌乱。他赶紧把目光投向四边扫视了一下，见没有熟人，才把视线收回到女人身上，有些尴尬地说：“‘企鹅’，你怎么在这里？真巧！”

“是啊！冤家路窄嘛！来，咱们找地儿坐下聊聊！”王欣热情地示意他往里走。

“不了，不了，不好意思，今天我约了朋友，有重要事情要谈。改天吧，改天吧！”天雄心神不定地目光往大堂四周扫视着。

王欣突然醒悟过来，天雄还不知“企鹅”就是傍晚接电话的王小姐。不由得暗自好笑。

“你看看你的客人有没有来？没有的话不如我们先聊聊！”王欣努力压住想笑的感觉。

天雄用目光把整个咖啡厅扫视了一遍，发现有两三对情侣在聊天。除了“企鹅”,没有单独的小姐在等他。就有些不情愿地跟着王欣到了角落的位置。

“怎么这么晚还来‘星巴克’?不回家陪太太?”王欣抿着嘴笑问男人。内心洋溢着猫捉老鼠的悠然自得。

“啊,忙。都忙!”天雄敷衍道。目光一直盯着咖啡厅的门口。

“你不是说你太太总想让你陪她吗?你也该尽尽当丈夫的责任了!否则哪天太太要被人拐跑了!哈哈——”王欣放肆地笑道。

王欣的话显然戳到了男人的心病,男人脸色变得很难看。目光更加频繁地往门口望,如坐针毡一般。

“‘猎豹’,你想我吗?我们多久没有见面了?”王欣突然表情一柔,轻声地问。

“想,想……”男人望着门口,目光闪烁,心不在焉地说。

“我也想……”王欣的脸色和身体都柔和了下来。她发现自己还是很喜欢这个男人的。只要他肯说几句软话,自己可以原谅他一切。她柔情地说:“‘猎豹’,你知道吗?我每天都上网去找你。可你一两个月了连个面都不露,真够无情的。”

“是,是……我忙,忙……”男人勉强笑笑。目光不停地在厅里搜索着。

“没关系。我们终归还是有缘。这不,你又回到我身边了……”王欣脸上出现由衷的憧憬。不知为什么,她明明知道男人言不由衷,但她还是身不由己地陷入。她期待地望着男人,小声地说:“‘猎豹’,明天晚上去我郊外女朋友的房子吧。我……我想和你在一起……”

“嗯,嗯,好,好……”男人敷衍说。

“真的?!那几点钟?”王欣兴奋地差点儿跳起来。

“什么几点钟?”男人被女人亢奋的叫声吓了一跳,回过神来。

“明晚去郊外啊?上次我们约会去过的呀?”王欣兴致勃勃地说:“我去买些吃的。我给你做好吃的……你还没有吃过我做的饭呢!我可是个好主妇!”

“什么?明晚去郊外?为什么?谁说明晚去郊外?”天雄清醒过来,沉下脸,口气生硬地说:“‘企鹅’,咱们不是说好了只做网上情人的吗?我们不要再见面了!不能再见面了!我跟你说过,我有家,有妻子!”

“你——你怎么翻脸不认人!”见男人突然翻了脸,王欣气得脸都白了。

“我怎么翻脸了?上次在网上翻脸的不是你吗?”天雄想起上次女人网上说的话,全部的恶感都出来了。

“我翻脸?我为什么翻脸?当着一个爱你和你肌肤相亲过的女人大谈自己的老婆如何如何好,有你这样的男人吗?”王欣又羞又恼地说。

“你这个女人简直莫名其妙?我老婆招你惹你了?我有家室什么时候瞒过你?我说我老婆好就能引得你这么阴毒?我告诉你,就凭这一点,我老婆也比你好一百倍!”

“赵天雄,你老婆好,那你为什么还在这里坐着?!你为什么还要和我这样的女人上床?！你整个一个伪君子！”见男人如此无情无义，王欣内心深处的幽愤突然爆发了。

男人“忽——”地站了起来。他推开面前的饮料杯，冷笑了一声说：“‘企鹅’，你是个女人，不要这么刻薄！大家认识也算是缘分。过去的事也不用提了！大家好自为之吧！我还有事，先走了！”

见男人要走，女人心中的野火“呼啦拉——”地熊熊燃烧起来，烧得瞬间失去了理智。她“忽”地站起身，尖声喊了一声：“赵天雄，你给我站住！”

见咖啡厅那几对都闻声往这边张望，天雄觉得非常难堪。他真怕眼前这个女人果真发起疯来大吵大闹。看看大厅，看看门口，那个答应他约会的小姐至今没有来。妻子找不到了，又遇到了泼妇情人。天雄觉得自己倒霉透了！他真希望门口突然出现穿黑衣的小姐给他解围。

“哼哼，你在看那个穿黑衣的小姐是吗？”女人突然在一边冷笑。

“关你什么事?！”天雄瞪了她一眼，回头又望了门口一眼。突然他愣住了。他突然意识到什么。他缓缓地回过头，上下打量了一下身穿黑衣套裙的女人，有些艰难地问：“你怎么知道我在等穿黑衣的小姐？”

“你说呢？哈哈哈——”看男人突然变得局促的样子，女人狂野地哈哈大笑。

男人突然感觉浑身发凉，头皮发麻。觉得眼前的女人就像安徒生童话里的老巫婆。

“难道，难道，你是……你是……”天雄觉得心脏都快停止跳动了。

“说啊！你往下说啊！哈哈哈——”王欣看到男人已经有些扭曲的脸，浑身充满荡气回肠的快意。

“难道你是，我太太的同事?！”那一瞬间，天雄觉得自己都快崩溃了！进地狱的感觉也莫过于此！这到底作的什么孽啊！简直太可怕了！自己居然和肖简的同事上了床?！这种小说才会描绘的戏剧性怎么会落到我的现实生活中？这怎么可能？这不可能，绝对不可能！

“不好意思！我就是下午不小心接了你的电话的姓王的小姐！真是冤家路窄啊！‘猎豹’，简直太有趣了！太好玩了！哈哈哈……”王欣控制不住地狂笑。

天啊！遇到这种女人真是我赵天雄的报应啊！我一生在情路上如此潇洒，没有想到那个虚拟的世界和自己开了如此大的玩笑！可那是虚拟的啊！为什么会把我的现实生活搅得乌烟瘴气？这个“企鹅”，她怎么会是肖简的同事！我怎么跟妻子的同事上了床?！如果肖简知道了，这个婚姻瞬间就土崩瓦解！不好！难道，难道，就是这个女人向妻子暴露了我们的情事，导致妻子突然离开?！可是，可是她怎么知道我是肖简的丈夫？她怎么知道肖简是我的妻子？她为什么要这么做？

“你，你是不是跟我妻子说了什么？”天雄突然抓住女人放在桌上的手，使劲捏紧了。女人疼得叫了一声，甩开男人的手。

“怎么？你害怕我和你妻子说什么吗？”王欣饶有兴趣地望着面前的猎物，享受着报复的无限刺激和快感。

“你说，你跟她说了什么？”天雄的眼睛似乎要喷出火来。

“我跟她说了你和我睡过觉。说你床上功夫很好!哈哈哈——”王欣觉得自己此刻就像一个复仇女神，充满着神赐予的巨大力量。她恨这个蔑视她的男人！她要这个男人下地狱！

“混蛋！”天雄猛地给了王欣一个耳光。

男人愣住了。女人也愣住了。

女人用手捂着火辣辣的脸，眼中闪着愤怒的火焰。但很快，愤怒消失了，女人的眼中满是讥讽。突然她又哈哈笑了。

“赵天雄，你打吧！打疼了也没有关系，我心里高兴！哈哈哈……”王欣笑得眼泪都出来了。她笑歪了脑袋笑疼了肚子，一边笑一边用手指点着男人说：“赵天雄，在床上，你多英武啊！怎么现在尿了？你有种都做了，怎么没种让老婆知道了！哈哈哈——”

天雄此刻的感觉，仿佛掉进了酸甜苦辣咸的染缸，自己都不知道是一种怎样的感觉了！

“赵天雄，你还没有问问我是谁呢！”王欣嘲笑地问。

“你——”男人脑中闪过无数个“蒙太奇”镜头。心脏怦怦直跳。

“赵天雄，我不是说我姓王吗？我叫王欣……王欣！想起来了吗？你太太肖简一定没少在家诅咒我吧！我和你可是老熟人了！哈哈哈——”王欣笑得真叫畅快啊！她一边笑一边欣赏着面前这个男人眼中脸上丰富的表情。

男人此刻几乎丧失了一切感觉。木然地坐在椅子上，木然地望着面前笑得花枝乱颤的女人。渐渐地，木然消失了……男人的眼中出现一种深重的痛。男人脸上肌肉抽搐着，双唇居然颤抖起来……

“还有啊，你不是想知道你老婆到哪里去了吗？我告诉你，你老婆被 OEE 公司解雇了！她已经走了！再也不会回来了！你不是骂我歹毒吗？我告诉你我歹毒也是被你老婆逼的！天遭报应的！你老婆不是要跟我斗吗？看看谁把谁斗走了？哈哈哈——”

王欣控制不住狂野地笑，一边笑着一边指着男人的鼻子说：“‘猎豹’，你看看你多伟大！你，你居然跟敲掉你老婆饭碗的‘情敌’睡觉！哈哈哈——真是造化弄人啊！”

女人说着哈哈笑着扬长而去……

— 103 —

天雄头晚上在外面和朋友酗酒，回家又呕又吐，折腾了一夜。

第二天快中午了才昏昏沉沉地起床，摇摇晃晃地想到外面去买点儿吃的。一出门，见门口停着一辆银灰色的本田车。司机座上的那个穿银灰色西装的男人看见天雄出来，走出驾驶座，低沉着声音问了一声你是赵天雄先生吗？天雄奇怪地望着这个陌生人，说是啊，可是我不认识你啊！话音未落，鼻子上就挨了对方狠狠的一拳！鼻血马上从鼻孔里流了出来。陌生男人轻蔑地从口袋里掏出一包纸巾扔给他。然后从另一个口袋摸出一张名片扔到他另一只手里，一边往回走一边说：

“我是你妻子的离婚委托人。相关的文件过几天会送到你的手里。有事请和我联系！”

天雄听到这句话，连鼻血都忘了擦，一把抓住男人的肩膀说：“你是谁？你站住？我妻子在哪里？”

穿银灰色西装的男人停住脚，缓缓地回过头，眼中充满愤怒的蔑视。他冷笑一声说：“我是谁你请看名片！你的妻子不想见你！至少一段时间内不想见你！她全权委托我和你谈判。哪天她想见你了会和你联系！”

说完男人头也不回地回到车里，发动了汽车。

“肖简在哪里？你告诉我她在哪里？我是她丈夫！我有资格知道我老婆在哪里！”天雄不顾一切地追上去，双手扒着车窗，激动地喊道。

“丈夫？你是她丈夫？你也配做她丈夫？我都奇怪简怎么会迷上你，爱上你，为你几乎失去了自己！”男人说完，车缓缓地往前走。

“告诉我简在哪里？我需要和她好好谈谈！我们之间有误会，天大的误会啊！”天雄松开手，快步跟着车往前小跑着。

“误会？亏你事到如今还说误会？你他妈真不是男人！”穿银灰色西服的男人停住车，蔑视地望着满脸伤痛的男人。

“你是谁？你为什么对我们的事情了解得这么清楚？为什么简要找你？简是不是被你藏起来了？你到底是谁？”天雄突然升出一股妒火，有些不顾一切地喊了起来。

男人冷冷一笑，没有回答天雄一连串的问题。发动汽车走了几步，又停下来。望着手还扒在车窗上的男人说：

“对了，忘了告诉你了，简让你把她经常要用的衣物、随身物品给她装到大箱子里。她说这么多年夫妻，你应该知道她需要穿什么用什么。就算是你最后尽一次做丈夫的责任吧！我过几天来取。今天抱歉不告而来，你上午没有开手机。”

说完男人一踩油门，扬长而去……

深夜12点了。城市已经开始沉睡。首都机场国际航班大厅已经是人声鼎沸。

肖简办完登机牌，托运完行李，向等在一边的宗民走去。

宗民身穿一件黑色的大衣，有些落寞地站在大厅中间空空荡荡的空地。看见肖简拖着手提箱过来，连忙迎上去，接过箱子。

“还有一个来小时，我们到咖啡厅坐坐吧。”肖简自然地揽住宗民的手臂。

宗民目光复杂地望着正小口抿着咖啡的女人。

女人冲他莞尔一笑。

“简，你真的一定要走吗？”宗民伤感地打破了寂静。

“瞧你，宗民，都在机场了，还说这样的话？”女人娇昵地一笑，嗔怪地说。

“简，我真的不放心你走！北京有的是好机会，为什么非要出国呢？再说了，要出国你可以去美国、欧洲，何必去非洲？那个地方太遥不可及了！”

“宗民，这是我目前最好的选择了！非洲是一个神秘美丽的地方，我一直非常向往！我这家公司能派我去非洲分公司开发市场，这可是个难得的机会！你可不许拖我的后腿！”

肖简合上箱子直起腰，抬眼看到宗民忧心忡忡的样子，莞尔一笑说：“别担心，一年以后我一定一根头发丝都不缺地回来。”

“唉，简，也许我命该如此。一辈子都要为你操心！”宗民无奈地说。

“一辈子？别一辈子呀？希望我一年以后回来，能看见我的新嫂子！”肖简一歪脑袋，调皮地说。

“别胡说！有你我还给你找什么新嫂子？”宗民不快地说。

肖简故意把目光集中到桌上的咖啡杯里，装作没有听到宗民的话。面对男人的深情厚爱，肖简感觉一种内疚和压力。内心里，宗民像是她的亲人，她的避风港。在她心灵受伤灵魂无家可归的时候，她会本能地躲进男人的避风港。但是希望的航船在大风之后总是要启航。宗民能为他遮风挡雨，但他不是船长。他无法伴肖简远航。

女人的回避没有逃过男人敏感的眼睛。他暗自感伤。一种深切的无奈在心中荡漾。他发自内心地爱这个女人；希望穷尽一生守候这个女人。这个女人是他内心永远割舍不断的亲情。就像他生命中的空气和血液，是他生命不可缺少的源泉。他知道在潜意识里自己是女人最亲近的人，否则她不会总是在快崩溃时出现。但是他不明白女人既然需要他，为什么不把他当成爱情的归宿？女人内心深处分明需要男人爱情生命的呵护，而男人分明也能给她全部生命呵护，她为什么不接受呢？

男人满腹怅然，却只能化成深深的叹息。和这个女人的爱情无法强求，只能等待和随缘。

“简，我看你还是给赵天雄打个电话吧。你走之前没有见他一面，走了，总还是要打个招呼吧。毕竟，他还是你法律上的丈夫。即便要离婚也是要谈的。”

“谈什么？没什么可谈的。”女人淡淡地笑道：“该谈的已经谈完了，谈够了……我明他心犹如他明我心。明我心而一次两次毁我心者，还有什么可谈的？”

“可是，我觉得他似乎还是爱……你的……”宗民勉强地吐出“爱”字，心里一阵酸楚。

他回想起前几天他去取男人为肖简包裹好的箱子时男人目光中那种深切的绝望和痛苦。如果这一切不是做戏的话，这个男人对肖简应该还是有感情的。只不过他恰好是一个自作聪明的不懂得如何珍惜感情价值的混蛋。拥有的时候不知道珍惜，失去了才发现宝石的珍贵。普天下多少男女在上演这样的爱情悲剧？可是多少男女在拥有感情的时候都本能地恣情肆意透支感情；自作聪明地以为自己是对方爱情的上帝；以为爱情可以招之即来，挥之即去；以为需要的时候就能拥有，不需要的时候就可以弃之……

“爱？什么是爱？”女人呢喃着，目光迷离地透过宗民，记忆不知漂浮到了什么地方……

爱是什么呢？那个男人果真爱过自己吗？他心里爱的含义是什么？也许，他曾经荡漾过真诚的爱。并且，他也曾经为她付出过由衷的爱的感觉。在那个激情的阶段，他们相互给予了对方感情也收获了对方给予自己的快乐。那时候他们的爱过滤了一切未来的沉重，未来婚姻的责任和义务。那是一种轻松自由的爱。两个人收获和奉献的都是内心最美好的感觉。但是时间的流逝使一切激情变成了习惯。婚姻的责任、义务使崇尚感情和心灵自由的男人感觉到了约束。妻子对他爱的渴望和需求让他感到了紧张和压力。婚姻和婚姻里的女人对他的世界观和生活方式产生了束缚和影响。他开始不自觉地逃避妻子爱的需求。他爱的感觉也随着夫妻的冲突渐渐烟消云散了！他感觉压抑、没有自由，因此他选择了用工作逃避爱的精神责任，自动荒芜了和妻子的精神世界。但是他同时又以“生命苦短，享受生活”的理由用一个个“短暂美丽”营造了属于自己的丰富多彩的情感世界。生命的感悟，爱的承诺，犹如肥皂泡沫。曾经在阳光下给了你五颜六色的美好幻象。但瞬间已经烟消云散……

“简，赵天雄让我转达你一句话，我本来有些私心不想说。但是，唉，我不希望你这么误会他……”宗民表情有些犹豫，但还是把那句压在舌底很久的话说了出来：“他让我转达你：‘告诉简，我很后悔伤害了她！我不是个好男人。但是我对她的感情是真的！我爱她！让她相信我。我会等她回来的！’”

“爱？当背叛成为一种习惯、一种时尚思维、一种生活方式的时候，谈‘爱’这个字还有意义吗？”女人说话的表情是凉的，语气是凉的，心也是冰凉的。

“简，你太天真了！男人不是你想的那么简单。男人本身就是有动物性的。有的时候这和爱不爱没有关系。我认为赵天雄对你还是有感情的。你是她的女人，他怎么会不爱你？”宗民有些吃力地把话说完，心里涌起一阵莫名的不安。他忙掩饰地点起一支烟深深吸了一口。

肖简的心里顿时涌起一阵酸楚，一种想哭的感觉泛了出来。她知道自己内心深处并没有丢开这个男人。她掩饰地低下头，目光有些茫然地望着眼前的咖啡。

“简,也许……你们之间有些误会……比如你说的王欣的故事。我想如果他知道是王欣,他绝对不会这么做。他不会故意伤害你的……”不知为什么,宗民竟然情不自禁地替那个男人辩护起来。也许潜意识里,他不愿让女人迫不得已告别情感而内心存留一点点的遗憾。

“你说得对。王欣的事也许是误会。但这重要吗?如果不是王欣,就可以是李欣、张欣吗?人生中到处是瞬间美丽的机会。如果一遇到瞬间美丽、瞬间感觉就要去放纵自己,为了圆自己的梦不惜破坏爱人一生一世的梦,这种男人你如何与他执手一生?”

“唉,其实这只是男人的习惯。很多男人对家庭是有感情有责任的。他们只是管不住自己的不安分……”

“如果管不住不安分那何苦要进入婚姻呢?爱情和婚姻从来是有游戏规则的。如果夫妻都去自由体验瞬间美丽,那他们还可能拥有属于自己的‘一种美丽’吗?也许追逐‘多种美丽’,让‘家里红旗不倒,外面彩旗飘飘’已经成为当今成功人士的时尚生活方式;也许他们的爱人为了感情为了维持一个完整的家不得不容忍,不得不假装释然。但这样的爱情和婚姻难道不是一碗变了味道的汤?年轻的女人天天都有;美丽的激情随时可能遭遇。激情的本质是短暂;婚姻的精髓在于永远。如果说爱情是一首要唱一辈子的歌;婚外激情就像中间一个刺激感官的亢奋得跑了调的音。跑调的音多了,还能是一首和谐美丽的歌吗?婚外的激情只会让你的婚姻航船千疮百孔,最后触礁沉船!如此随意挥洒激情怎么可能不在自己和爱人心上刻上永远不会痊愈的伤痕?如果婚姻和爱就是无休止的伤害,那何苦还要婚姻还要爱?”

“这……可是……”男人无言以对。女人的心已经被划上了如此深重的伤口!女人的心此刻好似毁灭的废墟,除了荒芜没有一丝绿地。又好似心如止水的死潭,如何还能泛起涟漪?

男人长长地叹了一口气……

“宗民,经历了这么多事我也会长大。就像和威廉的这场恶战让我在职场上更成熟了一样,这场婚姻让我懂得了很多东西。不管我和天雄是什么结局,我不后悔当初的选择!曾经爱过,这就够了!”女人清澈的目光如此透彻地望着男人。

“好,简,你和赵天雄冷一段时间再说吧。我们不说他了!OEE 的事你是不是都了结完了?还有没有需要我帮你做的?”

“基本完了。昨天我已经拿到了杰姆斯的推荐信。他们补偿我的半年工资会在下个月打到我的卡里。”

“你不是已经找到工作了吗?还需要杰姆斯的推荐信吗?”

“OEE 中国公司总经理的推荐信是对我两年多出色工作的一个盖棺定论。我不需要用它来找工作,但这封信是我名誉的象征。”

“唉,简,我真为你抱不平!威廉全球审计得了‘红灯’,公司为什么不解雇他?你被证明是清白的,为什么不把你重新请回去?”

“不可能的!威廉之所以敢冒天下之大不韪‘先斩后奏’地驱逐我,就是因为他很清楚只要造成了既成事实,他顶多是被他老板批评警告而已。和我存在对他的致命政治风险而言,挨几句骂算什么?”肖简淡淡地说。

“给了‘红灯’也不处理他,那不是太便宜他了吗?”宗民愤愤不平地说。

“便宜不了他!我对美国总部的投诉已经让他在全球臭名远扬了!否则大老板查尔斯不会让全球审计如同‘空降兵’一样几天之内就到达中国。今天的事他所有的老板都会给他记下账的。我打赌他不会有好下场的!我有耐心等他的结局!”肖简坦然地笑道。

“不过我也奇怪,他有病啊,好端端地何苦要这么整你?他又落了什么好处呢?”宗民摇摇头说。

肖简淡淡一笑说:“在美朝战争中有一位著名的将军战后有这么一个评论:‘美国在一个错误的地点错误的时间和一个错误的对手发动了一场错误的战争。’”

“说得好!”宗民点点头说:“我也听说过这么一句话:有德有才者用‘才’;有德无才者容‘才’;有才无德者嫉‘才’;无才无德者毁‘才’。威廉就是那个无德无才者!”

“是啊。官逼民反民不得不反!和威廉的这场战争除了为自己,也算是为所有被侵犯了尊严的中国雇员吧!”肖简淡然一笑。

“那个王欣呢?如果不是她狐假虎威,也不至于这么狼烟遍地!一个女人怎么这么歹毒?这还是女人吗?”宗民厌恶的样子。

“嗨,生存嘛!可以理解。”肖简淡淡地一笑。

“哎——简,这个女人害得你这么惨,你怎么不恨她?”宗民笑着说。

“恨她?为什么?如果是一个旗鼓相当的对手我还可以调动一下恨的荷尔蒙。她是一个可怜的女人,我不会恨她。对她,OEE是整个世界。失去了,就天塌地陷了!拼命是本能的反应。只不过她跟错了主子。她抓威廉就像溺水的人抓救命稻草一样。可以有暂时的利益和安慰。但老天是公平的。你等着瞧!她还得为她老板送终呢!”肖简不经意地笑笑。

“可是就这么算了,我总觉得不甘心!”宗民愤愤不平地说。

“苏州寒山寺有个碣语——问:‘在这个世界上,如果人骂我辱我笑我谤我你将如何处之乎?’答:‘你只要躲他容他让他不理他再过几年你且看他!’”肖简冲宗民粲然一笑。

男人用一种敬重的目光望着面前这个散发着职业风采的女人。

“宗民,时间差不多了!我要走了!”肖简看看表,冲男人举起咖啡杯。

听到女人说“走”,男人的心好似突然被掏空了一般。他凝视着女人,没有举杯,而是缓缓地冲女人伸出手,脸上是一种无法形容的惆怅……

"简,一定要回来……"男人的千言万语浓缩成了这一句。

女人的心弦被轻轻地拨动了。她伸出一双小手,缓缓地放在男人温暖的大手里。男人的心揪紧了。他紧紧地握着女人的手,满腹的情感无法控制地想往外溢。但是他强行控制住了。他不想在这种时候吓着自己心爱的女人。

"我一定回来!这是我的家啊……"肖简脸上情不自禁地露出惆怅和留恋。

女人突然冲男人莞尔一笑,抽出手,一边起身,穿上外套,一边说:"我说大哥,你昨天看到我买的那些漂亮衣服了吧!这几年在公司不是灰啊就是蓝的,一本正经的。这次到热情奔放的非洲可以大大地让我绚烂多彩一番了!到时我给你寄照片啊。"

肖简孩子气的笑是这么粲然,把这个男人的心看醉了,看碎了……

不知为什么,他感到一种刻骨铭心的心痛。

非洲……一个多么遥远的地方。这份情感,这份期待,这份惆怅因此而变得如此地遥不可及!他多么希望这个女人留下。留下和自己共守浪漫的故事。留下为自己生儿育女。像安徒生童话里的王子和公主一样从此过着幸福的生活……

他心一酸,眼一热。赶紧起身,说要去一下洗手间。在卫生间用冷水擦了一把脸。回来后,拉起肖简的手提箱,一直把女人送到海关口。临走前从大衣口袋里掏出一个用礼品纸精心包裹好的小盒子,递给女人说:

"简,这是一盘我特意为你选的磁带。到了非洲以后再听……"

肖简接过这个精心包装的磁带,小心地放到箱子里。冲男人挥挥手,拉起手提箱,向海关口走去……

非洲,那个遥远神秘的地方。

神秘的森林。

神秘的河流。

神秘的天空和大地。

还有那神秘生命的拓荒人……

尾声

“姐——姐，are you really going back China？（姐姐，你真的要回中国了吗？）”小艾米用生硬的中国话叫着姐姐，一边递过机票一边怯生生地问，忽闪的大眼睛透着一丝忧郁。

“是的……小艾米，姐姐真的要走了！你会想姐姐吗？”肖简爱怜地把机票放在电脑边，回过身，用双手轻轻搂过这个还没有完全发育成熟的非洲少女。小艾米今年才16岁，是公司销售员吉米的小女儿。家里很穷，初中毕业以后就没有再上学，在家帮母亲带了几年弟弟妹妹。吉米来公司以后，小艾米就经常过来帮忙做点儿公司的内勤杂务。肖简每月给她发几百元工资让她贴补家用，还经常到中国人开的超市买中国食品给她吃。艾米非常喜欢这个中国姐姐。经常过来帮肖简做点儿家务。

“我现在就开始想姐姐了……姐姐不能不走吗？”小艾米大眼睛更加暗淡了。

“艾米，姐姐还会回来的。以后姐姐请你去中国玩儿好吗？”肖简心里有些难过。她连忙走到正在收拾的箱子里，取出一条真丝围巾递给小艾米说：“这是姐姐最喜欢的围巾，送给小艾米作个纪念。”

小艾米接过这条有着美丽图案的中国丝巾，高兴地围在脖子上，抬起头咧开嘴露出白白的牙冲肖简灿烂地笑了。她蹦蹦跳跳地到小客厅的镜子前随着录音机里正在播放的中国歌曲热情欢快地跳着非洲舞蹈……

肖简双手抱肩，靠在电脑桌上，饶有趣味地欣赏着手舞足蹈的少女。

窗外突然传来闷闷的雷声，如滚石般由远而近在屋檐外的天空弥漫。

“要下雨了！姐姐，我要走了！”小艾米跳起来，抓起放在地上的帆布包就要往外跑。一边跑一边和肖简挥手。都跑出很远了，突然又折了回来，从背包里掏出一个大信封说：“对不起，我忘了。这里还有一封中国寄来的快件。你没在，爸爸代你签字了，让我带给你！”

肖简接过快件，冲小艾米挥挥手。

低头看快件封面的邮寄地址。怎么是宗民的?！好奇怪！平时都是发电子邮件的，怎么突然寄快件来了？这么一想发现宗民似乎有两三个星期没有来电子邮件了。自己最近处理善后工作每天忙到深更半夜，也忘了主动发邮件问候一下。宗民是不是着急了？

肖简正要拆开快件，突然窗外响起清脆响亮的雷声。她放下快件，快步走到阳台。

天空开始变得越来越暗。暗得那么浓重，那么深沉，好像一幅泼墨画。

可空气却还是那么的透明、那么的清新。

遥远的山岳和近处的高高矮矮的房屋在这种透明中如此地清晰。

突然，远山上的天空开始时断时续地泛着亮光。这是闪电就要到来的前兆。

女人凝神望着远山，等待着正在孕育的美丽瞬间。

几秒钟以后，背靠着远山的绰约，闪电突然清晰地呈不规则几何曲线呈现在眼前，放肆地闪动自己的美丽，非洲的闪电如此地神奇。明明在遥远的高空，却仿佛近在咫尺，触手可及。女人过去如此地害怕闪电。可在这里，闪电在透明没有污染的空气里变成了一种近距离的美丽。展示着让人震撼的神力。

一阵阵凉爽的清风迎面袭来，刚才还潮热的身体一下子变得通透地清爽。紧接着面前出现了一个密密的雨幕。雨幕中，远山开始笼上了一层雾，仿佛少女身上迎风飘动的轻纱。闷闷的雷声伴随着近距离舞动的闪电。雨雾中的空气带着非洲特有的花和草的气息漂浮在身边。雨中不时闪现着头顶着高高的箩筐身裹着五颜六色彩布的非洲黑女人匆匆的身影。在天地造物如此美妙的异国山水画前，女人感觉自己心灵和大自然已经浑然一体，如此透明和清澈。

这个非洲花园小城市就像家乡江南灵秀的小城镇，每天轻吟着一个个人文的故事。芒果、芭蕉、棕榈还有富饶的热带植物。非洲人的热情、奔放、单纯和率性，以及伴随着这一切的贫穷、疾病和落后。所有这一切都让女人焕发了对生命的重新认识。每天她细细地品味和感受着造物主带给自然带给生命全新的感觉。每一棵小草每一朵野花都前所未有地唤起了她作为女人细腻的感情。每一天行走在路上都能看见黑人孩子冲她露出的粲然的笑。还有非洲的炎热和市场上奔波的汗水，如同奇异的灵丹妙药让女人斑痕累累的心一天天变得光滑和平复。尤其是那傍晚如此近距离呈现的奇妙的雷、雨、电和与之融为一体的大自然，让女人深刻体会着生命的意义。在这毫无雕琢的大自然面前，她感觉自己的心灵在融化……

“我能想到最浪漫的事，就是和你慢慢变老。一路上收集点点滴滴的欢笑，等到以后坐着摇椅慢慢地聊……”屋里的录音机里传来了赵咏华的《浪漫的故事》。

女人听到这里潸然泪下。

宗民临走前送给她的这首歌在非洲的雨幕中女人不知听了多少遍……也不知流了多少惆怅而伤感的眼泪……这首歌是一个男人对一个女人的呼唤。这首歌是一个女人对另一个男人的伤痛。这首歌把她内心深处悠长的渴望一次次地唤起。不管受过多少伤害，不管爱是怎样的一种结局，爱情的渴望依然像一条隽永的小溪，一天天缠绵地蜿蜒在她心间……

可是她的爱在哪里?

女人突然想起宗民的快件，回到电脑前。她拿起剪刀，小心地把快件的硬纸信封剪了一个口子，轻轻地从里面拉出一页纸，急切地看了起来……

看着看着，女人的手开始微微颤抖——

"简，我心爱的女人。不要怪我这么叫你。这是我心里天天呼唤的声音。今天是我第一次大着胆子叫你。如果我今天不叫，我怕我以后再没有机会这么叫你了！

"我知道你快要回来了。我好高兴你马上要在自己的国家建立自己的事业王国！但是我不知我还能不能等到你回来的那一天。明天一早我就要进手术台了。半年前的一次持续头痛查出脑中有个小瘤子。医生检查后说是良性的不用手术。但做了几个月保守治疗包括中医治疗没有好，而且这一两个月有变大的趋势。医生担心出现恶变要求我马上手术。我一直没有告诉你，担心吓着你。但明天就要上手术台了。医生说脑手术是有风险的。我多么希望我明天手术什么事也没有。我不想这么早去天堂。我有心爱的女人，我想和她生儿育女，白头偕老！简，我的爱！别人看到的都是你外表的坚强，只有我知道你内心的脆弱，知道你多么需要一个坚强男人的臂膀。我知道我不是你心中最理想的梦。我也知道你内心害怕接受我的情感，因为你害怕你不能给我全部的爱，害怕辜负我。我的父母已经不在了，因此这个世界上你是我唯一的亲人。在这生死未卜的时刻，我唯一牵挂的就是你！

"宝贝，如果我有什么意外，你千万不要为我伤心。因为我能爱你我很幸福。但是如果我侥幸度过了鬼门关，我会把我的爱默默地藏起。我会是你永远的大哥，永远疲惫了可以休息的港湾。千万不要把我今天的这封信当成压力。我知道在你心里我一直就是你的亲人，你的大哥。何况你还曾经给过我作为一个女人最美好的爱。我很知足了！

"简，如果我不在了，一定要好好照顾你自己。如果这个世界上有男人辜负了你，记住，我会是你永远精神的港湾。即便在天堂，我也会倾听你的委屈，抚平你的创伤，接纳你的痛苦……我的灵魂会永远守护在你的左右，我永远不会让你孤独……"

信纸沿着指缝飘然落下……女人茫然不知所措地站在那里，满眼都是失神和空洞。突然窗外一声响雷惊醒了女人。她慌乱地低头弯腰，双手哆嗦着捡起地上的信纸，双手哆嗦地把信又看了一遍。眼泪如同决了堤的小河控制不住地流到了脸上流到了信纸上。

她哆嗦着手抓起桌上的机票，12月15日，还有10天！还有10天啊！这10天会发生什么事情？女人又抓起桌上的信封，看上面的邮戳。6天！这封邮件居然走了6天！

她一把抓起电话，颤抖着拨宗民家里的电话。

没有人接。

她又打宗民的手机。

关机的声音。

肖简觉得自己快要崩溃了！

突然她想起了他，那个她回避了一年，努力忘怀了一年的男人。她咬紧牙，内心作着激烈的思想斗争。最后她还是毅然拨响了他的手机。

“简,怎么是你？你在哪里？你好吗？”电话里熟悉的声音透着惊喜和慌乱。

“天雄,什么都不要问了！我想麻烦你尽快找到宗民！”

“宗民,他怎么啦？”

“我不知道。我接到他一封信。他上了手术台。不知道他是不是还活着。你找他的名片,找他的单位,找他住的医院。我,我马上改机票,争取明天就往回飞——”电话里的肖简惊恐而慌乱,像一个受惊的小兔子,完全不知所措。

“好好,简,你不要着急！我马上找！马上找！你一回国就给我电话。”

肖简放下电话,马上打电话给航空公司。还好,明天还有空位。她马上改签了机票。

安排好这一切,肖简虚脱了一样无力地坐在了电脑前。只觉得大脑一片混沌,灵魂飘飘荡荡……她把头无力地趴在桌上,双肩抽动着抽泣起来。耳边,一遍遍回想着那句荡气回肠的歌词——

“……我能想到最浪漫的事,就是和你慢慢变老。等到我们老得哪儿也去不了,你还把我当成手心里的宝……”

女人终于控制不住地伤心地大哭。哭声中,关于宗民的回忆如同电影“蒙太奇”镜头一个个挤进了大脑——宗民的怜惜,宗民的关爱,宗民的温柔,宗民的忍耐,宗民的失落,宗民的期待……在这些年的漫长岁月里,就在自己苦苦追逐天雄的情,天雄的爱却被伤得伤痕累累的时候,这个叫宗民的男人一直默默地站在自己身后,一次一次在为自己抚平心灵的创伤。自己其实一直拥有并享受着灵魂深处渴望的温情和安宁,拥有着一个男人最博大的爱和胸怀。可是在和天雄这场旷日持久的爱的追逐中,自己内心因为求而不得的失落反而激起她日复一日更加执著的渴望和追求。而一次一次让另一个男人的爱从身边淌过错过……此刻在阴阳交界的瞬间,她突然明白意识到自己的迷失和错位；突然意识到那个叫宗民的男人在自己心目中原来是如此的重要,如此的无可替代。

是的,他也许不是我最理想的梦,但是他是我的家,我的亲人,是我受伤的时候灵魂不由自主飘过来休息的地方。

也许在战场上他不能是我的将军,但是当一颗子弹向我飞来的时候,他一定会挺着胸膛舍身为我挡住子弹。

也许他不能给我带来激情不会制造浪漫，但是他会在我生病的时候放下手里一切事为我熬制一碗米汤。

也许他终身不能陪我远航做我的船长，但是他一定是那个在我返航的时候张着双臂迎接我拥我入怀的亲人。

也许和他的生活注定了很平淡,但是你中有我,我中有你,心血交融,彼此是对方生命永远不可分割的另一半。

宗民，谢谢你！你终于在阴阳生死界让我明白了我要什么。我应该要什么。可是还来得及吗？你还在等我吗？

宗民，你不要去天堂！你一定要活着！只要你活着，我答应做你的新娘！

如果，如果上帝真的收你去了天堂，那就让我们来世做对小小老鼠，笨笨地呆呆地过日子，纯纯地依偎，傻傻地一起。冰雪封山时我们窝在温暖的草堆，你搂着我，我拥着你，你喂我吃饭，我喂你喝汤……

宗民，等我！不要走！我不许你走！

写在最后的话

肖简公主历经劫难在苦难的山洞里找到了她的宗民王子。

宗民王子经历了一场生命之劫幸存下来终于唤醒了肖简公主的芳心。

春暖花开的时候，肖简公主和宗民王子在漫山遍野的鲜花绿草中举办了两个人的婚礼。

大地为他们祝福。鲜花为他们鼓掌。上帝也在天堂欣慰地微笑。

婚礼过后，肖简公主和宗民王子从此过着幸福的生活。

春又暖，花又开，小鸟叽叽喳喳欢唱的时候，宗民王子骑着白马带着她的公主迁移到公主在中国的最南方建造的一个美丽的种植园。

肖简公主在非洲的时候，认识了一个富有的植物园主。他种植园里有一种植物，通过高科技提炼，作为添加剂加入食品，能够激活人体细胞，从而使人类的生命质量得到提高，真正实现延年益寿。肖简经过一年的努力，让她就职的公司和这个植物园主达成了合作。植物园主在中国热带气候的海南投资，种植这种植物。然后和肖简就职的公司组成合资公司，用这种添加剂开发系列生命健康食品，把产品打入非洲和美国市场。植物园主对中方的投资条件是必须由肖简担任合资公司的总经理，并且拥有公司一定比例的股份。

肖简公主于是开始筹建自己的事业王国。

宗民王子欣然地“妇唱夫随”随肖简迁到海南种植园基地。经常和肖简朝看日出夕看晚霞。还加盟了海南一家行业报纸担任副总编辑。

王亚红也加盟了肖简的公司担任财务总监。并且带来了 OEE 公司的最新纪事——因为中国近年来的连续动荡，OEE 美国对中国市场产生信任危机。半年前美国总部直接派人来接管了中国南方市场。杰姆斯成了北方区总经理，职能被削弱了一半。现在又推出全球一体化的战略，由美国直接管理中国大陆和香港台湾地区，以及所有亚洲国家。GC 已经名存实亡，亚太地区也眼看要形同虚设。在这场最高层次的政治斗争中，杰姆斯被挤走了！财务总监也被挤走了！销售部、售前和培训部老板也先后辞职了！咨询部的经理和项目经理走了一多半！OEE 中国再一次经历大“地震”，开始进入新一轮的变革时代……

威廉的结局惨得有些可笑！在杰姆斯离职后一个月内他被连降三级！从 GC 高级总监降职为中国区联盟部总监理查下面的一个经理。而且还是一个没有兵的光杆司令！这在 OEE 历史上应该是前所未有的，多少带有点儿羞辱人的味道。明眼人都知道，这就是老板在下驱逐令呢！只不过给你点儿时间找个工作从而找个台阶下而已。这个政客搞政治斗争把咨询部搞得乌烟瘴气。他就职两年多中国咨询部连年亏损。新单子没有签几个，员工却流失了一大半。数个离职的经理向上面投诉了他。他管辖的GC咨询部，在肖简被他整走之后，他终于还是没有饶得了那个想当"狗"最后又背叛了他的杰夫。"大姐大"琳达亲眼目睹了威廉无数次翻云覆雨却总在阴沟里翻船的一幕幕，终于决定激流勇退，跳槽到另一家也是世界500强的公司去当GC的"大姐大"去了！随后，支撑GC的70%业绩的香港总监华尔森和威廉交恶又主动要求调到了新加坡。2006年这大半年，听说GC咨询部果真唱起了名副其实的"空城计"。终于，威廉的老板约翰对他失去了耐心！不由分说一纸降级令发过来，听说威廉躲在夏威夷休假了半个月不露面。但休完假，还是笑容可掬地来到中国公司联盟部总监理查这里点头哈腰地报到，然后每天点头哈腰满脸堆笑地按时上班当起了经理。看来威廉也是人，他终归也面临着生存的压力。在生存面前，杰夫选择了低头，他选择了走厚黑学的道路。居然在中国公司已经赖了快半年了，还不肯辞职……

还有王欣，终于和恋爱了10年的男朋友结婚了!听说结婚时威廉还送给她两万块人民币的礼包。王欣当场感动得痛哭流涕。但不知为什么，肖简走后威廉没有让她继位，而是从一个美国公司另聘了一个内部控制经理。他把王欣安排到项目里做了咨询部第一个没有大本学历的初级顾问。虽然做不成经理有些遗憾，但王欣总算是摆脱了10年伺候人的秘书生涯。因此也算欢天喜地……

天雄的故事有些耐人寻味。为了追求"多种美丽"，他失去了"一种美丽"；没有婚姻的束缚他可以天天销魂夜夜新郎了，却再也体会不到"短暂美丽"的绚烂和刺激了！由此他意识到"一种美丽"如同白米饭，不刺激感官但有营养一辈子吃不厌。"多种美丽"如燕窝鱼翅，偶尔享受是美味佳肴，天天都吃腻得心慌。白米饭和燕窝鱼翅在夫妻双方心甘情愿下的有机结合是古今中外所有风流男子的千古梦想。但是翻遍古今历史名著，能实现这一梦想的名人寥若晨星。天雄感叹没有成为晨星中的一颗；遗憾鱼与熊掌未能兼得；痛惜伤害了妻子失去了妻子；后悔为了欣赏天上的彩云不小心拆掉了挡风遮雨的屋檐……但一切的感觉都随着女主人公的消逝而成了一首没有听众的歌。天雄这才意识到作为追求自由的男人，可以选择自由的爱情和生活方式。但是作为婚姻中的女人，她也有权选择离开你，不要你或者不离开你而从精神上蔑视你。肖简在非洲的这一年，天雄依然是女人的宠儿；身边依然不时地擦过"多种美丽"；他也没有放过机会去享受这些美丽瞬间。但让他黯然感伤的所有的短暂美丽都没有给他一种安全的归宿感。他的灵魂居然又开始飘飘荡荡，寻寻觅觅，苦苦地渴望爱情永恒的美丽。于是他开始越来越强烈地怀念曾经的爱情公主肖简。他几次找宗民希望获得妻子的信息。但是他等来的是一份肖简签了字的《离婚协议》。他一直揣着这份协议不肯签字。

直到肖简从非洲回来的第二天，天雄去医院看望宗民。轻轻推开门，惊讶地看到了宗民的床边脚下满是浪漫的玫瑰。然后窥见肖简公主和宗民王子执手相望，深情地上演公主和王子历经苦难劫后相见失而复得的情感剧，心灵大受震撼。他悄悄地退出。回到一年前终于融到资金创办起来的时尚摄影杂志的总编辑办公室，从抽屉里取出《离婚协议》，沉重但坚决地签了字……然后叫来了一个快递公司，连同一束鲜花一张写给宗民和肖简两个人的贺卡，当天送去了医院……

在上帝关注的目光下，芸芸众生们爱情着，绝情着，寻找着自己的伊甸园。蛇们，不时地伸出不怀好意的头，窥视着，寻找着破坏伊甸园的机会……